Hola,
¿te acuerdas de mí?

Hola,
¿te acuerdas de mí?

Megan Maxwell

Obra editada en colaboración con Editorial Planeta – España

© Imagen de portada: Maksim Toome, Hammet y LiliGraphie, Shutterstock
© Fotografía de la autora: Carlos Santana
© Fotografías del interior: Archivo de la autora

© 2015, Megan Maxwell
© 2015, Editorial Planeta, S.A. - Barcelona, España

Derechos reservados

© 2015, Editorial Planeta Mexicana, S.A. de C.V.
Bajo el sello editorial PLANETA M.R.
Avenida Presidente Masarik núm. 111, Piso 2
Colonia Polanco V Sección
Deleg. Miguel Hidalgo
C.P. 11560, México, D.F.
www.planetadelibros.com.mx

Primera edición impresa en España: junio de 2015
ISBN: 978-84-08-14190-7

Primera edición impresa en México: septiembre de 2015
ISBN: 978-607-07-3008-5

Impreso en los talleres de Litográfica Ingramex, S.A. de C.V.
Centeno núm. 162-1, colonia Granjas Esmeralda, México, D.F.
Impreso en México – *Printed in Mexico*

Nota de la autora

Guerreras/os:

Sin duda, la vida de muchos de nosotros podría ser de novela o de película, ¿verdad?

Recuerdo un día en que estábamos en Palma de Mallorca mi editora, Esther, y yo comiendo y, al comentarle algo sobre mi madre, me preguntó: «¿Por qué siempre sólo hablas de tu madre?». Y entonces le conté el porqué y le relaté la historia de mis padres.

Les juro que, mientras lo hacía, su cara se fue transformando de la sorpresa a la incredulidad y de ahí al lagrimón. ¡Vaya, no me reí al verla! La historia de mis padres, la del militar americano y la joven española que se marchó como emigrante a Alemania, la había emocionado y me preguntó: «¿Nunca has pensado en escribir esta historia?».

Cuando la oí preguntar eso sonreí.

No era la primera vez que alguien me lo proponía, o incluso que yo misma lo pensaba, pero nunca me lo había planteado en serio, pues imaginaba que quizá a mi madre no le gustaría.

A los pocos días de regresar a Madrid, una tarde que mi madre vino a mi casa para ver a mis hijos, le pregunté: «Mami, ¿a ti te gustaría que yo escribiera tu historia, con un bonito final?».

Cuando me oyó decir eso, su cara se transformó. Vi alegría en su mirada y sus palabras fueron: «¡Me encantaría! Tengo una hija escritora. ¿Quién mejor que tú para hacerlo?».

Esa respuesta me sorprendió.

Sin duda, mi madre confiaba en mí y en lo que yo podía hacer con su historia de amor más de lo que yo pensaba, y cuando llamé a Esther para comentárselo, no lo dudó un segundo y me dijo: «¡Adelante! Quiero esa novela».

Durante meses, mi madre y yo hablamos del tema y, a pesar de saber miles de cosas que ella me había contado durante años, al hacerla recordar, rememoró otras anécdotas que a mí me encantó escuchar por primera vez. Sacó fotos de mi padre, cartas, recuerdos, etcétera, etcétera.

Y una vez mi mente se inundó de todo lo necesario, decidí poner manos a la obra.

De pronto me vi ante la computadora relatando una historia real, ¡la de mis padres! Y lo primero que me vino a la cabeza fueron las palabras «Hola, ¿te acuerdas de mí?». No lo dudé. ¡Ya tenía título!

Había encontrado el título más bonito que yo le podía regalar a mi madre, y entonces decidí crear dos historias dentro de una misma novela y que estuvieran conectadas entre sí.

La primera sería la de mi madre y, la segunda, la de la hija que tuvo, que ustedes saben que soy yo, pero que en la novela tiene una vida totalmente diferente a la mía de verdad.

Reconozco que mientras escribía, mi corazón se resintió en algunos momentos. Recordar ciertas cosas de mis padres o de mi infancia, cuando las sombras me rodeaban por la falta de información, no fue fácil, pero no desistí y continué hasta finalizar la novela. Y hoy por hoy, ahora que está acabada, les aseguro que ha sido una de las mejores experiencias de mi vida, porque he inventado un final lógico, pero no real, de una historia que nunca acabó.

Cuando terminé el libro, antes de entregárselo a mi editora, imprimí una copia y se la di a mi madre para que lo leyera. Quería saber si estaba de acuerdo con la historia que había creado alrededor de lo que ella me había contado. Tan pronto como lo acabó, me llamó emocionada, entre risas y lágrimas, para decirme que le había encantado.

Ni se imaginan el subidón de adrenalina y felicidad que tuve cuando me lo dijo, pues era muy importante para mí que ella se sintiera cómoda leyéndolo y, sobre todo, que le gustara.

Ahora ya saben que la primera parte de esta historia, a pesar de ciertos cambios, está basada en hechos reales, y que la segunda parte no. Quiero decirles que yo, y sólo yo, soy la responsable de haber omitido algunas cosas de la primera historia y de haber cambiado otras, porque así lo he decidido, para darle el final que a mí se me ha antojado.

Actualmente, el mundo se ha transformado y la sociedad ha evolucionado. ¡Gracias a Dios! Pero el mundo y la sociedad que yo viví en mi niñez eran diferentes, más tradicionales y menos permisivos, y el hecho de ser hija de madre soltera en ocasiones te ponía trabas para ir a un buen colegio o incluso hasta para tener amigas.

Mi madre, consciente de ello, me enseñó desde bien pequeña que yo no era menos que nadie, me hizo entender que los comentarios de algunos no tenían que restarme un segundo de felicidad y me preparó para ser una mujer independiente y segura de mí misma.

¿Entienden por qué soy tan guerrera?

Y ahora que les he soltado todo este rollo, sólo espero que disfruten de esta novela, de su música y su historia tanto como yo la disfruté mientras la escribía.

¿Preparados para leer?

Para mi madre.

La mujer más fuerte y valiente del mundo para mí, que soy su hija.

Gracias a ella, a su cariño y a su amor, he llegado a ser la persona que soy hoy en día y sólo he querido darle un bonito y merecido final a su increíble historia de amor.

Mami, ¡te quiero y te mereces todo lo bueno que yo te pueda dar!

También se la dedico a mi abuelo. Un gran hombre que supo demostrarnos el verdadero significado del amor incondicional a mi madre y a mí, pese a los tiempos que corrían. Estoy segura de que desde el cielo sonríe al vernos felices.

Y, por supuesto, para todas aquellas personas que en un momento dado de sus vidas se vieron solas por culpa de ese innombrable que mueve los hilos del destino y que lucharon como guerreras/os para salir adelante sin importarles el qué dirán.

¡Va por ustedes!

Con cariño,

MEGAN

1

España, 7 de diciembre de 1960

Eran cerca de las nueve de la noche y la estación de tren de Príncipe Pío de Madrid era un hervidero de personas.

Gentes de distintas partes de España se habían reunido allí para tomar un tren que los llevaría a un nuevo presente, dispuestos a mejorar su pasado y a labrarse un futuro.

Familias enteras se despedían con los ojos llenos de lágrimas. El país no pasaba por un buen momento económico y eran muchos los que debían emigrar al extranjero para que sus seres queridos pudieran tener, al menos, un plato de comida al día y vivir con dignidad.

Entre todas aquellas personas estaba don Miguel Rodríguez despidiendo a dos de sus hijas, a pesar de ser un director de banco al que no le faltaba un plato de comida en la mesa. Por suerte para ellos, no sufrían las carencias de muchos otros de los que estaban allí, pero las chicas querían buscar un trabajo en Alemania.

—Escúchenme un segundo, Lolita y Carmencita —dijo don Miguel muy serio—. Sé que son juiciosas, pero necesito que me prometan que van a tener mucho cuidado y que se van a apoyar la una en la otra para todo, ¿entendido?

—Sí, papá. Ya te lo hemos prometido. —Carmen sonrió al escucharlo.

—Te lo prometemos, papá —insistió Loli.

—Y tú —le dijo el hombre a Carmen con seriedad—, sé que siempre te ha dado igual lo que piense la gente, pero haz el favor de controlar ese carácter endiablado que tienes. Allí no estaré yo para...

—Tranquilo, papá —lo cortó Loli—. Ya la meteré yo en vereda.

Carmen, al escuchar a su hermana mayor, le dio un golpe con la cadera y, divertida, respondió:

—Ten cuidado, no te meta yo a ti.

Don Miguel sonrió a su ocurrente hija.

Tenía seis maravillosos hijos: cinco chicas y un varón. ¡Una bendición de Dios!, como decía su mujer. Pero también era consciente de lo diferentes que eran todos, y a Carmen, aunque responsable, nunca le había importado lo que la gente pensara de su carácter rebelde y respondón.

Sin perder el porte serio que su trabajo le exigía, don Miguel miró a sus hijas. Todavía no entendía cómo se había dejado convencer por aquellas dos para dejarlas marchar. Las iba a añorar muchísimo y, perdiendo durante unos segundos su aparente frialdad, abrió los brazos y dijo:

—Denme otro abrazo. Ya las echo de menos y aún no se han ido.

Encantadas, las jóvenes se tiraron a los brazos de su padre. Era cariñoso con ellas, a pesar de que en público siempre se mostraba serio y distante. Como él decía, había que ser consecuente cada segundo del día para mantener un equilibrio en la vida.

Acabado el abrazo, don Miguel se metió la mano en el bolsillo del abrigo y, tendiéndoles a las chicas dos cajitas, murmuró:

—Aquí tienen caramelos para que les endulcen el viaje. Sé lo mucho que les gustan.

—¡Gracias, papá!

—Mmmm... ¡de La Violeta! Gracias, papá. —Carmen sonrió al ver aquellos caramelos de esencia de violeta que tanto le gustaban.

En ese instante, por los altavoces de la estación anunciaron que los pasajeros con destino a Hendaya debían subir al tren, que iba a salir en un minuto.

Nerviosa, Loli le dio a su padre un rápido beso y subió, mientras Carmen, con la emoción reflejada en la cara, volvió a abrazarlo y murmuró:

—No te preocupes por nada, papá. Dale un beso fuerte a mamá y a los hermanos.

—Llamen a casa de Manolita en cuanto puedan, para que sepamos que han llegado bien. Y recuerda, anoche apuntaste en tu diario el teléfono de donde trabaja tu prima Adela y su marido en Bremen, para lo que necesiten.

Ella asintió. Su diario siempre iba con ella y, con una sonrisa, dijo:

—Claro que sí, papá. No lo dudes.

Sin soltarle la mano, don Miguel insistió en mirar a su bonita y morena hija de pelo corto.

—No olviden que su casa está aquí y que sus puertas siempre estarán abiertas para recibirlas.

Emocionada, la joven lo volvió a abrazar y murmuró:

—Lo sé, papá. Lo sé.

—Vamos, Mari Carmen, ¡sube de una santa vez! —la apremió Loli, asomándose a una ventana del vagón.

Don Miguel soltó a su hija, que subió junto a su hermana. Pocos instantes después, el tren comenzó a moverse y ellas, asomadas, le dijeron adiós a su padre.

—Tomen. Para que vayan entretenidas un rato con su lectura —dijo éste mientras les tendía el periódico *ABC* que llevaba en las manos.

Carmen lo tomó. Su padre sabía que a ella le gustaba leer las noticias.

—Recuerden. Siempre estaré aquí para ustedes. Siempre —insistió él, caminando junto al tren y levantando la voz.

Las hermanas sonrieron y asintieron.

Don Miguel no supo si lo habían oído o no y, con el corazón roto, vio cómo dos de sus niñas, aquellas pequeñas a las que había visto hacerse unas mujercitas, se marchaban de su lado para comenzar una nueva vida.

Una vez perdieron de vista a su padre, las jóvenes se sentaron en los duros asientos y, mirando a su hermana, Loli le tomó la mano y dijo:

—Alemania, ¡allá vamos!

Ambas sonrieron a pesar de la emoción de la despedida, y una vez se hubieron repuesto, Carmen leyó la portada del periódico que su padre le había dado y comentó:

—Mira, Fabiola de Mora y Aragón también se marcha de España para casarse con Balduino de Bélgica.

Las hermanas se entretuvieron leyendo el artículo sobre aquella aristócrata española. Siguieron después con los anuncios de los refrigeradores americanos Kelvinator, y acabaron suspirando por no poder asistir al Cine Coliseum para el estreno de la película *Navidades en junio*, del guapísimo Alberto Closas.

—Tendríamos que dormir un rato. ¿Nos comemos antes los bocadillos que nos ha preparado mamá? —sugirió Loli.

—Bueno, yo no tengo mucha hambre, pero con el estómago vacío tampoco conseguiré dormir —dijo Carmen.

Después de cenar, las horas pasaron y entre el traqueteo del tren y las voces de gente cantando, la joven Carmen no podía conciliar el sueño.

Con cariño, miró a su derecha. Sobre su hombro y durmiendo como un lirón descansaba su hermana Loli. Una morena muy guapa, dos años mayor que ella, que tenía la suerte de que el ruido no la molestara y que era capaz de dormirse en cualquier lado.

Con cuidado, Carmen sacó su diario de la bolsa y lo abrió. Era un cuaderno que siempre la acompañaba y en el que le gustaba escribir lo que pensaba. Tomó una pluma y apuntó:

> *7 de diciembre de 1960*
> Loli y yo vamos en el tren en dirección a Hendaya y, como era de esperar, ella ya está durmiendo como un tronco. ¿Cómo se puede dormir en cualquier lado?
> Tengo ganas de llegar a Alemania. Todavía no me puedo creer que esté sentada en este tren.
> Estoy contenta y triste a la vez. Despedirme de la familia ha sido más duro de lo que yo esperaba, en especial por papá. Su mirada llena de temores me ha tocado el corazón, porque sé que en el fondo él no quería que nos marcháramos. ¿Seré una mala hija por irme?
> Sólo espero llegar a Alemania y hacerle ver que sus miedos eran infundados y que todo va a ir mejor que bien.

Entre el cansancio y las emociones del viaje, finalmente se durmió con el diario entre las manos.

Horas más tarde, Carmen se despertó. Ya era de día. Con una sonrisa, cerró su libreta y suspiró.

Habían pasado casi doce horas desde que salieron de Madrid, y allí estaban ellas, con las faldas escocesas por debajo de las rodillas que les había hecho mamá, sus zapatos nuevos de suela de tocino y sus suéteres grises de punto, rumbo a Alemania.

Su prima Adela había partido meses atrás a Bremen, y, aunque Carmen había oído que a otros emigrantes las cosas no les habían ido bien en Alemania, a ella y a su marido no les podían ir mejor y por eso las animaron a que también viajaran allí, tras haberles conseguido trabajo en la Siemens de Núremberg.

Carmen abrió su bolsa para guardar su libreta y, al ver los caramelos de La Violeta, sonrió. Su padre, siempre que pasaba por la plaza de Canaletas de Madrid, compraba aquellos genuinos caramelos para sus hijos. ¡Eran tan buenos!

Tras meterse uno en la boca y explosionar la esencia de violeta en su interior, sacó su pasaporte de la bolsa y lo miró.

«Menudos pelos llevo», pensó al ver su foto.

Recordó la conversación que había mantenido con su padre sobre aquel viaje. Sus consejos, sus miedos y sus preocupaciones, y sonrió al rememorar el día en que las acompañó a sacarse el pasaporte. Con veintidós años Loli era mayor de edad, pero Carmen sólo tenía veinte y necesitaba su autorización para hacerlo.

Sumida en sus pensamientos al separarse de su familia y de la ciudad que conocía, miró por la ventana mientras las voces de gente que cantaba la hacían tararear *Adiós a España,*[*] y un nudo de emoción se le atragantó en la garganta al pensar en cómo metro a metro, kilómetro a kilómetro, instante a instante, se iba alejando de su hogar.

La invadían un montón de sentimientos contradictorios, mientras varias personas acompañaban al hombre que en el compartimento de al lado cantaba aquella bonita canción de Antonio Molina. Tan pronto como ésta acabó, reprimió las lágrimas con disimulo justo cuando su hermana se despertaba.

—¿Qué te pasa? ¿No has dormido nada? —le preguntó.

Carmen asintió con la cabeza, pero no pudo decir nada. No podía. Si lo hacía, lloraría, y Loli cuchicheó divertida:

—¡Qué tonta redomada eres!

Esa expresión tan de Toledo, lugar donde vivieron varios años antes de mudarse a Madrid, las hizo reír y Carmen, cerrando los ojos, murmuró:

—Anda y duérmete otra vez.

* *Adiós a España*, Marina Music Publishing, S. L., interpretada por Antonio Molina. (*N. de la E.*)

Ambas hermanas se apoyaron de nuevo la una en la otra, pero cuando más cómodas estaban, el tren paró bruscamente.

—Vamos... vamos, Manolito —apremió una mujer del compartimento a su hijo—. Toma la maleta y el botijo, que hay que bajarse. Hemos llegado a Hendaya.

Sin tiempo que perder, Carmen despertó a su hermana:

—Loli, ya hemos salido de España.

Carmen y Loli se miraron y, emocionadas, se tomaron de la mano. A veces habían oído hablar a los más viejos del sentimiento de pena y tristeza que tenías al abandonar tu tierra y tus raíces, y en ese momento, ellas, unas jóvenes veinteañeras, lo estaban teniendo.

Sin tiempo que perder, las dos jóvenes tomaron sus maletas de cartón y bajaron del tren tras aquella mujer. Agarradas del brazo y sin separarse, como les habían prometido a sus padres, siguieron a la enorme multitud. De pronto, un hombre pasó por su lado y las empujó. Loli casi se cayó y Carmen, al ver aquello, gritó:

—¡Eh, tú, atontado! A ver si miras por dónde pisas.

—¡Mari Carmen! Recuerda lo que te ha dicho papá —gruñó Loli, al ver que el hombre las miraba con gesto serio.

Su hermana, sin importarle la mirada de él, la miró y suspiró:

—Bueno... bueno... Tienes razón.

Olvidado el incidente, se informaron de la vía por la que salía el siguiente tren. Aún quedaban unas horas y los encargados de los emigrantes, para mantener al grupo de españoles que viajaba a Alemania unido, los hicieron entrar en un comedor, donde les ofrecieron un caldo humeante que les calentó el cuerpo y el corazón.

El buen humor reinaba en la sala, y como era 8 de diciembre, la fecha en que en aquella época se celebraba el día de la Madre, felicitaron a todas las madres que allí había.

Una vez acabaron de comer, gentes de Andalucía, de Extremadura, de Castilla y de otras partes de España hablaban entre sí como si fueran una gran familia y, para matar el tiempo y las penas, empezaron a cantar, entre risas y aplausos, la canción *Francisco Alegre*,* de la grandísima Juanita Reina.

---

* *Francisco Alegre*, NS, interpretada por Juanita Reina. *(N. de la E.)*

—¡Que frío hace! —se lamentó Carmen tiritando.

—¡*Muchismo!* Hace *muchismo* frío —respondió una voz detrás de ellas.

Carmen y Loli se dieron la vuelta y se encontraron con una joven de pelo claro, chaqueta de punto negra y ojillos vivarachos, que les preguntó:

—¿Van a Núremberg? —Las hermanas asintieron y ella, contenta, dijo—: Ay, qué ilusión. ¡Yo también!

Carmen miró a la muchacha que tenían delante y le preguntó:

—¿Vas contratada por la Siemens? —Ella asintió y Carmen dijo—: ¡Nosotras también!

La desconocida se echó a sus brazos, las besuqueó haciéndolas sonreír y, cuando se separó de ellas, preguntó:

—¿Me puedo sentar con ustedes?

—Claro, mujer —afirmó Loli, encantada.

—Ay, qué ilusión ¡qué ilusión! —repetía—. Ya me veía viajando yo sola hasta esas tierras sin hablar con nadie y muerta de aburrimiento, pero cuando las he visto, he pensado: «Esas muchachas parecen *bonicas* y agradables». Y sí, ¡he acertado!

Las hermanas se hicieron a un lado para que la joven se sentara junto a ellas. Se llamaba Teresa y, como acababa de contarles, viajaba sola. Se había criado en un hospicio regentado por monjas, en un pueblo de Albacete, e iba a Alemania en busca de un futuro más prometedor del que tenía en España.

Teresa hablaba mucho, ¡no paraba! Loli y Carmen se miraron y les entró la risa, pero rápidamente se dieron cuenta de que aquella joven era todo bondad. Se le notaba en los ojos y en la manera tan particular que tenía de expresarse.

—Como les decía, mi padre murió porque una gorrina lo *esnucó* de un mal golpe contra la puerta de la porqueriza y mi madre, al poco de nacer yo, se fue tras él de un cólico miserere. Según las monjas que me han criado en el hospicio, eso les explicó una mujer que me llevó hasta ellas, y claro, yo me lo creo. ¿Por qué tendría que desconfiar, verdad? —finalizó.

Loli y Carmen, impresionadas por su verborrea, asintieron y la abrazaron. No podían hacer otra cosa.

Las risas eran cada vez más contagiosas, hasta que de pronto, por los altavoces anunciaron que debían subir al tren estacionado en la vía uno con destino a París, donde volverían a cambiar de tren.

Las tres jóvenes pasaron el control de pasaportes y, cargadas con sus maletas, se encaminaron hacia el vagón que les correspondía y acomodaron su equipaje con la ayuda de unos muchachos que habían conocido en el comedor. Por fin se sentaron en los incómodos asientos de madera y se miraron sonriéndose.

El viaje era largo y cansado, pero el calor humano de todos los que allí estaban lo hacía más llevadero y, cuando el tren se puso en marcha, un silencio sepulcral se hizo en todo el vagón.

Atrás quedaba finalmente su tierra, su patria y su familia, y de pronto un hombre, el más cantarín de todos, se arrancó con *El emigrante*,* de Juanito Valderrama, y todos se conmovieron al sentirse identificados.

—Ay, chicas, ¡qué tristeza! —murmuró Carmen.

Loli, como la mayor de las tres, pensó que debía ser fuerte y, guiñándoles un ojo, murmuró:

—Algún día regresaremos, y muchísimo mejor de como nos marchamos.

En ese instante, Carmen miró a su hermana y, al ver sus ojos acuosos, le preguntó sonriendo:

—¿Quién es la tonta el bolo ahora?

Para no llorar, Loli contestó:

—Anda, toma un poco de agua.

—Ay, ¡qué *bonica* eres! —Teresa sonrió.

Con la mano temblorosa, Carmen agarró el botijo blanquecino con un chorrito de anís, propiedad de una pasajera, que su hermana le tendía. No sabía qué le ocurría. Estaba contenta por aquel viaje, nadie la había obligado a emprenderlo, pero al escuchar la letra de aquella canción, se dio cuenta de que aunque su cuerpo anhelaba llegar a su destino, su corazón se había quedado en España.

Una vez acabada la canción, todos los españoles que había en el vagón aplaudieron y, tras los aplausos, un silencio general los animó a descansar.

---

* *El emigrante,* DISCMEDI, S. A., interpretada por Juanito Valderrama. *(N. de la E.)*

Cuando por fin el tren llegó a la estación de París, un hombre que sostenía un cartel con la palabra NÚREMBERG los llevó hasta unos autobuses. Cruzaron aquella emblemática ciudad hasta llegar a otra estación, donde tomaron el tren que los llevaría definitivamente hasta su destino: Alemania.

Tras otra larga noche de viaje, un frío polar les dio la bienvenida en la estación de Núremberg. Todo estaba nevado y la temperatura era tremendamente baja.

—Madre mía —cuchicheó Loli—. Aquí hace más frío que en Navacerrada.

—*¡Muchismo!* —afirmó Teresa.

—Ya te digo —asintió Carmen, a la que le castañeteaban los dientes.

De nuevo un hombre, esta vez con el cartel de SIEMENS, sacó al grupo de españoles de la estación central y, con un más que escaso español, los fue nombrando y distribuyendo en autobuses.

Inquietas por estar en un país extranjero, Carmen, Loli y Teresa, junto a otras mujeres, subieron al autobús designado. Aunque estaban terriblemente cansadas, no podían dejar de observar con ojos curiosos cuanto había a su alrededor.

Lo poco que vieron a través de la oscuridad de Núremberg parecía bonito, pero se notaba que, tras la segunda guerra mundial, necesitaba renovarse. El autobús salió de la ciudad e hizo su primera parada. Allí, el que hablaba algo de español nombró a algunas personas y éstas se bajaron del autobús porque habían llegado a su destino.

—¿Cómo se llamaba el lugar adonde vamos nosotras? —preguntó Loli.

Carmen, al ver lo que ponía en el papel, finalmente se lo enseñó a su hermana diciendo:

—El nombrecito se las trae.

Ambas rieron. El idioma alemán era una locura.

Poco después, al entrar en un pueblo, Carmen se fijó en un letrero donde ponía las mismas letras que en el papel que ella tenía, BÜCHENBACH, y cuchicheó:

—Creo que ya hemos llegado.

El autobús salió del pueblo y se dirigió hacia una casona enorme. Cuando se paró y las jóvenes bajaron, Carmen murmuró:

—¡Tengo los pies congelados!

—En mi pueblo dicen: «Hasta el cuarenta de mayo no te quites el sayo, y si estás en Albacete, hasta el cuarenta y siete», aunque aquí seguro que no se lo quitan en todo el año —rio Teresa.

—Menudos sabañones nos van a salir por el frío. Vamos, no se paren—suspiró Loli.

Sin demora, ellas y el resto de las chicas entraron en aquella residencia para señoritas, donde una mujer de aspecto regio y moño tirante las fue distribuyendo por las habitaciones.

Tomadas del brazo, las hermanas y Teresa llegaron a una habitación donde había ocho literas que rápidamente fueron ocupadas. Tras ir al baño, el cual estaba fuera de la habitación, se acostaron muertas de frío. Necesitaban descansar.

Cuando se levantaron, una vez hubieron deshecho el equipaje, las dos hermanas y Teresa bajaron al salón comunitario, donde, incrédulas, vieron que al fondo había un televisor.

—¡Arrea! Sor Angustias dice que este aparato no es nada bueno y que si lo miras mucho te puedes quedar ciego —cuchicheó Teresa.

Todas rieron y Loli preguntó:

—¿Y podremos ver algún programa español?

—Seguro que sí —afirmó Carmen.

Hablaban de ello encantadas cuando otra joven dijo en un español muy peculiar:

—No se emocionen. Aquí sólo se ven canales alemanes. —Las tres la miraron y, sonriendo, la joven se presentó—: Soy Renata.

Renata era alta, muy alta. Morena, de pelo largo y ondulado, ojos rasgados y oscuros, y vestía de una forma muy moderna. Nada que ver con ellas, que a su lado parecían monjas novicias.

Durante unos segundos, las tres observaron a aquella chica sin hablar, hasta que Carmen se acercó a ella y dijo, también sonriendo:

—Encantada, Renata. ¿De dónde eres?

—Alemana.

—¡¿Alemana?! —exclamaron las tres al unísono.

—Pero ¿los alemanes no son rubios? —preguntó Carmen.

Divertida, ella las miró y aclaró:

—También hay alemanes morenos, como yo. Mi padre era español, concretamente de Murcia, por eso hablo su idioma, aunque no lo sé escribir. ¿Y ustedes de dónde son?

—Ay, *bonica*, ¿de Murcia era tu padre? —aplaudió Teresa—. Pero ¡si somos paisanos entonces, que yo soy de Albacete! Por cierto, me llamo Teresa y estoy encantada de conocerte y...

—Nosotras de Madrid —la cortó Loli—. Somos hermanas y nos llamamos Mari Carmen y Loli.

—Mari Carmen soy yo, pero ¡con Carmen bueno! —afirmó la morena de pelo corto, con una graciosa sonrisa que Renata le agradeció.

Hablaron durante un rato. Renata, al igual que ellas, trabajaba en la fábrica Siemens y, por circunstancias de la vida, se alojaba en la residencia de señoritas.

Con gusto las puso al día respecto a la residencia. Les enseñó la lavandería, las cocinas, donde cada una se preparaba su comida, y el salón del teléfono, un lugar al que en contadas ocasiones se podía acceder debido al costo de la llamada, pero al que ellas irían en cuanto pudieran para llamar a su familia y decirles que habían llegado sanas y salvas a Alemania.

Entre risas, Renata les presentó a otras chicas. Eran de otros países. Rusas, italianas e inglesas. No hablaban el mismo idioma, pero la sonrisa era un buen lenguaje universal y con ella se entendían.

—¡Arrea! Fuma y *to*. Le falta el chato de vino —cuchicheó Teresa al ver que Renata abría la ventana y se encendía un cigarrillo.

Carmen no supo qué decir. Era la primera vez que veía en persona a una mujer fumando. Hasta el momento, sólo había visto hacerlo a las actrices americanas o a Sara Montiel en la película *El último cuplé*.

Loli y Carmen intercambiaron una mirada, pero ninguna dijo nada y Renata, al ver cómo la miraba Teresa, tras dar unas glamurosas caladas a su pitillo, lo apagó y, tirándolo a la nieve, comentó:

—No te asustes porque me veas fumando; asústate más bien de los zapatos tan horrorosos que llevas.

Esa contestación hizo que Carmen soltara una carcajada. Le gustaba Renata.

Teresa no supo qué responder a eso, así que miró a Carmen y murmuró:

—Pues mis zapatos son parecidos a los tuyos y a los de tu hermana.

Teresa tenía razón. Comparar sus zapatos bajos y de cordones con suela de tocino con las botas negras de tacón fino que llevaba aquella alemana era como comparar a un español con un americano. ¡Nada que ver!

Sin querer entrar en más debates, Renata les indicó que en la residencia no había horarios. Podían entrar y salir siempre que quisieran, pero que la regla número uno era que a las siete de la tarde había que apagar el radio en las habitaciones y no hacer mucho ruido, para que las otras pudieran dormir. En Alemania se empezaba a trabajar muy temprano.

—¿A qué hora se cena aquí? —preguntó Loli.

—Sobre las seis de la tarde o incluso antes.

—Pero si a esa hora nosotros merendamos —se mofó Carmen.

Renata sonrió. Sin duda, aquellas jóvenes todavía no sabían lo mucho que iban a tener que trabajar y dijo:

—Todo depende de lo cansada que estés y las ganas que tengas de dormir. —Las recién llegadas la miraron y Renata añadió—: Aquí se madruga mucho y el trabajo agota hasta que te acostumbras a él. Lo crean o no, se dormirán a esa hora.

Teresa, que las había estado escuchando en silencio, se dirigió a la alemana y afirmó:

—Ahí te has *meao* fuera. Yo no me acuesto tan pronto.

Divertida por su manera de hablar, que en cierto modo le recordaba algunas cosas que su padre decía, Renata contestó:

—Tiempo al tiempo.

Una vez todo les quedó aclarado, las tres jóvenes se abrigaron bien y decidieron salir a la calle. La nevada era impresionante. Ellas nunca habían visto nada igual. Al salir, Carmen tomó un poco de nieve en la mano y, haciendo una bola, se la tiró a su hermana, que protestó.

—Serás atontada...

Pero cinco minutos después iniciaron una guerra de bolas de nieve a la cual se les unieron las otras chicas que iban saliendo de la residencia, y todas reían mientras jugaban.

Carmen sonrió, encantada con todo lo que la rodeaba. Sin duda, Alemania le iba a cambiar la vida.

2

El lunes, cuando el despertador sonó a las cuatro y media de la madrugada, las jóvenes se querían morir. Tenían sueño, pero debían levantarse. El tren pasaba a las 05.45 por la estación de Büchenbach y no podían perderlo. Carmen miró por la ventana; estaba todo oscuro, y además pudo sentir la dureza del exterior.

¡Qué frío hacía en Alemania!

Se levantaron y, tras esperar su turno para utilizar el cuarto de baño, bajaron a desayunar un tazón de leche con pan. Una vez hubieron acabado, se abrigaron bien y siguieron al resto de las chicas. Todas iban a trabajar a la fábrica Siemens.

La estación de Büchenbach estaba a un cuarto de hora andando de la residencia. El frío era tremendo, pero la curiosidad por todo aquello las hizo reactivarse e ir contentas hacia la fábrica.

Al subir en el tren, Carmen sonrió y, frotándose las manos para darse calor, dijo:

—Necesitamos unos guantes.

—La madre del cordero, ¡qué frío! —se quejó Teresa.

—Necesitan guantes, gorro, unas buenas botas y orejeras —afirmó Renata.

—Será lo primero que compremos cuando cobremos —afirmó Loli.

Tras un viaje de casi una hora, arribaron a su destino.

Nada más llegar a la fábrica, las recibió un hombre de pelo claro, mayor que ellas y vestido con un traje oscuro. Con aire profesional, se acercó a las mujeres y, tendiéndoles la mano, dijo en un español casi perfecto:

—Señoritas, encantado de conocerlas. Me llamo Hans Perez. Soy su intérprete en la fábrica y...

—¿Es español? —preguntó Loli.

—Soy alemán —respondió él, sonriendo.

—Ay, ¡qué *bonico*! —Teresa sonrió.

—Pues habla muy bien español —apreció Carmen.

Con una agradable sonrisa, él explicó:

—Mi padre es español. —Todas asintieron y el hombre continuó con gesto guasón—. Como les decía, soy su intérprete para cualquier duda o problema que tengan. Aun así, procuren amoldarse pronto a sus trabajos.

Dicho esto, les dio una vuelta por la fábrica y les explicó que en aquella zona se trabajaba en cadena, bobinando motores para aviones, camiones o contadores para la luz, y que sus ganancias dependían del esfuerzo de su trabajo.

Les dijo cuál era el horario: de siete de la mañana a cuatro de la tarde. A las nueve hacían una pausa de quince minutos para desayunar y sobre las doce, otra de treinta minutos para comer. Después les presentó a sus jefes y les entregó unos uniformes, unos horrorosos pantalones gris oscuro con unos sacos gris claro.

Una vez quedó todo claro, las llevó hasta la zona donde a los nuevos se les enseñaba a bobinar los motores de los aviones. Aunque se trataba de un trabajo nada fácil, ellas pusieron todo su empeño por aprender, y más al sentir la dura mirada de su nuevo jefe, al que rápidamente, por ser pequeñito y algo arrugado, las españolas bautizaron con el nombre de ¡Garbancito!

Esa noche, en cuanto regresaron a la residencia, a las seis y media, se acostaron sin cenar. El trabajo las había agotado.

El día quince, cuando llegaron a la residencia por la tarde, Carmen vio a varias chicas correr hacia el salón de la televisión.

—¿Qué pasa? —preguntó curiosa.

Teresa, que estaba a su lado, la agarró de la mano y dijo, tirando de ella:

—Corre. Ven. Están retransmitiendo por televisión la boda de la española Fabiola y Balduino de Bélgica. ¡Ay, qué *rebonicossssssssssssssss*!

Carmen la siguió sin dudarlo y se sentó en el suelo junto a otras chicas para ver el real enlace; Teresa cuchicheó a su lado:

—¿No te parece romántico?

—Sí.

Con una mirada soñadora, Teresa añadió:

—Algún día conoceré a un hombre cariñoso, atento y bueno que me cortejará, me enamorará, me pedirá que me case con él y me hará feliz el resto de mi vida. Tendremos hijos, a ser posible cinco, luego los niños crecerán, mi marido y yo nos haremos viejecitos, los niños se me casarán, después me darán nietos y...

—Hija, Teresa... ve más despacio —se mofó Carmen.

Renata, que la había oído, se sentó al lado de ellas y dijo:

—Yo nunca me casaré. Lo tengo claro.

—¡Arrea lo que ha dicho!

Al oír eso, Loli sonrió y afirmó:

—Pues yo sí quiero casarme. Y espero hacerlo con un hombre muy guapo, muy galante y que me cuide toda la vida.

Renata se mofó de ella y Teresa, que quería ver el enlace, susurró:

—Chissss, ¡cállense que no oigo *na*!

Loli, Renata y Carmen se miraron con complicidad, sonrieron y continuaron viendo la boda por televisión.

El resto de la semana fue igual. Madrugar. Trabajar. Regresar a la residencia para bañarse, cenar y dormir. Estaban tan cansadas que a veces se acostaban sin cenar y Carmen sin escribir en su diario.

Como el sábado no tenían que trabajar, pudieron dormir a sus anchas. Sobre las diez, cuando se despertaron, se lavaron los uniformes y decidieron ir al supermercado que Renata les dijo que había en Büchenbach, el pueblo más cercano. Necesitaban aprovisionarse, pues la comida que habían llevado de España se estaba acabando.

Carmen, Loli y Teresa decidieron ir solas a comprar porque Renata se había marchado con un novio que tenía y no estaba. El camino lo conocían, ya que el pueblo se encontraba junto a la estación del tren. Entre risas, las tres jóvenes fueron a la tienda y al entrar y leer todos los carteles en alemán, Loli susurró:

—Creo que deberíamos haber esperado a Renata para que nos ayudara.

Carmen miró a su hermana y, poniendo los ojos en blanco, contestó:

—Chica, tampoco va a ser tan difícil comprar algo de comida.

Loli, sorprendida por sus palabras, la animó:

—Muy bien, hermosa, vamos, empieza a comprar. Necesitamos champú, latas de carne, pan, leche, galletas, papas y si encontramos pollo, sería genial.

Con seguridad, Carmen tomó una cesta que había junto a la cajera, que las miró con curiosidad.

Sin lugar a dudas, aquéllas eran muchachas de la residencia de señoritas y, por su acento y su manera de hablar y de mover las manos, eran españolas o italianas.

Loli y Teresa siguieron a una decidida Carmen, que metió en la cesta leche, pan, champú, galletas, latas de carne preparada y papas. Después se dirigió hacia el mostrador de la carnicería y, al acercarse, el hombre que lo llevaba dijo:

—*Ja?*

Las chicas se miraron y Loli cuchicheó:

—¿Qué ha dicho?

Teresa, con cara de susto, susurró:

—Está muy serio el chico, ¿no?

—Madre del amor hermoso, cómo nos miraaaaaaaaaaaa —murmuró Loli.

Carmen, que hasta ese momento estaba concentrada en los distintos tipos de carne que allí había, levantó la cabeza al oírlas.

—Ha dicho «¡Sí!». Recuerden que cuando los alemanes dicen eso de «*Ja!*», es simplemente «Sí».

—Mírala qué lista y pícara es —se mofó Loli, observando a su hermana.

—Hija, lo tuyo van a ser los idiomas —dijo Teresa sonriendo y haciéndolas reír.

El hombre, al ver que las tres charlaban y sonreían, preguntó:

—*Spanien?*

Ellas se miraron y Carmen, segura de lo que decía, respondió:

—Sí... sí, ¡españolas!

Él también sonrió. No eran las primeras españolas que pasaban por allí y Carmen, envalentonada, añadió mientras lo miraba:

—Queremos po-llo.

El carnicero parpadeó y ella repitió lentamente:

—Po-llo.

Sin entender lo que le decía, el hombre empezó a señalar las carnes que tenía. Las tocaba todas menos la que deseaban.

—Me parece a mí que esto se complica —se mofó Loli.

—Po-llo, *bonico*, ¡po-llo! —insistió Teresa.

Pero nada, el hombre no se enteraba, y entonces Carmen gritó para sorpresa de todos:

—¡Kikirikíiiiiii!... ¡Kikirikíiiiiii!

—¡Serás tonta el bolo! —cuchicheó Loli.

—Sin duda, lo tuyo son los idiomas —se mofó Teresa.

Las tres jóvenes se echaron a reír por aquello y el hombre preguntó:

—*Hähnchen?*

Carmen negó con la cabeza y repitió lentamente:

—*Janchen*, no... ¡qui-e-ro kikirikíiiii!

—*Hähnchen?* —insistió el hombre.

La joven suspiró y él, cogiendo un pollo entero, se lo enseñó y repitió:

—*Hähnchen!*

—Ahhh, ¡*janchen*» es pollo! Sí... sí... —Y, tras asentir, miró a las otras dos, que se reían a carcajadas, e indicó—: Recuerden, ¡el pollo aquí se llama *janchen*»!

—*Hähnchen!* —la corrigió el hombre.

—Bueno... *janchen*... o *jaunchen* o como quieras... —rio Carmen, feliz.

Después gesticuló para que él entendiera que quería el pollo cortado a cuartos y cuando llegaron a la caja para pagar, fue otra odisea. La cajera les señalaba las latas de carne y decía:

—*Das istdochHundefutter!*

—¿Qué dice ésta? —preguntó Teresa.

—A saber —cuchicheó Loli.

La cajera, con varias latas de carne en la mano, negó con la cabeza y Carmen, quitándoselas todas, afirmó:

—Que sí, mujer, que sí... sí... las queremos todas.

—Díselo en alemán o no se entera —apostilló Teresa.

Carmen, sin soltar las latas, dijo con énfasis:

—*Ja!*... *Ja!* Que sí, pesada... que sí... *Ja!*

Cuando finalmente la cajera se dio por vencida, metió las latas en una bolsa y, una vez hizo la cuenta de todos los productos, les volvió a hablar en alemán.

—Buenooooooo —cuchicheó Loli—. Creo que acaba de decir lo que hay que pagar en marcos.

Con paciencia, la cajera volvió a repetir lo dicho y, finalmente, Carmen, ante el agobio que le estaba ocasionando aquel momento, le tendió su monedero.

—¿Qué estás haciendo? —protestó Loli.

—Lo más práctico. No sé lo que dice ni cómo va lo del dinero alemán, por lo tanto, que tome lo que sea y se acabó.

—Pero ¿y si toma de más? —preguntó Teresa.

Carmen, que era un alma cándida, se encogió de hombros y respondió:

—Pues me habrá engañado como a una tonta. Pero ahora nada puedo hacer hasta que entienda el cambio de pesetas a marcos y su idioma.

Una vez la cajera le entregó el vuelto, las jóvenes regresaron a la residencia cargadas con las bolsas. Habían hecho su primera compra ellas solas en Alemania.

Mientras se estaban preparando la comida, Teresa murmuró:

—Santísimo Cristo de la agonía, ¡qué bien huele!

—Estoy hambrienta —afirmó Loli.

La cocina de la residencia se comenzó a llenar y, al ver lo que cocinaban, varias chicas empezaron a sonreír y a señalarlas. Eso llamó la atención de Carmen, que le preguntó a su hermana:

—¿De qué se ríen esas bobas?

Loli, que removía la carne en la cazuela, miró a las chicas a las que Carmen se refería, y se encogió de hombros.

—Ni idea.

Teresa, que al igual que ellas se sentía el centro de atención, cuchicheó, mirando a una de las chicas:

—No me calientes, italiana, que t'avío.

Durante un rato, siguieron preparando la comida bajo la atenta mirada de las demás, hasta que llegó Renata, y al ver la lata que Carmen tenía en las manos, se la quitó y preguntó:

—¿Van a comer esto?

Carmen asintió.

—Sí. Carne con salsita.

Renata soltó una carcajada y las mujeres que estaban en la cocina volvieron a reír con ella. Teresa, Loli y Carmen se miraron y Renata les aclaró:

—Carne es, pero para perro. ¿De verdad se van a comer esto?

—¡Arrea!

—¡Noooooooooo! —gritó Loli.

Carmen la miró boquiabierta. Ahora entendía por qué todas las miraban y sonreían, por lo que, echándose a reír, afirmó:

—Menudas bobas estamos hechas. Eso es lo que la cajera nos quería advertir. ¡Que era comida para perro!

—¡Aunque lo que no mata engorda! —murmuró Teresa con cara de asco, contemplando el cazo que Loli apartaba del fuego.

Ese día, a la fuerza, aprendieron a diferenciar las latas de carne para perro de las latas de carne para humanos. Aunque, como comentó más tarde una chica italiana, ella la había comido el primer día y no se había muerto. Más tarde, le mostraron sus compras a Renata y se enteraron de que en vez de champú para el pelo habían comprado detergente para la lavadora. Eso las hizo reír a carcajadas de nuevo.

Pasaron tres semanas y, además del valor del marco en aquel país, Renata les enseñó a comprar comida. Con paciencia, practicó con ellas algunas palabras en alemán, las mínimas para poder subsistir.

Un domingo al mes, intentaban llamar por teléfono a España, a casa de doña Manolita, la única del bloque que tenía teléfono en su casa.

Cuando llamaban, la familia ya estaba esperando allí y, durante unos minutos, podían hablar con ellos y contarles cómo les iba la vida en Alemania. Oír sus voces y en especial oírlos reír por las cosas que ellas contaban, les recargaba las pilas.

—Déjame hablar con papá —pidió Carmen, quitándole el teléfono a su hermana—. ¡Papá!

Don Miguel, al oír su voz, sonrió y preguntó:

—¿Todo bien por allí, hija?

—Todo muy bien, papá. Tengo los dedos un poco despellejados de trabajar, pero no te preocupes por nada.

Durante varios minutos habló con él y cuando se despidió y colgó, al ver la cara de su hermana preguntó:

—¿Y esa cara de acelga?

Loli se quejó.

—El próximo día, antes de colgar deja que yo me despida también.

Carmen se disculpó.

—Vale... tienes razón. El próximo día te prometo que te despedirás tú.

El siguiente sábado por la tarde decidieron acercarse a Büchenbach, a una discoteca adonde solían ir las jóvenes de la residencia. El local se llamaba Ramona y, lo mejor, ¡era gratis para las chicas!

Con sus mejores zapatos, su mejor falda plisada y peinadas con recato, a las seis de la tarde, Carmen, Loli y Teresa entraron en el local junto a otras compañeras de la residencia. Renata había quedado con un chico y llegaría más tarde.

El ambiente en el local era igual o parecido a lo que se solía encontrar en España. La diferencia era que allí todos los hombres eran rubios, de ojos y piel claros y no se oía música española, aunque sí éxitos de Elvis Presley o Paul Anka.

—Miren ésas, ¡qué descocadas! —cuchicheó Teresa, señalando.

Al mirar hacia donde ella indicaba, Loli susurró:

—Llevan pantalones pitillo y las blusas atadas a la cintura. Si mamá las viera, se escandalizaría.

Carmen las observó con curiosidad y, encogiéndose de hombros, dijo:

—Es lo que se lleva.

—Mírala, ¡qué moderna! —se mofó Loli.

Su hermana sonrió e insistió:

—Esto es Alemania, no España, ¿qué quieren?

—Pero... pero ¿no creen que van demasiado descaradas? —insistió Teresa, sin quitarles ojo a las jóvenes.

—A mí me gusta esta moda —afirmó Carmen, que al ver el gesto de Teresa, preguntó—: ¿Qué te pasa, mujer?

Su amiga no contestó. A sor Angustias, la monja que la había criado no le haría mucha gracia verla vestida así, y respondió:

—Sigo pensando que son unas descaradas.

Carmen sonrió y, sabiendo lo que pensaba, insistió:

—Entiendo que a tu monja no le gusten los pantalones, pero por el amor de Dios, Teresa, ¿tú piensas igual?

Finalmente, la joven sonrió y, suspirando, respondió:

—Soy una pecadora. ¡Me gustan!

Al oírla, Carmen soltó una carcajada.

—En cuanto pueda, me voy a comprar unos pantalones así —aseguró.

—¡Mari Carmen! —protestó Loli después de escucharla.

Durante un par de minutos, las dos hermanas tuvieron unas palabras sobre aquello, pero entonces Teresa, que se escandalizaba por todo, exclamó:

—Bendito sea Dios, ¡también fuman!

—¿Y qué pasa? —preguntó de nuevo Carmen, que no era tan impresionable.

Teresa, retirándose el pelo de la cara, contestó:

—Llámenme anticuada, pero no es bonito ver a una mujer fumar.

Carmen iba a decir algo, pero justo entonces empezó a sonar la canción *The Twist*,* de Chubby Checker, y un joven alemán se acercó a ella y le pidió por señas si quería bailar. Sin dudarlo, ella aceptó y, ante la cara de sorpresa de las otras dos, salió a la pista del local.

Encantada y sonriente, bailó aquella canción moviendo las caderas y los hombros. Cuando la pieza acabó, comenzó *You're Sixteen*,** de Johnny Burnette y continuó bailando con ganas. Quería divertirse.

Media hora después, y tras bailar varias canciones más, Carmen se reunió de nuevo con Teresa y su hermana y se dirigieron a la barra.

—¿Nos pedimos unos chatos? —propuso Teresa.

—Creo que aquí, chatos de vino no sirven —contestó Loli.

Entre risas, finalmente pidieron unos jugos. Cuando se los estaban tomando, unos chicos algo bebidos las empujaron y Teresa, volviéndose hacia ellos, gritó:

—¡Serán atontados! —Y al ver que ellos ni la miraban, afirmó—: Estos alemanes son más brutos que los de mi pueblo.

* *The Twist*, Fort Knox Music Co., Armo Music Corp., Fort Knox Music Inc., Sony/ATV Songs LLC, Lark Music Inc., Trio Music Company, Trio Music Co. Inc., interpretada por Chubby Checker. *(N. de la E.)*

** *You're Sixteen*, All American Summer, interpretada por Johnny Burnette. *(N. de la E.)*

—¿En tu pueblo son tan guapos? —se mofó Loli.

—¡Loli, por Dios! —replicó Teresa.

Carmen asintió divertida. Sin lugar a dudas, que Teresa se hubiera criado con monjas la hacía muy impresionable y todo la sorprendía. Aquellos jóvenes no habían sido delicados, cierto, pero tampoco se podía generalizar. Ella había bailado con un par de alemanes de excelentes modales.

—Hola, chicas, ¿cómo va eso?

Al oír la voz de Renata, las tres amigas se volvieron y Loli le preguntó:

—¿Y tu novio?

La recién llegada sonrió y, guiñándoles un ojo, respondió con seguridad:

—Yo no tengo novio.

Loli la miró y, recordando algo que su madre decía cuando se sorprendía, murmuró:

—Jesús amante hermosa, ¿ese chico no era tu novio?

—No.

—Pero entonces ¿quién era el muchacho que te comía la boca al salir de la residencia? —preguntó Teresa.

—¿Comía la boca? —Renata rio—. ¿Qué expresión es ésa?

Carmen soltó una carcajada.

—Es como decir que te besó.

—Un amigo —afirmó la alemana, mirando a Teresa con seguridad.

Un «¡Ohhhh!» general se oyó por parte de las tres españolas cuando Renata, encendiéndose un cigarrillo, añadió:

—Chicas, a diferencia de ustedes, yo ya les dije que no quiero ni novio ni marido.

Durante un rato hablaron sobre eso y Renata les confesó que había tenido novio en Hannover durante varios años y que al final él la dejó de la noche a la mañana y se casó con otra porque tenía más dinero que ella. Fue tal la decepción que se llevó, que se juró no volver a tener novio en su vida. Eso las impresionó.

Al darse cuenta de que Teresa la miraba sin parpadear, la joven preguntó:

—¿Qué te ocurre?

—¿Desde cuándo tienes estos pantalones?

La alemana morena y de casi metro ochenta se agachó y respondió:

—Desde que me los compré. —Y al ver cómo Carmen contemplaba la prenda, dijo—: Te los dejaría, pero creo que te quedarían algo grandes.

—Son monísimos —afirmó la joven.

—Pero si se le marca todo —cuchicheó Teresa.

Renata soltó una carcajada y, dándose una vueltecita ante ella, replicó:

—Es lo que se lleva, Teresa. Son cómodos, me gustan y me siento bien con ellos.

—Este mes no, pero el que viene, cuando cobre —dijo Carmen—, quiero comprarme un radio para escuchar música en la residencia y unos pantalones como éstos pero en color azul marino; ¿sabes dónde los venden?

—¡Mari Carmen! —protestó Loli—. Si mamá se entera, se enfadará.

La joven miró a su hermana y, sin ganas de discutir, replicó:

—¿Se lo vas a contar tú? —Loli sonrió y Carmen afirmó—: Ten cuidado con lo que cuentas, no se vaya a enterar mamá de que entre Pepito el de la bodega y tú hubo algo más que una bonita amistad.

A las nueve de la noche, ni un minuto más, las jóvenes de la residencia de señoritas dieron por finalizada la tarde de baile y regresaron a su morada. Tenían un buen trecho por delante y debían preparar los uniformes para el lunes.

Antes de acostarse, Carmen sacó su diario y escribió en él.

> Alemania es diferente a España y no sólo por el idioma y los hombres rubios de claros ojos azules que nos miran sorprendidos. Aquí las mujeres se comportan de una manera que en España se tacharía de indecente, pero aunque suene mal, me gusta que las mujeres sean así. (No quiero imaginar los rosarios que mamá rezaría aquí por tanta alma perdida.)
>
> Teresa se sorprende por todo y Renata no se sorprende por nada. Cada una con su particular forma de ser, son auténticas y me hacen sonreír.
>
> Por cierto, quiero comprarme unos pantalones pitillo y estoy convencida de que Loli también.

El mes de aprendizaje finalizó para las tres jóvenes e intentaron aplicarse al máximo en su nuevo empleo. Pero trabajar en cadena era complicado. Requería precisión y rapidez, y ellas no estaban al mismo nivel que el resto de las chicas que hacían lo mismo que ellas en la fábrica.

Desesperadas, intentaron centrarse en lo que hacían, pero era imposible seguirles el ritmo a sus compañeras.

—No me sale... recórcholis, ¡no me sale! —se quejó Loli.

—Calla y sigue —la apremió Carmen, consciente de que las estaban observando.

Su jefe, «Garbancito», las miraba con gesto serio, mientras gritaba en alemán de malos modos.

—¿Qué ladra Garbancito? —preguntó Teresa.

—Ni idea y casi es mejor no saberlo. —Carmen sonrió con disimulo—. Pero me imagino que estará molesto porque han devuelto otra vez lo que hemos hecho.

A las cuatro y media, cuando sonó la sirena anunciando el final de la jornada, Carmen se frotó las manos.

—¡Hoy cobramos! Y podremos irnos de compras.

Encantadas con la idea, se reunieron con Renata, que trabajaba en otra sección de la fábrica, y se pusieron a la cola para cobrar su sueldo. Les pagaban quincenalmente, y cuando Carmen firmó orgullosa en un papel y le entregaron su sobre, su gesto cambió al abrirlo y ver lo que había en él.

—Con esto no tengo ni para comer este mes. Adiós radio y pantalones.

Las otras dos, al abrir sus sobres dijeron lo mismo y, enfadadas y de mala gana, fueron a pedir explicaciones. En la oficina, Renata les hizo de traductora y les dijeron que debían hablar con Hans, su intérprete, pero que ese día ya se había ido de la fábrica.

Molestas y enfadadas, se dirigieron hacia la residencia, conscientes de que con lo que habían cobrado no podrían vivir.

Tras un fin de semana en el que hablaron sobre qué hacer para solucionar su terrible problema, el lunes, cuando llegaron a la fábrica, lo tuvieron claro y, poniéndose de espaldas a la cadena, con los brazos cruzados, Carmen dijo:

—Estamos en huelga.

Sus compañeras, jóvenes de otros países, las miraban sin entender nada. Aquellas tres españolas, las últimas en llegar, se negaban a trabajar.

Durante varios minutos, muchas de aquellas chicas extranjeras y alemanas les indicaban por señas que debían trabajar, que si no lo hacían podían meterse en problemas, pero ellas, muy dignas y seguras de lo que estaban haciendo, insistían.

—No. No trabajaremos. Estamos en huelga.

Minutos después llegó Garbancito y al verlas comenzó con su chorreo de palabras.

—Creo... creo que es mejor que comencemos a trabajar —musitó Teresa asustada.

—Ni hablar. Déjalo que ladre —se mofó Loli.

El hombre, pequeño pero matón, consciente de que no lo entendían, gritaba y gesticulaba con las manos y Carmen, la más decidida de todas, lo miraba y decía:

—¡Que no vamos a trabajar! ¡Que con lo que hemos cobrado no tenemos para vivir!

El revuelo aumentaba en aquella zona segundo a segundo. Nunca nadie había hecho huelga en la fábrica y menos unas recién llegadas, por lo que avisaron a Hans Perez, el cual acudió enseguida.

Al llegar y verlas de espaldas a la cadena y con los brazos cruzados, resopló.

Durante varios minutos, escuchó los gritos de Garbancito, hasta que, acercándose a ellas, preguntó:

—Vamos a ver, ¿qué ocurre?

Sin moverse de su sitio, Carmen contestó:

—Hans, nosotras no podemos trabajar en esta cadena.

—¿Por qué? —preguntó el hombre, desconcertado.

—Estar aquí —prosiguió Loli— requiere mucha precisión y nosotras no tenemos el manejo que tienen el resto de las chicas.

—El viernes cobramos ¡y eso y nada es lo mismo! —murmuró Teresa con un hilo de voz.

Sorprendido e incrédulo, y al ver que el jefazo volvía a gritar, Hans dijo:

—Chicas, ¡son las últimas que han llegado aquí!

—Lo sabemos —afirmó Loli—. Pero estamos aquí para ganar dinero, no para perderlo, y menos para que Garbancito nos grite todo el día.

Hans, al entender que «Garbancito» era el jefe, cuchicheó:

—Haré como que no he oído el nombre por el que has llamado al señor Schröeder o se podrían meter en un buen lío.

—¡Arrea! —murmuró Teresa.

—Pero si es un amargado, ¿no lo ves? —replicó Loli.

Hans puso los ojos en blanco y, cuando iba a responder, Carmen se le adelantó:

—Hans, nosotras queremos trabajar, y te aseguro que trabajaremos duro. Pero queremos hacerlo donde podamos ganar dinero, no donde lo perdamos y se lo hagamos perder a la empresa; ¿tan difícil es de entender?

Le gustara o no reconocerlo, las chicas tenían razón y, tras mirarlas, habló con el enfadado alemán, que finalmente dijo:

—De acuerdo. Por esta vez, ustedes han ganado. Miraremos de reubicarlas en otros departamentos, pero juntas ya no estarán, ¿entendido? —les tradujo Hans.

Las tres se miraron. No les importaba estar separadas durante las horas de trabajo, siempre y cuando éste les diera para vivir, y, tras asentir, Hans y el jefe se marcharon. Al día siguiente, cuando llegaron, las enviaron a diferentes sitios y Carmen, feliz en su nuevo puesto con las planchas para hacer contadores, supo que ahora sí que ganaría suficiente dinero para vivir.

Los días pasaron y, poco a poco, las jóvenes fueron haciéndose a su trabajo y a la vida en Alemania. Comían salchichas, pescado ahumado, col y bebían deliciosa cerveza del país los fines de semana, cuando salían y se divertían.

Con el segundo sueldo, Carmen se compró un radio. Le encantaba escuchar música y ahora podía cantar y bailar en su habitación con sus amigas.

Con el sueldo siguiente, finalmente se compró unos pantalones pitillo azul marino y Loli otros verde botella. Teresa en un principio se negó, pero tras probarse unos y sentir la libertad que aquella prenda le daba, claudicó y también se los compró.

Renata, que se movía bien por Núremberg, las llevaba de compras a sitios increíbles. Ella era de Hannover, pero se conocía muy bien la ciudad donde residía. En Hannover vivía en una granja con sus padres, un lugar que la asfixiaba, sobre todo por la tozudez de su padre, que no le permitía tener iniciativa. Para él, ella era sólo una mujer, y no un varón, y sólo debía obedecer y trabajar. Por eso, cuando ocurrió lo de su exnovio, decidió marcharse, con el consiguiente disgusto de sus padres. Y así fue como había llegado a Núremberg un par de años atrás.

Un sábado, tras una mañana en la capital, donde Renata se compró unos preciosos guantes rojos de piel y un bonito pañuelo de seda beige, entraron en un curioso restaurante.

Una vez acabaron de comer unas ricas salchichas, Carmen miró a Renata y dijo:

—Déjame verlos de nuevo, ¡creo que me he enamorado!

Divertida, la alemana sacó los guantes rojos de fina piel que se había comprado en el bazar de segunda mano donde habían estado y Carmen, tocándolos, murmuró:

—Qué rabia no haberlos visto yo primero.

—Son muy *bonicos*.

Renata soltó una carcajada.

—Se los podrán poner siempre que quieran.

Loli, con el pañuelo de seda beige en las manos, dijo:

—Es una maravilla de pañuelo. Y como ha dicho mi hermana, ¡qué rabia no haberlo visto yo primero!

Terminaron de comer entre risas, y entonces un grupo de chicos se les acercó. Eran militares americanos de habla castellana, como ellas. Durante un rato, platicaron con ellos divertidas, hasta que Renata, obligándolas a salir de allí, dijo:

—Aléjense de los americanos.

—Uiss... pero si están más buenos que los churros con chocolate.

—¡Teresa! —rieron Loli y Carmen al oírla.

Desde hacía unas semanas, la joven que tanto se asustaba por todo había dejado de hacerlo y, mirándolas, contestó divertida:

—Las que duermen en la misma habitación, se vuelven de la misma condición y me estoy modernizando.

—Pero ¿tú qué has bebido? —preguntó Renata riendo. Pero luego se puso seria y repitió—: Lo dicho, aléjense de los americanos.

—¿Por qué? Parecen simpáticos —señaló Loli.

Renata, algo más curtida en hombres que ellas, dijo:

—Escuchen, esos americanos sólo buscan una cosa en las mujeres. Y una vez la consiguen, si te he visto no me acuerdo.

—¿Por qué dices eso? —preguntó Carmen curiosa.

Ella, mientras se arreglaba el pelo, miró hacia el interior del restaurante, donde aquellos muchachos seguían riendo en grupo, y dijo:

—Conocí a una francesa, en otra residencia donde estuve, que se dejó embaucar por uno de ellos y, una vez él consiguió lo que buscaba, no quiso volver a saber de ella.

—¡Qué canalla! —sentenció Teresa.

Renata asintió y, tomándose del brazo de la chica, insistió:

—Recuerden, los americanos, cuanto más lejos, mejor.

Esa advertencia a Carmen le hizo gracia, pero calló. Para ella, los hombres americanos, alemanes o españoles eran lo mismo. Sus miradas, en ocasiones descaradas, le daban a entender lo que buscaban y, sin dudarlo, se alejaba de ellos.

Llegó la Navidad y no existía ninguna posibilidad de regresar a España para estar con la familia. El precio del viaje en avión era prohibitivo y en tren o autobús perderían demasiados días de ida y vuelta. Por ello, en Nochevieja, las cuatro amigas se fueron a cenar a un bar de Büchenbach.

—Brindo por nosotras —dijo Loli—. Porque el año que entra sea mucho mejor que el que se va.

Las amigas brindaron por aquello y Teresa, algo triste al acordarse de las monjas del hospicio, murmuró al ver a Carmen secarse las lágrimas:

—Brindo por las personas que nos quieren y que, aun lejos, están en nuestro corazón.

Conmovidas volvieron a brindar, cuando Renata, para intentar hacerlas reír, dijo:

—Brindo porque la próxima vez que las cuatro volvamos a brindar con champán, ninguna llore, y, si lo hace, que sea de felicidad.

Al cabo de unas horas y tras un par de botellas de champán barato, regresaron a la residencia con una borrachera considerable, llorando y añorando a sus familiares.

3

El cumpleaños de Carmen era el 6 de febrero, y las cuatro muchachas lo celebraron a lo grande. Carmen cumplía veintiún años, y oficialmente era mayor de edad.

En marzo, decidieron dejar la residencia de señoritas y buscar algo más cercano a Núremberg y a la fábrica donde trabajaban.

A través de una amiga alemana de Renata, pronto encontraron una estupenda solución. Unos tíos de dicha amiga tenían una enorme casa a las afueras de Schwabach y buscaban inquilinos de confianza, así que fueron a verla.

—¿Qué les parece? —preguntó Renata en medio del salón.

Loli y Teresa se encogieron de hombros y Carmen, mirando por la ventana, dijo:

—La vista no se puede decir que sea la mejor del mundo.

Todas sonrieron. Desde la ventana se veía un cementerio y Renata afirmó:

—Ya. Pero al menos sabemos que los vecinos no serán ruidosos.

—No digas eso, Renata —se quejó Teresa—. Es un campo santo.

Su amiga puso los ojos en blanco y Carmen, al verlas, intervino con una sonrisa:

—Es una broma, Teresa. Hija de mi vida, un poquito de sentido del humor.

—Como diría nuestro padre —añadió Loli para suavizar el momento—, hay que temer más a los vivos que a los muertos.

—En eso le doy la razón —asintió Teresa.

La casa estaba amueblada. Cuatro habitaciones, un salón grande con televisor, dos cuartos de baño, uno de ellos con bañera. Aquello suponía un gran lujo, tras vivir en la residencia de señoritas.

Una vez las chicas se decidieron, Renata habló con los dueños, Anita y Josef, y llegaron al acuerdo de que las cuatro se instalarían en la primera planta y ellos, los caseros, en la planta baja. Quince días después, las muchachas se mudaron a su nuevo hogar.

Sin duda, la decisión fue acertada y todo era perfecto. Incluso disfrutaban de verduras frescas que los caseros les regalaban cuando las recogían de su propio huerto, y ellas se lo agradecían con una gran sonrisa.

Anita les doblaba la edad, pero por su gesto siempre risueño se veía que debía de ser encantadora. Alguna tarde cuando Carmen llegaba de trabajar, si veía a Anita sentada tejiendo, o bien en la cocina, preparando algo, bajaba a su casa y, a pesar de que no podían comunicarse bien con palabras, lo hacían con miradas y gestos.

Pronto, entre ellas se creó un vínculo especial, y raro era el viernes en que la mujer no les preparara a las chicas un pastel de queso con frambuesas. Especialmente porque sabía que a Carmen le gustaba.

La cercanía a Núremberg hacía que visitaran la ciudad con asiduidad los fines de semana. Era más bonita de lo que en un principio habían creído. En sus días libres, y animadas por Teresa, visitaron lugares como la iglesia de San Sebaldo, la de San Lorenzo o la de Santa Martha, algo que aburría a Renata pero que a Teresa le encantaba. Aunque por las tardes, para compensar, iban a bailar a los locales de moda, donde Renata se divertía y Teresa también disfrutaba.

En aquellas salidas por Núremberg, se cruzaban con cientos de militares americanos. Muchachos jóvenes que, como ellas, querían divertirse y reír, pero siguiendo el consejo que meses atrás les había dado Renata, huían de ellos. Renata, que en la granja de sus padres conducía un tractor, tras ahorrar un poco se compró un viejo y destartalado Volkswagen amarillo. Tener ese vehículo a las jóvenes les dio mayor libertad de movimiento.

Una de las tardes, cuando regresaban de la ciudad, llovía a mares. Era la primera vez que una lluvia así pescaba a Renata conduciendo, así que miró a sus amigas y dijo:

—Voy a ir despacio, ¿bueno?

Ellas asintieron con gesto preocupado, en especial al ver el rictus incómodo de Renata. La carretera por la que tenía que ir hacia Schwabach no era muy buena y la lluvia era molesta e incesante.

—¡Llueve *muchismo*! —afirmó Teresa.

—Vaya nochecita toledana que se está poniendo —murmuró Loli, mirando fuera.

Carmen, que iba en la parte de delante con la alemana, al ver los nudillos blancos en las manos de Renata, intuyó el nerviosismo que sentía y dijo mientras la observaba:

—Tranquila. Lo haces muy bien.

La chica sonrió, pero entre la helada y la lluvia estaba muy tensa. De pronto, vio que el vehículo que iba detrás de ellas hacía un movimiento extraño y antes de que pudiera abrir la boca, las embistió, haciendo que las chicas chillaran.

Durante varios metros, el coche giró descontrolado por el hielo que había en la carretera, hasta que al llegar a un árbol golpeó contra él y se paró.

Durante una pequeña fracción de segundo ninguna dijo nada, y entonces se oyó la voz de Teresa que preguntaba asustada:

—¿Están bien?

Loli, que estaba a su lado, asintió y entonces gritó espantada:

—¡Mari Carmen... Mari Carmen...!

Tocándose la frente, ésta murmuró:

—Loli, tranquila, estoy bien.

Estaba temblando. ¿Qué había ocurrido? Pero al mirar a Renata y verla inmóvil y echada sobre el volante, gritó:

—¡Renata!

La chica no se movió y, alarmada, Carmen intentó abrir su puerta. No se podía. El árbol que las había parado lo impedía. Desesperada, buscó una solución. Aquel vehículo sólo tenía dos puertas y por la de Renata no podían salir.

Al mirar hacia el frente, vio el cristal delantero cuarteado por el impacto y, sin dudarlo, le dio un golpe con el puño cerrado y lo rompió en mil pedazos.

—¡¿Qué haces?! —chilló Loli asustada.

Sin mirarla, y a pesar del intenso frío, Carmen se quitó el abrigo, lo tendió como pudo sobre el capó del coche y los cristales rotos y dijo:

—Tenemos que salir por aquí. La puerta no se puede abrir y a Renata le pasa algo.

—¡Ay, Dios mío! —sollozó Teresa.

Como pudo, Carmen salió por la parte frontal del coche con cuidado de no cortarse; después ayudó a Loli y, tras ésta, a Teresa. El vehículo que las había embestido estaba parado unos metros más atrás y de él salió un hombre de avanzada edad, que corrió hacia ellas gritando algo en alemán que las tres chicas no entendían.

Sin mirarlo, Carmen fue a toda velocidad hacia la puerta de su amiga para abrirla. Tenía que sacar a Renata de allí. Pero entre los nervios, el frío, la flojera del momento y la lluvia, le era imposible. El anciano, tan asustado como ellas, también intentó abrir la puerta, pero nada, estaba atrancada.

Tras decir algo en alemán, el hombre corrió de nuevo hacia su coche, mientras Loli y Teresa lloraban asustadas. Carmen, a quien le temblaban las manos, volvió a subirse al capó del vehículo. Movió a Renata con delicadeza y aliviada vio que respiraba.

—Te vamos a sacar de aquí. Te vamos a sacar de aquí —susurró a punto de llorar.

En ese instante, Renata se movió, abrió los ojos y, mirándola, murmuró:

—Lo sé... lo sé... ¿Están bien?

Al ver que se movía, la miraba y, sobre todo, hablaba, Carmen sonrió aliviada, mientras el anciano se acercaba sosteniendo una barra de hierro. La metió por la ranura de la puerta y comenzó a hacer palanca. Pero nada. No conseguía abrirla.

Desesperada, Carmen miró a Renata, que poco a poco recuperaba la conciencia, y tras darle un rápido beso en la frente, dijo al ver que una camioneta se paraba para socorrerlos:

—Te voy a sacar de aquí como sea.

Se bajó del capó del coche de un salto, temblando. Cada vez llovía más y cuando llegó a la altura de su hermana y de Teresa, le quitó al anciano la barra de hierro de las manos. Y sin esperar a que los dos hombres que llegaban corriendo la ayudaran, comenzó a hacer palanca con todas sus fuerzas, hasta que la puerta del Volkswagen se abrió y ella cayó hacia atrás.

Al llegar a su lado, los hombres se apresuraron a ayudar a Renata a salir del vehículo. Por suerte, estaba bien, sólo había sido una conmoción momentánea, y cuando Carmen se levantó del charco donde se había caído, la chica la abrazó sonriente y murmuró:

—Al final tendré que regalarte los guantes de piel rojos.

Ambas rieron. La suerte las había acompañado y no había pasado nada que no se pudiera remediar. El coche era algo material y sustituible, pero ellas no.

Minutos después, y tras tranquilizar al anciano que las había embestido y éste explicarle a Renata por enésima vez que su vehículo había patinado por la lluvia y el hielo, los hombres de la camioneta los llevaron a todos al hospital más cercano, donde los atendieron, y, por suerte, les dijeron que estaban bien.

Un mes después ya habían olvidado el incidente, y Carmen y Renata fueron al taller de un conocido de ésta para recoger el coche. Con el Volkswagen en casa y habiendo recuperado su libertad de movimientos, las chicas no volvieron a hablar del accidente. Era mejor olvidarlo.

Todos los sábados iban a tomar un café con leche a la misma cafetería, y Loli buscaba con la mirada a un joven alemán que trabajaba allí y que le hacía gracia. Uno alto y rubio de ojos azules, que siempre que la veía le sonreía.

Uno de esos sábados, el muchacho, acompañado por tres chicos, esperó en la barra del bar hasta que vio llegar a la joven que le había llamado la atención. Animado por sus amigos, se acercó a Loli y, tendiéndole la mano, dijo:

—Leopold.

Ella lo miró, ¡se le estaba presentando!, y Teresa cuchicheó divertida:

—¡Arrea!... si se llama como el párroco de mi iglesia.

El muchacho comenzó a hablar y Loli, con cara de circunstancias, buscó a Renata con la mirada. Necesitaba ayuda y su amiga le hizo de traductora.

Leopold, contento por haber podido salvar aquella barrera que los separaba, les dijo a sus amigos que se acercaran y, tras plantearle a Renata la posibilidad de ir a bailar todos juntos, salieron de la cafetería y se fueron a un local cercano.

Tras llegar al sitio en cuestión y pedir unos jugos, Loli se alejó de su hermana y de las demás y se fue a la pista a bailar con Leopold.

—Mírala —comentó Carmen—, ahí la tienes, con pantalones pitillo y tonteando con un alemán. Si se entera mi madre, la encierra en casa y le hace rezar veinte rosarios.

Todas rieron y, poco después, hasta Teresa estaba en la pista, divertida, bailando un twist con uno de los chicos.

Una hora más tarde, un grupo de americanos entraron en el local y, enloquecidos, corrieron a la pista a bailar rock and roll con las chicas que iban encontrando por el camino.

—Madre mía, ¡qué bien se mueven! —exclamó Carmen.

Renata los miró. Eso no lo podía negar, los reyes de la pista en esa modalidad eran los americanos. Mientras tanto, los alemanes los miraban, algo recelosos por verlos acercarse a sus chicas. Teresa, al contemplar las piruetas que algunas de ellas hacían, cuchicheó:

—Madre del amor hermoso, le acabo de ver las vergüenzas a la del vestido azul cielo.

Carmen sonrió y no dijo nada. Aquellos jóvenes querían divertirse, eso se veía en sus caras y en sus gestos. En ese momento, por los altavoces del local, Neil Sedaka cantaba *Oh! Carol.**

—¡Me encanta esta canción! —afirmó Carmen, comenzando a cantarla a su manera. Su inglés era peor que pésimo.

Renata, señalando a Loli, que gesticulaba con las manos ante el alemán llamado Leopold, preguntó:

—¿De qué estarán hablando?

Divertida, Carmen miró a su hermana.

—A saber —respondió.

Durante varios sábados se estuvieron viendo con aquellos chicos alemanes. Loli había empezado una relación con el tal Leopold, mientras Teresa parecía llevarse muy bien con otro de ellos.

Pero un mes más tarde, el romance entre Loli y Leopold se acabó y el de Teresa ni llegó a empezar. Aquello no tenía ni pies ni cabeza, y los dos grupos dejaron de verse y de quedar.

Varios sábados después, una tarde en que salían de bailar y se encaminaban hacia un estacionamiento para tomar el coche de Renata, al pasar

---

* *Oh! Carol*, Ap Music Ltd., interpretada por Neil Sedaka. *(N. de la E.)*

junto a la estación central de Núremberg, Teresa oyó que alguien la llamaba, y al volverse se quedó boquiabierta al ver a una chica del mismo hospicio donde se había criado que corría hacia ella.

—Teresa... Teresita, pero ¡qué alegría verte!

—Dios mío, Luisi, pero ¿qué haces tú aquí? —exclamó Teresa, tras
fundirse las dos en un gran abrazo.

Durante un par de minutos hablaron sin parar, mientras Renata, Carmen y Loli las observaban, y cuando Teresa las miró, dijo emocionada:

—Chicas, acérquense, que les presento a Luisi.

Ellas la saludaron encantadas y la joven les dijo que estaba con un
grupo de españoles, inmigrantes como ellas, pasando el día en Núremberg. En ese momento, al ver a Renata fumar, la miró con gesto hosco y
luego se volvió hacia Teresa, que puso los ojos en blanco. Esos gestos no
pasaron desapercibidos para nadie, pero a Renata, que era una mujer de
armas tomar, le dio igual. Continuó fumando como si nada.

Antes de despedirse, Luisi las invitó a una fiesta el sábado siguiente,
en los barracones donde ella vivía. Con el coche de Renata les sería fácil
llegar hasta allí.

Tras una semana de trabajo a tope, el sábado a las cuatro de la tarde
las jóvenes se despidieron de Anita, su casera, se subieron en el coche y se
fueron de fiesta. Al llegar al sitio, se les cayó el alma a los pies. Los barracones donde estaban alojados aquellos españoles eran penosos. ¿De verdad podían vivir allí?

Aquel desangelado y frío lugar nada tenía que ver con la residencia de
señoritas donde ellas habían estado, o la casa que alquilaban entre las cuatro. Se entristecieron por su precaria situación y, una vez más, se dieron
cuenta de lo afortunadas que eran.

Sin decir nada, se apuntaron a la fiesta y entregaron las botellas de refresco que habían llevado para colaborar. Los españoles las recibieron con
gusto, aunque algunos miraban con gesto raro a Renata, que iba con pantalones y fumaba.

—¿Y estas lindas señoritas quiénes son? —preguntó de pronto un joven alto y guapo, acercándose a ellas.

Todas lo miraron y Luisi respondió encantada:

—Ella es mi amiga Teresa y ellas son Carmen, Loli y Renata.

Todas sonrieron a aquel hombre tan guapo, que, tras saludarlas, le tomó la mano a Teresa, se la besó con galantería y dijo:

—Quién fuera sol para alumbrar tu día y luna para velar tus sueños.

—Arturo, tú como siempre tan galante —aplaudió Luisi.

Él, consciente de que era el centro de las miradas de muchas de las chicas presentes, le guiñó un ojo y contestó:

—Ante tales bellezas, ¡siempre!

Ellas sonrieron, encantadas por aquel bonito piropo, y Teresa se puso roja como un tomate cuando aquel galanazo preguntó sin soltarla:

—¿Bailas conmigo?

Paralizada, la joven no supo qué decir. En la vida se había encontrado en una situación así, pero animada por sus amigas, salió a bailar con él.

Luisi, al ver las miradas y sonrisas de aquéllas, puntualizó:

—Arturo está soltero y es un chico muy divertido.

—Además de un adulador nato —se mofó Renata.

Tras bailar con Teresa, Arturo sacó a Carmen y después a Loli, pero cuando se lo pidió a Renata, ésta se negó con una sonrisa. Él, acercándose más de la cuenta, dijo:

—Mujer, no te voy a comer, aunque estás para que lo hagan.

La alemana lo miró. De adulador había pasado a idiota.

Nunca le habían gustado los hombres como aquél y, sin responderle, se dio la vuelta y se fue en busca de Loli, que hablaba con unas chicas. Tras ese desplante, Arturo miró a su alrededor y al ver que Teresa lo observaba, se acercó a ella y dijo:

—¿Alguien te ha dicho que tienes una carita preciosa?

La joven se acaloró y no supo qué responder. Que un hombre se fijara en ella como lo estaba haciendo aquél, era nuevo, y le gustó.

Carmen, tras bailar un par de rumbitas que un chico tocó con la guitarra, empezó a hablar con una joven llamada Conchita, la cual le preguntó curiosa:

—¿De verdad viven las cuatro en un piso alquilado?

—Sí —asintió Carmen.

—¿Tanto les pagan en la Siemens?

Con tantas preguntas, Carmen se empezó a agobiar. ¡Menuda entrometida! Pero no quería ser descortés, así que respondió:

—Trabajamos en cadena y cobramos por producción. Y, la verdad, no pagan mal.

—Pero ¿siempre han vivido ahí?

—No. Antes vivíamos en Büchenbach, en la residencia de señoritas de la Siemens.

—¿Y por qué se mudaron?

Aquel tercer grado cada vez la incomodaba más.

—Para estar más cerca de Núremberg y no madrugar tanto —respondió—. Por eso ahora vivimos en Schwabach.

La chica, sorprendida porque su realidad fuera tan diferente a la de Carmen, siendo ambas inmigrantes españolas, le preguntó:

—¿Te puedo pedir un favor?

—Claro.

—Por favor, por favor, por favor, ¿podrías preguntar en la Siemens si necesitan más gente?

—Por supuesto —asintió Carmen.

Conchita sonrió y explicó:

—Manolo y yo andamos bastante justos de dinero. Más de la mitad de lo que ganamos lo mandamos a España, porque nuestras familias lo necesitan.

Entendiendo lo difícil que tenía que ser vivir en esa situación, Carmen se compadeció.

—Te prometo que, en cuanto tenga oportunidad, preguntaré lo que me dices —le aseguró.

Conchita le tomó las manos y, mirándola a los ojos, susurró:

—Son afortunadas, Carmen. Muy afortunadas. No todos los inmigrantes podemos permitirnos lo mismo que ustedes. Que no tengas que mandarle dinero a tu familia es una gran ventaja.

—Sí, tienes razón.

Durante un momento, ninguna de las dos dijo nada, hasta que Conchita preguntó:

—¿Quieres algo más de beber?

Sonriendo, Carmen le dijo que no con la cabeza y la joven, señalando al chico que tocaba la guitarra, añadió:

—Mi marido disfruta estos momentos con locura.

—¿Es tu marido? —preguntó Carmen.

—Sí, Manolo y yo nos casamos hace seis meses, en la iglesia de Santa Isabel. Nos conocimos aquí, nos enamoramos y decidimos unir nuestras vidas ante Dios, aunque nos separen los barracones para dormir.

—¿Viven separados? —se extrañó Carmen.

—El segundo sábado de cada mes nos vamos a un hotelito no muy caro a pasar la noche —contestó Conchita, con una pícara sonrisa. Y luego añadió con humor—: ¡Se hace lo que se puede!

Cuando regresaron a su casa tras la fiesta, Teresa estaba emocionada. Arturo la había deslumbrado y no podía dejar de hablar de él.

—Te brillan los ojitos —se mofó Loli.

—Arturo... ¡Oh, Arturo! Hasta su nombre me gusta —afirmó la chica entusiasmada—. Tiene nombre de rey.

—No es manco el galán... más bien un poco pulpo —afirmó Carmen, recordando cuando había bailado con él.

Renata rio divertida por aquellos comentarios y, mirando a Teresa, dijo:

—Nunca habría imaginado que un hombre así te pudiera gustar a ti.

—¿Un hombre así? —preguntó la joven—. ¿Qué quieres decir con eso?

Loli, Carmen y Renata se miraron. Todas entendían lo que ésta quería decir.

Arturo no había parado de tontear con todas las mujeres de la fiesta y Renata, dispuesta a ser sincera, como siempre, respondió:

—Teresa, no hay más que verlo para saber que a ése le gustan todas.

La expresión de la chica cambió. El comentario no le había hecho ninguna gracia.

—¿Te ha pedido a ti o a alguna de ustedes que vuelvan la semana que viene? —preguntó. Las demás negaron con la cabeza—. Pues a mí sí me lo ha pedido. ¿No creen que será por algo?

Y dicho esto, levantó el mentón y se marchó a su habitación.

—¡Vaya! —exclamó Renata.

—¿Nos acaba de dejar con la palabra en la boca la de Albacete? —preguntó Loli.

—Sí —afirmó Carmen divertida.

—Ese tipo no me gusta —insistió Renata—. No sólo ha tonteado con todas, sino que no ha habido ni un momento en que no tuviera una copa en la mano. Me recuerda a mi ex y Teresa es muy inocente.

Loli y Carmen se miraron. Sin tener tanta experiencia como ella, intuían sin embargo que Renata tenía razón. Teresa era muy inocente.

Pero todo lo que le habían dicho sus amigas, a la joven no le importó, y todos los sábados se iba con aquel grupo de españoles, para ver a Arturo y, de paso, llevarle alguna botellita de vino que le compraba o alguna tortilla de papas, o rosquillas que ella le hacía.

Él, encantado con esos detalles, en cuanto la veía llegar le decía tres tonterías, la piropeaba y ella sonreía como una tonta.

Arturo la tenía deslumbrada. Todo lo que él decía estaba bien dicho y lo que hacía bien hecho. Para ella, no tenía ningún defecto. Era alto, guapo, simpático. ¿Qué más podía pedir?

Pero la realidad que sus tres amigas y más gente veían era muy diferente. Aquel atractivo joven era un seductor al que le gustaban todas las mujeres, y aunque intentaron hacérselo ver a Teresa, fue inútil. De pronto, Teresa comenzó a cambiar. Dejó de ponerse pantalones, dejó de bromear y se distanció de sus amigas.

Un mes después, en otra fiesta con el mismo grupo de españoles, alguien llevó un tocadiscos. Por primera vez no se tocaba la guitarra y en cambio se bailaba música de Paul Anka, Elvis Presley o Connie Francis.

Renata estaba apoyada en la pared, con una cerveza en la mano, mirando a los demás bailar, cuando alguien le acarició la cintura. Era Arturo.

—¿Qué haces? —preguntó ella, apartándose.

—¿Qué tal si tú y yo salimos y damos un paseo? —preguntó él sonriente.

Renata lo miró boquiabierta. Sin duda, era un sinvergüenza insensible como su ex.

—¿Qué tal si te alejas de mí? —replicó.

—Mujer, no seas arisca —insistió Arturo.

La alemana, dando un paso atrás, levantó el mentón y le soltó:

—A mí no me la das; es más, te pediría que te alejaras de mi amiga Teresa.

—¿Por qué dices eso? —preguntó él sin dejar de sonreír, tras darle un trago al vaso que tenía en las manos.

A cada instante más incómoda, Renata respondió:

—Teresa es una buena chica y le vas a hacer daño. Déjala en paz.

Arturo miró hacia la joven mencionada, que estaba hablando con su amiga Luisi.

—Vamos, preciosa, olvídate de Teresa y sal conmigo afuera —contestó—. Seguro que una mujer como tú me da con gusto y placer lo que deseo.

—¿Una mujer como yo?

Él sonrió de nuevo y, con una arrogancia que a Renata la sacó de sus casillas, explicó:

—Teresa es una mujer sosita y decente a la que le tengo reservadas otras cosas. Pero tú eres diferente y contigo lo podría pasar bien; ¿entiendes lo que quiero decir?

Incrédula, Renata quiso soltarle un bofetón, pero si lo hacía allí en medio, sabía que podía causar un gran problema, por lo que masculló:

—Eres un sinvergüenza.

Y dicho esto, se alejó de él para no complicar las cosas.

Cinco minutos después, el muy descarado bailaba excesivamente acaramelado con Teresa la canción *Luna de miel*,* de Gloria Lasso.

—¿Qué te ocurre? —le preguntó Carmen a Renata, acercándose a ella.

—Tengo ganas de matar a alguien —dijo su amiga.

—¿Qué pasa?

Necesitaba contarle a alguien lo ocurrido y, cuando acabó, Carmen, sobrecogida por lo que había escuchado, dijo:

—¿Qué vas a hacer? ¿Se lo vas a contar a Teresa?

—¿Crees que serviría de algo o, por el contrario, pensará que soy una fresca que le quiere robar a su hombre?

Carmen lo pensó. Sabiendo cómo era Teresa, y más tras el cambio que había dado al conocer a Arturo, pensaría lo segundo, así que, intentando tranquilizar a Renata, le propuso que salieran a tomar el aire.

A partir de ese día, Arturo no se volvió a acercar a ella, ni la joven le contó nada a Teresa. Pero había que ser tonta y ciega para no ver cómo él tonteaba con todas las mujeres, y, en lo que hacía referencia a ese tema, Teresa lo era.

---

* *Luna de miel*, Marina Music Publishing S. L. U., interpretada por Gloria Lasso. *(N. de la E.)*

En cada nueva fiesta a la que asistían, Luisi se empeñaba en emparejar a las tres amigas con algunos de los hombres presentes, pero a ellas no les interesaba ninguno. Comentarios como que sus mujeres nunca llevarían pantalones, nunca fumarían, no manejarían ni podrían teñirse el pelo, las convencían de que ellas no querían ese tipo de hombre en su vida.

Pero Teresa era diferente. Era feliz con el cortejo del sinvergüenza de Arturo. Éste la hacía sentir especial y sin duda sería la perfecta mujercita tonta para un hombre como aquél.

Con el paso de las semanas, la joven dejó de hacer absolutamente todo lo que antes hacía con sus amigas. Por no ir, incluso, en ocasiones, ni siquiera iba con ellas en el tren a trabajar. De pronto, la chica divertida que las hacía reír con su particular forma de hablar y su manera de sorprenderse por todo se había esfumado para dejar paso a otra que estaba siempre a la defensiva.

Aquel cambio a ninguna le hizo gracia, sin embargo la respetaron; pero cuando un mes después la relación se hizo oficial, Renata no pudo más y una noche le contó lo ocurrido.

—No te enfades, Teresa, pero te lo tenía que decir —dijo la alemana, apoyada en el alféizar de la ventana del salón mientras se fumaba un cigarrillo.

—¿Que no me enfade? —replicó ella indignada—. Me estás diciendo algo... algo horrible de mi novio ¿y pretendes que no me enfade?

Loli, que se había mantenido al margen desde el principio de la conversación, al ver que aquello se estaba saliendo de madre, decidió intervenir:

—Lo que ella intenta decirte es que estés prevenida y...

—¿No sería ella la que se le insinuó? —cortó Teresa ofendida.

—Buenoooo —resopló Renata.

—Como diría sor Angustias, el que tanto desconfía no es de fiar.

Al oír eso, Carmen, incapaz de callar un segundo más, gritó:

—Pero ¡¿qué estás diciendo?! ¡Renata te está contando que tu novio se le insinuó y te llamó sosa! Y tú, en vez de enfadarte con él, ¿la culpas a ella?

Teresa se cruzó de brazos y Renata, cansada de tener tacto con ella, dio una calada a su cigarrillo y dijo:

—Mira, guapa, haz lo que quieras. Yo ya te he avisado.

—¡Como dice Arturo, eres lo que pareces, una libertina y una mujer sin principios! —gritó la chica, sorprendiéndolas.

—¡Teresa! —exclamó Loli.

Renata, que le sacaba más de un palmo, la miró, dispuesta a decirle todo lo que pensaba.

—Mira, ¡so tonta! —siseó—. Está claro que las cosas se hacen de diferente forma en España y en Alemania, pero cuando una persona es tonta, lo es aquí y allí.

—¿Me estás llamando tonta?

—Pero ¡¿no te das cuenta de que Arturo es como mi ex y te va a hacer sufrir?! —gritó Renata—. Ese sinvergüenza tontea con todas, le encanta beber y sólo quiere estar contigo porque ve en ti un buen filón de dinero por tu trabajo.

—Eres mala, ¡muy mala! —chilló Teresa.

Carmen y Loli se miraron. Renata tenía razón en todo. Cada vez que Teresa cobraba, empleaba parte de su sueldo en comprarle ropa, tabaco y todo lo que a él se le antojara. Ella sólo quería verlo feliz y no atendía a nada más.

—Pues sí —afirmó la alemana—, seré mala y libertina, pero tú eres tonta. Tonta por no querer ver cómo es tu novio, tonta por no darte cuenta de cómo te utiliza para su propio beneficio y tonta por creer que yo quiero algo con él.

—Eres una mentirosa —replicó Teresa.

Renata apagó el cigarro y, acercándose a ella, le soltó:

—Yo seré una descarada y una indecente para ti y para tu novio, pero nunca he sido una mentirosa, y lo sabes, aunque no lo quieras reconocer. —Y sin poder callarse más, añadió—: Tus amigos españoles me caen muy bien, aunque sé que algunos como Arturo, Conchita o la buenísima de Luisi piensan cosas raras de mí porque soy alemana, llevo pantalones y fumo. ¿Acaso crees que soy tan lerda como para no darme cuenta de sus murmullos? —Teresa no contestó y Renata concluyó—: Pero visto lo visto, y dado que mi sinceridad te molesta, para mí esta conversación ha terminado. No volveré a decir nada más de tu novio y sólo espero que lo disfrutes con salud.

Dicho esto, se metió en su habitación dando un portazo y dejando a las tres españolas sin palabras en el salón.

Loli y Carmen iban a decir algo, pero Teresa se les adelantó:

—No es justo que me hable así.

—Lo que no es justo es que tú reacciones así —sentenció Loli.

La conversación había sido incómoda para todas, pero entendiendo a la alemana, Carmen ahondó en el tema.

—Renata no te ha mentido. Lo que te ha dicho yo también lo pienso. Es más, por ella y por lo que te quiere, pondría las manos en el fuego. ¿Tú las pondrías por Arturo?

Teresa no quería dar su brazo a torcer, se levantó sin contestar y se metió en su habitación.

—Estamos fritas —le susurró Loli a su hermana.

Aquella conversación marcó un antes y un después en la relación de Teresa con las chicas. A partir de ese momento, su trato se volvió frío y distante, y cuando volvían de trabajar, la joven se recluía en su habitación sin querer saber nada de las demás.

Atrás quedaron las risas, las bromas, los bailes en el salón escuchando el radio y las confidencias. Todo cambió, simplemente porque Teresa se había enamorado.

Una noche, cuando todas se hubieron acostado, Carmen sacó su diario y escribió:

Es complicado vivir con alguien cuando ese alguien está incómodo contigo, y eso le pasa a Teresa. La incomodamos. La bola va creciendo día a día y me echo a temblar al pensar que en algún momento esa bola pueda explotar.

A veces me gustaría poder sentarme, como hacíamos antes, para hablar largo y tendido con ella de lo que está ocurriendo. Pero no me da opción, ni a mí ni a ninguna de nosotras.

Añoro a la Teresa que conocí y que decía «¡*Muchismos!*» o «¡Arrea!» y era feliz. De pronto esa chica ha desaparecido y sólo cuenta lo que Arturo piense. El resto le da igual.

La impotencia en ocasiones nos puede, aunque intentamos mirar hacia otro lado para no discutir con ella. Pero aun así, la sangre nos hierve en las venas cuando justo el día que cobramos, allí está Arturo, en la puerta de la fábrica, con la mejor de sus sonrisas.

Su último capricho ha sido una carísima chamarra que, por supuesto, Teresa le ha comprado. Ella no dice nada. Evita contarlo. Pero él fanfarronea ante sus amigos de su nuevo logro y Conchita, que se entera de todo, se lo dijo a Loli.

Renata se hace la fuerte ante lo que está ocurriendo, pero sé que este asunto le duele por los recuerdos que le trae de su ex. No hay más que mirarla para saber que, tras esa apariencia de chica fría y dura, tiene un gran corazón. Como diría mi madre, ¡tiene un corazón que no le cabe en el pecho!

Lo que no entiendo es cómo, si todos nos damos cuenta, Teresa no se la da.

4

La Navidad llegó y esta vez las amigas decidieron celebrar la Nochevieja en su casa, no en un bar, como el año anterior. Propusieron organizar una cena con Arturo y el grupo de españoles. Quizá eso relajaría el ambiente con Teresa. Renata, a pesar de lo que pensaba de Arturo, incluso ofreció su coche para ir a buscarlos.

Ese detalle le gustó a Teresa que, por primera vez en varias semanas, se comunicó con las chicas y el ambiente tenso entre ellas en cierto modo se relajó.

Renata fue a buscar a los invitados y regresó con Arturo, Conchita, Manolo y cinco personas más, que, milagrosamente se habían podido meter en su Volkswagen.

¡La velada prometía!

De madrugada, los caseros, Anita y Josef, junto a su hija, que había ido a pasar la noche con ellos, al oír la algarabía española, llena de palmas, taconeos y «¡olés!», en un principio se incomodaron. Las chicas nunca eran tan ruidosas, ¿qué estaban haciendo?

Subieron en busca de explicaciones y, después de hablar con Renata y Carmen, que los invitaron a unirse a la fiesta, se tomaron unos vinitos y, al cabo de un rato fueron los primeros en gritar y dar palmas entusiasmados, mientras las chicas eran testigos mudos de cómo Arturo le hacía ojitos a la hija de los caseros y Teresa miraba para otro lado.

¿De verdad estaba tan ciega?

El día de Reyes, Teresa lloró al recibir por parte de las tres chicas unos regalos, porque ella no les había comprado nada. Sus amigas, conmovidas por sus lágrimas, le dijeron que no importaba, sólo importaba el cariño que se tenían. Lo material no entraba en el corazón.

Esa tarde, Teresa se empeñó en que la tenían que acompañar a una fiesta que se iba a celebrar en los barracones, con los amigos españoles. En un principio, las chicas se resistieron. Ver otra vez al vividor de Arturo no era lo que más les apetecía, pero finalmente claudicaron. Sólo querían que Teresa estuviera contenta.

Cuando llegaron, durante un rato se divirtieron cantando villancicos, tocando la pandereta y tomando chupitos de anís. Pero de pronto, cuando menos lo esperaban, Arturo apareció vestido como si fuera una estrella de cine. Con un bonito traje oscuro y los zapatos relucientes, les enseñó a todos el precioso reloj suizo que su chica, Teresa, le había regalado y, una vez acabó, se acercó a ella y, sacándose del bolsillo del pantalón una cajita roja, le entregó delante de todos un anillo de compromiso.

Teresa sonrió y Renata, al ver aquello, murmuró a sus amigas:

—Ahora entiendo por qué Teresa quería que viniéramos. —Las dos hermanas asintieron y la alemana cuchicheó—: Les digo yo que el reloj y el anillo los ha pagado ella.

Loli y Carmen se mostraron de acuerdo. De eso no les cabía la menor duda. Pero en el momento en que Teresa se acercó para enseñárselo, la felicitaron para no estropearle el momento, aunque todas estaban convencidas de que ella sabía lo que pensaban.

Los días transcurrieron y una tarde, cuando Carmen esperaba junto a otras compañeras de trabajo a que salieran su hermana y sus amigas de la fábrica, mientras se ponía los guantes rojos de piel de Renata que tanto le gustaban, pasaron por delante de ellas varios camiones militares llenos de soldados americanos. Éstos, al ver a tanta mujer junta, empezaron a gritar y a piropearlas y todas sonrieron. Carmen también.

Cinco minutos después, y una vez recuperada la normalidad de la calle tras el paso del convoy militar, mientras caminaba con las demás chicas hacia la estación del tren, preguntó:

—¿Qué les parece si el mes de julio, cuando tengamos vacaciones, intentamos ir a España aunque sea una semanita?

—¡Sería genial y haríamos felices a mamá y a papá! —aplaudió Loli.

Teresa, que aquella tarde iba con ellas, las miró y dijo:

—No cuenten conmigo.

—Conmigo sí —afirmó Renata—. Me encantará conocer España.

Durante el viaje en tren, hablaron de aquello y Carmen, al ver a Teresa tan callada, preguntó:

—¿No te gustaría ver a sor Angustias y a las monjas que te criaron?

—Me muero por verlas —contestó la joven con tristeza—, pero... pero no tengo dinero para ir y, además, no creo que a Arturo le parezca buena idea.

Al oírla, Renata iba a decir algo, pero Carmen, tomándole la mano, le pidió con la mirada que no lo hiciera. Finalmente, la alemana calló.

A finales de febrero, Arturo tuvo un accidente en la fábrica donde trabajaba. La máquina que manejaba le destrozó un brazo y, para su desgracia, el asunto se complicó y finalmente se lo tuvieron que amputar.

—Tranquila, Teresa, estamos contigo —dijo Carmen, abrazando a su amiga en la fría sala del hospital, tras recibir la noticia.

Las visitas al hospital fueron escasas. Arturo tenía menos amigos de los que se imaginaba y, una semana después, sólo lo visitaban su novia y las amigas de ésta. No podían dejarla sola. Teresa las necesitaba.

Pero el humor de Arturo se agrió. Pasó de ser un don Juan sinvergüenza a un demonio malhumorado que sólo era agradable con las enfermeras jóvenes y guapas y que, cuando veía llegar a su novia y a sus amigas, se comportaba como un auténtico tirano.

Una tarde, después de estar en el hospital, al entrar en casa Renata se quejó:

—Ah, no. Eso sí que no. Una cosa es que tu novio te diga a ti cómo tienes que vestir y tú lo aceptes, y otra que se atreva a decírmelo a mí. ¡Hasta ahí podíamos llegar!

—¡Será un tonto redomado! —siseó Carmen, molesta por el trato recibido por parte de Arturo aquella tarde en el hospital—. Pero mira, le he dicho las cuatro cosas que quería decirle desde hacía tiempo, y no me arrepiento de haberlo hecho. Porque como dice mi padre, ¡más vale ponerse una vez colorada que ciento amarilla! —Teresa no contestó y Carmen, malhumorada, gritó—: Pero vamos a ver, ¡¿acaso las monjas no te enseñaron a tener dignidad?!

—Desde luego, lo que no me enseñaron es a ser una indecente como ustedes —siseó la chica molesta.

Esa contestación, tan de Arturo, las dejó a todas boquiabiertas y Renata dijo:

—Me gustaba más la Teresa que decía «¡Arrea!». Mejor voy a cambiarme de ropa.

Teresa, al darse cuenta de lo que había dicho, murmuró rápidamente:

—No te vayas... Perdóname, no quería decir eso. Perdón... perdón...

Carmen la miró enfadada y no dijo nada, pero Loli replicó:

—Estás cambiando, ¿acaso no te das cuenta? ¿De verdad, Teresa, eres capaz de decirme que te gusta tal como te estás volviendo? —Y sin poder parar, añadió—: No eres feliz, y lo sabes, como sabes que tu relación con Arturo no va a acabar bien.

—Caray, ¡tienen que entenderme!

—¿Que te entendamos? —se mofó Renata. Y, olvidándose del español, empezó a hablar en alemán.

En el tiempo que llevaban allí, las jóvenes habían aprendido a defenderse en ese idioma y, al entender algo, Teresa gruñó molesta:

—Eres una maleducada, ¿lo sabías?

Renata dejó de hablar y, mirándola desde su altura, siseó:

—Sí, soy una maleducada por decir en mi idioma lo que realmente pienso de ti. Pero da gracias a que me contengo, porque si no, además de maleducada, sería una grosera impertinente como lo eres tú.

Un silencio incómodo se apoderó de la habitación, hasta que Teresa, sobrepasada, gritó:

—¡Yo no les he pedido que me acompañen al hospital!

—¡Serás desagradecida! —se molestó Carmen.

—Bueno, déjenlo ya —pidió Loli conciliadora.

—Voy a cambiarme —dijo Renata acalorada—. Hoy me toca hacer la cena a mí.

Una vez hubo desaparecido, Carmen también se marchó, y cuando Teresa fue a decir algo, Loli le advirtió:

—Mejor no digas nada, porque cuando lo haces, lo empeoras. Pero que te quede claro que nuestra paciencia contigo y con el tonto de tu novio se está acabando. —Y sin dejarla replicar, se marchó.

Esa noche, después de una cena tensa en la que sólo se oía la música del radio, Teresa se levantó y dijo, mirándolas a todas:

—Creo que lo mejor será que a partir de ahora no me acompañen al hospital. Así evitaremos molestias por todas partes.

Ninguna habló. No valía la pena contestar, porque ya estaba todo dicho.

Los días pasaron y a Arturo le dieron el alta, pero tras el accidente, los dueños de la fábrica decidieron prescindir de sus servicios y no reubicarlo. Le sugirieron incluso que regresara a España.

Eso lo hundió y Teresa, desesperada, buscó mil soluciones. Arturo no se podía ir. Si se marchaba, ¿qué iba a hacer ella? Y tras pasar una tarde con su amor, al llegar a casa comentó la solución a su problema, mientras cenaba con las chicas.

—¿Que se van a casar? —repitió Carmen sorprendida.

—Sí.

—Pero ¿te has vuelto loca? —insistió Loli.

—No —respondió Teresa ofendida—. Con lo que gano en la Siemens, podemos mantenernos los dos.

—No hablo de eso, Teresa —gruñó Loli—. Hablo de que vas a unir tu vida a un hombre que... que...

—Que me quiere —la cortó enfadada.

Sin pararse a pensar lo que decía, Carmen replicó:

—Pues si eso es querer, prefiero que no me quieran y me dejen vivir en paz.

El silencio volvió a adueñarse del salón y Renata suspiró. No iba a decir lo que pensaba, pero aquella historia iba de mal en peor.

—Vamos a ver, Teresa —intentó hacerla razonar Loli—, entiendo que lo haces por amor, pero la situación ha cambiado. Arturo está amargado porque se ha dado cuenta de que no tiene amigos y por su invalidez y... y... además, con un solo sueldo van a pasar muchas penurias.

—Peor sería que él tuviera que regresar a España. ¡Nos tendríamos que separar! —lloriqueó—. De todas formas, yo... yo he hablado con Hans para que me busque horas extra en la fábrica y...

—¿Dónde ha quedado tu sueño? —preguntó Carmen—. Si mal no recuerdo, querías encontrar a un hombre cariñoso, atento y buena persona que te quisiera. ¿De verdad ese hombre es Arturo?

Sin querer escuchar una palabra más, la joven respondió agobiada:

—Sí. Es Arturo.

Y a continuación se dio la vuelta y salió de la habitación, dejando a sus amigas con la palabra en la boca. Renata, que las había estado escuchando en silencio, comentó:

—Da igual lo que le digan. Está cegada por ese hombre y, por desgracia, aunque ahora no lo vea, tarde o temprano se arrepentirá. La única manera de que esa historia se acabe es que él la deje y eso no va a ocurrir.

—¿Y Arturo va a vivir aquí? —preguntó Carmen.

Las tres se miraron y Renata murmuró:

—Dudo que ese sinvergüenza se atreva a vivir con nosotras.

Carmen iba a decir algo cuando Loli la cortó:

—No nos precipitemos y esperemos a ver qué pasa.

Arturo, a través de su familia en España, y Teresa, de las monjas, pidieron que les enviaran a Alemania los papeles que necesitaban para el enlace. Pero incluso hasta para casarse, aquel tirano le puso una condición a Teresa. Vivirían donde él eligiera.

Una tarde, la chica se lo comentó a sus amigas y Loli, incapaz de callar, dijo:

—Mira, Teresa, sabes que respeto tu relación con Arturo a pesar de los pesares, pero tengo que decirte que tu futuro marido es un grandísimo idiota y...

—Pero ¿dónde te quiere meter? —cortó Carmen a su hermana, al intuir todo lo que ésta podría soltar por esa boca.

Teresa se mordió el labio inferior y dijo:

—A través de una amiga de Arturo, hemos encontrado un piso que...

—¿Un piso para ustedes solos? —preguntó Renata, apoyada en la pared.

La chica, incómoda con la conversación, explicó:

—No, es una habitación en el centro de Núremberg. Un piso compartido por varias personas. No nos sale muy caro y puedo ir a trabajar andando.

Las tres amigas se miraron, a sabiendas de lo que aquello significaba. Lo que Arturo quería para Teresa no iba a ser fácil para ésta y Renata replicó:

—Pues nada, querida... ¡que les vaya bien!

La incomodidad flotaba en el ambiente y finalmente Carmen explotó:

—¿De verdad vas a vivir en un piso que en lugar de puertas tiene cortinas, donde no van a tener intimidad, sólo porque él lo ha decidido?

Loli, cansada del tema, miró a su hermana y dijo:

—Es mejor que esta conversación se acabe aquí de una vez por todas. Teresa ha elegido, que haga lo que quiera.

El 5 de junio, tras recibir los papeles desde España, Teresa se casó en la iglesia de Santa Isabel con el amor de su vida. El convite se organizó en los barracones. Los novios disfrutaron de su gran día, pero Teresa se sintió más sola que nunca, porque no pudo invitar a sus amigas a la boda. Arturo se lo prohibió y, como buena mujercita, ella obedeció.

Una semana después, Conchita y su marido Manolo ocuparon la habitación vacante en la casa de las tres chicas.

—Gracias por ofrecernos la posibilidad de estar aquí —dijo él emocionado.

—Es un placer, Manolo —respondió Renata sonriendo.

Conchita, que había perseguido a Carmen hasta la saciedad, tomó del brazo a la joven y murmuró:

—No sé cómo te voy a pagar que nos encontraras trabajo en la Siemens.

Carmen sonrió y, aunque la chica le parecía una chismosa de cuidado, respondió de corazón:

—Ha sido un placer, Conchita.

Una vez se hubo marchado de la casa, Teresa desapareció de sus vidas. Ya ni siquiera intentaba verlas en la fábrica, durante las horas del desayuno o la comida. Sólo se hablaba con Conchita y, aunque a las tres amigas les dolía pasar por su lado y no saludarla, lo tuvieron que hacer. Teresa así lo quería o, mejor dicho, su marido así lo quería.

5

En julio, tras despedirse de Conchita, Manolo, Anita y su marido, las tres chicas subieron felices a un autobús que las dejaría en Madrid al cabo de dos días.

Cuando llegaron a Atocha, se bajaron emocionadas del autobús. El viaje había sido largo, pero ¡finalmente estaban en España!

Una vez hubieron sacado sus maletas de cartón del vehículo, las tres jóvenes se encaminaron hacia donde habían quedado con el padre de Carmen y Loli y ésta, que se había puesto de forma glamorosa el pañuelo de seda de Renata en la cabeza, dijo al ver cómo las miraban:

—Creo que deberíamos habernos cambiado de ropa antes de llegar.

—Ni que hubiéramos matado a alguien —cuchicheó Carmen, cuando se apercibió de lo seria que la gente las miraba por llevar pantalones.

—¿A que no es cómodo que te miren así? —se mofó Renata al darse cuenta.

Las dos hermanas negaron rápidamente con la cabeza y su amiga añadió:

—Pues así me siento yo con algunos de sus amigos españoles en Alemania.

Eso las hizo reír, y en ese momento Carmen vio a su padre. Sus ojos se encontraron y ella sonrió emocionada. A pocos metros estaba el hombre que le había dado la vida, vestido con su elegante traje oscuro y con su sombrero ladeado. Llevaba un año y medio sin verlo y, olvidándose de la compostura que el hombre siempre exigía, sin dudarlo corrió hacia él y se tiró a sus brazos.

Su padre la abrazó tan tierno y cariñoso como sólo él era capaz y ella tuvo ganas de llorar cuando le murmuró al oído:

—Bienvenida a casa, hija mía.

Dos segundos después llegó Loli y se unió al abrazo y, cuando los tres se separaron, rápidamente le presentaron a la joven morena que estaba a su lado. Con una candorosa sonrisa, Renata lo saludó y él le besó la mano con galantería. Minutos después, al ver cómo los observaban, el hombre dijo:

—Esos pantalones aquí sólo nos van a traer disgustos.

Loli y Carmen se miraron y ésta dijo:

—Tranquilo, papá, te prometemos que no nos los pondremos hasta que nos vayamos.

Don Miguel, lleno de alegría por verlas, propuso:

—Tomemos el autobús. Su madre y sus hermanos están deseosos de darles un abrazo.

Los días que pasaron en España de vacaciones con la familia fueron una maravilla. Los olores de la cocina de su madre inundaron sus fosas nasales y llenaron sus estómagos. Las risas de sus hermanos y sus bromas las hicieron sonreír y, con el beneplácito de su padre, se dedicaron a pasear por Madrid con Renata; eso sí, sin pantalones, sólo con faldas y vestidos.

Una tarde, mientras Loli y Renata terminaban de arreglarse para ir a una fiesta con unos amigos, Carmen, que ya había acabado, fue a reunirse en la puerta con sus padres; estaban hablando con una vecina, y oyó que ésta cuchicheaba:

—¿Les han contado lo de la hija de Jesús y Paqui?

Carmen miró a sus padres intrigada, y su madre dijo:

—Pilarcita les ha dado el peor disgusto que se les puede dar a unos padres. —Y al ver que su hija la miraba sin comprender, bajó la voz y murmuró—: Se ha quedado embarazada y, al parecer, la muchacha no quiere decir quién es el padre.

—Esa niña se ha arruinado la vida —afirmó la vecina—. ¿Quién la va a querer ahora?

Carmen no supo qué decir. Pilarcita era un par de años menor que ella.

—Paqui no para de llorar —explicó su madre—. Tiene tal disgusto por culpa de la insensata de su hija, que ni sale a la calle por la vergüenza. ¡Pobre!

Don Miguel, al ver a Loli y a Renata salir arregladas, dijo:

—No regresen muy tarde, que saben que me preocupo.

—Tranquilo, papá —contestó Carmen sonriendo, y luego se marchó con sus amigas, mientras pensaba en la pobre Pilarcita.

Al día siguiente, Carmen intentó ir a verla, pero no pudo ser. Sus padres la habían mandado a Valencia, a una residencia para señoritas. Por la tarde, cuando llegó su padre de trabajar, se sentó a su lado y preguntó:

—¿Para qué han enviado a Pilarcita a esa residencia de Valencia?

Don Miguel suspiró y, tras pensarlo unos segundos, le respondió:

—Es una manera de encubrir la vergüenza y la decepción que sienten. Como dice el refrán: «Ojos que no ven, corazón que no siente».

—Pero ¿regresará con el bebé?

Su padre se encogió de hombros.

—Pues no lo sé, hija. Pero creo haberle oído decir a tu madre algo de que, como la muchacha es menor, a través de esa residencia sus padres han encontrado a un matrimonio que adoptará al bebé.

A Carmen se le encogió el corazón. Pobre Pilarcita.

Las dos semanas de vacaciones pasaron rápido y, cuando se quisieron dar cuenta, ya estaban de vuelta en Alemania. Eso sí, con la maleta llena de membrillo, chorizos, salchichón y queso. Conchita y Manolo las recibieron con alegría y, contentos, disfrutaron con ellas de los manjares que habían llevado de España.

La Navidad llegó de nuevo y con ella el bullicio y la alegría.

Aquel año, Anita y Josef se unieron desde el principio a la fiesta y, como era de esperar, lo pasaron maravillosamente, mientras Manolo tocaba la guitarra y todos bailaban y cantaban el *Porompompero*.*

Poco tiempo después, se enteraron por Conchita de que Teresa estaba embarazada y eso las alegró. Un hijo siempre era motivo de felicidad. Pero días más tarde recibieron la triste noticia de que había perdido al bebé. Sin duda, eso habría sido un nuevo varapalo para Teresa.

Tras el cumpleaños de Carmen, en la fábrica les informaron de que abrían una nueva residencia para señoritas en Núremberg.

Durante días valoraron la idea de mudarse. La casa donde vivían era

---

* *Porompompero*, Marina Music Publishing S. L., interpretada por Manolo Escobar. (*N. de la E.*)

una maravilla, pero la convivencia con Conchita resultaba insoportable. Se metía en todo y todo lo toqueteaba. Carmen lo comentó con Anita, la casera, y la mujer, a pesar de la tristeza que le causaba que las muchachas se marcharan, las animó a irse a vivir más cerca de donde trabajaban, aunque les hizo prometer que la irían a visitar.

A primeros de marzo, pues, se cambiaron de residencia, dejando a Conchita y a Manolo en aquella casa con Anita y Josef y unos nuevos inquilinos, esta vez italianos.

La nueva residencia de la Siemens estaba a cinco minutos de su trabajo y, para su suerte, pudieron elegir habitación. Escogieron una de tres plazas, con un balcón que daba a la parte delantera de la casa.

Una mañana de sábado, mientras Carmen hacía su cama, Loli entró emocionada en la habitación con un periódico alemán en las manos.

—Mira quiénes vienen a jugar a Núremberg —dijo.

Carmen tomó el periódico que le tendía y leyó.

—¡¿Viene el Atlético de Madrid?!

—Sí —afirmó Loli emocionada—. Al parecer, juega con el F. C. Núremberg.

—Vaya...

Al ver cómo Carmen miraba el periódico, su hermana añadió:

—Ya sé que a ti siempre te ha gustado el Real Madrid, pero ¿qué tal si vamos a verlos?

Carmen aceptó encantada. Ver a un equipo de su país le parecía una idea genial.

—Es una estupenda idea —dijo sonriente—, y animaré al Atleti con todo mi corazón.

Llegó el día del partido, el 10 de abril, y las tres jóvenes, acompañadas por varios amigos españoles y alemanes, fueron al campo para animar al equipo de su tierra. No había nada más escandaloso que los grupos de españoles y sus canciones. Pero la fiesta se apagó un poco cuando el partido acabó y el Atlético de Madrid perdió por 2-1.

A la salida, Renata, Loli y Carmen se despidieron de sus amigos y, en el momento en que fueron a buscar el coche de la primera, tres hombres españoles, animados por el partido, se metieron con ellas. Aun estando en Alemania, a muchos, ver a mujeres solas y con pantalones les parecía una provocación.

Al oír las cosas que decían, Renata puso los ojos en blanco y exclamó:

—Ni caso. Es lo mejor.

—Vaya *tajá* que llevan los *atontaos* —se mofó Loli.

—Como diría una que yo sé, ¡si voy, los *avío*! —dijo Carmen y las tres sonrieron al recordar a Teresa.

Viendo la situación, otros españoles que pasaban por allí les gritaron a los pesados:

—¡Dejen a las chicas en paz, sinvergüenzas!

Al verse en minoría, los primeros recularon y se alejaron, mientras ellas daban las gracias a los compatriotas que las habían ayudado. Pero al llegar al estacionamiento, los idiotas que las habían insultado aparecieron de nuevo.

Se produjo un cruce de palabras algo subidas de tono entre unas y otros, y un grupo de militares americanos que pasaban por allí cerca se pararon a mirarlos.

Desde donde estaban, veían a tres hombres discutiendo con tres chicas que parecían muy enfadadas.

—¿Qué les ocurre? —preguntó uno de los muchachos, al que todos llamaban Panamá.

Teddy, a quien le había llamado la atención la morena de pantalones azules, se encogió de hombros y contestó:

—No lo sé, pero lo que oigo no me gusta nada.

Eran de habla hispana y entendían todo lo que decían, de modo que cuando la joven de los pantalones azules soltó un «Atrévete a tocarme y te parto la cara, *atontao*», los americanos lanzaron una carcajada.

Al oírlos, los del grupo que discutían se volvieron y, antes de que ninguno de ellos pudiera decir nada, uno de los americanos, de nombre Larruga, les advirtió en español:

—Lo que están haciendo no es de caballeros. Dejen a las señoritas en paz.

De nuevo los gritos comenzaron, esta vez con los americanos de por medio. Al final, cansado de aquello, Teddy, un guapo moreno, dio un paso adelante y dijo:

—Yo que ustedes daría media vuelta y me marcharía antes de que se metan en un buen lío con nosotros. —Y quitándose el saco militar con gesto fanfarrón, añadió, mientras sus compañeros hacían lo mismo—:

Mi paciencia y la de mis amigos no es como la de estas damas y les aseguro que nada nos gusta más que una buena pelea.

Los tres españoles se miraron y, sin decir nada más, se dieron la vuelta y se marcharon apretando el paso. Cuando estuvieron lo bastante lejos, las chicas se echaron a reír y los americanos rieron con ellas.

—Señoritas, creo que esto se merece un dulce beso —dijo en tono guasón el cabecilla, poniéndose de nuevo el saco.

—Vaya... —resopló Renata, dispuesta a discutir ahora con ellos.

Al ver el gesto de Renata, Carmen miró al descarado que había hablado y, poniéndose los guantes rojos, siseó:

—Lo que se merece tu comentario es un bofetón.

Ellos soltaron otra carcajada y Teddy, sorprendido, silbó y respondió en tono conciliador:

—Hey, nena... tranquila.

—¡¿Nena?! —gruñó Carmen boquiabierta.

Loli, al ver el gesto de su hermana, y como la conocía muy bien, la agarró de la mano y dijo:

—Gracias por su ayuda, pero tenemos que irnos.

Y, sin más, se dieron la vuelta y se encaminaron hacia el coche, mientras oían las risas de los americanos y Loli murmuraba:

—¡Qué amables y qué guapos!

—Pues no me ha llamado «nena», el tonto redomado —resopló Carmen enfadada.

—¿Por qué te lo tomas tan mal? El chico sólo estaba bromeando —dijo su hermana.

—Cuidadito con las bromas de los americanos —las advirtió Renata.

Carmen, todavía alterada, miró hacia atrás y, al encontrarse con la mirada guasona del americano moreno, dijo al verlo reír:

—Ese payaso es un fresco, Loli. ¿Es que no lo ves?

Las tres muchachas se subieron al coche y, una vez se perdieron de vista, el cabo Teddy les dijo a sus compañeros, que continuaban bromeando:

—Vamos, regresemos a la base.

6

El lunes, cuando llegaron a la residencia se encontraron allí con Anita, esperándolas con uno de sus maravillosos pasteles. Encantadas, ellas la invitaron a tomar algo en su habitación y, mientras preparaban unos cafés, la mujer dijo:

—He venido a despedirme de ustedes. Mi marido y yo nos vamos a vivir a Stuttgart, con mi hija, aunque seguiremos teniendo la casa de Schwabach.

Las jóvenes sintieron pena, pero se alegraron por Anita. Estar cerca de su hija la hacía feliz. Durante un rato, hablaron de mil cosas, hasta que la mujer dijo:

—Veo que no saben nada.

—¿Nada de qué? —preguntó Carmen.

—Estoy muy disgustada —respondió Anita, suspirando.

—¿Qué te ocurre? —se alarmó Renata.

Anita las miró un momento en silencio y, tomando aire, explicó:

—La semana pasada, Teresa vino a casa para visitar a Conchita y se quedó a dormir allí.

Aquello no sonaba bien y Loli, deseosa de saber más, la animó:

—¿Y?

Anita bajó la voz.

—Al día siguiente por la noche, cuando Conchita volvió del trabajo, me contó que Arturo había echado a Teresa de casa y que, desesperada, ella había ido allí a dormir. Al parecer, él va de mal en peor. Sigue sin superar lo de su accidente y se gasta gran parte de lo que Teresa gana en alcohol y mujeres. Y lo peor de todo es que no era la primera vez que ella tenía que dormir fuera de su casa.

—¡¿Qué?! —exclamaron las tres al unísono.

—Espera... espera —dijo Carmen—, que creo que no te he entendido bien, Anita.

Renata suspiró y la mujer asintió.

—Sí, Carmen, me has entendido perfectamente.

Durante un buen rato, las cuatro hablaron sobre el asunto. ¿Cómo podía Teresa haber llegado a ese punto?

—Lo más triste de todo —finalizó Loli— es que nosotras no podemos hacer nada. Teresa nos apartó de su lado y...

—Lo sé..., lo sé, chicas. —Anita suspiró con tristeza—. Lo sé.

Esa noche, cuando Anita se marchó tras muchos besos y abrazos, las chicas continuaron hablando y decidieron que al día siguiente buscarían a Teresa en la fábrica y hablarían con ella.

Pero nada salió como esperaban. Teresa, más cerrada que nunca, en cuanto ellas empezaron a hablar se salió de sus casillas y les gritó que se callaran y que no se metieran en lo que no era asunto suyo. Sorprendidas por aquella reacción, sus amigas intentaron tranquilizarla, pero Teresa, fuera de sí como nunca antes, les dijo que no quería hablar con ellas de algo privado y, sin darles más opción, se marchó, dejándolas sin saber qué hacer.

Aquella noche, cuando Loli y Renata se acostaron, Carmen sacó su diario y escribió.

> Siempre he oído a mi padre decir que la vida no es fácil y creo que Teresa está sufriendo lo que nunca imaginó.
>
> El amor que siente por ese mal hombre la está llevando a su propia destrucción y, aunque quienes la queremos intentamos ayudarla, ella no nos quiere escuchar. Me apena mucho ver cómo día a día se va convirtiendo en una extraña, que no quiere vernos ni hablar con nosotras, simplemente porque está dolida por amor.

Una vez terminó de escribir, guardó su diario y se fue a dormir. Debía descansar.

7

❧

El jueves, cuando acabó su turno de trabajo, Carmen se encaminó hacia el exterior de la fábrica junto con todas las demás mujeres de su sección, para esperar a Loli y a Renata, que siempre tardaban algo más que ella.

Mientras caminaba, vio a Teresa. Sus miradas se encontraron y Carmen sonrió. Teresa no. Apenas se habían vuelto a cruzar por la fábrica tras su última riña y Carmen apretó el paso para saludarla. Aunque la joven no lo creyera, ella le tenía cariño, pero al ver a Arturo en la puerta, se frenó. Seguramente, si la saludaba, el tonto de su marido se iba a molestar, por lo que dejó que Teresa se alejara.

Con curiosidad, observó su encuentro y, como imaginaba, fue frío. Nada de beso. Nada de cariño. Nada de abrazo. Pobre Teresa.

Tan pronto como ellos se marcharon, Carmen prosiguió su camino hasta la puerta, donde se encontró con Conchita. Estuvieron hablando unos minutos, hasta que ésta, al ver la hora que era, se fue corriendo para la estación para no perder el tren.

Apoyada en la pared, Carmen hablaba con otras chicas, cuando un convoy de vehículos militares americanos pasó por delante de ellas.

Los militares, como siempre que pasaban, empezaron a echarles piropos en todos los idiomas desde los camiones. Carmen los miraba divertida, hasta que oyó:

—¡Hey, nena! ¡Hola, gruñona!

Al mirar, la sorprendió ver al militar de días atrás. Desde lo alto del camión, le guiñó un ojo y, con descaro, le tiró un beso mientras sonreía. Ella no reaccionó y segundos después el convoy desapareció.

—Será idiota —murmuró Carmen.

Minutos después, cuando salieron su hermana y Renata no comentó lo ocurrido. El viernes era el cumpleaños de su padre y decidieron llamarlo por teléfono aunque no fuera domingo. Don Miguel, en cuanto fue avisado por la vecina, subió raudo y veloz la escalera y, cuando tomó el teléfono, sonrió al oír a sus dos hijas cantarle el *Cumpleaños feliz*.

El sábado, ataviadas con unos bonitos vestidos con crinolina y con unos zapatos de fino tacón alto, Loli y Carmen se dirigieron al parque Dutzendteich, donde habían quedado con otras amigas.

Renata había ido a Hannover y se iba a quedar una semana en casa de sus padres. Era el cumpleaños de su madre y quería darle una sorpresa.

Una vez que todas las chicas hubieron llegado al punto de reunión empezaron a pensar adónde ir. Había dos locales de moda y, mientras decidían, un grupo de hombres se les acercó. Enseguida vieron que se trataba de soldados americanos. No iban vestidos de uniforme, sino con ropa de calle, pero su manera de hablar era inconfundible.

Carmen los observó con curiosidad. Lo último que quería era volver a ver al tonto que la llamaba «nena», y se relajó cuando comprobó que no estaba allí. Pero se quedó sin palabras al ver a su hermana parpadear como una tonta ante uno de ellos. Uno moreno, muy guapo, que luego se enteró de que se llamaba Darío.

Durante un rato, todos hablaron con simpatía y ellos les explicaron que estaban alojados en la base militar de Merrell Barracks, al otro lado del parque. Al oír ese nombre, Carmen miró a su hermana, y ésta entendió su mirada y cuchicheó:

—Sí, es el cuartel que nos comentó Renata, pero no tenemos que pensar que todos los americanos que se alojan allí son iguales, ¿no crees?

Carmen observó a Darío y, acercándose a Loli, susurró:

—Y más cuando parpadeas como una boba ante uno de ellos, ¿verdad?

—¡Mari Carmen, no seas fresca! —replicó.

—¿Fresca yo? Lo serás tú —se mofó ella.

Loli sonrió y Carmen pensó que su hermana tenía razón. No estaba bien juzgar a todo el mundo por igual y finalmente se relajó. Debía darles una oportunidad a aquellos americanos, como se la había dado a los alemanes o a los españoles, para saber si eran buenas personas o no.

La gran mayoría de ellos eran mexicanos, puertorriqueños o panameños. Todos hablaban español, pero con distintos acentos, por lo que se entendían a la perfección. También había otros muchachos, de Tennessee o Nueva York a los que sus compañeros ayudaban a comunicarse.

Media hora después, aquellos dos grupos de hombres y mujeres se convirtieron en uno solo y decidieron ir a bailar. Aconsejadas por ellos, las jóvenes aceptaron ir a un local que no estaba lejos de allí y, cuando llegaron, la música las envolvió. Rápidamente, se pusieron a bailar la canción de Leslie Gore *It's My Party*.*

Carmen, a la que le encantaba la música y divertirse, sonreía a su hermana mientras coreaban juntas, a su modo y con su pésimo inglés, aquella pegadiza canción.

En el otro lado de la barra, el cabo Teddy platicaba con unas chicas junto a varios de sus amigos. En un momento dado, al mirar hacia la pista vio que a escasos metros de él estaba la joven con la que se había tropezado un par de veces y que lo hacía reír con su mal carácter.

La miró con curiosidad. No era muy alta, delgada, de pelo oscuro recogido en un chongo alto. Llevaba un bonito vestido azulón y tacones. Toda ella le gustó y disfrutó de su visión mientras la chica bailaba, hasta que Larruga, su amigo, preguntó:

—¿A qué le prestas tanta atención?

Teddy señaló con la mirada hacia la pista y Larruga, al reconocer a la joven, se acercó a él y le dijo sonriendo:

—Esto es cosa del destino, amigo.

El otro asintió y, olvidándose de las chicas que estaban con él y de sus amigos, ya no despegó los ojos de la joven de pelo negro y la siguió cuando dejó de bailar. Al ver que se acercaba a un grupo de soldados de la base que él conocía, sonrió complacido. Eso le facilitaría las cosas.

Mientras Loli y Carmen pedían en la barra unas Coca-Colas, ésta oyó de pronto detrás de ella:

—Hola, nena.

Un escalofrío le recorrió el cuerpo. ¡No podía ser!

Sin mirar sabía de quién se trataba. Loli sonrió y Carmen la tomó del brazo y se alejó de allí a toda prisa, dejando al cabo boquiabierto.

A continuación se metió en el baño de chicas, adonde él no podría seguirlas.

* *It's My Party*, 2014 Tehuti, interpretada por Leslie Gore. *(N. de la E.)*

—¿A qué vienen estas prisas y esa cara de acelga? —preguntó Loli.

—Ese... ese tonto... —contestó Carmen, señalando la puerta.

—¿Por qué lo insultas?

—Porque es tonto —sentenció.

Loli, que conocía a su hermana, dijo sonriendo:

—Pero si no has hablado con él...

Retirándose de la frente un mechón que se le había salido del chongo, Carmen afirmó:

—He hablado con él lo suficiente como para saber que es un payaso. Y te digo una cosa: si se vuelve a acercar a mí, ¡me voy a la residencia!

—Vamos, no seas exagerada —dijo Loli, intentando calmarla.

—Claro... como tú estás babeando por ese tal Darío...

—Darío es un encanto de muchacho —respondió su hermana, sonriendo— y quizá ése al que llamas tonto y payaso también lo sea. ¿Por qué no le das una oportunidad?

Carmen suspiró. Nunca le habían gustado los graciosos y aquél, sin duda, lo era, pero cuando fue a responder, Loli la tomó del brazo y dijo:

—Anda, ven, salgamos. No hemos venido aquí para quedarnos metidas en el baño de señoras.

Carmen asintió sin muchas ganas y salió con su hermana. Una vez fuera, llegó a sus oídos la canción *Twistin' the Night Away*,* de Sam Cooke, que todo el mundo cantaba enfervorecido.

Cuando llegaron a la sala, miró hacia el lugar donde había dejado plantado al militar y al ver que no estaba respiró aliviada. Sin duda se había dado por aludido, pero al llegar junto al grupo y contemplar la pista, la sorprendió verlo bailar con una de las chicas de su grupo. Y, por lo que parecía, los dos estaban disfrutando. Él bailaba muy bien y con mucho ritmo.

Rápidamente apartó la vista. No quería que la sorprendiera mirando, pero al darse la vuelta, se dio cuenta de que los espejos que tenía delante le daban una visión perfecta de lo que aquel tonto hacía en la pista. Y la verdad era que, a cada segundo que pasaba, aquel tonto bailaba mejor.

Durante el tiempo que duró la canción, Carmen estuvo de espaldas a la pista, y cuando la música acabó y vio que él se acercaba, se tensó, dis-

---

* *Twistin' the Night Away*, RCA Records Label, interpretada por Sam Cooke. *(N. de la E.)*

puesta a decirle cuatro frescas, pero se quedó con las ganas. Con galantería, el joven llevó a su amiga con el grupo y después se alejó, no volviéndose a acercar a ella, aunque la observó con disimulo.

Carmen intentaba no mirarlo, pero la curiosidad le podía. Sin duda él lo estaba pasando muy bien. No paraba de reír y platicar con su grupo. Era un bromista. Bailaba con todas las chicas y con todas bromeaba. Incluso sacó a bailar a su hermana Loli.

No quedó una sola de su grupo con la que no bailara, excepto ella.

Todas estaban encantadas con su amabilidad y caballerosidad, y cuando Loli dejó de hablar y de portarse como una tonta con Darío y regresó a su lado, Carmen le dijo rápidamente:

—Ni una palabra quiero oír.

—¡Hija, qué humos! —gruñó su hermana—. Sólo quería decirte que el miércoles tengo plan.

—¿Plan? ¿Qué plan?

Con coquetería, Loli se alisó la falda del vestido y respondió:

—Darío me ha invitado al cine que tienen dentro de la base americana.

—Loli, ¿al cine con un desconocido? Si mamá se entera...

—No me sermonees, y mamá no se va a enterar.

Ambas hermanas se miraron. En ocasiones, con la mirada se lo decían todo y, finalmente, Carmen preguntó:

—¿Hay cine en la base americana?

Sin ganas de enfadarse, Loli asintió, mientras movía las caderas al compás de la canción *Do You Love Me*,* del grupo The Contours y contestó:

—Sí. Y una bolera, y cafetería, y sala de baile. Al parecer, van a poner la película esa de los diamantes... ¿Cómo se llamaba? La de aquella actriz morenita y tan guapa.

—*Desayuno con diamantes*, de Audrey Hepburn —dijo Carmen.

—¡Ésa! ¿Tú no la querías ver? —Carmen asintió y Loli añadió—: Pues vente con nosotros. Lo único es que es en inglés y...

—¡¿Inglés?! ¿Y cómo vas a entender lo que dicen? —preguntó su hermana.

—Darío dice que me la traducirá.

---

* *Do You Love Me*, Ling Music Group, interpretada por The Contours. *(N. de la E.)*

—Entre beso y beso —se mofó Carmen.

—Mira, tonta redomada —dijo su hermana con rotundidad—, tienes dos opciones: o la ves en inglés o no la ves. Tú decides. —Y al ver que Darío la miraba, murmuró, tocándose el pelo con coquetería—. ¿Qué te parece Darío?

Carmen miró al militar, que en ese momento hablaba con el atontado al que ella no quería ver ni en pintura y dijo:

—Es guapo.

—¿Sólo guapo? Por Dios, Mari Carmen, ¡es guapísimo! Mira qué buen lustre tiene.

Ella puso los ojos en blanco y volvió a mirar. En esta ocasión, los dos jóvenes se reían por algo y Loli dijo:

—El que está con Darío se llama Teddy Díaz. Es cabo y...

—He dicho que no quiero oír una palabra —la cortó Carmen—. Y por mí como si se llama Gratiniano Pérez y es coronel. Y, por cierto, ¿has olvidado lo que nos dijo Renata?

—¿Sobre qué?

—Sobre los militares americanos. Dijo que nos alejáramos de ellos y...

—Mari Carmen... —Su hermana suspiró.

—Haz lo que quieras, guapa, pero luego no me vengas con lamentaciones —finalizó Carmen enfadada.

Loli puso los ojos en blanco y se calló. Cuando su hermana se ponía necia, era mejor dejarla estar.

Una hora después, las luces de la sala disminuyeron y el ritmo de la música cambió, y Loli salió a la pista a bailar con Darío la canción *Only You*,* de The Platters. Carmen los miró con curiosidad y vio la bonita pareja que hacían. Sin duda, su hermana tenía buen gusto para los hombres.

De pronto, se dio cuenta de que el cabo Teddy se acercaba y se puso alerta. Le iba a dar un buen corte, pero él, en vez de preguntarle a ella si quería bailar, se lo dijo a la chica que estaba a su lado.

En cuanto los dos se alejaron, Carmen murmuró:

—Y dirán que de día no hay fantasmas.

Minutos después, se le acercó un chico mexicano y empezaron a hablar.

---

* *Only You*, Butterfly Music, interpretada por The Platters. *(N. de la E.)*

Carmen, acalorada, se quitó el suéter que llevaba y lo dejó sobre una silla, y un poco más tarde, cuando comenzó a sonar *Will You Still Love Me Tomorrow*,* de The Shirelles, salió a bailar con el mexicano, que se llamaba Ramón y era, como poco, encantador.

Bailaron varias canciones y, tan pronto como regresaron a su sitio, Carmen, con el rabillo del ojo, vio que Teddy iba hacia ellos justo cuando comenzaba la canción *Since I Don't Have You*,** de The Skyliners. Se puso tensa. En esa ocasión no había ninguna chica con ella.

Cuando lo tuvo a su lado, antes siquiera de que él pudiera hablar, Carmen dijo rápidamente, al tiempo que lo miraba:

—No, no bailo contigo.

Teddy sonrió al escucharla y, agachándose, recogió el suéter del suelo y respondió:

—Sólo venía a decirte que se te ha caído esto.

Abochornada, tomó el suéter y, apartando la vista, murmuró un tímido «gracias», mientras él se daba la vuelta y regresaba junto a su grupo de amigos.

Larruga lo vio volver con una sonrisa divertida en los labios y preguntó:

—¿Qué te ocurre con esa morena?

Teddy apoyó un codo en la barra del bar y, tras beber un trago de su refresco, dijo con una candorosa sonrisa, al tiempo que levantaba una ceja:

—Con esa morena me voy a casar, amigo.

Larruga soltó una risotada y Teddy se le unió, mientras Carmen no sabía dónde meterse.

Cuando llegó la hora de irse, los chicos se despidieron de ellas, pero Teddy no se acercó a Carmen. Si quería distancia, la tendría.

Carmen, nerviosa como nunca antes, se miró las uñas mientras su hermana se despedía de Darío. Pero justo después de salir del local, miró hacia atrás y vio que Teddy estaba sentado de espaldas a ella, hablando con uno de sus amigos. Lo que Carmen no sabía era que, a través de un espejo lateral, él estaba controlando todos sus movimientos.

---

* *Will You Still Love Me Tomorrow*, Gusto Records Inc., interpretada por The Shirelles. *(N. de la E.)*

** *Since I Don't Have You*, Classic Records, interpretada por The Skyliners. *(N. de la E.)*

8

Tras mucho pensarlo, el miércoles Carmen decidió ir al cine. Quería ver *Desayuno con diamantes* y, aunque fuera en inglés, lo iba a hacer.

Ataviadas con pantalones y sacos a la moda, Loli y Carmen esperaban en la puerta de la base americana, cuando Darío salió a recibirlas.

Encantado por la visita de aquellas dos bellezas españolas, las tomó a ambas del brazo y las acompañó hasta la garita de entrada, donde ellas tenían que dejar los pasaportes.

Luego entraron en aquel sitio lleno de hombres, que las miraban con curiosidad, mientras Darío presumía de su compañía.

Larruga, al pasar, reconoció a la joven morena y fue corriendo a la cantina donde Teddy estaba tomándose algo con varios compañeros.

—¿Y si te digo que tu futura esposa está en la base? —dijo.

Sin necesidad de preguntar a quién se refería, su amigo arrugó el entrecejo y preguntó:

—¿Con quién está?

—¿Y si no te lo digo? —bromeó Larruga.

Teddy rápidamente lo tomó por el cuello.

—Me rindo... me rindo —dijo el otro divertido, y cuando su amigo lo soltó, explicó—: Está con Darío Cano y me ha parecido que iban para el cine.

Sin tiempo que perder, Teddy salió de la cantina y se dirigió hacia allá. Si la joven estaba en la base, tenía que verla. Al salir al patio, miró la cola para entrar en el cine y, cuando los descubrió, se acercó a ellos sonriendo y los saludó con cortesía.

—Señoritas. —Y luego, dirigiéndose al militar, preguntó—: ¿Qué pasa, Darío?

Carmen al verlo arrugó la boca, pero Loli le hizo una indicación con la mirada y finalmente su hermana relajó el gesto. Darío se las presentó.

Las jóvenes le tendieron la mano y cuando Teddy tomó la de Carmen, preguntó, tras guiñarle un ojo:

—¿Es cierto que las españolas son muy bravas?

—Sólo con los *atontaos* que se lo merecen —contestó ella con una sonrisa nada conciliadora.

Darío, que no entendía nada de lo que allí ocurría, al ver cómo se miraban, preguntó para acabar con aquel momento de tensión:

—¿Tú también vas al cine?

—Quizá —respondió Teddy con descaro, sin dejar de mirarla a ella.

—Tendría que ir al baño antes de entrar en el cine —dijo Carmen acalorada.

Darío le indicó la puerta.

—Te acompañaré —se ofreció Loli.

Cuando se alejaron, bajo la mirada de los dos militares, Carmen cuchicheó:

—Como ése entre en el cine con nosotros, yo me voy. —Y una vez dentro del baño, preguntó alterada—: ¿Tu adorado Darío ha organizado esta encerrona?

—No que yo sepa —respondió su hermana molesta.

Carmen cerró los ojos. No debería haber ido.

—La verdad es que no está mal el galán. ¡Qué guapo! —comentó Loli.

—Por Dios —resopló Carmen.

Divertida, Loli se acercó más a ella y cuchicheó:

—Ese cabo te comía con los ojos.

—¡Loli, no seas bruta! —protestó Carmen. Y levantando las manos al cielo, se quejó—: ¿Por qué me lo tengo que encontrar aquí también?

Sin poder dejar de sonreír, su hermana suspiró.

—Quizá porque estamos en la base donde resulta que vive, y las probabilidades de encontrártelo eran grandes. ¿Acaso no lo habías pensado?

Carmen resopló. Claro que lo había pensado. Pero la base era muy grande. Se miró al espejo y, cuando iba a decir algo más, Loli la cortó:

—Deja de dramatizar. Ese chico está en su derecho de ir al cine. En caso de que entre con nosotros, con no ponerte a su lado, asunto concluido. Vamos, apresúrate, que la película va a empezar.

Tan pronto como salieron, fueron hacia la pequeña cola, donde Darío las esperaba al lado del otro militar. Carmen resoplaba furiosa, sin mirarlo, no deseando confraternizar con él. Aquello iba de mal en peor.

Una vez entraron en la sala, Carmen empujó a Loli para ser la primera en sentarse. Su hermana se acomodó a su lado, con Darío junto a ella y Teddy al lado de éste.

En el momento en que las luces se apagaron, sonrió tranquila por la distancia que había puesto entre los dos, pero la sonrisa se le apagó cuando, minutos después, su hermana y aquel americano se empezaron a besar sin tregua en la oscuridad de la sala.

La película era una preciosidad, pero no entendía nada de lo que decían. Entre beso y beso, Carmen le preguntaba a Darío, pero al final se rindió. Su hermana y su acompañante lo que menos querían era ver la película, así que decidió imaginarse los diálogos.

Teddy, que era testigo de todo aquello, sonrió y, mirando a la joven que estaba en la otra punta, preguntó:

—¿Necesitas ayuda con el idioma?

—No, gracias —respondió Carmen.

Después de eso, el cabo no volvió a decirle nada y ella procuró disfrutar de la película, guiándose simplemente por lo que ocurría en la pantalla para entenderla.

Cuando acabó, miró a su hermana y, con gesto de reproche, murmuró:

—Menos mal que Darío nos iba a traducir la película.

Loli sonrió con picardía y su hermana finalmente también tuvo que sonreír.

Una vez salieron del cine, Teddy desapareció sin despedirse y, tras tomar unos refrescos en la cantina, las chicas recogieron sus pasaportes en la garita de entrada y regresaron a la residencia de señoritas. Era tarde y al día siguiente había que trabajar.

El viernes, Carmen salió de la fábrica y esperó a su hermana en la puerta de entrada. Renata continuaba en Hannover. Hacía solecito y era agradable estar allí. Pero de pronto el corazón le dio un vuelco al ver al cabo al que quería esquivar caminando hacia ella con su uniforme militar y unas gafas de sol.

Como había dicho Loli, efectivamente el galán no estaba nada mal y con aquellas gafas de aviador parecía una estrella de cine.

Varias chicas lo miraron y él, encantado, les sonrió con galantería.

—Buenas tardes —saludó a Carmen cuando llegó a su altura.

—Hola —respondió ella, con el corazón en la boca.

Durante unos segundos, ambos estuvieron callados, apoyados en la pared, hasta que, de pronto, él la miró y dijo:

—Disculpa, quería preguntarte si...

—¿A qué estás jugando? —lo cortó Carmen.

—¿De qué hablas?

Poniendo los ojos en blanco, ella le soltó:

—Vamos a ver, tonto redomado, ¿todavía no te ha quedado claro que no quiero tener nada que ver contigo? Basta ya de hacerte el encontradizo.

Teddy, quitándose las gafas con chulería, la miró de arriba abajo y, con una sonrisa que a Carmen le cortó el aliento, respondió:

—No sé a qué te refieres. Y antes de que continúes, sólo quería preguntarte si sabías si han salido las chicas de la sección cuatro. He quedado con una de ellas aquí.

«Tierra, trágame», pensó ella, pero ocultando su bochorno, cruzó los brazos y se mofó.

—Sí... seguro.

El militar sonrió. Si él era un creído, aquella española no se quedaba atrás. En ese momento, una chica lo llamó al tiempo que levantaba la mano:

—Cabo Díaz... cabo Díaz, ¡estoy aquí!

Carmen miró a la joven rubia y luego a él.

«Qué metedura de pata otra vez», pensó acalorada.

Levantando las cejas, Teddy sonrió, se puso las gafas y, mientras se alejaba en dirección a la chica, susurró, volviendo la cabeza:

—Te lo he dicho, nena.

Avergonzada por el ridículo tan tremendo que había hecho, Carmen los siguió con la mirada mientras ellos se alejaban tomados del brazo, riendo felices. Lo que ella no sabía era que aquella joven era la novia de un cabo amigo de Teddy, y que él había quedado en ir a buscarla para poder ver a la española.

Loli salió de la fábrica y, al verla con el cejo fruncido, preguntó:

—¿Y esa cara de acelga podrida?

Carmen resopló.

—Estoy cansada de estar siempre esperándote. ¡Vámonos!

—Bueno, chica, tampoco es para tanto —gruñó Loli, sin saber qué había pasado.

9

El sábado, Carmen no fue a bailar con su hermana. Renata había regresado y se marchó con ella y unas amigas. No comentó nada de los americanos. Si lo hacía, ya sabía lo que Renata le diría, pero esa noche, cuando llegó a la residencia, tomó su diario y escribió:

> No me entiendo ni yo.
> No quiero ver a ese americano, pero mi mente no puede parar de pensar en él. ¿Seré un bicho raro?

El sábado siguiente, tras una semana en la que su mente y su corazón batallaban por su conflicto de sentimientos, Carmen se arregló a conciencia para salir. Quería estar guapa. Su hermana, al ver que se ponía un vestido nuevo con un fino suéter de punto blanco, exclamó:

—¡Qué guapa estás!

Carmen sonrió.

—Gracias.

Loli, que se estaba haciendo un chongo alto ante el espejo, cuando Renata se marchó, miró a su hermana y cuchicheó:

—Seguro que el cabo se queda sin habla en cuanto te vea.

—Loli, te voy a dar un pescozón —dijo ella riendo al escucharla.

Dos minutos después, Renata entró y, sorprendiéndolas, preguntó, mientras ponía los brazos en jarras:

—Vamos a ver, Loli, ¿cuándo me ibas a decir que estás saliendo con un americano? —Ellas la miraron boquiabiertas y su amiga continuó—: Me lo acaba de decir Ludovica, la portera, que dice que te ha visto con él.

Las hermanas se miraron y Loli le explicó con paciencia su recién estrenada relación con aquel hombre. Renata al principio refunfuñó, no le parecía buena idea. Pero finalmente, tras hablar largo y tendido, claudicó.

—No estás enfadada, ¿verdad? —preguntó Loli.

—Claro que no, tonta —contestó Renata, negando con la cabeza—. En todo caso estoy enfadada conmigo misma. Desde que mi exnovio me rompió el corazón, no me fío de ningún hombre.

—Tu novio era un atontado —afirmó Carmen—. Y algún día se dará cuenta de lo que perdió dejándote escapar.

Las tres sonrieron y Loli dijo:

—Creo que deberías empezar a mirar a los hombres con otros ojos. No todos son iguales, ¿no crees?

—Dame tiempo —respondió su amiga, suspirando.

Una hora más tarde, cuando las dos hermanas, Renata y otras amigas entraron en el local, Darío se acercó a ellas. Sin remilgos, Loli y él se dieron un beso en los labios. Renata miró a Carmen y ésta se mofó diciendo:

—Es una libertina.

Renata soltó una carcajada y, tras saludar ellas también al guapo militar, los cuatro se fueron hacia la barra para pedir algo de beber, mientras la gente bailaba *Twist and Shout,** de The Isley Brothers.

Carmen se fue encontrando con varios militares que ya conocía de otros días, pero no dejaba de mirar a su alrededor, incomprensiblemente en busca del hombre al que no quería ver. ¿O quizá sí?

Sin entender cómo ni cuándo, su concepto de él había cambiado, y había pasado de odiarlo a morirse de ganas de verlo. Pero no estaba allí.

Decepcionada por su ausencia, bailó con Renata y las chicas varias canciones y cuando tarareaba *Baby Love,*** de The Supremes, el corazón se le aceleró al verlo entrar junto a dos muchachos.

Renata, al notar que le cambiaba el gesto, miró en la misma dirección que ella y murmuró sorprendida:

—Pero ¿ése no es...?

—Sí —la cortó Carmen.

—No me digas que tú también —dijo la alemana sonriendo, tras darle un trago a su bebida.

Rápidamente, Carmen negó con la cabeza e, intentando convencerse a sí misma, respondió:

—No, no, yo ni loca.

---

* *Twist and Shout,* Gusto Records Inc., interpretada por The Isley Brothers. *(N. de la E.)*
** *Baby Love*, One Media iPLtd., interpretada por The Supremes. *(N. de la E.)*

Pero allí, a escasos metros y tan guapo como siempre, estaba aquel hombre que de pronto no se podía quitar de la cabeza. Sus miradas, como Carmen esperaba, se encontraron, pero él en ningún momento se acercó a ella.

Durante un buen rato mantuvieron las distancias, hasta que Carmen vio a la rubia de la fábrica aparecer por el local. Eso la alertó. Allí estaba su novia. Sin embargo, segundos después se quedó sin palabras cuando se dio cuenta de que la joven iba hacia el grupo donde él estaba, pero besaba en los labios a un tal Panamá y no a Teddy; éste, al ver que lo observaba, le sonrió y, con descaro, le guiñó un ojo.

—¡Será...!

Renata la miró y, cuando fue a preguntar, Carmen le dijo:

—Dame un cigarro.

—¿Para qué quieres tú un cigarrillo? —quiso saber la alemana sorprendida.

—¿Me lo das o no? —insistió ella.

Renata se lo dio y en el momento en que se lo fue a encender, Carmen se dio la vuelta y, con paso seguro, se encaminó hacia el grupo de militares.

Teddy, al ver que se acercaba sonrió. Por fin se había rendido.

Ella se le acercó con una encantadora sonrisa y el cigarrillo entre los dedos, y Teddy se apoyó en la barra para esperarla. Aquella morena española era una belleza. Cuando ella llegó a su lado y lo miró, él fue a decir algo, pero la joven se volvió hacia un muchacho que había justo a su lado y preguntó:

—¿Tendrías fuego?

El chico, sin percatarse de nada, sonrió y rápidamente sacó un cerillo y se lo encendió, mientras Teddy se quedaba con la palabra en la boca y cara de tonto por el corte que le había dado.

Una vez ella encendió el cigarrillo como Renata le había explicado mil veces, y expulsado el aire con sofisticación procurando no ahogarse y hacer el ridículo, comenzó a sonar por los altavoces *It's Now or Never,** de Elvis Presley y, sin dudarlo, Carmen animó al muchacho a bailar.

Éste aceptó encantado y, cuando se alejaban, ella miró hacia atrás y, con picardía, le guiñó un ojo a Teddy, que la miraba pasmado.

* *It's Now or Never*, RCA Records Label, interpretada por Elvis Presley. *(N. de la E.)*

Tras bailar varias piezas con el joven, Carmen regresó junto a sus amigas y Loli, que la había visto fumar, preguntó:

—¿Qué hacías fumando?

—Sinceramente, no lo sé —respondió, aún con el asqueroso sabor del cigarrillo en la boca.

Renata suspiró. Sin duda, los americanos ya empezaban a hacer de las suyas.

Aquel tira y afloja entre los dos duró un par de semanas más. Se miraban, se desafiaban, pero ninguno daba su brazo a torcer.

Renata observaba sus movimientos y, a pesar del rechazo que sentía hacia los yanquis, se divertía al ver cómo su amiga jugaba con aquél y viceversa. Sin duda entre ellos había una gran atracción y sólo había que esperar a que se resolviera.

Una tarde, tras salir del trabajo y regresar a la residencia, Carmen se encaminó de nuevo a hacer unas compras. Necesitaban hilo para remendar los puntos de las medias de nylon y, mientras esperaba su turno en la pequeña tienda, unos golpecitos llamaron su atención. Al mirar hacia el escaparate se quedó de piedra al ver al cabo americano mirándola a través de la cristalera, con un pañuelo blanco atado al dedo, que movía a modo de bandera.

Lo miró sin saber qué hacer. Entonces, él sonrió y Carmen, olvidándose de todo, salió de la tienda.

—Hola, ¿te acuerdas de mí? —preguntó Teddy con su particular acento.

—Claro que me acuerdo de ti —asintió ella, finalmente sonriendo.

Sin tiempo que perder ante aquella muestra de calidez, él señaló el pañuelo del dedo y dijo:

—La bandera blanca significa alto el fuego, rendición o solicitud para parlamentar con el enemigo. —Carmen volvió a sonreír y Teddy preguntó—: ¿Puedo guardarla ya?

Ella asintió de nuevo y él, una vez lo hizo, le tendió la mano para estrechársela.

—Creo que debemos empezar de nuevo. Me llamo Teddy Díaz.

—Carmen Rodríguez. —Ella le tendió la suya y mientras se la estrechaba sintió mil mariposas en el estómago.

Estaban mirándose como dos tontos, cuando la mujer que iba detrás de ella en la tienda, salió y dijo con voz de enfado:

—Joven, le toca pedir o pediré yo.

Carmen, que ya entendía muy bien el idioma, reaccionó y, mirando a Teddy, dijo:

—Tengo que entrar. Si vuelvo a la residencia sin lo que me ha encargado mi hermana, me asesina.

—Entra. Te espero aquí —dijo él, sonriendo.

Nerviosa, alterada y sin saber cómo se había obrado aquel milagro, Carmen entró en la tienda, pidió lo que había ido a buscar y, una vez lo pagó, salió afuera.

—¿Me permites invitarte a un refresco, Carmen?

Ella asintió sin dudarlo, nada le apetecía más. Y juntos pero sin rozarse llegaron a una cafetería, donde se sentaron el uno frente al otro mientras sonaba en el radio la canción *Be My Baby*.*

Allí, Carmen se enteró de que él había nacido en Nueva York, tenía veintitrés años y llevaba destinado en Alemania casi tres, con la división Airborne. Durante más de dos horas, hablaron y rieron. Comunicarse de pronto les resultaba fluido y fácil.

Cuando se acabaron los refrescos, se encaminaron hacia el parque Dutzendteich y pasearon bordeando el lago, hasta sentarse en un banco frente al agua. El tiempo pasó rápidamente entre confidencias y llegó la hora de despedirse.

—Te acompañaría hasta la residencia, pero si no llego a tiempo a la base, me arrestarán —dijo Teddy, tras mirar la hora en su reloj.

—No te preocupes. La residencia está cerca de aquí.

—Ya lo sé —afirmó él, y al ver la cara de sorpresa de ella, aclaró—: Te he seguido alguna que otra tarde, pero nunca veía el momento de sacar la bandera blanca. Me alegra haber hecho las paces contigo —añadió.

Carmen sonrió como una tonta. Ya nada de eso importaba, excepto que estaban allí, juntos. Durante unos segundos, ambos se miraron a los ojos. Debían despedirse o él llegaría tarde a la base, por lo que, dando un paso atrás para alejarse, ella dijo:

—Vete o no vas a llegar.

—Tienes los ojos verdes más bonitos que he visto nunca.

—Llegarás tarde. Vete—insistió Carmen, con el corazón a mil por lo

---

* *Be My Baby*, Legacy Recordings, interpretada por The Ronettes. *(N. de la E.)*

que le había dicho. Teddy asintió y, aunque no se atrevía a darle un beso para no asustarla, necesitaba su contacto, así que le tocó la mejilla y preguntó antes de alejarse:

—¿Te veré este sábado?

Sin dudarlo, ella asintió y él, encantado, le guiñó un ojo y, tras una última mirada, echó a correr. Carmen recorrió las calles hasta llegar a la residencia como en una nube. Al entrar, saludó a Ludovica, la mujer de la entrada, se cruzó luego con otras chicas por el pasillo y finalmente llegó a su habitación.

—Hija de mi vida, ya estaba preocupada —exclamó Loli al verla entrar—. ¿Por qué has tardado tanto?

Sentándose en la punta de la cama, ella miró a su hermana y a Renata y respondió soñadora:

—Este sábado tengo una cita con el cabo americano.

—No me digas que has quedado con el guapo idiota —se mofó Loli, sentándose a su lado.

Carmen asintió y Renata, poniendo los ojos en blanco, suspiró:

—No tienen remedio. Pero ¿qué les dan los americanos?

Esa noche, antes de irse a dormir, Carmen sacó su diario y escribió:

No puedo dejar de sonreír como una tonta.

El cabo hoy se ha vuelto a cruzar en mi camino. Se ha puesto un pañuelo en el dedo a modo de banderita y cuando me ha dicho algo así como que la bandera blanca es un alto el fuego o solicitud para hablar con el enemigo, he tenido que sonreír. ¡Qué ocurrente!

Se llama Teddy, aunque eso ya lo sabía, es neoyorquino y, como dijo mi hermana, un chico encantador. Lo juzgué mal cuando lo conocí.

Hablar con él es muy fácil. Me encanta su sonrisa y, siempre que me mira con esos ojos oscuros, siento que tiemblo como una hoja y me pongo roja como un tomate.

Hoy, por primera vez en muchos días, mi cabeza y mi corazón se han reconciliado y yo estoy muy... muy feliz.

El resto de la semana, Carmen siguió en su nube y, por primera vez desde que vivía en Alemania, cuando habló con su padre por teléfono no le contó algo que para ella había sido especial. Omitió hablarle del chico americano que había conocido, porque sabía seguro que se preocuparía.

El sábado llegó y, en el momento en que Carmen entró en el local con su hermana y las otras chicas, sonaba por los altavoces *Stand By Me*,* del cantante Ben E. King, y le parecía que el corazón se le iba a salir del pecho. ¡Tenía una cita!

En Madrid, alguna vez había quedado con un chico, pero aquello era diferente. Lo sentía como algo muy especial.

Miró a su alrededor, nerviosa por las ganas de verlo, pero no lo encontró.

¿Habría llegado demasiado pronto?

Siguió a su hermana y a sus amigas a la barra para pedir unos refrescos, cuando de pronto alguien dijo junto a su oído:

—Hola, ¿te acuerdas de mí?

Se dio la vuelta con una candorosa sonrisa y, al verlo, en esta ocasión vestido de calle, respondió:

—Claro que me acuerdo de ti.

Encantado por aquella reacción de contento que vio en ella, tan idéntica a la que él sentía, la tomó de la mano y la sacó a bailar la canción *Diana*,** de Paul Anka.

Loli, tras saludar a Darío, que había llegado con Teddy y con otros chicos, se acercó a Renata y le cuchicheó al oído:

—Creo que mi hermana se ha enamorado.

—Es genético —respondió su amiga—. ¡Les gustan los americanos!

Acabada la canción, Carmen y Teddy bailaron un par de canciones más y después se fueron a sentar. Tenían mil cosas de que hablar. Cuando la música cambió y la luz bajó de intensidad, al oír que empezaba a sonar *Perfidia*,*** de Nat King Cole, Teddy se levantó de la butaca y preguntó, tendiéndole la mano:

—¿Bailamos?

Carmen aceptó encantada y fue hasta la pista tomada de su mano. Allí había ya varias parejas, entre ellas su hermana Loli. Sus cuerpos se acercaron con decoro y comenzaron a bailar.

Aquella canción... aquella letra... aquella cercanía... aquel momento... todo se unió para que Teddy y Carmen se miraran a los ojos y se les acelerara la respiración y el deseo, pero ella, sorprendiéndolo, susurró:

---

* *Stand By Me*, JB Production, interpretada por Ben E. King. *(N. de la E.)*
** *Diana*, ZYX Music, interpretada por Paul Anka. *(N. de la E.)*
*** *Perfidia*, TV Music, interpretada por Nat King Cole. *(N. de la E.)*

—No me mires así que no te voy a besar.

—Sé esperar —dijo él, sonriendo.

Oír eso a Carmen la tranquilizó.

Pero el deseo que sentía por él era algo desconocido y eso la hacía intuir que Teddy era especial. Por ningún otro chico antes había sentido aquella loca atracción.

Deseaba abrazarlo, besarlo y no separarse de él y eso, en cierta forma, la asustó. ¿Qué le ocurría? Y su confusión fue a más cuando él, mirándola a los ojos, le preguntó:

—¿Quieres salir conmigo?

Sonrió atontada. Sin duda era demasiado pronto para aquella pregunta, pero aun así, respondió:

—Sí, pero sólo si me llamas... nena.

Teddy soltó una carcajada y, tomándola en brazos, dio vueltas con ella por la pista, mientras el resto de la gente los miraba y ellos, encantados, reían sin parar.

10

Una semana después, el cabo Díaz y Carmen continuaban aislados en su burbuja, hasta que les llegó la noticia de que se tenían que separar. Teddy se iba de maniobras.

Como si el mundo se acabara para ambos, el domingo aprovecharon todo el tiempo que pudieron para estar juntos y cuando llegó el momento de la despedida en la puerta de la residencia, Carmen, sin dudarlo, lo miró a los ojos, acercó los labios a los de él y lo besó. Nada le apetecía más.

Durante varios segundos, aquel esperado y ansiado beso se alargó y alargó, y sólo cuando la tos de la portera sonó cerca de ellos, se separaron.

Sorprendido, Teddy sonrió y murmuró:

—Ha valido la pena esperar.

Encantada, Carmen lo volvió a besar, sin importarle las toses de Ludovica. Cuando ese segundo beso acabó, él le retiró con mimo el pelo de la cara y susurró:

—Sólo serán diez días, nena.

Ella suspiró. Lo que menos le apetecía en aquel momento era no poder verlo, pero consciente de que aquello no tenía solución, optó por sonreír.

—Lo sé y aquí estaré cuando vuelvas —dijo.

Teddy le dio un último beso, le guiñó un ojo y, con una bonita sonrisa, se metió las manos en los bolsillos de los pantalones y se marchó.

Dos noches después, mientras Renata y Pili, una amiga de la residencia, hablaban con su hermana sentadas sobre su cama, Carmen escribía en su diario. En el radio sonaba *Devil or Angel*,* del cantante Bobby Vee.

> Nunca he estado enamorada, pero lo que siento por Teddy creo que es amor. Papá siempre dice que cuando uno se enamora pierde el apetito, el

---

* *Devil or Angel*, EMI Records Ltd., interpretada por Bobby Vee. *(N. de la E.)*

sueño y, en ocasiones, hasta el sentido del humor, y reconozco que tengo todos los síntomas. No tengo hambre, no tengo sueño y no me apetecen las bromas.

De pronto, y aunque en público nunca lo reconoceré, mi guapo militar se ha convertido de la noche a la mañana en ¡todo! Como siempre le he oído decir a mi madre, puedes engañar a la gente y a ti misma, pero al corazón no lo puedes engañar. Éste es el primero en saber la verdad de lo que te ocurre y sin duda mi corazón sabe que amo a ese americano.

Ya sé que una chica recatada no debería pensar lo que yo pienso, ni desear lo que yo deseo, pero mis sentimientos, mi cerebro y mi cuerpo me piden cosas que me nublan la razón.

Por primera vez creo que entiendo a Teresa en cuanto a lo que una puede llegar a hacer por amor.

Diez días después, una tarde, cuando Carmen llegaba de trabajar, Ludovica al verla la llamó y, entregándole una flor y un sobre, dijo:

—Esto lo han traído para ti.

Emocionada, abrió el sobre y sonrió al leer:

Hola, nena.
Te espero a las cinco en el banco del lago que tú ya sabes.
Te quiero
Teddy

El corazón le aleteó. Teddy había vuelto por fin de las maniobras. Encantada y feliz, miró el reloj. Eran las cuatro y diez.

—¿Buenas noticias? —preguntó la portera.

Carmen asintió con una esplendorosa sonrisa y salió corriendo hacia su habitación. Apenas tenía tiempo para arreglarse.

Al entrar, se quitó rápidamente la ropa que llevaba, la tiró por la habitación y se bañó a toda mecha. Luego sacó un vestido café y, tras ponérselo, se recogió el pelo en un chongo alto.

Estaba con el corazón a mil cuando Loli, que había ido a la tienda a comprar leche, abrió la puerta y vio el desorden reinante.

—Madre del amor hermoso —exclamó—. Pero ¿qué ha pasado aquí?

Mientras se ponía un zapato de tacón, Carmen contestó sin aliento:

—Cuando vuelva, prometo recogerlo todo.

Sin entender nada, Loli dejó la bolsa que llevaba y preguntó:

—¿Adónde vas?

—Teddy ha regresado —respondió Carmen, encantada, antes de echar a correr por el pasillo.

Con prisa y sin pausa, se encaminó hacia el parque y, una vez allí, apretó el paso para dirigirse al lago. Vio a Teddy desde lejos, sentado en el banco y vestido de militar, y el corazón le latió con fuerza. Procurando no hacer ruido, llegó hasta su lado y, agachándose, le dijo al oído:

—Hola, ¿te acuerdas de mí?

Teddy se levantó al oírla y, con una radiante sonrisa, contestó:

—Claro que me acuerdo de ti.

Aquel tonto intercambio se había convertido en algo muy especial para ellos y, tras contemplarse el uno al otro unos segundos, finalmente se besaron con auténtica pasión.

Los días pasaron y la relación se fue afianzando.

Todo los divertía y el día que Carmen, junto a su hermana, probó primero una hamburguesa y de postre un Banana Split en la base, se quedó atónita. ¡Aquello estaba buenísimo!

Para Carmen, el mundo se centró en Teddy y viceversa. Hacían todo lo posible para verse entre semana y los fines de semana quedaban en el local de la base, donde bailaban acaramelados. Una tarde decidieron ir al cine. La película se llamaba *Más allá del amor* y Carmen, que caminaba del brazo de su hermana, dijo:

—El protagonista es el guapísimo Troy Donahue.

—No me digas. ¡Ay, me gusta mucho! —suspiró Loli encantada.

Aquel galanazo americano, rubio, con cara de niño bueno y de ojos azules, era una de las estrellas del celuloide en aquella época y Teddy, mirando a Darío, se mofó:

—¿A ti también te gusta ese tal Troy?

—¡Me encanta! Loco me tiene —respondió su amigo divertido.

Los cuatro rieron y Carmen, besando a Teddy, susurró:

—Mira que eres tonto.

—Y tonto redomado también —añadió él, sonriendo.

Vieron la película tomados de la mano. Era una preciosa historia de amor en la que, como siempre, había una mala dispuesta a jorobar el romance. En un momento dado, cuando los enamorados están cenando en unas cuevas en Roma y un italiano empieza a cantar la canción *Al di là*,[*] Teddy y Carmen se miraron y ella, al ver que la subtitulaban en inglés, preguntó:

—¿Qué dice la canción?

—Al di là quiere decir «más allá» en italiano. Y la letra dice algo así como que más allá de lo más valioso, lo mejor de la vida y lo más bello estás tú.

Ambos se miraron. Teddy le dio un beso en los labios y cuando el italiano siguió cantando, volvió a traducir.

—«Más allá del límite del mundo, del mar más profundo o del horizonte infinito estás tú.» Y yo te digo lo mismo que la canción, eres mi más allá y sólo tú eres para mí.

—*Al di là* —murmuró Carmen emocionada.

Teddy sonrió. Sin proponérselo, aquella muchacha le había robado el corazón.

—*Al di là* —murmuró él también, acercando la nariz a la de ella.

Enamorados, se besaron mientras aquella canción tan romántica proseguía y Loli los miraba divertida. Vaya vaya con su hermana.

Cuando salieron del cine, Darío y Loli fueron al bar, para tomar algo, y Carmen y Teddy decidieron dar un paseo. Era el mes de julio y hacía muy buen tiempo.

Durante un buen rato, caminaron comentando lo mucho que les había gustado la película y, divertidos, intentaron tararear la canción. Luego se sentaron en su banco del lago y Teddy le acarició la mejilla y preguntó:

—¿Cómo es tu familia en España?

Carmen sonrió. Pensar en ellos siempre la ponía contenta, y explicó:

—Mis padres son maravillosos y tengo varios hermanos. A Loli ya la conoces. También tengo otra hermana casada, dos chicas más y un chico, que son pequeños y siguen viviendo en casa. En total somos seis hermanos.

—¿Y te llevas bien con ellos y con tus padres?

—Sí —dijo ella convencida.

—Y si todo es tan maravilloso en tu casa, ¿por qué estás aquí?

Sorprendida por la pregunta, Carmen respondió:

---

[*] *Al di là*, Sinetone AMR, interpretada por Emilio Pericoli. *(N. de la E.)*

—Porque en España no hay trabajo. Mi padre, al saber que Loli y yo queríamos emigrar, al principio se negó. No quería que sus hijas estuvieran tan lejos de casa. Pero al final lo entendió y respetó que quisiéramos buscar un futuro mejor. Es un hombre increíble, Teddy. Se hace el duro y nos reprende a veces, pero es muy cariñoso. Si lo conocieras, estoy convencida de que te gustaría y tú le gustarías a él.

Él asintió conmovido y ella, al ver su gesto, preguntó:

—¿Qué ocurre? ¿Por qué me preguntas eso?

Pasándole un dedo por la barbilla, el joven militar contestó con cariño:

—Me alegra saber que tienes esa familia tan buena, y que tu padre es cariñoso. —Y, tras una breve pausa, añadió—: Mi familia no es así. Mi madre murió cuando yo tenía diez años...

—Lo siento mucho, Teddy...

—No te preocupes —dijo él, sonriendo—. Eso ya está superado. El caso es que yo soy alérgico a la penicilina, como lo era mi madre, y...

—¿Eres alérgico a la penicilina?

—Sí. Una vez me puse enfermo y mi padre no avisó de eso a los médicos, por lo que estuve a punto de morir. Mi abuela, la madre de mi madre, se enfadó muchísimo con él cuando se enteró y dijo que quería que mi hermana y yo fuéramos a vivir con ella. Por aquel entonces, residíamos en Puerto Rico. Mi padre nos envió con ella sin dudarlo. ¡Dos menos a los que alimentar! —Suspiró al recordar—. Por parte de mi padre, tengo varios hermanos más de distintas mujeres, a los que pocas veces he visto y con los que apenas tengo relación.

—Lo siento —volvió a decir Carmen.

Teddy sonrió. El pasado ya estaba superado y continuó:

—Por suerte, tuve una abuela increíble. La mejor. La más cariñosa que nadie pueda tener, pero murió hace casi cuatro años. Se llamaba Alana, un nombre precioso, ¿verdad? Era alegre, vivaracha, le encantaba bailar, nos reprendía si sacábamos malas notas en los estudios y cocinaba unos estupendos estofados para Navidad, y ni te cuento los pasteles tan maravillosos que preparaba. —Ambos sonrieron—. Cuando ella murió, a los pocos meses mi hermana Audrey se casó con un tipo de Nashville que había ido a Nueva York por negocios, y entonces me quedé solo. Durante unos seis meses viví sin rumbo y una noche en que estaba borracho en un bar de mala muerte, de pronto sentí miedo de ser como mi padre y por eso me alisté en el ejército. Nunca querría ser como él. Nunca.

Oírlo decir eso a Carmen le encogió el corazón, y Teddy añadió:

—Sólo espero que si algún día tengo hijos, no tengan de mí el concepto que yo tengo de mi padre. Quiero que me vean como una persona que piensa en ellos antes que en sí mismo, no como un egoísta que únicamente se preocupa de él sin importarle el daño que pueda hacer.

Carmen lo abrazó apenada. Por primera vez desde que lo conocía, aquel joven de sonrisa perpetua estaba triste; intentó devolverle la alegría, así que le tocó los labios y murmuró:

—¿Por qué pones boca de patito?

Teddy soltó una carcajada y, guiñándole un ojo como sólo él sabía, dijo:

—¿Sabes que mi abuela Alana me decía lo mismo?

—¿En serio?

Él asintió.

—Siempre decía que cuando me enfadaba o me entristecía ponía boca de pato.

—Serás un buen padre, ¡ya lo verás!—lo animó Carmen, tomándole la mano.

Contento de encontrar en ella el apoyo que necesitaba, Teddy se dejó mimar y sonrió mientras le susurraba al oído las palabras *al di là*.

Esa noche, cuando Carmen llegó a la residencia, sacó su diario y apuntó:

> Es triste ver que la persona que quieres se entristece al contarte su vida. Sin duda, que el padre de Teddy no fuera lo que él esperaba de un padre lo hará ser como él ha dicho: un buen hombre que mire por el bienestar de sus hijos.

Un par de meses después, tras un laborioso día de trabajo, cuando Carmen salió de la fábrica sonrió al ver a Teddy apoyado en la pared, esperándola.

—Hola, nena —la saludó él, y la besó.

De la mano y enamorados, decidieron dar un paseo. Pararon en una cafetería no muy lejos de allí para tomar algo, y entonces Carmen vio a Teresa.

Parecía cansada y caminaba mirando al suelo. Lo último que había sabido de ella era que se había ido de la Siemens para trabajar en unos grandes almacenes llamados Quelle y que continuaba trabajando por y para los dos.

Teddy, al ver hacia donde miraba, preguntó:

—¿La conoces?

—Sí. —Y al verla desaparecer por el fondo de la calle, explicó—: Teresa llegó a Alemania con mi hermana y conmigo, en el mismo tren. Al principio estaba muy unida a nosotras y a Renata, hasta que conoció a Arturo. —Suspiró con pesar—. Si la hubieras conocido entonces te habría encantado, pero ahora ya no es la misma. Arturo, su marido, nunca ha sido bueno para ella y, por desgracia, creo que nunca lo será.

—¿Por qué dices eso? —preguntó interesado.

Carmen bebió un poco de su Coca-Cola y dijo:

—Arturo tuvo un accidente en la fábrica donde trabajaba y si antes de eso ya no me gustaba, después, tras perder un brazo, se convirtió en un tirano exigente y lleno de rabia. Al parecer, y según me han contado, holgazanea todo el día y le da mala vida a la pobre Teresa, mientras ella trabaja como una mula.

—¿Y tú cómo sabes que le da mala vida?

—Tenemos amigos en común. Y, aunque no los tuviéramos, no hay más que ver su mirada triste para saber que no es feliz.

Teddy asintió, sintiendo pena por aquella joven.

—¿Te apetece que vayamos al cine? —preguntó, deseoso de estar con Carmen.

Una hora después estaban en el cine de la base viendo *West Side Story*, una preciosa historia de amor que les encantó, a pesar de su final nada feliz.

11

Quince días después, Teddy se tuvo que marchar de nuevo de maniobras.

Por su condición de militar, aquello era algo que tenía que hacer muy a menudo y, aunque a Carmen le resultaba doloroso separarse de él, poco a poco se fue acostumbrando. No había otra.

Como cada domingo, mientras su hermana se bañaba, ella bajaba al salón de la residencia después de desayunar. Allí, unas chicas hablaban, otras veían la televisión y algunas escribían cartas a su familia u hojeaban los periódicos que siempre había sobre la mesa.

Con desgana por el largo domingo sin Teddy que se le venía encima, Carmen se sentó a una mesa y, tomando un periódico, lo comenzó a leer.

Las noticias eran algo que siempre le habían interesado mucho y, al ver una en la que hablaban sobre el presidente Kennedy, un hombre al que Teddy parecía tenerle respeto y afecto, la leyó.

En el artículo se decía que el presidente americano había aprobado un programa de ayuda económica, política y militar a Vietnam del Sur. Y que tenía previsto enviar más de 16,000 soldados y fuerzas especiales de Estados Unidos. El artículo terminaba con la pregunta: «¿Estarán caminando hacia una guerra?».

Carmen leyó la última frase dos veces. La palabra «guerra» era preocupante y, cuando iba a continuar leyendo, apareció Loli. Al verla, dejó el periódico y se acercó a su hermana; debían llamar a su padre.

—Voy a contarle a papá lo de Darío —dijo Loli antes de marcar.

—¿Qué? ¡Tú estás loca! —exclamó Carmen.

Su hermana suspiró. Entre Darío y ella habían ocurrido cosas importantes que no le había contado a nadie.

—No me gusta tener secretos con papá, Mari Carmen. No se lo merece y creo que tú también deberías contarle lo de Teddy.

—Anda que no eres lista tú —se mofó su hermana—. Quieres que se lo diga para que la bronca nos caiga a partes iguales y no sólo a ti.

—Tienes razón, no te lo voy a negar —contestó Loli—. Pero también lo hago para darle un solo disgusto y no uno hoy y otro el día que quieras decírselo tú.

Carmen no respondió y Loli, poniendo los ojos en blanco, marcó el número de teléfono. Durante un rato habló con su madre, que le cuchicheó que su padre había empezado a tener una tos que la preocupaba. Después, Loli habló con su padre y se sinceró con él. Como era de esperar, al oír lo que su hija le contaba, don Miguel se molestó. ¿Qué hacía Loli saliendo con un americano?

Ésta, una vez dio su conversación por concluida, le pasó el teléfono a Carmen con gesto desencajado.

—Quiere hablar contigo —dijo.

Ella resopló y, mirando el teléfono, rezongó:

—Ya me lo has dejado calientito, ¿no?

»Hola, papá —saludó, mientras su hermana se alejaba.

Don Miguel, aún sorprendido por la noticia que le había dado su hija mayor, habló y habló y habló, hasta que, al notarla más callada de lo normal, preguntó:

—¿Qué te ocurre, Carmencita?

La joven respondió rápidamente:

—Nada, papá, sólo... sólo que entiendo lo que dices, pero...

—¡Un americano! Pero por el amor de Dios, hija, ¿no había otro hombre de un país más lejano?

Y de nuevo empezó con su retahíla de protestas. Desde luego, ella no iba a decir nada. Bastante tenía su padre con pensar en un americano como para decirle que eran dos.

Cuando el hombre por fin dejó de protestar, Carmen, para desviar el tema, le preguntó por su madre y sus hermanos. Él le dijo que estaban bien y, de pronto, ella soltó:

—Papá, hoy estaba leyendo un periódico y una noticia me ha llamado la atención. Quería comentarla contigo.

—¿Qué noticia? —preguntó él sorprendido.

—Una que dice que el presidente Kennedy ha enviado soldados a Vietnam del Sur y...

—Pero ¿por qué lees esas cosas?

—Sabes que me interesa lo que pasa en el mundo.

Don Miguel asintió con la cabeza, aunque ella no lo vio. De todos sus hijos, Carmen era la que siempre se había interesado más por las noticias, pero aun así, preguntó:

—¿Te interesa por el novio americano de tu hermana?

—Puede...

—¡¿Puede?! —se quejó él, tosiendo—. ¿Qué es eso de «puede»?

—¿Qué es esa tos?

—No es nada —respondió su padre sin darle importancia—. Quizá me esté resfriando. Vamos a ver, ¿qué es ese «puede», Carmencita?

Su hermana tenía razón. Debía contárselo y murmuró:

—Escucha, papá...

—Oh, no... ¡no me lo digas! ¿Tú también has conocido a otro americano? —El silencio de su hija le confirmó la respuesta y, sentándose en la silla que había junto al teléfono, dijo bajito para que nadie lo oyera—. Al parecer, hoy es el día de las confesiones.

Carmen suspiró. El tono de voz de su padre volvía a ser seco cuando preguntó:

—Pero ¿se han vuelto locas las dos? ¿Acaso no hay hombres en Alemania, ni en España, para que se tengan que ir a fijar en dos americanos?

Carmen, que lo conocía muy bien, lo dejó hablar. Su padre era como una bomba y ella era igualita. Estallaba, pero una vez lo había hecho, se podía hablar con él. Y así fue.

—El de tu hermana se llama Darío. ¿Cómo se llama el tuyo?

Nerviosa, miró a Loli, la cual, al fondo del salón, todavía estaba digiriendo la bronca que su padre le había echado.

—Teddy Díaz Fischer —respondió.

—Bendito sea Dios —murmuró el hombre, tocándose la cabeza.

—Es cabo de la división Airborne y...

—¿Paracaidista?

—Sí. Es de Nueva York, pero... pero aunque sea americano, habla español y... y te aseguro que es un buen chico y que si lo conocieras te gustaría.

Don Miguel suspiró. El asunto no le hacía mucha gracia, pero era consciente de que si se lo prohibía, estando tan lejos, sus hijas no le harían caso.

—Tu hermana y tú ya son mayorcitas. Sólo espero que piensen las cosas antes de hacerlas.

—Sí, papá, tranquilo.

Y bajando la voz para que su vecina no lo oyera, murmuró:

—Sé juiciosa, Carmencita, y, como le he dicho a tu hermana, no me decepciones ni me avergüences. —Una vez dicho eso, cambió de tono de voz y añadió—: No te preocupes por lo que pone en los periódicos. No creo que a los americanos les valga la pena entrar en guerra.

Cuando Carmen colgó el teléfono, el corazón le iba a mil por hora. Haberle contado a su padre aquello no había sido fácil, pero una vez lo hizo se sintió mejor.

—Yo también se lo he dicho a papá —le dijo a Loli, que la esperaba sentada en una silla.

Su hermana la miró incrédula y, tomándola del brazo, soltó una carcajada y exclamó:

—¡Esto se merece celebrarlo con una Coca-Cola!

Entre risas, regresaron a su habitación, donde cada una contó a la otra la conversación con su padre varias veces, conscientes de que, a pesar del disgusto inicial, habían hecho lo mejor. De fondo sonaba la canción *Where The Boys Are*,* de la cantante Connie Francis.

Fueron transcurriendo los días. Carmen continuaba añorando la presencia de su cabo, pero el paso del tiempo la animaba, porque sabía que pronto lo volvería a ver.

El martes por la tarde, cuando llegaron de trabajar, Ludovica le dijo a Renata que habían llamado de su casa y que debía ponerse en contacto con ellos urgentemente.

Las chicas se miraron y Renata corrió a la sala del teléfono, seguida por sus amigas. Éstas la esperaron fuera para darle intimidad y minutos después, la vieron salir pálida y abatida.

---

* *Where The Boys Are*, Universal Records, a Division of UMG Recordings, Inc., interpretada por Connie Francis. *(N. de la E.)*

—Debo regresar a Hannover inmediatamente —dijo Renata.

—¿Por qué? —preguntó Loli—. ¿Qué ocurre?

A su amiga le fallaban las piernas y se sentó en una silla antes de responder, mientras se echaba a llorar:

—Mi padre ha... ha muerto de repente.

Loli y Carmen la consolaron todo lo que pudieron, pero Renata no paró de llorar en toda la noche. Las dos hermanas estaban muy preocupadas al verla así, cuando siempre era tan fuerte.

—Por favor, no llores más —le pidió Loli.

Renata asintió y, secándose las lágrimas, murmuró:

—Mi padre ha muerto y nunca más lo volveré a ver.

Carmen, angustiada, sacó un cigarrillo del paquete, lo encendió y se lo tendió. Ella lo tomó agradecida y, tras dar un par de caladas, dijo:

—No creo que pueda regresar a Núremberg. Tendré que quedarme en Hannover.

Loli y Carmen se miraron y Renata, al ver su gesto desanimado, explicó:

—No puedo dejar sola a mi madre en la granja y...

Pero no acabó la frase, porque la voz se le rompió de nuevo.

Al día siguiente, las tres fueron a las oficinas de la Siemens, para que Renata pudiera arreglar los papeles. Una vez allí, Carmen y Loli decidieron pedir el día libre para poder acompañarla.

Cuando salieron, las tres amigas se dirigieron a la estación de tren, y Renata compró un boleto para Hannover. Salía a las seis y media de la tarde. Con el boleto en la bolsa, tomadas del brazo regresaron a la residencia.

Renata hizo la maleta en silencio y, tan pronto como la cerró, le tendió a Carmen sus guantes de piel rojos.

—Quédatelos. Sé que te enamoraste de ellos en cuanto los viste.

—No puedo aceptarlos, Renata —dijo ella con un hilo de voz—. Son tus mejores guantes.

La joven alemana se encogió de hombros y suspiró.

—En la granja ya no los necesitaré. Como diría mi madre, son demasiado elegantes. Vamos, tómalos —insistió. Una vez Carmen lo hizo, se volvió hacia Loli y le entregó el fino y delicado pañuelo de seda beige—. Y esto es para ti y no me puedes decir que no.

Las dos hermanas, emocionadas, iban a hablar, pero Renata, que había recuperado su fortaleza de siempre, dijo tomándoles la mano:

—Quiero que sepan que haberlas tenido como amigas el tiempo que he estado en Núremberg ha sido una de las cosas más maravillosas que me han pasado nunca y que jamás las olvidaré mientras viva.

Loli se echó a llorar y Carmen, tragándose las lágrimas, contestó:

—Por supuesto que no nos vas a olvidar, porque vamos a continuar en contacto toda la vida, ¿entendido?

Renata asintió sonriendo. Sin duda, cuando regresaran a su país la olvidarían. Se sentó en la cama y miró el reloj. Eran cuarto para las doce.

—¿Qué les parece si damos un paseo por el lago del parque Dutzendteich y después comemos juntas antes de que me vaya?

—A las cinco he quedado con Darío —dijo Loli.

—Perfecto —respondió Renata con una sonrisa—. Así me despediré de ese guapo americano y le pediré que mañana lleve mi coche al tren para que me llegue cuanto antes a Hannover.

Al principio caminaron en silencio por aquel parque por el que tantas veces habían paseado, hasta que Renata comenzó a recordar anécdotas y las tres se echaron a reír.

Los casi tres años que llevaban juntas daban para mucho y, durante un rato, se olvidaron de todo lo acontecido para recordar la residencia de Büchenbach, las latas de comida para perro que habían comprado, el accidente de coche y cómo Carmen había arrancado la puerta para sacar a Renata, o los sitios a los que habían ido a bailar. Hablaron de Leopold, el primer ligue alemán de Loli, de Anita y Josef, los caseros de Schwabach, y cómo no, de Teresa y de lo mucho que las tres la añoraban.

Durante la comida, rieron emocionadas recordando todas esas vivencias y, cuando acabaron, Renata dijo:

—Les advertí que se alejaran de los americanos, pero creo que mis palabras cayeron en saco roto. —Ambas rieron y ella continuó—: Pero quiero que sepan que estoy muy contenta por ustedes. Darío y Teddy me parecen dos personas maravillosas y estoy segura de que ambas van a ser muy felices con ellos.

—Y tú lo vas a ver —afirmó Carmen—. Porque pienso ir a visitarte siempre que pueda. ¡Que te quede claro!

Renata sonrió. Nada le gustaría más que eso.

Poco después, Darío se les unió y se apenó mucho por lo ocurrido. Finalmente, tras pasar por la residencia para recoger la maleta de Renata, se despidieron entre risas y lágrimas en la estación central de Núremberg.

Carmen y Loli dijeron adiós a su buena amiga desde el andén y, cuando el tren desapareció, Darío, que mantenía mejor el tipo que ellas, las abrazó y, sin disimulo, las dos jóvenes dieron rienda suelta a su pena. Sin Renata a su lado, nada sería igual.

12

Como era de esperar, la marcha de Renata supuso un antes y un después para Carmen y Loli. Echaban de menos la alegría y la locura que aquella alemana fumadora les transmitía. Miraban su cama con pena y el día que la ocupó una muchacha italiana, de nuevo lloraron con pesar.

Teddy regresó de sus maniobras y su reencuentro, como siempre, estuvo cargado de amor y cariño. Carmen lo era todo para él. Era su destino, su puerto y lo poco verdadero que tenía en su vida.

Cuando ella le mencionó lo que había leído en los periódicos respecto a las tropas que Kennedy había enviado a Vietnam, en un principio él intentó quitarle importancia. No quería hablar de guerras, tanques o ametralladoras, y menos con Carmen.

El sábado, tras pasar a buscarla por la residencia, decidieron ir a bailar a un local que ya conocían.

Al entrar, saludaron a Panamá, a Larruga y a otros compañeros de Teddy y, rápidamente, éste la sacó a bailar. Estaba sonando la canción de Sam Cooke, *Twistin' the Night Away.** Tras ésa, bailaron otras. A ambos les gustaba hacerlo y, durante un buen rato, rieron mientras movían las caderas con los ritmos de la época.

Cuando se cansaron, fueron a la barra, donde Carmen pidió una Coca-Cola y, tras dar un trago a su vaso, Larruga tomó la botella y, acabándola de echar en el vaso, dijo:

—Después de un vaso llenar... queda otro por tomar. —Carmen lo miró sin entender y él le aclaró—: Es lo que decía un anuncio de Coca-Cola de hace años.

—¿En serio?

—Sí. —Y, apremiándola, añadió—: Vamos, bebe y salgamos a bailar.

—¿Y tu mujer?

* Véase nota p. 73.

Larruga miró a la joven alemana rubia que hablaba con unas chicas y cuchicheó:

—Tiene que descansar.

Divertida, Carmen dio otro trago a su bebida y, tras mirar a Teddy, el cual le guiñó un ojo con complicidad, salió a bailar con Larruga, que era un bailarín increíble.

La risa, la diversión y la música no cesaron durante horas, hasta que de pronto, Teddy recibió un empujón y, volviéndose para ver quién había sido, preguntó, al tiempo que miraba a Panamá:

—¿Qué le pasa a Larruga?

Panamá, que llevaba un buen rato observando a su amigo, respondió:

—Creo que se le ha ido la mano con la bebida.

Nada más decir eso, se oyó ruido de cristales rotos y Teddy maldijo. Larruga se había metido en un lío.

—No te muevas de aquí —le pidió a Carmen—. Enseguida vuelvo.

Panamá se le unió.

—¿Qué te ocurre, Larruga? —preguntó Teddy.

El soldado los miró y, cuando fue a responder, Panamá se le adelantó:

—Este idiota ha descubierto que va a ser padre. Sólo le pasa eso.

Sorprendido por la noticia, Teddy miró a Antje, la mujer de Larruga, y le sonrió. Iba a acercarse a ella para darle la enhorabuena, cuando se volvieron a oír voces. Esta vez, Larruga se había enzarzado con unos alemanes. Teddy fue hacia ellos para disculparse por su amigo. Levantó las manos y dijo en alemán:

—Les pido disculpas, pero...

No le dio tiempo a decir más. Uno de aquellos rubios se abalanzó contra él y rápidamente se armó la gresca.

Las chicas corrían asustadas por la sala, mientras los americanos y los alemanes empezaban una pelea. Todos daban puñetazos a diestra y siniestra y Carmen, desconcertada al ver a Teddy metido en todo aquello, corrió para ayudarlo.

Sin saber qué hacer, tomó una silla y, cuando fue a estamparla contra la espalda de un alemán, Teddy la paró y le preguntó sorprendido:

—¿Qué estás haciendo?

—Ayudarte.

—¡¿Ayudarme?! —gritó él.

Una silla voló por encima de sus cabezas y Teddy, intentando que ella no resultara herida, la empujó para sacarla de allí.

—Sal de aquí ahora mismo.

Carmen quiso contestar, pero no le dio tiempo a hacerlo. Un gigante alemán la empujó y Teddy, sin dudarlo, se lanzó contra él para golpearlo. Pero sólo pudo dar un golpe. El alemán era enorme y, de no ser porque Carmen finalmente le rompió la silla en la espalda, a saber cómo habría acabado aquello.

Cinco minutos más tarde, los dueños del local gritaron que la Policía Militar ya estaba avisada y que en pocos segundos llegaría al local. Sin tiempo que perder, Teddy agarró del brazo a Carmen y a Antje y, tras ver que otro compañero y Panamá se llevaban a Larruga, las sacó de allí a toda prisa. Ninguno quería ser detenido por la Policía Militar.

Mientras corrían por las calles de Núremberg junto a otros militares, Teddy dijo enfadado:

—¿Te has vuelto loca? ¿Cómo se te ocurre meterte en una pelea?

Casi sin aire debido a la carrera, ella contestó:

—No podía estarme quieta viendo cómo te machacaban.

—¿Que me machacaban? —gruñó él.

—Hombre, por favor. El alemán ese era enorme y...

—¿Qué quieres decir?

Carmen puso los ojos en blanco. Sin duda, sus palabras habían herido su ego de machito, pero insistió, entregándole un pañuelo para que se secara la sangre que tenía en el labio:

—Pues que si no lo llego a parar, ahora tendrías la cara hecha un cristo.

—¡No digas tonterías!

—¡No digas tonterías tú! —gritó enfadada.

Molesto por aquello, Teddy no contestó y cuando llegaron a una calle concurrida, se pararon. Antje se abrazó a su borracho marido y todos comenzaron a andar con normalidad. Allí la Policía Militar no los podía detener, pero el humor de Carmen y de Teddy ya no era el mismo.

Como siempre que se enfadaba, a ella se le pasó a los diez minutos. Intentó hablar con Teddy, pero él no le respondió y decidió callarse.

Durante un buen rato caminaron en silencio mirando al frente, hasta que Carmen no pudo más y, parándose, dijo:

—Vamos a ver, Teddy, las cosas se resuelven hablando, ¿no crees?

Él siguió sin responder y ella insistió:

—¿No vas a decir nada?

Teddy siguió en silencio y Carmen le advirtió:

—Mira, no me quiero enfadar, pero si no me respondes, lo voy a hacer. ¡Y cuando yo me enfado, me enfado!

—No tengo ganas de hablar contigo, por lo tanto, ¡haz lo que te dé la gana! —replicó él.

Carmen iba a decir algo, pero finalmente decidió callarse. Hasta para enfadarse eran diferentes. Él callaba y ella se desesperaba.

Continuaron caminando sin mirarse y en silencio. Carmen lo probó de nuevo, pero tras varios intentos fallidos, y harta de aquella situación, al pasar por una parada de taxis se metió en uno sin decir nada y se marchó dejándolo allí plantado con cara de tonto.

Cuando llegó a la residencia, saludó a Ludovica con gesto serio y entró en la habitación como un huracán.

—¿Qué te ocurre? —le preguntó Loli, que no había salido porque Darío estaba de maniobras.

Ella, furiosa por lo difícil que Teddy se lo había puesto, respondió:

—Nada.

—Pues para no ocurrirte nada, no veas cómo estás, guapa, y la cara de acelga que tienes. Vamos, cuenta qué te ha pasado con el cabo.

Carmen la miró, dejó el abrigo sobre la cama y, quitándose los zapatos, los tiró con rabia contra el clóset.

—Que es idiota. Eso es lo que me pasa.

—Tranquila...

—Ese... ese tonto redomado se ha enfadado y no se ha dignado dirigirme la palabra.

Durante un buen rato hablaron sobre lo ocurrido y Loli soltó una carcajada al imaginar a su hermana con la silla en alto. De pronto, llamaron a la puerta de la habitación y, al abrir, Ludovica dijo:

—Carmen, el guapo americano pregunta por ti.

Saber que Teddy estaba allí le gustó, pero dispuesta a hacerlo sufrir como él había hecho con ella, respondió:

—Dile que aún no he llegado.

La mujer miró a Loli y, apurada, susurró:

—No puedo decirle eso. Me ha preguntado si habías llegado y le he dicho que sí.

Carmen puso los ojos en blanco.

—Ay, Ludovica, ¿por qué le has dicho eso?

—Porque es un muchacho muy amable y con una bonita sonrisa —respondió la mujer apurada.

Carmen resopló. Sabía lo zalamero que podía llegar a ser y, negando con la cabeza, se empecinó:

—Muy bien. Pues dile que no quiero verlo. Que se vaya.

—¡Mari Carmen, no seas así! Pobre Teddy —protestó Loli.

Ella miró a su hermana y, achinando los ojos, repitió:

—He dicho que no quiero verlo; ¿se han enterado las dos?

Loli y Ludovica se miraron y, finalmente, la portera se marchó. Loli, que conocía bien a Carmen y sabía que pronto se le pasaría el enfado, dijo:

—Te vas a arrepentir y lo sabes.

—Me da igual, ¡no quiero verlo!

Asomada con disimulo a la ventana, Loli miró hacia la calle y, al ver a Teddy, exclamó:

—¡Ay, pobre! Con flores y todo que viene.

Sorprendida, Carmen se asomó. En efecto, allí estaba él, con un bonito ramo de flores. Eso le tocó el corazón, pero no quería dar su brazo a torcer, así que apagó la luz de la habitación y, sin importarle los razonamientos de su hermana, zanjó:

—Quiero que se vaya y no se hable más.

Loli vio cómo la portera se acercaba al joven militar. Él negó con la cabeza y luego comenzó a gritar:

—¡Nena! ¡Nena, asómate, por favor!

Loli miró a su hermana, que dijo:

—No pienso asomarme.

—Mari Carmen... mujer —insistió Loli.

—¡Cielo, recuerda *al di là... Al di là*! —gritaba Teddy.

Loli, consciente de lo que aquellas palabras significaban para ellos, dijo:

—Carmencita, no seas tozuda.

—Lolita, no seas cansina.

Durante varios minutos, las dos estuvieron discutiendo, hasta que, de pronto, la puerta de la habitación se abrió y varias compañeras de la residencia, que habían oído los gritos de Teddy, le fueron a avisar, mientras él seguía:

—¡Nena, tengo que hablar contigo! ¡Vamos, cariño, no me hagas esto!

En la habitación, todas las chicas daban su punto de vista y en ésas llegó Ludovica.

—Ha dicho la señora directora que si ese muchacho continúa con ese escándalo, llamará a la Policía Militar —dijo.

Todas miraron a Carmen, pero ella, tozuda, replicó:

—Pues que la llame.

—¡Mari Carmen! —gritó Loli—. Lo arrestarán.

La portera se marchó rápidamente. Debía parar a aquel muchacho o se metería en un buen lío. Pero a pesar de las advertencias de la mujer, los gritos de él continuaron y Loli, mirando a su hermana, dijo mientras salía de la habitación:

—Voy a hablar con él.

Veinte minutos más tarde, Loli subió de nuevo y tras hacer salir a todas las demás jóvenes, le tiró a Carmen el ramo de flores que Teddy le había llevado; entonces la miró y le espetó:

—Ya se ha ido. ¿Contenta?

Su hermana asintió. Pero poco después, una vez se hubo relajado, contempló las flores y supo que se había equivocado.

Aquella noche, cuando Loli y la italiana Constanza se durmieron, ella no podía conciliar el sueño, por lo que sacó su diario y escribió:

> El enfado se me ha pasado, pero ahora no sirve de nada, porque él ya no está. Entiendo que sólo me quería proteger, pero yo necesitaba hacerle ver que también lo quería proteger a él. ¿Acaso es malo proteger a quien uno ama?
>
> Pero me siento mal, terriblemente mal. Teddy me ha gritado *al di là*, unas palabras que significan «más allá», y yo no le he respondido.
>
> ¿Por qué a veces el amor es tan complicado?

13

Durante el resto de la semana, cada vez que Carmen salía de la fábrica esperaba encontrar a Teddy en la puerta con la mejor de sus sonrisas, sin embargo no apareció.

Cuando llegaba a la residencia, seguía teniendo la esperanza de que estuviera allí hablando con la portera o de que le hubiera dejado una nota. Pero nada, seguía sin dar señales de vida y Carmen, con pesar, se resignó.

Al llegar el fin de semana, su hermana la animó a salir con ella y Darío, pero Carmen se negó. Si Teddy la había olvidado, ella no le iría detrás. Como siempre le había dicho su madre, una podía ser mujer, pero ¡no tonta!

Así que se quedó en la habitación, sola, arreglándose unas medias, mientras escuchaba en el radio a Brenda Lee cantar *You Can Depend On Me*.* Una canción preciosa y que más de una vez había bailado con Teddy.

En cuanto comenzó de nuevo la semana, recuperó la esperanza de verlo, pero cuando una tarde un convoy militar de la base pasó por la puerta de la fábrica, y descubrió en él a Panamá y a Larruga, que le guiñaron un ojo, el alma se le cayó a los pies al entender que Teddy estaba allí con ellos, pero no había querido verla.

El sábado siguiente era el cumpleaños de Darío, y éste las invitó a la base a tomar algo. En un principio, Carmen se negó. Si iba, seguramente se encontraría con Teddy, pero al final, la insistencia de Darío y de su hermana, y sus propias ganas de verlo por mucho que ella misma se lo negara, la hicieron decidirse.

Tras dejar el pasaporte en la garita de la entrada, sintió que le costaba respirar. Llevaba quince días sin verlo y sabía que, cuando se encontraran,

---

* *You Can Depend On Me*, Acrobat Licensing Ltd., interpretada por Brenda Lee. *(N. de la E.)*

no iba a ser fácil. Pero esforzándose por sonreír, entró primero en la cantina, donde saludó a varios jóvenes que conocía, y después en el salón de baile, donde se oía la voz de Roy Orbison interpretando la romántica canción *Crying*.* Allí, como siempre, la música sonaba mientras los militares bailaban con sus chicas, tras echar unas monedas a la máquina de discos.

Al verla, Panamá se acercó rápidamente a saludarla y después lo hicieron también Larruga y su mujer. Durante un rato, platicaron y bromearon, pero ninguno mencionó a Teddy. Una vez ellos se marcharon, Carmen miró a su alrededor con curiosidad en busca del hombre que deseaba ver, pero no estaba en ningún lado y, con tristeza, observó cómo su hermana y Darío bailaban acaramelados la romántica canción *I'm Sorry*,** de Brenda Lee.

Consciente de que la tarde iba a ser muy larga, vio bailar a muchos de los jóvenes que conocía y, cuando una canción acabó y empezó a sonar otra, Carmen se sorprendió. Era *Al di là*.*** Pero antes de que pudiera moverse, oyó tras ella:

—¿Bailas conmigo, nena?

Al volverse, se encontró con el chico que llevaba días buscando con la mirada y con el corazón, así que, sin dudarlo, se levantó y, tomada de la mano de él, salió a la pista, mientras la canción decía aquellas maravillosas palabras de amor.

Abrazada a Teddy y sin decir nada, se dejó llevar por la música, y al mismo tiempo la colonia que él utilizaba le inundaba las fosas nasales y la hacía cerrar los ojos emocionada. Bailaron un buen rato en silencio, hasta que Teddy le dijo al oído:

—Más allá de todo estás tú.

Su voz y lo que aquello significaba para ellos hizo que se le acelerara el corazón. Cuando acabó la canción, Carmen se puso tensa. ¿Y si se marchaba sin decirle nada más? Pero él no la soltó; la miró y dijo:

—Siento haberme comportado como un idiota el otro día. ¿Me perdonas?

---

   * *Crying*, Monument/Legacy, interpretada por Bobby Vinton. *(N. de la E.)*
  ** *I'm Sorry*, Shami Media Group, Inc., interpretada por Brenda Lee. *(N. de la E.)*
 *** Véase nota p. 93.

Carmen suspiró y sonrió. También ella se había comportado como una idiota.

—Sólo si tú me perdonas a mí —dijo.

Teddy la abrazó sonriendo. Tras la tempestad había llegado la calma y eso era lo único que importaba.

Aquella tarde, se enteró de que Teddy había removido cielo y tierra para conseguir el disco de la canción, y que Darío, Loli, Larruga y Panamá estaban confabulados con él para que Carmen no se fuera de la base sin haberlo perdonado.

Tras ese episodio, retomaron su relación aún con más fuerza.

Teddy la hacía sentir especial. Sus caracteres eran diferentes en infinidad de cosas, pero el amor que se profesaban hacía que ahora ambos pensaran muy bien las cosas antes de volverse a enfadar. Se necesitaban demasiado como para perder el tiempo en tonterías.

Una tarde, las chicas recibieron una llamada en la residencia. Era su madre para decirles que habían internado a su padre en el hospital. Tenía tuberculosis.

Aquella tarde, cuando Teddy fue a buscarla, las encontró a las dos llorosas. Cuando le explicaron lo que pasaba, él rápidamente las sacó de la residencia y se las llevó a dar un paseo.

Sentados en la terraza de un bar, intentó hacerlas sonreír, pero era imposible. Ambas estaban muy preocupadas.

Al cabo de un rato llegó Darío, que se marchó con Loli.

—Tu padre se recuperará. Ya lo verás —le dijo Teddy a Carmen, cuando se quedaron solos.

Ella asintió.

—Quiero creerlo. Mamá parecía tranquila. Nos ha dicho que mi padre está internado en la Sear y...

—¿Qué es la Sear?

—Una clínica que hay en Madrid, donde atienden a los pacientes con tuberculosis.

Durante largo rato hablaron sobre eso y luego Teddy dijo:

—Nena, ya sabes que no soy un hombre rico, pero si necesitas el dinero que tengo, cuenta con él.

Ese detalle por fin la hizo sonreír y, acariciándole la mejilla con cariño, murmuró:

—Gracias.

Teddy, contento al ver cómo aquellos ojillos verdes sonreían, afirmó emocionado:

—Por verte sonreír, lo que sea.

Los días siguientes, las dos hermanas estuvieron muy pendientes de las noticias que llegaban de España. Al principio eran preocupantes, pero por suerte, con el paso de los días su padre comenzó a recuperarse.

Un sábado que estaban en el salón de baile de la base, Carmen observaba cómo algunos de aquellos americanos amigos suyos bailaban el rock and roll *Rip It Up*,* de Bill Halley and His Comets. Su manera de moverse al ritmo de la música y hacer piruetas con algunas chicas era increíble.

Carmen y Teddy vieron a Larruga y se acercaron para preguntarle por Antje. Él, emocionado por su próxima paternidad, les contó que estaba descansando en casa de sus padres y entonces Carmen tomó la botella de Coca-Cola, la vació en el vaso de él y dijo, haciéndolo sonreír:

—Después de un vaso llenar... queda otro por tomar.

Poco después, Larruga salió a bailar con la novia de un compañero y Teddy, al ver cómo Carmen los observaba, preguntó:

—¿Te apetece bailar?

Ella negó con la cabeza. Sabía que él bailaba muy bien el rock and roll, pero ella no quería hacer el ridículo.

—¿Quieres aprender a bailar el rock and roll? —dijo él, leyéndole el pensamiento.

—¿Tú crees que yo puedo aprender a bailar así?

—Te lo aseguro, nena, ¡aprenderás! —contestó divertido.

A partir de ese día, le enseñó a bailar rock y al siguiente sábado, bailó con él en el salón de la base *Rock Around The Clock*,** de Bill Halley and His Comets sin sentir que desentonara. Había tenido un magnífico maestro.

---

* *Rip It Up*, Baierle Records, interpretada por Bill Halley and His Comets. *(N. de la E.)*

** *Rock Around The Clock*, DigitalGramophone.com, interpretada por Bill Halley and His Comets. *(N. de la E.)*

Con los meses, el estado de don Miguel fue mejorando y, tras regresar a su casa, había empezado a hacer una vida normal. Una tarde, las dos chicas hablaron con él desde un teléfono de la base americana, y ambas lloraron y se emocionaron cuando, primero Teddy y luego Darío, se pusieron también para presentarle sus respetos y hacerle ver que lo que tenían con sus hijas era algo serio.

Eso a don Miguel le gustó. Hablar con aquellos muchachos lo había reconfortado más de lo que nadie podía imaginar.

Varios días después, Teddy se volvió a ir de maniobras y esa vez no pudieron despedirse. Carmen se enteró de su marcha un lunes, cuando salió de trabajar y su hermana le dijo que Darío también se había marchado. Eso las entristeció a las dos.

Tras una semana sin noticias de ellos, al siguiente lunes Ludovica le entregó a Carmen un telegrama que había llegado para ella. Lo abrió con impaciencia y leyó.

Esas simples palabras la llenaron de alegría.

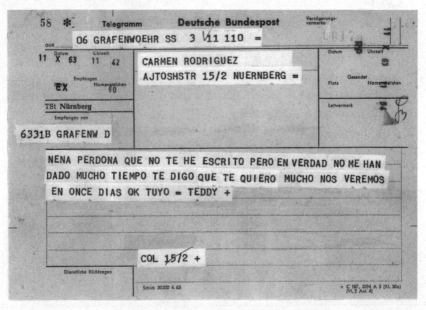

Darío regresó ocho días después de sus maniobras y Carmen, encantada, vio cómo su hermana corría para recibirlo. Era un gusto verlos juntos.

Cuatro días después, cuando Carmen salía de la fábrica, el corazón se le desbocó al ver al cabo al que adoraba apoyado en la pared de enfrente. La sorpresa la hizo saltar exaltada y, sin importarle el decoro ni lo que pensaran de ella, corrió hacia él, quien, divertido, la estrechó entre sus brazos y la besó.

Durante varios minutos sus bocas no se separaron y, cuando lo hacían, era para decirse una y otra vez lo mucho que se habían echado de menos.

—Paren, chicos —dijo Loli, que salía en ese momento acompañada de Conchita—. Paren o llamarán a la Policía Militar, que vas de uniforme, cabo.

—Esto es... es indecoroso y no me digas que no —cuchicheó Conchita, haciendo reír a Loli.

Ellos dos, sin importarles nada y encantados con su reencuentro, tras despedirse de Loli, que había quedado con Darío, se fueron a dar un paseo por el lago. Teddy le contó que habían estado de maniobras cerca de Múnich y ella escuchó divertida sus peripecias con Panamá y Larruga. Pero su expresión cambió cuando le dijo que habían ido a visitar el campo de concentración de Dachau.

Era uno de los lugares más representativos de la masacre nazi. Se encontraba a unos trece kilómetros al nordeste de Múnich y a apenas un kilómetro de donde ellos estaban haciendo las maniobras.

Con horror, Carmen lo oyó relatar el olor tan extraño que aún había allí dentro, y lo triste que era ver los hornos crematorios o los barracones donde miles de personas habían padecido tanto.

Lo abrazó con mimo, y él, hundiendo la nariz en su cuello, murmuró:

—Cuatro mil setecientos once. Adoro tu colonia.

De pronto, oyeron unos gritos. Carmen se levantó. Era Teresa, y el hombre de aspecto deplorable que estaba frente a ella era Arturo. Llevaba bastante tiempo sin saber de ellos.

—¿Qué ocurre? ¿Los conoces?—preguntó Teddy.

Ella, con el alma en vilo, observó cómo Arturo, que antaño había sido todo un galán, era ahora poco más que un sucio borracho. Le gritaba a Teresa todo tipo de improperios, a cuál peor, y le insistía en que se fuera a casa, que él iría cuando quisiera. Minutos después, se dio la vuelta y se marchó, dejándola sola en el parque.

Sin saber qué hacer, Carmen miró a Teddy y murmuró:

—Sí, es Teresa.

Él se acordó del nombre y supo de quién se trataba. Antes de que pudiera decir nada, Carmen se levantó y, tomándolo de la mano, se acercó a la joven que se había quedado sentada en un banco.

Cuando llegaron a su lado, al ver que estaba llorando, Carmen se sentó junto a ella y, con cariño pero sin tocarla, preguntó:

—¿Estás bien?

Teresa, al oír su voz y reconocerla, la miró, y esta vez, a diferencia de otras, negó con la cabeza y se abrazó a Carmen en busca de cariño y protección.

Teddy, sin saber qué hacer, se quedó de pie observándolas, hasta que finalmente tomó cartas en el asunto. Levantó con cariño a Teresa del banco, y se fue con ellas a una cafetería. Un buen rato después, y ya más tranquila y sin llorar, Teresa les explicó lo que le ocurría y luego miró a Carmen y murmuró:

—Gracias.

—No tienes que darlas, tonta —contestó ella, sonriendo.

Teresa, consciente de lo mal que se había portado con sus tres amigas, añadió:

—Aunque no me creas, ustedes tres fueron lo mejor que tuve en Alemania.

Carmen la abrazó conmovida y dijo:

—No hables en pasado, Teresa. Aún nos tienes a las tres y lo sabes, ¿verdad?

La joven asintió después de soltar un suspiro que le hizo entender a Carmen lo mal que se sentía y, mirando a Teddy, que se había levantado para pagar, murmuró:

—Es muy guapo, aunque a Renata seguro que le cae mal por ser americano.

—¡Al principio nos soltó su sermón! —explicó Carmen, sonriendo—. Pero luego, cuando los conoció a él y a Darío, el novio de Loli, que por cierto también es americano, se dio cuenta de que no todos los americanos son malos. Y, hablando de Renata, ¿sabes que regresó a Hannover?

—Algo oí. ¿Qué ocurrió?

Apenada por la ausencia de aquella estupenda amiga, con la que se seguía escribiendo, Carmen dijo:

—Su padre murió y tuvo que volver para ayudar a su madre en la granja.

—Siento mucho lo de su padre. Y lo siento por ella también. Nunca le gustó el trabajo de la granja —recordó Teresa.

—Tienes razón, ¡nunca le gustó! Pero ahora que es ella la que lleva las riendas, está contenta. En su última carta me decía que su madre, a diferencia de lo que ella creía, acepta los cambios que propone y que han acondicionado una parte de la granja para la cría de pollos y les va bien.

—Hähnchen —rio Teresa y, mirándola, añadió—: ¿Te acuerdas de lo que te costó hacerle entender ese día al carnicero que queríamos pollo?

—Cómo olvidarlo. ¡Kikirikíiiiii!

Ambas rieron y, de pronto, Teresa dijo:

—Estoy embarazada.

Carmen se quedó boquiabierta y Teresa, con los ojos llenos de lágrimas, añadió:

—Estoy feliz por la vida que llevo dentro, pero tengo miedo por el futuro incierto que pueda tener. Yo...

No pudo decir más, se desmoronó, y Carmen, abrazándola, la acunó y le prometió ayudarla en todo lo que necesitara. En todo.

—Tengo que marcharme —dijo Teresa poco después, al ver la hora en el reloj de pared—. Si Arturo regresa antes que yo, se enfadará.

—No olvides que estoy aquí, ¿de acuerdo? —contestó Carmen apenada, dándole un abrazo.

La joven asintió y, tras darle la mano a Teddy, que ya había vuelto, desapareció, dejando a su amiga preocupada.

—Siento mucho lo que nos ha contado Teresa —comentó Teddy—. Sin duda debe de querer mucho a ese Arturo para aguantar las cosas que aguanta.

—Ese hombre vive gracias a ella, come gracias a ella, se viste gracias a ella. Se mata a trabajar para mantenerlo, porque él no puede, y mira cómo la trata. Y ahora está embarazada. Si yo me encontrase en su situación, preferiría estar sola.

—Esas cosas, hasta que se viven no se saben, nena.

—Yo sí lo sé —afirmó Carmen con seguridad, mirándolo a los ojos—. De ningún modo querría vivir como vive ella. No. Definitivamente no. Ahora va a tener un hijo y ha de pensar en él y en su porvenir. No en un mal hombre amargado y enfadado, que sólo le da mala vida y vive a su costa.

Cinco minutos después, los dos salieron de la cafetería y, tomados de la mano, se encaminaron hacia la residencia de señoritas, donde Ludovica, al ver al joven cabo, le sonrió y lo saludó encantada.

14
❦

Una tarde de finales de octubre, cuando Carmen salía de trabajar, se encontró con Conchita, que le preguntó:

—¿No viene ese americano morenito a buscarte?

El retintín de su voz le hizo ver a Carmen que no le hacía gracia su relación con Teddy y, poniéndose los guantes rojos de piel, respondió:

—¿Por qué intuyo que no lo apruebas?

Conchita, al encontrarse con aquella franqueza, la miró y, suavizando el tono de voz, dijo:

—Por Dios, pero ¿qué haces con un tipo así?

—¿Así? ¿Cómo?

—¡Un americano! ¿Acaso no has oído lo que se comenta por la fábrica? Esos tipos sólo quieren jugar con las mujeres y luego, cuando se marchan, no vuelven a pensar en ellas. ¿Quieres acabar tú así?

Eso, en vez de enfadarla, la hizo sonreír, pero la otra, sin entender su reacción, prosiguió:

—Además, es indecoroso cómo se besan en la calle y...

—Mira, Conchita —la cortó ella—, generalizar no es bueno. Y, tranquila, no soy tonta y sé con quién estoy. Y te aseguro que mi hermana también lo sabe.

—Uy, hija... usted perdone —replicó la chica, molesta por la contestación.

Durante un par de metros caminaron en silencio, hasta que Conchita dijo:

—Por cierto, no sé si lo sabes, pero ha ocurrido algo terrible.

—¿Qué ha pasado?

Conchita, al ver que Loli se acercaba a ellas, esperó a que llegara y explicó:

—Ayer me enteré de que Arturo, el marido de Teresa, apareció muerto antes de ayer y...

—¡¿Qué?! —exclamó Carmen sorprendida.

—Dicen que fue un infarto en la cama —dijo Conchita.

Las dos hermanas se miraron boquiabiertas y horrorizadas y Loli preguntó:

—¿Sabes dónde vive Teresa?

Conchita asintió y, tras apuntarles la dirección en un papel, fue a decir algo, pero al ver que los americanos que salían con ellas se acercaban, dijo, alejándose:

—Tengo que irme o perderé el tren. Pero díganle a Teresa que iré a visitarla en cuanto pueda.

Tras explicarles a Darío y a Teddy lo ocurrido, éstos decidieron acompañarlas a la casa de Teresa.

Cuando llegaron, los cuatro se miraron sorprendidos. ¿En aquel horroroso lugar vivía su amiga? Después de sortear a varios borrachos que se encontraron por la escalera, llegaron a la puerta que les había anotado Conchita y llamaron. Les abrió un hombre de aspecto sucio y desaliñado.

Teddy, al ver el desconcierto de Carmen y su hermana, preguntó por Teresa y el hombre llamó a una joven. Cuando ésta llegó a la puerta, les dijo que Teresa ya no vivía allí, que se había marchado aquella misma mañana, tras el entierro de su marido.

Ellas se miraron desconcertadas. ¿Adónde se habría ido?

Durante varios días intentaron averiguar su paradero, pero nadie, ni siquiera su amiga Luisi, sabía dónde estaba. ¿Habría regresado a España?

Las hermanas sentían que Teresa las había necesitado y ellas no habían estado a su lado. Eso las apenó muchísimo.

Las noticias que Carmen seguía leyendo en los periódicos sobre el contingente de soldados de Estados Unidos en Vietnam le ponían los pelos de punta.

El último artículo decía que a finales de 1961 había allí unos 3,200 militares, en el año 1962 había ascendido a 11,400 y en 1963 a más de 16,000. Se suponía que en 1964 se alcanzaría la cifra de 23,000.

A veces, cuando llamaba a su padre por teléfono, hablaban del asunto, pero él, al igual que Teddy, le quitaba importancia. No querían comentar con ella temas bélicos, y eso la desesperaba. ¿Por qué la tenían que tratar como si fuera tonta? ¿Acaso una mujer no se podía interesar por un conflicto?

Las maniobras cada vez eran más frecuentes y Teddy se marchó de nuevo. Aquella noche, tras despedirse de él en la puerta de la residencia, esperó a que su hermana y Constanza se durmieran y escribió en su diario:

> Nunca he conocido a nadie más patriota que los americanos, y no hablo sólo de Teddy. Hablo de él, de Darío, de Panamá, de Larruga y de todos los chicos que están en la base militar de Merrell Barracks.
>
> Me asusta pensar que algún día Teddy, el amor de mi vida, pueda verse metido en una terrible guerra. Él dice que no, que no debo pensar eso, que las guerras son cosa del pasado.
>
> Entiendo que él es militar y que se entrena todos y cada uno de los días para defender a su país si fuera necesario, pero tengo miedo. Y cada vez que hablamos del tema y dice eso de «Soy un soldado de Estados Unidos de América, y si mi bandera y mi país me necesitan, allí me tendrán», siento unas tremendas ganas de llorar, porque me doy cuenta de que si es así, algo terrible puede pasar y yo no podré hacer nada salvo esperarlo y rezar.

Una tarde Carmen estaba dando un paseo por Núremberg con su hermana, cuando ésta se paró ante un precioso escaparate lleno de vestidos de fiesta y propuso:

—¿Por qué no entramos y nos probamos uno?

Carmen la miró. ¿Para qué querían un vestido de ésos?

—¿Tienes que ir a alguna fiesta? —le preguntó sonriendo.

—Creo que iremos a una dentro de poco —contestó su hermana con picardía—. Antes de marcharse, Darío me dijo que a su vuelta uno de los oficiales celebrará su cumpleaños y que...

—Teddy no me dijo nada.

—Te lo dirá cuando regrese.

—Quizá a él no lo vayan a invitar. Recuerda que son de diferentes unidades —insistió Carmen.

—Lo invitarán —afirmó Loli muy segura.

—¿Y tú cómo lo sabes?

Loli, a la que no se le daba guardar secretos, desvió la mirada y dijo:

—Vamos, no preguntes más y entremos a mirar.

Ese «no preguntes más» a Carmen le resultó sospechoso. Su hermana ocultaba algo.

La tienda era encantadora y los vestidos que tenían eran preciosos, finos y delicados. Al ver los precios, Carmen se asustó, pero Loli la animó a seguir mirando mientras sonaba en el radio la canción *Blue Velvet** de Bobby Vinton. Durante un buen rato se dedicaron a observar las maravillas que allí vendían, hasta que Loli preguntó:

—¿Te ha gustado alguno?

—¿Y a ti? —preguntó ella a su vez.

Loli asintió, pero mirando a su hermana, repitió:

—¿Cuál te ha gustado?

Su insistencia al final hizo que Carmen se plantara.

—¿Se puede saber qué me estás ocultando?

La joven, al sentirse descubierta, miró hacia otro lado y murmuró:

—Nada, ¿por qué dices eso?

—Loli, no seas tonta redomada, que nos conocemos.

—No sé de qué hablas, de verdad.

—Mira, guapa, como dice papá, antes cae un mentiroso que un cojo. ¿Qué pasa? —Carmen la agarró del brazo, salió con ella a la calle y achinando los ojos, añadió—: O me dices ahora mismo lo que pasa o me voy a enfadar. ¡Y mucho!

Loli suspiró.

—Por favor, no preguntes más, pero entra y cómprate un bonito vestido, porque este sábado por la noche lo vas a necesitar.

—¿El sábado por la noche? ¿Qué pasa el sábado? —quiso saber ella.

—¡Ay, Mari Carmen, qué cansina eres!

Pero al ver que su hermana seguía esperando, finalmente dijo:

—Bueno, ¡me pescaste! Antes de marcharse, Teddy me pidió que procurara que te compraras un vestido para cuando él vuelva. Porque... porque... te ha comprado un anillo de compromiso...

Al oír eso, Carmen se tapó la boca con la mano y Loli murmuró:

—Era una sorpresa y cuando Teddy sepa que lo sabes, me matará.

—Te juro que no diré nada —contestó ella con un hilo de voz.

—Te lo agradecería, bonita, o voy a quedar fatal —replicó su hermana.

---

* *Blue Velvet*, Golden Oldies, interpretada por Bobby Vinton. *(N. de la E.)*

—¿De verdad Teddy me ha comprado un anillo? —insistió emocionada.

—Sí y es precioso. Darío y yo lo acompañamos antes de que se fueran de maniobras, el día que saliste con Constanza de compras. Sólo te diré que estaba muy contento y que está deseando dártelo.

—Entonces, vamos —dijo Carmen, tomándola del brazo y entrando de nuevo en la tienda—. He visto un vestido de terciopelo azul oscuro que es una maravilla.

15

Pasaron los días, Teddy regresó de las maniobras y, el sábado por la mañana Carmen recibió una llamada suya.

—Hola, nena.

—Hola; ¿cómo es que me llamas por teléfono? —preguntó ella.

—Escucha, cielo, me acaban de avisar de que esta tarde hay una cena de gala por el aniversario de un oficial y que estamos invitados. ¿Te apetece la idea?

Carmen le siguió el juego para no descubrir a su hermana y dijo:

—¿Es la misma cena a la que van a ir Darío y Loli?

—Sí.

—Pero ustedes no son de la misma unidad, ¿no? —preguntó Carmen, sonriendo.

Teddy, se aclaró la garganta y, tras inventar una mentira más o menos creíble, insistió:

—¿Te apetece ir?

—Claro que sí —respondió ella.

Teddy levantó el pulgar hacia sus amigos, que lo observaban divertidos, y dijo:

—De acuerdo. Entonces pasará Darío a recogerlas. Yo las veré aquí, ¿ok?

—Ok, tesoro. Ahí nos vemos.

Carmen colgó el teléfono y se apoyó en la pared, sonriendo. No podía ser más feliz.

Esa tarde, tras peinarse a conciencia y hacerse un chongo italiano, se puso su bonito vestido de terciopelo azul y unos zapatos de tacón. Luego fue hacia la puerta de la residencia, donde su hermana y el novio de ésta la esperaban, y, cuando la vieron, Darío silbó.

—Estás preciosa, cuñada —dijo.

Carmen sonrió y al verlo a él vestido de calle, preguntó:

—¿Y dónde está tu traje de gala?

—Cuando regresemos a la base me lo pongo —respondió con una candorosa sonrisa—. Vamos, bellezas —añadió, parando un taxi—, he quedado con Teddy y los chicos en un bar, para tomar algo antes de la cena.

Carmen, nerviosa, tomó la mano de Loli y ésta se la apretó. Ambas se miraron y sonrieron con disimulo.

Cuando bajaron del taxi, le temblaban las piernas y su hermana, consciente de lo alterada que estaba, la agarró del brazo, algo que Carmen le agradeció.

Entraron en aquel bar, al que ellas dos no habían ido nunca, y Teddy apareció enseguida. Vestía de calle, como Darío, un traje gris claro con el que estaba guapísimo.

—Guau —murmuró él al verla.

Carmen soltó una carcajada y, dando una vueltecita sobre sí misma, preguntó:

—¿Te parece que estoy bien para esa cena de gala?

Fascinado por lo preciosa que estaba, Teddy se aflojó el cuello de la camisa y, tras besarla, afirmó:

—Nena, estás más que bien.

Feliz y contenta, Carmen miró a su alrededor y se extrañó al ver que Darío cerraba con llave la puerta del bar y echaba unas cortinillas negras para que nadie los viera desde fuera.

—¿De quién es este bar? —inquirió curiosa.

—Del padre de Antje, la mujer de Larruga. Hoy ha cerrado y nos lo ha dejado.

Cuando entraron, Carmen vio a los compañeros de Teddy, que se acercaron para saludarlos. Allí estaban Panamá y Larruga, Chino, Micky, Thompson, Willy y otros más de su unidad, con sus novias y sus mujeres. En total habría unas veinticinco personas.

Larruga, aquel encantador loco de Texas, levantó un vaso de Coca-Cola y gritó:

—¡Como digo siempre, después de un vaso llenar...!

—... queda otro por tomar —finalizaron todos a coro.

De pronto, de detrás de ellos apareció una guapa morena, la cual, mirando a las hermanas, que la contemplaban boquiabiertas, preguntó:

—¿Qué pasa, que ya no me conocen?

—¡Renata! —gritaron las dos a la vez.

Encantadas, corrieron a besarla. Aquello había sido una sorpresa también para Loli, y Carmen preguntó feliz:

—Pero ¿qué haces aquí? ¿Cuándo has llegado?

La alemana miró a Teddy, que no les quitaba ojo, y respondió con picardía:

—Un guapo cabo me llamó y me invitó a cenar y, aunque lo pensé un par de días, pues ya sabes que los americanos no son lo mío, al final no pude decir que no.

Carmen miró a Teddy boquiabierta y él, sonriendo, dijo, mientras le entregaba una copita con licor de guindas:

—No me mires así. Quería darte una sorpresa.

—Pero ¿por qué todo esto? —preguntó ella, haciéndose la tonta.

—Todo a su tiempo, nena. Todo a su tiempo —contestó él, dándole un beso en el cuello.

Durante un rato, los amigos platicaron mientras tomaban algo en el bar, y luego, a una seña de Teddy, pasaron todos a otra sala. Al entrar y verla decorada de fiesta, Carmen iba a decir algo, pero él, tomándola de la mano, se le adelantó:

—No preguntes y disfruta.

Caminaron juntos hacia una mesa engalanada y se sentó donde Teddy le indicaba. Cuando todos tomaron asiento, él permaneció de pie y, mirándolos, dijo:

—Les agradezco que estén aquí, pues no hace falta que les diga que son mi familia. Espero que la cena y la fiesta sean lo más divertidas posible. Y ahora los dejaré con el mejor cocinero del mundo, para que nos diga con qué nos va a deleitar esta noche.

Juárez, uno de sus compañeros, lo miró divertido, se levantó también y empezó:

—A todos nos gusta lo bueno, lo sabroso y lo genuino. Por ello, tras mucho pensar el menú que esta noche iba a tener el placer de ofrecerles, he decidido que les voy a preparar las mejores, las inigualables, las increíbles hamburguesas Juárez. Se van a chupar los dedos. —Los presentes aplaudieron divertidos y el joven, tras guiñarle un ojo a Carmen, añadió—: Y ahora, Miko, ¿qué tal si pones algo de música para amenizar esta elegante y maravillosa velada?

—Eso está hecho —respondió el aludido.

De pronto, por los altavoces del local comenzó a sonar *Shout! Shout!*,* de Ernie Maresca, y todos salieron a bailar dando palmas. Tras esa canción, sonó *Speedy Gonzalez*,** de Pat Boone y, divertidos, continuaron bailando mientras Juárez, Chino y Thompson se encargaban de preparar la cena para todos.

—¿Vamos a cenar hamburguesas? —preguntó Renata, y al ver la mirada de Loli, se mofó poniendo los ojos en blanco—: ¡Estos americanos!

Divertidas por su comentario las dos hermanas se echaron a reír.

Media hora después, cuando todo el mundo estuvo servido, comieron las excelentes hamburguesas que entre todos habían tomado a escondidas de la base americana.

Después de cenar, Miko, Leal, Thompson y Chino sacaron unas maracas, unos bongós y una guitarra de una bolsa y se dispusieron a tocar música en directo.

Larruga, acercandose a Teddy y a Carmen, dijo:

—Queremos que salgan a bailar su canción.

Teddy agarró la mano temblorosa de ella y la llevó a la pista y los otros, con Thompson y su particular acento como vocalista, comenzaron a tocar *Perfidia*,*** de Nat King Cole, mientras los demás les hacían unos peculiares coros.

Enamorados, felices y compenetrados, ellos dos bailaron muy acaramelados y cuando la canción terminó, Teddy se sacó un papel del bolsillo de la chaqueta y, enseñándoselo a Carmen, dijo, ante el silencio expectante de todos:

—Escribí a tu padre para pedirle la mano de su preciosa hija y él en esta carta ha dicho que sí. —Ella se tapó la boca emocionada y Teddy, clavando una rodilla en tierra, continuó sin apartar la mirada—: Ahora, una vez que sabes que tu padre está conforme, ¿te quieres casar conmigo, cariño?

Carmen se quedó sin aliento, y en el momento en que él le ofreció un

---

* *Shout! Shout!*, President Records Ltd., London, England, interpretada por Ernie Maresca. *(N. de la E.)*

** *Speedy Gonzalez*, Golden Oldies, interpretada por Pat Boone. *(N. de la E.)*

*** Véase nota p. 88.

estuche con un bonito anillo de oro y tres diamantes, dos pequeños y uno más grande, asintió con la cabeza sin dudarlo.

—Claro que sí. Sí, quiero —dijo, cuando finalmente pudo hablar.

Él le puso el anillo en el dedo, una joya para la que había estado ahorrando unos meses, y luego la besó. Carmen era la mujer de su vida.

Los aplausos de sus amigos resonaron en el local y, segundos después, corrían a abrazarlos y los besaban felices mientras les daban la enhorabuena.

La fiesta continuó durante horas. Carmen se sentía en una nube de felicidad, bailando de la mano de su futuro marido, cuyo rostro reflejaba lo feliz que él también se sentía.

Cuando sonó la canción *Al di là,** los novios, que en ese momento estaban cada uno en una punta hablando con sus amigos, se miraron y, acercándose el uno al otro, la bailaron enamorados, mientras se besaban y se hacían arrumacos con todo el cariño del mundo.

—¿Qué te parece si nos casamos para finales de febrero? —preguntó Teddy en un momento de la noche.

—¿En febrero? ¿Por qué tanta prisa?

—Dicen que ése es el mal de los militares, ¡la prisa! —respondió él sonriendo—. Nunca me ha gustado esperar. Además, estamos en octubre. Si empezamos ya a mover papeles, en unos cuatro meses llegarán de España y Nueva York y seguro que para febrero lo tenemos todo listo para que nos casen en el registro de Núremberg. Y luego, en un par de semanas, podemos casarnos en la iglesia de la base, ¿qué te parece?

Carmen lo miró. Nada le apetecía más que casarse con él, pero tras pensarlo, dijo:

—Quiero casarme contigo, pero...

—¡¿Pero?!

—Sería muy importante para mí que mis padres estuvieran aquí el día de mi boda —explicó ella, acariciándole la cara.

—Claro que sí, nena —respondió él—. ¡Que vengan!

Pero Carmen torció el gesto.

—Teddy, mi padre no está totalmente repuesto de su enfermedad y, además, con los gastos que han tenido en la clínica, no creo que sea un buen momento.

* Véase nota p. 93.

Teddy la miró pensativo. Ella tenía una familia a la que necesitaba a su lado ese día. Si su abuela siguiera viva, a él también le habría gustado que asistiera a la boda, por lo que dijo:

—De acuerdo, nena, lo retrasaremos unos meses.

—¿De verdad? ¿No te importa?

—Claro que no, cielo —contestó—. Es más, así podremos ahorrar entre los dos y les pagaremos el viaje a tus padres. ¿Te parece bien?

Con una gran sonrisa, Carmen asintió y lo besó. Teddy era increíble.

Cuando, tras la estupenda y maravillosa fiesta, esa noche regresaron a la residencia, Renata fue con ellas. Ludovica se alegró mucho al verla y, al enseñarle Carmen el anillo de compromiso, la felicitó encantada. Tras hablar con ellas un buen rato, la portera hizo la vista gorda y dejó que Renata entrara en la residencia para pasar la noche con sus amigas. Ludovica era maravillosa.

Al llegar a la habitación, Constanza rápidamente le cedió su cama y se fue a dormir a otro cuarto y todas se lo agradecieron.

—Este anillo es maravilloso, Carmen. Muy bonito —dijo Renata, mientras se empezaban a desvestir.

—Deberías ser más egoísta, Mari Carmen —dijo Loli de pronto. Renata y su hermana la miraron sin entender—. Creo que deberías casarte con Teddy sin pensar en los demás. Estoy convencida de que a papá y a mamá no les molestaría que lo hicieras.

Casarse con su amor era lo que más le apetecía, pero respondió:

—Para mí es importante que estén conmigo el día de mi boda. No quiero privar a papá de su miradita de «¡te has salido con la tuya!».

—¡Qué tonta redomada eres! —dijo Loli sonriendo.

Ella se miró el precioso anillo que llevaba en el dedo y confirmó:

—Tienes razón, Renata, es precioso. El anillo más bonito del mundo.

Durante un rato, las tres muchachas estuvieron hablando sobre la fiesta y todo lo que había sucedido, hasta que Renata preguntó:

—¿Has intimado ya con el americano?

—No —contestó Carmen, un poco incómoda con la pregunta.

Su amiga levantó las cejas y acercándose a ella, insistió:

—Pero ¿nada de nada?

Loli sonrió ante la cara de su hermana, que respondió:

—Te he dicho que no. Nada de nada.

Incrédula, la alemana encendió un cigarrillo y, sentándose en la cama, soltó con sorna:

—¿Me estás diciendo que tú y el guapo cabo, nooooo... nooooo?

—¡Renata! —la reprendió Carmen.

Lo que le estaba preguntando era algo que a ella la llevaba de cabeza. Cuando Teddy tenía permiso de fin de semana, en varias ocasiones había insinuado que podían pasar la noche fuera pero ella se negaba y él respetaba su decisión.

Era un tema tabú, un asunto delicado del que ninguno de los dos se atrevía a hablar. A Carmen, sus padres le habían enseñado que el respeto era lo primero y, aunque en ocasiones, cuando lo besaba, se le iba la cabeza y deseaba más, hasta el momento siempre había logrado mantenerse fiel a lo que le había prometido a su padre.

—Pues no sabes lo que te pierdes —dijo Renata, riendo divertida—. Aunque bueno, al principio es un poco desconcertante, pero una vez le pescas el ritmo, como dirían ustedes, ¡olé y olé!

—¡Renata, nunca cambiarás! —exclamó Loli riendo al escucharla.

La alemana, a cada momento más divertida, se volvió hacia ésta.

—¿Tú tampoco? —inquirió.

La chica sonrió y Carmen, al ver la cara de su hermana, abrió mucho los ojos.

—Loli, ¡¿lo has hecho?! —preguntó.

Ésta se tapó la boca con la mano y, poniéndose roja como un tomate, murmuró:

—Sí, y no me mires así, que no he matado a nadie.

Renata volvió a soltar otra carcajada y afirmó:

—Loli, ¡olé por ti!

Boquiabierta, Carmen no podía creer lo que su hermana había afirmado. ¡Si su madre o su padre se enteraban, sería terrible!

—Pero ¿cuándo y dónde? —preguntó.

—¿También necesitas que te diga cómo? —replicó Loli, mirándola divertida.

—¿Por qué no me lo has contado? —insistió Carmen, negando con la cabeza.

—Fue hace meses y...

—¿Hace meses y no me lo has dicho? —le reprochó ella indignada.

—Mira, tonta redomada, ¿quieres que te lo cuente ahora o no? —gruñó Loli. Carmen cerró el pico y asintió y su hermana prosiguió—. Tanto Darío como yo llevábamos un tiempo dándole vueltas al asunto y una tarde decidimos ir al hotel que hay cerca de la estación. Les hacen precio especial a los militares americanos. Y bueno... una vez allí, estando los dos solos, comenzamos a besarnos, una cosa llevó a la otra y pasó lo que tenía que pasar.

Durante un rato, Carmen escuchó lo que hablaban las dos entre risas y cuchicheos y si algo le quedó claro, fue que el momento en que ambas perdieron la virginidad no fue para tirar cohetes, pero que a partir de entonces, cada vez que repetían veían fuegos artificiales.

Aquella noche, cuando su hermana y Renata se durmieron, puso el radio y, mientras escuchaba bajito la canción *Since I Don't Have You*,* del grupo The Skyliners, escribió en su diario:

> Hoy ha sido el día más feliz de mi vida.
>
> Teddy ha organizado una fiesta para mí, me ha regalado un precioso anillo y me ha pedido que me case con él. Por supuesto, yo he aceptado. ¡Voy a ser su mujer!
>
> Esta noche, cuando me miraba, cuando me besaba, cuando bailaba conmigo, he sentido que los dos éramos una sola persona y, sobre todo, he sentido que él estaba feliz por tenerme a su lado.
>
> Le he pedido tiempo antes de la boda. Tiempo para poder reunirlos a él y a mis padres en nuestro enlace, porque eso me gustaría mucho, y él lo ha entendido a pesar de sus prisas. Como él dice, ¡las prisas son el mal de los militares! Y al parecer es verdad.
>
> Larruga nos ha hecho brindar mil veces con Coca-Cola. Si esta noche no hemos dicho eso de: «Después de un vaso llenar... queda otro por tomar» más de cien veces, no lo hemos dicho ninguna.
>
> Al llegar a la residencia, Renata, que ha venido a la fiesta invitada por mi amor, me ha preguntado si he tenido relaciones con él. Y no, no las he tenido. Mis padres me han enseñado que el decoro es una virtud, pero hoy, escuchando a Loli y a Renata, me he dado cuenta de que una puede ser decente y buena persona aun disfrutando del sexo.
>
> Deseo a Teddy y sé que él me desea a mí. No hace falta que me lo diga. Se lo veo en los ojos, en cómo me mira y en cómo me besa. Creo que ha llegado el momento de dejar de ser una muchacha para convertirme en una mujer. La mujer de Teddy.

---

* Véase nota p. 76.

Al día siguiente, a las cuatro de la tarde, Carmen y Teddy acompañaron a Renata al tren. Debía regresar a Hannover. Carmen llevaba puestos los guantes rojos que su buena amiga le regaló y Renata al verlos se emocionó.

Cuando se fue, Teddy, llevando a su prometida de la mano, echó a andar hacia el parque, pero antes de llegar, Carmen se paró en la puerta de un pequeño hotel.

—¿Es aquí adonde los militares americanos vienen con sus novias? —dijo con un hilo de voz, sorprendiéndolo.

—Sí —murmuró él.

Durante unos segundos, ambos se miraron, hasta que Carmen, armándose de valor, preguntó:

—¿Quieres que entremos?

Él la miró boquiabierto e incrédulo. Nada le apetecía más, pero al ver la cara de susto de ella, respondió:

—No es necesario, nena.

Eso la hizo sonreír y, consciente de lo importante que había sido aquella contestación, lo besó y, cuando sus labios se separaron, afirmó:

—Me estoy muriendo de vergüenza por lo que te estoy proponiendo, pero no quiero esperar un segundo más. Puedo esperar a casarnos, pero para esto no quiero esperar y...

No pudo decir más. Teddy la besó con ímpetu, con exigencia y delirio y, cuando de nuevo el beso acabó, preguntó:

—¿Estás segura?

Carmen asintió y, tomándolo de la mano, dijo, antes de entrar en el hotel:

—Nunca he estado más segura de nada en mi vida.

16

Como era de esperar, Teddy se volvió a marchar de maniobras.

Durante esos días, Carmen y Loli compraron revistas de novias. Carmen quería ver vestidos y, con los ojos como platos, observaban aquellos modelos tan bonitos e inaccesibles para ellas.

Un domingo, tras hablar Loli con su padre por teléfono, se lo pasó luego a Carmen.

—Hola, papá, ¿qué tal estás?

—Mejor, hija. Mucho mejor. Las medicinas y yo ponemos de nuestra parte.

Ambos sonrieron y don Miguel, consciente de lo que su hija y el novio de ésta iban a hacer para que asistieran a la boda, dijo:

—Escucha, Carmencita, respecto a tu boda...

—No, papá —lo cortó ella—. No voy a casarme sin que ustedes estén presentes. Por lo tanto, ¡no se hable más!

La risa de don Miguel al otro lado del teléfono la hizo sonreír y más cuando él dijo:

—Cuando hablas así, te pareces a mi madre. Tu abuela.

—¡A alguien me tenía que parecer, papá! —se mofó ella.

Al día siguiente, en cuanto Carmen regresó de trabajar, Ludovica le enseñó un sobre y ella rápidamente corrió a tomarlo. Sin duda era una carta de Teddy.

Sin esperar a su hermana, que se había entretenido a hablar con Pili en el salón, subió a su habitación, se sentó en la cama y, abriendo el sobre con impaciencia, sonrió al ver una foto de Teddy subido a un tanque y rodeado de nieve. Lo miró un buen rato. ¡Qué guapo estaba! Después dejó la foto y leyó lo que le había escrito.

Hola, ¿te acuerdas de mí?

Mi amor, estamos cerca de Düsseldorf y por aquí hace mucho mucho frío.

Menos mal que llevo conmigo la crema de manos que me regalaste, por adelantado, para mi cumpleaños. Aunque no lo creas, es uno de los mejores regalos que me han hecho en mi vida.

Nena, no te imaginas lo mucho que te añoro. A veces cierro los ojos y te imagino junto a mí. Ése es el mejor momento del día.

Larruga, como siempre, está herido. Cuando nos tiramos el otro día en paracaídas, cayó mal y se hizo una brecha en la ceja. Nos mofamos de él porque bebe Coca-Cola para el dolor, pero ya lo conoces, no se enfada por nada y aguanta todo lo que le decimos.

No veo el momento de regresar a la base para poder verte, besarte, mirarte a los ojos y decirte al di là. Según he oído comentar a los mandos, para el veinte de noviembre ya estaremos allí.

Te quiero. Tuyo,

TEDDY

Releyó la carta mil veces con una sonrisa en los labios.

En la fecha que él le había dicho, volvió a Núremberg y la fue a buscar a la puerta de la fábrica, donde, como siempre, su encuentro fue efusivo. Luego, sin necesidad de preguntarse, los dos caminaron de la mano hacia el hotel. Necesitaban intimidad.

El veintidós de noviembre estuvieron paseando durante horas por el parque y el lago, platicando de sus cosas; tenían mil temas sobre los que hablar. Cuando llegó la hora de regresar, Teddy la acompañó hasta la residencia.

Los sorprendió no ver a Ludovica en la puerta y bromearon al respecto. ¿Se habría fugado?

Después de varios besos de despedida, Teddy finalmente se marchó. Carmen entró en la residencia y se encontró un panorama que la desconcertó. Varias jóvenes estaban llorando y, al ver que Ludovica salía de la sala donde estaba el televisor, preguntó:

—¿Qué ocurre?

—Han matado al presidente norteamericano, Kennedy —contestó la portera, con gesto apesadumbrado.

La noticia dejó a Carmen en estado de shock, hasta que de pronto, se dio la vuelta y salió corriendo de la residencia. Debía encontrar a Teddy para decírselo. Al doblar una esquina, lo vio y lo llamó casi sin aliento.

Él se volvió y, al ver que Carmen corría a su encuentro, se preocupó. Su cara hablaba por sí sola. Cuando ella llegó a su lado, le tomó la mano y dijo, mirándolo a los ojos:

—Han asesinado a Kennedy.

Se le descompuso el semblante al escucharla y, sin decir nada, la abrazó y cerró los ojos.

Así permanecieron unos minutos, hasta que, separándose de ella, dijo:

—Escucha, nena, no sé en qué nos puede afectar esta desgracia, ni cuándo voy a volver a verte, pero tranquila, ¿bueno?

Carmen asintió y Teddy, tras darle un beso y recordarle que la quería, salió corriendo. Debía llegar cuanto antes a la base.

Al día siguiente, ningún militar de Merrell Barracks salió de paseo. Carmen, junto a su hermana y las novias de muchos de ellos, fueron hasta allí, donde se las informó de que estaban acuartelados.

Desesperadas, Loli y Carmen regresaron a la residencia y, al llegar, la portera les dijo que había llamado su padre y que a las siete volvería a llamar. Rápidamente miraron el reloj. Eran diez para las siete, por lo que se encaminaron hacia la sala del teléfono.

Cuando éste sonó, la encargada lo tomó y se lo pasó a Carmen.

—Hola, papá.

—Hija, ¿están bien?

—Sí, papá, no te preocupes. Nosotras estamos bien.

—¿Y Teddy y Darío, tras el asesinato de su presidente? —se interesó.

Carmen suspiró y, desanimada por no haberlo podido ver, respondió:

—Suponemos que están bien, pero hoy no han podido salir de la base.

—Qué terrible lo que ha ocurrido. Pobre hombre y pobre su mujer, qué angustia tuvo que sentir.

Ella tenía muy presentes las imágenes que había visto en la televisión de Jackie Kennedy llorando, con su bonito traje rosa manchado de sangre.

—¿Has leído algún periódico alemán? —preguntó su padre.

—Sí, alguno he leído.

Don Miguel, a quien cada vez le gustaba más hablar con su hija de aquellos temas, explicó:

—En el *ABC* de hoy dice que Lyndon B. Johnson tomó posesión de su cargo treinta y ocho minutos después de que muriera Kennedy. ¡Qué barbaridad! Al parecer, lo hizo en el mismo avión en el que regresaba a Washington con la pobre mujer del fallecido presente. ¡Es terrible!

—Sí. Terrible.

—¿Se habla ahí del hombre detenido por el atentado?

Carmen abrió el periódico que tenía en la mano y contestó:

—Se habla de un tal Lee Harvey Oswald.

Durante un rato, padre e hija siguieron hablando, y cuando Carmen le pasó el teléfono a su hermana, subió a su habitación, donde rápidamente puso el radio. Necesitaba escuchar las noticias.

Al día siguiente tampoco pudieron ver a los muchachos. La base estaba cerrada a cal y canto y nadie podía entrar ni salir. Así estuvo una semana. Una semana plagada de noticias desconcertantes, de tensión y de nervios.

Estados Unidos había cambiado de presidente y eso podía afectar a muchas más cosas de las que ninguno de ellos era capaz de imaginar.

Al octavo día dejaron salir a los militares recluidos en la base y Carmen, que esperaba fuera junto a su hermana y varias mujeres más, al ver a Teddy, corrió hacia él y lo abrazó. Necesitaba tenerlo cerca y hacerle saber que estaba a su lado.

Llegó la Navidad y, aunque todo estaba revuelto por el asesinato, celebraron la Nochevieja en la base americana.

Allí, a diferencia de en España, no se tomaban uvas. Todos, de pie en la sala de fiestas, gritaban una cuenta atrás hasta llegar a cero, momento en que se felicitaban el año o, en el caso de Carmen y Teddy y cientos de parejas más, se besaban con adoración.

Esa noche bailaron, bebieron y disfrutaron de una estupenda velada, en la cual Teddy, que por norma sólo bebía Coca-Cola, terminó con alguna copita de más.

Comenzaba 1964 y esperaban que todo fuera a mejor.

17

~~

Las noticias sobre Vietnam cada vez eran más preocupantes. Carmen leía todos los periódicos que caían en sus manos, pero en cuanto lo comentaba con Teddy, él siempre intentaba quitarle importancia.

Su hermana y Darío viajaron a España la última semana de marzo. Él, sin decirle nada, había estado ahorrando para darle aquella sorpresa, y en el momento en que le enseñó los pasajes de avión, Loli saltó entusiasmada. Iba a ir a ver a sus padres. ¡Y en avión!

Cuando regresaron una semana después, a principios de abril, tras llegar Loli a la residencia y besar a su hermana, dijo, enseñándole el anillo que llevaba:

—¡Me caso con Darío!

—¿Qué? —preguntó sorprendida, mirando el anillo.

Loli, aún emocionada, se sentó junto a su hermana en la cama y explicó:

—Darío no me dijo nada y hace tres noches, cuando estábamos cenando en casa, sorprendiéndonos a todos le pidió a papá permiso para casarse conmigo. Y él aceptó. Luego hincó una rodilla en el suelo y me regaló este anillo. —Y, llevándose la mano al pecho, añadió—: Fue todo tan romántico que creo que todavía no me lo creo.

Feliz por ver a su guapa hermana tan contenta, Carmen la abrazó con cariño.

—Darío y yo hemos pensado que nos podríamos casar los cuatro el mismo día, y así papá y mamá sólo tendrían que hacer un viaje y se lo podríamos pagar entre los cuatro; ¿qué te parece?

—A mí me parece bien, pero tendría que comentárselo a Teddy.

—Mañana cuando salgamos de la fábrica vamos a la base —propuso Loli—. Darío nos esperará allí y se lo comentamos a Teddy, ¿quieres?

Carmen estuvo de acuerdo.

Al día siguiente, pues, fueron a la base, donde Darío y Loli le dieron la feliz noticia de su enlace al cabo, que se alegró mucho por ellos. Después, Carmen le planteó lo de casarse los cuatro el mismo día y Teddy, al ver la alegría de ella, no lo dudó un instante y aceptó.

Aquella tarde, los cuatro estuvieron hablando del tema. Teddy y Carmen propusieron casarse el 5 de julio, pero quizá los papeles que necesitaban todavía no habrían llegado, por lo que, de común acuerdo, decidieron posponerlo para agosto. ¡Se casarían el 6 de agosto por lo civil y el 14 de agosto en la iglesia de la base!

Una vez decidida la fecha, fueron juntos al parque, donde se tomaron varias fotografías para recordar siempre ese día.

Aquella noche, Carmen escribió en su diario:

> ¡Tenemos fecha para la boda!
> Ahora, nada ni nadie podrá separarme de mi amor. Nos casamos el mismo día que Loli y Darío y entre los cuatro pagaremos la visita de mis padres a Alemania.
> Estoy feliz, tan feliz que hasta siento miedo.

Mientras los cuatro esperaban que llegaran los papeles, las chicas se plantearon cómo conseguir sus vestidos de novia. Comprarse uno era impensable. Si querían pagar el boleto de sus padres tenían que ahorrar, pero pronto encontraron la solución. Un par de amigas de la fábrica les ofrecieron los suyos y ellas dos aceptaron encantadas y los fueron a recoger para hacerles las modificaciones pertinentes.

Las fotografías que se habían tomado en el parque el día que decidieron la fecha de la boda quedaron perfectas. En ellas se les veía a los cuatro felices y contentos. Loli se quedó con las fotos en las que salían su novio y ella y Carmen las suyas con Teddy. Pero de entre todas, a ésta le gustó especialmente una. En ella se la veía sentada con Teddy en su banco del parque, tomados de la mano. Cuanto más la miraba, más le gustaba.

Por las noches, en la residencia, junto con Constanza, modificaron con cuidado los bonitos vestidos de novia. Por suerte, su compañera italiana era una estupenda costurera y las ayudó en todo.

Los días pasaron y la alegría los tenía a todos como en una nube. Una tarde, mientras Carmen y Teddy daban un agradable paseo por el parque, se encontraron de frente con un hombre de uniforme y el joven cabo se cuadró.

—Descanse, cabo —dijo su superior en castellano.

Carmen se sintió cohibida. Había visto en otras ocasiones a aquel hombre canoso, pero era la primera vez que les dirigía la palabra estando ella presente. Era el capitán Roberto Suárez, quien, tras mirarla, le preguntó a Teddy:

—¿Es su prometida, Díaz?

—Sí, señor —asintió Teddy.

El capitán le tomó la mano y se la besó.

—Encantado de conocerla, señorita.

—Lo mismo digo, se... señor —contestó ella.

El capitán se despidió con una sonrisa, pero antes de proseguir su camino, se paró y dijo:

—Cabo Díaz, recuerde que los espero el domingo en la comida.

—Allí estaremos, señor.

Cuando el militar se marchó, Carmen le preguntó a Teddy:

—¿Qué comida?

—Los mandos organizan de vez en cuando comidas para la tropa y sus acompañantes y esta vez nos ha tocado a los de mi unidad.

Carmen sonrió, aquello pintaba bien, pero Teddy estaba serio. El trasfondo de aquellas comidas no siempre era bueno.

El domingo iban todos vestidos con sus mejores galas; Teddy y sus compañeros, junto con sus chicas o sus esposas, se divertían en la comida. El ambiente era relajado y Carmen disfrutó del encuentro.

Una vez acabada la comida, varios mandos subieron a un pequeño escenario para decir unas palabras en inglés que hicieron que muchos de los presentes dejaran de sonreír. Carmen, al ver cómo Teddy, Larruga, Panamá y muchos de sus amigos se miraban, preguntó:

—¿Qué pasa?

—Nada, cielo —respondió Teddy, intentando sonreír.

Pero aquella repentina seriedad tan poco habitual en él y en el resto de los chicos a ella le extrañó. Luego subió al estrado el capitán Suárez y comenzó a hablar también en inglés.

Pero ¿qué estaba diciendo?, se desesperó Carmen.

Lo que el capitán les estaba comunicando era que, a petición del presidente Johnson, varias unidades afincadas en aquella base tendrían que regresar a Estados Unidos. Habló de patriotismo, de deber y de honor y finalizó su discurso explicando que, una vez llegaran a Estados Unidos, muchos de ellos serían enviados a Vietnam. Tras sus palabras, un silencio sepulcral se apoderó del salón.

Carmen sólo entendió «Vietnam» y vio el desconcierto en las miradas de todos. Observó a Teddy, que tenía el semblante desencajado, y él, al sentir su mirada, le dio la mano y, acercándose sus nudillos a la boca, se los besó y murmuró:

—Tranquila, no te preocupes.

—¿Qué ha dicho?

—Luego te lo explico.

—Pero ¿qué ha dicho de Vietnam?

—Luego, cielo... luego —replicó.

Carmen sólo podía oír el fuerte latido de su corazón y una y otra vez la palabra «Vietnam».

El capitán añadió algo más y, una vez acabó, los asistentes aplaudieron, momento en que la guapa novia alemana de Panamá se levantó y, acercándose a Carmen, murmuró:

—¿Me acompañas al baño?

Con mil preguntas en la cabeza, estuvo a punto de decir que no, pero al ver el gesto descompuesto de la chica, se levantó y, sin mirar a Teddy, se fue con ella. Una vez entraron en el baño, la joven se echó a llorar y, volviéndose hacia Carmen, preguntó:

—¿Tú has entendido lo mismo que yo? —Ella no contestó y la otra insistió—: ¿Es cierto que deben regresar a Estados Unidos para ir a Vietnam?

Antes de que pudiera contestar, la puerta se abrió y entraron un par de chicas más, asimismo descompuestas y llorosas. Todas estaban tan desconcertadas como ellas y Carmen, sin querer creer lo que todas decían, respondió:

—No lo sé, pero ahora mismo te vas a lavar la cara, vamos a volver a la mesa y se lo preguntaremos.

Dos minutos después, cuando regresaron al salón, el drama estaba servido. Muchas de las chicas lloraban desconsoladamente y en cuanto Carmen llegó frente a Teddy, éste, antes de que ella le preguntara nada, la tomó de la mano y dijo:

—Vámonos.

Salieron de la base sin hablar, pero antes de cruzar la calle, Carmen se soltó de su mano y susurró:

—Dime que no es verdad lo que dicen las chicas.

Teddy no respondió, sólo se limitó a mirarla.

—¿Regresas a Estados Unidos? —siseó ella.

—Sí —dijo, con los ojos llenos de dolor.

Boquiabierta e incrédula, Carmen tomó aire y, con un hilo de voz, masculló:

—¿Desde cuándo lo sabes?

Tocándose la cabeza, Teddy cerró los ojos. Los primeros sorprendidos con la noticia habían sido él y toda su unidad. Aquella mañana se habían filtrado confusas informaciones, pero ninguno quiso creerlo hasta que el capitán lo confirmó.

—Escucha, nena...

—No. Escúchame tú a mí —lo cortó ella—. Si es cierto que te vas a ir, ¿cuándo pensabas decírmelo? Se supone que tú y yo... que tú y yo...

Ya no pudo decir más, porque los ojos se le llenaron de lágrimas y la garganta se le cerró. Teddy la abrazó murmurando:

—Tranquila, cariño... tranquila...

Durante un rato, la abrazó para calmarla mientras le susurraba dulces palabras de amor al oído. Lo último que quería era verla llorar o sufrir. Él nunca desearía algo así para ella.

Incómodo por la situación, vio a otros compañeros de su unidad salir con sus novias o esposas, tan desconsoladas como lo estaba Carmen. Para todos, aquello era un mazazo. Ninguno lo esperaba, pero debían asumirlo. Era su trabajo. Eran militares y los podían destinar a donde fuera necesario.

Teddy no quería seguir parado en la puerta de la base, y animó a Carmen a caminar por el parque. Un poco de aire fresco a ambos les vendría bien. Avanzaron en silencio durante un rato y cuando él notó que estaba más tranquila, se sentaron en un banco del parque y dijo:

—Ni tú ni yo somos alemanes. Hemos venido aquí por una circunstancia y por un tiempo, pero ambos sabemos que nuestra vida no está en este país. —Carmen lo miró y él continuó—: Que yo iba a regresar a Estados Unidos es algo que ya sabíamos de antemano, era algo que tarde o temprano teníamos que asumir. Pero no te agobies, cariño, nos casaremos antes de que yo tenga que volver allí y tú vendrás conmigo, igual que Larruga se va a llevar a su mujer. Vaya yo a donde vaya, tú tendrás un...

—Yo no quiero estar en Estados Unidos si tú no estás —lo cortó ella.

—Escucha, nena, soy militar —insistió él, sonriendo—. Me conociste siéndolo y siempre has sabido a qué me dedico. Y en cuanto a la boda...

—La boda es lo que menos me importa ahora, Teddy —dijo Carmen, separándose de él—. Lo que realmente me preocupa es que tengas que ir a Vietnam. ¿Por qué? ¿Por qué tienes que ir allí?

Entendiendo sus miedos, se acercó de nuevo a ella y respondió lo más tranquilo que pudo:

—Soy un soldado de Estados Unidos y...

—Ya lo sé... ya lo sé —lo interrumpió Carmen—. No me digas eso tan patriota de que si tu país te necesita, allí estarás, porque eso ya lo sé.

Un terrible silencio se hizo entre los dos. Un silencio doloroso, hasta que él dijo:

—Nunca te he mentido... y lo sabes.

Carmen se tapó la cara con las manos. Teddy tenía razón, nunca le había mentido, y, sin poder creer lo que estaba pasando, lloró, mientras él, con el corazón roto por verla con tal desconsuelo, dijo:

—Escucha, nena, no adelantemos acontecimientos. Todavía no hay fecha para nuestro regreso a Estados Unidos, y pueden pasar meses hasta que eso ocurra. Mientras tanto, centrémonos en nuestra boda y en ser felices hasta entonces, ¿de acuerdo? —Ella asintió. No quería ser tan negativa y Teddy añadió—: Intentaré resolver esto de la mejor manera posible, pero por favor, no llores así, porque me rompes el corazón.

Esa noche, cuando Carmen llegó a la residencia y le contó a su hermana lo acontecido, ambas lloraron muertas de desesperación. Si el presidente Johnson había dado la orden de que la unidad de Teddy regresara a Estados Unidos para ir a Vietnam, sin duda la de Darío no tardaría en hacer lo mismo.

Tras dar mil vueltas en la cama sin poder conciliar el sueño, Carmen abrió su diario y escribió:

El peor de mis miedos se ha hecho realidad. Hoy he sabido que Teddy ha de regresar a su país para, probablemente, desde allí partir hacia Vietnam. Durante todos estos meses, mi padre y él me han tranquilizado y me han hecho creer que los tiempos habían cambiado y que las guerras eran cosas del pasado. Pero no. El hombre al que quiero y con el que me voy a casar va derecho a una terrible contienda y, por mucho que recemos, como sé que mi madre dirá que hagamos, nada va a cambiar eso.

Sólo confío en que tenga mucho cuidado y nunca olvide que yo lo espero aquí.

18

Los días posteriores fueron descorazonadores. Nadie los informaba de nada y nadie tenía en cuenta el malestar que las palabras del capitán Suárez habían originado.

Carmen llamó a su padre para informarlo de lo ocurrido y le notó en la voz la impresión que le causó la noticia. Él había vivido la guerra civil en España y por nada del mundo quería ver a Teddy metido en una.

Carmen le preguntó por la documentación que estaban esperando para la boda. Intentó meterle prisa, pero como dijo él: «Las cosas de palacio van despacio» y, por mucho que insistieran, nada se aceleraría.

A finales de abril nació el hijo de Larruga y Antje. Un bebé regordete al que todos hicieron arrumacos y al que sus padres le pusieron de nombre Daryl.

El 1 de mayo, la unidad de Teddy se fue de maniobras y regresaron el día 15. Esa tarde, cuando Carmen salió de la fábrica y lo vio, corrió hacia él y se besaron con pasión.

—¿Te apetece ir? —quiso saber él cuando se separaron.

Sin necesidad de preguntar a qué lugar se refería, Carmen asintió. Nada le apetecía más.

Esa tarde, en el hotel, hicieron varias veces el amor. Se deseaban, se necesitaban, se adoraban, pero un sexto sentido le hizo sentir a Carmen que sucedía algo extraño e inquirió:

—¿Qué te ocurre, Teddy?

Sorprendido por la pregunta, pensó en desviar la conversación, pero finalmente dijo:

—Tenemos que hablar.

Esas palabras a ella le sonaron mal, muy mal, pero se sentó a su lado y dejó que se explicara.

—Durante las maniobras, el capitán nos ha dicho que regresamos a Estados Unidos el siete de junio.

Carmen se tapó la boca con la mano y el mundo se le vino encima. ¿Teddy se marchaba?

—Nena, lo siento. He intentado retrasar mi marcha hasta después de la boda, he hablado con todos los mandos que he podido, pero ninguno me da una solución y no podemos casarnos sin los malditos papeles.

Ella lo miró sin saber qué decir, y ambos lloraron abrazados.

Los siguientes días fueron un tormento. Teddy no desistió de su empeño de conseguir que algún mando de su unidad entendiera lo que ocurría y lo ayudara a buscar una solución, pero ninguno lo hizo. Él no era el único militar americano con problemas personales en la división.

Antje, la mujer de Larruga, intentó animar a Carmen y a la novia de Panamá. Su situación era diferente a las de ellas. Como mujer de militar y madre de un bebé, tenía tres opciones: quedarse en Alemania con su familia, partir hacia Estados Unidos, donde sería alojada en una base militar hasta el regreso de su marido, o irse a Texas con la familia de Larruga. Decidió lo último, pero aun así estaba preocupada. Muy preocupada.

Una tarde en que Teddy y Carmen paseaban tomados de la mano, empezó a llover. Corrieron a refugiarse y llegaron a la bonita iglesia de Santa Martha.

Ninguno de los dos había estado antes allí. Se sentaron en uno de los bancos y la contemplaron en silencio, hasta que Teddy dijo:

—Si el cura nos lo permitiera, me casaría ahora mismo contigo.

—Y yo también contigo —contestó ella.

El silencio de la iglesia era absoluto y, levantándose de repente, Teddy tomó a Carmen de la mano y la jaló.

—¿Qué estás haciendo?

—Ven —respondió él.

Carmen lo siguió sorprendida y, cuando llegaron bajo unas vidrieras, Teddy se arrodilló, haciendo que ella se arrodillara a su lado. La tomó de las manos y, mirándola a los ojos, murmuró:

—Yo, Teddy, prometo quererte eternamente a ti, Carmen, hasta el fin de mis días.

Conmovida al ver cómo la miraba, ella dijo:

—Yo, Carmen, prometo quererte eternamente a ti, Teddy, hasta el fin de mis días.

El amor que se profesaban, unido a la intensidad del momento y a la quietud del lugar, los emocionó hasta las lágrimas. Luego, Teddy le guiñó un ojo y añadió:

—Ante Dios ya somos marido y mujer, nena.

Hechizada por lo que su corazón sentía en aquel instante, ella asintió y murmuró:

—Sólo falta sellarlo con un beso.

Pero cuando él fue a besarla, de pronto se abrió una puerta que había en un lateral de la iglesia y salió un cura con un misal en la mano.

Sin tiempo que perder, se levantaron y salieron de la iglesia. Había escampado y, una vez hubieron traspasado las puertas, Teddy abrazó a la que ya consideraba su mujer y, sin dudarlo la besó.

—La próxima vez que nos casemos, será rodeados por la familia y por los amigos —afirmó muy serio.

Carmen asintió.

Esa tarde, tras lo que para ellos había sido su boda, fueron a la cantina de la base y, sin decirles nada a los amigos de lo que acababan de hacer, pidieron unas bebidas y brindaron.

La tristeza había ido inundando el día a día de sus vidas y lo último que Carmen quería era que él se agobiara más de lo que ya sabía que estaba. Como siempre le decía su padre, llorando no se resolvían los problemas. Por eso, al oír la música que llegaba de la sala de al lado, se levantó y, tomando a Teddy de la mano, propuso:

—Vamos.

Teddy la siguió a la sala donde varios militares estaban bailando con sus parejas o amigas, y Carmen, con la mejor de sus sonrisas, dijo:

—Nos acabamos de casar; ¿no vas a bailar conmigo?

Él la abrazó y juntos se movieron al compás de la preciosa canción de Patsy Cline, *Crazy.**

Apretando los ojos para que no se le escaparan las lágrimas, Carmen bailó con Teddy sin reparar en que él estaba haciendo lo mismo. Nada de todo aquello estaba siendo fácil.

---

* *Crazy*, Puzzle Productions, interpretada por Patsy Cline. *(N. de la E.)*

Cuando acabó aquella romántica canción, bailaron un par más hasta que la música cambió y los dos rieron lanzándose al rock *Good Golly Miss Molly*,* de Little Richard.

Aquella noche, tras pasar la tarde con el hombre al que adoraba, cuando Carmen llegó a la residencia volvió a la dura realidad. Abrió el clóset y sacó el que habría sido su vestido de novia. Lo miró un rato. Había quedado precioso tras el trabajo de Constanza, pero lo tiró sobre la cama y, sin importarle si se arrugaba, se tumbó sobre él para llorar.

Loli, que entraba en ese instante junto con Constanza, al ver aquello se quedó parada, sin saber qué hacer. Cuando Carmen por fin dejó de llorar, se levantó y, secándose las lágrimas, tomó el vestido y dijo:

—Constanza, cuando puedas, necesito que por favor deshagas lo que retocaste. Quiero devolverle este vestido a su dueña cuanto antes.

Rápidamente, la italiana lo tomó y asintió. Nadie dijo nada más.

Esa noche, cuando las otras se durmieron, Carmen, incapaz de hacerlo, sacó su diario y encendió la lamparita de su mesilla para escribir.

El reloj sigue avanzando y sólo quedan nueve días para que Teddy y yo nos tengamos que separar sin saber cuándo nos volveremos a ver.

Hoy ha ocurrido entre nosotros algo mágico que no le hemos dicho a nadie porque nadie lo iba a entender. Al llegar a la iglesia de Santa Martha, solos ante los ojos de Dios, mi amor y yo nos hemos casado. Nos hemos mirado a los ojos y nos hemos dicho unas preciosas palabras. Sé que esa boda no significará nada para otros, pero para nosotros dos lo es todo y eso es lo único importante.

A partir de hoy, intentaré sonreír por él, como sé que él lo hace por mí. No quiero que nuestros últimos recuerdos sean más tristes y dolorosos de lo que ya son.

Pero cada instante que pasa me arrepiento más de no habernos casado cuando él me lo pidió hace meses. ¡Qué tonta fui!

Si hubiéramos pedido los papeles en aquel momento, ya podríamos estar casados, con el beneplácito de mi familia y del ejército, y al menos me podría ir con él. Pero eso de «si hubiéramos» ya no sirve de nada. La realidad es que no lo hice y, aunque hoy hayamos celebrado nuestra boda, eso no soluciona nada.

Debería haber sido egoísta, como me dijo Loli el día que me comprometí,

* *Good Golly Miss Molly*, Soul Concerts.com Limited, interpretada por Little Richard. (*N. de la E.*)

y haber pensado sólo en él y en mí. Esto me ha hecho entender las prisas de los militares y darme cuenta de que si deseas las cosas y se te presenta la oportunidad, no debes dejarlas escapar, porque la vida, igual que te las da, te las quita.

19

La marcha de Teddy y su unidad estaba programada para cuatro días más tarde. Los casados, como Larruga, salían un día antes, por lo que Carmen y las chicas se despidieron de Antje, de su marido y del pequeño Daryl. Fue un triste adiós.

Los mandos dieron un permiso especial a la unidad de Teddy de cuarenta y ocho horas. Luego debían regresar a la base para reΔ sus cosas y partir al día siguiente.

Carmen y él planearon pasar esas cuarenta y ocho horas juntos, nadie se lo iba a impedir. Antje les dejó las llaves de una casita que tenían sus padres a las afueras de Núremberg y ellos aceptaron sin dudar. Aquellos dos días cocinaron, bromearon, pasearon, se besaron, durmieron y se despertaron juntos. Algo que en todo aquel tiempo nunca habían podido hacer. Rieron, bailaron, hablaron y, construyéndose un pequeño mundo en aquella humilde casita, durante horas se olvidaron de todo y consiguieron ser felices e imaginar cómo sería su vida una vez casados.

Pero el maldito tiempo pasó y, cuando llegó el momento de regresar, con toda la pena del mundo, volvieron a la dura realidad.

Aquella noche, en la residencia, Carmen lloró y lloró, y Loli y Constanza se metieron con ella en la cama y la abrazaron. No podían hacer otra cosa.

Al día siguiente, 7 de junio, a las siete de la mañana, Carmen, junto con muchas chicas más y su hermana Loli, estaban en la puerta de la base para despedirse. Dejaron el pasaporte en la entrada y, sumergidas en su propia angustia, se encaminaron hacia donde les indicaba la Policía Militar. Minutos después, la unidad de Teddy salió al patio para despedirse.

Con una voluntariosa sonrisa en los labios, Carmen se acercó a él y se abrazaron. Sólo tenían quince minutos para decirse adiós y ninguno de los dos quería desaprovecharlos llorando.

—Escucha, nena —dijo Teddy, señalando un par de bolsas que había dejado en el suelo—. Quédate con el tocadiscos y nuestros discos hasta que nos volvamos a ver, ¿bueno? —Carmen asintió y él, abrazándola, murmuró—: Sé que esto es duro, pero tú y yo lo vamos a superar. ¿De acuerdo?

—Sí.

—No te preocupes por nada. Voy a estar bien, prometo cuidarme e intentaré regresar en cuanto pueda a Alemania, ¿entendido? —Carmen asintió de nuevo y Teddy exigió con una preciosa sonrisa—: Prométeme que vas a estar bien y tranquila.

—Te lo prometo.

—Te escribiré siempre que pueda y espero que tú también me escribas a mí y me regañes diciéndome eso de «tonto redomado».

Ambos rieron, pero él, al ver que a Carmen le temblaba la barbilla, miró a Loli y dijo:

—Cuídamela hasta que yo regrese a buscarla, ¿de acuerdo, cuñada?

Loli, tan emocionada como Carmen por su marcha y por temer que Darío también tendría que irse pronto, asintió y, dándole un cálido abrazo, murmuró:

—Eso no lo dudes, cuñado. Cuídate.

Pasados los quince minutos, varios mandos de la unidad salieron para apremiarlos a que terminaran de despedirse. Teddy, al ver que ella apenas podía respirar por la angustia que estaba sintiendo, la abrazó con fuerza y, dándole otro beso en los labios, susurró:

—Te quiero, nena.

—Yo también te quiero —consiguió murmurar Carmen.

Sin soltarla, Teddy la miró a los ojos.

—No llores, preciosa. No me gusta verte llorar y recuerda *al di là*.

Ella, limpiándose las lágrimas, sonrió pero no pudo responder.

Teddy tras darle un último beso, le guiñó un ojo como siempre hacía, se dio la vuelta y se marchó para que no viera que él también tenía los ojos anegados. Los hombres no lloraban y menos un militar de Estados Unidos de América.

Agarrada del brazo de su hermana, y llevando la bolsa con el tocadiscos y los discos, llegaron hasta donde estaban las novias de Panamá y de Juárez, las cuales también lloraban. Despedirse era duro y la incertidumbre de no volver a saber de ellos aún más.

Minutos después, cuando salieron de la base tras recoger sus pasaportes, en la puerta vieron congregadas a muchas de las chicas que habían estado dentro y supusieron que esperaban a que saliera el convoy de militares en dirección al aeropuerto.

Ellas dos también esperaron y cuando los camiones salieron, Carmen buscó una última mirada del hombre al que amaba y, por suerte, lo vio. Iba sentado junto a sus compañeros de unidad, con gesto serio. Él tampoco lo estaba pasando bien.

Las mujeres comenzaron a gritar. Todo el mundo se decía palabras de amor. Cuando Teddy la vio, se levantó y gritó:

—¡Hey, nena!... ¡Hey, gruñona! ¡Te quiero!

Ella sonrió y, tirándole un beso con la mano, gritó a su vez:

—¡*Al di là*, mi amor. *Al di là*!

Él le guiñó un ojo y Carmen, sin moverse ni dejar de sonreír, lo vio alejarse mientras en su cabeza retumbaban una y otra vez aquellas dulces palabras de amor: *al di là*.

20

Lunes...

Martes...

Miércoles...

Los días de la semana pasaban y para Carmen habían perdido la emoción. Desde la marcha de Teddy, todos eran idénticos y terribles.

El sábado, Renata llegó de visita para consolarla. Loli se había puesto en contacto con ella y, en cuanto pudo, la alemana viajó para estar al lado de su querida amiga.

Pero los días transcurrían y nada cambiaba. Carmen estaba tan decaída que hasta la comida le sentaba mal. Vomitaba y se encontraba fatal.

Cuando faltaban dos días para que se cumpliera un mes de la marcha de Teddy, recibió una carta de él, escrita poco después de irse. Enseguida leyó emocionada.

10 de junio de 1964

Hola, ¿te acuerdas de mí?

Espero que esta carta te llegue pronto y que al leerla sonrías, pues sabes que no me gusta verte llorar. Quiero que sepas que estoy en Nueva York. Llegamos ayer por la noche. El viaje fue agotador. Demasiadas horas, y la comodidad de los aviones en los que nosotros viajamos se puede decir que no es la mejor.

Estamos en una antigua base que hay en Nueva York, pero las noticias son que pronto nos trasladarán a otra en Nevada. Puedes escribirme a la dirección del sobre. Me harán llegar tus cartas esté donde esté, ¿de acuerdo?

Nena, no hay un solo instante en que no piense en ti y en las ganas que tengo de regresar a tu lado, para volver a casarme contigo y comenzar una bonita vida juntos.

Te quiero. Tuyo. Al di là.

TEDDY

Carmen releyó la carta una y otra y otra vez. Era como oír la voz de Teddy en su cabeza y, sin dudarlo, le escribió a su vez. Quería que él también pudiera oírla, aunque fuera a través de una carta.

Las semanas pasaron y una mañana llegó un sobre de España. Al abrirlo, vieron que contenía los papeles que necesitaban para casarse. Carmen suspiró y Loli, consciente del mal trago que estaba pasando su hermana, dijo, mientras se sentaba en la cama:

—¡Me siento fatal...!

—Pues no debes hacerlo, Loli. Que yo no me case no quiere decir que tú no lo tengas que hacer.

Su hermana la miró. Las ojeras y el rostro ceniciento de Carmen hablaban por sí solos.

—Entiendo lo que dices, pero ponte en mi lugar. Para mí será el día más bonito de mi vida, mientras que para ti será...

—Un mal día —acabó Carmen la frase por ella. Pero luego añadió—: Escucha, Loli, soy tu hermana, te quiero y deseo tu felicidad con todo mi corazón. Quiero que te cases con Darío, que tengas tu maravillosa boda como siempre hemos soñado y que seas muy... muy feliz. Por lo tanto, sé egoísta y piensa en ti y en él. Yo no lo fui, a pesar de que tú me lo dijiste, y al final...

No pudo acabar la frase porque tuvo que ir al baño a vomitar.

—Siento hacerte pasar por esto —dijo Loli, que había ido tras ella—. De verdad que lo siento.

Carmen asintió. Lo sabía.

Tres días después, seguía vomitando cada dos por tres. Se encontraba fatal y, aunque al principio achacó el malestar a la marcha de Teddy, una noche, tras comprobar en su agenda la fecha de su última regla, intuyó que estaba embarazada.

Sin querer alarmarse, lo comentó con Loli, que se quedó sin habla, y días después, acudieron juntas a un hospital para hacerse un análisis de sangre. Tenían que saberlo.

Carmen fue a recoger los resultados y cuando abrió el sobre y leyó

«POSITIVO» en letras bien grandes, se sentó en una silla del hospital y lloró.

¿Qué más le podía ocurrir?

Esa noche, Loli llegó después de haber visitado con Darío un piso que habían alquilado para vivir tras la boda, y cuando vio a su hermana más demacrada que nunca, con el papel en la mano, no le hizo falta preguntar. Sabía cuál era el resultado del análisis.

Durante unos días, cuando nadie podía oírlas, hablaron sobre qué hacer. Aquello suponía un terrible problema para Carmen. Estar soltera y embarazada no era algo que la sociedad aceptara y sus padres mucho menos. Pensar en el disgusto que le iba a dar a su padre hacía que se le encogiera el corazón. Lo último que quería era avergonzarlo.

Se mencionó la posibilidad de un aborto. Eso podía ser una rápida solución al problema y conocían a otras mujeres que lo habían hecho y que las podrían asesorar. Pero tras consultarlo con la almohada, Carmen le dijo a Loli por la mañana que no iba a abortar.

—¿Qué?

—No puedo —insistió ella—. Entiendo y no critico que otras lo hagan, pero yo no. No puedo hacerlo.

Loli, igual de desesperada, murmuró:

—Pero si no lo haces, mamá y papá se enterarán y...

—Me da igual. ¡No puedo!

—Mari Carmen...

Pero ella se siguió negando. Estaba en una encrucijada. Por un lado no quería avergonzar a sus padres y, por otro, aquel bebé era lo único que tenía de Teddy. ¿Qué debía hacer?

Durante horas hablaron y lloraron. Loli intentó entenderla y a la vez hacerle ver los problemas que su decisión le iba a acarrear. Pero Carmen, que había decidido hacerle caso al corazón, ya había tomado una decisión y repitió:

—Voy a tener al bebé le pese a quien le pese. —Y, tras un breve silencio, añadió—: Papá y mamá se enterarán cuando yo se lo diga. Ni tú ni nadie les tiene que contar lo que ocurre hasta que yo se lo diga, ¿de acuerdo?

La seriedad y la rotundidad con la que hablaba, le hizo entender a Loli que no iba a cambiar de opinión y respondió:

—De acuerdo.

—Y, por favor, no lo comentes con nadie.

—¿Ni con Renata?

—Con nadie —insistió Carmen—. Necesito que esto quede entre tú y yo de momento.

Loli la miró nerviosa y dijo:

—Darío ya lo sabe.

—¡Caray, Loli! ¿Por qué se lo has tenido que decir?

—Porque... porque me ha notado inquieta y necesitaba hablarlo con alguien. Pero, tranquila, Darío sabe guardar muy bien un secreto.

—Eso espero —replicó Carmen—. Pero a partir de ahora, nadie, Loli. ¡Y nadie es nadie! ¿Entendido?

Su hermana asintió.

—Sabes que yo no voy a decir nada y que siempre te defenderé ante quien sea. Pero mamá y papá van a venir para la boda dentro de diez días y te van a notar algo raro. ¿No ves el aspecto que tienes?

Carmen se miró al espejo. Realmente no tenía muy buena pinta. Aquellas ojeras y su mala cara lo decían todo, pero se tocó las mejillas y respondió:

—Pensarán que estoy destrozada por la marcha de Teddy y porque ese día tenía que ser también el de mi boda. De momento no quiero decirles nada y menos en esta ocasión. No quiero amargarte la ceremonia ni amargársela a ellos.

Loli asintió. Quizá, de momento, ocultarlo sería lo mejor. Sabía que aquello no iba a ser fácil de aceptar para sus padres, pero acercándose a su hermana, susurró:

—Hagas lo que hagas, estaré contigo.

—Gracias, Loli.

—Pero como te dije en su momento con lo de la boda cuando Teddy te lo propuso, sé egoísta y piensa en ti. Si tienes al bebé, serás madre soltera y eso te cerrará muchas puertas. La gente tiene muchos prejuicios y...

—Lo que diga la gente no me importa y lo sabes. —Loli sonrió, claro que lo sabía, y Carmen afirmó con seguridad—: Tendré al bebé y cuando Teddy regrese, nos casaremos e intentaremos ser los mejores padres del mundo.

Esa noche, una vez tomada la decisión, Carmen escribió a Teddy para contarle lo que ocurría. Una vez acabó aquella difícil carta, tomó su diario y anotó:

Mi mundo se desmorona, pero he de ser fuerte y volver a reconstruirlo hasta que Teddy regrese.

Acabo de escribirle a mi amor para decirle que va a ser padre y que, pase lo que pase, he decidido seguir adelante con el embarazo.

Durante días he hablado con mi hermana sobre qué hacer e incluso he llegado a pensar en el aborto. Pero sólo mencionar esa palabra me pongo enferma. No puedo. El bebé que crece en mi interior es fruto del amor, de un bonito y maravilloso amor, y no se merece, ni por un segundo, que yo piense en deshacerme de él.

Sé que esta decisión será motivo de vergüenza y deshonor para mis padres. Le prometí a mi padre algo que no he podido cumplir y sólo espero que algún día me perdone y entienda que, aunque falté a mi palabra, lo quiero con todo mi ser, y que ese amor que él siente por mí es el mismo que yo siento por mi bebé, aun sin haberle visto la carita.

Hubo un tiempo en que lo quise todo. A mis padres a mi lado el día de mi boda y a un hombre que me decía palabras de amor. Y ahora creo que, por haberlo querido todo, puede que me haya quedado sin nada.

21

Lo primero que hacía Carmen cada mañana era encender el radio en busca de noticias. No sabía dónde estaba Teddy, pero necesitaba saber qué pasaba. Y cuando oyó que el día anterior tres torpederos de Vietnam del Norte habían atacado en el golfo de Tonkin al destructor americano *USS Maddox*, miró a su hermana y las dos se abrazaron.

Al día siguiente las noticias no fueron mejores. Se había producido un segundo ataque, y Darío, a pesar de lo preocupado que comenzaba a estar, intentó quitarle importancia. Se casaba dentro de unos días.

El 5 de agosto, Carmen, Loli y él se dirigieron al aeropuerto a recoger a los padres de las muchachas.

El reencuentro fue un gran motivo de alegría, hasta que don Miguel se fijó en la cara de su hija menor y dijo, abrazándola con cariño:

—No tienes buen aspecto; ¿estás bien?

Carmen negó con la cabeza.

—¿Cómo va a estar bien? —contestó su madre, acercándose a ella—. Se casaba mañana y no lo va a poder hacer porque el maldito ejército americano se ha llevado a Teddy.

Darío y Loli se miraron, no podían decir una palabra de lo que realmente pasaba.

—Tranquilos, pronto estaré bien —murmuró Carmen, haciendo de tripas corazón.

—¿Has sabido algo de él?

Ella asintió e, intentando sonreír, respondió:

—Me mandó una carta cuando llegó a Nueva York. Me decía que pronto los trasladarían a otra base, seguramente en Nevada, pero no lo sabía seguro.

Don Miguel también estaba preocupado. Por las noticias que leía, el conflicto entre norteamericanos y norvietnamitas parecía recrudecerse, pero la abrazó y dijo:

—No te preocupes, hija. Teddy sabe cuidarse.

Del aeropuerto fueron directos a la casa que Darío y Loli habían alquilado y donde tenían una habitación reservada para Carmen, que había accedido a irse a vivir con ellos tras la boda.

Los padres de ellas se quedaron en esa casa, mientras Darío regresaba a la base y las chicas a la residencia. Nada más llegar, Carmen puso el radio y en las noticias informaron de que los americanos habían respondido a los ataques. Corrió al baño a vomitar.

Al día siguiente, 6 de agosto, Loli y Darío contraían matrimonio civil en el ayuntamiento de Núremberg, ante los padres y la hermana de ella y un par de amigos de la unidad. Loli llevaba un bonito vestido corto de color beige y Darío un traje oscuro.

Durante los días que faltaban para la boda religiosa, las chicas paseaban con sus padres y les enseñaban la ciudad. Cuando regresaban por la noche a la residencia, Carmen se acostaba e intentaba descansar. Disimular todo el día la angustia que sentía por las terribles noticias que escuchaba, lo mal que se encontraba y el asco que le daban los diferentes olores no le resultaba fácil. Pero debía hacerlo o su madre, que ya la miraba extrañada, se daría cuenta de todo.

El 14 de agosto a las cuatro de la tarde, una nerviosa Loli se estaba poniendo su precioso vestido blanco de novia, ayudada por su hermana y por Constanza, cuando se abrió la puerta de la habitación de la residencia y Renata gritó:

—¡Ya estoy aquí!

Loli y Carmen corrieron hacia ella y la abrazaron y besaron. Que Renata estuviera allí era esencial y, cuando se tranquilizaron, su amiga miró a Loli y dijo:

—¡Estás guapísima!

Ella suspiró encantada y se contempló en el espejo.

—Y tú tienes un aspecto enfermizo que espanta —añadió la alemana, mirando a Carmen.

«Si tú supieras», pensó ésta, pero intentó disimular y respondió con una sonrisa, sintiéndose fatal por ocultarle aquello a su amiga:

—¡Gracias, mujer!

Segundos después, mientras Constanza le prendía el velo a Loli, Renata le tomó la mano a Carmen y preguntó:

—¿Has sabido algo de Teddy?

Ella negó con la cabeza y la otra suspiró.

—¿Y de Teresa?

Carmen volvió a negar con la cabeza y, al ver que se le llenaban los ojos de lágrimas, Renata la abrazó.

—Tranquila. Ambos estarán bien.

—Lo sé... eso deseo —dijo Carmen sollozando.

—Sé que estás triste por... —empezó a consolarla su amiga, pero Carmen la cortó.

—No está siendo un día fácil para mí, ni lo va a ser.

Renata asintió y la abrazó conmovida, sin decir nada más. No hacía falta.

Cuando Constanza terminó de ponerle el velo a Loli, ésta se volvió hacia ellas y preguntó:

—¿Lo ven bien puesto?

Las dos asintieron y Loli volvió a mirarse al espejo y murmuró resoplando:

—Bendito sea Dios, ¡qué nerviosa estoy!

Poco después, la habitación se llenó de chicas de la residencia, a las que también se unió Ludovica. Todas querían darle la enhorabuena a la novia.

A las diez para las cinco, llegó un coche para recogerlas a las cuatro y llevarlas a la base, donde Darío ya esperaba con los padres de Loli.

Cuando se bajaron en la puerta de la base, varios militares las piropearon al verlas, y Renata, Constanza y Carmen, junto con la novia, entraron con una sonrisa de oreja a oreja.

—Eso es, hija, sonríe —le dijo a Carmen su padre, contento de verla más animada—. Estoy muy orgulloso de ti.

Esas palabras tan cariñosas, unidas a aquella mirada, a Carmen le partieron el corazón. Y al pensar en lo que le estaba ocultando, sin poder evitarlo rompió a llorar. Si él supiera la verdad, no habría dicho que estaba orgulloso de ella.

Renata la vio y la abrazó. Estaba siendo un día muy difícil para su amiga, pero allí estaba ella para ayudarla en todo lo que pudiera.

Carmen fue testigo del enlace de su hermana y de Darío sin poder parar de llorar. También ella debería estar viviendo aquel feliz momento junto a Teddy, pero él ya no se encontraba allí. Sus ojos parecían unas llaves abiertas.

—Por Dios, Carmen, ¡que te vas a deshidratar! —exclamó Renata.

Pero nada de lo que le dijeran podía calmar la pena tan grande que sentía. Todos lo achacaban a la tristeza que sentía por no poder celebrar también su boda y sólo Loli y Darío sabían la verdad. Una verdad que cada segundo les pesaba más, pero que bajo ningún concepto podían contar.

Durante el banquete, que se ofreció en un comedor de la base y al que asistieron sólo unas veinte personas, don Miguel, consciente del dolor de su hija pequeña, se sentó a su lado y la mimó todo lo que pudo. Pero esos mimos a ella la hacían sentir aún peor.

A las once de la noche, Renata se tuvo que marchar. Le era imposible quedarse el fin de semana, como le habría gustado hacer. Su trabajo en la granja requería todo su tiempo, por lo que, tras besar a los recién casados, a Carmen y a los padres de ésta, tomó un taxi para ir a la estación.

Acabada la fiesta, Darío y Loli se fueron a pasar la noche de bodas a un hotel que les había pagado Renata como regalo. Don Miguel y su mujer intentaron que Carmen se fuera con ellos a la casa donde estaban alojados, pero ella se negó. Necesitaba estar sola.

Una vez Carmen hubo dejado a sus padres en el piso alquilado por su hermana y el que ya era su marido, regresó andando a la residencia. Ludovica, al verla, se acercó a interesarse por la boda y, tras contarle ella lo bien que había ido todo, se fue a su habitación. Constanza había salido a bailar con un amigo alemán, por lo que Carmen estaba sola. Se quitó el vestido que se había comprado para el enlace y los zapatos de tacón. En cuanto se deshizo el chongo, puso el radio y oyó que estaba sonando *Days of Wine and Roses*,* de Andy Williams. Una preciosa y romántica canción que en otro momento había bailado con Teddy y eso la hizo llorar. Todas las canciones le recordaban a él y, sacando su diario, lo miró un buen rato, aunque finalmente sólo pudo escribir:

---

* *Days of Wine and Roses*, Rarity Music, interpretada por Andy Williams. *(N. de la E.)*

Estoy sola.
Más sola que nunca, aun rodeada de las personas que más me quieren.

Dos días después, de nuevo estaban en el aeropuerto, porque sus padres regresaban a España. Don Miguel miró a su ojerosa hija y dijo, mientras su mujer hablaba con los recién casados:

—Carmencita, ahora que tu hermana se ha casado, si quieres regresar a casa, hazlo. Ya sabemos que ella se irá con Darío cuando parta a Estados Unidos, y tú no tienes por qué quedarte aquí sola. Piénsalo, hija.

—Gracias, papá —respondió ella cariñosa—, pero quiero seguir aquí.

Tras una larga mirada, el hombre asintió y, abrazándola, murmuró:

—Me parte el alma verte así, y necesito que me prometas que vas a estar bien y que, para cualquier cosa, me vas a llamar. ¿De acuerdo?

—De acuerdo, papá —dijo Carmen, con el corazón encogido.

Una hora más tarde, y ya de regreso en la residencia, Loli y Darío la animaron a irse con ellos a su piso, pero ella les dijo que lo haría al cabo de unos días. Eran recién casados y necesitaban intimidad.

A finales de agosto recibió una carta de Teddy. Se le aceleró el corazón y corrió a su habitación para leerla. Necesitaba saber de él, pero sobre todo, necesitaba saber qué pensaba de su embarazo.

Base militar de California, 31 de julio

Hola, mi amor:

Esta mañana he recibido tu carta y he intentado llamarte por teléfono a la residencia, pero ha sido imposible. Necesitaba decirte que te quiero, que quiero ese hijo que está creciendo dentro de ti y que con tu decisión me has hecho el hombre más feliz del planeta.

Si antes quería regresar a tu lado, ahora lo necesito y lo ansío, porque eres la mujer de mi vida, y vas a ser la madre de mis hijos.

Soy consciente de que cuando llegue esta carta a tus manos, habrán pasado muchos días, y que incluso puede que haya pasado también el día de nuestra boda, pero nena, no te preocupes. No llores y sonríe, porque nuestra boda llegará tarde o temprano y seremos muy felices.

Cuídate, mi amor, y cuida de nuestro bebé hasta que yo pueda cuidarlos a los dos.

Te quiero. Tuyo. Al di là.

TEDDY

Como había hecho al recibir la anterior carta de él, la leyó mil veces y esa noche, cuando la guardó en el sobre y la metió dentro de su diario, sonrió y ya no volvió a llorar. Debía cuidar de su bebé.

En septiembre, acompañada de su hermana Loli, fue al ginecólogo del hospital que le correspondía por ser trabajadora de la Siemens y, tras hacerle varias preguntas, el médico le dijo que daría a luz a finales de febrero.

Las cartas de Teddy eran continuas. Carmen recibía una a la semana y la tranquilizaba ver que seguía en Estados Unidos, en la misma base de California. En sus cartas, le relataba animado su día a día dentro de la base y nunca hablaba de Vietnam. Estaba claro que lo último que quería era preocuparla.

A mediados de septiembre, ante la insistencia de su hermana de que se trasladara con ellos al piso, Carmen decidió hacerlo, a pesar de la pena que le dio dejar la residencia, especialmente por Ludovica. Pero tener su propia habitación era muy agradable y más ahora que iba a necesitar espacio para su bebé. Escribió a Teddy para darle su nueva dirección.

En octubre, Loli se enteró de que también ella estaba embarazada. Carmen se alegró por ellos pero suspiró con tristeza al ver cómo se abrazaban. Daría media vida por recibir un abrazo así de Teddy.

En noviembre, a pesar de lo delgada que Carmen se había quedado, el embarazo se le empezó a notar. En la fábrica, las miradas indiscretas y los cuchicheos eran continuos, pero a ella le daba igual. Era una persona fuerte y lo que pensaran o dijeran por un oído le entraba y por otro le salía. Pero una mañana, la decepción la paralizó. Se cruzó con Conchita y ésta, sin saludarla y esbozando una sonrisita, se alejó cuchicheando con la mujer que la acompañaba.

Loli, al ver ese desplante cargado de maldad, masculló:

—Maldita asquerosa desagradecida. Cómo se atreve a hacerte eso, cuando debería besar por donde pisas, con todo lo que los has ayudado a ella y a su marido.

Pero Carmen se repuso rápidamente y levantó el mentón. Aquél había sido el primero de los desplantes que iba a sufrir por haber decidido ser madre soltera, y no sería el último. Así que, consciente de ello, miró a su hermana y replicó:

—Como dice papá, el tiempo pone a cada uno en su lugar.

22

La Navidad llegó con poca alegría para Carmen, y más cuando dejó de recibir noticias de Teddy. Las cartas, que antes llegaban seguidas, de pronto se interrumpieron.

Ella intentaba sonreír, para no amargarles las fiestas a su hermana y a su marido, pero realmente no tenía muchos motivos para hacerlo. La tristeza por la ausencia de Teddy y no haberles contado aún a sus padres su ya evidente embarazo no la dejaban dormir.

A finales de enero, llegó de trabajar y, como siempre, abrió el buzón. Su semblante cambió al ver una carta de Teddy. ¡Por fin!

Rápidamente entró en casa y, tras tirar el bolso sobre la cama, se sentó a leerla.

4 de enero de 1965

Hola, ¿te acuerdas de mí?

Mi amor, sé que esta carta se ha demorado más que otras. Estoy en Vietnam, en la base aérea de Pleiku, aunque, según he oído, pronto nos trasladaremos a la de Da Nang.

Dispongo de muy poco tiempo para escribirte, pero quiero que sepas que todos los días cuando me despierto y antes de dormir, miro nuestra foto, ésa en la que estamos sentados en el parque, tomados de la mano, y le pido a Dios que pronto pueda volver a tu lado para que juntos podamos abrazar y dar todo nuestro amor a nuestro hijo.

En tu carta me dices que el bebé sigue creciendo y que tú estás gorda como un tonel. ¡Qué rabia no poder verte! Estoy convencido de que debes de estar preciosa. De hecho, mi abuela Alana siempre decía que cuando las mujeres estaban encinta era cuando más bonitas estaban.

Y tú, nena, seguro que lo estás también, por mucho que te empeñes en decirme que no, ¿verdad?

Necesito seguir recibiendo tus cartas. Saber de ti es lo único que me interesa y, por favor, no te preocupes por mí. Estoy bien y me cuidaré.

No olvides que te quiero como nunca voy a querer a nadie. Tuyo. Al di là.

TEDDY

Cuando terminó de leer, el mundo se le cayó encima. Ahora sí que sí, Teddy estaba en Vietnam y ya nadie le podía decir que eso no ocurriría. Angustiada, leyó la carta varias veces más. Necesitaba escuchar su voz en su cabeza para poder respirar.

Esa tarde, en cuanto llegó su hermana, Carmen vio que le pasaba algo y, olvidándose de su tristeza, le preguntó. Loli, llorosa, le dijo que, a finales de marzo, la unidad de Darío partiría directa a Vietnam.

Esa noche él tenía que quedarse en la base y las dos hermanas durmieron juntas, pero apenas pudieron pegar ojo. La preocupación no se lo permitía.

El 8 de febrero, cuando Carmen se levantó para irse a trabajar, puso el radio como todas las mañanas. Oyó que el Vietcong había atacado la base aérea de Pleiku y se echó a llorar. ¡Era la base desde donde Teddy le había escrito!

Loli, al oír su llanto, fue rápidamente a ver qué ocurría y, al entender lo que su hermana le intentaba decir, se angustió. Pero releyendo la carta de aquél, le hizo notar a Carmen que Teddy decía que se iban a trasladar de base. No debía perder la esperanza.

Los días pasaron, angustiosos. No saber si él estaba bien o mal la estaba volviendo loca, hasta que una tarde, Darío regresó de la base y le dijo que Teddy y su batallón no se encontraban allí. Había indagado y un coronel le había confirmado que su unidad llevaba tres semanas en Da Nang y que todos estaban bien. Carmen quiso creerle. Era lo único que podía hacer.

Por suerte, dos días después llegó una carta de Teddy, fechada días antes del ataque.

22 de enero de 1965

Hola, mi amor:

¿Cómo está mi chica?

Como ya te dije, toda mi unidad se ha trasladado a la base de Da Nang. El paisaje aquí es precioso. El verde de los árboles te gustaría, aunque aún se me hace extraño pensar que este paisaje tan bonito sea el escondite perfecto de miles de charlies.

Espero que el bebé y tú estén bien. Es lo único que necesito saber. Su bienestar para mí es primordial.

Aquí el tiempo pasa lentamente, mientras nos dedicamos a patrullar las inmediaciones de la base aérea, a beber cerveza o un horroroso licor de arroz local y a escuchar música. Por cierto, el otro día, cuando sonó la canción Crazy,* *de Patsy Cline, por un momento cerré los ojos y te sentí junto a mí. Fue un momento extraño pero bonito.*

Te quiero, nena. Estoy como loco por verte, no lo olvides ni un instante.

Tuyo. Al di là.

TEDDY

El 26 de febrero, tras un parto de veinticuatro horas durante el cual Carmen creyó morir de dolor, a las 20.15 de la tarde dio a luz a una niña en el hospital Krankenanstalten de Núremberg.

Cuando Darío salió al día siguiente de la base, Loli y él fueron a conocer a la nueva integrante de la familia. Carmen tenía en brazos a su hija, que estaba dormida, y Darío, emocionado, se acercó a ella. Se la quitó de los brazos y murmuró mirándola maravillado:

—Es perfecta... preciosa.

Loli, tras besar a su hermana, también la tomó en brazos.

—Ay, Dios mío, ¡qué cosita más bonita!

—Vamos, pueden decirlo —dijo Carmen, sonriendo.

—¿El qué? —preguntaron los dos al unísono.

—Pues que es igualita a Teddy —respondió ella radiante.

---

* Véase nota p. 146.

Era verdad, la pequeña tenía la misma carita que su padre y Loli dijo:

—Tiene hasta su boquita de pato.

Ese comentario los hizo reír a los tres.

—¿Qué nombre le vas a poner a esta belleza? —preguntó Darío.

Carmen, que hasta ese momento no había querido hablar de nombres, suspiró y dijo:

—Se va a llamar Alana, como la abuela de Teddy.

—Bonito nombre —afirmó Darío y, besando a la pequeña, murmuró—: Hola, Alana, soy tu tío y tu padrino.

El cariño que demostraba hacia su hija y con cuánta ternura la acunaba, emocionó a Carmen. Seguramente, si fuera Teddy el que estuviera allí estaría haciendo lo mismo. Pero no estaba dispuesta a llorar en un día tan feliz, así que tomó la cámara de fotos que su hermana había dejado sobre la cama y, entregándosela, pidió:

—Hazle alguna foto. Quiero enviárselas a Teddy cuanto antes.

23

Cuando en la fábrica se enteraron del nacimiento de la pequeña, algunas compañeras le enviaron a Carmen un ramo de flores al hospital y unos regalitos. Eso la emocionó. Por suerte, había personas en el mundo que no se dejaban guiar por los prejuicios.

Al quinto día después de volver a casa, mientras Loli se quedaba con Alana, Carmen fue a hablar con sus jefes. Quería saber si tenía derecho a unos días de permiso tras el nacimiento de su hija, y, sin dudarlo, ellos le concedieron hasta el 1 de junio. Disponía de tres meses.

Carmen regresó feliz a la casa. Podría cuidar ella misma de su pequeña y, con lo que le pagaran y lo que tenía ahorrado, incluso podía permitirse seguir viviendo allí, una vez su hermana y su cuñado se marcharan.

Unos días después del nacimiento de la pequeña Alana, Carmen y su hermana fueron al Registro Civil de Núremberg para inscribir a la niña. Carmen se quedó mirando los papeles que le entregaron y Loli, sin entender qué hacía tanto rato, preguntó:

—¿Qué ocurre?

—Estoy confusa —respondió ella agobiada.

—¿Por qué?

—Creo... creo que debería ponerle a Alana sólo mis apellidos —respondió angustiada.

Loli la miró sorprendida.

—¿Y por qué ibas a hacer eso?

Carmen suspiró y dijo:

—En todo este tiempo he pensado mil cosas. Algunas agradables y otras no y creo que Alana debería llevar sólo mis apellidos para evitar que nadie la pueda reclamar. Cuando Teddy regrese y nos casemos, se los cambiaremos, pero mientras tanto, sólo es hija mía.

A Loli no se le había ocurrido pensar eso, pero tras valorarlo, asintió. Su hermana tenía razón.

—Al final papá va a tener razón. ¡Qué lista eres!

Ambas sonrieron y Carmen rellenó finalmente los papeles. Su hija era sólo suya. Y la inscribió con el nombre de Alana Rodríguez.

A finales de marzo Darío se marchaba a Vietnam. Sus mandos le habían dado unos días para llevar a Loli a Puerto Rico con su familia antes de reincorporarse a su batallón.

Loli estaba desconsolada. Tener que abandonar a su hermana y a su sobrina se le hacía insoportable y no paraba de llorar.

Carmen la consoló como pudo. Para ella tampoco era fácil, pero Loli debía continuar su vida, tal como habría hecho ella si hubiera estado casada con Teddy.

En el aeropuerto, fueron a tomar algo a la cafetería mientras esperaban que saliera el vuelo y, Carmen, llenándole a su hermana el vaso de Coca-Cola recordó con cariño:

—Como decía Larruga, después de un vaso llenar... queda otro por tomar.

Loli, al ver que a pesar de la tristeza de sus ojos intentaba bromear, dijo:

—¡Qué fuerte eres, Mari Carmen... qué fuerte!

—Así son las cosas, Loli —contestó ella, sonriendo— y así hay que tomarlas. Vamos, bebe un poquito y deja de llorar.

Con la pequeña en brazos, Darío miraba a las hermanas y, consciente de que necesitaban unos segundos a solas, se separó de ellas.

—Tengo la sensación de que te abandono —dijo Loli— y me siento fatal por ello, porque...

Pero Carmen le tapó la boca con la mano.

—No te sientas mal y deja de llorar, que no es bueno para el bebé. Estás haciendo lo que tienes que hacer. Y ten por seguro que si la situación fuera al contrario, yo haría lo mismo que tú; por lo tanto, sonríe y prométeme que me vas a escribir en cuanto llegues allí para decirme cómo estás, ¿de acuerdo?

Su hermana asintió y Carmen, sin querer alargar aquella agonía, miró a Darío. Tras hacerle una seña para que se acercara, lo abrazó y, tomando a su hija, se despidió de ellos.

—Recuerden llamar a papá cuando lleguen a Puerto Rico. Ya saben que estará preocupado hasta recibir su llamada. Y, Darío, cuídate en Vietnam y, por favor, si sabes algo de Teddy, escríbeme y dímelo, ¿vale?

El militar asintió y ella añadió sonriendo:

—Buen viaje. Los quiero.

Luego, con el alma encogida, se dio la vuelta y se encaminó hacia la salida del aeropuerto sin mirar atrás, para que no vieran las lágrimas en sus ojos.

Esa noche, cuando la pequeña se durmió, Carmen se sentó a la mesa de la casa ahora vacía y, sacando su diario, por primera vez en muchos meses, lo abrió y escribió:

> Loli se ha marchado a Puerto Rico con Darío y estoy triste pero contenta. Triste porque me he quedado sola con Alana y contenta porque sé que mi hermana va a estar bien.
>
> Parece que fue ayer cuando conocimos a Teresa en Hendaya y a Renata al llegar a Alemania, en la primera residencia de señoritas. Cuántos recuerdos bonitos tengo de ellas. Y ahora, tras varios años, la única que continúa aquí soy yo. Todas se han marchado. Cada una ha tomado su rumbo y sólo espero que encuentren la felicidad.
>
> Necesito saber que Teddy está bien. Él me dijo que no me preocupara, que se cuidaría, pero ¿cómo no lo voy a hacer con lo que lo quiero?
>
> Me gustaría ver su cara cuando reciba las fotos de su hija y sepa que se llama como su adorada abuela. Seguro que eso lo hace muy muy feliz, tan feliz como me hace a mí mirar la cara de mi niña y saber que ahora ella, a pesar de lo pequeñita que es, es mi presente y mi futuro.
>
> Me entristece haberles ocultado a mis padres el nacimiento de Alana, pero cuando la miro y veo a Teddy en sus gestos, sé que todo ha valido la pena, porque prefiero arrepentirme mil veces de lo que he hecho, que de lo que he dejado de hacer.
>
> Y por Alana, no me arrepiento de nada.

24
❧

Los días pasaron y, en ocasiones, a Carmen la soledad la consumía. Habló por teléfono con su padre, que le dijo que Loli y Darío habían llegado a Puerto Rico sin problema.

Mientras hablaba con él, Carmen miraba el cochecito donde dormía su hija. Tenía que decírselo. Debía ser sincera con él y encarar el problema de una vez, pero era incapaz. Lo oía tan feliz que no quería destrozar su contento.

Esos días, Carmen habló con la guardería de la fábrica, donde tendría que dejar a Alana cuando empezara de nuevo a trabajar. Pero el cupo de niños estaba completo y le dijeron que de momento no podía ser.

Desesperada, empezó a buscar, pero nada de lo que veía la convencía. Una tarde que regresaba del supermercado con la niña, se encontró con una compañera de la fábrica, que le comentó que una amiga llevaba a sus dos hijos a una casa de acogida de lunes a viernes y que ese día los sacaba para tenerlos con ella el fin de semana, y luego volverlos a llevar el domingo.

Carmen visitó el sitio y, aunque se le cayó el alma a los pies al pensar en no tener a su hija con ella todos los días, fue consciente de que aquélla era la única solución. Estaba sola y poco más podía hacer.

A principios de abril, una ola de frío recorrió Alemania. Salir a dar un paseo con la pequeña era una locura, por lo que se pasaba la mayor parte del tiempo encerrada sola con ella en casa, escuchando noticias. Sin darse cuenta, eso la fue deprimiendo, pero una nueva carta de Teddy la animó de nuevo.

Base aérea de Da Nang, 16 de marzo de 1965

Hola, mi vida:
Conocer a nuestra hija y saber que le has puesto de nombre Alana ha sido la cosa más maravillosa que me ha ocurrido en la vida. Te quiero, nena, y si antes te

*quería, ahora ya no encuentro palabras para hacerte saber lo orgulloso que estoy de
que seas mi mujer.*

*Alana es preciosa. Es la niña más bonita que he visto nunca y mataría por
poder tomarla en mis brazos y oler su piel.*

*Les enseñé la foto a los compañeros de la unidad, que me felicitaron y brinda-
mos con licor de arroz. Larruga, Panamá y Juárez miran la foto de Alana y dicen
que cuando crezca no la dejarán salir con tipos como ellos.*

*Nos dijeron que estaríamos aquí dos meses, pero nena, creo que esto se va a
alargar. Malditos charlies con sus piyamas negros.*

Espérame. Regresaré y te amaré como mereces.

Las quiero a las dos. Al di là.

Teddy

Leer la carta la hizo sonreír e imaginarlo mirar feliz la foto de su hija la
hizo llorar de emoción.

Una tarde en que estaba tranquilamente en casa, tejiendo un gorrito
de punto para la pequeña, sonó el timbre de la puerta. Miró el reloj; eran
las siete y no esperaba visita, pero tras dejar la labor sobre la mesita, fue a
abrir y al hacerlo se quedó sin habla. Ante ella estaba Teresa con un niño
en brazos.

—¿Podemos pasar? —preguntó su antigua amiga.

Sin decir nada, Carmen la abrazó con fuerza, hasta que el pequeño se
movió y echándose a un lado, finalmente dijo:

—Por Dios, pasen, que hace mucho frío.

Carmen cerró la puerta y Teresa dejó al niño sobre el sofá. Luego se
volvió hacia ella y, abriendo los brazos, murmuró mientras la miraba con
cariño:

—Vaya ojeras tienes... Ven aquí.

Carmen la volvió a abrazar. El calor humano que Teresa le daba era lo
que necesitaba y así estuvieron un buen rato.

Aquella noche, Teresa se quedó a dormir allí. Tenían mucho de que
hablar y, cuando acostaron a Nicolás, que era como se llamaba el niño,
Carmen dijo:

—Es guapísimo e igualito a ti. Tiene tu mirada, tu sonrisa, el color de
tu pelo...

—Y el color de los ojos de su desgraciado padre —completó Teresa.

Carmen la miró sorprendida, pero sin querer hablar de Arturo, preguntó:

—¿Qué te parece mi niña?

—Es una preciosidad, me gusta *muchismo.*

Al oír esa palabra tan de Teresa, Carmen se rio y exclamó:

—¡Cuánto he echado de menos ese «*muchismo*»!

Ambas rieron y luego Teresa añadió con tristeza:

—Qué mal lo hice, Carmen, qué mal. Me enamoré del hombre equivocado y... bueno... me porté fatal... Pero por mi niño, por mi Nicolás, me volvería a equivocar otra vez, aunque intentaría ser diferente con ustedes.

—Lo sé... —contestó Carmen, sonriendo.

Aquellas amigas que se habían vuelto a encontrar hablaron largo rato sobre sus vidas. Teresa, tras la muerte de Arturo, había regresado a Albacete con el dinero que le quedaba, para tener allí a su bebé. Nicolás nació el 2 de abril, por lo que ahora acababa de cumplir un año, y, con la ayuda de las monjas, había salido adelante trabajando para un notario de la ciudad.

—¿Y qué haces aquí? —preguntó Carmen extrañada.

—Sigo en contacto con una chica de la fábrica —respondió Teresa— y cuando supe que habías tenido un bebé, hablé con Conchita...

—¡Ni me la menciones! —exclamó Carmen.

Teresa sonrió al oírla y al imaginar por qué lo decía, contestó:

—Es una gran chismosa y una zarrapastrosa, pero ella ha sido la que me ha dicho dónde vives y lo sola que estás y...

—Seguro que te ha dicho también que me lo merezco, ¿verdad? —Teresa no dijo nada y, ante su silencio, Carmen murmuró—: Qué mala persona es.

—Sí, es bastante mala persona y envidiosa, pero la he utilizado para llegar hasta ti, por lo tanto, no perdamos el tiempo con ella. No vale la pena hablar de ese tipo de gente. —Y tomándola de la mano, continuó—: Si he venido hasta aquí, es para saber qué haces sola en Alemania tras marcharse tu hermana y Teddy. ¿Por qué no has regresado a España?

Carmen suspiró. Necesitaba hablar con alguien y se sinceró con Teresa, que la escuchó sin soltarla de la mano mientras en el radio sonaba la canción *My Guy*,* de Mary Wells. Teresa se quedó muy impresionada al saber que no les había dicho nada a sus padres ni al resto de su familia de su maternidad.

Pero ¿cómo les podía ocultar la existencia de aquella niña?

Ver llorar a su amiga, siempre tan fuerte, mientras le exponía sus dudas y miedos, a Teresa le partió el corazón. En todos los años que hacía que la conocía nunca la había visto con aquella debilidad y la consoló como pudo.

—No me digas que Renata tampoco sabe lo de la niña —comentó Teresa.

—No.

—Pero, muchacha, ¡es para matarte!

Al escucharla, Carmen sonrió y dijo:

—La última vez que nos vimos fue en la boda de Loli y luego, ella vino hace dos meses a Núremberg y quiso quedar conmigo, pero yo le dije que no podía...

—Pero, Carmen, ¿cómo hiciste eso?

—No lo sé —respondió ella, encogiéndose de hombros—. Simplemente le dije que no podía verla.

—Pero Renata te habría ayudado.

—Lo sé. Sin embargo... mi reacción fue ésa.

Teresa suspiró y, dispuesta a que no volviera a quedarse sola en Alemania, preguntó:

—¿Tienes su dirección de Hannover? —Carmen asintió y su amiga dijo sonriendo—: Pues mañana mismo tomamos un tren con nuestros hijos y vamos a visitarla.

—¿Sin avisar?

—¿Tiene teléfono? —Al responder Carmen que no, Teresa añadió decidida—: Pues llegaremos sin avisar. Sólo voy a estar diez días en Alemania y quiero aprovecharlos al máximo. Además, me muero por ver la cara de Renata cuando nos presentemos allí con los niños.

Y eso hicieron; al día siguiente tomaron un tren que las llevó directas a Hannover y, una vez allí, un taxi hasta la granja de Renata.

Cuando llegaron y se bajaron del vehículo, una mujer de edad avanza-

---

* *My Guy*, Horizon Records, Ltd., interpretada por Mary Wells. *(N. de la E.)*

da salió a la puerta. Debía de ser la madre de Renata. Sin decirle quiénes eran, Carmen le pidió que avisara a su hija.

La mujer asintió sorprendida y pocos minutos después, una despeinada Renata salió a la puerta, cómo no, con un cigarro en los dedos. Al verlas a las dos, murmuró boquiabierta en español:

—¡Arrea!

Teresa soltó una carcajada al oír esa expresión tan suya y Renata, emocionada, tiró el cigarro mientras murmuraba:

—No me lo puedo creer, no me lo puedo creer.

Y, sin pensar nada más, corrió hacia ellas y las abrazó con fuerza.

Aquella noche, tras acostar a los niños, las tres amigas hablaron largo y tendido ante una gran chimenea.

Teresa le contó el final de su relación con Arturo, su vida en Albacete y el nacimiento allí de su hijo Nicolás, añadiendo que, desde que había regresado a España, todo le iba mejor. Carmen la escuchaba sonriendo y cuando Renata la miró en busca de una explicación por el secreto que había guardado tontamente, se lo explicó como pudo.

Su amiga la regañó con cariño. No entendía cómo se lo había podido ocultar. ¿Por qué no había acudido a ella?

Finalmente, Renata les habló de Würten, su novio.

En cierto modo, todas tenían algo que contar porque todas habían ocultado algo. Pero el cariño y el sentimiento que sentían las unas por las otras era puro y verdadero y nada podía más que el amor.

Al día siguiente, paseaban por la granja, y Carmen se fijó en un hombre alto y corpulento que las observaba; miró a Renata y preguntó:

—¿Ése es Würten?

—Sí —dijo su amiga—. Es el nieto de mis vecinos y, la verdad, nunca me imaginé con un hombre así de paciente. Pero su tranquilidad conmigo y su cariño me han hecho creer de nuevo en el amor. Aunque a veces es un poco terco —añadió sonriendo.

—¡Como me entere yo de que te trata mal, lo golpeo! —bromeó Teresa.

Todas rieron y Renata dijo:

—Pobrecillo. Es tan bueno que hasta pegarle te costaría. Yo soy peor, ya me conoces. Soy bastante víbora cuando quiero.

De nuevo se echaron a reír, contentas de estar las tres juntas de nuevo.

Megan Maxwell

Tras cinco días maravillosos en la granja, Würten y Renata llevaron a las chicas y a sus hijos a la estación.

—Todavía no te he perdonado que no me lo dijeras —le recriminó Renata a Carmen, con la pequeña Alana en brazos—. ¿Cómo me has podido ocultar a esta muñeca?

—Lo sé, hice mal —contestó ella, sonriendo con complicidad—. Pero tienes toda la vida para perdonarme, ¿de acuerdo?

Su amiga sonrió y, tras darle un beso a la niña en la frente antes de devolvérsela a Carmen, añadió seria:

—No lo sigas posponiendo. Llama a tus padres y díselo. Sabes que se enfadarán y quizá se sentirán decepcionados contigo, pero no les niegues saber que tienen esta preciosa nieta.

Ella asintió. Renata y Teresa tenían razón, debía hacerlo.

—Lo haré, tonta, lo haré —murmuró abrazándola.

—Escuchen —dijo Teresa en ese momento—, que digo yo que aunque cada una viva en un lado diferente del mundo, deberíamos intentar vernos al menos una vez al año. ¿Qué les parece?

—¡Me gusta la idea! —exclamó Renata.

—Y a mí —afirmó Carmen sonriendo—. Y estoy segura de que a Loli también le gustará, aunque ella viva aún más lejos.

Teresa, feliz por haber recuperado aquella parte de su vida tan importante para ella, también sonrió y dijo:

—No olvidaré que las dos han dicho que sí. Por lo tanto, como ahora yo he venido a Alemania, el año que viene las espero a las dos en Albacete, ¿de acuerdo?

—De acuerdo —contestaron ambas al unísono.

Cinco minutos más tarde, Renata, tomada de la mano de Würten, les decía adiós en la estación mientras el tren se alejaba.

Carmen, triste por quedarse de nuevo sola en Núremberg, se despidió de Teresa dos días después, entre promesas de que se volverían a ver.

El 26 de abril, la pequeña Alana se despertó con fiebre y tos y Carmen, asustada, corrió con ella al hospital, donde la tranquilizaron. Se trataba sólo de un resfriado.

Aquella noche, mientras acunaba a su hija en la soledad de su casa,

Carmen y Loli, dos españolas motorizadas en Nüremberg.

Carmen, moderna y guapa, y a la moda de los años 60. ¡Vivan los pantalones!

El militar americano y la española. Mis padres en Nüremberg.

Enamorado beso un día cualquiera a las puertas del cuartel americano Merrels Barracks.

Carmen y su especial vestido azul.

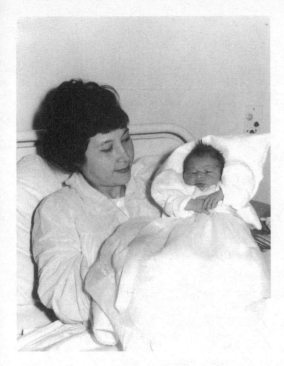

Mi madre y yo, acabadita
de nacer.

Mami y yo. Ella es mi GRAN guerrera.

Con la gorra de mi padre y feliz por ver a mi madre.

Con mi primer héroe ¡mi abuelo!

sonó en el radio la canción *Perfidia*,* de Nat King Cole y Carmen cerró los ojos e imaginó a Teddy a su lado. Por un momento volvió a sentirlo cerca y hasta le pareció notar su olor.

Fue un momento mágico. Pero cuando la canción se acabó y abrió los ojos, comprobó que seguía estando sola. Terriblemente sola.

Al día siguiente, la pequeña, que entonces tenía dos meses, seguía tosiendo y con fiebre y Carmen se preocupó. Pensar que cuando empezara a trabajar de nuevo estaría sin verla de lunes a viernes le desgarraba el corazón. Y si se ponía enferma esos días, ¿la avisarían?

Angustiada, miró a su hija y, sin dudarlo, la abrigó y fue a la fábrica. Allí habló con sus jefes y les pidió un mes más. Éstos ya no reaccionaron con la misma amabilidad que cuando había ido la primera vez, pero al final aceptaron y le firmaron una carta diciendo que podía volver el lunes 5 de julio.

Salió de la fábrica relativamente contenta sabiendo que disponía de un mes más para estar con su hija, aunque esa noche lloró al recordar que el 5 de julio era la fecha en la que Teddy y ella se querían casar. Si así lo hubieran hecho, aquel día en el que ella debía reincorporarse al trabajo y separarse de su hija, habría sido su primer aniversario de boda.

Acabó el mes de abril, pasó el mes de mayo, y a mediados de junio Carmen seguía sin tener noticias de Teddy. Tras su última carta, no había vuelto a saber nada de él y la información sobre la terrible guerra en Vietnam le hizo temer que algo le pudiera haber pasado.

La angustia por la falta de noticias y porque dentro de pocos días tendría que llevar a su hija a la casa de acogida para ir a trabajar no la dejaba dormir. Allí sólo tendrían sus datos por si ocurría algo. Pero ¿y si le pasaba algo a ella, quién iría a buscar a la pequeña?

Pensó en dar también los datos de Renata, pero de pronto se dio cuenta de que su mentira ya no podía continuar. Alana tenía cuatro meses. Era una niña risueña y vivaracha, que la hacía reír cuando apenas tenía fuerzas para ello, y, sin dudarlo, una vez se durmió, la metió en el cochecito y fue hasta un teléfono público para llamar a España.

Saludó a su vecina cuando contestó al teléfono y, nerviosa, le pidió que avisara a su padre. Cuando minutos después oyó su voz, Carmen

* Véase nota p. 88.

tomó aire y, sin dejarlo hablar, le contó todo lo acontecido sin apenas respirar.

—Lo siento, papá —dijo al terminar—. Siento haberte decepcionado y, sobre todo, no habértelo contado antes. Pero... pero no me atrevía porque tenía miedo, vergüenza y un sinfín de cosas más por el disgusto que sabía que les iba a dar a mamá y a ti. Dentro de poco voy a ir de nuevo a trabajar y tendré que dejar a la niña en una casa de acogida de lunes a viernes, y he pensado que si algo me ocurriera, no quiero que ella se quede sola y sin familia. Y... y querría saber si puedo dar sus datos para que, si a mí me pasara algo, les avisaran.

El silencio de su padre se le hizo desesperante e incómodo. Don Miguel se había quedado sin palabras ante la noticia. Su hija le acababa de decir que tenía una nieta de cuatro meses. ¿Cómo se digería eso?

Con el corazón a mil, Carmen siguió esperando una respuesta por parte de él, cuando la pequeña empezó a llorar.

—Papá, la niña se ha despertado y...

Don Miguel, que seguía en estado de shock, al oír el llanto del bebé sólo pudo balbucear:

—Atiéndela. Ya hablaremos.

Dicho esto, colgó el teléfono y, procurando disimular para que su vecina no le notara nada, regresó a su hogar para pensar y hablar con su mujer.

Tras colgar, Carmen buscó el chupón y se lo dio a su hija, mientras la tranquilizaba con dulzura. La pequeña lo agarró rápidamente y sonrió.

Aquella noche, cuando Alana se durmió, tomó su diario y escribió:

Por fin he sido valiente y le he hablado a mi padre de la existencia de Alana. Me ha costado muchos meses, pero por nada del mundo quisiera que a mí me ocurriera algo y mi pequeña se quedara sola y sin familia. Ahora falta saber si mis padres querrían acoger a mi niña. Rezaré porque así sea, pero también daré los datos de Renata. Ella no la abandonará.

Sólo espero que algún día mis padres me lleguen a perdonar. Y le pido a Dios que el día de mañana mi hija tenga la confianza de poder contarme lo que sea y sepa que, a pesar de los errores que cometa, yo siempre voy a estar a su lado, porque nadie en el mundo la va a querer tanto como yo.

Me siento mal. Muy mal. No sé nada de Teddy, la maldita guerra se recrudece y no tener noticias en ocasiones es peor que tenerlas, por muy malas que éstas sean.

25

Una semana más tarde, tras regresar Carmen de hacer unas compras, entró en su casa y dejó a Alana en el sofá, rodeada de cojines para que no se cayera.

Después de guardarlo todo, jugó un rato con su hija, encantada al ver que la niña sonreía. De pronto, sonó el timbre de la puerta y Carmen tomó a la niña en brazos para ir a abrir. En cuanto lo hizo se quedó de piedra.

—Papá —murmuró con un hilo de voz.

Sin alterar su gesto serio, don Miguel miró a su hija y a continuación a la niña que tenía en brazos. Los ojos redondos y vivarachos de aquella pequeña lo enamoraron en décimas de segundo y, volviendo a mirar a Carmen, preguntó:

—¿Puedo pasar?

Rápidamente, ella se hizo a un lado.

Con las pulsaciones a mil por hora y totalmente desconcertada por aquella imprevista visita, cerró tras él sin saber qué pensar.

Su padre, tras mirar a su alrededor y ver una foto de su hija y Teddy y otra de toda la familia de España, dejó la maleta en el suelo y dijo:

—Siéntate.

El hombre clavó los ojos en ella. Estaba demasiado delgada y ojerosa. Durante unos instantes ninguno dijo nada, hasta que, recostándose en la silla, él empezó:

—Nunca pensé encontrarme con algo así.

—Escucha, papá, yo...

—No, escúchame tú a mí —dijo su padre, cortándola—. Te he querido desde el primer segundo en que llegaste al mundo. Te he criado para que no te faltara de nada, confié en ti cuando quisiste venir a vivir a Alemania, y no creo haber sido un mal padre contigo, ¿o me equivoco?

—No, papá, no te equivocas.

—Entonces ¿me puedes decir por qué me lo has ocultado?

Confusa y nerviosa, Carmen no supo qué responder. Le temblaba hasta el alma cuando él prosiguió:

—La pequeña tiene ya cuatro meses, hija mía; ¿cómo has podido no decirnos algo así?

—Lo siento, papá —consiguió responder—, pero me asusté. Recordé lo de Pilarcita, la vecina y... yo... yo... Y luego, cuando hablaba contigo, nunca quería darte el disgusto. Sabía que te avergonzarías...

—Tu madre sí que tiene un buen disgusto —la cortó—. Ni te imaginas lo mala que se puso cuando se lo dije. —Y al ver cómo su hija lo miraba, añadió—: Pero tranquila, ya está bien. Ya sabes que es un poco melodramática para estas cosas.

Ella asintió y don Miguel tomó la manita de la niña, que lo miraba con los ojos como platos en brazos de su madre.

—¿Cómo se llama? —preguntó.

—Alana.

Él asintió y, sin preguntar a qué se debía ese nombre tan extraño, susurró:

—Hola, Alana. Soy tu abuelo Miguel.

Aquel tono de voz y aquella dulzura a Carmen la hicieron al fin llorar y el hombre, levantándose, corrió la silla hasta ponerla al lado de la de su hija. Luego, tomándole el mentón para que lo mirara, dijo:

—Nada, absolutamente nada en este mundo merece la soledad, el desasosiego y la inquietud que has tenido que sentir estos meses, Carmen, ¡nada!

Ella soltó un gemido y murmuró:

—Papá, lo siento... lo siento...

—Y yo siento no haber conocido a mi nieta antes y no haberte podido ayudar. Pero eso se acabó, ¿de acuerdo, hija?

Carmen asintió y, secándose las lágrimas, iba a hablar cuando su padre preguntó:

—¿Has tenido noticias de Teddy? —Ella negó con la cabeza y don Miguel, consciente de su dolor, dijo—: Lo siento mucho, hija. Siento lo que estás pasando y sólo espero que ese muchacho esté bien.

Carmen asintió. Ella también lo esperaba.

—Deberías haber confiado en mí —continuó su padre—, o quizá yo te tendría que haber dejado más claro que nada ni nadie me va a hacer sentir vergüenza de ti en la vida, y mucho menos de mi nieta. Porque quien se atreva a decir algo que no me guste de ustedes, se las va a ver conmigo.

—Papá... —murmuró emocionada.

Durante un rato, Carmen lloró en el hombro de su padre. Sí, debería haber confiado en él. ¡Qué tonta había sido!

Cuando se tranquilizó, su padre tomó a su nieta por primera vez en brazos, la besó en la mejilla y, orgulloso, afirmó, mirando a su hija:

—Mientras yo esté vivo, ningún nieto mío se criará en una casa de acogida con desconocidos, cuando yo lo puedo educar y querer como se merece. Por lo tanto, olvídate de llevar a esta pequeña a ningún sitio de ésos, porque no te lo voy a permitir. —Carmen sonrió y él prosiguió—. Cuando hablas de motivo de vergüenza, quiero que pienses que no eres la primera mujer, ni serás la última, que tiene un hijo estando soltera y decide criarlo sola. No te voy a negar que me habría gustado más que hubieras estado casada, pero ahora, tras conocer a Alana y ver sus ojitos, su boquita y estos regordetes mofletes, te aseguro que lo que digan, piensen o critiquen los demás me da absolutamente igual, como sé que te lo da a ti.

Carmen asintió emocionada. Su padre, una vez más, le estaba dando una buena lección de amor.

—A mi lado y junto al resto de la familia —continuó él—, ni a ti ni a mi nieta les va a faltar de nada, y mucho menos nuestro cariño y protección. Pero hay algo de lo que no te puedo proteger, hija, y son las habladurías. Ya sabes que eso...

—Eso me da igual, papá —respondió ella, emocionada, con un hilo de voz.

Don Miguel sonrió y, pasándole una mano por el pelo, preguntó con cariño:

—Sabes que te quiero, ¿verdad, Carmencita? —Su hija asintió llorando a lágrima viva y él añadió con los ojos vidriosos—: Pues porque te quiero, no me gusta nada verte infeliz, cariño. Tú y tus hermanos son lo más importante para mí y quiero que sean felices. Su felicidad es mi felicidad.

»Vuelve a casa con la niña. En Alemania no haces nada sola y en España todos te recibiremos con los brazos abiertos. En cuanto a Teddy, lo que tenga que pasar, pasará.

Tres semanas después de la visita de su padre, Carmen arregló las cosas en la fábrica, dejó su nueva dirección a los dueños de la casa para que le enviaran el correo que llegara, y, con el corazón roto, tomó un avión con su hija para regresar a España, consciente de que esta vez dejaba el corazón en Alemania.

26

La vuelta no fue fácil.

Como ya habían supuesto, algunas vecinas de sus padres le sonreían a la cara, pero en cuanto se daba la vuelta, la criticaban día sí día también.

Esas habladurías a su madre la sacaban de sus casillas y, aunque intentaba no prestarles atención, era imposible. La gente era muy cruel y, en ocasiones, incluso la propia familia menos allegada eran peores que los vecinos.

Pero don Miguel le hizo ver a su mujer que lo importante allí eran su hija y su nieta y que lo que dijeran los demás, familia o no, debía entrarles por un oído y salirles por el otro. Ni Carmen ni la niña habían matado a nadie y no merecían ese desprecio.

Pasaron ocho meses.

Ocho largos y angustiosos meses en los que Carmen no recibió ni una sola noticia de su amor, mientras todos y cada uno de los días leía en los periódicos cosas terribles sobre la guerra. En febrero, Alana cumplió su primer año y Carmen sonrió emocionada al ver a sus padres y hermanos celebrarlo con alegría y amor. Sin duda, tenía una familia fantástica.

En ese tiempo ella empezó a trabajar en una fábrica de pinturas de Madrid. El sueldo no tenía nada que ver con lo que ganaba en Alemania, pero ahora se tenía que amoldar a los salarios de España.

La relación con Teresa y Renata continuó. Se escribían siempre que podían y, un par de veces, Teresa fue a Madrid a verla. Pero Carmen no era feliz y por las noches, cuando acostaba a Alana, se quedaba mirando el techo durante horas, o bien escribía en su diario cosas como éstas:

> La soledad que siento es inquietante.
> Mi hija me hace sonreír, mis padres me consuelan, mis hermanos me dan cariño, pero es tal el vacío que tengo en mi interior sin Teddy, sin sus besos, sin sus sonrisas y sin sus caricias que no sé si algún día seré capaz de recuperarme.

Vivo una extraña vida encerrada en mí misma y, aunque las sonrisas de Alana y su boquita tan igual a la de su padre me dan la vida, pensar en mi amor me la quita.

Sólo le ruego a Dios que mi hija pueda conocer algún día a un hombre que la quiera y la haga sentir tan especial como su padre me hizo sentir a mí, pero que no sufra por amor como ahora estoy sufriendo yo.

Un día de mayo, cuando don Miguel regresó de trabajar, su mujer le dijo preocupada:

—Tienes una carta de la clínica Sear. ¿Te has vuelto a sentir mal?

Él se quedó sorprendido. Ése era el centro donde había estado cuando tuvo la tuberculosis y, encogiéndose de hombros, respondió:

—Será alguna revisión.

Y, sin darle mayor importancia, entró en el salón, donde estaba su hija con la pequeña Alana. Encantado de ver a su nieta, se agachó, abrió los brazos y dijo sonriendo:

—Alana, ven con tu abuelito.

La pequeña, que se había arrancado a andar hacía poco, al ver a aquel hombre que tanto cariño le daba, sonrió y corrió hacia él.

Tras besar a su hija y a su nieta, don Miguel tomó la carta de la clínica y se fue a su habitación para leerla. Dentro había un sobre cerrado y una nota de la secretaría del hospital, explicándole que aquello había llegado para él.

Cuando dio la vuelta al sobre y vio el nombre de Teddy Díaz, se quedó sin palabras. Pero sin perder un segundo la abrió y leyó.

Base aérea de Da Nang, 4 de febrero de 1966

Estimado señor don Miguel:

Ha pasado tanto tiempo desde la última vez que usted y yo hablamos que creo que debo volver a presentarme. Soy Teddy Díaz, el hombre que una vez le escribió para pedirle la mano de su hija Carmen y el padre de la pequeña Alana.

Una vez leído esto, seguro que se preguntará, ¿qué quiere este hombre y por qué ha escrito a la Sear?

El motivo de esta carta es porque llevo meses intentando localizar a su hija en Alemania y ha sido imposible.

Intentando dar con ella, me acordé de que usted había estado ingresado en esta clínica de España, concretamente de Madrid, y, tras buscar la dirección, me he tomado la libertad de escribir a este lugar para que le hicieran llegar esta carta, porque he supuesto que ellos tendrían sus datos en sus archivos.

Por respeto a usted, a Carmen y a mi hija, quiero informarle de lo ocurrido y del porqué de mi silencio todo este tiempo.

Como sabrá, estoy destinado en Vietnam, donde, junto a otros compañeros, fui hecho prisionero cerca de Vung Tau, y allí unas terribles fiebres casi nos matan. Fuimos liberados y, cuando me repuse y volví a estar en activo, intenté localizar a Carmen, pero las cartas que envío a Alemania me son devueltas, indicándome que el destinatario es desconocido.

Don Miguel, entiendo que su hija lleva más de un año sin recibir noticias mías, y precisamente por eso le escribo a usted. Quizá ella ha retomado su vida, ha conocido a alguien o incluso se ha casado, y no quisiera interferir si ella es feliz y mi hija también lo es.

Pero en el caso de que siga pensando en mí como yo pienso en ella, todos los días, le pediría, le rogaría encarecidamente, que le entregue esta carta.

Sin más y esperando que su salud siga bien, se despide atentamente,

TEDDY DÍAZ

Con el pulso agitado, don Miguel volvió a leer la carta y, cuando acabó, la dobló y se la metió en el bolsillo del pantalón. Debía pensar qué hacer.

Cuando regresó al salón, su mujer y sus hijos jugaban con la pequeña Alana. Desde que la niña estaba en casa, su felicidad los había contagiado. Era alegre y risueña y un motivo de dicha para todos.

Durante días, el hombre se planteó si debía entregarle la carta a su hija. Si se la daba Carmen sabría que Teddy estaba vivo y recuperaría la ilusión, pero le frenaba el hecho de que databa de febrero, y ya habían pasado casi tres meses, por lo que no tenía la certeza de que siguiera con vida cuando la situación en Vietnam era cada día más complicada. Pensó en su hija Loli, en lo mucho que sufría por tener a Darío en Vietnam, según les contaba en sus cartas. A pesar de haber tenido un hijo y de estar con la familia de Darío en Puerto Rico, Loli se sentía triste por la ausencia de su marido. Sin embargo, don Miguel era consciente de que aunque

Carmencita sufriría al saber en las condiciones en que Teddy sobrevivía en Vietnam, el hecho de tener noticias de él harían que ella mantuviera viva la esperanza de volver a verlo algún día.

Pero ¿y si después resultaba que estaba muerto? Jamás se perdonaría haber hecho pasar a su hija por una situación así, alentar sus esperanzas para que después, tal vez, aún le fuera más duro aceptar la realidad.

Dudó. Dudó. Dudó.

¿Qué debía hacer?

Una tarde, don Miguel entró en el cuarto de baño donde su hija estaba bañando a la niña, y la oyó decir algo que lo ayudó a tomar la decisión.

—Sonríes como tu papá. Cuánto me gustaría verlos sonreír a los dos juntos.

Esas palabras le llegaron al alma y le hicieron saber que no podía seguir callando lo que sabía. Si lo hacía, le fallaría a su hija, y eso era lo último que quería. Así que esa noche, después de cenar, esperó a que ella acostara a Alana y, cuando salió de la habitación de la niña, le dijo:

—Carmencita, ven. Tengo que enseñarte una cosa.

Diez minutos después, la felicidad más absoluta inundaba de nuevo el rostro de Carmen. ¡Teddy estaba vivo y la buscaba!

Sin dudarlo, esa misma noche le escribió una nueva carta y adjuntó fotos de la niña y de ella. Sabía que tardaría en llegar, pero no importaba. Lo único que importaba era que él la había buscado y la había encontrado y ella necesitaba hacerle saber que aún lo quería.

Un mes y medio más tarde, Carmen recibió una nueva carta de Teddy.

La abrió llena de alegría, pero lloró al saber que Juárez, el muchacho que el día que Teddy y ella se comprometieron se encargó de prepararles las mejores hamburguesas, y Thompson, el que les había cantado *Perfidia** en la misma fiesta, habían muerto. El dolor que sintió fue terrible, pero al mismo tiempo, saber que Teddy estaba vivo y bien la reconfortó. De momento no necesitaba más.

Esa noche, cuando todos dormían en casa, Carmen encendió la lamparita de su habitación, sacó su diario y escribió:

* Véase nota p. 88.

El amor de mi vida ha vuelto a mí. Me quiere. Nos quiere a Alana y a mí. Nunca lo he dudado y nunca haré que nuestra hija dude de su amor hacia nosotras. Ella es el fruto de un bonito amor, y por lo que he vivido con Teddy, y por tener a Alana, lo repetiría mil veces más.

Siempre he sabido que me quería y que yo era importante para él a pesar de que la gente lo ponga en duda.

No me lo dicen a la cara, nadie me lo comenta, pero sé leer entre líneas... Soy tan feliz que creo que voy a explotar de felicidad.

Si algo estoy aprendiendo con esta maldita guerra es que la vida, y más el presente, hay que disfrutarlos lo máximo posible, para convertirlos en algo único y especial. El futuro llegará, pero el presente es hoy.

Por ello, quiero, deseo y anhelo que Alana, el día de mañana, sea feliz y viva el presente y la vida como una mujer independiente, que viaje y que luche por lo que desea cada segundo del día.

Pero también quiero que sepa lo que es un bonito amor. Uno que la emocione de tal forma que sea capaz de romper barreras por él, de hacer locuras, y que la lleve a disfrutar siempre del presente, porque el futuro, como dice Teddy, siempre estará por llegar.

La comunicación por carta entre ellos se volvió continua. Don Miguel veía a su hija sonreír como llevaba tiempo sin hacerlo y eso lo hizo sentirse feliz.

Carmen se lo merecía.

Y Teddy, cada vez que recibía correo en cualquiera de los lugares donde se encontraba, sonreía como un tonto. Sólo vivía para esas cartas.

Hablaron de su boda. De que en cuanto se reencontraran se casarían sin esperar más.

Pero el tiempo pasaba y Carmen, igual que le pasaba a su hermana Loli con Darío, notaba que la alegría de Teddy se desvanecía. Apenas bromeaba y lo que le contaba para desahogarse la preocupaba.

En noviembre de 1967, Carmen recibió una nueva carta suya.

Base aérea de Dak To, 30 de septiembre de 1967

Hola, ¿te acuerdas de mí?

Mi amor, escribir y saber que me lees lo hace todo diferente. Mientras lo hago, no pienso en lo que me rodea, e incluso soy capaz de dejar de escuchar el sonido de los M 16 y los AK 47.

Vietnam es un mundo diferente. La temperatura sube a más de 38 grados y la humedad nos hace estar continuamente empapados, como si estuviéramos en un baño turco.

Mi sección sale mañana en misión de búsqueda y destrucción. Como siempre, intuimos que estaremos en la selva unos cuarenta días y es desmoralizador.

Desmoralizador, porque los civiles o no civiles que simpatizan con el Vietcong les guardan suministros y armas, siendo granjeros de día y soldados de noche, y los que nos apoyan callan por miedo a represalias de los comunistas. Jamás un vietnamita nos aconseja no ir por un camino, aun sabiendo que estará lleno de bombas y que estamos aquí para ayudarlos.

En la última misión que hicimos hirieron de gravedad a nuestro jefe de sección. Por suerte, Larruga consiguió llamar por radio y un helicóptero los evacuó a él y a varios hombres más para llevarlos a uno de los hospitales. Sólo espero que se recuperen.

No sabemos quiénes son amigos o enemigos y eso es inquietante, pero cuando ves que un niño te sonríe es inevitable no sonreírle, a pesar de que cuando te des la vuelta ese niño quizá te mate. En el mundo del que tú y yo provenimos, los niños se comportan como lo que son y no esperas que tras una dulce sonrisa te puedan tirar una granada para acabar con la vida de los dos. Pero esto es Vietnam y es el horror.

Nena, a veces intento recordar tu voz, pero no lo consigo. Miro tu foto siempre que puedo, para cerciorarme de que eres real y que fuera del horror de esta guerra existes, igual que existe mi pequeña Alana.

Cuando regresamos a la base tras alguna misión, mientras otros se drogan y beben alcohol para olvidar, yo escucho nuestras canciones para no olvidarme de ti. Si me dan a elegir qué no olvidar, sin duda elijo no olvidarte a ti.

A veces, cuando oigo el sonido de los árboles al estallar o los gritos agónicos de los soldados en combate, me bloqueo y pienso «¿Qué hago yo aquí?». Pero rápidamente reacciono y recuerdo que vine a ayudar a la gente, aunque nos miren con miedo y desconfianza, y que soy un militar del ejército de Estados Unidos.

No sé cuándo te llegará esta carta ni cuándo te volveré a ver. Pero lo que sí sé es que las quiero a ti y a la niña y deseo que la cuides para que, en cuanto crezca, ella te cuide a ti. Ambas son reales, las dos son mi mundo y nada podrá impedir que las recuerde, aunque la guerra sea la enfermedad de la humanidad.

Las quiero. Al di là.

TEDDY

PS: Mujer, si puedes tú con Dios hablar... ¿Recuerdas esta canción?

Esa carta tan triste y desmotivada dejó a Carmen muy preocupada.

Rápidamente le escribió para animarlo. Intentó adoptar un tono de positividad y optimismo. Le explicó los progresos de la pequeña Alana, le habló de sus risas, sus palabras. De cómo la niña bailaba en cuanto le ponía la música de los discos de él que ella se había llevado de Alemania y le hizo saber que le enseñaría a bailar rock and roll antes de que él regresara.

Llegó la Navidad y no tuvo noticias de Teddy, y así pasó enero, febrero, marzo y abril. En mayo, Carmen estaba desesperada.

Tras su última carta de noviembre, no había vuelto a saber nada más de él. Con la ayuda de su padre, contactó con el consulado americano, con la embajada, con la Armada estadounidense, pero de nada sirvió. Al no estar casada con el cabo Teddy Díaz Fischer por el que preguntaban, le negaban toda información.

Intentó buscarlo a través de su cuñado Darío. Él estaba en Vietnam, como Teddy, y seguro que podría averiguar algo. Pero para su desgracia, Darío, tras indagar, le escribió en enero de 1968 diciéndole que no había podido encontrar nada.

Carmen esperó mucho tiempo una nueva carta de su amor desde Vietnam, pero esa carta... nunca llegó.

35 AÑOS DESPUÉS

1

⁓⁓

Madrid, 2003

A pesar de ser martes, el local estaba a tope de gente.

Todo el mundo bailaba, reía y cantaba con ganas de pasarlo bien. Eso era lo bueno de vivir en Madrid; ¡la ciudad nunca dormía, y menos la Gran Vía!

Las celebraciones siempre eran un motivo de alegría y Alana brindaba con sus amigas en el ¡Quédate!, un local de copas, mientras de fondo sonaba *Can't Get You Out Of My Head*,* de Kylie Minogue.

—¡De verdad, chicas! —gritaba Lola para que la oyeran—, no saben cuánto les agradezco que estén aquí conmigo, ¡celebrando mi divorcio!

—Si te acompañamos en tu boda, ¿por qué no estar también ahora? —dijo Isa riendo.

—¡Un brindis por tu divorcio! —propuso Alana.

—¡Viva el divorcio! —chilló Susana, haciéndolas reír, mientras los que tenían cerca las miraban extrañados.

Todas aplaudieron felices, sin importarles lo que pensaran. Durante dos años, Lola había estado casada con un imbécil que lo único que había hecho era serle infiel, amargarla y hacerla infeliz.

—¡Por tu divorcio y porque le saques hasta el higadillo! —apostilló Isa.

—¡Y el BMW! —gritó Susana.

Claudia, la abogada del grupo, miró a las amigas copa en mano y dijo:

—Hemos conseguido la casa, y porque Lola no quiere más.

Ésta negó con la cabeza, con los ojos llenos de lágrimas a pesar de su alegría, cuando Isa dijo:

_____

* *Can't Get You Out Of My Head*, Parlophone Records Ltd., interpretada por Kylie Minogue. *(N. de la E.)*

—¡Si es que de lo buena que eres pareces tonta!

Lola se encogió de hombros, le daba igual serlo. Sólo quería olvidarse de su mala experiencia de casada. En ese momento comenzó a sonar la rítmica canción *It's Raining Men*,* de la incombustible Geri Halliwell, y dejando sus copas sobre la mesa, todas se levantaron entre risas y salieron a bailar despendoladas.

Al verlas tan animadas, varios hombres se acercaron a ellas, dispuestos a ligar.

Las chicas se miraron divertidas. ¡Animalillos! Todas superaban la treintena y no eran unas niñas a las que se pudiera manejar. Aquellos tíos guaperas que se sentían los reyes de la fiesta creían que eran ellos quienes ligaban, cuando la realidad era que las que elegían y decidían con quién y cómo eran ellas.

Cuando la canción terminó y consiguieron quitarse de encima a aquel grupito de pesados, regresaron a su sitio.

—Y que conste que yo prefiero que lluevan mujeres —les aclaró Isa casi sin aliento— y, a ser posible, como la rubita que está en la barra de la derecha, acompañada de uno de esos que les gustan a ustedes. ¿Han visto qué cuerpecito tan mono tiene la chica?

Todas miraron hacia allá y Alana, contemplando al morenazo que acompañaba a la joven, afirmó sonriendo:

—Sin duda, yo me quedo con el traserito de él.

Claudia, Lola y Susana opinaron lo mismo. A ellas les iban los chicos.

—¿Pecarías con la rubia? —preguntó Claudia.

—La duda ofende —se mofó Isa.

—Por cierto —dijo Susana, mirando a Alana—, ¿qué pasó el otro día con el Borrascas?

Al oír ese nombre, todas soltaron una carcajada. El Borrascas era un presentador del tiempo de la televisión de Madrid, que perseguía a Alana.

—Yo diría que nublado y con probabilidad de precipitaciones —bromeó Isa.

Alana contestó divertida:

—El otro día me tocó las isobaras, pero por suerte, desde que hace

---

* *It´s Raining Men*, Parlophone Records Ltd., interpretada por Geri Halliwell. *(N. de la E.)*

una semana se presentó en la redacción de la revista con un ramo de flores y yo le monté un anticiclón, no ha vuelto a aparecer. Eso sí, me sigue mandando mensajitos y mails.

—Pobrecillo —se burló Isa—. Con lo contento que llegó con sus rosas amarillas...

—¡Es que es un pesadito!

Claudia soltó una carcajada y afirmó:

—Para pesadito mi Jesús. Estuvo malo con gripa la semana pasada y les aseguro ¡que veía la luz al final del túnel! —Todas rieron—. Por Dios, mira que lo quiero, porque es más bueno que el pan, pero cuando se pone enfermo es insoportable.

De pronto, Isa tomó a Alana del brazo y dijo:

—¡No mires a tu derecha!

—¿Por qué? —Y sin poder remediarlo, miró hacia allí al mismo tiempo que las demás, y al ver a su ex con una chica sonrió.

Ismael, alias Don Micropene, había sido su novio durante seis años y habían roto hacía dos. Fue el novio ideal mientras duró y cuando, en un viaje a París, le pidió matrimonio arrodillándose ante la Torre Eiffel, no pudo decir que no.

Todo iba fantástico. La ceremonia iba a celebrarse en la iglesia de su barrio, el banquete en el hotel Emperador, las invitaciones ya estaban enviadas y el vestido de novia preparado, pero una semana antes de la boda, él se presentó una noche por sorpresa en casa de ella y le rogó que anularan la boda. De pronto no tenía claro si Alana era la mujer de su vida.

Ella anuló el enlace, quemó el vestido de novia y rompió con él.

Su madre, su familia y sus amigas estuvieron a su lado durante el duelo y, cuando salió del pozo donde estuvo a punto de ahogarse durante meses, se juró y perjuró que nunca volvería a creer en un hombre, y menos aún en el amor. Para no olvidarlo, un día, en el momento en que pasaba delante de una tienda de tatuajes, entró y se hizo uno en el antebrazo derecho: «Lo que no te mata te hace más fuerte».

Cuando su madre vio aquello se horrorizó. Un tatuaje era para toda la vida.

—¡No mires más a Don Micropene! —dijo Susana, sacándola de su burbuja.

Alana soltó una carcajada. Ismael sólo le provocaba una indiferencia absoluta y, al darse cuenta de que todas sus amigas la miraban, dijo, mientras él se marchaba sin haber reparado en ellas:

—Vamos a ver, ¿acaso no saben que paso totalmente de ese hombre?

—Tranquila, Alana, hace mucho ya que lo metí en el congelador. Ése no sale de debajo de los San Jacobos mientras yo viva —afirmó Isa, haciéndolas reír a todas.

Lola, la recién separada, se agarró del brazo de ella, y dijo:

—Ea... se acabó hablar de borrascas, pesaditos y micropenes. Vayamos a mi casa y veamos nuestra película preferida.

—¡Ni de broma! —se negó Alana—. Mañana tengo que trabajar.

Pero sin hacerle caso, las demás la empujaron y terminaron como la gran mayoría de las veces, tiradas en el sofá de alguna de ellas, viendo *Oficial y Caballero,* comentando lo bueno que estaba Zack Mayo, que no era otro que Richard Gere, y llorando por el drama de Paula, que no era otra que Debra Winger.

2

El día no había comenzado bien para Carmen.

Cuando abrió los ojos aquella madrugada y vio una gran mancha en el techo, saltó de la cama. El susto le aumentó al ver que la mancha de humedad se extendía hacia el pasillo y el cuarto de baño.

—Bendito sea Dios —murmuró angustiada.

Y, poniéndose la bata, se la anudó a la cintura y subió al piso de arriba. Su vecino abrió la puerta con una jerga y el suelo empapado. Se miraron y, con cara de circunstancias, él dijo:

—No me digas que te ha llegado a ti.

Tras bajar a ver el estropicio que había causado y disculparse por haber dejado una llave abierta, se marchó. Carmen tomó las llaves del departamento de su hija y fue a avisarle. Por suerte, Alana vivía en el mismo pasillo y, al oír la voz de su madre en el salón, salió de la cama y corrió a su encuentro.

Se había acostado hacía apenas dos horas y entró a trompicones en la casa de su madre, mientras, con las legañas todavía en los ojos, miraba lo que ésta le señalaba.

—¿Lo puedes creer? —dijo Carmen—. Pues no va el tonto redomado del piso de arriba y deja una llave abierta.

La joven miró el techo y asintió.

—No te preocupes, llamaremos a los del seguro. —Y, mirando la hora, gruñó—: Por Dios, mamá, pero ¿qué haces despierta a las seis de la mañana?

—Pues no lo sé —respondió su madre—. Me he despertado y... pero bueno, hija, qué mala cara tienes. ¿A qué hora te has acostado?

Alana se sentó en el sofá granate de su madre y respondió acurrucándose:

—Hace menos de dos horas.

—¿Y eso?

Apoyó la cabeza en uno de los cojines y contestó con desgana:

—Lola firmó ayer por la tarde su divorcio y fuimos a celebrarlo.

Carmen negó con la cabeza.

—Qué cosas más raras celebran hoy en día. —Y encaminándose hacia la cocina, dijo—: Prepararé café. Creo que lo necesitas.

Una hora después, ya más despejada, Alana batalló por teléfono con los del seguro de la casa para que acudieran cuanto antes. Cuando colgó recordó que el hermano de su amiga Claudia trabajaba para aquella compañía.

Rápidamente la llamó para que le diera su número y él le aseguró que sería su primer peritaje del día. Alana avisó en el trabajo de que llegaría algo más tarde y después tomó la escalera de la terraza y empezó a quitar las cortinas de la habitación. Si no lo hacía ella, con seguridad lo haría su madre y Alana quería impedirlo.

De pronto sonó el interfono.

—Será el hermano de Claudia, el del seguro; ¡anda, ve a abrir! —gritó Alana.

Instantes después, entraba un joven con gafas de pasta y traje oscuro y, tras saludarlo, Carmen le dijo, señalando el techo:

—Como verás, corría prisa. Menuda gracia me ha hecho el vecino de arriba, tanto aquí, como en el baño y el pasillo. ¿Qué te parece?

Él, acostumbrado al agobio de los clientes ante ese tipo de desastres, observó el techo con atención y afirmó, apuntando algo en un papel:

—No se preocupe, el seguro lo cubre todo. Para eso lo paga.

Alana se bajó de la escalera y dejó las cortinas sobre la cama antes de unirse a ellos. Durante un rato, hablaron del tema con el hermano de Claudia y, cuando éste se fue, Carmen se lamentó:

—Bendito sea Dios. ¡Ahora tienen que picar el techo! Voy a tener la casa empantanada a saber cuánto tiempo, y tus tías vienen a principios de julio. ¡Qué fatalidad!

Alana sonrió. Aparte de sus tías de sangre, que eran maravillosas, tenía la gran suerte de contar con «tías de corazón», que era como a Renata y a Teresa les encantaba llamarse.

Su amistad de jovencitas, en Alemania, había perdurado en el tiempo y, como una vez se propusieron, cada año se encontraban durante un mes entero para pasarlo juntas en la casa de una de ellas, y ése tocaba en la de

Carmen.

—Tranquila, mamá —dijo Alana—. Tengo amigos pintores que te dejarán esto perfecto mucho antes de que lleguen las tías.

—¿Qué amigos? No quiero ningún improvisado.

La joven soltó una carcajada.

—Luis y su padre se dedican a este tipo de cosas. Puedes confiar en ellos, de verdad. Los llamaré y les diré que vengan y te den presupuesto, ¿quieres?

—¿Luis? ¿El Luis que yo creo? —preguntó Carmen.

—Sí, mamá, es quien te imaginas, pero sólo fue un rollito sin importancia hace unos meses. Anda, deja de mirarme así y vaciemos el clóset como nos ha dicho que hagamos el hermano de Claudia.

Carmen soltó una carcajada. Si había algo que le encantaba de Alana era su fuerza interior, sobre todo después de lo ocurrido con Ismael. Su hija había sacado como nunca la fortaleza que ella siempre había sabido que tenía y eso le gustó.

Juntas empezaron a vaciar el clóset y, al hacerlo, Alana descubrió al fondo una cajita. Sabía que contenía las fotos y las cartas de sus padres. Carmen, al verla, sonrió y la tomó.

—Madre mía, cuánto tiempo llevará esta caja ahí guardada. —Y, abriéndola, sacó su antiguo diario, lo hojeó y murmuró—: La cantidad de bonitos recuerdos que guardo aquí.

Luego lo metió de nuevo en la caja y se la tendió a su hija.

—Toma. Esto es para ti. —Ella la tomó desconcertada y su madre añadió—: Cuando tengas tiempo, lee mi diario. Así, entre lo que yo te he contado de tu padre, las fotos y lo que escribí entonces, lo podrás conocer un poco mejor.

—Pero, mamá, ¡es tu diario!

—Todo lo mío es tuyo, cariño —respondió Carmen, sonriendo—, y más este diario y todo lo que escribí en él.

Alana la miró emocionada y sin saber qué decir. Su madre era única.

Cuando acabaron de despejarlo todo, Alana dijo:

—Tengo que bañarme e ir a trabajar, que tengo una reunión a las once con los jefes. Mientras tanto, toma lo que necesites y vete a mi casa. Aquí no vas a poder estar hasta que la obra esté acabada.

—¡Qué lata! —protestó Carmen.

—Como tú has dicho, todo lo mío es tuyo —contestó Alana dándole un beso—. Pero desde ya te digo que como se te ocurra hacerme una limpieza general ¡te ato a una silla!

Dicho esto, tomó la cajita que su madre le había dado y se fue corriendo. Hora y media más tarde, Alana entraba en la redacción de la revista e Isa, con un café en la mano, preguntó:

—¿Qué tal estás?

—Hecha polvo, como tú —respondió ella, quitándole el café y bebiendo un sorbo.

Fueron juntas hasta la mesa de Alana, donde ésta guardó su bolsa en un cajón.

—Creo que anoche nos dieron garrafón, ¿no crees? —comentó Isa.

Alana asintió.

—Al parecer, hoy estará el maxijefazo en la reunión —dijo su amiga.

Alana suspiró. Que el maxijefazo estuviera presente era algo que nunca había ocurrido antes y, recogiéndose el pelo, exclamó:

—Vaya, ¡qué ilusión!

—Oye... quería que habláramos de lo de anoche.

—¿Qué ocurrió anoche?

—Don Micropene —cuchicheó la joven.

Alana sonrió al oírlo llamar así y dijo:

—Mira, Isa, parece mentira que no me conozcas. Cuando lo vi y recordé lo que he conocido después de él a nivel de sexo, grosores y tamaños, casi corro a besarlo para darle las gracias porque me dejara. —Isa soltó una carcajada y ella añadió—: Anda... olvídate de Don Micropene y espérame, que ahora vuelvo.

—¿Adónde vas?

Camino del despacho de su jefa, Alana contestó sin pararse:

—A preguntarle a la diva más diva del divino mundo del divineo si ya ha tomado la decisión de quién irá a Nueva York a cubrir las noticias del evento de la fundación Real World y el desfile de moda de Carolina Herrera. Recuerda que fui yo quien le informó de ambas cosas y le propuse que fuéramos tú y yo.

—Como diría mi amada Coco Chanel, no pierdas el tiempo golpeando la pared con la esperanza de que se convierta en una puerta —murmuró Isa.

Alana, que la oyó, respondió sonriendo:

—Como diría mi amado Homer Simpson, no soy una mujer de plegarias, pero si estás en el cielo, ¡ayúdame, Superman!

Isa soltó una carcajada.

Cuando Alana llegó ante la puerta de su jefa, Laura, llamó con los nudillos y entró en el despacho.

Como siempre, la mujer iba impecablemente vestida, peinada y maquillada. Nada en ella fallaba y su puesto en el mundo de las divas estaba más que asegurado. Estaba hablando por teléfono y, al verla, dijo:

—Sí, Lolo, sí... te aseguro que llegaré puntual. Ahora tengo que dejarte. Adiós.

Una vez hubo colgado, miró a la joven y preguntó con sequedad:

—¿Qué ocurre?

Ella resopló con disimulo. Sabía la aversión que su jefa le había tomado desde que, un año antes, en una fiesta de la revista, Roberto Pucha, un ejecutivo italiano invitado al evento, se fijó en ella en lugar de en Laura. Eso nunca se lo había perdonado, pero sin amilanarse, contestó:

—La semana pasada comentaste que hoy tendrías decidido quién cubriría los eventos de Nueva York y...

—No serás tú —la cortó la otra con antipatía—. Me he decantado por Sonia. ¿Algo más?

Alana acusó el golpe. Sin duda, mientras Laura siguiera siendo su jefa, nunca tendría posibilidades de nada.

—Fui yo quien te informó sobre esos eventos —dijo—. Uno de los organizadores y miembro de la fundación es amigo mío y...

—Dame sus datos —exigió su jefa—. Se los pasaré a Sonia para que contacte con él.

Su frialdad y falta de tacto enfadó a Alana, que, sin poder remediarlo, siseó:

—¿Cuánto más va a durar esto?

Laura, que sabía perfectamente a qué se refería, respondió:

—Hasta que a mí me dé la gana.

Estaba claro que era una mala bicha y Alana dijo:

—Ya te daré el contacto. Ahora no lo tengo aquí.

Abriendo una carpetilla, Laura dejó de mirarla y, con una sonrisa que a ella no le gustó, contestó:

—Muy bien. Ya te puedes ir.

Con ganas de estrangularla, Alana se dio la vuelta y salió del despacho. Debería plantearse empezar a buscar otro empleo.

—La diva te ha tocado las isobaras, ¿verdad? —preguntó Isa. Y al verla asentir, añadió—: No me lo digas. No vamos a Nueva York porque va Sonia; ¿a que he acertado? Esta noche, meto a esas dos en el congelador.

Eso las hizo reír y Alana, tomándola del brazo, dijo:

—Déjate de congeladores y vayamos a la reunión.

En la sala se encontraron con otros compañeros, entre los que estaba Sonia, que miró a Alana de tal manera que ésta supo que ya conocía las buenas noticias. Eso le repateó.

Pero si algo hacía ella muy bien era disimular su malestar. Desde pequeña, su madre le había enseñado que en la vida nunca había que mostrarse derrotado ante los enemigos, porque eso les daba más fuerza. De modo que sonrió, levantó el mentón y felicitó a Carlos, otro compañero, que acababa de ser padre.

Diez minutos más tarde, se abrieron de nuevo las puertas y entraron los jefes.

Leonardo, que se creía un DiCaprio pero que tiraba más a Torrente, aunque era buena persona, y Laura Macía, el bicho de la oficina, al que casi todo el mundo rendía pleitesía como si fuera la reina de Inglaterra. De ahí que la llamaran la diva a sus espaldas.

Tras ellos entró el jefazo de los jefes, el señor Michael Bridges. Un americano de unos cincuenta años, de aspecto serio y cultivado, que había llegado un año atrás para dirigir la versión española de la revista *Exception*, fundada por su padre en Nueva York, y de la que era propietario.

Todos los presentes tomaron asiento y guardaron silencio. Tanto, que se podía oír hasta el nacimiento de un pelo.

El primero en hablar fue Leonardo, encargado de información. Como siempre, les recordó que *Exception* era una de las mejores publicaciones mensuales de moda, viajes, cultura, shopping, eventos, blablablá... blablablá, y durante más de diez minutos no paró de elogiar y piropear la revista.

«Menudo servilismo», pensó Alana.

Cuando Leonardo terminó, Laura, como jefa de redacción, habló de los objetivos del siguiente número y los alcanzados en los anteriores.

Como Leonardo, rindió pleitesía al megajefazo y, una vez acabó, pidió una lluvia de ideas para la siguiente publicación, mientras el señor Bridges se limitaba a observar y a escuchar atentamente.

Durante más de una hora, debatieron cómo enfocar las ideas surgidas durante la reunión para presentarlas de manera interesante y, finalmente, Laura asignó los trabajos a los allí presentes.

—Sonia —dijo, tras mencionar a otros redactores—, ya que vas a viajar a Nueva York para lo de Carolina Herrera y lo de Real World, te daré un contacto muy interesante para que hagas un reportaje sobre la zona cero y lo que tienen previsto construir allí. Me ha costado Dios y ayuda conseguirlo y quiero que lo mimes para tener la máxima información, ¿entendido? Ah... y, pensándolo mejor, también deberías intentar contactar con algún responsable del nuevo Instituto Cervantes de Nueva York...

—¡No hay derecho! —saltó Alana—. Acabo de sugerir yo ese reportaje y no creo que...

—Alana —la cortó su jefa—, si Sonia va a Nueva York a cubrir otras noticias, ¿no crees que es más lógico que sea ella quien lo haga?

Todos estaban al tanto de la antipatía de Laura por ella y las miradas pasaron de una a la otra, pero Alana, sin amilanarse, respondió:

—Lo que resulta curioso es que Sonia vaya a cubrir casi todas las noticias que he sugerido yo. ¿Acaso he de pensar que si propongo ir al Polo Norte porque Papá Noel se ha hecho un esguince cervical también la mandarás a ella?

Se oyó un «Oh» general.

Laura, incómoda por la mirada del señor Bridges, respondió lo más tranquila que pudo:

—Si no te importa, eso lo hablaremos luego en mi despacho...

—Sí me importa —replicó ella—. Prefiero hablarlo delante de todos.

—Alana de mis entretelas —cuchicheó Isa, mientras los presentes murmuraban—, ¿qué estás haciendo?

Laura, sorprendida por su desfachatez delante del gran jefe, clavó la mirada en ella y respondió con voz seca:

—He dicho que hablaremos luego. De momento, para el siguiente número, quiero que tú escribas un artículo sobre recetas contra la depresión y otro sobre el look chic de las mamás actuales.

Alana hizo una mueca. Odiaba escribir sobre aquello, sabía que era un castigo. Todo porque un día un hombre se fijó en ella y no en su jefa. ¡No era justo! Pero cuando fue a decir algo, Isa, agarrándola del brazo, siseó con disimulo:

—¡Cállate, joder, que te vas a la calle!

Con gran esfuerzo consiguió calmarse y no mandar a aquella estúpida a hacer gárgaras.

—¿Alguien me puede explicar qué ocurre aquí? —preguntó de repente Michael Bridge.

Alana maldijo en silencio el momento en que había abierto la boca, pero al ver que el hombre esperaba una respuesta, aun a sabiendas de que luego le caería una buena, dijo:

—Señor, creo que no es justo lo que está ocurriendo y simplemente me he quejado.

—Ay, madre —murmuró Isa, tocándose la frente.

Todos los compañeros miraron a Alana. ¿Se había vuelto loca?

Laura, a cada momento más enfadada con su subordinada, clavó sus mezquinos ojos en ella, mientras el americano, interesado, la animaba a seguir.

—Continúe, señorita Rodríguez; ¿qué no es justo?

Alana suspiró. Definitivamente, era una bocona. Y, tras mirar a Isa, respondió:

—Llevo trabajando en esta revista doce años, señor. Y en los últimos tiempos siento que... que mi carrera se ha estancado por culpa de un problema personal con mi jefa que no viene a cuento.

De nuevo se oyó un «¡Ohhhh!» de los asistentes. Laura saltó:

—No creo que sea momento ni lugar para hablar de algo que nada tiene que ver con el trabajo y...

—Señorita Macía, por favor —dijo el señor Bridge, cortándola.

Ella se calló horrorizada. ¿Qué iba a contar aquella insensata? Mientras, Alana, envalentonada, prosiguió:

—No soy una novata, señor. Ni una becaria que está empezando su carrera y debe aprender escribiendo los artículos que nadie quiere hacer. Simplemente, pido el estatus que tenía antes en redacción, para poder escribir artículos de actualidad y calidad. Artículos que me han reportado incluso algún que otro premio, del que la revista se ha beneficiado tanto como yo.

El jefazo la miró. Sabía muy bien quién era aquella muchacha, los premios que había ganado y lo que escribía. Conocía incluso el origen de su problema. Si algo le había enseñado su padre era que conocer a sus trabajadores y lo que en la redacción se cocía era primordial para el buen funcionamiento de una revista. Por ello, tras mirar a la joven de pelo claro que lo observaba, respondió:

—Entiendo lo que dice y conozco su calidad como periodista, pero si su jefa le pide que escriba esos dos artículos, debe hacerlo, para el buen funcionamiento general.

«Vale, cabrito. Me acabas de decir que me calle y lo asuma. ¡Genial!», pensó Alana; sin embargo, lo miró y contestó:

—De acuerdo, señor. Así lo haré.

Laura, contenta con la réplica de Bridges, la miró a ella y dijo con seguridad:

—En esta redacción, querida Alana, cada uno tiene su puesto y su lugar.

—En la redacción y en la vida en general —contestó ella, sin poder contenerse.

Un murmullo se volvió a oír en la sala, e Isa, apretándole el muslo, susurró:

—Alanaaaaaaaaaa, deja de tocarle las isobarassssss y cierra el pico de una santa vez.

Laura la taladró una vez más con la mirada y cerró su carpeta con fuerza. Leonardo, que las conocía muy bien a las dos, para acabar con aquel duelo, dijo:

—Muy bien, la reunión ha terminado. Pero antes de que todos vuelvan a sus mesas, he de decirles que el señor Bridges nos ha solicitado a Laura y a mí el nombre de dos redactores que destaquen por sus artículos. Los elegidos han sido Sonia y Ángel, y el señor Bridges quiere hablar con ellos. Por favor, el resto que salga de la sala.

Todos se miraron. Aquellos dos eran los consentidos de la redacción e Isa, agarrando a su amiga del brazo, cuchicheó:

—¡Levanta el trasero, maldita boquifloja, y salgamos de aquí ya!

Alana, aún molesta por el rapapolvo que el jefazo le había dado delante de todos, suspiró y se levantó para irse, momento en que oyó la voz del americano diciendo:

—La señorita Alana Rodríguez que se quede también.

Ella miró a su amiga. ¿Aquello sería bueno? Isa, al entender su mirada, susurró:

—Como te despidan, te mato, ¿te has enterado?

—Disculpe, señor —dijo Laura acercándose al hombre—, pero ella no está seleccionada.

—Tiene razón. Pero recuerde que dije que yo también elegiría a alguien y mi elección es la señorita Rodríguez. Que se quede.

Molesta, Laura se dio la vuelta y apremió al resto para que salieran de la sala de reuniones, mientras Alana decía a media voz:

—Isa, prepárate que esta noche vamos a celebrar mi despido.

—Ya sabes que nada me gusta más que una fiesta, pero joder, ¡no por ese motivo!

Cuando los seleccionados se quedaron a solas con los jefes, el señor Bridge le hizo una seña a su secretaria, y ella les entregó unas carpetitas rojas que nadie tocó.

Él, al ver sus caras expectantes, tomó también una carpeta y dijo:

—Llevo veinte años dirigiendo *Exception*. Diecinueve en Nueva York y casi uno en España. Durante todo este tiempo, además de hacer mi trabajo, me he interesado por mis trabajadores. Y en este último año, aunque ustedes y el resto de sus compañeros no lo supieran, he leído todo lo que han escrito para la revista e incluso cosas que habían escrito con anterioridad. Cuando les pedí a sus jefes unos nombres para este proyecto y ellos me dieron los suyos, no pude estar más de acuerdo. La señorita Sonia Suárez es la propuesta de Laura y aplaudo su elección. Me gusta su precisión a la hora de enfocar las noticias y me enorgullece tenerla en nuestra revista.

La joven, encantada al escuchar eso, sonrió feliz y, tras mirar fugazmente a su jefa, murmuró:

—Gracias.

—Señor Ángel Sánchez —continuó Bridge—, usted es la propuesta de Leonardo y tengo que decirle que me apasionan sus estupendos artículos, porque muestra al lector lo que realmente ha pasado, en lugar de limitarse a redactar un hecho. Es un excelente periodista y lo demuestra con cada número que sale de nuestra revista.

—Gracias, señor —respondió él orgulloso.

—Y señorita Alana Rodríguez —finalizó el señor Bridges, mirándola con intensidad—, usted va a ser mi propuesta. —Leonardo sonrió. Sabía lo mucho que valía aquella joven—. Si he venido hoy a la reunión ha sido para decidir cuál de entre todos los presentes que no habían sido elegidos iba a ser mi candidato. Y si me he decantado por usted es porque me gusta la confianza que demuestra tener en sí misma, algo muy valioso en este oficio, y, por supuesto, por sus artículos de lenguaje simple y directo. Lo cual es muy apreciado en periodismo.

Alana tragó saliva y, al ver con el rabillo del ojo cómo su jefa movía la cabeza, incómoda, sonrió y dijo:

—Gracias, señor. Espero no decepcionarlo.

—Los tres son excelentes periodistas —continuó él— y los tres se merecen estar convocados para lo que les voy a explicar. Una noticia bien escrita nunca es ambigua ni repetitiva, porque cada palabra que ponemos en ella cuenta, ¿no es verdad?

Todos asintieron. A Alana le sudaban las manos.

—En mis años en Nueva York —prosiguió el hombre—, siempre les he planteado a mis mejores reporteros el reto de elaborar un artículo con el que cerrar el año de la revista. Y ahora he decidido hacerlo por primera vez con ustedes, aquí en España. Sin duda lo verán como una gran oportunidad.

Los tres candidatos se miraron sorprendidos.

—Abran las carpetillas rojas, por favor —pidió el director.

Todos lo hicieron.

—Como verán, hay una carta, firmada de mi puño y letra, dándoles libertad durante un mes para trabajar en el artículo que ustedes quieran. Una vez transcurrido ese tiempo, regresarán a la redacción. Mientras tanto, recibirán su sueldo mensual, como siempre, pero no podrán pasar gastos adicionales. Todos los que deban afrontar para conseguir su noticia correrán de su cuenta. Podrán disponer de un fotógrafo. Si es de *Exception*, se le firmará, como a ustedes, la carta de libertad por un mes y luego retomará su trabajo. Si no es de aquí, ustedes le pagarán. Quiero que formen equipo con su fotógrafo y, por supuesto, que mantengan la confidencialidad, porque el artículo debe sorprender cuando sea leído. —Y, mirando a Laura, añadió—: En el tiempo que ellos pasen fuera, la empresa contratará a unos becarios. Después de este mes, todos retomarán su vida laboral normal hasta que se sepa el nombre del ganador.

Alana lo escuchaba boquiabierta, mientras miraba los papeles que tenía delante. ¡Lo que les estaba proponiendo era alucinante!

—Estamos a seis de marzo —continuó él—. Tienen hasta el uno de octubre a las nueve de la mañana para tomarse su mes de excedencia, escribir el artículo y entregármelo perfectamente documentado y terminado. Necesitaré el artículo en papel y una copia en pendrive. El ganador será portada del número de diciembre. Al autor se le bonificará con diez mil euros, y podrá elegir entre un ascenso o pedir el traslado a cualquiera de las sucursales que la revista *Exception* tiene en América y Europa. El fotógrafo será también premiado con diez mil euros. ¿Alguna pregunta?

Los tres seleccionados estaban boquiabiertos y asombrados. Aquello era la oportunidad de oro que todo periodista quisiera tener en la vida. Leonardo sonrió contento, pero Laura, envidiosa de no estar ella en su lugar, dijo:

—Vamos, señores, pregunten. ¿O acaso no tienen ninguna duda? ¿Tan claro les parece el reto que les ha lanzado el señor Bridges?

Sonia y Ángel se miraban nerviosos. ¿Qué podían preguntar? Pero Alana, consciente de la importancia de aquella oportunidad, preguntó:

—¿Quién decidirá cuál es el ganador?

—Mi padre —respondió el hombre—. Nada más y nada menos que la persona que creó *Exception* de la nada y que fue un reputado periodista en su época.

—¿Puedo volver a preguntar? —dijo Alana, al ver que nadie más abría la boca.

El señor Bridges asintió. Sin duda, había tomado una buena decisión eligiéndola.

—Por supuesto, señorita Rodríguez. Pregunte.

—¿Puedo saber de qué trataban los artículos que su padre dio como ganadores los otros años?

Él sonrió y, recostándose en la silla, respondió:

—Les diré tres. El primero trataba sobre la vida de Nelson Mandela, relatada por él mismo a través de una apasionante entrevista. El segundo hablaba sobre Svetlana Savitskaya, una piloto y cosmonauta soviética, que fue la segunda mujer rusa en ir al espacio. Y el tercero era un artículo sobre lo mucho que trabajan algunas personas para encontrarles familias a los cientos de animales que aparecen abandonados tras la Navidad. Como verán, tres artículos muy muy diferentes entre sí e interesantes. Y ahora, ¿con cuáles sorprenderán a mi padre?

Alana sintió que el corazón le latía con fuerza. Ni en el mejor de sus sueños podría haber imaginado que tendría una oportunidad como aquélla.

—No lo sé, señor —dijo—, pero le aseguro que intentaré sorprenderlo.

Diez minutos más tarde, cuando Alana volvió a su mesa, le susurró a Isa:

—Me va a dar un ataque.

—¿Te han despedido? —preguntó su amiga apurada.

—No. Toma tu bolsa y tu abrigo y vámonos, que te invito a comer. Tengo que hacerte una proposición.

—Si es indecente, mejor —respondió sonriendo—. Ya sabes que me excitas un montón.

En uno de los bares de la plaza Mayor de Madrid, comiendo unos bocadillos de calamares, Alana le contó a su amiga lo ocurrido y le propuso que fuera su fotógrafa. Isa casi se atragantó de la emoción, pero una vez recuperada, aceptó encantada. Además de un gran reto, aquello era una maravillosa oportunidad para las dos. Ahora sólo había que pensar qué tema iban a tratar.

3

Una semana más tarde, una vez digerida y celebrada la noticia como Dios manda, Alana llegó una mañana a la oficina, se sentó contenta a su mesa y encendió su computadora.

—Alana, ¿has comenzado ya alguno de los artículos que te pedí? —le preguntó Laura, acercándose.

—Estoy recogiendo información y...

—Pasa a mi despacho —la cortó su jefa.

Alana la miró. Aquélla, como siempre, dando candela; pero sonrió. Nada la iba a amargar.

Una vez en su despacho y sentadas las dos frente a frente, Laura dijo tras mirarla unos segundos en silencio:

—Tenía esta conversación pendiente contigo desde la semana pasada, pero he querido dejar pasar unos días para aplacarme, antes de decirte que sea la última vez que en una reunión, y menos delante del señor Bridges, contradices alguna de mis órdenes, ¿entendido? —Alana no contestó y ella prosiguió—: Da gracias a tu suerte, porque si no le hubieras caído en gracia al jefazo, hace días que habrías firmado el finiquito en esta revista.

Alana llevaba esperando esa bronca desde el día de la reunión, pero no pensaba entrar en su juego. Estaba tan contenta con la propuesta de Bridges que no quería que nada se lo estropeara.

—Clara se ha caído esta mañana y se ha roto una pierna —dijo entonces Laura.

—¡Oh, Dios, pobrecilla!

Su jefa asintió con la cabeza.

—Era la encargada de cubrir este mes la sección de cultura. Debía asistir a varias presentaciones de libros, discos y estrenos de cine. ¿Puedes ocuparte tú?

Alana dijo que sí y Laura le entregó un pase de prensa con el nombre de la revista.

—Muy bien, pues no hay nada más. Adiós.

Cuando Alana llegó junto a Isa, le enseñó el pase. Poder asistir a esos eventos y ver todos los estrenos gratis era una maravillosa noticia.

Dos días después, cuando Alana llegó a la redacción, su jefa la llamó de nuevo al despacho. Carlos, el que acababa de ser padre, había decidido tomarse una baja paternal, por lo que Laura también le pasó a Alana su trabajo sobre gastronomía.

De pronto, se vio desbordada de trabajo, y la culpa sólo era de ella, por no haber dicho que no. Además de lo suyo, ahora debía hacerse cargo de la sección de cultura y la de gastronomía.

¿Cómo lo iba a hacer?

Una noche, tras salir del estreno de una película, Isa y ella se dirigieron a uno de los restaurantes sobre los que debía escribir. Los dueños, al saber que eran de la revista, rápidamente las invitaron a cenar e Isa dijo divertida, tras hacer un par de fotos a los platos y el local:

—Sin duda, la diva nos quiere culturizar y engordar como a pavos.

—Mientras no nos quiera sacrificar en Navidad, ¡vamos bien!

—Por cierto, mi padre me dijo anoche que te diera el pésame por lo de tu equipo.

Alana sonrió y, al pensar en la mala racha que llevaba el equipo de sus amores, el Atlético de Madrid, dijo:

—¿Sabes lo que te digo? ¡Que aúpa Atleti!

Ambas rieron y luego Isa preguntó:

—¿Has pensado ya algo para el artículo? Te lo digo porque tendré que informarme antes de fotografiar nada.

Alana negó con la cabeza y, tras tragar un champiñón, dijo:

—Te aseguro que lo pienso, pero con tanto trabajo no se me ocurre nada. Me gustaría saber sobre qué van a escribir Sonia y Ángel. Aunque supongo que él, con lo que lo apasionan los coches y la mecánica, seguro que hace algo sobre eso...

—Te equivocas y ahora te diré por qué. Y en cuanto a Sonia, me juego algo a que tirará de contactos para acceder a Armani o Versace y hacer un glamoroso reportaje sobre ellos y su imperio.

—Tienes razón. Ella es previsible —asintió Alana, pensándolo mejor—. ¿Y Ángel?

Isa sonrió, puso su cara de malota y dijo:

—Cambio climático.

—¿Cambio climático?

Isa asintió y, bajando la voz, contestó:

—Sí, reina, sí, lo que oyes.

Alana la miró sorprendida. En la vida se habría imaginado a Ángel escribiendo un artículo así.

—Ayer por la mañana coincidí con él en el elevador —explicó Isa— y me fijé en que, entre otros libros, llevaba uno de la NASA. Eso me sorprendió. Como tú has dicho, es un loco de la mecánica y del motor y sólo habla de coches, válvulas de escape y rollitos de ésos. Pues bien, ese libro me llamó tanto la atención, que más tarde, cuando pasé por casualidad cerca de su mesa...

—¿Por casualidad? —se mofó Alana.

—Sí... sí ¡purita casualidad! —dijo su amiga riendo—. Vi que estaba tomando notas de ese libro muy interesado y cuando me acerqué vi que escribía algo así como que el Ártico se encoge, mientras que la Antártida crece. Pero ahí no acaba todo, porque esta mañana lo he visto desayunando en el bar de enfrente de la oficina con Silvio Méndez, un reputado fotógrafo que ha trabajado para la NASA y que, mira por dónde, es primo de Aránzazu, aquella chica tan guapa, de ojos increíblemente azules con la que tuve un rollo hace un año. En definitiva, esperé que Ángel se fuera, me hice la encontradiza con Silvio y éste, sin que yo le preguntara nada, me comentó que estaba allí porque un periodista lo había llamado para comprarle unas espectaculares fotos que tiene sobre el cambio climático.

—Eres el no va más, Isa de mi vida —soltó Alana riendo.

Su amiga, metiéndose una nueva papa frita en la boca, sonrió encantada:

—Lo sé. Después de mí, mi madre rompió el molde. Y hablando de molde, ¿sabes quién le acaba de dar un gran disgusto a la Dolorosa?

—¿A tu madre?

—Sí.

—¿Quién?

—Mi divino hermano Carlitos.

—No me digas. ¿Qué ha hecho?

—Se ha enamorado de una pekinesa y se casa con ella el uno de noviembre —explicó Isa.

—¡¿Se casa?!

—Lo que oyes. Mi padre le ha prometido la camiseta del Real Madrid y mi abuela ya lo estaba celebrando ayer con unos chatos de vino.

—¿Se casa con una pekinesa? —rio Alana.

Isa aclaró divertida:

—Cuando digo pekinesa, no me refiero a una perrilla, sino a una muchacha china.

—Mujer... ya lo sé.

—Pero china... china... China de Pekín.

—Vaya, pues sí que le ha dado fuerte. ¡Boda y todo!

—Según él, ha sido un flechazo.

—Pero ¿eso existe? —se mofó Alana.

—Al parecer sí —dijo Isa riendo—. La chica se llama Xiaomei. La conocí ayer. Tendrías que haber visto cómo la miraba mi abuela mientras le ofrecía croquetas del cocido. Mi padre no paró de hablarle del Real Madrid, mientras a mí me echaba miraditas asesinas porque soy del Barça. La pobre muchacha se reía, pero yo creo que era para no llorar, porque no entendía nada. Eso sí, el disgusto que tiene la Dolorosa con su Carlitos por no casarse con una marquesa de rancio abolengo ha conseguido que se olvide del disgusto que le di yo hace años, cuando le dije que era lesbiana o el tormento de mi padre cuando se enteró de que yo era del Barça. Creo que la noticia de Carlos ha superado las mías.

Al día siguiente, cuando Alana llegó a la oficina, se sorprendió al ver a Sonia y al jefazo en el despacho de Laura. Todos gesticulaban alterados y la jefa incluso daba voces.

—No sé qué ocurre —cuchicheó Isa—, pero la diva está que trina. Por lo tanto, ni mirarla, no sea que nos salpique el chapopote.

Diez minutos más tarde, la puerta se abrió y Sonia salió con gesto triunfante, recogió sus cosas de la mesa y le dijo a Alana en voz baja:

—Me voy. Mi avión sale dentro de cuatro horas. Voy a empezar a escribir el artículo. Quiero ganar el reto e irme a trabajar a Roma.

Y, sin más, se despidió de todos los de la redacción.

Minutos después, la puerta del despacho se volvió a abrir, y en esta ocasión fue el señor Bridges quien salió. Sin mirar a nadie, se encaminó hacia el elevador y se marchó.

—¿Qué te apuestas a que nos comemos nosotras el berrinche de la diva? —le susurró Alana a Isa.

Cinco minutos más tarde, eran todos los de la redacción los que lo sufrían. Laura estaba muy enfadada. Según ella, Sonia le había fallado. Gritaba que la había dejado colgada. Alana miró a Isa, pero ésta, que la conocía muy bien, replicó:

—¡Ni hablar! El día sólo tiene veinticuatro horas y a ti ya te falta tiempo para todo lo que tienes que hacer. ¡No cometas una locura!

Pero ella, sin hacer caso de lo que le decía, murmuró:

—Esos artículos de Nueva York son los que yo quería cubrir y sigo queriéndolos para mí.

—Alana, que te vas a meter en un lío —insistió su amiga.

Instantes después, Alana se acercó a dos compañeros de redacción y se los llevó a tomar un café para hablar con ellos. Finalizada la conversación, ellos aceptaron encargarse de las secciones de cultura y gastronomía, siempre que la jefa aceptara y eso les reportara una pequeña compensación económica.

Encantada, Alana se lo contó a Isa, que masculló:

—Lo dicho. Estás loca.

—Loca no. La diva tiene esos artículos sobre su mesa sin asignar y yo quiero conseguirlos antes de que se los encargue a otros. Tere y Alejo han aceptado ocuparse de cultura y gastronomía. Sólo me queda comentárselo a Laura.

—Pues que Dios te agarre confesada. No cabe duda de que eres colchonera: ¡te gusta sufrir!

—Como decía tu grandísima Coco Chanel —respondió Alana—, para llegar a ser irreemplazable, primero hay que ser diferente.

—Humm... qué buenas frases tenía esa mujer.

—Voy a hablar con ella para ver qué se puede hacer —concluyó Alana, estirándose la camisa.

El recibimiento de su jefa no fue el mejor del mundo, pero a eso ya estaba acostumbrada. Fue directa al grano. Ella podría cubrir sus noticias y las de Nueva York, siempre y cuando Laura aceptara que Tere y Alejo cubrieran cultura y gastronomía y fueran recompensados a fin de mes.

Su jefa no dijo nada. Por primera vez en dos años, la escuchó y luego preguntó con gesto serio:

—¿Has hecho todo esto para ayudarme?

Alana la miró unos segundos.

—Te podría responder que sí y quedaría muy bien, pero te mentiría. Si hago esto es porque quiero hacer esos reportajes de Nueva York. No quiero recordarte que fui yo quien te los sugirió.

Laura la miró con dureza. Estaba claro que la enemistad entre ellas era palpable, pero tomó el teléfono y marcó un número.

—De acuerdo —contestó—. Pero que te quede claro que te lo doy porque Clara se rompió la pierna y Roberta está en Bucarest... Ah, hola, Cristina, soy Laura —dijo, sin mirar a Alana—. Necesito que anules los boletos a Nueva York para Sonia y... ¿Que los ha cambiado por otros para Milán? No... no, anula ésos también. Si se va a Milán, que se lo pague ella de su bolsillo. Como te decía, anula...

—Que anule también el del fotógrafo que la iba a acompañar —dijo Alana—. Yo llevo mi propio fotógrafo.

Laura la miró un momento y finalmente dijo:

—Anula también el del fotógrafo que la iba a acompañar a Nueva York. Ahora bajarán Alana e Isabel para darte sus datos. Sí... sí... sin problema. Adiós.

Una vez colgó, la miró con gesto agrio.

—Bajen Isabel y tú a darle sus datos. Cristina los necesitará.

Cuando ella se levantó para salir del despacho, la otra añadió:

—Espero tener unos artículos excepcionales.

—Los tendrás —le aseguró Alana, sin mirarla.

Cuando llegó junto a Isa, le quitó una cámara de fotos de las manos y dijo:

—Tengo dos noticias. ¿Cuál quieres, la buena o la más buena?

—Comencemos por la buena —aceptó su amiga sonriendo.

—Sonia se va a Milán.

—¡Te lo dije! —dijo Isa riendo—. Es predecible, moda italiana. ¿Y la más buena?

—Que dos mujeres guapas, estilosas e independientes viajarán dentro de poco a Nueva York.

Isa la miró boquiabierta.

—Eres la puta ama, Alana de mi vida. ¡La puta ama!

Esa noche, cuando llegó a su casa, oyó el sonido de la televisión y supuso que su madre la estaría mirando. Dejó las llaves sobre el mueblecito de la entrada y gritó con sorna:

—Ya estoy en casa, cariñito. —Y, agachándose para tomar a su gato en brazos, lo besó en la cabeza y murmuró—: Hola, *Pollo,* ¿la abuela te ha tratado bien?

Carmen sonrió al escucharla. Su hija era maravillosa y divertida y, tomando el control de la tele para bajar el volumen, preguntó al verla aparecer en el salón con el gato:

—¿Has cenado? —Alana negó con la cabeza—. ¿Tienes hambre?

—Como diría la tía Tere, *¡muchisma!*

Ambas rieron y Carmen, levantándose, dijo:

—Vamos, suelta a *Pollo,* lávate las manos y a cenar. He hecho estofado.

—Humm... ¡qué rico! —respondió ella, dándole un beso a su madre.

Dos minutos después, mientras Carmen estaba en la cocina preparando la pequeña mesa para su hija, ésta entró y exclamó:

—Por Dios, mamá, pero si voy a tener que ponerme gafas de sol de lo que relucen los azulejos de la pared. —Carmen sonrió, pero Alana gruñó y, tomando una lata de Coca-Cola del refrigerador, añadió—: Pero ¿no te tengo dicho que no quiero que limpies?

—Hija, he llegado de taichí y estaba aburrida. Además, hoy, con la lluvia, no he salido a dar mi paseo con mis amigas, así que no tenía nada mejor que hacer. Por cierto, los obreros llevan muy bien la obra de mi casa y son muy cuidadosos. Estoy contenta.

Alana suspiró. Su madre era una obsesa de la limpieza.

—De acuerdo, mamá, pero que no se vuelva a repetir, ¿entendido? Si estás aquí no es para limpiar. Ya tendrás tiempo de inaugurar el festival de la limpieza cuando los obreros se vayan de tu casa.

—Vamos, cena —la apremió Carmen divertida.

Mientras Alana comía el rico estofado, hablaron de las cosas que habían hecho aquel día, y entonces su madre dijo:

—Que sepas que *Pollo* es una lata.

—¿Y ahora te enteras? —preguntó ella riendo, mientras miraba al gato que las observaba desde la puerta.

—Te estaba cosiendo la bata y...

—¿Cosiendo? Pero ¡mamáaaaaaaaa!

—Ais, por Dios, hija... he visto que tenías el bolsillo roto y no me cuesta nada hacerlo. Pues, mientras lo hacía, el muy sinvergüenza, con su patita dale que te pego, hasta que me ha tirado la caja de costura. Me he cagado en su padre, en su madre y en toda su familia gatuna. Ah... y se ha llevado un zapatillazo.

Alana soltó una carcajada y, mirando al gato, le advirtió:

—*Pollo... Pollo...* que con la abuela no se juega.

—¿Has leído algo de mi diario? —preguntó luego su madre.

—No, mamá. Tal como me traje la caja, la dejé sobre mi mesilla. Voy a tope y...

—Léelo. Te gustará.

—Vale. Lo haré —asintió ella sin mucha convicción.

En cierto modo le daba reparo leer algo tan íntimo de su madre. Un diario era algo personal y no entendía por qué se había empeñado en que lo leyera.

—Por cierto, me voy a Nueva York a final de mes. Estaré unas tres semanas. Debo cubrir varias noticias y estoy muy muy muy contenta.

No era la primera vez que Alana viajaba a aquel país, especialmente a esa ciudad.

—¡Qué bien! —exclamó Carmen saliendo de la cocina—. ¡Con lo que te gusta la Gran Manzana! Lo llevas en los genes. Ya sabes que tu padre era de allí.

Alana suspiró. Su padre siempre había sido un tema tabú en la familia. Nadie hablaba de él, nadie lo mencionaba y, desde pequeñita, ella también aprendió a no hacerlo.

Una vez terminó de cenar, metió el plato sucio en el lavavajillas, guardó el estofado sobrante en un tupper y fue al comedor, donde su madre estaba viendo la televisión.

—Llévate el diario y lo lees en el avión o en tus ratos libres —insistió Carmen—. Y ya que vas a Nueva York, podrías...

—Voy por trabajo, mamá —la cortó ella—. No voy a tener tiempo para otra cosa que no sea trabajar. —Su madre suspiró y, antes de que pudiera decir nada, su hija se le adelantó—: Escucha, mamá, tú y yo estamos muy bien solas y no necesitamos a nadie más.

Carmen sonrió y, tocándole los labios, murmuró:

—Cuando te pones seria, tienes la misma boquita de pato que él.

—Mamáaaaaaa.

—Claro que no necesitamos a nadie más —continuó su madre, al verla sonreír—, eso ya lo sé yo. Pero algún día me gustaría saber qué ocurrió.

Alana suspiró y, sin decir nada más, abrazó a su madre.

4

$\approx$

Los días pasaban a toda velocidad y Alana trabajaba con diligencia para tener acabado el artículo con las recetas contra la depresión y el de look actual para mamás chic. Cuando los terminó y se los entregó a su jefa, suspiró aliviada al oírla decir:

—Me gustan. Adelante con ellos.

Alana sonrió; una palabra amable siempre era bien recibida, y cuando fue a salir del despacho, Laura preguntó:

—¿A qué hora sale mañana su vuelo?

—A las diez.

—Haz que valga la pena que haya confiado en ti —dijo su jefa, sin mirarla.

Alana puso los ojos en blanco. ¡Era para matarla!

Al día siguiente, después de casi nueve horas de vuelo, Alana e Isa aterrizaban en el aeropuerto John Fitzgerald Kennedy de Nueva York y, tras entregar sus documentos en Inmigración y recoger su equipaje, salieron afuera para tomar un taxi. Cuando llegaron y Alana vio el hotel, murmuró mofándose:

—Desde luego, qué poco se estira la diva si no es ella la que viaja.

Entre risas entraron en el edificio de Murray Hill. No tenía nada que ver con los hotelazos a los que Laura solía ir cuando viajaba.

Una vez en su habitación, lo primero que hizo Alana fue llamar a su madre. Sabía que estaría esperando sin moverse del lado del teléfono. Habló con ella, le dijo que había llegado bien, le mandó millones de besos y luego colgó para que Isa llamara a la Dolorosa.

Después, mientras sacaban su ropa y la colgaban en los clósets, Isa comentó:

—Éste es el vestido para la gala de la fundación.

—Es una chulada —lo admiró Alana.

—Lo sé, y lo mejor de todo es ¡que me hace unos pechotes despampanantes! —exclamó Isa riéndose.

Alana se rio también y, al sacar su ropa de la maleta, notó que algo se movía. Era el diario de su madre. Al abrirlo, encontró una foto de sus padres que siempre le había gustado y, tomándola, murmuró:

—Mamá... qué obstinada eres.

Al ver que tenía algo entre las manos, Isa alzó su vestido, se acercó y preguntó:

—¿Quiénes son? —preguntó Isa.

—Mis padres.

—¡¿Tus padres?! —exclamó su amiga sorprendida.

—Sí.

—¿Esta jovencita es la Carmela?

—Sí.

—Qué guapísima está la jodía.

—Siempre ha sido muy guapa. —Alana sonrió con cariño.

—¿Y tu padre es este morenazo?

—Sí.

—Ostras, ¿era militar americano?

—Sí.

—Pero ¿por qué no me lo habías contado?

Alana suspiró.

Cuando, a los doce años, se cambiaron de barrio, había decidido guardar el secreto que tanto dolor le había causado a su madre, y respondió:

—Porque no hay nada que contar.

Isa miró a la que era su mejor amiga desde la adolescencia y dijo:

—Yo creía que era español y que había muerto cuando tú eras pequeña.

—Pues lo puedes seguir pensando.

—¡Ni hablar, guapa! Cuéntame ahora mismo quién era tu padre y por qué nunca me habías hablado de él y me habías dejado creer lo que yo creía.

Alana resopló. Isa siempre se lo había contado todo a ella. Incluso fue la primera persona a la que le confesó que era lesbiana.

—Pues nunca hablo de él porque no hay nada que decir. Cuando mi madre y yo nos cambiamos de barrio, decidí dejar que todo el mundo creyera que mi padre había muerto, para que así cesaran los chismes y las tonterías. Era mi secreto. —Y al ver el gesto de su amiga, añadió—: Vale. En esta foto, mi padre tenía veinticuatro años. ¿Sabes lo que es crecer viendo que yo envejezco y él sigue teniendo siempre la misma edad?

—Por suerte, las fotos son documentos vivientes —dijo Isa—. Ya me gustaría a mí tener fotos de mis padres en su juventud, pero eso para ellos, en el pueblo, era un gran lujo que no se podían permitir. Sólo tengo cuatro fotos de ellos y la verdad es que son horrorosas. Mi padre parece un preso con boina y mi madre más vieja de lo que es ahora. —Ambas rieron e Isa insistió—: Y ahora que sé tu secreto, cuéntame cosas de tu padre.

Alana respondió con gesto cansado:

—Se llamaba Teddy Díaz Fischer, militar estadounidense de la división Airborne. Era neoyorquino por parte de madre y puertorriqueño por parte de padre. Mi madre y él se conocieron en Alemania, cuando ella fue allí a trabajar. Se enamoraron, luego mi padre se marchó y, como chupinazo y fin de fiesta, ¡nací yo!

—Hija, lo dices de una manera... —Alana sonrió—. ¿Se casaron en Alemania? —preguntó Isa.

—No... nunca llegaron a casarse.

—¿En serio? ¿Tu madre no está casada?

—Soy hija del pecado —contestó ella—. ¡Qué fuerteeeeeeeeeeeee!

Isa parpadeó incrédula.

—Si antes tu madre era mi heroína por las croquetas de bacalao que hace, ahora lo es doblemente. ¡Qué huevazos los suyos, ser madre soltera en aquella época!

Alana asintió sonriente y dijo con cariño, enseñándole el diario:

—Es una guerrera. Este diario es suyo y quiere que lo lea. ¿Te lo puedes creer?

—Uisss... pues a mí me encantaría leerlo.

—Porque tú eres una chismosa —se mofó Alana.

—¿Yoooooooooooooo?

Estuvieron un rato bromeando y luego Isa dijo:

—Oye, ¿por qué se marchó tu padre?

—Joder, Isa, ¿ves como eres una chismosa? —Pero al darse cuenta de que esperaba una contestación, añadió—: Porque era militar y tenía que cumplir órdenes. Y, bueno... lo mandaron a Vietnam.

—¿Vietnam? —repitió su amiga boquiabierta—. ¿Me estás diciendo que tu padre estuvo en Vietnam?

—Sí.

—¡Qué fuerte!... Tu padre es un Rambo.

—Pues no lo sé, la verdad —dijo ella, sonriendo—. Sólo sé que mi madre le perdió la pista allí.

—¡No jorobes! Qué fuerte —repitió—. Lo que cuentas parece sacado de una película, o de un libro...

—Para que veas que la realidad a veces supera a la ficción.

—Ya te digo —asintió Isa.

—Como se te ocurra decirles algo de lo que te he contado a tu madre, a Lola o a alguna de las chicas, te juro que te corto las orejas, que yo sé que a veces eres un poco bocona. Si las chicas lloran viendo *Oficial y Caballero*, y se sienten fatal porque la pobre Paula no conoce a su padre, y es una película, si se enteran de...

—¡Ostras, es verdad! —exclamó Isa—. El padre de Paula era militar americano, como el tuyo. ¡Qué fuerteeeeeeeeeeeeeeeeeeeeeeee!

Alana suspiró y cerró los ojos. Los dramas no iban con ella.

—Sólo tienes que mantener la boquita cerrada sobre esto. Te he contado mi secreto y te pido discreción, ¿vale? Y ahora, si no te importa —dijo, tomando la foto—, no quiero seguir hablando de militares americanos ni de nada por el estilo.

Pero Isa le quitó de nuevo la foto de las manos e insistió en saber más. Al final, con paciencia, Alana le contó toda la historia tal como su madre siempre se la había contado.

Cuando acabó, Isa, con los ojos totalmente anegados en lágrimas, murmuró:

—Qué dura eres. Si fuera mi padre, yo estaría destrozada, llorando todo el día.

Alana se encogió de hombros.

—Isa, tú te has criado con un padre y es lógico que, si te faltara, lo echaras de menos, pero yo no puedo echar de menos algo que nunca he tenido...

—Ay, Dios mío. Eres dura como la Paula de la peli. Ella y su madre.

Tú y tu madre. Oh... ¡qué fuerte! —murmuró la joven, sonándose la nariz, mientras Alana ponía los ojos en blanco—. ¿Y vas a leer el diario de tu madre?

—No lo sé —contestó, mirándolo—. Mi madre se ha empeñado en que lo haga, y también quiere que pregunte por mi padre en la embajada o donde crea pertinente. Pero ¿sabes qué? Aunque hay una parte de mí que quiere saber qué le ocurrió, hay otra parte que me grita que deje las cosas como están. Digamos que la cabeza me dice que no mueva un dedo y el corazón que sí lo haga.

—¿No quieres saber si está vivo o muerto?

—No lo sé —repitió suspirando. Y al ver cómo la miraba su amiga, añadió—: Puede estar muerto, pero ¿y si está felizmente casado y con quince hijos? ¿Cómo le digo eso a mi madre?

—Vaya aprieto. Tienes razón.

—En ocasiones, no saber evita el dolor —prosiguió Alana—. Y no quiero ver a mi madre sufrir por algo que está enterrado.

Isa asintió. Sin duda, estar en la piel de su amiga no era fácil y, tras abrazarla con cariño, la miró y dijo:

—¡La historia de tus padres es sensacional! Me la tendrías que haber contado hace siglos, para poderte desahogar. Pero decidas lo que decidas hacer, yo siempre te respetaré, y prometo guardar el secreto aunque sea lo último que haga en esta vida.

—Anda, venga, déjate de dramatismos y salgamos a disfrutar de esta increíble ciudad —replicó Alana, guardando el diario.

Se comieron un perrito caliente en una cafetería que Alana conocía de la avenida Madison, y cuando regresaban al hotel, a Isa le llegó un mensaje de celular. Tras leerlo, le preguntó a Alana:

—¿Estás muy cansada? —Ella la miró sonriendo e Isa explicó—: Tengo una amiga que vive aquí y cuando se ha enterado de que estoy en la ciudad nos ha invitado a una fiesta en Manhattan.

—Dirás que te ha invitado a ti.

—Nos ha invitado a las dos. Le he dicho que estoy con mi jefa y...

—¡Vaya! He ascendido —afirmó Alana riéndose—. No, ve tú. Yo prefiero irme a descansar.

—Ni hablar. —Y, parando un taxi, su amiga dijo—: Iremos, nos tomaremos una copita y luego regresaremos juntitas a descansar.

—Ya sabes que a mí no me va el mismo rollo que a ti —respondió Alana divertida.

—¡Qué pena, con lo bien que lo pasarías!

—Lo siento, pero soy más de tipos —contestó ella riendo—. Y, a ser posible, musculosos, de esos que se ven en las pelis de acción.

—¡Qué penita! —se mofó Isa, mientras entraba en el taxi—. Con lo que ligarás en la fiesta y las grandes oportunidades que vas a desaprovechar.

Y así fue. A Alana le entraron mujeres por todos los lados, pero con sonreír y decir que no, todo quedaba aclarado. Nada que ver con los hombres, que por norma insistían, se ponían pesaditos o se lo tomaban a mal.

De madrugada, y tras varias copas, Alana regresó en un taxi sola al hotel. Isa había conocido a una morena llamada Karen y, sin dudarlo, se fue a pasar la noche con ella.

Entraron en la habitación besándose, con la respiración agitada. Karen cerró la puerta de una patada y, sin perder tiempo, comenzó a desabrocharle a Isa el pantalón, mientras ésta, encantada, le desabrochaba también el suyo.

—¿Por qué tienes tanta prisa? —preguntó.

Karen la miró sin parar y, con fuego en la mirada, murmuró:

—Porque te deseo.

La impetuosidad de Karen a Isa le gustó. Ambas sabían lo que querían y, sin dudarlo, fueron por ello. Una vez los pantalones desaparecieron y tras ellos las camisas, sostenes y tangas, sus manos se deslizaron con mimo por el suave cuerpo de la otra.

—Eres preciosa —murmuró Karen excitada.

Isa sonrió y, mordiéndole los labios, contestó mimosa:

—Tú lo eres más.

La sonrisa con que respondió Karen le revolucionó la sangre y, cuando bajó la mano y tocó la humedad de su sexo, Isa dijo:

—Vamos. La cama nos espera.

Se tumbaron en ella sin demora, se besaron la boca, los ojos, el cuello, los pechos, juguetearon con sus pezones y, cuando Karen tomó el control del momento y bajó hasta el centro de deseo de Isa para chuparle el clítoris con deleite, ésta se arqueó embelesada. Aquello era maravilloso.

Karen sonrió al ver su deliciosa respuesta e, introduciendo dos dedos en su interior, comenzó a moverlos mientras reptaba por su cuerpo para mirarla a los ojos.

—Esto es sólo el comienzo de una noche increíble.

Isa asintió. Sin duda la noche prometía.

5
❦

A la mañana siguiente, Alana dormía plácidamente cuando se abrió la puerta de la habitación de par en par e Isa gritó:

—¡Buenos días, dormilona!

Eran sólo las nueve de la mañana y Alana recordaba haberse acostado cerca de las tres. Tomó una almohada, se la puso sobre la cabeza y farfulló:

—Quiero dormir. ¿Qué haces despierta?

Isa se desvistió para darse un regaderazo, pero en lugar de hacerlo, se tumbó junto a su amiga y contestó:

—Eso digo yo. ¿Qué hago despierta tan temprano, cuando debería estar abrazada al cuerpo de la diosa más increíble que he conocido en toda mi vida? ¡Dios, qué mujer! Pero cuando nos hemos despertado en el hotel, después de besarme y hacerme el amor como si no hubiera un mañana, se ha empeñado en que me tenía que ir y no me ha quedado más remedio que hacerle caso.

—Cállate. Quiero dormir —insistió Alana.

Pero Isa, sin hacerle caso, se tumbó boca arriba y prosiguió:

—Se llama Karen y tiene unos labios... ¡Hummm... preciosos! Dios, qué buena está y qué noche más increíble me ha hecho pasar. Sus pechos son tersos y suaves, y sus pezones son increíbles. Y si vieras su mirada cuando...

—Pero ¿qué me estás contando? —protestó Alana, quitándose la almohada de la cara.

Si algo tenía malo Alana eran los despertares. Hasta que llevaba levantada al menos media hora y se había tomado un café, no era persona. Pero Isa, que la conocía muy bien, afirmó sin inmutarse:

—Creo que he conocido a un gran pecado.

—¡Qué bien! —gruñó ella, mirándola.

—Pero soy una imbécil y no le he pedido su número de teléfono. Y, claro, la única opción es ir al hotel. Pero... pero después de cómo me ha despedido, ¡no quiero ser pesada!

—Pues lo siento.

—¡Yo más! —gritó angustiada—. ¿Qué voy a hacer?

—Tú no sé, pero yo, como no te calles, juro que te comes la almohada.

Isa la miró frustrada.

—Pero necesito contártelo. ¡He conocido a una mujer increíble!

Alana, quitándose el pelo de la cara, la miró y dijo:

—¿Y no puedes esperar a que me despierte, sin necesidad de darme tanto detalle sobre cosas que no me interesan y que considero que son privadas entre tú y ella?

Su amiga negó con la cabeza.

—Yo siempre te he escuchado cuando me has hablado de tus ligues con tabletita de chocolate, medidas extremas y oblicuos perfectos. Incluso cuando me hablabas de Don Micropene...

—No me lo recuerdes —gruñó Alana, restregándose los ojos.

—Uf... qué mujer esa Karen —prosiguió Isa—. Tiene un cuerpo increíble y unos muslos de acero maravillosos. Tendrías que haberle visto las piernas. Es pura fibra y...

Alana, sentándose en la cama, le dio un golpe con la almohada y exclamó con gesto de enfado:

—¡Cierra el pico, céntrate y ve a bañarte, antes de que te mate por no dejarme dormir!

Isa soltó una carcajada al verla así y, levantándose, dijo mientras se dirigía hacia el cuarto de baño:

—¡Qué mala es la envidia! Pero luego, te guste o no, te lo pienso contar todo.

Horas después, a la una de la tarde, mientras caminaban hacia el Instituto Cervantes para tomar unas fotos de las obras, Isa seguía hablando cámara en mano:

—No sé cómo localizarla. ¿Cómo he sido tan tonta de no pedirle su número de celular?

—Estabas ocupada en otras cosas —se mofó Alana.

—Me va a dar un ataque como no la encuentre.

Alana estaba riéndose de ella cuando de pronto vio un cartel que decía ASOCIACIÓN VETERANOS DE VIETNAM. NUEVA YORK y, sin saber por qué, se paró.

Leyó aquel cartel un par de veces más y, reanudado el paso, dijo, al ver que su amiga la miraba sin decir nada:

—Venga, continuemos.

Isa no dijo nada. Sabía lo que ella había pensado, pero prefirió callar y respetarla.

Unas calles más adelante, visitaron una exposición de fotografía que a Isa le interesaba ver y, al salir, ésta dijo:

—Oye... ¿sabes que cada vez estoy pensando más en serio pedir una excedencia y venir a exponer mis fotos a Nueva York?

Alana la miró. Ése siempre había sido el sueño de su amiga y murmuró:

—¿Y qué iba a hacer yo sin ti en Madrid?

Isa sonrió. Era un tema que habían hablado millones de veces.

—Echarme de menos, como yo a ti —respondió, tomándola del brazo.

Cuando llegaron a la sede en obras del Instituto Cervantes, Isa hizo cientos de fotos con su Canon digital, mientras ella la observaba sumida en sus pensamientos.

¿Debería entrar en aquella Asociación de Veteranos para preguntar por su padre?

—¡No lo vas a creer, pero Karen me acaba de llamar al celular! —exclamó de pronto Isa alterada. Al ver cómo Alana la miraba explicó—: Karen, la chica de los muslos de acero.

—Ahhhh... —asintió ella, volviendo en sí.

—Al parecer, mientras yo a saber qué hacía, hizo una llamada perdida desde mi celular al suyo para que le quedara grabado mi teléfono, ¡y ha llamado!

—Me alegro.

—Y yo. Esta noche he quedado con ella y sus amigos en un bar llamado Manamoa, en la Cuarenta y dos esquina con la Octava, para tomarnos una copa con ellos.

—¡¿Otra vez has quedado por las dos?!

—Sí —afirmó emocionada.

—Ah, no. Esta noche, otra vez, no. Si tú has quedado con ella, ¡irás tú!

—Pero dice que estará allí con unos amigos. Por favor, acompáñame.

—¡Ni hablar!

—Por favor... por favor, ven conmigo, y si a los cinco minutos te aburres, no pondré ninguna objeción para que te vayas, pero no me hagas llegar allí sola.

Alana soltó una carcajada.

—Pues claro que te voy a acompañar. ¿De verdad creías que no quiero ver a la chica de los muslos de acero?

Volvieron al hotel entre risas, pero esa vez, al pasar por delante de la Asociación de Veteranos, Alana se paró y dijo:

—Creo que tengo que entrar. Si no lo hago, me sentiré fatal por mi madre.

—Te acompaño —contestó Isa.

Una vez dentro del local, vieron a varios militares con uniforme y a otros hombres de paisano, todos ellos de cierta edad, hablando unos con otros. Como nadie les hizo caso, las chicas se acercaron a una pared donde había colgadas varias fotos en blanco y negro. Retratos de militares. Instantáneas de chicos en una selva, sonriendo, apuntando con fusiles o simplemente recostados ocupaban la gran pared. Pero las que más les llamaron la atención fueron unas que parecían haber sido tomadas en pleno combate. En ellas se veía a militares corriendo con el fusil en la mano, mientras los árboles explotaban y la tierra saltaba en pedazos a su alrededor.

—Esas fotos fueron tomadas en Kham Duc.

Al volverse, se encontraron con un hombre vestido de civil, de unos sesenta y pocos años, que les preguntó:

—¿Qué buscan aquí, señoritas?

Isa miró a Alana a la espera de una respuesta y, aclarándose la garganta, su amiga respondió, mientras se quitaba unos guantes rojos a los que les tenía mucho cariño:

—Venía para ver si ustedes me pueden decir si un soldado que estuvo en Vietnam está vivo o muerto.

El hombre la observó largo y tendido y, al ver que la joven lo miraba con desconfianza, preguntó:

—¿Tiene los datos de ese veterano? —Alana asintió y el hombre indicó—: Síganme, lo veremos en nuestra base de datos.

Cuando él se dio la vuelta, Isa murmuró:

—Madre mía, Alana, qué nerviosa estoy. ¿Y tú?

Ella dijo que sí con la cabeza. Estaba atacada. El hombre se metió tras un mostrador y preguntó:

—No son estadounidenses, ¿verdad?

—Españolas —contestó Isa, aunque, nada más decirlo, se arrepintió al ver la mirada de su amiga.

Otro hombre, más joven que el primero y vestido de militar, se acercó a ellas.

—¿Qué ocurre?

El primero comentó lo que la muchacha le había preguntado y, tras mirarla, el vestido de militar dijo:

—Sólo se informa o dan datos de los militares a familiares directos. ¿Qué parentesco la une con el hombre por el que pregunta?

—Es mi padre —respondió ella, con cautela.

Era la primera vez que lo mencionaba ante alguien que no fuera su madre o ahora Isa. El militar asintió y, sonriendo, dijo con amabilidad:

—Entonces no hay ningún problema. Deme el nombre de su padre, el número de la Seguridad Social si lo tiene y, por favor, déjeme el pasaporte de usted o algún documento acreditativo.

Al oír eso Alana supo que hasta ahí había llegado. En cuanto viera que sus apellidos y los de su padre no eran los mismos, nada más podría hacer. Por lo que sonriendo, dijo:

—No tengo aquí el pasaporte, pero sí los datos de mi padre y...

—Lo siento, señorita —la cortó el militar, cambiando de actitud—. Sin comprobar sus datos no puedo facilitarle lo que solicita.

—Hombre, por Dios —se quejó Isa—. Que está preguntando por su padre, no por la dirección particular de George Clooney. Dele los datos y mañana le traemos el pasaporte para que lo vea.

El militar negó con la cabeza.

—Lo siento. Cuando traiga su pasaporte, podremos buscar los datos que nos pide.

—¿Lo dice en serio? —gruñó Isa.

—Totalmente en serio, señorita —afirmó él.

Alana, que se había quedado callada, asintió y, sin ganas de luchar contra un imposible, dijo sonriendo:

—Gracias y adiós.

—¡Será tonto redomado el tipo! —exclamó su amiga, una vez fuera—.

Ni que le estuviéramos pidiendo los números de la lotería. ¡Joder, que es tu padre! ¿Acaso es tan difícil de entender?

—Baja la voz o nos vamos a meter en problemas —dijo Alana, mirando a los hombres que las contemplaban desde la puerta.

—Mañana volveremos con tu pasaporte y se lo voy a plantar en toda la cara.

Alana lo sacó de la bolsa y, al ver la cara de Isa, murmuró:

—Recuerda que mi madre no se casó con mi padre y por tanto no llevo sus apellidos. Por eso no se lo he enseñado.

—¡Ostras, es verdad! Pero ese tipo era un antipático.

—Vale, estoy de acuerdo en que ha sido un pelín antipático, pero en cierto modo hace lo que tiene que hacer, Isa. Los militares americanos han estado en medio mundo y estoy segura de que habrá miles de casos como el mío de hijos no reconocidos. Y aunque me moleste y me cabree, es lógico que protejan tanto sus datos. —Y guardando de nuevo el pasaporte en la bolsa, añadió—: El caso es que lo he intentado; tú has sido testigo de ello para decírselo a mi madre por si pregunta. Fin de la historia.

Pero Isa, incapaz de dejarlo estar, dijo caminando a su lado:

—¿Y si lo intentamos por otro cauce?

—No, Isa —contestó, parándose y mirándola seria—. Y por favor recuerda nuestra conversación. Quizá yo prefiera que las cosas sean así.

—Vale... vale... pero tú nunca te rindes ¿y te vas a rendir con esto?

—María Isabel García de la Riva Servigal, ¿te vas a callar?

—De acuerdo... me callaré. —Y mirando las manos de su amiga, comentó—: Por cierto, siempre me han gustado esos guantes rojos.

Alana sonrió y, mirando los guantes que primero habían sido de su tía Renata, luego de su madre y ahora suyos, respondió:

—Y a mí. Son muy especiales.

Tras pasar por el hotel para dejar los artilugios de trabajo de Isa, volvieron a salir, tomaron un taxi y fueron al bar donde habían quedado.

—Karen es la morena del suéter rojo, *jeans* verdes y pelo suelto —susurró Isa, una vez hubieron entrado.

Alana la miró. Parecía pasarla bien jugando al billar.

—Anda, preséntame a tu diosa —dijo.

—No sabe español —cuchicheó su amiga contenta—. A partir de este momento, tú y yo sólo hablaremos en inglés.

—De acuerdo.

Encantada, Isa abrió camino y Karen, al verla, se apoyó en el palo de billar y dijo:

—Mira quién está aquí.

Isa se acercó, la besó en los labios y luego las presentó:

—Karen, ella es Alana, mi mejor amiga.

La joven le dio dos besos y dijo con una bonita sonrisa:

—Encantada.

—Lo mismo digo —respondió Alana sonriendo a su vez.

—¡Vamos, Karen! —gritó una voz masculina—. Te toca.

Karen estaba jugando con tres tipazos a cuál más grande y fornido.

—Chicos, ellas son Isabel y Alana —las presentó Karen—. Y ellos Ivan, Kevin y Tom. Y antes de que desplieguen sus artes sobre ellas, les tengo que decir que Isabel ya está ocupada y no quiero tener que cortarles las manitas.

Los hombres rieron y, sin acercarse, asintieron con la cabeza en señal de saludo.

Isa y Alana fueron a la barra por unas bebidas y ésta, mirando a la joven morena que continuaba jugando al billar, cuchicheó:

—Chiquitita pero matona.

—Dios, ¿has visto qué labios tiene?

Alana soltó una carcajada. No era la primera vez que veía a su amiga tan atontada por alguien.

—Sí, tiene unos labios muy bonitos, no te lo voy a negar —dijo.

—Anda, pídeme una cerveza. Necesito besar esos labios otra vez.

Y, sin más, se alejó ante la mirada divertida de Alana, que en ese momento oyó:

—Tus labios también soy muy bonitos.

Miró a su derecha. Un hombre alto, rubio, de ojos claros y mirada peligrosa, preguntó:

—¿Puedo invitarte a una copa?

Ella sonrió dando un paso atrás y negó con la cabeza.

—Te prometo que no te voy a comer —insistió él, sonriendo también.

Alana levantó las cejas y dibujó con un dedo una raya imaginaria.

—¿Ves mi dedo? —preguntó, y cuando el hombre asintió, ella dijo—:

Pues de aquí para ti es tu espacio y de aquí para mí, el mío. Por lo tanto, ¡adiós y no molestes!

El gesto de sorpresa de él le hizo gracia. Estaba claro que no se esperaba aquello.

Dándose la vuelta, Alana se encaminó hacia el otro lado de la barra para alejarse y le pidió al mesero un par de cervezas. Pero cuando las fue a pagar, la misma voz ronca dijo detrás de ella:

—Joseph, las cervezas ponlas en nuestra cuenta.

Ella se volvió para decirle cuatro frescas, pero el hombre, levantando las manos con comicidad, se defendió:

—Estoy respetando tu espacio. No lo he sobrepasado, ni siquiera me he acercado.

Alana frunció el cejo y él murmuró:

Si las miradas mataran... ¡ya estaría muerto!

—¿Por qué insistes?

—Lo hago porque esp...

—Te he dicho que no quiero que me invites a nada —lo cortó ella—. ¿Acaso eres sordo o algo así?

—No.

—Pues entonces eres un pesadito que no sabe aceptar un no por respuesta; ¿se trata de eso?

El hombre sonrió sin moverse de su sitio.

—Soy amigo de Karen y estoy con el grupo. Y, en cuanto a invitarte, Joseph apunta en una cuenta todo lo que tomamos y luego lo pagamos antes de irnos. No pienses mal.

Esa aclaración la hizo sentirse como una tonta.

—Okey, nena, ¡ya no te molestaré más! —añadió el hombre, antes de darse la vuelta.

Cuando se alejó, Alana tomó las cervezas y caminó con brío hacia donde su amiga estaba con Karen. Durante un rato, observó al grupo jugar al billar y sonrió al ver su buen humor y cómo bromeaban entre ellos.

Media hora después ya estaba arrepentida de haberle hablado así al de la barra. Sin duda era un tipo simpático, con una preciosa sonrisa, al que todos parecían tenerle mucho aprecio, y además había que reconocer que estaba muy muy bien. Pero él no se volvió a acercar a ella, limitándose a mirarla a través de sus claras pestañas, lo que a Alana la puso cardiaca.

Oyó que lo llamaban Joel y el nombre también le gustó.

Y cuando, sin ningún sentido del ridículo, al sonar por los altavoces la canción *Bad Medicine,** de Bon Jovi, empezó a cantar a voz en grito esa canción junto a sus amigos, Alana sonrió.

En un momento dado, Joel clavó los ojos en ella, moviéndose al ritmo de la música de una manera irresistiblemente varonil que a Alana le resecó hasta el alma. Aquel tipo era sexy, masculino y salvaje, terriblemente salvaje.

—Sí, guaperas, eres todo un pecado —murmuró en español.

Isa, al oírla, miró hacia donde ella también miraba y cuchicheó:

—¿Pecarías con el rubio?

—Locamente y sin esperar perdón —afirmó Alana.

Su amiga soltó una carcajada.

—¿Qué te parece Karen? —preguntó luego.

Alana, que observaba absorta a Joel y su duro trasero, contestó:

—Interesante.

Isa rio de nuevo.

—Esta noche te dejo el hotel para ti sola. Me vuelvo a ir con Karen.

Alana asintió sin quitarle la vista de encima a Joel.

Si algo le había enseñado su madre era que los momentos especiales que la vida te ofrecía, había que intentar no desperdiciarlos. Y sin duda aquél era uno de esos momentos, aunque su madre se escandalizara; deseaba a aquel hombre.

Una vez terminó la canción, todo el grupo de Karen brindó con sus botellines de cerveza, y luego Joel, acercándose a Alana como no lo había hecho hasta el momento, le preguntó al oído:

—¿Tú eres una mala medicina?

—Tan mala como tú —respondió ella, volviéndose para contemplarlo envalentonada.

Ambos sonrieron y, mirándose a los ojos, hicieron chocar sus botellas. Sus diferencias acababan de quedar enterradas.

A partir de ese momento, Joel y Alana no pararon de mirarse y de provocarse. Ambos controlaban muy bien el lenguaje de los ojos y estaba claro lo que se estaban diciendo.

---

* *Bad Medicine*, The Island Def Jam Music Group, interpretada por Bon Jovi. *(N. de la E.)*

Acabada la partida de billar, Joel propuso jugar otra y esa vez Alana se apuntó. Ella apenas sabía jugar, pero podía ser divertido.

Sin desaprovechar el momento, Joel la eligió como compañera y, pegando su cuerpo al de ella, le indicaba cómo golpear la bola cada vez que le tocaba. Como pudo, Alana siguió sus instrucciones, a pesar de lo que sentía ante su descarado acercamiento. Notar su fibroso cuerpo contra el suyo la desconcentraba. Pese a ello, una de las veces consiguió meter la bola donde se había propuesto y, tras chocar la mano con ella, Joel dijo con cierta jactancia:

—Soy un buen maestro.

Su mirada y en especial sus ojos cargados de deseo le hicieron saber a Alana que esas palabras significaban otra cosa, y, sin amedrentarse ante aquel americano presumido, apoyó la cadera en la mesa de billar y respondió:

—Lo que eres es un creído.

Sus amigos soltaron una carcajada.

Cinco minutos más tarde, cuando Joseph les llevó otra ronda de cervezas, Joel le dio un trago a la suya y, mirando a Alana, preguntó:

—¿Dónde quieres que meta... la bola roja?

—En el hueco de la derecha —respondió ella.

Él asintió. Le había indicado el lugar más complicado y eso le gustó. Miró la mesa de billar, estudió el golpe, se colocó y, cuando fue a tirar, dijo:

—Si lo consigo, ¿qué premio obtendré?

Tom y Kevin rieron al oírlo y Alana, tras mirar a Isa y que ésta le sonriera, contempló la mesa, llena de bolas que complicaban ese movimiento, y afirmó:

—Si lo consigues, te dejaré elegir.

—¿Podrá ser un beso? —insistió él.

«Un beso, dos y veinte, guapo, que me tienes a mil», pensó Alana excitada, pero respondió:

—Tú mete la bola y lo veremos.

—Guau, tendré que aplicarme —bromeó Joel al escucharla.

Y sin que nadie se lo pudiera imaginar, golpeó con el palo la bola roja y ésta, como si danzara sobre el tapiz, sorteó el resto de las bolas para acabar en el hueco de la derecha. Todos aplaudieron y empezaron a gritar:

—¡Beso! ¡Beso! ¡Beso!

Incrédula porque hubiera sido capaz de hacerlo, pero a la vez contenta por lo que suponía que él iba a reclamar, puso los ojos en blanco y sonrió. A cada segundo que pasaba aquel tipo le gustaba más. Entre bromas,
los amigos lo animaban a que la besara y él, sonriendo, se le acercó y dijo:

—Vengo a reclamar mi premio.

Exaltada, turbada y excitada por su cercanía, miró aquellos tentadores
labios y preguntó:

—¿Y qué reclamas?

Joel, desde su más de metro noventa de estatura, la observó. Aquella
rubita con cara de inocente era más peligrosa de lo que en un principio
había creído y eso lo atrajo. Nunca le habían gustado las mojigatas. Apoyando el palo de billar sobre la mesa, y sin importarle el alboroto que estaban armando sus amigos para que reclamara el premio, contestó:

—De momento reclamo un beso. Estoy muy necesitado, nena.

Al oír ese apelativo, se le puso el vello de punta, pero murmuró sonriendo:

—Dudo que un sinvergüenza como tú esté tan necesitado.

Sin ganas de continuar hablando, no fuera a ser que ella se echara
atrás, Joel la abrazó por la cintura, la acercó a él y, tras rozarle la nariz con
la suya con sensualidad y después de que todos aplaudieran, se posó sobre
su boca y, deseoso, la besó. Le metió la lengua de tal manera que a Alana
se le cortó la respiración al sentir su impetuosidad.

Cuando el beso finalizó, antes de lo que ella esperaba, y él la soltó,
atontada, dio un paso atrás y murmuró mientras el grupo los aplaudía y vi-
toreaba:

—Cuenta saldada. La próxima vez seré menos impulsiva.

Joel sonrió y, volviéndose hacia sus amigos, levantó los brazos en señal de victoria mientras ellos lo felicitaban. Después de ese instante, la respiración de Alana no se volvió a normalizar. Tras aquel beso, él la miró
con más intensidad que antes y se le acercó más de la cuenta. Y Alana se
lo permitió. Se gustaban, y no eran unos niños para andarse con tonterías.

Alana fue al baño para refrescarse y, cuando salió, vio que Joel la estaba esperando fuera. La tomó de la mano, la arrinconó contra la pared y sin
mediar palabra la besó. Besarla una y mil veces se había convertido en una
imperiosa necesidad y cuando el beso acabó, murmuró tremendamente
excitado:

—Sé que me acabo de saltar tu línea y de comerme tu espacio, pero ¿te gustaría que nos fuéramos de aquí?

Ella asintió como una autómata. Nada le apetecía más.

Fueron a donde estaban todos para recoger su bolsa, miró a Isa, le guiñó un ojo con complicidad y después se marcharon.

Una vez salieron del local, Joel, con la mano de ella entre las suyas, preguntó:

—¿Casa u hotel?

—Me alojo en un hotel —afirmó Alana.

Mientras esperaban un taxi, se fijó en él. Era un galanazo en toda regla. Alto, pelo corto y rubio, piernas de infarto, espalda cuadrada y un trasero impresionantemente duro. Pura dinamita.

Él, al ver su sonrisita, la acercó a su cuerpo y, besándola con morbo, murmuró con voz ronca:

—¿Qué es lo que te parece tan divertido?

Alana iba a contestar, cuando una cadena plateada que él llevaba al cuello le llamó la atención.

—¿Qué es? —preguntó tocándola.

—Mis *dog-tags* —respondió. Y al ver cómo ella lo miraba, aclaró—. Mis chapas de identificación...

—Sé lo que son las *dog-tags* —gruñó Alana, cortándolo.

Joel, sin entender ese cambio en su tono de voz, inquirió:

—¿Qué ocurre?

—¿Eres militar?

Él asintió.

—Soy el capitán...

—¡¿Capitán?!

A cada segundo más sorprendido por lo que ocurría, insistió:

—Soy el capitán Joel Parker, de la primera división de marines del ejército de Estados Unidos.

Alana parpadeó. ¿Marine americano?

Instintivamente se deshizo de sus brazos.

—Estás de broma, ¿verdad? —murmuró.

Joel negó con la cabeza.

—¿Qué te pasa? —preguntó, sin entender nada.

Ella también negó con la cabeza.

—Vamos a ver, Nueva York es enorme, inmensa. ¿Por qué he tenido que conocer precisamente a un marine?

Sin llegar a entender su reacción, la miró e insistió:

—Mira, nena, los que se han quedado en el bar también son marines. Estamos de permiso y...

—¡Joderrrrrrrrrrrrrrr...!

—Okey, ¿me puedes decir qué te pasa? —preguntó molesto.

Alana se tocó la frente. Aquello era de locos. Si de algo estaba segura era de que no quería tener nada que ver con ningún militar y, dando un paso atrás, dijo:

—Mira, no te lo tomes a mal, sé que hasta hace dos segundos tú y yo íbamos directos a la cama de mi hotel, pero ahora que sé a lo que te dedicas, he decidido regresar sola.

Joel la miró incrédulo.

—¿Y por qué? ¿Qué ha ocurrido?

Al ver llegar un taxi, Alana levantó la mano para pararlo y, observando al hombre que tenía al lado, respondió:

—Por suerte, no ha ocurrido nada. Adiós.

Joel, todavía sin entender nada, fue a tomarla del brazo, pero al ver que ella lo esquivaba, se quedó quieto. Cuando el taxi se alejó, suspiró y se encaminó hacia su departamento.

A las nueve de la mañana siguiente, en cuanto Isa llegó, se sentó junto a su amiga, que todavía dormía, y cuchicheó:

—Cuéntame ahora mismo lo incontable. ¿Maxipene o micropene?

Alana dio un salto en la cama y, al verla, gruñó.

—No estoy de humor. Déjame dormir.

Pero Isa, sin darse por vencida, se tumbó a su lado e insistió:

—Vamos, cuéntame tu pecado. ¿Es tan sexy como parece?

Alana suspiró. Sabía que no la iba a dejar en paz y, sin mirarla, respondió:

—No lo sé.

—¿Cómo que no lo sabes?

—Cuando salí del bar, lo planté y regresé sola al hotel.

—Pero ¿qué pasó? —preguntó Isa, con los ojos como platos—. Cuando se fueron parecía que...

—¿Tú sabías que él, tu chica de los muslos de acero y los otros son marines? —quiso saber, sentándose en la cama. Y al verla que callaba, siseó—: Es para matarte, retirarte el saludo y no volver a hablarte en la vida.

Isa se apartó el pelo de la cara y murmuró:

—Sabía que Karen es teniente y...

—Joderrrrrr, Isa.

—Me lo contó la primera noche que estuvimos juntas, cuando vi que llevaba las *dog-tags*, pero no te lo dije por... por... ¡yo qué sé por qué no te lo dije! Lo que no sabía era que los amigos con los que había quedado en el bar lo eran también. Pero cuando se fueron y oí a uno decir que el capitán tenía una buena noche por delante, ¡te juro que me quise morir al darme cuenta de lo que pensarías!

—¿Y por qué no me mandaste un mensaje al celular?

—Alana, por Dios... que no te marchabas con un narcotraficante.

—No le habrás contado a Karen ni a ninguno de ellos lo de mi padre, ¿verdad?

—Pues claro que no. ¿Por quién me has tomado? —protestó su amiga.

Alana la miró y suspiró y, sin más ganas de hablar del tema, dijo:

—Voy a bañarme y cuando salga de la regadera, no quiero que volvamos a hablar de nada de esto.

Isa hizo un gesto como si se cerrara la boca con llave.

Hacia las diez, se acercaron a las oficinas de *Exception* en Nueva York. Asistieron a una de sus reuniones matinales y saludaron a colaboradores con los que hablaban diariamente por mail. Alana miró a su alrededor en busca de Scott, un hombre con el que había tenido una aventura tiempo atrás, pero no lo vio. Mejor así.

Acabada la reunión, Isa había quedado con dos de los fotógrafos y se fueron los cuatro juntos a comer. Durante la comida hablaron de todo menos de trabajo y cuando acabaron, Isa y Alana los acompañaron a cubrir una inauguración en el Museo de Arte Moderno. Cualquier noticia extra siempre podía ser utilizada en la revista en España.

Después de cubrir el acto, sus compañeros se tuvieron que marchar y ellas dos se fueron a Central Park a tomar algo. Una vez allí, de pronto aparecieron Karen, Joel y algunos más.

Alana, al verlos, miró a Isa, que rápidamente explicó:

—Yo sólo he quedado con Karen. ¡Te lo juro!

—Hombre... pero si es Speedy Gonzalez —se mofó Joel al ver a Alana—. ¿Vas a salir corriendo de nuevo?

Ella, al ver que sus amigos se reían, miró a Isa y dijo en español:

—¿Me puedes explicar por qué este gracioso estúpido de dientes perfectos y sonrisa ídem está aquí? —Pero antes de que Isa pudiera responder, Alana, al sentirse observada por él, siseó—: Mira, paso. Me voy. Te veo en el hotel. Adiós.

Echó a andar sin mirar atrás en ningún momento. No quería tener nada que ver con aquellos marines y menos con el simpático que la había llamado Speedy Gonzalez.

Cuando llegó al hotel, se desvistió, se bañó y, sentándose en la cama, llamó por teléfono a su madre. Tras hablar un ratito con ella y ver que estaba bien, sacó su computadora y se puso a trabajar.

Un par de horas más tarde, tras comerse un sándwich que había pedido como cena, puso la tele, pero nada de lo que daban en los mil canales disponibles le interesó. Sólo podía pensar en el capitán americano. ¡Sería tonto! Al final puso la MTV y, sacando el diario de su madre de la maleta, lo miró y murmuró:

—De acuerdo, mamá. Lo voy a leer.

Empezó sin demasiadas expectativas, pero poco a poco su lectura la atrapó y sonrió al estar viendo a su madre con veinte años. Al leer sobre las discusiones de sus tías Renata y Teresa se carcajeó. Sin duda el tiempo había pasado por ellas, pero seguían igual cada vez que se reunían. Leyó y leyó hasta que de pronto se paró al ver:

No me entiendo ni yo.
No quiero ver a ese americano, pero mi mente no puede parar de pensar en él. ¿Seré un bicho raro?

Alana suspiró. Parecía que ella misma hubiera escrito ese comentario y, cerrando el diario, lo dejó sobre la mesilla y dijo, antes de apagar la luz:

—Mami, yo tampoco me entiendo. Ya somos dos bichos raros.

6

Al día siguiente, tras cubrir Isa y ella una conferencia sobre derechos humanos que su jefa les había encargado por mail la noche anterior, salieron del auditorio y Alana se quedó de piedra al encontrarse con los militares en la puerta. Pero ¿acaso iban en grupo a todas partes?

—Te juro que no sabía que iban a venir todos —dijo su amiga rápidamente.

Alana, que no tenía ganas de discutir, se dio la vuelta y se marchó.

Joel la miró alejarse sin decir nada. ¿Qué le ocurría a aquella mujer?

Por la tarde, mientras Alana veía una película tirada en la cama del hotel, apareció Isa.

—¿Qué haces aquí? —preguntó Alana al verla.

—Karen tenía cosas que hacer —respondió su amiga, dejando la bolsa con la cámara y sentándose en la cama a su lado.

Ella asintió. No pensaba preguntar qué cosas.

—¿Te apetece que salgamos a cenar y a tomar algo? —preguntó Isa.

—¿No vas a quedar luego con Karen? —Al verla negar con la cabeza, contestó—: Pues no se hable más. ¡Nos vamos tú y yo!

Al llegar al restaurante que habían escogido, la casualidad hizo que se encontraran con Gina y Víctor, unos compañeros que trabajaban en *Exception* de Nueva York. Éstos estaban con unos amigos y rápidamente las invitaron a sentarse con ellos. Cuando terminaron de cenar, las animaron a acompañarlos a tomar unas copas en un nuevo sitio de la ciudad.

Durante horas, las dos amigas se divirtieron, bailaron y rieron, hasta que en un momento dado, cuando Alana se dirigía de vuelta a la mesa donde estaban los otros, chocó con alguien. Al levantar la vista para disculparse, vio que era el marine del que huía constantemente.

—Sin lugar a dudas, la mala suerte me persigue —dijo él.

—Por una vez estamos de acuerdo —siseó Alana.

—¿Vas a salir corriendo de nuevo, Speedy?

—Vete al cuerno, Capitán América.

Y, sin más, continuó su camino, consciente de las risas de él.

Al llegar a donde se encontraba su grupo, tomó su bebida y miró a Isa para contárselo, pero como ella estaba platicando tranquilamente con Víctor, decidió no decirle nada. ¿Para qué? Aquel hombre no le importaba lo más mínimo y con ignorarlo, listo. Sin embargo, diez minutos después, lo vio junto a la barra conversando con una chica y no pudo quitarle los ojos de encima. Pero ¿qué le pasaba?

Por suerte, pocos minutos más tarde, lo vio desaparecer.

Dos días después, cuando Isa y ella salían de hacerle una entrevista a un músico irlandés muy de moda, se encontraron en la puerta a Karen y a Joel esperándolas.

Sin darle ocasión a una azorada Isa de que dijera nada, Alana se despidió y se encaminó hacia el metro. Pero de repente sintió que alguien la tomaba del brazo.

—Eh... eh... Speedy, espera.

—¡Suéltame! —protestó ella—. Y como me vuelvas a llamar Speedy... te aseguro que lo vas a lamentar.

Joel la soltó rápidamente y, mientras Isa y Karen se alejaban, preguntó:

—Pero ¿qué te ocurre, nena? No lo entiendo.

—Y tampoco me llames nena. ¡No soy tu nena! —gruñó.

Al ver su gesto contrariado él suspiró y, levantando las manos, dijo:

—Okey, discúlpame, no pensaba que te lo fueras a tomar tan mal. —Y ante su silencio, prosiguió—: No sé qué te ocurre conmigo, pero me gustaría poder hablar para al menos saber lo que hice mal esa primera noche en que me plantaste.

Alana lo miró. Él no había hecho nada mal. Sólo que era un marine. Y antes de que pudiera abrir la boca, Joel propuso:

—Déjame invitarte algo y hablamos.

—No tengo nada que hablar contigo —contestó ella.

—Te equivocas y lo sabes —insistió él en tono meloso—. Tus ojos me dicen que sabes que no estás siendo justa conmigo, ¿verdad? —Alana no respondió—. Entre tú y yo surgió algo que podría haber acabado muy bien.

—Vamos a ver, Capitán América, surgiera algo o no surgiera, luego lo pensé mejor y...

—Si no quieres que te vuelva a llamar Speedy, a mí llámame Joel, o sólo capitán —la cortó él y, mirándola a los ojos, susurró—: No he podido dormir pensando en ti.

Alana negó con la cabeza. Aquel guaperas alto y rubio era un seductor de tomo y lomo. Y aunque ella tampoco había dormido pensando en aquellos bonitos ojos azules, contestó:

—Tranquilo, «sólo capitán», esta noche dormirás a pierna suelta.

Su respuesta lo hizo sonreír. Y a Alana aquella sonrisa la hizo recordar las de la primera noche y se acaloró.

—Vamos, déjame invitarte un café y...

—¡No!

Joel suspiró. Sin duda, no era una chica fácil de convencer y, ya dándolo todo por perdido, murmuró con voz suave:

—Mira, nena, ahora mismo te besaría esa boquita de patito que pones, pero sé que corro un gran riesgo si ocupo tu espacio, ¿verdad?

Lo de boquita de patito le llegó al corazón, pero respondió cortante:

—Sin duda correrías un gran riesgo. Adiós.

Y, sin más, se dio la vuelta y echó a andar. Debía desaparecer de allí cuanto antes.

Joel quiso ir tras ella, pero desistió. Nunca le había gustado ser un pesado con las mujeres, como en ocasiones lo eran ellas con él.

Alterada por los sentimientos que aquel desconocido estaba removiendo en ella, Alana caminó a toda prisa y cuando llegó a un banco se sentó con el corazón desbocado. De pronto se sentía fatal. Ella no era nunca tan desagradable con la gente.

Sin poder evitarlo, miró hacia atrás y vio a Joel alejarse lentamente, con las manos en los bolsillos de los *jeans*, y la rabia la consumió.

¿Por qué diablos tenía que ser militar? ¿Por qué diablos tenía que ser un marine?

Durante unos segundos lo estuvo observando y sonrió en el momento en que una pelota le fue a los pies y él se agachó para devolvérsela a un niño. Cuando ya casi lo había perdido de vista, se levantó y, sin pensarlo dos veces, corrió en su busca.

Al llegar a su lado, agotada por el esfuerzo, se paró delante de él, que la miraba sorprendido, y, tras hacerle un gesto para que no se moviera, tomó aire y dijo:

—Invítame un café.

—¿Y si ahora no quiero hacerlo?

—Pues te invito yo —replicó ella con seguridad.

Él frunció el cejo y, apartándose de ella, dijo:

—¿Ves mi dedo? —Alana asintió. Mal asunto—. Pues de aquí para ti, es tu espacio, y de aquí para mí el mío. Por lo tanto... —La tomó de la mano y añadió—: Anda, vamos, Speedy. Te invitaré a un café.

Sin soltarse de la mano, caminaron juntos hasta una cafetería y se sentaron el uno frente al otro.

—Siento haber sido un poco grosera contigo —dijo Alana mirándolo a los ojos.

—¿Sólo un poco?

—Vale... siento haber sido tan grosera contigo —reconoció ella, sonriendo.

—Disculpas aceptadas.

Cuando les llevaron los cafés, Alana prosiguió:

—Lamento mi huida de la primera noche.

—Y yo. —La miró con gesto serio y, al cabo de unos segundos, preguntó—: ¿Qué te ocurrió?

Sin querer decirle una mentira, respondió:

—Me asusté. Ésa es la verdad.

—¿Por qué? —exclamó confuso—. Todo iba bien hasta que viste mis chapas de identificación y te dije que era marine. ¿Fue por eso?

Alana tomó aire y dijo:

—Mi padre era militar americano. —Al ver su gesto de sorpresa, y antes de que le pudiera preguntar nada, añadió—: Pero no me apetece hablar de él. Sólo quiero aclararte por qué me agobié tanto y me marché sola al hotel al saber que tú eras militar.

Joel pensó que algo malo habría ocurrido con su padre para que tuviera tanta aversión a los militares. Extendió la mano por encima de la mesa, la acercó a la de ella y preguntó:

—¿Puedo?

Alana miró su mano y, tras asentir, él se la tomó y, apretándosela con cariño, murmuró:

—No hablaremos de nada que tú no desees. Pero quiero que sepas que me alegra estar tomando este café contigo.

Ella sonrió como si se hubiera quitado un peso de encima. Mencionar a su padre nunca era fácil.

—¿Y esto? —preguntó Joel, mirándole el tatuaje del antebrazo y paseando un dedo por él.

Alana leyó para sí «Lo que no te mata te hace más fuerte» y respondió:

—Un tatuaje.

Él soltó una carcajada.

—Hasta ahí llego, sólo quería saber qué...

—No quiero hablar de ello —lo cortó, al intuir que no entendía español—. Simplemente te diré que fue un arrebato.

Joel asintió y no preguntó más. Sin duda era una chica con secretos.

Durante un buen rato hablaron de mil cosas y Alana se percató de lo simpático, caballeroso y educado que era. También le gustó haber visto su lado canalla la otra noche con sus amigos en el bar.

Cuando salieron de la cafetería, pasaron por una calle llena de restaurantes y Joel la invitó a cenar. Durante la cena, la buena sintonía entre los dos continuó.

Alana observó sus manos. Unas manos grandes y fuertes. Miró su boca, una boca bonita y deseable. Contempló sus ojos, claros, sagaces, vivos y tentadores.

Todo en él le volvía a gustar y su cuerpo se lo gritó alto y claro: «¡sexo!».

—¿Me acompañarías ahora a mi hotel? —le preguntó al terminar de cenar.

Joel sonrió. Nada en el mundo le apetecía más, pero respondió:

—Te acompañaré a donde quieras, pero no es necesario.

Ella, acercándose por primera vez a él, lo besó en los labios y murmuró con sensualidad:

—Sí es necesario, cielo, estás muy necesitado.

Al escuchar aquello, Joel aceptó un nuevo beso, sonrió y cuchicheó:

—Okey, nena, tienes razón. Estoy tremendamente necesitado.

En el taxi no dejaron de besarse y cuando llegaron al hotel, las ganas de unir sus cuerpos se había vuelto una urgente necesidad.

Una vez en la habitación, Alana encendió la luz, pero él la apagó y, tomándola con ímpetu entre sus brazos, murmuró:

—Señorita, le aseguro que lo pasaremos muy bien.

Y luego la besó con delirio, mientras se desnudaban el uno al otro. Una vez Alana se quedó en ropa interior, Joel susurró, con una mirada feroz:

—Tú lo has dicho, estoy muy necesitado.

—Ven aquí —dijo ella, sentándose en la cama.

Al ver su protuberante erección, sonrió y, acercándose, la lamió con mimo.

Al sentir aquella dulce caricia, él echó la cabeza hacia atrás y soltó un gemido. Cerró los ojos y se dejó hacer. Pero eso duró poco, porque rápidamente se apartó y, tras sacar su cartera y tomar un preservativo, se lo colocó y murmuró ansioso:

—¿Te importa si esta vez pasamos de los preliminares?

—A la mierda los preliminares. Hazlo ya.

Joel soltó una carcajada y, mordiéndose el labio inferior, la tocó. Al notarla mojada, se hundió en ella susurrando:

—Ni te imaginas lo que te deseo.

Alana se arqueó, sintiendo todas sus terminaciones nerviosas. Su cuerpo se abría poco a poco para recibirlo y, cerrando los ojos, jadeó ansiosa mientras escuchaba:

—Okey, nena... okey.

Mientras la habitación iba cambiado de colores por el cartel que había en el exterior, y loca de deseo, levantó temblorosa las caderas para ir a su encuentro. Lo necesitaba. Ambos jadearon al encontrarse con aquella profundidad y, olvidándose del mundo, disfrutaron del momento plagado de besos, placer y lujuria, mientras él la inmovilizaba para hundirse en ella una y otra vez sin parar.

Después de cuatro combates cuerpo a cuerpo en los que los dos se sintieron ganadores, a las siete de la mañana Joel se levantó de la cama y comenzó a vestirse. Desnuda en la cama, Alana lo observaba. Vio que también él tenía un tatuaje en el brazo y leyó en inglés en voz alta:

—«Lo que no te mata te hace más fuerte». ¡Serás copión! Te lo creas o no, es lo mismo que dice en mi tatuaje en español.

Ambos rieron por la coincidencia y entonces Alana vio que él tenía algo más tatuado.

—¿Te gustan los tatuajes?

—No.

—¿Y por qué llevas este que te ocupa todo el bíceps?

Sin parar de vestirse, Joel contestó:

—Una noche de borrachera con los integrantes de mi pelotón. Todos nos tatuamos el símbolo de los marines junto con la bandera estadounidense y la frase que has leído. Por suerte, nos lo hicimos en el bíceps, si no habríamos tenido un gran problema.

—¿Problema por qué?

—Los marines tenemos prohibido tatuarnos la zona que va de las muñecas a las manos.

Alana clavó los ojos en él y suspiró. Joel era pura tentación. Además de tener un cuerpo perfecto, fibroso y deseable, y una sonrisa cautivadora, en la cama era un dios.

Tras lo de Ismael, alias Don Micropene, Alana había tenido infinidad de rollitos con hombres. Pero sin duda el de aquella noche estaba dejando a todos los anteriores muy mal parados.

—¿Sabes la palabra que me vino a la cabeza la primera noche que te vi? —preguntó—. ¡Pecado!

—¡¿Pecado?! ¿Por qué pecado? —replicó él divertido.

Animada por su sonrisa, respondió:

—Porque al verte sólo podía pensar en pecar.

Él soltó una carcajada y, revolviéndole el pelo con cariño, contestó:

—Me encanta haber pecado contigo, ¡pecadora!

Cuando terminó de vestirse, se sentó junto a Alana en la cama y ambos se miraron en silencio. Tras besarla en los labios con infinita dulzura, dijo:

—Ha sido un placer.

Ella se quedó atontada por su magnetismo, mirándolo mientras él tomaba su chamarra, abría la puerta de la habitación y, tras mirarla de nuevo, se marchaba.

Al quedarse sola en la habitación, Alana se acurrucó en la cama. Lo que había ocurrido había sido increíble, pero una pregunta la comenzó a martirizar.

¿Por qué Joel no le había pedido su teléfono ni una nueva cita?

7

Más tarde esa misma mañana, Alana e Isa salían de las oficinas de Carolina Herrera con los pases para el desfile de su nueva colección.

—Me encanta esta mujer —comentó Alana—. Qué carisma tiene. Hablar con ella me da buen rollo y positividad, ¿a ti no?

—Es encantadora —afirmó Isa—. Y qué pañuelos más bonitos nos ha regalado.

En ese momento sonó el celular de Alana. Cuando colgó, le dijo a su amiga:

—Era la secretaria del señor Hudson, el que lleva las obras del World Trade Center. Dice que hoy no nos puede recibir y si podemos hacerle la entrevista pasado mañana.

—¡Genial! —exclamó Isa.

—¿Tienes hambre? —le preguntó Alana.

—Yo siempre.

—Pues conozco un italiano donde hacen las pizzas de maravilla. ¡Vamos!

Mientras las dos disfrutaban de una estupenda pizza y platicaban de lo ocurrido la noche anterior, a Isa le llegó un mensaje al celular.

—Es Karen. Dice que esta noche nos vemos en el Manamoa. Seguro que estará Joel también. ¿Vendrás?

Alana lo pensó. Nada le apetecía más que volver a ver a ese hombre, pero negó con la cabeza.

Isa la miró boquiabierta. Después de todas las maravillas que le había contado de él, no entendía su reacción.

—¿Por qué? ¿Acaso no la pasaste bien con el Capitán América?

—La pasé genial. Joel, a pesar de su aspecto donjuanesco, es el tipo menos egoísta en la cama que he conocido, pero no creo que él me quiera volver a ver.

—¿Por qué dices eso?

Alana suspiró.

—Porque se despidió de mí y se marchó sin más. Sin pedirme el teléfono, sin quedar para otro día. Y yo no quiero ir de pesadita, apareciendo esta noche, no estoy tan desesperada. Y además me apetece descansar. Mientras le hacías fotos a Carolina, me han llamado del Instituto Cervantes y he quedado mañana a las nueve con el futuro director. Luego, a las cuatro y media te recuerdo que tenemos otra cita en esa preciosa cafetería librería de Brooklyn con mi amigo Matthew, para que nos dé los pases de la Real World.

Isa dio un bocado a su pizza y murmuró:

—Creo que haces mal. Deberías venir esta noche.

—Mira, Isa, ve tú y pásala bien con tu estupenda teniente, y del resto no te preocupes.

Cuando acabaron de comer, decidieron dar un paseo, y en cuanto vieron el cartel de Bloomingdale's no lo dudaron y entraron. Aquellos míticos almacenes eran una maravilla y durante horas estuvieron dando vueltas por ellos. Su nivel adquisitivo no llegaba para comprar muchas de las cosas que allí vieron y se les antojaron, pero se conformaron con mirarlas. Cuando salieron y caminaron por la Quinta avenida, la calle más famosa del mundo, por unos minutos se sintieron ricas y famosas e Isa hizo varias fotos. Aquel lugar plagado de gente, historia, elegancia y lujo había sido escenario de cientos de películas y series y de pronto, Alana se paró y dijo:

—¿Y si hacemos el reportaje para el jefazo sobre la Quinta avenida? Es un lugar mítico en el mundo entero y con gran cantidad de mansiones, restaurantes, tiendas exclusivas e historia. ¿Qué te parece?

Su amiga asintió encantada.

—Alana, ¡tenemos reportajazo!

Emocionadas con la idea llegaron a Central Park, donde se sentaron en un banco para seguir hablando del tema. Alana sacó el cuaderno que llevaba en la bolsa y comenzó a apuntar. Todo lo que se les ocurriera sobre aquel mítico lugar valía la pena ser desarrollado.

Durante un par de horas hablaron sin parar y cuando empezó a ponerse el sol, decidieron marcharse del parque.

De nuevo se sumergieron en el ambiente de las calles de Nueva York y al pasar junto a un pequeño local, un cartel en la puerta llamó la atención de Alana, que se acercó más para leerlo.

—¡Ay, que me da un ataque! —exclamó.

—¿Qué ocurre? —preguntó Isa, mirando a su alrededor.

Pero ella, acercándose más al cartel, dijo:

—El sábado por la noche actúa El Canto del Loco, ¿lo puedes creer?

—Pues ya sabemos dónde vamos a estar el sábado por la noche, ¿no? —respondió su amiga, sonriendo—. Bueno... bueno... Cuando se entere Lola, se muere. ¡Con lo que quiere a su Dani!

Contentas con aquella agradable sorpresa, regresaron al hotel. Isa quería ponerse guapa para ver a Karen.

Tan pronto como se marchó, Alana encendió el canal MTV clásico, donde The Carpenters estaban cantando la dulce y vieja canción *Close to You*.* La empezó a cantar ella también, y al recordar al militar, canturreó aquello de: «los ángeles esparcieron polvo de luna en tu cabello dorado y luz de estrellas en tus ojos azules». ¡Menuda cursilada!

Luego salió un jovencísimo Michael Jackson, con el pelo a la afro, cantando *One Day In Your Life*,** y se sentó en la cama para verlo.

A su madre y a ella siempre les había gustado mucho ese cantante y, mirando su carita de niño, escuchó cómo cantaba aquella vieja y romántica canción. Era preciosa.

Cuando acabó, decidió buscar otro canal de música algo más alegre. No quería romanticismo y puso la MTV actual. Instantes después, la voz de Michelle Branch junto a Santana cantando *The Game of Love**** la hizo bailotear.

La música siempre había sido una buena compañera, algo que su madre le había enseñado, y sonrió al canturrear «empezó con un beso». Sin poder evitarlo, se acordó de Joel y del beso que él le había reclamado jugando al billar, pero rápidamente se lo quitó de la cabeza. Pensar en él era una tontería. Lo que había pasado, había pasado, y no había que hacerse chaquetas mentales, como diría Isa.

Tras encender su *laptop*, vio que en la televisión hacían un anuncio de la serie *Embrujadas*, en el que aparecía el actor Eric Danc, tan alto, tan

* *Close to You*, A&M Records, interpretada por The Carpenters. *(N. de la E.)*

** *One Day In Your Life*, Motown Records, a Division of UMG Recordings, Inc., interpretada por Michael Jackson. *(N. de la E.)*

*** *The Game of Love*, Arista, interpretada por Michelle Branch y Santana. *(N. de la E.)*

rubio y con aquella sonrisa entre sensual y malota, y suspiró al acordarse del fastidioso Capitán América.

—Vaya lío... ¡qué mal estoy! —Y, sin dudarlo, se desvistió y se metió en la regadera. Eso siempre le despejaba la mente.

Cuando acabó, se enrolló al cuerpo una toalla blanca y se empezó a desenredar el pelo, mientras tarareaba *Whenever Wherever,** de Shakira, y movía las caderas emulándola. De pronto, oyó unos golpes en la puerta, dejó el peine y fue a abrir.

Ante ella estaba el tentador hombre que no se quitaba de la cabeza. Él, al verla en aquella tesitura, la miró con sus ojos claros y dijo:

—Ni en el mejor de mis sueños esperaba encontrarte tan pecadora.

Alana sonrió sensual y él, sin dudarlo, entró y, tras quitarle con mimo la toalla que la cubría, le hizo el amor apasionadamente.

Una hora después, tras un asalto de lo más placentero, agotados y jadeantes, ambos miraban al techo.

—Nena... me dejas sin palabras.

—Pues tú a mí sin sentido.

—Esperaba que vinieras al bar.

—No sabía que me esperaras.

Retirándole un mechón de la frente, Joel dijo:

—Karen me comentó que le había enviado un mensaje a Isabel diciéndole que estaríamos allí.

—Pensaba que era sólo Karen quien esperaba a alguien.

—Pues te has equivocado —susurró él, sonriendo y acercando sus labios a los de ella—. Yo también esperaba a alguien... a ti. —Un nuevo beso los unió y cuando sus labios se separaron, Joel se levantó, tomó su celular y dijo—: Dame tu número. La próxima vez me aseguraré de que sepas que te estoy esperando.

Alana se lo dio, encantada por su petición, y segundos después sonó su teléfono.

—¿De verdad has llamado para comprobar si te he mentido? —preguntó divertida, descolgando.

—No, Speedy —replicó él, dejando su celular sobre la mesa—. Sólo he hecho una llamada perdida para que tú también tengas mi número.

---

* *Whenever Wherever*, Epic, interpretada por Shakira. *(N. de la E.)*

En ese momento, Joel vio la barrita energética que había sobre la mesa y preguntó:

—¿No será eso tu cena?

Cuando ella asintió, él negó con la cabeza, se puso los *jeans* y la camiseta y ordenó:

—Vístete. Vamos a cenar algo.

Sin muchas ganas, Alana suspiró y dijo:

—Escucha, Joel, estoy encantada de estar aquí contigo, de verdad, pero no puedo salir esta noche; tengo que preparar una entrevista para mañana y...

Sin dejarla terminar, la agarró por la cintura y la acercó a él.

—Cada vez que me pongas esa boquita de pato, te besaré. —Y tras hacerlo con impetuosidad, se separó de ella e insistió—: Prepararás esa entrevista, pero después de cenar.

Al ver su determinación, Alana supo que era una batalla perdida. Así que se puso unos *jeans*, una camiseta y las botas y cuando se colocó un gorro de lana y la chamarra de plumas oscura, Joel la miró y dijo sonriendo:

—Estás preciosa con ese gorrito.

Al salir, tomados de la mano, se dirigieron a un restaurante de comida rápida que había en la esquina.

Cuando llegaron y se sentaron a una de las mesas, Alana se quitó los guantes rojos y Joel comentó:

—Bonitos guantes.

La joven sonrió con cariño y los guardó en su bolsa para no perderlos. Instantes después, una amable chica les tomó el pedido.

—Queda pendiente una cena como Dios manda.

—Te aseguro que lo que vamos a cenar, me encanta —dijo ella.

Durante varios minutos hablaron de cosas diversas, hasta que él le tomó la mano por encima de la mesa y dijo:

—¿Qué te parece si me cuentas algo de ti?

—Sólo lo haré si luego tú me hablas de ti.

Joel asintió sonriendo y Alana, tomando aire, le habló de su profesión, dónde trabajaba, dónde vivía, y que se iba a quedar un par de semanas más en Nueva York.

Joel le hizo muchas preguntas, parecía muy interesado por ella, hasta

que de pronto por los altavoces del local comenzaron a sonar los primeros acordes de *Crazy*,* de Patsy Cline.

—Dios, qué temazo —exclamó él—. Me encanta la música de los sesenta. ¿Bailas?

—¿Aquí?

—Sí.

—¿En medio del restaurante? —preguntó sorprendida.

Levantándose de su silla, Joel le tendió la mano y, con una candorosa
sonrisa, murmuró:

—¿Tú no sabes que cualquier sitio es bueno para bailar?

La canción era un clásico. Su madre tenía el disco de vinilo y lo
guardaba como oro molido. Pertenecía a la colección de discos de su
padre, que éste le había entregado al marcharse hacia Estados Unidos
camino de Vietnam. Alana había escuchado esos discos mil millones de
veces durante su adolescencia y se podía decir que se los sabía de memoria.

Si cerraba los ojos, podía ver la imagen de su madre escuchando aquella canción con gesto triste, mientras el disco daba vueltas en el tocadiscos
portátil de cuero café.

Aquella canción siempre le había gustado, a pesar de que la letra hablaba de una mujer que sufría por amor, enloquecía de tristeza y recordaba para no olvidar.

Miró a Joel para decirle que no podía bailar, pero él insistió:

—Vamos, es una canción preciosa.

Finalmente, se levantó de su silla y, abrazándose a él, se movió al ritmo de aquella increíble canción, mientras todos los presentes los miraban
y sonreían. Al pensar en sus padres bailando aquella misma melodía, ella
también sonrió.

—¿Tan mal lo hago? —preguntó Joel al verla.

Alana lo miró y, besándolo en los labios, murmuró:

—Bailas muy bien, tranquilo.

—¿Y por qué sonríes?

—Porque pensaba que mi madre bailó esta canción con un militar
americano, igual que ahora lo estoy haciendo yo.

---

* Véase nota p. 146.

Que ella volviera a mencionar a su padre le gustó. Era un buen paso, pero no preguntó nada más.

Una hora después, cuando regresaron al hotel y Alana le mordía juguetona el lóbulo de la oreja, dijo mimosa:

—No me has contado nada de ti...

—Y menos que te voy a contar si sigues haciéndome eso —contestó él riendo, mientras la separaba—. Te he prometido que podrías preparar tu artículo y ahora es el momento.

—No hasta que no me cuentes algo de ti —insistió Alana, sentándose en una silla.

Joel, al ver que ella no iba a desistir, se sentó a horcajadas en otra silla y dijo en un perfecto español:

—Mi padre se llama Taylor, es de Los Ángeles y...

—¿Hablas español? —preguntó sorprendida.

Joel soltó una carcajada y respondió:

—Sí, y me dolió cuando el otro día le preguntaste a Isabel eso de qué hacía allí aquel idiota de dentadura perfecta.

—Vaya... lo siento —murmuró divertida.

Joel prosiguió:

—Mi madre, Rosa María, es neoyorquina pero hija de mexicanos, por eso hablo español. Mis padres se conocieron cuando mamá fue a trabajar a Los Ángeles. Por cierto, es dentista, de ahí mis dientes perfectos. —Ambos rieron y él prosiguió—. Se casaron y se afincaron en Los Ángeles, donde nacieron mis hermanas Rosa, Lorna y, por último, yo. Ellas están casadas, tengo cuatro sobrinos que son la locura de todos y, bueno, yo también me casé. Tenía veintidós años entonc...

—¡Joder! —lo cortó Alana, levantándose abruptamente.

—¿Qué pasa? —inquirió él al ver su reacción.

—¿Estás casado? —preguntó boquiabierta.

Al entender su reacción, enseguida se lo aclaró, y le pidió que se sentara de nuevo.

—Lo estuve durante poco más de un año. Cuando estuve en la Guerra del Golfo, en mil novecientos noventa, la que era mi mujer se enamoró de otro y en cuanto regresé nos separamos.

—¿Estando tú en la guerra tu mujer te hizo eso?

—Éramos unos niños —le quitó importancia él—. Éramos novios

desde el instituto. Nos casamos y ella no aguantó la presión de no tenerme cerca. Se enamoró de otro y fin de la historia.

—Pero ¿eso no te dolió?

—Sí, claro que sí. En su momento me dolió mucho, principalmente porque no me lo esperaba, y menos de ella —admitió—. Pero eso pertenece al pasado y por suerte ya está olvidado.

—Te entiendo. Yo tuve un novio con el que casi llegué a casarme, pero... —Al darse cuenta de lo que estaba contando, se calló, pero Joel, interesado, preguntó:

—¿Pero?

Alana continuó, con cara de circunstancias:

—Pero una semana antes de la boda, me pidió que la anuláramos. De pronto no tenía claro que yo fuera la mujer de su vida y bueno... reconozco que la pasé mal unos meses y por eso —se señaló el tatuaje del antebrazo— me tatué la frasecita. Sin duda, superar aquello me hizo más fuerte e hizo que me diera cuenta de que el amor es una mierda. Siempre te hace sufrir.

—Speedy —murmuró él—, no debes pensar así.

—Lo sé —suspiró—. Pero hay demasiados antecedentes en mi vida como para no pensarlo.

—¿Y no crees en los flechazos?

—No. —Y antes de que Joel continuara, preguntó—: ¿Y tú te has vuelto a casar o tienes novia?

—Si estuviera casado o tuviera novia, ten por seguro que no estaría en Nueva York con mis amigos, sino con mi mujer o mi novia. Soy de los que todavía creen en la familia, en la fidelidad y...

—Y si crees en todo eso ¿por qué estás solo?

—Pues por la sencilla razón de que no me he vuelto a enamorar. Por mi trabajo me ausento durante meses y, la verdad, ninguna mujer me ha llamado tanto la atención como para buscarla cuando regreso.

Alana lo miraba atontada y Joel continuó:

—Mi abuelo era militar, mi padre fue militar y ahora soy yo el que está en activo. Como verás, la profesión me viene de familia. Me alisté muy joven y, al igual que mi abuelo y que mi padre, yo también he estado y estoy destacado en conflictos. Actualmente acabo de regresar de Afganistán, tras un periodo de siete meses, y, tras unos días de descanso, me reincorporaré e iré a donde me destinen.

Alana asintió y no preguntó sobre eso último. No quería saber más.

Joel, al ver cómo había cambiado su mirada, intuyó lo que le pasaba por la mente y, levantándose, tomó un libro que había sobre la mesilla y preguntó:

—¿Es bueno?

La joven lo miró.

—A mí me está gustando.

Él leyó la contraportada y dijo:

—¿Te importa si mientras tú trabajas yo leo un poco? —Y al ver cómo ella lo miraba, añadió—: No quiero marcharme de tu lado todavía y tengo la esperanza de que, una vez acabes de preparar tu trabajo, me vuelvas a hacer el amor. Ya sabes que estoy muy necesitado.

Esas últimas palabras hicieron reír a Alana, quien, tras darle un beso en los labios, respondió:

—Si llegas más allá de donde yo he leído, no se te ocurra contarme nada, ¿entendido?

—¡A la orden, mi sargento! —bromeó él.

Cinco minutos después, Alana estaba sentada a la mesa, preparando en la *laptop* la entrevista del día siguiente, aunque de vez en cuando levantaba la vista para mirar a Joel. Leer había leído poco, pues se había quedado dormido rápidamente.

Trabajó durante un buen rato, hasta que, de pronto, le dio con el codo al celular, que se cayó al suelo. Joel dio un salto de la cama que la asustó y la miró unos momentos con gesto duro.

—Lo siento. Le he dado un codazo al celular y lo he tirado.

Joel se pasó una mano por el pelo y, suavizando la expresión, preguntó mientras sonreía:

—¿Te queda mucho?

La entrevista estaba prácticamente lista y, deseosa de estar con él, se quitó la liga del pelo y murmuró, acercándose y besándolo:

—Ya he acabado.

8

⁓⊱⊰⁓

A la mañana siguiente, cuando Isa entró en la habitación, Joel, sobresalta-do, volvió a dar otro salto en la cama que despertó a Alana.

—Esperaré en la cafetería del hotel mientras se adecentan un poco —dijo Isa, tapándose la cara al verlo desnudo—. Y, Alana —añadió, to-mando su bolsa con la cámara de fotos—, te recuerdo que tenemos la en-trevista con el del Instituto Cervantes dentro de una hora y cuarto.

—¡Mierda! —gritó ella, saltando de la cama.

Una vez Isa se hubo marchado, Joel miró el reloj y murmuró asom-brado:

—Increíble. He dormido más de cuatro horas seguidas sin desper-tarme.

Alana, cuyos despertares eran bastante malos, corrió al baño para ba-ñarse y, cuando vio que él entraba tras ella, gruñó:

—¡No me toques, que tengo prisa!

Sorprendido, Joel levantó las manos.

—Okey, nena. Tranquila, no te tocaré. —Pero no dispuesto a salir del cuarto de baño, se sentó en la taza del excusado.

—Voy a bañarme. ¿Qué haces ahí? —protestó ella.

Con el pelo revuelto estaba preciosa.

—Esperar mi turno.

Con el cejo fruncido, Alana masculló algo y Joel, sin poder remediar-lo, sonrió. Desde luego, no tenía muy buen despertar.

La observó bañarse tras la mampara de la regadera y, aunque deseaba entrar a enjabonarla, no lo hizo. Cuando ella acabó, entró sin rozarla y también se bañó.

Salió del baño con una toalla alrededor de la cintura y vio que Alana ya estaba prácticamente vestida. Silbó con aprobación.

Ella, de un poco mejor humor, dijo:

—Vístete. Me tengo que ir.

Sin decir nada, Joel lo hizo y, una vez acabó, se acercó a la mesa donde ella revisaba unos papeles.

—¿Podemos darnos ya el beso de buenos días? —le preguntó.

Incapaz de rechazar aquella petición, Alana lo besó rápidamente, pero cuando se iba a apartar, él la sujetó.

—Ese mal carácter mañanero debes cambiarlo. Despertar a un nuevo día siempre debería hacerte sonreír, porque no todos se despiertan y tú lo estás haciendo.

—¿Te has levantado poético? —se mofó ella.

Joel la soltó sonriendo. Había muchas cosas que ella no entendía.

—Vamos, te acompañaré a donde vayas —dijo, mientras se ponía su chamarra de cuero.

—¿No tienes nada mejor que hacer? —preguntó sorprendida.

—Estoy de permiso —contestó él, encogiéndose de hombros—. Y qué mejor que pasarlo contigo, siempre y cuando a ti no te importe.

Ella asintió y, sin decir nada más, salieron de la habitación y fueron a la cafetería para buscar a Isa. Luego tomaron un taxi, no podían llegar tarde.

La entrevista duró cerca de una hora y Joel esperó pacientemente en una cafetería, hojeando la prensa. Las noticias que leía sobre Afganistán a veces lo hacían maldecir. Nada era como se contaba, pensó suspirando.

Cuando terminaron, Alana tenía una llamada perdida de un teléfono desconocido para ella y llamó. Era la secretaria del señor Hudson para aplazar de nuevo la entrevista hasta el lunes de la semana siguiente.

Fueron a comer a un restaurante de la Octava que el capitán conocía e Isa saltó de alegría al ver allí a Karen esperándolos. La joven hizo infinidad de fotos. De Karen, de Joel, de Alana. Sería un bonito recuerdo.

Al salir del restaurante, a Alana le sonó el celular. Era su amigo Matthew. Le había surgido un imprevisto y debía anular la cita que tenían en la librería. ¿Por qué todo el mundo anulaba las citas? Cuando colgó el teléfono y comentó lo ocurrido, Isa y Karen se desmarcaron rápidamente y se marcharon. Y, al quedarse solos Joel y ella, él preguntó:

—¿Eso quiere decir que tienes la tarde libre? —Alana asintió y él, tomándola del brazo, exclamó—. ¡Okey, nena!

Caminaron durante horas por las calles de Nueva York, sonrientes y contentos, hablando de mil cosas mientras anochecía, y cuando, cerca de

Central Park, Alana se quedó mirando la típica calesa tirada por caballos, Joel preguntó:

—¿Quieres dar un paseo en una?

Aunque siempre le había llamado la atención, Alana nunca lo había hecho. Lo consideraba propio de turistas, por lo que rápidamente negó con la cabeza.

—Debe de costar un ojo de la cara y prefiero gastarme el dinero en otra cosa. ¡Por ejemplo, cenando!

Joel iba a contestar cuando le sonó el teléfono. Era Kevin.

—Eran los soldados de mi unidad, para decirme que están de copas y que si quiero unirme a ellos —dijo Joel al colgar—. ¿Te apetece ir a tomar una copa con ellos antes de cenar?

—¡Me parece una excelente idea!

—Pues no se hable más. Allá vamos —respondió él, tomándola de la cintura.

Al llegar, los hombres de Joel los recibieron encantados. Alana no conocía a ninguno de ellos, pero su alegría le gustó. Y oír cómo llamaban a Joel capitán Parker le resultó excitante.

Lo observó desenvolverse entre aquellos hombres algo más jóvenes que él. Los conocía a todos por su nombre y bromeaba con ellos. Acabados los saludos, Joel la tomó de la mano y fueron a la barra a pedir algo. Después se unieron de nuevo al grupo y, durante más de una hora, rieron y bromearon sobre cientos de cosas.

En un momento dado, Joel la vio mirar sonriendo hacia la pista, donde los soldados bromeaban escandalosamente mientras bailaban con unas chicas.

—¿De qué te ríes? —le preguntó.

Alana señaló a los jóvenes y preguntó a su vez:

—¿Siempre son así?

—Cuando estamos de permiso, intentamos disfrutar y desconectar de nuestra realidad. Hace unas semanas estábamos en Afganistán y te aseguro que allí nos hace falta pensar que nuestro mundo es éste y no el que vivimos en ese país. Por desgracia, cuando estamos de misión, para nosotros no existe la tranquilidad y...

—¿Es tan malo como lo pintan?

—En ocasiones sí.

Al oír esa escueta respuesta, su alma de periodista la hizo continuar:

—¿Dónde has estado destinado?

Joel dio un trago a su cerveza y respondió:

—Kunduz, Khandahar, Tora Bora, distintos sitios. Soy un marine y voy a donde se me necesita.

Esa respuesta, tan parecida a la que su padre le había dado a su madre años atrás y que después ella había escrito en el diario, la hizo suspirar.

—¿Y no tienes miedo?

—¿De qué?

—Joel... es peligroso.

—Como dice el tatuaje que ambos llevamos, ¡lo que no te mata te hace más fuerte! —Y clavando la mirada en ella, añadió—: Y antes de que sigas preguntando, te diré que soy consciente del peligro, pero si tuviera miedo no podría trabajar en lo que lo hago. Y aunque a veces parece mentira que sólo unas horas de avión separen dos mundos tan distintos, es así. Este mundo y en el que trabajo son dos realidades diferentes. Aquí puedes caminar por la calle y tomarte una cerveza con relativa tranquilidad, mientras que allí todo está lleno de opresión, peligros y crueldad.

Al ver su gesto serio, Alana decidió no preguntar más. Acercándose más a él, le dio un beso en los labios y dijo:

—Entonces, no hablemos más de ello y disfrutemos de nuestra libertad.

En ese instante empezó a sonar el rock and roll del Rey Elvis Presley *Don't Be Cruel,** y Alana, dispuesta a animarlo, lo tomó de la mano y, jalándolo, propuso:

—Venga, vamos a bailar.

Pero Joel no se movió y dijo sonriendo:

—Yo no sé bailar esto.

Exagerando su gesto para hacerlo reír, Alana se llevó las manos a la cabeza y exclamó escandalizada:

—¡Un americano que no sabe bailar rock and roll! ¡No lo puedo creer!

Joel soltó una carcajada.

—Pues créelo. —Y luego preguntó—: ¿Tú sí lo sabes bailar?

---

* *Don't Be Cruel*, RCA Records Label, interpretada por Elvis Presley. *(N. de la E.)*

—Sí.

—¿En serio? —se mofó él. Ella asintió y Joel, volviéndose, gritó—: ¡Cassidy, mi chica quiere bailar esta canción!

Que la considerara su chica le hizo gracia. El soldado se les acercó y, sin vacilar, tomó la mano de Alana y dijo:

—Los deseos de mi capitán son órdenes para mí. Vamos... ¡bailemos!

Divertida, Alana asintió y le guiñó un ojo a Joel. De la mano de Cassidy llegaron a la pista, donde se miraron y, sabiendo lo que tenían que hacer, simplemente se dejaron llevar por la música, mientras Joel los observaba encantado.

Alana disfrutó del baile. Nunca había bailado rock and roll de aquella manera y gritó de felicidad en cuanto Cassidy la levantó por los aires. Sin lugar a dudas, era un excelente bailarín.

Cuando la canción acabó, acalorada y acompañada por el joven, regresaron junto a Joel y el chico dijo con galantería:

—Ha sido un auténtico placer bailar con Alana, capitán.

—Desaparece de mi vista, Cassidy —lo cortó él divertido.

Ella sonrió y, cuando el chico se fue, Joel le preguntó:

—Pero ¿quién te ha enseñado a bailar así?

Dando un trago a su Coca-Cola, pues estaba sedienta, dijo:

—Mi madre. Y te puedo asegurar que es la primera vez que bailo un rock and roll con otra persona que no sea ella. —Y, exaltada, añadió—: Estoy alucinada de lo bien que he sabido seguir a Cassidy.

—A mi padre le habría encantado verte.

—¿Por qué? —dijo ella riendo.

—Porque es un excelente bailarín y siempre se queja de que mi madre nunca haya querido aprender a bailar rock and roll. ¿Dónde aprendió la tuya?

—En Alemania, le enseñó mi padre. Mamá me ha contado infinidad de veces lo bien que bailaban todos en la base americana de Merrell Barracks.

Él asintió y tomó nota mentalmente de aquello de Merrell Barracks.

—¿Tu padre estuvo destinado en Alemania?

—Sí. Y, para tu información, yo nací allí.

—¿En Alemania? —Alana asintió y él dijo—: No te creo.

Sorprendida por su respuesta, ella sacó su DNI español de la cartera.

—¿Lo ves...? Aquí lo pone. Aunque la verdad es que yo me considero totalmente española.

Joel asintió complacido. Alana había caído en su trampa y le había enseñado lo que necesitaba: sus apellidos.

Quería saber más de ella y, sobre todo, quién había sido su padre.

—¿En qué división estaba tu padre?

Alana, al darse cuenta de que estaba hablando más de la cuenta, cambió el gesto y, bebiendo de su Coca-Cola, miró hacia otro lado y guardó silencio. Al verlo, Joel decidió no preguntar más. Se fijó en el reloj y dijo:

—¿Te apetece que vayamos a cenar?

—Estoy hambrienta.

Una vez se despidieron de los militares, que protestaron porque se iban, echaron a andar sin decir nada, hasta que Joel preguntó:

—¿Adónde te apetece ir?

Alana pensó en un par de restaurantes que conocía, pero luego dijo:

—¡Sorpréndeme!

—¿Me estás diciendo que te lleve a cenar a donde yo quiera?

—Sí.

—¿Y si no te gusta?

—¿Y si no te gusta a donde yo te llevo a ti? —se mofó ella.

Joel asintió divertido, levantó la mano para parar un taxi y le dio la dirección.

—Espero sorprenderte —susurró luego al oído de ella.

Veinte minutos después, el taxi los dejó ante un edificio alto. Entraron y Joel saludó al portero. Alana, al intuir que allí no había ningún restaurante, iba a decir algo, pero Joel, tapándole la boca con la mano, ordenó:

—¡A callar! He decidido yo.

Entraron en el elevador y él le dio al botón de la decimoquinta planta. Al salir, Joel se sacó una llave del bolsillo del pantalón y abrió una puerta. Encendió las luces y, con gesto pícaro, dijo mirándola:

—Bienvenida al restaurante del chef Joel.

—¿Vas a cocinar tú? —preguntó ella, soltando una carcajada.

Él se quitó la chamarra, la tiró sobre un sofá oscuro y contestó:

—Quítate el abrigo, ponte cómoda y sígueme. Vas a ayudarme a hacer la cena.

Cuando Joel se fue hacia la cocina, Alana miró a su alrededor. El departamento no era muy grande y la cocina y el salón estaban unidos. Miró los sofás oscuros que había delante de un gran televisor y se acercó maravillada al ventanal, desde el que se veían unas vistas de Nueva York espectaculares.

Luego vio varias fotos sobre una mesita y se acercó para mirarlas.

—Son fotos de mi familia —lo oyó decir a él.

Alana las miró curiosa y se sorprendió al ver lo mucho que Joel se parecía a su padre y sus hermanas a su madre.

Una vez dejó de husmear, se quitó el abrigo y preguntó:

—¿En qué te ayudo?

—¿Sabes trocear cebolla y tomates? —dijo él, plantándole las hortalizas delante.

—La duda ofende, guaperas —respondió ella, mientras levantaba una ceja.

—Si me sigues mirando con esa cara de malota y pecadora... pasamos directamente al postre —murmuró Joel, acercándose y besándola.

Alana disfrutó de aquel maravilloso beso, hasta que susurró:

—Tengo hambre...

—¿Mucha hambre? —se mofó él, sin separarse.

Ella asintió y, tras rozar sus labios con los suyos, respondió:

—Muchísima hambre. Pero quiero probar algo del chef Joel antes de pasar a los postres.

—Entonces, no se hable más. El chef Joel cocinará para ti filetes de pollo con salsa de cerveza al pimentón.

—Vayaaaaa...

Mientras cocinaban, Joel conectó el equipo de música y la voz de Sade comenzó a cantar *Your Love Is King.**

—Sade es una cantante excepcional —comentó Alana.

—Sí. Es muy buena.

Al cabo de un rato se sentaron a la mesa. Ella cortó un trozo de filete de pollo y se lo metió en la boca.

—¿Qué tal? ¿Te gusta? —preguntó él.

El sabor era exquisito y el pollo estaba en su punto.

* *Your Love Is King*, Epic, interpretada por Sade. *(N. de la E.)*

—Hummmm... está buenísimo.

Joel sonrió encantado y atacó su plato.

—¿Quién te ha enseñado a cocinar?

—Mi madre. A diferencia de a mis hermanas, a mí sí me gusta la cocina.

—¿Este departamento es tuyo?

—No. Es de mi hermana Rosa y su marido. Él es informático y viene a Nueva York cada dos por tres. Y... bueno, el caso es que cuando regresé hace una semana de Afganistán, pasé unos días en Los Ángeles, pero...

—¿En casa de tus padres?

—No, en mi casa.

—¿Y por qué teniendo casa en Los Ángeles estás en Nueva York? —preguntó ella, tras masticar y tragar un trozo de pollo.

—Porque necesito desconectar de todo. Y si me quedo allí, mi padre y el abuelo me persiguen queriendo hablar de temas militares, y mi madre, mis hermanas y mis tías no paran de hacerse las encontradizas y de presentarme a chicas.

—¿En serio? —dijo Alana riendo.

—Totalmente en serio. Las mujeres de mi familia no entienden que un hombre de treinta y cinco años no esté casado y con hijos. Y aunque yo les recuerdo que ya me casé una vez y no salió bien, o son sordas o no quieren escucharme. —Ambos rieron divertidos—. Por ello, siempre que estoy de permiso, tras pasar unos días con la familia, mi cuñado Mario me deja las llaves de este departamento para que me escape aquí y me relaje a mis anchas.

—Que sepas que soy mayor que tú —comentó Alana.

—¿De verdad?

—Tengo treinta y ocho, y no sé por qué te lo estoy diciendo.

Sin darle importancia, Joel soltó una carcajada.

—¿Tienes hermanos?

—No.

—¿Y tu madre y tu familia son como la mía y te buscan novios?

—No. —Y al ver que él la miraba esperando algo más, añadió—: Mi madre es una mujer muy independiente que nunca se ha metido en mi vida, y mis tías tampoco. Se puede decir que somos una familia bien avenida, que ante cualquier eventualidad hacemos piña para aunar fuerzas, pero que cada uno vive el día a día a su manera. Y, por supuesto no me buscan novios. Saben que no los quiero y que, si los quisiera, los encontraría yo solita.

Se quedaron en silencio, sólo se oía la música, y Joel preguntó al cabo de un momento:

—Pero casi te casaste una vez, ¿no es así?

—Sí, pero por suerte no lo hice.

De nuevo silencio y Joel, al ver que ella cortaba otro trocito de pollo, volvió al ataque:

—Ya sé que no quieres novios, no crees en el flechazo y que tú solita encuentras lo que deseas, pero ¿actualmente hay alguien especial en España con quien compartas tu vida y tu cama?

Alana asintió sin darle importancia y él, al verla, dejó el tenedor sobre la mesa y murmuró con el semblante desencajado:

—¿Estás con alguien?

Alana asintió de nuevo y, cortando otro pedacito de pollo, dijo:

—Si para ti estar con alguien es compartir mi vida y mi cama, pues sí ¡estoy con alguien!

A cada instante más incrédulo, Joel replicó:

—¿Compartes tu vida y tu cama con alguien en España y estás aquí, tan tranquilamente conmigo, sabiendo que una vez que acabemos de cenar te quiero desnuda en mi cama?

Ella se encogió de hombros y murmuró:

—*Pollo* no es celoso.

—¡¿Pollo?!

—Sí.

—¿Se llama Pollo?

Alana dijo que sí con la cabeza y, levantándose, tomó su celular.

—Espera... —dijo—, tengo una foto mía con él. Es rubio como tú y monísimo.

—No necesito ver fotos —respondió molesto, recostándose en la silla.

Pero Alana, sin hacerle caso, buscó en su celular y, mostrándole la pantalla, dijo:

—*Pollo* y yo en casa. ¿Qué te parece?

Bloqueado y sin saber qué decir, Joel miró la foto en la que se veía un gato rubio junto a Alana y, al ver que ella se echaba a reír, se levantó y, quitándole de las manos el teléfono celular, la tomó en brazos y siseó:

—¿Ése es el rubio con el que compartes tu vida?

—Y mi cama —afirmó, mientras él la tumbaba en el sofá—. Por cierto, es un abusón y se queda con todo el lado derecho. A veces me arrincona y no me puedo mover.

Joel la besó encantado, devorando sus labios con deleite y, cuando se separó de ella, dijo:

—Ahora en serio, ¿hay algún hombre especial en tu vida?

Durante unos segundos, ambos se miraron en silencio y, finalmente, Alana contestó, mientras Sade comenzaba a cantar *Is It A Crime.**

—Tengo amigos especiales, como tú tendrás amigas especiales. ¿Algo más?

Al entender lo que quería decir, Joel asintió y, rozando su nariz con la de ella, cuchicheó:

—Okey, nena. De momento nada más. Pero ahora paso directamente al postre.

Joel no era el primer hombre de su vida, aunque cada vez que la besaba, la miraba o la tocaba, lo que la hacía sentir era tan arrollador e inigualable que podía con su voluntad.

Una vez los dos estuvieron desnudos y Joel se puso un preservativo, las emociones se dispararon, mientras sus lenguas y sus cuerpos se enredaban sobre el sofá del comedor.

Como siempre, la impaciencia les pudo y recostándose boca arriba Alana murmuró:

—El foco del techo me da en la cara y me está dejando ciega —comentó ella, tumbada boca arriba.

Joel miró hacia allá, tomó su zapato, lo lanzó hacia el interruptor y la luz se apagó.

—Vaya puntería —dijo Alana riendo.

—Soy un buen tirador —replicó él.

En ese momento, su profesión volvió a la mente de ella, que, sin querer pensar en eso, murmuró:

—Te deseo con urgencia. Hazlo ya.

---

* *Is It A Crime*, Epic, interpretada por Sade. *(N. de la E.)*

Él sonrió.

—¿A la mierda los preliminares?

Alana asintió y Joel, colocando la punta de su pene en el húmedo centro de su deseo, comenzó a frotarse para que lo deseara más y más. Cuando la sintió temblar suavemente, empezó a penetrarla, mientras los jadeos de los dos se oían en todo el departamento. Con mimo, él le agarró las mucas por encima de la cabeza y, una vez estuvo dentro de ella, se paró y la miró.

Al sentir que se detenía, Alana abrió los ojos y, sin moverse, se hicieron el amor con la mirada, mientras Sade cantaba *Love Is Stronger Than Pride.**

Joel se movió. Fue sólo un pequeño movimiento, pero ambos jadearon con deleite. Instantes después, él rozó sus labios con los suyos. No la besó, sólo le rozó los labios, y cuando comenzó a entrar y a salir de ella con movimientos contundentes, Alana gritó enloquecida.

Se volvieron a mirar con la respiración entrecortada. Mirarse mientras hacían el amor a ambos les gustaba y así estuvieron un buen rato, hasta que él, sin poder aguantar un segundo más, le soltó las manos, la agarró de las caderas y, con una embestida seca, fuerte y rotunda, la llevó al séptimo cielo, siguiéndola instantes después.

Al finalizar, Joel se dejó caer sobre ella, y ésta lo abrazó mientras la respiración de ambos se normalizaba.

Con los ojos cerrados, Alana suspiró. La sensación tan maravillosa que le proporcionaba era algo desconocido para ella. Estar con aquel hombre y que le hiciera el amor era increíble.

De pronto, se oyó que el equipo saltaba a otro CD y cuando sonó una melodía que conocía, murmuró:

—Los Bee Gees. Cuánto tiempo sin escucharlos.

—Mi cuñado es un admirador suyo —comentó él, levantándose para ir al baño.

Alana lo observó alejarse. ¡Qué buen trasero tenía!

Instantes después, ella también se levantó del sofá, tomó la camisa de Joel del suelo, se la puso rápidamente y se acercó al equipo de música para subir el volumen de *How Can You Mend A Broken Heart.***

---

* *Love Is Stronger Than Pride*, Epic, interpretada por Sade. *(N. de la E.)*

** *How Can You Mend A Broken Heart*, Barry Gibb, The Estate of Robin Gibb and The Estate of Maurice Gibb, under exclusive license to Warner Strategic Marketing Inc., a Warner Music Group Company, interpretada por Bee Gees.(*N. de la E.)*

Oliendo el aroma de Joel en su camisa, canturreó a oscuras aquella canción sobre cómo reparar un corazón roto, cuando sintió que él la abrazaba por detrás y, tras besarla con dulzura en el cuello, preguntó:

—¿Te gusta esta canción?

Ella asintió y, volviéndose para mirarlo de frente, contestó:

—A mi madre le encantan los Bee Gees. Además, la canción dice cosas tan bonitas que cómo no me va a gustar...

Sin hablar, puso las manos sobre sus hombros y Joel la tomó de la cintura y juntos empezaron a moverse lenta y pausadamente, mientras las conjuntadas voces de aquellos hermanos cantaban la melodiosa pieza.

Sólo se oía su respiración y la música y, cerrando los ojos, Alana apoyó la frente en la mejilla de él y disfrutó el momento como nunca pensó que lo podría disfrutar.

Mientras tanto, abrazado a ella, Joel aspiró el perfume de su pelo y de su piel y se dijo una y otra vez que no debía olvidarlo.

Así estuvieron hasta que la canción acabó y, tras un segundo de silencio, comenzó *More Than a Woman*.* Para romper el mágico momentazo que se había originado entre ellos, Alana se soltó de él y, moviendo las caderas, preguntó:

—¿Quién no ha bailado esta canción?

Divertido, Joel empezó a moverse a lo Travolta en *Fiebre del sábado noche* y cuando ella rio a carcajadas, se paró y dijo:

—Baila tú, que lo haces mejor que yo.

Sin importarle que la mirara, Alana siguió bailando.

—¿Qué te sirvo de beber? —preguntó Joel.

—Lo mismo que tú.

Dichoso por aquel mágico momento con ella, Joel preparó en la cocina dos whiskies con hielo, mientras Alana seguía bailando a oscuras en el centro del salón, sólo iluminada por la luz de la luna que entraba por la ventana.

Cuando le tendió su bebida, ella se extrañó al ver que era whisky.

—Has dicho lo mismo que yo —le recordó Joel.

* *More Than A Woman*, Barry Gibb, The Estate of Robin Gibb and The Estate of Maurice Gibb, under exclusive license to Warner Strategic Marketing Inc., a Warner Music Group Company, interpretada por Bee Gees. *(N. de la E.)*

Alana asintió y, levantando su vaso, lo hizo chocar con el de él.

—Por esta estupenda noche.

En ese momento empezó a sonar *Too Much Heaven*,* también de los Bee Gees, y Alana exclamó:

—¡Dios míooooooooooo! ¡Esta canción la bailaba yo cuando tenía quince años! Ay, madre. Recuerdo que los chicos me sacaban a bailar y, cuando me abrazaban, me ponía histérica.

Joel rio divertido y, quitándole el vaso de las manos, lo dejó sobre la mesita junto con el suyo.

—¿Qué te parece si ahora la bailas conmigo? —preguntó, mientras abría los brazos.

Sin dudarlo, Alana aceptó y para Joel el resto del mundo dejó de existir. No había preocupaciones, no había peligro. Sólo aquella preciosa e increíble mujer.

Mientras tanto, Alana se dejaba llevar con los ojos cerrados y su corazón acelerado le preguntaba qué estaba haciendo.

—¿Te pongo histérica? —le preguntó al oído.

El vello se le erizó al escuchar su tono de voz, mientras rozaba su mejilla contra la de ella.

—Mucho —respondió.

Durante los casi cinco minutos que duró la canción, ninguno dijo nada ni se separó del otro y, cuando acabó, se miraron en la oscuridad. Fue uno de esos momentos perfectos e irrepetibles en que lo sabes todo. Sabes por qué te mira, por qué lo miras, sabes por qué el corazón te late a toda mecha, pero también sabes que te estás enredando.

—Alana...

—No —murmuró ella, y le tapó la boca con la mano.

Sin darse por vencido, él le besó la mano y, quitándosela de la boca, preguntó:

—¿Por qué no bajas la guardia?

Esa pregunta tan de sopetón la tomó desprevenida y no supo qué responder, hasta que Joel dijo:

---

* *Too Much Heaven*, Barry Gibb, The Estate of Robin Gibb and The Estate of Maurice Gibb, under exclusive license to Warner Strategic Marketing Inc., a Warner Music Group Company, interpretada por Bee Gees. *(N. de la E.)*

—¿Tanto miedo te da conocer a un marine?

Sin ganas ni necesidad de mentirle, asintió y, mirándolo a los ojos, respondió:

—Lo siento, pero con dos militares americanos en la familia ya hemos tenido bastante.

—¿Dos? —preguntó sorprendido.

—Mi tío también lo era.

Al oír eso, Joel no supo reaccionar y ella, apartándose, dijo:

—Tengo que ir al baño. Discúlpame.

Cuando cerró la puerta del cuarto de baño, se apoyó en ella y, retirándose el pelo de la cara, se dio aire con la mano.

—Alana, no la compliques y mantente firme —murmuró—. Lo que no puede ser, no puede ser.

Tras hacer un par de veces más el amor, de madrugada, Alana se empeñó en regresar a su hotel. Joel intentó disuadirla. En el departamento sólo estaba él, podía quedarse, pero fue imposible convencerla y al final, y sin dejar siquiera que la acompañara, se fue en un taxi que había llamado, tras guiñarle un ojo de aquella manera tan especial que tenía.

Cuando Joel subió de nuevo al departamento, se quedó mirando a su alrededor y se sentó en el sofá. No sabía lo que había ocurrido con aquella mujer, pero lo que sí sabía era que no podía quitársela de la cabeza ni un segundo. Por ello, y deseoso de obtener información, hizo una llamada. Quizá conocer qué había ocurrido con su padre le haría entender muchas cosas.

9

Esa mañana, Alana e Isa decidieron acercarse a la zona cero de Nueva York para entrevistar a los trabajadores del señor Hudson. Ellos estaban haciendo realidad el nuevo World Trade Center.

Al llegar al enorme solar donde habían estado las torres gemelas, ambas se emocionaron. Era imposible mirar aquel desolado espacio y no pensar con el alma encogida en lo que allí pasó el fatídico 11 de septiembre de 2001.

Durante un buen rato, Isa hizo fotografías, mientras Alana hablaba con algunos de los empleados.

Cuando terminaron, Isa propuso ir a la iglesia St. Paul para hacer unas fotografías. Aquel edificio, el más antiguo de Nueva York, durante los atentados y meses posteriores había sido un lugar muy importante para los habitantes de la ciudad.

—Qué triste es recordar en ocasiones, ¿verdad? —comentó Alana, después de la visita.

—Sobre todo cosas tan atroces como lo ocurrido.

En ese momento, sonó el teléfono de Alana, que lo sacó de su bolsillo y, al ver quién la llamaba, masculló:

—¡Será pesadito!

—¿Quién? —Y al leer el nombre que su amiga le enseñaba, siseó—: Desde luego, este Borrascas es para matarlo. ¿No se da por enterado?

Molesta, Alana cortó la llamada e Isa, al ver su gesto contrariado, propuso:

—¿Te apetece un perrito caliente?

Al llegar y sentarse en el local, el teléfono de Alana sonó de nuevo. Vio que era Joel, bajó el volumen y no lo tomó.

—¿Qué te ocurre con el capitán guaperas? —le preguntó Isa al verla.

—Nada.

—No mientas, Pinocha, que nos conocemos —dijo su amiga sonriendo.

Alana suspiró y finalmente dijo:

—Es un marine, y mi familia ya ha sufrido bastante con...

—Pero ¿tú estás tonta? ¿Qué culpa tiene él?

—Isa... ¡se acabó!

La mesera dejó su pedido sobre la mesa y Alana, recogiéndose su largo pelo rubio en una coleta alta, se lamentó:

—Con todos los hombres que hay en Nueva York, ¿por qué me tengo que fijar en un maldito militar?

—Muy fácil, cielo —dijo Isa, que la conocía muy bien—. Porque quien maneja los hilos del destino es un grandísimo cabrito e hijo de su madre. ¡Seguro que es un tipo!

—Ay, Isa, pero es que Joel cree en el flechazo, y hasta baja la tapa del inodoro cuando sale del baño.

Al escucharla, Isa sonrió y, recordando a su padre y a su hermano, y las veces que les decía que hicieran aquello cuando iban al baño, afirmó:

—Sin lugar a dudas, ese capitán es una especie en extinción. Y encima cree en el flechazo. ¡Qué monoooooooooo!

Joel la volvió a llamar.

—¿De verdad no se la vas a tomar?

—No.

—Te mueres por hacerlo, ¡admítelo!

—Mira, Isa, no me toques las isobaras.

—Mujerrrrr... que es de los que bajan la tapa del excusado.

—¡No es no! Y menos burla.

—¿Tanto te gusta?

—¡Oye, no te pases!

—Bueno... bueno... bueno... —se mofó su amiga, tomando una papa—. Creía que nunca vería esto, pero la incombustible Alana está huyendo de un maxipene que verdaderamente le gusta.

—¡Isa..., me voy a enfadar!

Ésta soltó una carcajada y, tras masticar la papa, replicó:

—Sí... sí... enfádate, pero el capitán te gusta, y mucho, ¿verdad?

—Cierra el pico —siseó Alana.

—De acuerdo, me callaré.

—¿En serio?

—¡Ni de broma! —se mofó Isa divertida.

Alana puso los ojos en blanco, pero finalmente se tuvo que reír. Con Isa siempre lo tenía que hacer.

Una hora después, ambas estaban en la tienda de Carolina Herrera de la avenida Madison, haciendo unas fotos. Allí todo era glamuroso, exquisito y magnífico y, al terminar, sin pasar por el hotel se dirigieron al desfile de esa increíble diseñadora.

Al llegar allí, sin perder tiempo comenzaron a entrevistar y a fotografiar a los famosos que habían ido para ver el desfile. La nueva colección estaba inspirada en Hitchcock.

Mientras estaba sentada frente a la pasarela, Alana notó que le vibraba el celular en el bolsillo del pantalón. Miró quién era y, al ver que se trataba de Joel una vez más, negó con la cabeza y lo volvió a guardar. Estaba trabajando.

Mientras sonaba la música y las modelos paseaban con estilo las diferentes prendas, Alana tomó rápidamente cientos de notas, y cuando el desfile acabó y Carolina Herrera salió para saludar al público, antes de cerrar el cuaderno, anotó: «Carolina ha sabido combinar la elegancia y el glamour de las heroínas de Hitchcock con las necesidades de la mujer actual. Un 10 para ella».

—Joder qué tarde es —dijo Isa en el momento en que se reunió con ella—. Las ocho y media ya y todavía tengo que enviar las fotos a Madrid. Tendré que llamar a Karen para retrasar nuestra cita.

—No te preocupes y vete a tu cita. Yo tenía pensado ir a la redacción de *Exception* para enviar mi artículo, así que dame la bolsa con la cámara y yo las enviaré desde allí.

—¿Vas a ir a *Exception*? —preguntó su amiga.

—Sí. No tengo nada mejor que hacer.

—Vale, entiendo que no quieras tomarle la llamada, pero podemos ir las dos a *Exception*, hacer lo que tenemos que hacer, y luego te vienes a cenar con Karen y conmigo.

—No.

—¿Por qué no?

—Porque no, Isa, y no insistas.

—Joder, Alana... Me siento fatal dejándote colgada.

—No me dejas colgada. Quiero ir a *Exception* y, sinceramente, no me apetece salir con ustedes.

—¿Y no vas a llamar al capitán pecado?

—No.

—Pero Alana...

Ésta levantó un dedo.

—Mira, Isa, es mejor cortar por lo sano. Dame la maldita cámara y vete con Karen de una santa vez.

Consciente de que cuando se ponía así no había forma de hacerla cambiar de opinión, su amiga le entregó la bolsa y, tras darle un beso, murmuró, mientras se iba corriendo hacia el metro:

—Sé buena y no te metas en líos.

Alana sonrió y paró un taxi.

En cuanto llegó a la redacción de la revista, tras saludar a un par de personas que conocía, entre ellos a Scott, el periodista con el que tiempo atrás había pasado unas tórridas noches, mandó las fotos a la redacción de Madrid. Luego repasó su artículo un par de veces y cuando estuvo totalmente segura de que era el definitivo, se lo envió a su jefa mientras murmuraba:

—Espero que te guste, divinona.

Tras comprobar que las fotos y el artículo habían llegado a destino, recogió sus cosas y se encaminó hacia el elevador. Scott la siguió.

—¿Cuándo has llegado? —preguntó.

—Hace unos días.

—¿Te apetece tomar algo conmigo?—le propuso él con una seductora sonrisa.

—No es buena idea... créeme —contestó ella, también sonriendo.

El elevador llegó y las puertas se abrieron. Tan pronto como empezaron a bajar, Scott insistió:

—¿Por qué no es buena idea?

Alana suspiró.

—Porque, si mal no recuerdo, te casaste con una chica encantadora hace apenas cuatro meses. ¿Acaso lo has olvidado?

Pero él, acercándose un paso a ella, le susurró al oído:

—Por los viejos tiempos.

Sentir su respiración tan cerca de su boca la incomodó. Nunca había estado con un hombre casado y aquélla no sería la primera vez.

—Scott, no seas tonto y valora lo que tienes —replicó, apartándolo con las manos.

Cuando las puertas del elevador se abrieron, Alana lo miró y dijo:

—Buenas noches, Scott.

Y, sin más, se dirigió a las puertas de cristal y salió afuera, pero segundos después, Scott la tomó del brazo y, acercándola a él, intentó besarla. Alana se resistió hasta lograr desasirse.

—Vamos, no seas tonta —dijo él.

—Te he dicho que no. ¿Qué te pasa?

Con una cautivadora sonrisa, Scott dio de nuevo un paso adelante e insistió:

—La podemos pasar muy bien. ¿Vamos a tu hotel?

Alana resopló y, apartándose, paró un taxi. Sin despedirse siquiera, se metió dentro y se aseguró de que él no pudiera entrar.

Cuando el vehículo se puso en marcha y ella dio la dirección de su hotel, apoyó la cabeza en el respaldo y suspiró. ¿Por qué algunos tipos eran tan infieles?

Una vez en la habitación, dejó la cámara de Isa en una silla y puso la MTV, donde el grupo No Doubt, estaba cantando *Don't Speak*** y la tarareó. Necesitaba oír música.

Cuando se estaba desabrochando el abrigo, sonaron unos golpecitos en la puerta. Alucinada porque Scott la hubiera seguido, maldijo y abrió enfadada:

—Scott, te he dicho que...

—¿Scott es el imbécil trajeado que ha intentado besarte en la puerta de la revista?

Era Joel. Y al ver su gesto ceñudo y, en especial, al verlo allí, replicó furiosa:

—Eso no te importa. ¿Qué haces tú aquí?

Él la miró. Sin duda, Alana tampoco estaba en su mejor momento.

—¿Puedo pasar o pretendes que discutamos en la puerta?

—¿Vamos a discutir?

—Oh, sí, nena... vaticino que sí.

Eso a ella le hizo gracia y, apartándose, le hizo una reverencia mientras decía:

—Adelante, Capitán América.

---

* *Don't Speak*, Interscope Records, interpretada por No Doubt. *(N. de la E.)*

Sin moverse de la puerta ni cambiar el gesto, Joel siseó:

—Me estás cabreando más, Speedy.

Ella puso los ojos en blanco.

—¿Entras o no?

Esta vez él lo hizo. Alana cerró con demasiado brío y luego dijo:

—Mira, Joel, no he tenido un buen día y lo que menos me apetece es discutir.

—¿Por qué ese tipo te quería besar? ¿Qué tienes con él?

Boquiabierta por sus preguntas, replicó:

—¿Y tú cómo sabías dónde estaba yo?

—Da igual. Me he buscado la vida para encontrarte y he sabido que estabas entregando un trabajo en *Exception*.

—Maldita boquifloja —murmuró, al intuir quién se lo había dicho. Pero sin ganas de hablar del tema, cambió el peso de pie y preguntó—: ¿Qué quieres?

Joel estaba deseoso de abrazarla, pero se contuvo y, clavando sus impactantes ojos claros en ella, respondió:

—Llevo todo el día llamándote por teléfono. ¿Por qué no me has tomado la llamada?

—He estado trabajando.

—¿Y no has tenido ni un segundo?

—No.

Esa rotundidad lo molestó, pero cuando iba a decir algo, Alana se le adelantó:

—Mira, Joel, seamos sinceros. No somos unos niños para andarnos con tonterías de si el hada de los dientes existe o no, porque sabemos que no, igual que sabemos que entre nosotros no puede haber nada más. Conocerte ha sido fantástico. Eres un tipo estupendo, divertido y sexy. La hemos pasado bien juntos, pero creo que ha llegado el momento de bajar de las nubes y...

—¿En serio me estás diciendo que no quieres volver a verme? —la cortó él.

Ella no contestó y Joel insistió:

—Apenas te conozco. Sólo sé de ti lo que me permites saber, pero me gustas. Eres la primera mujer en la que pienso cuando no la tengo cerca y, aunque tú no creas en el flechazo, yo...

—Ah, no... por ahí no me vayas —lo interrumpió.

Pero antes de que pudiera decir nada más, él ya la había tomado entre sus brazos y, acercándola a la pared para inmovilizarla, la besó.

Devoró sus labios de una manera salvaje, exigente, pasional y loca. Ese beso rebosante de deseo hablaba de desesperación, ternura y anhelo y, cuando Joel lo acabó, murmuró contra su boca:

—Me deseas tanto como yo a ti, ¿verdad? —Alana no dijo nada y, apretando las caderas contra las de ella, insistió—: No sólo me deseas, sino que también te preguntas qué podría surgir entre nosotros si bajaras la guardia y me dieras una oportunidad. Soy militar, y americano, como lo fueron tu padre y tu tío, y eso te asusta. Y por esa razón me echas de tu lado, ¿no es así?

—No es sólo eso —contestó ella.

—Speedy, el hombre que te dejó una semana antes de la boda fue un imbécil. Yo nunca haría eso. Nunca —murmuró.

—Joel, lo de mi ex está superado, pero... pero no busco una relación estable.

—¿Qué te hizo tu padre para que les tengas tanta aversión a los militares?

Alana no contestó. No quería hablar de ello.

Joel había intentado indagar sobre el tema, pero no había encontrado nada. Era como si aquel hombre nunca hubiera existido. Y al ver que ella no abría la boca, insistió:

—¿Qué es lo que tanto temes? Dímelo, lo quiero saber.

—Joel... —murmuró.

—¿Qué es? —insistió una vez más—. Soy consciente de que mi trabajo comporta un peligro, pero siempre me he cuidado y ten por seguro que lo continuaré haciendo. Tú me gustas, me atraes y...

—Déjalo.

Alana permaneció en silencio, mientras en la televisión sonaba *(Everything I Do) I Do It For You,** de Bryan Adams.

Joel prosiguió:

—Todo el mundo puede sufrir percances, cielo. Un taxista puede te-

---

* *(Everything I Do) I Do It For You*, A&M Records, interpretada por Bryan Adams. *(N. de la E.)*

ner un accidente, un cocinero puede quemarse cocinando, un carnicero puede cortarse y hasta un ama de casa puede salir a comprar el pan y en un día de viento caérsele un árbol encima. Son probabilidades que todo ser humano asume porque pueden ocurrir. La jodida vida y el destino son así de impredecibles, pero ¿sabes qué? La gente no puede quedarse metida en su casa, porque incluso allí una fuga de gas, un terremoto o un derrumbamiento pueden ocurrir.

—Joel... no...

—Tú misma puedes salir a la calle y pasarte mil cosas, desde resbalarte y caerte hasta... —Al ver el agobio en su mirada, paró la enumeración y dijo—: No puedo vivir pensando que me va a ocurrir algo por mi condición de militar. Si lo pensara, moriría. He conocido a demasiados hombres que pensaban así y tarde o temprano les pasó algo. Pero yo no soy así, yo vivo el presente, lo disfruto, y, por supuesto, pienso también en el futuro. Ahora es nuestro presente y me gustaría tenerte en el futuro, pero tú te empeñas en que no sea así.

—Joel...

—Me gustas, te gusto. Te deseo, me deseas. ¿Por qué no disfrutar de ello?

—Porque es complicado —susurró ella ablandada.

—No, no lo es.

—Es imposible.

—Entre tú y yo nada es imposible, excepto por las barreras que tú te empeñas en levantar. —Y paseando los labios por los de ella, murmuró—: ¿De verdad no me has echado hoy de menos? ¿No has pensado en mí ni un solo instante y has sentido que lo que está ocurriendo entre nosotros es especial? ¿Acaso no añoras mi tacto como yo añoro el tuyo? Y por último, dime que en este instante y con esta música no deseas besarme como yo deseo hacerlo.

Enloquecida por las cosas que le decía, no pudo más y, acercando con urgencia los labios a los suyos, lo besó. Metió la lengua en aquella tentadora boca con gusto y deleite, hasta que él la soltó y, sentándose en la cama, dijo:

—No me hagas perder la ilusión por el presente, Alana. No sé si en el futuro estaremos juntos o no, o una vez nos separemos ya no nos volveremos a ver. Pero hoy, ahora, en este maldito instante, quiero tenerte, besarte, abrazarte y hacerte el amor, no una, sino mil veces.

Hechizada por sus palabras, Alana lo besó de nuevo. Luego se levantó y comenzó a desnudarse lentamente ante él, mientras Joel la miraba con la boca seca. Cuando estuvo desnuda del todo, se acercó y, haciéndolo levantar de la cama, le quitó la camisa y después la camiseta y, cuando lo tuvo desnudo de cintura para arriba, besó sus duros pectorales y susurró:

—Deseo que ahora mismo comiences esas mil veces.

Aquella noche se hicieron mutuamente el amor durante horas con pausa, deleite y ardor. El deseo de ambos era irrefrenable, inagotable, y, cuando a las tres de la madrugada ambos salían del baño tras darse un regaderazo, Joel, más relajado, le preguntó:

—¿Qué han tenido ese trajeado y tú?

—Sexo. Nada más —respondió ella.

Joel asintió. Saberlo le escoció, pero le tomó la mano y contestó:

—Okey, nena. Gracias por tu sinceridad. Aunque hay una cosa que has dicho que necesito aclarar.

—¿El qué?

Joel sonrió con gesto travieso y preguntó:

—¿De verdad el hada de los dientes no existe?

Ella soltó una carcajada y, besándolo, lo tiró sobre la cama, donde, instantes después, volvieron a hacer el amor.

10

⁊⊱

Los dos días siguientes, Alana y Joel sólo se separaron para dormir, y porque ella así lo quería. Necesitaba su espacio. Llegaron al acuerdo de que pasarían todo el tiempo que pudieran juntos y, una vez acabaran aquellos días, cada cual seguiría su camino. Joel accedió.

De pronto, él, un hombre que hasta entonces no había sido detallista, se veía regalándole flores y comportándose como nunca pensó que se comportaría con una mujer. Alana, al ver su actitud, decidió disfrutar del momento y no pensar en nada más.

Una noche en que estaban caminando junto con Karen e Isa por la Quinta avenida, Joel recibió una llamada de uno de sus hombres. Tras colgar, miró a Karen y dijo:

—Cassidy.

Ella, al oír el nombre, puso los ojos en blanco.

—¿En qué lío se ha metido ahora ese inconsciente? —preguntó.

Joel sonrió sin decir nada y Karen lo entendió. Cassidy y sus problemas.

—En un par de horas nos vemos —le dijo él a Alana, dándole un beso en los labios—. ¿Dónde van a estar?

—Iremos a cenar al restaurante de la Ochenta y seis del otro día. ¿Sabes cuál es?

—Allí te veré —indicó él, asintiendo y marchándose.

Karen, que estaba junto a Alana, al ver cómo ésta lo miraba alejarse, murmuró:

—Qué buen traserito tiene el capitán, ¿verdad?

Sorprendida por ese comentario, ella sonrió y afirmó:

—Espléndido.

—¿Desde cuándo te fijas tú en el traserito de los tipos? —preguntó Isa divertida.

—Desde que me paso horas oyendo hablar de eso a otras compañeras de la compañía. El capitán es un trofeo que a muchas les gustaría conseguir. —Ese comentario hizo que Alana la mirara y Karen aclaró—: Tranquila, si hay alguien profesional y serio cuando estamos trabajando, ése es Joel.

Sin querer darle importancia a aquello, ella se encogió de hombros e, intentando aparentar indiferencia, contestó:

—Joel es un hombre libre, no nos confundamos.

Un poco más allá se pararon frente al escaparate de una joyería y, durante un rato, contemplaron las joyas mientras hacían comentarios.

—Me encanta ese anillo. ¿A que parece de princesa, con su diamantito y su arito de oro? —dijo Alana.

—¡Cómpratelo! —la animó Isa.

Pero ella sonrió negando con la cabeza.

—No, guapa. Tengo que pagar la hipoteca de la casa, la luz y el gas. No estoy para anillos de princesa.

—Están de liquidación. Cierran el treinta y uno de diciembre.

—¿Cómo lo sabes? —preguntó Alana.

Señalando un cartel que cruzaba toda la puerta de la joyería, la teniente respondió divertida:

—Porque lo dice aquí.

Isa iba a decir algo cuando, de pronto, un chico se acercó a ella, le arrebató la cámara de fotos de las manos y salió corriendo.

—¡La madre que lo parió! ¡Al ladrón!—gritó Isa, corriendo tras él.

Sin tiempo que perder, Karen y Alana la siguieron. La gente las miraba, pero nadie las ayudaba. El ladrón corría y corría con la cámara en la mano, pero ellas no daban su brazo a torcer. Karen, que era la que mejor fondo físico tenía, emprendió un esprint y, cuando el muchacho iba a cruzar, se lanzó sobre él como si le fuera la vida en ello.

Los dos rodaron por el suelo, mientras los coches frenaban para no atropellarlos. De pronto, otro chico al que no habían visto, se abalanzó sobre Karen y ayudó a que el primero volviera a escapar. Al verlo Isa lo volvió a perseguir, con la buena fortuna de que un policía lo paró.

—Dame mi cámara, ¡imbécil! —gritó Isa, acercándose.

Mientras, Alana se tiró sobre el chico que Karen tenía encima, y él, al revolverse, le arrancó la cadena que llevaba al cuello y le dio un codazo en la cara.

Otros dos policías llegaron rápidamente hasta ellas y ayudaron a Alana a levantarse. Ésta se quejaba, con la mano en la cara:

—Dios, qué dolor.

Karen, al verle el golpe en el ojo y cómo le comenzaba a cambiar de color a un ritmo vertiginoso, se volvió hacia el chico que el policía había detenido y, sin previo aviso, le soltó un derechazo.

—¡Señorita! —gritó el policía.

Isa, que ya se había recuperado del susto y les explicaba a los agentes lo ocurrido, al ver aquello fue hacia Karen y murmuró:

—Para o nos van a llevar detenidas también a nosotras.

—¿Has visto el ojo de Alana? —gruñó Karen.

Isa, que no se había percatado, al verla con la cadena rota en la mano y el ojo hinchado, se volvió hacia el muchacho como una loca, intentando agredirlo, y entonces fue Karen quien la tuvo que sujetar.

—Isa... Isa... Estoy bien... —dijo Alana.

La gente se arremolinó a su alrededor, apoyando a las tres mujeres. Habían visto cómo aquel chico le había arrebatado a una la cámara de las manos y luego cómo el otro golpeaba a Karen y a Alana. Una vez aclarado el incidente y los policías tuvieron claro lo ocurrido, tras aconsejarle a Alana que se pusiera hielo en el ojo, se marcharon llevándose a los dos detenidos.

—Madre mía... madre mía, menudo ojo a la funerala se te está poniendo —susurró Isa alarmada. Y luego, señalándole el cuello, dijo—: Debemos comprar una cadenita nueva para eso. Tienes que llevar colgado eso de que eres alérgica a la penicilina. Nunca se sabe lo que puede pasar.

Alana, a quien el fuerte dolor se le había pasado, a pesar de la molestia que sentía en la mejilla y el ojo, preguntó:

—¿Tan escandaloso es?

Sus dos amigas asintieron e Isa sacó un espejito de su bolso y se lo entregó.

—Joooderrrrrrrrrrr —exclamó Alana, al verse.

—Denme un segundo —dijo Karen, alejándose.

Alana se estaba mirando al espejo, cuando, a través de él, vio que Karen se acercaba a una chica a la que parecía conocer y la besaba en la boca. Eso la molestó, pero al mirar a Isa y ver que no se había dado cuenta, le devolvió el espejo.

¿Qué hacía Karen besándose con aquélla?

—Verás cuando el capitán te vea —se mofó Isa.

—Peor sería que me viera mi madre —respondió ella, mientras Karen regresaba.

Pasaron por una farmacia para comprar una pomada antiinflamatoria y luego fueron al restaurante, donde le proporcionaron hielo. Cuando Joel llegó y la vio, se le desencajó el semblante.

—Pero ¿qué te ha pasado? —preguntó alarmado.

Rápidamente le contaron lo ocurrido y él maldijo por no haber estado allí; mientras tanto las chicas, más tranquilas, ahora se reían al recordar el incidente.

Un rato más tarde, cuando Isa estaba en el baño y Joel contestaba una llamada de teléfono, Alana le dijo a Karen:

—Sé que apenas conoces a Isa, pero sólo te voy a pedir que no le hagas daño. —Karen la miró sin decir nada y Alana añadió—: Si ella te hubiera visto besar a esa chica en los labios, te aseguro que no estaría tan sonriente.

—Isa y yo sólo somos amigas, ¿de qué hablas?

—Hablo de que dejes las cosas claras antes de que se cuele por ti.

Instantes después, Joel se sentó de nuevo a la mesa y Karen, levantándose, se alejó. Una vez solos, al ver cómo la miraba, ella lo tranquilizó:

—No pasa nada, estoy bien. Y esto con maquillaje se tapa.

Joel le retiró el flequillo de la cara. Verla así le dolía en el alma.

—Deberíamos ir al hospital para que te recetaran alguna pomada.

—Ya la tenemos. La hemos comprado en una farmacia antes de venir al restaurante.

Él asintió y, tras darle un dulce beso en los labios, dijo:

—Esto te demuestra que a cualquiera le puede pasar cualquier cosa en cualquier momento, ¿no crees?

Alana sonrió.

—Sí, guaperas... O mejor, como dirías tú, ¡okey, nene!

Esa noche, cuando Karen e Isa se marcharon, Joel se empeñó en que Alana fuera a su departamento y ella aceptó. Estaba dolorida y cansada. Al llegar allí, él se preocupó de que se pusiera cómoda y de aplicarle la pomada. Luego, llenó un vaso de agua y le dio una pastilla.

—Tómatela y vete derechita a la cama —dijo.

—Pareces mi madre —se burló ella.

—Será porque yo también te quiero.

Oír eso hizo que se le encogiera el corazón. ¿A qué estaba jugando Joel?

Pero sin contestar, se dejó guiar hasta la cama, donde, tras desvestirse, se acostó. Él lo hizo también, abrazándola, y ella, sin reservas, se durmió.

A la mañana siguiente, cuando se despertó, estaba sola en la cama y se oía música de fondo. Se desperezó, se levantó y fue al baño, donde al verse el párpado morado y el ojo rojo, gritó:

—¡Jooooderrrrrrrrrrrrrrrrrrrr!

Dos segundos después, Joel entraba alarmado.

—¿Qué ocurre? —preguntó. Pero no le hizo falta respuesta. Ver cómo se miraba al espejo lo hizo sonreír—. Tranquila, dentro de unos días desaparecerá.

—Es la primera vez que tengo un ojo a la funerala —comentó Alana boquiabierta.

—¿Ojo a la funerala? —repitió Joel.

Al ver que él no entendía la expresión, se dio la vuelta y explicó:

—Un ojo morado.

Joel la abrazó con mimo y, haciéndola reír, murmuró:

—Lo bueno de que tengas un ojo morado es que hoy no te has levantado de pésimo humor.

Alana se le acercó y le cuchicheó al oído:

—Y si te bañas conmigo y me frotas la espalda, te aseguro que mi humor mejorará.

Sin hacérselo repetir, Joel se quitó la camiseta y, con una sonrisa de oreja a oreja, contestó:

—Okey, nena. Tus deseos son órdenes para mí.

Después de comer, Karen e Isa fueron al departamento de Joel. Querían ver cómo estaba Alana y, tras un rato de risas, ella se maquilló para que el ojo no se le viera tan mal y todos salieron a la calle.

Alana había quedado con Matthew en la librería de Brooklyn para recoger los pases del evento de la fundación. Al entrar en la enorme cafetería librería, miró a su alrededor y, al ver a su amigo sentado al fondo, lo saludó con la mano y le dijo a Joel:

—Quédate este ratito con las chicas.

Él asintió, pero mientras Karen e Isa curioseaban por la librería, Joel no podía apartar la vista de Alana y aquel joven, con el que se había abrazado con excesiva familiaridad al saludarlo.

—Te sienta bien la nueva paternidad —estaba diciendo Alana en ese momento, mientras se sentaba al lado de su amigo—. ¿Cómo están Rita y las niñas?

Encantado, Matthew sacó su billetera y le enseñó una foto.

—Priscilla ya tiene cinco meses y es una preciosidad. Es buena, risueña y nos tiene a todos embobados. Y mi muchachota Marjorie también está bien dentro de su problema. Por cierto, ¿qué te ha pasado en el ojo?

—Ayer intentaron robarnos y mi ojo se llevó la peor parte —explicó ella, sonriendo.

—Por Dios, Alana, ¿seguro que estás bien?

—Sí, Matthew, tranquilo, estoy perfectamente.

Miró la fotografía que su amigo había sacado de su billetera y sonrió. Marjorie era la primera hija de la pareja y había nacido con parálisis cerebral, motivo por el que colaboraba tan activamente con aquella fundación. Todavía recordaba la desesperación de Matthew al nacer la pequeña.

—Cuánto me alegra ver que todos están bien —dijo, abrazándolo con cariño.

Él sonrió y, revolviéndole el pelo, preguntó:

—¿Y ese tipo que no nos quita ojo, quién es?

Al mirar hacia donde le indicaba y ver a Joel, respondió:

—Un amigo.

—¿Sólo amigo?

Alana sonrió y, al ver a Karen bromeando con una de las dependientas de la librería, reiteró:

—Sí. Sólo un amigo.

—¿Cómo van las cosas por Madrid? —se interesó Matthew.

—Bien. Trabajando a tope. Los jefes nos exprimen, pero bien... lo de siempre.

Ambos periodistas se entendieron sin más palabras. Se habían conocido años atrás, en uno de los viajes de Alana a Nueva York, y desde el minuto uno se hicieron buenos amigos. Seis meses después, él se casó con Rita, una canadiense que trabajaba en una agencia de noticias, y al cabo de un año después tuvieron a Marjorie. Seis años más tarde llegó al mundo Priscilla, la pequeña que de nuevo los hacía sonreír.

Tras hablar sobre un sinfín de cosas, Matthew miró la hora en el reloj, sacó dos pases y se los entregó.

—Para ti y tu fotógrafo. No los olviden y no los pierdan, o no las dejarán entrar y yo esos días, aunque estaré por allí, no podré estar pendiente de ustedes. —Luego, entregándole una carpetilla, explicó—: Aquí tienes la información de las actividades de cada día, y al final de las mismas habrá un coctel. El lunes a las seis, conferencia sobre la fundación, sus proyectos e inquietudes a cargo de nada menos que de nuestros padrinos de honor, Antonio Banderas y Nicole Kidman. El martes, subasta para la que los famosos nos han donado infinidad de material. El miércoles, concierto benéfico con Jon Secada y Rosario Flores. El jueves, pasarela de moda con distintos diseñadores, y el viernes cena y fiesta de gala.

—Madre mía, ¡qué eventazo han organizado! —aplaudió Alana.

Matthew asintió orgulloso y contestó emocionado:

—Sólo espero que salga bien. Han sido dos años de mucho esfuerzo y trabajo por parte de todos para conseguir lo que hemos conseguido y espero que los beneficios ayuden a la fundación a seguir adelante con sus proyectos.

—Seguro que sí.

Encantada, Alana volvió a abrazar a su amigo. Después de que él se fuera, empezó a guardar las cosas que le había dado, pero entonces Joel se acercó a ella y preguntó:

—¿Tu trabajo consiste en abrazar así a tus amigos?

—Por supuesto —se mofó divertida—. A veces incluso me los llevo a la cama.

Incrédulo por lo que estaba oyendo, Joel cambió de tono de voz y preguntó:

—Estarás de broma, ¿verdad?

Al darse cuenta de que no le había captado la ironía, lo miró y, frunciendo el cejo, contestó:

—Pues claro. ¡Tú estás tonto! —Y al ver el gesto de él, preguntó—: Pero bueno, ¿a qué viene esto?

—Me ha molestado tanto abrazo, nada más.

—¡Anda, mi madre! ¿Ahora me vienes con celitos? Ah no... no... eso no entraba en el trato. —Alana rio, Joel no y ella prosiguió—: Mira, guapo, nos conocemos desde hace cinco minutos, sólo nos hemos acostado unas pocas veces...

—Pero esas pocas veces —la cortó él— y esos cinco minutos han sido muy intensos y especiales para mí. ¿Para ti no lo han sido?

A cada instante más sorprendida por cómo se le declaraba continuamente, replicó:

—Joel, ¡no me agobies!

—¿Te agobio? —preguntó molesto.

Incómoda por la conversación, dijo enfadada:

—¿No crees que vas muy deprisa? —El gesto de él se contrajo y Alana añadió rápidamente—. Mira, no voy a negar que me gustas y que lo paso bien contigo. Pero soy una mujer moderna, libre e independiente, que se ha acostado con un tipo al que ha conocido durante su estancia en Nueva York. Y, como hemos quedado, una vez termine este viaje, nos diremos adiós y con seguridad no nos volveremos a ver. Y si por haberme acostado contigo ya te crees con derecho a pedirme explicaciones de lo que hago, ¡te equivocas! Porque yo no voy a dártelas, ni a ti ni a nadie. ¿Captas por dónde voy?

Molesto por lo que ella le decía, pero más aún por lo que él había dicho, Joel asintió e, intentando no explotar tras aquel rapapolvo tan merecido, afirmó:

—Tienes toda la razón del mundo.

Un incómodo silencio se instaló entre los dos. Ninguno sabía qué decir, y entonces Isa se acercó a ellos.

—Karen ha llamado a Cassidy y a los chicos y se han apuntado esta noche al concierto. Hemos quedado con ellos en el Manamoa a las siete y media. —Al verlos tan callados y serios, preguntó—: ¿Qué les pasa?

Joel siguió en silencio y Alana, sin mirarlo, intentó sonreír.

—Nada importante. Por cierto, tengo que ir al baño a retocarme el maquillaje del ojo. Vuelvo enseguida.

Y sin mirar atrás, se encaminó hacia los baños. Necesitaba desaparecer de la vista de todos al menos durante cinco minutos. Pero ¿qué quería Joel de ella?

Cuando Alana se marchó, Isa miró al capitán, que observaba cómo ella se alejaba, y preguntó:

—¿Han discutido por algo?

Él, consciente de su metedura de pata, asintió con la cabeza y, con voz ronca, dijo:

—Es mejor que me vaya. Despídeme de Alana y de Karen.

Y sin darle tiempo a decir nada, se marchó dejando a Isa con la boca abierta. ¿Qué había ocurrido allí?

Cuando Alana llegó a los baños, que por suerte estaban vacíos, se apoyó en la pared. ¿Qué le estaba pasando? ¿Por qué le dolía la bronca que le acababa de echar a Joel? Se dio aire con la mano y abrió la llave para echarse agua en el cuello y, cuando finalmente se miró al espejo, se sintió fatal. Y no sólo por la pinta de su ojo.

Agobiada y consciente de que estaba tardando más de la cuenta, finalmente salió de allí. Cuando llegó a la mesa, sólo estaban Karen e Isa, y esta última dijo con gesto serio:

—Joel se ha ido. Me ha pedido que te diga adiós de su parte. ¿Qué ha ocurrido?

Decepcionada consigo misma, Alana miró hacia la puerta. Si corría quizá podría alcanzarlo. Pero ya sería la segunda vez que iría corriendo detrás de él, así que, aunque estaba dolida, disimuló, se encogió de hombros, esbozó una sonrisa y contestó:

—No ha pasado nada. Sólo que no pensamos igual en referencia a un mismo tema. Venga, vayamos al hotel. Quiero dejar allí lo que Matthew me ha dado.

Dos segundos más tarde, cuando salían de la librería, Alana se sentía terriblemente sola y entendía perfectamente lo que Joel le había querido decir.

11

Cuando a las siete las tres mujeres llegaron al Manamoa, Alana tenía la esperanza de que Joel apareciera. Un cuarto de hora más tarde, llegaron Jack, Cassidy y Kevin con unas chicas.

Durante el rato que estuvieron en el bar, ella se sintió rara. Todos tenían pareja menos ella. En ese momento, Jack se le acercó y preguntó:

—¿Qué te ha pasado en el ojo?

Alana sonrió y, tras beber un sorbo de su Coca-Cola, le iba a responder cuando Isa se le adelantó.

—Un mal golpe por culpa de un ratero que me quiso robar la cámara de fotos. Algo que ya te digo que no se llevó.

El chico arrugó el entrecejo.

—¿Duele? —preguntó.

—No —dijo Alana sonriendo—. Absolutamente nada.

—¿Vendrá el capitán Parker?

Al ver que Alana no contestaba, Karen se encogió de hombros y respondió:

—No lo sé. Lo estoy llamando, pero no contesta.

Isa miró a Alana con disimulo. Ésta seguía sonriendo. No pensaba dejar ver la tristeza que sentía. Bastante era ya que todos vieran su ojo morado.

A las siete y media, decidieron ir hacia la sala de conciertos. Del grupo, las únicas que conocían a El Canto del Loco eran Isa y Alana, pero todos se apuntaron encantados. El local estaba repleto y las dos chicas sonrieron al ver que casi todos los asistentes eran españoles.

Una vez dentro, se dirigieron hacia la barra para pedir unas bebidas. En ese momento, Alana oyó decir a su lado:

—Okey, nena. He vuelto a meter la pata. Me precipité y asumo mi error.

—Me alegra que hayas venido —respondió, mirando a Joel encantada de que estuviera allí.

Deseosa de darle un beso para firmar la paz, se movió para hacerlo, pero a diferencia de otras veces, él no se acercó a ella. Es más, dio un paso atrás mientras preguntaba:

—¿Ves mi dedo? Pues alguien me enseñó un día que de aquí para ti es tu espacio y de aquí para mí el mío.

—Pero ¿qué te pasa? —preguntó ella molesta.

Joel la miró. Rechazar ese beso no había sido fácil. Pero quería que Alana se sintiera como él se sentía a veces con sus desplantes. Y sin perder la compostura, dijo:

—Quiero proponerte una cosa.

—Tú dirás —contestó, todavía contrariada.

—Vas a estar en Nueva York ocho días más y yo siete. Pasémoslos juntos. Y cuando digo juntos me refiero como una pareja unida en la que sólo existen ellos dos. En cuanto el tiempo se acabe, nos separaremos como dijimos, sin ningún compromiso.

—¿No te son suficientes los días, que ahora también quieres las noches? —le espetó Alana.

—Lo quiero todo —contestó él con seguridad.

—Te has vuelto loco, ¿no?

—Probablemente —afirmó sonriendo—. Pero Nueva York nunca me había parecido tan apasionante, y estoy convencido de que es sólo porque estás tú. Y por ti, señorita del ojo a la funerala, vale la pena volverse loco una semana.

Ella iba a negarse cuando Joel añadió:

—No tienes que responderme ahora. Disfruta del concierto y, una vez acabe, me dices lo que hayas pensado. Te prometo que aceptaré tu decisión, sea cual sea. —Y al ver que iba a decir algo, explicó—: Soy un hombre adulto, Alana, no un niño. Y si la respuesta es no, no voy a insistir y me marcharé para no verte más. Pero si la respuesta es sí, te quiero conmigo al cien por cien y, a cambio, yo te daré también mi cien por cien.

—Pero... pero yo estoy aquí por trabajo.

—Lo sé y eso lo respetaré. Pero una vez lo acabes, te quiero sólo para mí. Piénsalo.

—¡Capitán Parker!

Joel se dio la vuelta y, al ver a Cassidy que se acercaba con unas chicas, sonrió. Esa sonrisa cautivadora a Alana le encogió el corazón, y más cuando él se apartó de ella sin decir nada, mientras Cassidy le presentaba a las jóvenes, que sonreían encantadas.

Alana pidió una Coca-Cola y estuvo varios minutos sin quitarle la vista de encima, pensando en lo que él le había propuesto.

—Vaya... vaya..., el capitán guaperas por fin ha venido —dijo Isa, acercándosele.

—Sí.

—¿Lo ves, tonta? —cuchicheó su amiga—. Estás haciendo un huracán de un chaparrón.

—No me hables como el Borrascas —se mofó ella e Isa soltó una carcajada—. Me ha pedido que pase los días que nos quedan en Nueva York con él como una auténtica pareja. Dice que luego, una vez nos separemos, ninguno tendrá ningún compromiso con el otro.

—¿En scrio? Menuda ganga. ¡Acepta!

—¿Que acepte?

—Sí. Creo que es una idea excelente.

Alana la miró boquiabierta.

—El hotel donde está Karen es una mierda y si tú te vas con él yo me la podré llevar al nuestro conmigo. Creo que su plan sería bueno para todos, ¿no te parece?

—¿Para todos o para ti y Karen?

—Para todos —respondió Isa, sonriendo—, y recuerda lo que dijo Karen: el capitán es el trofeo que todas quieren conseguir. Y tú tienes la suerte de que él sólo te quiere a ti en su cama.

Alana suspiró. ¿Debía decirle a su amiga lo que había visto hacer a Karen? Era algo que la tenía totalmente atormentada. Finalmente, se decidió:

—Isa, tengo que decirte algo de Karen.

—Si es eso de que besó a una chica, ya lo sé. —Y al ver cómo la miraba, añadió—: Me lo dijo Karen. Y también me dijo que te molestó.

—Pues claro que me molestó. Me parece una falta de respeto. Si está contigo, está contigo y...

—No es mi novia, Alana, y puede hacer lo que quiera, como lo puedo hacer yo. Por lo tanto, tranquila, olvídate de eso y céntrate en el Capitán América.

—¿En serio quieres que me vaya con Joel?

Su amiga bebió un sorbo de la Coca-Cola de ella, y, tras devolvérsela, respondió:

—Sí. Y te aseguro que Lola, Claudia y Susana piensan lo mismo que yo.

Alana iba a decir algo, pero Isa continuó:

—Les mandé una foto de él por mail y están que babean.

—¿Por qué lo hiciste? —refunfuñó molesta.

—Joder, Alana, no todos los días se conoce a un tío que baja la tapa del excusado.

—¡Isa!

—No paraban de mandarme mails preguntando cómo la estamos pasando en Nueva York y les envié la foto de Karen y de Joel en el parque. Ésa en la que están tan guapos, ¿sabes cuál es?

—Sí, claro que sé cuál es.

—Lola me ha dicho que si no lo quieres para ti, ella lo quiere todo... todo y todo. Y Susana y Claudia han recortado a Karen para que no salga y han puesto la foto del guaperas de fondo de pantalla.

—¡Joder!... No le dirán nada a mi madre, ¿verdad?

Isa, que había contemplado la posibilidad de que alguna de sus amigas se encontrara a Carmen por el barrio, contestó:

—Tranquila, les he dicho que pico de cera y ya sabes que saben guardar muy bien un secreto. Pero, oye, volviendo al tema del guaperas. ¿Qué más te da pasar las noches con él si ya pasas también los días? ¿Cuál es el problema? Lo dicho, ¡acepta! Ese tipo es una maravilla.

Alana dio un trago a su bebida y casi se ahogó al contemplar el numerito. Una de las chicas que estaba con Cassidy y Joel se puso un trozo de limón en la boca para que éste lo chupara antes de beberse el tequila que tenía en la mano. Por suerte, él no lo hizo e Isa, al percatarse de lo que su amiga miraba, comentó:

—Como diría mi madre, algo quiere la coneja cuando mueve las orejas. Y sí, cariño, asúmelo, hay cola para estar con el fastidioso Capitán América.

Alana lo miró de nuevo y no respondió. Pero notaba que unos extraños celillos crecían en su interior, despertando sus instintos asesinos.

¿Verdaderamente empezaba a sentir algo por el militar?

Sin querer pensar más en ello, se alejó de la barra del brazo de su amiga, e instantes después se pusieron a hablar con unos españoles que, como ellas, estaban sorprendidos de haber encontrado aquel concierto en Nueva York.

Joel observaba a Alana desde la distancia. Daría todo lo que tenía porque aceptara su proposición, pero no iba a atosigarla. Odiaba cuando las mujeres lo agobiaban a él y no estaba dispuesto a hacer lo mismo, a pesar del enorme deseo que sentía de estar con ella.

Alana había irrumpido en su vida de una forma imprevisible y, sin proponérselo, había llegado a ocupar un sitio en su corazón. Pero aquella extraña relación había llegado a un punto en que Joel pensó que tenía que avanzar hacia algún lado, y por eso había decidido hacerle aquella propuesta.

El concierto empezó y, durante más de cuarenta minutos, Alana e Isa bailaron incansablemente, mientras coreaban las canciones que se sabían de memoria. De vez en cuando, Alana buscaba a Joel entre la gente de la sala con disimulo y siempre lo veía rodeado de mujeres.

Sin embargo, poco a poco esas mujeres se fueron dispersando hasta que sólo quedó una: ¡la del limón en la boca! Por cómo lo miraba, no cabía duda de que estaba muy interesada en él.

Con los celos encogiéndole el estómago, Alana suspiró mientras Isa y Karen se besaban a escasos metros de ella.

Su relación con el militar no tenía futuro. ¡Era una locura! Y, tras meditarlo, pensó que lo mejor sería que le dijera que no a su proposición para que él se pudiera marchar con la del limón.

Comenzó a sonar la canción *Son sueños*,* que a Alana le encantaba, y empezó a cantarla, mientras sus ojos volaban hacia Joel. Vio que sonreía a la chica y cuando Alana se dio cuenta de que su deseado pecado estaba tonteando con otra, se descompuso.

¿Realmente quería aquello?

Y, de pronto, como si Moisés hubiera abierto las aguas y su mente, se dio cuenta de que aquel sueño del que hablaba la canción era el capitán guaperas. No tenía que inventarlo ni encontrarlo, porque ya lo tenía... si ella quería.

Y cuando, en un momento dado, él la miró y le sonrió, la coraza que Alana llevaba puesta desde hacía años estalló en mil pedazos. Aceptaría la proposición.

* *Son sueños*, Ariola, interpretada por El Canto del Loco. *(N. de la E.)*

—Voy a aceptar la propuesta —le dijo a Isa, que cantaba a su lado a gritos.

—¿Qué?

—Que voy a aceptar la propuesta de Joel —repitió.

—¡Ésta es mi chica! —exclamó su amiga, sonriendo encantada.

Luego, dispuesta a hacer caso a su corazón, Alana se dio la vuelta, se encaminó hacia donde Joel estaba con aquella joven y, agarrándolo del cuello, acercó su boca a la de él y lo besó, dejándolo totalmente alucinado y a la chica sin palabras.

Él, al sentirla tan entregada y receptiva, no desaprovechó el momento y, abrazándola, profundizó el beso, mientras la chica del limón se marchaba desconcertada.

Cuando se separaron, Alana murmuró:

—Acepto.

—¿Qué ha ocurrido para que...?

—La canción —lo cortó ella.

—¿La canción? —dijo Joel riendo.

Alana asintió.

—Mientras la cantaba, me he dado cuenta de que tú no eres un sueño, eres real, y que no puedo, ni quiero, desaprovechar este tiempo contigo.

Al oír aquello, el militar asintió y murmuró sorprendido:

—¡Okey, nena! Sí que es buena la canción.

Divertida por su comentario, Alana lo volvió a besar y ya no se separó de él en toda la noche. La decisión estaba tomada y cuando llegara el momento de despedirse, ya vería qué pasaba.

A la mañana siguiente, en cuanto Alana se despertó desnuda en la enorme cama del departamento de Joel y oyó la música de El Canto del Loco, en lugar de gruñir, sonrió. Antes de salir del local la noche anterior ella le había comprado el CD y ahora él lo estaba escuchando.

Instantes después, se sentó en la cama tarareando, mientras observaba el clóset medio abierto. Dentro vio un saco de avío militar y, sin poder evitarlo, se levantó para curiosear.

Abrió el clóset del todo y vio colgados los uniformes etiquetados con su nombre «J. Parker».

Eso le puso la carne de gallina, por lo que lo cerró de nuevo, volvió a la cama y se colocó la almohada sobre la cara. Estaba loca, muy loca. Ella no creía en el flechazo, pero por raro que pareciera, no quería terminar con aquella locura.

Al cabo de un rato, Joel apareció en la habitación y llevaba una bandeja con el desayuno preparado. Alana, quitándose la almohada de la cara, murmuró al verlo:

—No, por favor... no puedes ser tan perfecto.

Joel sonrió al oír eso y, sentándose a su lado, dijo:

—Señorita ojo a la funerala, traigo café, tocino, tortilla, jugo de naranja, galletas y tostadas recién hechas. ¿Cuál es el problema?

—Nadie, a excepción de mi madre, me ha traído nunca el desayuno a la cama.

—Te lo dije una vez y te lo repito —contestó él, mirándola con intensidad—: Quizá sea porque ella y yo te queremos y nos preocupamos por ti. El tiempo que pasemos juntos quiero mimarte y malcriarte todo lo que pueda y quiero que también me mimes y malcríes tú a mí.

Alana suspiró; sin duda, Joel era un sueño, y murmuró sonriendo:

—Mímame, capitán Parker. Estoy muy necesitada.

12

Pasaron un maravilloso domingo juntos en el que pasearon tomados de la mano por Central Park y cenaron en un pequeño y bonito restaurante irlandés. El lunes por la mañana, Isa fue a buscar a Alana al departamento de Joel.

—Vaya, Capitán Pecado, ¡me encanta este departamento! —exclamó ésta, admirada, al entrar.

Joel se rio al oír cómo lo había llamado y, entregándole una taza de café, dijo:

—Mi hermana y mi cuñado tienen muy buen gusto.

Isa se acercó a los ventanales del salón y al ver la ciudad de Nueva York a sus pies, comentó:

—Alana decía que había unas vistas impresionantes y tenía razón.

Joel se acercó también a las ventanas para mirar aquel paisaje que había contemplado cientos de veces, cuando oyó gritar a Isa:

—Pero ¡qué guapa te has puesto hoy, amigaaaaaaaaaaaaa!

Él, que no la había visto aún, al darse la vuelta silbó impresionado.

Con aquel traje con saco negro, los altos tacones, el chongo italiano y la camisa roja estaba impresionante. Alana sonrió y luego dijo:

—¿Me he maquillado bien el ojo? —Ellos asintieron y, más segura, explicó—: Vamos a las increíbles oficinas del señor Hudson y después a la conferencia de la fundación y quiero causarles buena impresión. —Y, acercándose a Joel, se levantó la falda para que viera los ligueros rojos que llevaba—. ¿Te gusta?

Joel se atragantó y respondió como pudo:

—Me encanta, Speedy... me encanta.

—Vaya... vaya... —se mofó Isa—. Veo que son morbosos.

Él la miró divertido; Alana se marchó de nuevo a la habitación en busca de los aretes, y en ese momento le sonó el celular, que llevaba en la mano.

Joel e Isa se miraron y ésta afirmó:

—Está mal que yo lo diga porque es mi amiga, pero la tipa está espectacular.

Joel estaba totalmente de acuerdo con ella y soltó una carcajada, pero la risa se le cortó cuando de pronto Alana salió de la habitación gritando:

—¡Cómo que no nos puede atender porque se va de viaje! No... no puedo retrasarla al lunes que viene porque ya no estaré en Nueva York. Pues sí, señorita —prosiguió ella—, entiendo que el señor Hudson está muy ocupado, pero yo también lo estoy y me parece una falta total de respeto que nos haya anulado la entrevista varias veces y que encima no me dé opciones. Que sí... que sí... vale. Adiós.

Enfadada, tiró el celular sobre el sofá y siseó:

—¡Me está dando un ataque!

—¡¿Qué?! —preguntó Joel alarmado.

Pero Isa, que conocía a su amiga, se acercó a ella y dijo con calma:

—A ver, respira, tranquilízate y dime qué pasa.

Alana, aún con los nervios a mil, explicó:

—La secretaria de Hudson dice que hoy tampoco podemos hacer la entrevista. Al parecer al hombre le ha salido un viaje y ha decidido ignorarnos. ¿Por qué? ¿Por qué nos tiene que pasar esto?

—La madre que lo trajo —masculló Isa—. Otra vez nos ha anulado la entrevista ese pesado.

—Y lo peor —continuó Alana— es que como no le llevemos a la diva entre las divas divinas del divineo la jodida entrevista, nos va a armar un escándalo. Pero ¿será imbécil el tipo?

—¿Quién es ese Hudson? —preguntó Joel, acercándose.

—El responsable de las obras del nuevo World Trade Center —dijo ella—. Necesito hablar con él para escribir un artículo en condiciones sobre las obras que se están realizando allí, pero al parecer, él no está por la labor. Hasta el momento, sólo hemos podido hablar con los trabajadores.

—Si quieres, puedo llamar yo e intentar que...

—Por favor, Joel, no digas tonterías —lo cortó Alana de malos modos—. A mi jefa le ha llevado meses conseguir esa maldita entrevista y ahora va el tipo y nos ignora. Joder...

Pero sin darse por vencido, él insistió.

—Haré un par de llamadas.

Alana asintió sin apenas mirarlo y luego siguió hablando con Isa. ¿Qué podían hacer?

Joel tomó su celular y entró en la habitación. Cuando salió, al cabo de un par de minutos, le entregó un papel a Alana diciendo:

—Hudson las recibirá en cuarenta minutos en su casa.

—¿En su casa?

—Sí.

Isa y Alana lo miraron atónitas y ésta preguntó:

—¿Lo dices en serio?

Joel tomó su chamarra de cuero y las apremió:

—Vamos, mujeres de poca fe, o llegaremos tarde.

Sin perder tiempo, las dos chicas se levantaron y salieron tras Joel. Una vez en la calle, pararon un taxi y, cuando estuvieron dentro y de camino, Alana preguntó:

—¿Cómo lo has conseguido?

—He llamado a un amigo que me ha dado el teléfono de su casa y he hablado con él.

—¿El teléfono de su casa?

—Sí.

—¿Y has hablado con él? —preguntó Isa.

Joel sonrió y, guiñándoles un ojo a las dos, contestó:

—Tengo contactos que me ayudan cuando lo necesito. Me he presentado como el capitán Parker, de la primera división de marines de Estados Unidos, y le he dicho que mi preciosa novia —se rio al decirlo— tenía una entrevista con él y que si no se la concedía, haría peligrar mis escasos días de permiso en Nueva York antes de regresar a Afganistán.

Ellas lo miraron sin saber qué decir, e Isa murmuró:

—Capitán guaperas, entre esto y lo de la tapa del excusado, ¡eres mi héroe! Nos acabas de salvar el trasero con la diva.

—¿Quién es la diva? —preguntó él, sin querer entrar en lo de la tapa del excusado.

—Nuestra insoportable jefa —respondió Alana.

—Bueno, esto se merece al menos un beso, ¿no? —dijo él.

Ella sonrió encantada y le dio un más que sabroso beso. Isa, mirando por la ventanilla, gritó:

—¡Por favor...!

Veinte minutos más tarde, llegaron a unos lujosos departamentos y Joel propuso esperarlas abajo. Sin embargo, ellas no se lo permitieron. Así pues él las acompañó divertido y cuando llegaron al piso veinte, puerta D, llamaron. Una mujer, que se presentó como la esposa de Hudson, los invitó a pasar a su lujosa casa.

Dos segundos después, el señor Hudson entró en la estancia y se fue directo hacia Joel, al que saludó con afecto.

Tras saludarlas también a ellas, Alana comenzó a entrevistarlo, mientras Isa hacía fotos. Hudson contestó encantado a todas sus preguntas e incluso le entregó un boceto del futuro World Trade Center para que lo publicaran en la revista. Media hora después, su mujer entró para decirle que el coche que lo iba a llevar al aeropuerto ya lo estaba esperando.

Hudson se despidió de ellos con amabilidad y, cuando lo hizo de Alana, dijo:

—Y ahora, jovencita, trate bien a su novio. Porque además de ser un héroe para muchos de nosotros, quiero que sepa que ha removido cielo y tierra para conseguirle esta entrevista.

—Gracias, señor —respondió Joel, tomándola por la cintura—, por sus palabras y por tener tan bien considerada mi profesión, pero ¡por mi chica hago lo que sea!

Alana sonrió apurada, pero una vez en el elevador, se abalanzó sobre Joel, lo besó con pasión y murmuró, cuando él la estrechó entre sus brazos:

—Capitán América, esta noche, prepárate, que te voy a dar un buen regalo.

—Speedy, no veo el momento.

Aquella tarde, a las cinco y media, Alana e Isa se dirigieron al evento de la fundación Real World, para la que trabajaba Matthew.

Como habían supuesto, había mucha seguridad.

De refilón, vieron a Antonio Banderas y a Nicole Kidman, los padrinos del evento. Alana tomó notas de todo y grabó cuanto allí se dijo sobre los proyectos que la fundación quería sacar adelante.

En cuanto acabó el discurso, las jóvenes se marcharon, antes de que empezara el coctel. Habían quedado fuera con Joel y Karen para ir a cenar juntos a una pizzería. Después de la divertida cena llegó el momento de despedirse, y, mientras los dos militares hablaban, Isa le dijo a su amiga:

—Oye... estoy pensando una cosa.

—¿Qué cosa?

Isa la miró.

—No sé si decírtelo. Con lo insoportable que eres a veces, quizá te enfades y me digas que te estoy tocando las isobaras.

—¡Serás payasa! —exclamó Alana riendo; la tomó del brazo y la animó—: Vamos... dime ahora mismo lo que has pensado.

—Pues he pensado que si Joel tiene tantos contactos, quizá te pueda decir algo sobre tu padre.

En realidad, ella también lo había pensado, pero en ese momento no tenía ganas de hablar del tema, por lo que le dio un beso a Isa y murmuró:

—Quizá se lo pregunte...

—Piénsalo. Él te podría decir si está vivo o muerto. ¿No querrías al menos saber eso?

—Lo pensaré —respondió, guiñándole un ojo.

Poco después, las dos parejas se separaron y tomaron caminos distintos.

Cuando Joel y Alana llegaron al zaguán, saludaron al portero y entraron en el elevador al mismo tiempo que lo hacían otros dos vecinos, que iban al piso diez.

En cuanto las puertas del elevador se cerraron, Alana miró a Joel con picardía y, sin que nadie la viera, alargó la mano y, juguetona, se la pasó por la bragueta del pantalón. Él la miró sorprendido y sonrió al ver que le guiñaba el ojo con complicidad.

Instantes después, el capitán metió la mano por debajo de la corta falda de ella, le tocó el trasero y se lo pellizcó. Alana soltó un gritito y todos la miraron. Segundos más tarde, el elevador se paró en el piso diez y los vecinos se despidieron de ellos y se marcharon. Cuando las puertas se cerraron, Alana miró a Joel.

—¡¿Un pellizco en el trasero?!

—Has empezado tú —replicó él.

Alana dejó la bolsa en el suelo y, dándole al botón de parada, susurró:

—Okey, nene, tú te lo has buscado.

Joel, al intuir lo que pretendía, murmuró:

—Cariño, este es un edificio con muchos vecinos y el elevador no puede...

—¡Que tomen el otro elevador! —respondió ella, besándolo.

Durante unos instantes se estuvieron besando y cuando Alana supo que Joel había caído en sus redes, preguntó:

—¿Quieres tu regalo?

Él asintió sin dudarlo y, metiendo la mano por debajo de la falda de ella, respondió:

—Lo exijo ahora mismo.

Sin demora, Alana lo volvió a besar, mientras él la apretaba contra su cuerpo para hacerle sentir su excitación. Notó cómo deslizaba una mano por sus muslos hasta llegar a su trasero y pellizcárselo otra vez. Ella se rio y él murmuró:

—Cuando me tocas, me vuelvo de acero.

Se miraron a los ojos y Joel, arrancándole la tanga, preguntó:

—¿Quieres esto...?

—Sí —afirmó excitada.

Con una media sonrisa que a ella le calentó hasta el alma, Joel exigió:

—Separa las piernas.

Alana lo hizo hasta donde se lo permitía la falda y él introdujo un dedo en su vagina.

—Oh, sí... me gusta —susurró ella.

Él sonrió y Alana, bajando una mano hasta la cinturilla del pantalón, la metió en el interior de sus calzoncillos.

—Me encanta tu acero.

—Dios... no pares —dijo él, cerrando los ojos.

Placer a cambio de placer. Morbo por morbo.

Eso se regalaron el uno al otro, hasta que, pasados unos minutos, el elevador se empezó a mover. Instintivamente Joel lo volvió a parar y dijo sonriendo, mientras sacaba un preservativo de la cartera:

—Vamos, nena... debemos acabar ya.

—A la mierda los preliminares —rio ella.

Alana se dio la vuelta y apoyó las manos en la pared del elevador, mientras Joel, tras ponerse el preservativo a toda prisa, le subía la falda, la colocaba a su antojo y, después de guiar su duro pene hasta la entrada de su húmeda vagina, la penetró de golpe.

Alana jadeó y un estremecimiento le recorrió el cuerpo cuando además sintió su aliento en la nuca. Agarrándola de la cintura, Joel empezó a entrar y a salir de ella, terso y duro. El elevador se volvió a mover. El portero debía de estar accionando los mandos desde abajo, pero esta vez fue Alana quien lo volvió a parar.

Consciente de que aquella locura debía acabar cuanto antes o los pescarían, Joel la agarró con fuerza de las caderas para hundirse totalmente en ella una y otra vez, acelerando los movimientos de su pelvis entre los gemidos de ambos.

Hacía un calor increíble. La temperatura en el interior del elevador debía de haber subido mil grados.

El elevador se volvió a mover, ahora de bajada.

Joel lo paró de un manotazo al tiempo que se metía todo lo posible en ella, no dejando ni un ápice de su duro miembro viril fuera. Alana chilló, tembló y exigió más.

La locura se apoderó de ellos y él, tras darle un azote en el trasero que los reactivó, dio un par de empellones más que los llevó directos al clímax.

Tras éste, se quedaron en silencio, hasta que Joel dijo:

—Speedy, estás loca... muy loca.

—Eres mi pecado y yo soy una pecadora, ¿qué esperabas? —preguntó ella riendo y recogiendo parte de su tanga rota del suelo.

Divertido por su contestación, Joel le dio al botón de la planta quince y el elevador comenzó a subir mientras ellos se reían por lo ocurrido. Cuando las puertas se abrieron, salieron a toda prisa y corrieron por el pasillo hasta llegar al departamento. Sin duda, la fiesta iba a continuar.

Esa noche, después de hacer el amor sobre la mesa del comedor y en la cama, Joel, sudoroso, desnudo y tumbado boca arriba, murmuró:

—Me encanta ser tu pecado. Peca conmigo cuanto quieras, nena.

Ella sonrió encantada y se levantó desnuda de la cama por agua. Cuando volvió con la jarra, vio una gorra militar de camuflaje y se la puso.

—Estás muy guapa con ella —comentó él, sonriendo.

Tras beber los dos, Alana se quitó la gorra, apagó la luz y se metió en la cama abrazada a Joel.

—A dormir, pecadora. Es tardísimo —dijo él.

Permanecieron un momento en silencio, hasta que, de pronto, la voz de Alana sonó en la oscuridad de la habitación.

—Mi padre era paracaidista y lo último que supimos de él fue que estaba en Vietnam.

Sorprendido por esa revelación, Joel murmuró:

—Lo siento, cielo. Lo siento mucho.

—Por mí no lo sientas —dijo ella—. Algo que nunca he tenido no puedo echarlo de menos. Siéntelo por mi madre. Ella fue la gran perjudicada. Durante bastante tiempo, intentó encontrarlo, saber de él. Escribió a la embajada, al ejército, pero fue imposible tener noticias suyas. Y antes de que me preguntes por qué fue imposible, te diré que mis padres nunca se casaron y que sólo llevo los apellidos de mi madre. Por eso nadie ha querido ayudarla, aunque ella sólo quería saber si estaba muerto o vivo.

Eso por fin lo aclaraba todo. Con razón Joel no había encontrado la información del padre de ella que había solicitado. Porque lo había hecho con sus apellidos y Alana no llevaba los de su padre.

Durante un rato ambos permanecieron callados, sumidos en sus pensamientos, hasta que ella dijo:

—Joel...

—¿Qué, cielo?

Alana volvió a pensar lo que iba a decir, pero finalmente lo hizo.

—¿Tú podrías preguntar a esos contactos que tienes si mi padre está vivo o muerto?

—Por supuesto que sí, cariño —respondió él, abrazándola—. Cuando quieras.

Ella sonrió feliz, cerró los ojos y se durmió.

13
❦

A la mañana siguiente cuando Alana se despertó, sonrió al recordar lo del elevador. ¡Menuda locura habían hecho! Aunque luego, al acordarse de la conversación que habían tenido antes de dormir, se puso de mal humor.

¿Se había vuelto loca? ¿Por qué le había pedido que mirase lo de su padre?

Se levantó de un salto, se puso una camiseta de Joel y fue al salón. Allí estaba él, sentado a una mesa frente al ventanal, bebiendo una taza de café mientras sonaba música de fondo y leía el periódico. Con mimo se acercó a él y, abrazándolo, preguntó:

—Te gusta mucho Phil Collins, ¿verdad?

—Sí. Y desde que te conocí, especialmente su canción *A Groovy Kind Of Love.**

—No sé cuál es.

—Cuando suene te lo diré.

Encantada asintió y preguntó:

—¿Por qué esa canción?

Él mimoso sonrió, y a la vez que aspiraba su perfume, murmuró:

—Porque extrañamente esa canción me recuerda a ti.

Olvidándose del periódico, la sentó en sus piernas y mirándole el ojo murmuró:

—Vaya... El verde te sienta muy bien.

—¿De verdad preguntarías lo de mi padre por mí? —dijo Alana tras un breve silencio.

—Sí. Claro que sí, cielo. Sólo tienes que darme sus datos.

Levantándose de su regazo, Alana entró en la habitación y, tras sacar una libreta de su bolsa, regresó a la sala.

---

* *A Groovy Kind Of Love*, Atlantic Record Corporation for the United States and WEA International Inc. for the World outside of the United States, interpretada por Phil Collins. *(N. de la E.)*

—Aquí los tienes.

Al ver lo tensa que se había puesto con aquello, Joel se levantó y, abrazándola, murmuró:

—Eh... nena... tranquila. Lo haremos cuando tú quieras.

—No sé qué es lo que quiero. Una parte de mí quiere saber, pero otra no. Mi madre merece enterarse de lo que ocurrió, pero sea lo que sea, le removerá el pasado y no quiero que sufra. Sin embargo, ella me ha pedido mil veces que investigue, que busque, que encuentre respuestas. Pero... a mí me da miedo levantar esa piedra. Quiero dejar quieto el pasado. Pero ahora llegas tú y me ofreces esa posibilidad y yo... yo me sentiría una mala hija si no la aprovechara.

Joel la escuchó y, consciente de cómo se sentía, iba a decir algo cuando ella exclamó:

—¡Decidido! Llama y pregunta. No quiero saber nada de él. Sólo si está vivo o muerto para poder decírselo a mi madre.

—¿Estás segura?

—Sí.

Joel tomó la libreta que le había entregado y se alejó unos metros para hablar con su celular, mientras Alana sacaba la leche del refrigerador para prepararse el desayuno.

Cuando estaba metiendo el vaso en el microondas, sintió sus manos en la cintura.

Apoyó la cabeza en él sin volverse y preguntó:

—¿Ya está?

Joel la besó en la coronilla y respondió:

—Dentro de un rato me llamarán y me dirán algo.

Con el vaso de leche y tomada de la mano de Joel, fue hasta la mesa y se sentó.

Durante unos minutos, ambos estuvieron en silencio, hasta que él agarró la libreta y una pluma y dijo:

—Le he pedido a mi contacto lo que me has dicho. Y le he especificado que no quiero saber nada de él excepto el acrónimo que pone en su ficha.

—¿El acrónimo?

—En los expedientes de los militares, los acrónimos o siglas son muy significativos y creo que deberías saber sus significados para cuando llegue el mensaje, ¿te parece bien? —Alana asintió y él escribió en la libreta—. KIA significa muerto en combate. WIA, herido en combate. MIA, desaparecido en combate y POW, prisionero de guerra. Si la ficha de tu padre no tiene ninguna de estas siglas es porque regresó de...

—Yo sólo quiero saber si está vivo o muerto. Nada más.

—Escucha, creo que...

—No. Escúchame tú a mí —lo cortó ella—. No quiero saber nada excepto las dos alternativas que te he dicho. Vivo o muerto, ¿entendido?

Al ver su mirada, finalmente asintió.

—Okey, nena. Sólo sabrás lo que has pedido.

Con las pulsaciones a mil, Alana intentó sonreír y se bebió la leche. En ese momento, el celular de Joel sonó. Había recibido un mensaje.

Tras unos tensos segundos en los que sólo se oyó la voz de Phil Collins y Philip Bailey cantando animadamente *Easy Lover*,* Joel alargó la mano hacia el teléfono y preguntó:

—¿Quieres que lo mire?

Alana asintió, tomando aire profundamente. Él lo hizo y, cuando lo dejó sobre la mesa, dijo:

—Como te he dicho, hay más opciones además de vivo o muerto.

Bloqueada, Alana miró el cuaderno donde él había escrito los acrónimos. Si fuera KIA, muerto en combate, Joel se lo habría dicho, por lo que, levantándose de la mesa, murmuró:

—No lo quiero saber. Voy a bañarme.

Cuando cerró la puerta detrás de ella, le parecía que el corazón se le iba a salir del pecho. Aquello confirmaba lo que mucha gente había insinuado siempre. Que su padre estaba vivo y las había abandonado. Las había olvidado y no había querido saber nada de ellas.

Enfadada, se desnudó rápidamente y se metió bajo la regadera. Necesitaba quitarse como fuera aquella mala sensación. Pero el agua sólo la mojó y Alana dio un puñetazo a la pared.

Su madre no se merecía eso. Nunca en la vida le había dicho una mala palabra de él y Alana sabía que, a su manera, lo seguía queriendo a pesar del paso de los años. Si ahora le decía que no había muerto, sin lugar a dudas eso le haría mucho daño.

* *Easy Lover*, Gelring Limited, Anthony Banks Limited, Phillip Collins Limited, Michael Rutherford Limited, interpretada por Phil Collins y Philip Bailey. *(N. de la E.)*

—¿Estás bien, cariño?

Al oír la voz de Joel, Alana abrió la cortina de la regadera y, mirándolo, asintió, aunque instantes después murmuró:

—No, no estoy bien. Ahora sé que no murió y tengo que decírselo a mi madre. ¿Cómo lo hago? ¿Cómo le digo que se olvidó de ella? A mí me da igual, pero ¿ella qué? ¿Acaso no la amaba tanto como mi madre a él?

—Si tú quisieras, yo...

—No, Joel —lo cortó—. No quiero saber más.

Él se metió vestido en la regadera con ella y la abrazó. Si Alana no quería saber nada más, él se callaría, pero nadie le impediría abrazarla y mimarla.

Un buen rato después, con ella ya más calmada, estaban tomándose un café cuando sonó el celular de Alana. Era Isa. Habían quedado en ir a las seis a la subasta de la fundación.

Le dijo que la esperara en la puerta de donde se había celebrado la recepción del día anterior y, cuando colgó y dejó el teléfono, vio el celular de Joel. Se lo quedó mirando unos segundos, pero finalmente se dio la vuelta y se alejó.

¿Quién la mandaría a ella preguntar?

Una hora después, salieron juntos del departamento para ir a comer algo y dar una vuelta por ahí hasta la hora en que Alana había quedado con Isa. Consciente de lo que ella tenía en la cabeza, Joel hizo todo lo posible por hacerla olvidar y sonreír y finalmente lo consiguió.

A las seis, de nuevo con sus pases de prensa, Alana e Isa entraron en la sala de subastas y observaron cómo aquellos que eran los más ricos de la ciudad, o bien coleccionistas, pujaban por los exclusivos objetos que los famosos habían donado. Matthew se acercó a Alana y cuchicheó:

—Veo que tu ojo va mejor.

Ella sonrió en respuesta.

—¿La están pasando bien? —preguntó él.

—¡Genial! —afirmó Isa, que fotografiaba todo lo que veía, mientras Alana tomaba notas.

Un par de horas más tarde, cuando todo acabó, Isa se marchó con Karen, y Joel, poniendo bien la bufanda de Alana alrededor del cuello de ésta para que no se enfriara, preguntó:

—¿Qué te apetece hacer? ¿Adónde quieres que te lleve a cenar?

Ella lo pensó y, mirando la calesa de caballos que pasaba delante de ellos, dijo:

—¿Qué tal si cenamos en casa? Y después, con una copa de vino, podemos ver una película.

—Aunque no lo creas, nada me apetece más —contestó él, abrazándola por la cintura.

Cuando llegaron al departamento, Joel puso rápidamente agua a hervir y, volviéndose hacia ella, preguntó:

—¿Te gustan los *calamari carbonara*?

—¿Calamares a la carbonara?

Al oírla él sonrió y, enseñándole una bolsa de pasta italiana con forma de anilla, dijo:

—*Calamari*... Esto se llama *calamari*, o también *calamarata*.

—En la vida había oído eso de *calamari* o *calamarata*, ni los había visto —respondió Alana, mirando la bolsa.

—La madre de mi cuñado es italiana y cada cierto tiempo le manda un cargamento de pasta —explicó, abriendo una despensa repleta de paquetes.

—Vaya... qué rico —murmuró Alana, mirando la gran variedad de pasta que había allí—. La pasta me gusta, por lo tanto, los *calamari* seguro que también —dijo cerrando la puerta de la despensa.

Mientras Joel se ocupaba de la cena, ella encendió el equipo de música y la voz de Phill Collins comenzó a sonar. Decidió dejar ese CD. Después descorchó la botella de vino que habían comprado por el camino, tomó dos copas de donde él le había dicho y lo sirvió.

Le dio una a Joel y, sentándose en un taburete de la cocina frente a él, lo observó cocinar. Aquel grandullón de pelo rubio y ojos claros estaba increíble con el mandil.

—¿Qué piensas? —preguntó él al ver cómo lo miraba.

Alana suspiró.

—En lo sexy que estás con el mandil.

—Pues sin él gano mucho, ¡te lo aseguro!

—¡Serás presumido! —Joel sonrió y ella añadió—: En este momento me siento como tu madre, tus tías y tus hermanas.

—No me asustes —se mofó él.

Divertida por su gesto pícaro, dijo:

—Sinceramente, soy incapaz de entender cómo un hombre como tú, atractivo, simpático, que sabe cocinar y es un excelente amante en la cama, no está casado o tiene novia.

Joel, que estaba cortando el tocino, paró de hacerlo y respondió sonriendo:

—Gracias por tanto piropo y, en cuanto a lo otro, hasta el momento ninguna me ha interesado tanto como para casarme con ella.

Alana bebió un sorbo de su vino y luego dejó la copa sobre la mesa e insistió:

—Pero chicas no te faltarán, ¿verdad?

Dejando el cuchillo a un lado para beber él también, Joel respondió:

—Te mentiría si te dijera que sí.

Alana asintió y sonrió disimulando. ¿Por qué le molestaba saberlo?

Pero su desconcierto fue absoluto cuando Joel, tomándole la mano, le besó los nudillos y, mirándola con intensidad, preguntó:

—¿Te casarías conmigo?

Alana parpadeó atónita. ¡¿Cómo?! ¿Lo había oído bien?

Durante unos interminables segundos ambos se miraron a los ojos, hasta que él, tomó uno de los *calamari*, se lo enseñó y murmuró:

—Si dices que sí, tengo hasta el anillo preparado.

Eso la hizo reír y, con el corazón a mil, contestó:

—Eres un tonto.

Él también rio y, soltándole la mano, murmuró, consciente de lo que le acababa de preguntar:

—Contigo, ¡un gran tonto!

En ese momento, una nueva canción de Phil Collins comenzó a sonar y el destino hizo que fuera *A Groovy Kind Of Love.** Y Joel, dejando el *calamari* sobre la mesa, se acercó a ella, la tomó de nuevo de la mano y dijo:

—E°sta es la canción que me recuerda a ti. Ven, bailemos —propuso.

Alana lo abrazó y, sin hablar, se dejó llevar por la melodía.

—¿Sabes cómo se llama esta canción en español? —Y antes de que ella contestara, le susurró al oído—: Algo así como una clase maravillosa de amor. —Y al notarla temblar en sus brazos, añadió—: Tranquila. Lo de la boda ha sido una broma.

* Véase nota p. 304.

—Lo sé —respondió Alana desconcertada.

Joel, hundiendo la nariz en su pelo, murmuró:

—Y si te lo hubiera preguntado en serio, ¿qué pensarías?

Alana lo miró y, con un hilo de voz, respondió:

—Pensaría que estás loco, que te falta un tornillo.

—Haberte conocido ha sido un soplo de aire fresco —continuó él, pasándole la boca por la mejilla—. Y cuando vuelva al servicio activo, como dice la canción, cada vez que esté desorientado miraré tu foto y eso me alegrará y me orientará. —Joel tomó aire y, sin separarla de su cuerpo, prosiguió—: Cuando nos separemos, quiero que sepas que sólo tienes que llamarme y me tendrás a tu lado.

—Joel...

Él le puso un dedo en los labios.

—Estos días, cuando paseo de tu mano o duermo contigo, me siento tremendamente feliz y sé que estoy viviendo algo irrepetible. Quiero que sepas que no lo voy a olvidar nunca y mucho menos te voy a olvidar a ti.

—Joel, ¿qué estás haciendo?

Él le besó la punta de la nariz y después contestó, mirándola a los ojos:

—Declararme a una chica a la que apenas conozco y que no cree en los flechazos, pero que me encanta, me deja sin habla y me vuelve loco cuando dice que soy su pecado. Si por mí fuera, ahora mismo me casaba contigo. ¿Y sabes por qué? —Como hipnotizada, Alana negó con la cabeza—. Porque me gustas mucho, porque, como dice la canción, lo nuestro es una clase maravillosa de amor, y porque cuanto más estoy contigo, más cuenta me doy de lo que me puedo perder.

Durante unos segundos, Alana fue incapaz de hablar, aunque sabía que él esperaba que contestara algo. Nada de lo que dijera podía ser tan perfecto e increíble como lo que había dicho él.

Cuando acabó la canción Joel le dio un tierno beso en los labios y, rompiendo el hechizo, la separó de él y le preguntó como si nada:

—¿Habías bailado alguna vez con un hombre con mandil?

—No —respondió desconcertada.

—Eso es bueno —señaló él sonriendo—. Así te acordarás de mí.

Y, sin más, regresó hasta donde estaba el tocino y siguió cortándolo, mientras Alana lo observaba sorprendida.

Joel, consciente de ello, no quiso mirarla y maldijo para sus adentros por lo que le había dicho. No debería haberlo hecho. Ella huía de los compromisos y él, por su trabajo, no debía adquirirlos, pero aquella canción y Alana allí lo convertían en el tipo más idiota del universo.

—¿Me pasas la sal? —pidió.

Alana reaccionó y se la dio. Al ver el *calamari* que le había ofrecido como anillo minutos antes, fue a decir algo, pero Joel se le adelantó:

—¿Qué te parece si quitas a Phil Collins y pones otro tipo de música? Mi cuñado tiene cientos de discos de vinilo; ¿te apetece echarles un ojo?

Durante un rato, Alana estuvo mirando los discos, mientras se reponía del momentazo que acababa de vivir.

Sonrió al ver un montón de música de los 80 y los 90. Tomó uno de Kool & The Gang y, poniéndolo con cuidado en el tocadiscos del equipo de música, preguntó, cuando la melodía comenzó a sonar:

—¿A que es buena?

Al oír *Celebration*,* Joel sonrió y, comenzando a moverse, contestó:

—Okey, nena, me encanta.

Contenta por haberlo hecho bailar, ella empezó a hacerlo también por el salón, hasta que, minutos después, él salió de la cocina y, quitándose el mandil, se unió a ella entre risas.

—Speedy, me vuelves loco —murmuró acalorado cuando acabó la canción.

* *Celebration*, The Island Def Jam Music Group, interpretada por Kool & The Gang. (*N. de la E.*)

14

Pasaron la mañana en un bazar de antigüedades al que la llevó Joel, donde le regaló una bonita pulsera de plata. Luego, por la tarde, Isa y ella fueron al concierto benéfico de la fundación Real World.

Tras hacerles varias fotografías a los famosos, Isa se sentó junto a su amiga y preguntó:

—¿Ya tienes preparado el vestido de burbujita plateada para mañana?

—Sí.

—Con ese vestido estás ¡*pa* comerte! Verás cuando te vea el Capitán América —comentó Isa divertida.

Alana sonrió al pensar en él y, volviéndose hacia su amiga, iba a decir algo pero se paró. Isa al ver su gesto, preguntó:

—¿Qué ibas a decir?

—Nada.

—Ah, no. A mí no me la das, que soy del Barça y sé cuándo un colchonero tiene algo que decir. ¡Vamos, suéltalo!

—La estoy arruinando con Joel y bien gorda —dijo Alana suspirando—. Él siente cosas. Me lo hace saber con sus detalles y con sus increíbles palabras, y yo...

—¿Tú sientes cosas también?

—Sí —respondió sin dudarlo—. Pero...

—Ya estamos con los peros. ¿Por qué siempre tiene que haber un pero? —se quejó Isa.

—Porque es complicado.

—Complicada eres tú, cariño, que nos conocemos. Quizá si te dejaras llevar verías que no todos son como Don Micropene...

—¿Qué tiene que ver él en esto?

Isa la miró y respondió suspirando:

—Porque por su culpa no dejas que nadie se acerque a tu corazón, ¿te parece poco?

Isa tenía razón. No era la primera vez que hablaban del tema.

—Vale, reconozco que tienes razón, pero creo que deberíamos terminar ya esta conversación que nunca deberíamos haber comenzado.

—Pero...

—¡No quiero más peros! —replicó Alana sonriendo y preguntó—: ¿Qué vestido has traído tú para la fiesta?

—El negro que me compré en las rebajas de Zara. Ése con strass en la cintura y en el cuello.

—Ah... es verdad. El que te hace esos pechotes de escándalo —se mofó Alana.

—Verás cuando me vea mi preciosa teniente Collins —dijo, pensando en Karen—. ¡Quiero deslumbrarla!

—Lo harás. Estarás muy guapa.

Isa contestó divertida:

—Como diría mi amada Coco Chanel, ¡la simplicidad es la clave de la verdadera elegancia! —Luego, al descubrir la pulsera que Alana llevaba en la muñeca, preguntó—: ¿Es nueva? —Y al ver su expresión, añadió—: Te la ha regalado Joel, ¿verdad? —Alana asintió—. Es muy bonita. ¿Qué?

—¿Qué de qué?

—¿Y esa sonrisa de tontorrona?

—Isa... eres una liosa —dijo Alana riendo.

—¿De verdad el capitán pecado te está enamorando?

—No quiero hablar de ello —cuchicheó Alana, pero al ver que Isa no le quitaba la vista de encima, intentando cambiar de tema preguntó—: ¿Y tú con Karen qué?

Isa se mordió el labio.

—Es algo mandona y en ocasiones intransigente, pero me gusta. Ya sabes que me suelo fijar siempre en quien no debo.

—¿Por qué dices eso?

Isa se encogió de hombros.

—Porque lo sé. Ella no se muere por estar conmigo, como sí me pasa a mí con ella. Pero no quiero agobiarme, ya veremos.

—¿Vas a seguir en contacto con ella una vez nos hayamos marchado?

—Por supuesto que sí.

—Pero si me estás diciendo que...

—Sé lo que te estoy diciendo, pero oye, quizá cambie. Quizá cuando nos separemos se dé cuenta de que le gusto más de lo que ella creía y pueda haber una oportunidad para nosotras.

—Isa...

—Mira, Alana, no me quiero agobiar por eso ahora. Si las cosas funcionan, ¡adelante! Y si no funcionan, ¡a otra cosa mariposa!

—¿Tan fuerte te ha dado?

—¿Sabes?, los flechazos existen —respondió su amiga.

Alana pensó en Joel y se emocionó al oírla. Isa, que la vio, le tomó las manos y dijo:

—Mira, sé que tras el imbécil de Don Micropene nunca has querido tener un hombre fijo en tu vida, y yo he sido la primera que te ha felicitado por esa decisión. Pero creo que Joel se merece una oportunidad. No hay más que ver cómo te mira, cómo te habla o cómo te cuida para darse cuenta de lo especial que eres para él. —Alana suspiró. Si Isa se enterara de que estaba dispuesto a casarse con ella enloquecería—. Es más, Karen, que lo conoce desde hace más de nueve años, me ha chismeando que es la primera vez que se centra tanto en una chica. Al parecer, hasta que apareciste tú, noche sí, noche también caía una mujer diferente. Y a ti no sólo no te suelta, sino que te ha llevado a vivir con él a su casa.

—¿Y qué quieres decir con eso?

—Joder, Alana, ¡blanco y en botella! Dale una oportunidad al amor, porque si no lo haces, en esta ocasión creo que te vas a perder algo increíblemente maravilloso. Joel, el capitán guaperas, el capitán pecado, se lo merece.

—Karen en cambio no te merece, ¡lo sé! Y tú lo sabes también, ¿verdad? —dijo Alana sin poderse callar.

—Puede —asintió Isa—, pero quiero intentarlo.

Ambas se miraron.

—La que hemos armado viniendo a Nueva York —murmuró Isa.

—¡Y nos lo queríamos perder! —se mofó Alana.

En ese momento salió Rosario Flores al escenario. Como buenas españolas, las dos la aplaudieron y olvidándose de sus dudas y preocupaciones, cantaron y bailaron sus canciones, mientras intuían que ese viaje les estaba cambiando la vida.

15

⚞~⚟

La semana de la fundación Real World continuó y el jueves asistieron al desfile de modas. Isa tomó cientos de fotos y Alana tomó notas de todo lo que vio.

Esa noche, cuando llegó a casa de Joel, tras cenar juntos, pasó en limpio todas sus anotaciones, mientras él leía en el sofá. Lo miraba de vez en cuando con disimulo por encima de la pantalla de la computadora y el corazón se le desbocaba.

¿Realmente aquello había sido un flechazo? ¿Como decía la canción, una clase maravillosa de amor?

Por primera vez en su vida estaba disfrutando de la intimidad con una pareja como nunca antes lo había hecho. Jamás había compartido techo y cotidianidad con otro hombre que no fuera Don Micropene, y comparar a éste con el increíble Joel era absurdo.

Con éste todo era diferente, interesante y le gustaba. Era tan sorprendente en tantas cosas que Alana a veces no lo podía creer.

De pronto recordó unas palabras de su madre en el diario y lo sacó de su maletín para leerlas.

> Nunca he estado enamorada, pero lo que siento por Teddy creo que es amor. Papá siempre dice que cuando uno se enamora pierde el apetito, el sueño y en ocasiones hasta el sentido del humor y reconozco que tengo todos los síntomas. No tengo hambre, no tengo sueño y no me apetecen las bromas.
>
> De pronto, y aunque nunca lo reconoceré, mi guapo militar se ha convertido de la noche a la mañana en ¡todo! Como siempre le he oído decir a mi madre, puedes engañar a la gente y a ti misma, pero al corazón no. Éste es el primero en saber la verdad de lo que te ocurre y sin duda mi corazón sabe que amo a ese americano.

Su madre tenía razón.

Podía engañarse a sí misma, al mundo entero, pero nunca podría engañar a su corazón.

Acalorada, cerró el diario, lo guardó y se levantó. Joel la miró y le guiñó un ojo y Alana fue a la cocina para beber un poco de agua.

¿Cómo podía sentirse tan identificada con esas palabras que su madre había escrito años atrás?

Una vez hubo saciado su sed, volvió al salón y miró a Joel de nuevo.

Sin lugar a dudas, aquel rubio de ojos claros le estaba haciendo sentir cosas que nunca antes había sentido y comenzó a plantearse si merecería la pena intentarlo.

Rápidamente su corazón le contestó. ¡Claro que sí! Pero sería bastante complicado.

Ella en España. Él en cualquier lugar del mundo, en peligro. No, no podía ser, gritó su mente racional. No podía vivir siempre pendiente del teléfono y temiendo que le hubiera pasado algo.

¿Qué clase de futuro le esperaba?

Bloqueada por sus pensamientos, cerró la computadora, guardó sus cosas y, deseosa de su cercanía, se recostó con él en el sofá y se enredó en su cuerpo. Joel la besó en la frente y preguntó:

—¿Todo bien, cielo?

Ella asintió en silencio, y disfrutó de la tranquilidad y de él. Durante un rato ninguno de los dos se movió, hasta que, dejando el libro sobre la mesa, Joel empezó a besarla, la desnudó y le hizo el amor con ternura.

El viernes, cuando Alana se despertó, lo oyó silbar en la regadera y sonrió contenta. Pero al recordar que el domingo se tenían que separar se le encogió el corazón.

Se levantó de la cama, fue directa hacia el clóset donde estaban el saco de avío y la ropa militar de Joel y lo abrió. La tocó y la olió. Contempló su apellido en el bolsillo derecho de las camisas y sonrió mientras se preguntaba qué hacía ella con un militar.

Tomó una camiseta de él y cerró el clóset. En ese momento, vio el celular de Joel sobre la mesilla. Se lo quedó mirando unos segundos, la tentación de leer el mensaje referido a su padre a cada momento era más y más fuerte, pero resistiéndose, salió de la habitación y se puso a preparar el desayuno.

Cuando Joel salió del cuarto de baño y olió a tortilla y tocino recién hechos se sentó sonriente ante el plato que Alana le había servido y preguntó tras besarla:

—¿Cómo te has levantado de tan buen humor hoy? Con tu sonrisa y este desayuno, no hay mejor manera de comenzar el día. ¿Tú no comes?

—No estoy acostumbrada a comer tanto cuando me levanto —respondió, enseñándole la taza de café con leche que tenía en las manos.

—Pues deberías —contestó él, tras tragar un trozo de tortilla—. El desayuno es una de las comidas más importantes del día.

—Eso dicen, pero en España no se desayuna así. Se toma un café con galletas o tostadas, un juguito... y luego, a media mañana, es cuando se come algo más fuerte. Esto es como el café que ustedes toman y el que tomamos nosotros. Ustedes toman *aguachirri* mientras...

—¿*Aguachirri?* —se mofó él.

Alana asintió con una sonrisa.

—A los españoles nos gusta el café más cargado. A ustedes en cambio les gusta aguado. Son tantas las diferencias que existen entre nosotros que...

—Las diferencias se salvan si uno quiere —la cortó Joel, mirándola—. Sólo hay que querer para poder, Speedy. Nunca lo olvides.

Estaba claro que él se refería a otras cosas.

Joel, al ver su expresión pensativa, dio un trago al café y preguntó:

—¿A qué hora tienes esa cena y fiesta de gala?

—Comienza a las ocho —dijo ella sin demasiado entusiasmo, recostándose sobre la cubierta de la cocina.

—Parece que lo digas sin ganas.

Alana se sentó encima de él y apoyó la cabeza en su hombro.

—Es que preferiría quedarme contigo —murmuró.

—¡Guau, nena! —exclamó encantado—. Es un triunfo que digas eso y me siento muy halagado, pero es tu trabajo y el último día del mismo. Yo iré a buscarte sobre las doce de la noche. ¿Y sabes lo mejor? —Alana negó con la cabeza y él, tras besarla con mimo, continuó—: Que el sábado lo tendremos enterito para nosotros y podremos hacer todo lo que queramos.

Joel era perfecto, ¡perfecto! Y mimosa como ningún otro día, lo abrazó. Necesitaba su cercanía. Separarse de él iba a ser muy difícil.

—¿Qué te pasa, cielo?—preguntó él, sorprendido por aquella efusividad mañanera.

Al darse cuenta de lo empalagosa que se estaba poniendo, se levantó rápidamente y, sentándose en la silla de al lado, pinchó un trozo de tocino con su tenedor y respondió:

—Nada. Bueno, sí... Creo que te voy a echar más de menos de lo que yo quería.

El corazón de Joel se desbocó. Sin duda estaba haciendo grandes progresos con ella. Pero cada vez que pensaba en la separación se sentía morir. Alana sería un gran aliciente para regresar siempre de donde estuviera. Pero sin querer reconocer ante ella lo indispensable que se había vuelto para él, contestó mirándola con cariño:

—Sabes que cuando me llames, allí me tendrás, Speedy.

A media mañana, Joel recibió una llamada de unos compañeros de unidad que acababan de llegar a Nueva York y quiso que Alana los conociera.

Al llegar al bar donde habían quedado, Joel le presentó a Daryl y a Norman, dos fuertes y rudos militares, como Joel, pero al mismo tiempo tiernos y caballerosos.

—¿Qué quieren tomar? —preguntó Norman.

Ellos pidieron cerveza y Coca-Cola y, cuando el mesero dejó las bebidas sobre la mesa, Daryl tomó el vaso de Alana y, llenándoselo, dijo:

—Después de un vaso llenar... queda otro por tomar.

—¿Sabes que mi madre también dice eso? —comentó ella, sonriendo.

—Yo se la he copiado a mi padre —contestó el militar—. Al parecer fue el lema de una campaña de Coca-Cola de hace bastantes años y arraigó de tal manera que ya es como parte de la familia.

Ambos rieron y cuando Daryl se volvió para decirle algo a Norman, Alana vio su nombre completo en el bolsillo derecho de la camisa: «D. Larruga».

Incrédula, volvió a leer el nombre. ¡¿Larruga?!

La cabeza le empezó a dar vueltas al recordar que Larruga era uno de los amigos de su padre en la base americana de Alemania. El hombre que su madre mencionaba cuando decía ese eslogan de la Coca-Cola.

—¿Qué ocurre, cielo? —preguntó Joel, preocupado al ver su expresión.

Alana lo miró bloqueada. Si Daryl era de Texas, se moriría allí mismo.

—¿Dónde vive Daryl? —le preguntó a Joel, bajando la voz.

—En Pensilvania. —Ella suspiró aliviada, y entonces él añadió—: Aunque antes de casarse vivía en Texas, con sus padres.

Alana tomó la Coca-Cola y le dio un gran trago, mientras sentía que el corazón le bombeaba a toda velocidad.

¿Podía ser el hijo del amigo de su padre?

Joel iba a decir algo cuando a ella le sonó el teléfono. Se levantó como si le hubieran puesto un cohete en la cola y salió del bar. Necesitaba respirar aire fresco.

Era Isa, y Alana, viendo que podía desahogarse con ella, sin dejarla hablar exclamó:

—¡Me va a dar un ataque!

—No me jodas y no me asustes —respondió su amiga alarmada—. ¿Qué ocurre?

—Voy para el hotel. Dile a Karen que te ha surgido un trabajo a última hora y que se vaya. Que... que llame a Joel y quede con él, ¿entendido?

—Pero ¿qué pasa? —insistió Isa asustada.

—Te lo contaré cuando llegue. Ahora voy a decirle a Joel que nos ha salido un trabajo urgente y que quedamos esta noche al salir de la fiesta, ¿vale?

—Vale —murmuró su amiga, antes de colgar.

Alana levantó la cara para que le diera el aire fresco y en ese momento sintió que alguien le echaba su abrigo por encima.

—¿Qué te ocurre? —preguntó Joel.

Sin querer contarle lo que creía haber descubierto, Alana sonrió y, guardando el teléfono, dijo:

—Era mi jefa de Madrid. Quiere que haga una entrevista de última hora —y mirándose el reloj, exclamó—: Uissss... qué tarde. Me tengo que ir ya.

Él la miró sin decir nada y ella añadió:

—He llamado a Isa para avisarle. Pasaré por el departamento para recoger el vestido, ya le diré al portero que me abra. Y esta noche quedamos al salir de la fiesta, sobre las doce, ¿de acuerdo?

—¿Me puedes decir qué te ocurre? —insistió Joel.

—Te lo acabo de decir. Trabajo.

—Te acompañaré —se ofreció él.

—No. —Y al darse cuenta del tono que había empleado, suavizándolo dijo—: De verdad, cielo, tengo que ir sola. Te veo esta noche, ¿vale?

Nada convencido de que le estuviera diciendo la verdad, Joel asintió y, con gesto ceñudo, miró cómo se alejaba. En ese momento le sonó el teléfono. Era Karen. Le dijo dónde estaba tomando algo con sus compañeros y luego entró de nuevo en el bar. Pero no pudo dejar de pensar en Alana y en que algo le ocurría.

Cuando ella llegó al departamento, después de que el portero amablemente le abriera la puerta, sin tiempo que perder, Alana tomó de su maleta el diario de su madre y buscó y buscó hasta encontrar la cita en la que se refería a Larruga.

Como Larruga siempre dice cuando tomamos una Coca-Cola: Después de un vaso llenar... queda otro por tomar.

Tenía razón, recordaba bien el nombre. Luego tomó el vestido y los zapatos que se tenía que poner esa noche, los metió en una bolsa y se marchó hacia el hotel, donde su amiga la esperaba.

Isa, preocupada, le soltó nada más verla:

—Vale, ¿me puedes decir qué ocurre?

Alana sacó el vestido para que no se arrugara más y, tras colgarlo en el clóset contestó:

—Creo que acabo de conocer al hijo de un amigo de mi padre.

—Cuéntame... —dijo Isa, sentándose con ella en la cama y tomándole la mano.

16

Aquella noche, ataviadas con sus preciosos vestidos, Alana e Isa llegaron al lugar donde se celebraba la fiesta de gala de la fundación. Se sentaron junto a otros periodistas invitados y degustaron las exquisiteces que les sirvieron.

Con el paso de las horas, Alana se había ido tranquilizando y se sintió fatal por haber mentido a Joel.

No se lo merecía, pero tampoco quería implicarlo más en sus problemas familiares.

Cuando la cena acabó y los organizadores les indicaron un salón contiguo, donde tendría lugar la fiesta, Isa dijo:

—Tengo que ir al baño; ¿sabes dónde está?

—Donde estaba hace media hora, cuando hemos ido; ¿estás tonta?

—Ahora vuelvo —contestó Isa mientras sonreía.

Alana suspiró y, tomando una copa de cava de una bandeja, miró a la gente de su alrededor, que hablaban y empezaban a bailar. Ella todavía le daba vueltas a lo de aquel Larruga. Cada vez tenía más claro que era el hijo del amigo de su padre. Sería mucha coincidencia lo de la Coca-Cola. Seguro que su madre tenía alguna foto del Larruga padre en la cajita que le dio. Cuando volviera debía mirar las fotos. ¡Quizá se parecieran!

—Estás preciosa.

Tras oír esa voz, Alana se volvió y se quedó sin palabras al ver a Joel ante ella, con un espectacular esmoquin y corbata de moño. Si ya le parecía guapo vestido de calle, vestido de fiesta estaba, como diría su amiga Claudia, para comérselo y no dejar ni los huesecitos.

—¿Qué haces aquí? —preguntó sorprendida.

Sonriendo, él se acercó, la besó en los labios y, mirándola con verdadera admiración, dijo:

—Sabía que eres bonita, pero vestida así estás impresionante.

Ella iba a hablar, pero él, enseñándole el pase que llevaba en el bolsillo, explicó:

—Isa se ha marchado con Karen y he venido yo para ocupar su lugar. ¿Te gusta el cambio, boquita de patito?

Alana soltó una carcajada y murmuró encantada:

—Ni te imaginas lo feliz que me hace este cambio.

Durante horas disfrutaron de la fiesta y el baile, olvidándose del resto del mundo, y cuando a las doce Joel propuso que se marcharan, ella no dijo que no. Pasaron por el guardarropía para recoger sus abrigos y cuando salieron a la calle, Joel la tomó de la mano y, besándosela, susurró:

—Su carruaje la espera, princesa.

Alana vio asombrada una preciosa calesa tirada por caballos parada en un lateral de la calle y miró a Joel boquiabierta.

—Supongo que no pensabas marcharte de Nueva York sin montar en una conmigo.

Alana sonrió encantada y subió al coche de caballos. El cochero les ofreció unas mantas, que los dos se echaron por encima, y el viaje comenzó.

Estuvieron unos minutos sin hablar, sólo escuchando el sonido de los cascos contra el suelo, mientras ella pensaba que Joel era increíble.

—Se acabó el trabajo —dijo él, besándole el cuello—. A partir de este instante, sólo estaremos tú y yo hasta el domingo a las doce, ¿okey, nena?

—Alana asintió y cuando iba a decir algo, Joel preguntó—: ¿Por qué te has marchado tan deprisa del bar esta mañana?

—Por nada...

—Speedy... —susurró él— mientes muy mal.

Alana sonrió. Sin duda aquel hombre se estaba molestando en conocerla más de lo que ella creía.

—¿Sabes?, me encanta estar en esta calesa contigo, pero lo que realmente me apetece es llegar al departamento, quitarte este esmoquin y hacerte el amor hasta que me supliques que pare.

Joel silbó al escucharla y le dio al cochero la dirección del departamento.

—En veinte minutos estaremos allí y no quiero que pares hasta que te lo suplique, ¿entendido?

Esa noche hicieron el amor sin reservas. Durante horas disfrutaron de las mieles del cariño, la ternura, el morbo y la pasión, un juego peligroso que ambos sabían que tarde o temprano les haría daño.

A la mañana siguiente, cuando se despertaron y Alana se disponía a levantarse de la cama, Joel no se lo permitió.

—Tengo que ir al baño —protestó divertida.

—No, no quiero que te levantes de la cama.

—¡Joel! —dijo ella riendo.

Divertido por su expresión traviesa, finalmente la soltó.

Alana, una vez hubo salido del cuarto de baño y lo vio apoyado en los almohadones, se sentó a horcajadas sobre él y le preguntó, mientras de fondo sonaba la romántica canción *Is This Love*,* del grupo Whitesnake:

—Muy bien. ¿Cuál es el plan de hoy?

Joel, agarrándola para colocarla mejor, contestó mimoso:

—El plan es muy sencillo. Besarte, hacerte el amor, pecar, mirarte y disfrutarte; ¿te parece bien?

—Okey, nene —murmuró divertida—. Es un gran plan.

Joel sonrió y ella, agarrando su duro pene, se lo introdujo en su húmeda vagina.

—Cielo, no llevo preservativo —dijo Joel.

—No te preocupes, tomo la píldora —contestó Alana, acercándose a él hasta rozar sus labios.

Al sentir por primera vez aquel increíble contacto de piel con piel, Joel cerró los ojos y, arqueándose, jadeó:

—Dios... es mejor aún de lo que pensaba.

—Sí... es delicioso.

Sin hablar, sólo mirándose, empezaron a moverse, primero lentamente y luego cada vez más fuerte.

—Me vuelves loco...

Ella sonrió y, tras soltar su gemido, susurró:

—Me gusta cuando me llamas Speedy.

Joel sonrió y se estremeció al notar los temblores de su vagina. Sentir-

* *Is This Love*, Parlophone Records Ltd., interpretada por Whitesnake. *(N. de la E.)*

la como lo estaba haciendo lo hizo sentirse en el séptimo cielo y, agarrándola del cuello para acercarla a él, exigió con urgencia:

—Bésame, Speedy.

Ella hizo lo que le pedía. Lo besó, lo saboreó, lo volvió loco, y cuando sus bocas se separaron, estirándose, acercó uno de sus pechos a la boca de él. Joel jugó con él, se lo lamió con deleite y cuando vio que el pezón estaba duro como una piedra y la respiración de Alana tremendamente acelerada, se lo mordisqueó y lo soltó, jadeante, mientras en el radio comenzaba a sonar *Every Time You Go Away*,* de Paul Young.

Sin parar, Alana continuó moviéndose sobre él con descaro. Quería que la mirara, que la recordara, que la disfrutara, y sabía que lo estaba consiguiendo. No había más que ver su mirada y cómo todo él vibraba.

En ese instante sólo importaban ellos dos. Joel y Alana. Speedy y el Capitán América. Deseaban gozar, disfrutar, volverse locos, investigar y darse el mayor placer posible, mientras sus alteradas respiraciones sonaban como una loca composición musical.

Cuando Alana se mordió el labio inferior, soltó un grito y se arqueó hacia atrás, Joel no pudo más y, tomando las riendas, la empujó hasta colocarla de espaldas sobre la cama. Sin salir de ella, embistió hasta alcanzar el clímax, al mismo tiempo que Alana experimentaba el máximo placer.

Con aquel increíble orgasmo, ambos se fusionaron en un único ser. En un único amor.

Tras unos instantes en que permanecieron inmóviles, agotados, acalorados y sin resuello, Joel rodó a un lado de la cama y, tumbado mirando el techo, mientras su respiración se calmaba, le tomó la mano, entrelazó los dedos con los suyos, le besó los nudillos y murmuró:

—Te quiero.

Alana cerró los ojos al oírlo y susurró en respuesta:

—Yo también te quiero... como amigo.

Intentando sonreír, Joel respondió:

—Al menos sé que me quieres, aunque sea como amigo.

Ambos sonrieron por aquello, y la joven murmuró:

—Estás loco, Capitán América.

Él asintió:

* *Every Time You Go Away*, Sony Music UK, interpretada por Paul Young. *(N. de la E.)*

—Sin duda. Por ti —afirmó él susurrando, sin soltarle la mano.

Durante el resto del sábado no salieron del departamento. Lo dedicaron a prodigarse mil muestras de cariño, atención y amor.

Alana callaba todo lo que le pasaba por la mente, pero tenía cada vez más claro lo que su madre decía en su diario: «Puedes engañar a los demás, incluso puedes engañarte a ti mismo, pero no puedes engañar a tu corazón». Esa tarde, cuando sonó el teléfono de Joel, éste le explicó, mirándola:

—Es mi madre, para saber si cuando llegue a Fort Irwin iré a verlos a Los Ángeles.

Ella le dijo que se iba a bañar y él, sentándose en el sofá del comedor, comenzó a hablar con su madre.

Durante unos segundos, Alana lo observó para retener en su retina aquella bonita imagen. Joel sentado con la ciudad de Nueva York detrás de él.

Se metió en la regadera, angustiada por su inminente separación, y un sinfín de emociones la recorrieron al pensar en los terribles peligros que Joel iba a correr. Tapándose los ojos, pegó la frente a los azulejos de pizarra y se permitió llorar.

Necesitaba desahogar de alguna manera su rabia y frustración. Su pena por tener que separarse de Joel, sabiendo además que él tenía que volver a un sitio tan peligroso.

¿Por qué la historia se tenía que volver a repetir?

¿Acaso el cabrito que movía los hilos del destino no tenía a otros a los que molestar?

¿Por qué se tenía que haber enamorado de un militar americano, igual que su madre?

—Eh... ¿qué te ocurre, cariño? —oyó de pronto.

Alana, al verse descubierta, lo miró y no supo qué decir. Joel cerró rápidamente la llave del agua y, tomando una bata, la tapó con él mientras la abrazaba.

—¿Qué ocurre, cielo?

—Estoy... estoy agobiada —consiguió responder.

—¿Te está dando un ataque? —preguntó él, haciéndola sonreír.

Y antes de que ella contestara, Joel le besó la punta de la nariz y dijo:

—No llores, Speedy. Las chicas duras como tú no lloran.

Al oír eso, un sollozo descontrolado volvió a salir de su garganta y él, conmovido al ver cómo las lágrimas rodaban por aquella bonita cara, murmuró con ternura:

—Vaya... veo que sí.

Esa noche, sin ganas de perder el tiempo cocinando, encargaron una pizza y, mientras se la comían medio desnudos sobre la cama, Joel tomó una pluma y escribió algo en la tapa de la caja de la pizza.

—Este es mi mail, me gustaría mucho que me escribieras, aunque sólo me quieras como amigo. Prometo escribirte siempre que pueda hacerlo.

Alana arrancó el trozo de cartón, lo dejó junto a su celular y, quitándole la pluma de las manos, también escribió algo.

—Mi mail. No prometo nada.

Joel se guardó en la mesilla el trozo de cartón y al verla con el pelo suelto y una camisa de él preguntó sonriendo:

—¿Puedo tomarte una foto?

—¿Con esta pinta?

Pero él tomó su celular e insistió:

—Estás preciosa, Speedy. ¿Puedo?

Ella puso los ojos en blanco y Joel la fotografió cuanto quiso, hasta que Alana tomó su celular e hizo lo mismo. Una vez terminada aquella guerra de fotos y risas, acabaron haciendo el amor sobre las cajas de pizza.

Una hora después, se tiraron en el sofá para ver una película, mientras los minutos pasaban y Alana, a pesar de que intentaba no pensar en ello, se empezaba a agobiar.

En apenas unas horas se tenía que despedir de él, y se dio cuenta de que no estaba preparada.

Con la cabeza sobre sus piernas, veía la televisión, aunque lo que menos veía era la película. Finalmente, se quedó dormida.

Joel no deseaba dormirse. No podía. Sólo quería mirarla y oler el aroma de su piel para recordarlo. En cuanto regresara a su realidad en la guerra lo necesitaría.

Cuando la película acabó, tomó el control del televisor y lo apagó, quedándose a oscuras en el salón.

Sin moverse, tapó a Alana con una manta y él apoyó la cabeza en el respaldo del sofá. Así permaneció durante horas, hasta que, cuando ya estaba amaneciendo, ella se movió.

—¿Qué hora es? —preguntó mientras lo miraba, al ver que se había quedado dormida.

—Las ocho y diez.

Alarmada, Alana se levantó y, apartándose el pelo de la cara, le espetó:

—¿Por qué me has dejado dormir? Era nuestra última noche.

Él sonrió y, acariciándole la mejilla con cariño, murmuró:

—No te enfades, cielo. Estabas preciosa durmiendo y tenías que descansar.

Alana sonrió. Lo último que quería era enfadarse con él.

—¿Tú has dormido también?

Joel mintió.

—Sí. También he descansado.

A las doce Joel tenía que estar en el aeropuerto para tomar un avión en dirección a Fort Irwin y, tomándolo de la mano, Alana lo jaló.

—Venga, vamos a bañarnos y después desayunaremos.

Él se levantó con una sonrisa y, una vez entraron en la regadera, sin dudarlo ni un segundo se hicieron el amor. Lo hicieron con desesperación, ambos intuyendo la loca necesidad que tenían del otro, pero ninguno dijo nada. Una hora después, mientras Alana preparaba algo de desayuno, Joel se afeitaba y se vestía en el dormitorio. Tras calzarse sus botas militares y ponerse su traje de trabajo de color arena, cerró el saco de avío y salió al salón. Alana al verlo se quedó sin habla y él, cuadrándose ante ella con la gorra puesta, dijo alto y claro:

—Señor, se presenta ante usted el capitán Parker.

Alana dejó el plato que tenía en la mano y se apoyó en la cubierta.

Verlo vestido de militar, tan guapo, tan varonil, fuerte y poderoso, tan americano, la impresionó más de lo que habría pensado.

—Capitán Parker, siéntate a desayunar antes de que te desnude de nuevo y pase de los preliminares —dijo, cuando pudo reaccionar.

Divertido, Joel soltó el saco de avío y se sentó a la mesa. Ella también lo hizo y empezaron a desayunar mientras sonaba la canción *Fallen*,* cantada por Lauren Wood.

Ninguno de los dos habló mientras la voz de Lauren Wood decía

* *Fallen*, Warner Bros Records manufactured and marketed by Warner Strategic Marketing, interpretada por Lauren Wood. *(N. de la E.)*

aquello de «no te buscaba, pero me he enamorado de ti y eres un sueño hecho realidad».

Alana miró a Joel con el rabillo del ojo. Parecía sonreír mientras comía. ¡Qué canalla! Sin duda sabía que la cancioncita se las traía.

—Bonita canción, ¿verdad? —preguntó mirándola.

Alana asintió, luego soltó el tenedor y dijo:

—Te escribiré. Te lo prometo.

Tomándole la mano, Joel la sentó sobre su regazo y, antes de besarla, murmuró:

—Speedy, como dice la canción, eres mi sueño hecho realidad.

—Te odio —murmuró ella, con el corazón encogido.

¿Por qué tenía que decirle esas cosas?

Él, al ver su gesto apurado, sonrió y afirmó con mimo:

—Y me quieres. Lo sé aunque no lo quieras reconocer.

A las once llegaron al aeropuerto, donde se juntaron con otros militares, y llegaron también Karen e Isa. No se tocaban, ni siquiera se rozaban. Su condición sexual ante tanta gente desconocida y llevando Karen uniforme militar debía pasar desapercibida, y eso a Alana la entristeció.

¡Cuántos tontos prejuicios había en la vida!

Isa estaba tan seria como ella y cuando Karen se alejó para saludar a otros compañeros militares, su amiga murmuró:

—Creo que voy a llorar como un mapache.

—Ni se te ocurra —susurró Alana, a punto de hacer lo mismo—. Aguanta el tipo. Lo último que querrá Karen es verte llorar.

Segundos después llegaron Norman Jackson y Daryl Larruga con sus sacos de avío al hombro y al verla la saludaron con cariño. Alana observó con curiosidad cómo los militares que iban llegando saludaban a Joel cuadrándose ante él, y éste les respondía con el mismo gesto seguro y seco con la mano. Permaneció callada a su lado, hasta que Joel, apartándola un poco de donde estaban los demás, le pasó el brazo por la cintura, la acercó a él y, mirándola a los ojos, preguntó:

—¿Vas a estar bien?

—Sí. ¿Y tú?

—Te lo aseguro, nena —respondió sonriendo con seguridad—. Nos quedaremos cuarenta y ocho horas en Fort Irwin; en ese tiempo iré a ver a mis padres, y luego nos asignarán destino.

—¿Sabes cuánto tiempo estarás fuera?

Él negó con la cabeza.

—Los dos últimos años he estado fuera bastante tiempo. No creo que ahora me manden por mucho más de dos meses. —Y al ver sus ojos vidriosos, preguntó—: Chica dura, ¿vas a llorar?

—¡Ni de broma! —replicó ella, tragándose el nudo de emociones.

—Okey, nena —murmuró él con mimo—. No quisiera dejarte llorando.

Alana lo abrazó. Cuánto lo iba a echar de menos.

Cerró los ojos para retener las lágrimas y cuando los abrió, se fijó en que la gran mayoría de los militares que allí estaban con sus mujeres, niños y familia sonreían. Dramas, los justos.

Ella también se tenía que esforzar. En ese momento, vio que muchos tomaban sus sacos de avío y se dirigían hacia una puerta.

¡Aquello era horrible!

Con la respiración acelerada por los sentimientos y pensamientos que la atormentaban, vio a Karen y a Isa despidiéndose con una mirada. Joel la separó de él con pesar.

—Ha llegado el momento.

—No... —se rebeló ella.

Con una cariñosa sonrisa, él le tocó la nariz y murmuró:

—Debemos despedirnos.

Esas palabras la hicieron temblar, mientras su corazón y todo su ser creían morir.

—Joel, por favor... por favor... prométeme que vas a tener mucho cuidado y...

Él, al ver su estado, le puso un dedo en la boca para acallarla y señalando con el otro, dijo:

—¿Ves mi dedo? De aquí para ti es tu espacio y de aquí para mí el mío y...

Sin dejarlo acabar, Alana lo volvió a abrazar y, al notar que él reía susurró:

—Te voy a echar de menos, Capitán América.

Se miraron en silencio. Luego, él la soltó, tomó su saco de avío que estaba en el suelo, se lo echó al hombro y, dándole un rápido beso en los labios, respondió:

—No tanto como yo a ti, Speedy Gonzalez.

Y, sin más, se dio la vuelta y se encaminó con seguridad hacia la puerta por donde entraban el resto de los militares, mientras Alana se quedaba parada, observándolo, con las lágrimas a punto de desbordar sus ojos.

Antes de traspasar la puerta, Joel se dio la vuelta y ella le sonrió para hacerle ver que estaba bien e hizo lo que a él tanto le gustaba: le guiñó un ojo.

Joel, encantado al verla, sonrió a su vez, se dio la vuelta y se marchó.

Segundos después, Alana sintió que unas manos la agarraban y al mirar se encontró con una desconsolada Isa. Dos segundos después, las dos lloraban como magdalenas.

Aquella noche, tras pasar por la conserjería del departamento de Joel, donde Alana había dejado su maleta, regresó al hotel con Isa, que decidió darse un baño para tranquilizarse. La marcha de Karen la había afectado y mucho.

Alana se sentó en la cama, sacó el diario de su madre, lo abrió y leyó:

> Sólo le ruego a Dios que mi hija conozca algún día a un hombre que la quiera y la haga sentir tan especial como su padre me hizo sentir a mí, pero que no sufra por amor, como yo ahora estoy sufriendo.

Cerró el diario, se tumbó en la cama y, mirando al techo, murmuró:
—Mamá, lo he conocido y creo que sí voy a sufrir.

Al día siguiente, tras una noche en la que Isa y Alana no pararon de hablar, se dirigieron al aeropuerto JFK, donde tomaron su vuelo para España.

Ambas eran conscientes de que sus corazones se quedaban en Nueva York.

17

Volver a la rutina en cierto modo las reconfortó. El trabajo las hacía tener la mente ocupada, a pesar de que las noticias que leían sobre el conflicto del golfo Pérsico no eran muy buenas.

Alana no le contó a su madre lo de Joel y mucho menos lo que creía haber descubierto sobre su padre ni del posible hijo de Larruga. Era mejor dejar las cosas como estaban y no complicarlas más.

A su jefa, aquella diva entre las divas del divineo, le gustaron los artículos, las entrevistas y las fotos, y las jóvenes suspiraron y sonrieron satisfechas. Al menos algo había salido bien.

Al día siguiente de llegar, Claudia, Lola y Susana las fueron a buscar a la salida de la revista. Todas querían saber y chismear.

Entre risas y buen rollo se fueron de tapas y tanto Isa como Alana disfrutaron de unas buenas papas bravas, unos exquisitos calamares a la romana y una excelente carne mechada. No era que en Nueva York hubieran comido mal, ni mucho menos, simplemente era que los sabores y los olores conocidos de su país sabían doblemente bien, y más platicando con amigas en una taberna.

—Bueno... bueno —empezó Lola—. Isa ya nos ha hablado de ese huracán llamado Karen, pero ¿qué nos dices tú de tu capitán?

Alana sonrió al pensar en Joel y, tras tragar el calamar que tenía en la boca, replicó:

—No es mi capitán.

—¿Cómo que no es tu capitán? —preguntó Lola.

—Pero si es un bombón y además hasta baja la tapa del excusado —apostilló Claudia.

Alana miró a Isa, que, encogiéndose de hombros, se justificó:

—Ya sabes que soy una boquifloja y lo cuento todo.

Alana soltó una carcajada, pero Susana insistió:

—Oye... si no lo quieres, pásame ahora mismo su mail o su teléfono y te aseguro que lo hago mío en un pispás. Menudos ojazos tiene el amigo y menudo cuerpo.

Alana las escuchaba divertida. Ellas, que no habían conocido a Joel en persona, estaban impresionadas con él. Y no era para menos, así que, pensándolo mejor, tragó un trozo de pan y dijo:

—Okey, chicas, ¡adjudicado! Es mi capitán.

Todas soltaron una carcajada y la que más Isa. Sabía lo que Alana sentía por ese hombre, aunque se empeñara en maquillarlo.

Cuando salieron de allí, se pasaron por la calle Preciados porque Alana quería comprarse un CD de Phil Collins con la canción *A Groovy Kind Of Love*.* Esa noche, en cuanto llegó a su casa, lo primero que hizo fue ponerlo en el equipo de música y buscar la canción. Tan pronto como comenzó a sonar, cerró los ojos y se emocionó escuchando la letra. Era muy romántica y tan especial como Joel.

Después de haberla escuchado un par de veces más, se sentó ante su *laptop* y abrió el correo, deseando encontrar un mail suyo, pero al ver que no había llegado nada, resopló.

Pensó en dar ella el primer paso, ser quien escribiera el primer mail, pero su orgullo se lo impidió.

Parecería muy desesperada.

Y, cerrando la *laptop*, tomó a su gato *Pollo* y se fue a dormir. A la mañana siguiente, con un humor de perros, Alana salió de su casa y se dirigió hacia su coche. Se quedó boquiabierta al ver al Borrascas apoyado en él.

¿Qué narices hacía allí?

—Bonito y despejado día, bombón —la saludó él.

—Buenos días —lo saludó ella.

El hombre, un guaperas de la televisión, se retiró con estilo el flequillo de la cara y, acercándose, preguntó:

—¿Qué tal tu viaje a Nueva York? Llamé a la redacción y me dijeron que estabas allí.

—Bien —respondió molesta—. Y ya te he dicho que no llames a la redacción.

Al verla tan poco comunicativa, el hombre preguntó:

—¿Hasta cuándo va a durar esta neblina, bombón?

* Véase nota p. 304.

Odiaba que la llamara así y, mirándolo con rabia, siseó:

—Vamos a ver, Antonio, ¿cuántas veces tengo que decirte que entre nosotros no hay nada? Joder, que sólo nos acostamos dos veces.

—Y estoy loco por una tercera.

—Pues lo llevas claro, colega —se mofó ella, pero al ver que seguía sin darse por enterado, añadió—: Salgo con alguien que me gusta mucho, ¿lo captas?

El gesto de él se descompuso.

—¿Cómo puedes salir con otro que no sea yo?

Alana suspiró. Aquel guaperas era tonto... pero tonto de manual, y abriendo la puerta de su coche, se disponía a entrar cuando el Borrascas le dijo:

—Me gustas mucho, bombón. El amor es como una noche de estrellas que incluso de día siguen encendidas.

Al oír esa cursilada, Alana lo miró y soltó:

—El amor es como la gripe, se pesca en la calle y se cura en la cama. Ah... espera, que me sé otra frasecita sobre el tema: el amor es como el papel higiénico, se va acabando con cada cagada, y tú no haces más que cagarla.

—Pero, Alana...

—Mira, Antonio, déjate de tontas frasecitas de amor que no te llevarán a ningún lado, porque, como mucho, vamos a ser amigos y nada más, ¿entendido?

Sorprendido por lo que le había dicho y por su tono despectivo, la miró mientras ella se metía en su coche y antes de arrancar le decía:

—Adiós, Antonio. Y, por favor, búscate otro bombón y olvídate de mí.

Dicho esto, se marchó, y al mirar por el retrovisor soltó una carcajada. Esperaba que por fin lo hubiera entendido.

Unos días después, cuando ya empezaba a pensar que Joel nunca le escribiría, recibió el primer correo.

De: JSM123123@hotmail.com
Para: alanaexception@hotmail.com
Asunto: Hola, Speedy Gonzalez

Hola, preciosa. ¿Cómo estás?

Hace unos días que llegué a Irak, pero me ha sido imposible comunicarme contigo. A menudo las comunicaciones son inexistentes por las mil situaciones que se dan, pero tranquila, como te prometí, me cuido y, sobre todo, intento cuidar de mis hombres.

He de confesarte que en mi saco de avío metí una camiseta tuya. Me encanta olerla, porque si cierro los ojos imagino que te tengo al lado. Los celulares aquí no funcionan, por eso no te llamo. Casi mejor, porque si se pudiera, te llamaría cada segundo del día para saber de ti.

Hoy hemos llevado alimentos a un colegio de Bagdad. Ver las caritas de los niños al recibir la comida compensa muchas cosas que en ocasiones no son fáciles de digerir.

Te echo de menos y cada instante más. ¿Okey, nena?

T.Q... amiga.

JOEL

Alana lo leyó con el corazón acelerado y sonrió con lo de la camiseta. ¿Cómo no se le había ocurrido a ella tomar una camiseta o algo de él?

Esa noche, mientras escuchaba a Phil Collins en su casa, abrió el correo y escribió.

De: alanaexception@hotmail.com
Para: JSM123123@hotmail.com
Asunto: Hola, capitán pecado

¿Además de americano y militar también eres ladronzuelo?

No. Es broma. Estoy contenta de que te llevaras mi camiseta con mi olor.

Y me alegra saber que estás bien, a pesar de hallarte en un sitio tan peligroso. Por favor, por favor, por favor... cuídate, ¿vale?

Olvídate de los celulares y céntrate en lo que tienes que centrarte. ¡Es una orden!

Por aquí la rutina comienza. Trabajo... trabajo y más trabajo.

Los artículos de Nueva York han gustado mucho y eso me hace muy feliz.

Isa añora a Karen y, por supuesto, yo me acuerdo de ti. ¿Okey, nene?

ALANA

Antes de dar a Enviar, pensó si ponerle aquellas siglas de T. Q., pero le pareció que era exponer excesivamente sus sentimientos, por lo que decidió omitirlas y mandó el mensaje. A Joel le gustaría recibirlo.

A partir de ese día, él empezó a escribirle siempre que podía. Unas veces tardaba más y otras menos. No siempre tenían conexión fija ni segura y ella lo entendía. Cada vez que veía en la televisión y leía en prensa noticias de aquella zona se sentía fatal. ¿Cómo podía estar él en un sitio tan peligroso y ella comiendo tranquilamente helado en su casa?

Una noche, cuando estaba a punto de prepararse la cena, le sonó el celular. Al mirar vio que era Isa, así que tomó la llamada.

—¿Qué pasa, pesada?

—Hermosa, soy Dolores, la madre de María Isabel —contestó la mujer.

Al ver que era la Dolorosa, como ellas la llamaban, preguntó sorprendida:

—¿Ocurre algo?

—Ay, qué irritación tengo, hija de mi vida. Tienes que venir enseguida a casa. A María Isabel le pasa algo. Se ha encerrado en su habitación y no hace más que llorar desconsoladamente.

—En cinco minutos estoy ahí.

Tras colgar, tomó las llaves de casa y salió a toda mecha. Si la Dolorosa llamaba era porque la cosa era grave. Isa no lloraba así porque sí.

Por suerte, vivían cerca y llegó antes incluso de lo que había dicho. Cuando entró en la casa, Emilio, el padre de Isa, exclamó al verla:

—Hombre... ¡la colchonera!

Alana le sonrió y en ese momento salió Carlos, el hermano de Isa, con su novia china tomada del brazo.

—Menuda está armando tu amiguita —le dijo—. ¿Tú sabes qué le pasa? ¿La ha dejado la novia acaso?

Ella se encogió de hombros y la abuela de Isa, una señora de noventa y cinco años con más vitalidad que alguien de veinte, acercándose, le cuchicheó al oído:

—Yo creo que a Isabelita se le ha subido a la cabeza algún clarete que se ha tomado.

—Por Dios, mamá —exclamó la Dolorosa—, no digas eso, que María Isabel no bebe.

—Eso te crees tú. Anda que no le van los chatos de vino tinto —se mofó la anciana.

Entonces, agarrándola del brazo, la Dolorosa le explicó:

—María Isabel estaba hablando por teléfono en la terraza y, cuando ha colgado, se ha puesto a llorar como una loca. No sé nada más. Ay, Alana, tengo la tensión por las nubes y hasta me he tomado una pastillita. —Y, angustiada, insistió—: ¿Tú sabes algo? ¿Sabes por qué llora así?

—Lo primero de todo, tranquilízate —le dijo a la mujer—, que ya sabes que para tu tensión no es bueno que te alteres, ¿vale?

—Pero María Isabel está...

—Voy a entrar a ver qué pasa —la cortó ella—. Pero tú, por favor, tranquilízate, o al final tendremos que salir corriendo al hospital.

—De acuerdo —dijo la mujer, asintiendo—. Prepararé unas tilas. Eso nos vendrá bien a todas.

—Mejor prepara unos chatillos —intervino la abuela.

Alana se dirigió a la habitación de su amiga, entró y la vio sentada en la cama, con las manos tapándose la cara. Se acercó a ella y la abrazó en silencio. Isa, al verla, incrementó su llanto, pero poco a poco se fue tranquilizando. Al notarla más calmada, Alana preguntó:

—¿Qué ocurre?

Con la barbilla aún temblándole, Isa la miró y, como pudo, dijo:

—He hablado con Karen por teléfono hace un rato y... y está en Alemania.

—¿En Alemania? —repitió Alana sorprendida.

—Está en el hospital. Hubo un accidente hace unos días y... y... la van a trasladar a Nueva York.

Al oír la palabra «accidente» Alana se asustó y sintiendo que le empezaban a latir las sienes, preguntó:

—¿Qué ha pasado?

Con los ojos hinchados por el llanto, Isa la miró y respondió mientras sollozaba:

—Habían salido de misión y el Hummer que iba delante de ellos pisó una mina y... y saltó por los aires. —Y volviendo a llorar, murmuró—: ¡Oh, Dios, es horrible... horrible! Karen sólo tiene unas costillas rotas, cortes y magulladuras, pero... pero...

Alana se horrorizó. Había visto la noticia en la televisión días antes.

Y con más miedo del que había sentido en toda su vida, se llevó una mano al pecho y preguntó con un hilo de voz:

—¿Y Joel? ¿Joel está bien? ¿Estaba con ella?

Isa, que volvía a llorar, no respondió y Alana, perdiendo los nervios, la tomó de los hombros para que la mirara y gritó mientras la zarandeaba:

—¡Dime, Isa... ¿Joel está bien?!

Su amiga, al ser consciente de su angustia, se retiró el pelo de la cara y murmuró:

—Sí... sí... él está bien. No iba en ese convoy y sigue en Irak con el resto de su unidad. Pero los militares que iban en el primer Hummer han muerto. ¡Oh, Dios... Alana, han muerto! Y no puedo parar de pensar que si Karen hubiera ido en ese vehículo en vez de en el segundo, estaría muerta como ellos.

Alana respiró aliviada.

Por unos segundos había temido lo peor. Había temido por Joel. Pero ni a él ni a Karen les había pasado nada, aunque a otros desgraciadamente sí.

Una hora después, tras tomarse varias de las tilas que les hizo la Dolorosa, empezaron a tranquilizarse. Alana se quedó a dormir con Isa, pero ninguna de las dos pegó ojo.

Al día siguiente, Isa partió hacia Alemania. Necesitaba ver a Karen. Alana la acompañó al aeropuerto y, al volver, le escribió un mail a Joel, pero su contestación no llegó.

Su amiga regresó dos días después, con mejor cara. Karen estaba bien. La iban a trasladar al hospital a Nueva York y cuando saliera de allí se quedaría unos días con su familia en Maryland.

Alana seguía sin recibir noticias de Joel y, aunque Isa le aseguró que estaba bien, según le había dicho Karen, ella estaba desesperada. Un día, después de hacer una entrevista para la revista, decidió quedarse en casa. No tenía ganas ni humor de ver a nadie.

Al llegar, *Pollo* salió a saludarla y ella lo besó con mimo. Después abrió el correo para ver si había recibido algo, pero de Joel seguía sin haber nada. Quería pensar que estaba bien, sin embargo no recibir noticias suyas la estaba matando.

Se dio un regaderazo para intentar tranquilizarse y al salir tomó el diario de su madre y leyó.

Si algo estoy aprendiendo con esta maldita guerra es que la vida, y más el presente, hay que disfrutarlo lo máximo posible, para convertirlo en algo único y especial. El futuro llegará, el presente es hoy.

Levantando los ojos del diario, Alana gimió. Su madre hablaba de vivir el presente de la misma manera que Joel. Sin duda, ambos sabían de lo que hablaban y ahora ella lo empezaba a entender. Y, secándose las lágrimas que corrían por sus mejillas, continuó leyendo.

Por ello, quiero, deseo y anhelo que Alana, el día de mañana, sea feliz y viva el presente y la vida, como una mujer independiente, que viaje y que luche por lo que desea cada segundo del día. Pero también quiero que sepa lo que es un bonito amor. Uno que la emocione de tal forma que sea capaz de romper barreras por él, de hacer locuras y que la haga disfrutar siempre del presente, porque el futuro, como dice Teddy, siempre estará por llegar.

Cerró el diario y lo dejó sobre la cama llorando.
¿Por qué la historia se tenía que volver a repetir?
Cuando se tranquilizó, guardó el diario en el cajón de la mesilla, se vistió y salió al salón, donde se sentó ante la computadora y comenzó a trabajar. En un momento dado, abrió uno de los correos que por norma solía recibir de la agencia EFE y vio:

Miembros de la antigua Guardia Republicana de Irak llevan a cabo ataques terroristas contra soldados americanos.

Horrorizada, cerró la *laptop* de golpe. No quería leer ni saber más.
Atacada de los nervios, se tumbó en el sofá y cerró los ojos. Tenía que tranquilizarse y, cuando casi lo estaba consiguiendo, sonaron unos toques en la puerta. Alana los reconoció y se levantó para ir a abrirle a su madre.
—Volvía de hacer la compra y he visto tu coche estacionado abajo y... ¿Qué te ocurre, cariño?
Sus ojos hinchados la delataban. Carmen, al ver a su hija en ese estado, entró, cerró la puerta y dejó la bolsa con la fruta en el suelo. Después se sentó junto a Alana en el sofá e insistió:

—¿Qué te pasa?

Alana se tragó las lágrimas. No quería y no podía llorar ante su madre, y respondió:

—Un mal día, mami... sólo eso.

Pero Carmen, que la conocía muy bien, le retiró el pelo de la cara y volvió a la carga:

—No te he dicho nada, pero últimamente no tienes buena cara. Has perdido el apetito, no bromeas como antes y ni siquiera me guiñas un ojo cuando te despides.

—Mamá...

—Y no me digas que no, que soy tu madre y conozco hasta tu manera de respirar cuando te vas a resfriar. Además, tú nunca lloras, excepto con los anuncios de Navidad. Dime ahora mismo qué te pasa.

Alana intentó sonreír, pero las lágrimas la desbordaron y respondió:

—Es complicado, mamá. Es un tema muy difícil que...

—¿Te han despedido de la revista?

—No.

—¿Les ha pasado algo a las tías, a los primos, a los tíos?

—No, mamá. Que yo sepa, todos están bien.

—¿Les ha ocurrido algo a Isa, a Claudia, a Lola o a Susana?

—No.

—Ay, Dios mío —se asustó Carmen de pronto—. ¿No estarás enferma y no me lo has dicho?

—No, mamá —respondió ella rápidamente—. No es nada de eso.

Carmen se levantó y fue a la cocina a buscar una Coca-Cola para su hija. Le puso un par de cubitos de hielo en el vaso y se la sirvió. Después regresó al salón y se lo ofreció.

—Bebe.

Alana bebió un sorbo de ese refresco que tanto le gustaba y dejó el vaso sobre la mesa y su madre, sentándose a su lado con la lata de la bebida en la mano, se lo rellenó mientras decía con cariño:

—Después de un vaso llenar... queda otro por tomar.

Al oírla, Alana se tocó la frente y murmuró con pena:

—Ay... mamá.

Carmen la abrazó, la acunó; pero ¿qué le ocurría? Y cuando se tranquilizó de nuevo, murmuró con ternura:

—Vamos a ver: si la familia y tus amigas están bien, no es por el trabajo ni estás enferma, ¿qué pasa para que estés así?

—Es complicado de explicar.

—¿Es por un hombre?

Alana pensó mentir, pero al mirar los ojos preocupados de su madre asintió y ésta, dulcificando su rostro y su voz, preguntó:

—¿Cómo se llama?

—Joel.

—¿Y por qué no lo llamas, quedas con él, se toman un café y hablan tranquilamente? Vamos, cariño, no creo que lo que haya pasado sea tan grave.

Alana suspiró. Lo que había pasado no era grave, ¡era gravísimo! Ni Karen ni Joel habían muerto, pero otros militares compañeros suyos sí y respondió, intentando no desesperarse:

—Mamá... te he dicho que es complicado.

Carmen, de pronto, le espetó:

—No estará casado, ¿verdad?

—No, no está casado.

Carmen respiró aliviada. No le gustaría eso para su niña. Pero al mirarla y ver la tristeza en sus ojos suspiró. Sin duda, el amor igual te hacía feliz que te podía hacer llorar desconsoladamente y, sin querer preguntar nada que no debiera, y en especial que su hija no quisiera contarle, dijo:

—Escucha, Alana, no sé quién es ese muchacho, pero sólo con ver cómo estás, sé lo importante y especial que es para ti, ¿verdad? —Su hija asintió—. Pues óyeme una cosa. Como madre tuya que soy, quiero verte sonreír y no me gusta que estés así. Y si un hombre te hace llorar en vez de sonreír, quizá deberías plantearte si esa relación merece o no la pena, ¿no crees?

Alana suspiró. ¡Si ella supiera!

Y tras dar un nuevo sorbo a su refresco, asintió e, intentando sonreír, contestó:

—Tienes razón, mamá, quizá no merece la pena.

Esa noche su madre se quedó a cenar con ella, y cuando la vio más tranquila, se marchó. En cuanto Alana se quedó sola, encendió el radio y se sentó en el sofá. Mientras escuchaba música, no paró de pensar sobre lo que tenía que hacer. ¿Debía seguir aquella relación con Joel? ¿Estaba dispuesta a vivir con miedo por él? ¿O, por el contrario, debía finiquitar aquella relación para retomar de nuevo las riendas de su vida y volver a vivir sin temores?

De madrugada y con la cabeza como un bombo, mientras sonaba la canción *Cherish,** de Kool & The Gang, tomó una decisión. Aquello nunca habría tenido que empezar. Así que se armó de valor, abrió el correo y, con dedos temblorosos, comenzó a escribir un mail.

> **De:** alanaexception@hotmail.com
> **Para:** JSM123123@hotmail.com
> **Asunto:** Soy Alana
>
> Hola, Joel:
> Espero que estés bien y no sabes cuánto me alegré al saber que tras lo ocurrido al convoy en el que viajaba Karen en Irak, ella está bien y tú no te encontrabas allí. Por supuesto, siento mucho lo de los compañeros fallecidos.
> Escribir este mail para decirte lo que siento no está siendo fácil, pero Joel, yo no puedo ni quiero vivir así.
> Tu oficio te apasiona, lo llevas en la sangre, igual que a mí me apasiona el mío, pero el problema aquí soy yo. Y el temor a que te pueda ocurrir algo no me deja vivir. Por ello, y ante la impotencia de no poder superar mi miedo, tengo que decirte que lo que había entre nosotros se tiene que acabar y ha de acabarse en este mismo instante.
> Sé que quizá no sea el mejor momento ni el mejor lugar para hacerlo, pero desde el principio te dije que no era buena idea. E igual que entonces a ti no te importó lo que yo pensaba ni mis negativas, tengo que ser egoísta y no pensar en lo que tú sientas, sino en mí.
> No volveré a escribirte ni quiero que me escribas tú.
> Adiós y cuídate, por favor.
>
> ALANA

Al acabar de escribirlo, lo leyó mil veces y, cuanto más lo leía, más le dolía, hasta que, con un último impulso, le dio a Enviar.

—Adiós, capitán —susurró, cerrando los ojos.

* *Cherish*, Charly Records, interpretada por Kool & The Gang. *(N. de la E.)*

Cuando, dos días después, Joel llegó al campamento militar americano cercano al río Tigris, tras varios días vigilando y cubriendo varias carreteras, lo primero que hizo fue dirigirse a la tienda donde estaban las computadoras.

Allí, tras saludar a algunos compañeros que, como él, habían ido a buscar noticias de sus familias, se sentó y abrió su correo. Al leer el mail de Alana se quedó sin habla. Ella no quería saber nada más de él. Su miedo le había podido.

Joel blasfemó. Su primer impulso fue responderle e intentar llegar de nuevo a su corazón, pero tras pensarlo con detenimiento, no lo hizo. Alana siempre había sido clara respecto a sus sentimientos y debía respetarla.

Salió de la tienda y se marchó a la cantina a beber. No le quedaba otra si quería olvidar.

18

Pasaron dos meses. Unos largos y difíciles meses durante los cuales Alana miraba su correo unas veinte veces al día, sólo para ver que él estaba respetando su decisión y no le escribía. Aunque, a la vez, su corazón deseara recibir noticias suyas.

Joel desapareció como había aparecido, sin hacer ruido. Mientras, Alana escuchaba a Phil Collins, rememorando los momentos irrepetibles que habían vivido juntos, y miraba las fotos que se habían tomado.

Carmen observaba a su hija sin decir nada. La conocía y sabía que no la estaba pasando bien, por lo que decidió mantenerse a su lado pero en silencio. Como ella en el pasado, Alana era reservada para las cosas del amor.

A ésta el corazón le dolía. Le dolía como nunca le había dolido en toda su vida.

Un día, al acabar una reunión, salió de la sala y se encontró con el jefazo, el señor Bridges.

—¿Cómo lleva el artículo que puede proporcionarle un ascenso en su carrera, señorita Rodríguez? —preguntó el hombre, clavando sus severos ojos en ella.

Alana suspiró. Ni lo había empezado ni había vuelto a pensar en él. Pero no deseaba contarle la verdad, así que respondió:

—Bien... bien... recabando información.

—¿Ya se ha tomado el mes para su investigación? —Alana negó con la cabeza y él, alejándose, dijo—: Pues hágalo. No todos los días un periodista tiene este tipo de oportunidades.

Isa, que caminaba hacia ella en ese momento, al oír lo que le había dicho, agarró a Alana del brazo y cuchicheó:

—Tiene razón. Deberíamos irnos de nuevo a Nueva York para el articulazo que vamos a hacer sobre la Quinta Avenida. Por cierto, tengo la dirección de unos fotógrafos que están haciendo un trabajo increíble; creo que deberíamos hablar con ellos.

—Eso es genial —contestó Alana, consciente de que regresar a Nueva York no iba a ser fácil esa vez, porque los recuerdos la iban a atormentar.

El viernes, tras salir del trabajo, Claudia, Susana y Lola fueron a buscar a sus amigas para cenar e ir de copas. Había que animarlas, como ellas las habían animado cuando lo habían necesitado.

Como siempre, fueron a un restaurante de cocina mediterránea que les encantaba. Allí comieron bien, rieron y platicaron a gusto, y al salir decidieron irse de copas al Ágora. El local estaba regentado por Luis, un amigo con derecho a roce de Susana, que por suerte dijo que las invitaba a lo que quisieran.

Finiquitada la segunda botella de champán, sonó una canción y ellas, con picardía, despendoladas, empezaron a cantar mientras bailaban *Sarandonga,** de Lolita.

Entre risas, las cinco se movían, se animaban, se divertían, espantando a todos los hombres que se les acercaban y, cuando acabó la canción, Isa, que estaba agarrada a Claudia, preguntó sedienta:

—¿Pedimos más champán?

A las dos de la madrugada se encaminaron a casa de Lola, donde se tiraron en los sofás y, como siempre, terminaron viendo *Oficial y Caballero.*

Se emocionaron, lloraron, se enfadaron y al final de la película, al ver cómo el guapísimo Zack Mayo, vestido de blanco y convertido en un oficial, iba a la fábrica a recoger a Paula, aplaudieron enloquecidas.

Eso era lo bueno de aquella película, que al final siempre... siempre triunfaba el amor.

Por suerte para Alana, Isa todavía no se había ido de la lengua en lo referente a su padre, y en silencio se lo agradeció. Ya tenía bastante con aguantar a sus amigas en lo que concernía al capitán.

A las seis de la mañana, cuando un taxi dejó a Isa y a Alana en la puerta de la casa de ésta, Isa dijo:

—Mi abuela me va a decir que se me ha subido el clarete.

* *Sarandonga*, Warner Music Spain, S. A., interpretada por Lolita. *(N. de la E.)*

Ambas rieron y Alana, sujetando a su amiga, que iba bastante más perjudicada que ella por la bebida, dijo:

—Dormirás en mi casa; ¡vamos!

Isa asintió.

—Pero no te pongas un negligé rojo —rogó riendo—, ni una peluca negra, o no me podré resistir pensando que eres mi preciosa teniente Collins.

Una vez en el zaguán, Alana le pidió silencio y, al llegar a casa, *Pollo* rápidamente salió a su encuentro mientras se estiraba.

—*Pollo... Pollito*, ven con tu tía.

Isa tomó al pobre gato y Alana, al ver cómo lo apretaba, se lo quitó de los brazos.

—¡Por Dios, que lo ahogas!

—Aisss, pobre... —Y, divertida, añadió—: Claro, lo asfixio con estos pechotes que tengo.

Nada más entrar en el salón, Alana miró la *laptop* e Isa, al intuir lo que estaba pensando, dijo mientras se sentaba en el sofá:

—Abre tu correo. Quizá te haya escrito.

—No lo habrá hecho.

Su amiga asintió y, suspirando, dijo:

—¡Enciéndelo ya, caray! Nunca se sabe lo que puedes haber recibido.

Por no discutir con ella, Alana lo encendió. Durante unos segundos, ambas miraron la pantalla a la espera de que el correo se cargara.

—¿Su señoría está ya contenta? —le preguntó Alana a Isa con gesto serio, cuando vieron que no había nada.

Ésta asintió.

—Vale, no te ha escrito. Sólo espero que él y Karen estén bien, estén donde estén.

Oír aquel «estén donde estén», a Alana de pronto la hizo explotar y, tapándose la cara para no gritar, murmuró:

—Dios mío, me estoy volviendo loca. ¿Por qué me he tenido que enamorar de él?

—Y como una perra... perra... perra..., ¿verdad?

—¿Por qué me ha pasado esto? —insistió Alana.

—Pues porque el cabroncete que mueve los hilos del destino ya te dije que era así de joputilla, ¿no lo recuerdas?

Sin hacer caso de ella, Alana prosiguió:

—No pasa ni un día en que no piense en él doscientos millones de veces y me pregunte dónde estará, cómo estará...

—Está en Basora y muy cabreado. Eso fue lo último que me dijo Karen.

Al oír ese nombre, Alana se descompuso. No hacía nada más que ver y leer cosas terribles que ocurrían en Basora y gruñó:

—¿Por qué me has tenido que decir dónde está?

—Anda, mi madre, ¿no te lo preguntas? Pues yo te saco de dudas.

—He de dejar de pensar en él. No quiero sufrir —murmuró Alana desesperada.

—Vamos a ver, alma de cántaro. Sé por Karen que él te echa de menos y no está mejor que tú, y también sé que su mal humor lo están pagando otros que no son tú.

—¿En serio?

Isa asintió. Había intentado hablar de eso con ella mil veces, pero Alana no se lo había permitido.

—Claro que es en serio. ¿Por qué me va a mentir mi preciosa, guapa e increíble Karen?

Saber que pensaba en ella la hizo sonreír.

—Escríbele de una santa vez, dile que lo echas de menos y que te mueres por sus huesecitos.

—No puedo.

—Querer es poder, Alana. Además, él te dijo que cuando lo llamaras acudiría a ti y...

—Isa... eso es absurdo —protestó levantándose—. Le escribí un mail terrible diciéndole que se olvidara de mí, pasando de sus sentimientos y del mal momento que estaba viviendo. ¡Fui una egoísta! Y... y ahora me avergüenza escribirle.

—Si es que eres para matarte, reina... —murmuró Isa, justo en el momento en que Alana corría al baño a vomitar.

Había bebido demasiado.

Isa miró al gato, que la observaba, y preguntó:

—*Pollo,* ¿qué podemos hacer? —Y al fijarse en la computadora que tenía delante, sonrió—. Mira que eres enredoso, *Pollo.* Pero sí, tienes razón. Si la montaña no va a Mahoma, Mahoma deberá ir a la montaña.

Y dándole a Responder a uno de los últimos mensajes de Joel, escribió:

De: alanaexception@hotmail.com
Para: JSM123123@hotmail.com
Asunto: RE: Hola, capitán

Te echo de menossss y quiero verte. ¿Captas la indirecta? Muaskissss, mylove

Una vez le dio a Enviar, sonrió y, mirando a *Pollo*, que no le quitaba ojo, dijo:

—¿Quieres dejar de mirarme los pechos, descarado?

El animal ni se movió. Alana regresó poco después, pálida por la vomitona, e Isa indicó, señalando la *laptop*:

—Acabo de escribir al Capitán América y le he dicho que venga a verte.

—No habrás sido capaz —susurró Alana.

—Oh, sí... lo he sido.

Rápidamente, Alana entró en la bandeja de Enviados y se quiso morir cuando leyó lo que su amiga había puesto.

—Pero ¿tú estás tonta o te faltan tres hervores?

—Ha sido idea de *Pollo*. Regáñalo a él —se mofó ella, recostándose en el sofá.

Alana comenzó a protestar, no muy alto debido a la hora que era, mientras caminaba arriba y abajo por el salón. En un momento dado, al mirar a Isa, que estaba muy callada, la vio dormida.

—Dios, dame paciencia —murmuró—. Porque como me des más fuerza, ¡la mato!

Pero por suerte o por desgracia para Alana, pasaron los días y Joel no contestó.

19

A primeros de julio llegó Teresa, la amiga de su madre de Albacete y su tía de corazón. Dos días después y con tres horas de diferencia, llegaron Loli de Estados Unidos y Renata de Alemania.

Alana, que había ido al aeropuerto con Teresa y su madre para recogerlas, se divirtió al ver su reencuentro. Qué bonita amistad tenían las cuatro y esperó que la suya con sus amigas perdurara del mismo modo en el tiempo.

Como siempre que se juntaban las cuatro, los comentarios fueron de lo más variados, mientras se ponían al día. Alana, que iba manejando, sonreía mientras escuchaba cómo hablaban y reían.

—Bueno, Alana, ¿tienes nuevo novio? —preguntó Teresa de pronto.

Carmen miró a su amiga con cara de reproche y Renata dijo:

—Ya está la de los novios. ¿Quieres dejar a la muchacha que viva y se acueste con quien le venga en gana, sin necesidad de ennoviarse?

—Mira la casada —se mofó Teresa—. Vaya cosas dice.

—Mira la viudita alegre —le soltó Renata.

—No discutan y haya paz —intervino Loli.

—Habló la divorciada —suspiró Teresa.

Loli intercambió una mirada con Renata, que puso los ojos en blanco, y, mirando a Teresa, gruñó:

—Eres un mal bicho. Y en cuanto a Alana, ni que te interesara mucho si la niña tiene novio o no.

—¡*Muchismo*! —afirmó Teresa—. Me interesa *muchismo*. Y sí, soy un mal bicho, pero me quieren, ¿verdad? Por cierto, mi Nico va a ser padre por segunda vez y sólo quería saber si ella algún día va a sentar la cabeza y a tener familia.

—Teresa, por el amor de Dios —le recriminó Carmen—. ¿Quieres dejar de ser tan indiscreta?

—¿Indiscreta? —dijo Renata riendo—. Dirás chismosa.

Alana, divertida al verlas discutir, como siempre que se juntaban, le puso una mano en la rodilla a su madre y, tomándoselo con guasa, dijo:

—Vamos a ver, chicas, ¡a callar! —Cuando lo hicieron, Alana añadió, sonriendo—: Llevo en el coche a una soltera, a una casada, a una viuda y a una divorciada. ¿De qué se sorprenden?

—De lo jodidamente metiche que es Teresa —exclamó Renata sonriedo.

Todas rieron y Alana, mirando a Teresa por el espejo retrovisor, dijo:

—Tía, tengo mucho trabajo y poco tiempo para novios. Pero tranquila, con levantar el teléfono, cuento con suficientes amigos con derecho a roce como para pasar una o cien noches locas cuando me apetezca.

—¡Arrea!

—Ésa es mi chica —aplaudió Renata.

—Muy buena contestación, hija —opinó Carmen riendo.

Mientras Loli y Teresa, las más conservadoras, se miraban un poco horrorizadas por lo que había dicho, Renata encendió un cigarrillo.

—¡Ya vas a empezar a ahumarnos! —protestó Teresa.

La alemana miró a su amiga y asintió.

—Pues no te queda nada, querida. Y esta noche, cuando duermas, más.

—Ni lo pienses. En la habitación no vas a fumar.

Loli y Carmen se miraron. Aquellas dos, pasaran los años que pasasen, nunca cambiarían.

—¿Quieren dejar de discutir? —ordenó Loli poniendo paz—. ¡Nos acabamos de encontrar!

El jueves, Alana salió pronto de trabajar y, tras pasar por casa de su madre para recoger al grupo, se las llevó a comer a un restaurante de la Cava Baja y después a disfrutar de unas trufas de la pastelería La Mallorquina, en la mismísima Puerta del Sol. Aquello era un clásico que ninguna se quería perder.

Por la noche volvieron a casa y cuando Alana entró en su piso y cerró la puerta, murmuró, mirando a su gato:

—*Pollo*... ¡estas jovencitas me agotan!

Al día siguiente era fiesta en Madrid y Alana se las llevó a Toledo. A su tía Loli, como cada vez que visitaba España, le gustaba ir a la ciudad donde había nacido. Allí caminaron por las estrechas callejuelas durante horas, comieron en un bonito restaurante pollo a la toledana y, cómo no, antes de marcharse visitaron la catedral.

Al llegar a Madrid y estacionar el coche, a Renata se le antojó ir a un bar cercano a tomarse un chocolate con churros y, sin dudarlo, las cinco se fueron hacia allá. Tras hartarse, sobre las nueve y media de la noche volvieron a casa. Al entrar en el zaguán, entre risas y bromas comenzaron a subir la escalera, hasta que Carmen, que iba la primera, se paró. Tras ella lo hizo Renata, y después Teresa y Loli. Alana, al verse frenada, preguntó:

—¿Por qué se paran? ¿Qué ocurre?

Renata y sus tías se apartaron y de pronto ella se quedó boquiabierta al ver que Joel, que estaba sentado en el suelo, con su traje de trabajo de color arena, junto a su saco de avío, se levantaba y, con una encantadora sonrisa, la miraba y decía en español:

—Hola, Speedy.

Las mujeres se miraron sorprendidas. ¿Quién era aquel militar? Y Alana sintió que las orejas de pronto le ardían.

¿Qué hacía Joel allí?

Con el corazón latiéndole a toda mecha, miró a su madre, quien la observaba tan sorprendida como ella misma.

—Alana, ¿conoces a este joven? —le preguntó.

Temblando como una hoja por la impresión, ella asintió y murmuró:

—Sí, mamá. Es el capitán Joel Parker.

«Joel», pensó Carmen al oír ese nombre.

Loli, encantada al ver a aquel marine tan parecido a los amigos de sus hijos en Estados Unidos, rápidamente lo saludó en inglés, mientras Teresa cuchicheaba:

—Menuda altura tiene el muchacho y qué buen mozo.

Joel tras saludar a Loli, saludó a la madre de Alana con cariño y, a continuación, a Teresa, mientras observaba cómo la cuarta mujer, la más alta, miraba a Alana boquiabierta.

—¿Americano? ¿Otro americano y militar? —la oyó preguntar. Y negando con la cabeza, gruñó—: Desde luego, lo suyo es genético.

Alana estaba totalmente desconcertada. ¿Qué hacía Joel allí?

Carmen, al ver el aturullamiento de su hija, abrió la puerta de su casa y les dijo a sus amigas y a su hermana:

—Vamos... Todas adentro. Alana y Joel seguro que tienen que hablar.

Las otras tres entraron entre protestas y cuando Carmen cerró, miró a Renata, que la observaba, y, señalándola con el dedo, cuchicheó:

—Como se te ocurra volver a decir algo más de los americanos, tonta redomada, la vamos a tener.

—Pero ¡qué guapo es! —comentó Loli, mientras Renata se reía.

—Y buen mozo —afirmó Teresa, sonriendo.

Mientras tanto, Alana todavía no se había movido del descansillo y Joel, abriendo los brazos, dijo con una candorosa sonrisa:

—Nena, he tomado tres aviones para venir a España y dentro de setenta y dos horas tengo que tomar otro vuelo de regreso. ¿De verdad no me vas a dar un beso de bienvenida?

Al oírlo decir eso, Alana sonrió y, de un salto, se tiró a sus brazos para besarlo. Todavía no podía creerlo. ¡Joel estaba allí!

Cuando sus bocas se separaron, Alana abrió la puerta de su casa y, tras entrar y cerrar, se volvieron a besar.

El deseo crecía y crecía en su interior, pero de pronto, al pensar en su madre, Alana detuvo a Joel y dijo:

—Cariño, te deseo más que a nada en este mundo, pero dame un segundo. Enseguida vuelvo.

Sorprendido y excitado, Joel vio que tomaba unas llaves y salía de la casa. Una vez en el rellano, Alana cerró los ojos y se pellizcó en el brazo, para ver si estaba despierta. Sonrió al comprobar que así era.

Sin tiempo que perder, abrió con sus llaves la puerta de la casa de su madre y al entrar se encontró a las cuatro amigas sentadas en el sofá.

—Mamá...

Carmen se levantó.

—Conocí a Joel esta última vez que estuve en Nueva York, pero al ser militar americano no te quise decir nada porque...

Carmen, poniéndole un dedo en la boca, la hizo callar.

—Tu vida es tuya, cariño. Y sólo tú puedes y debes elegir de quién enamorarte. Él era eso tan complicado de explicar, ¿verdad? —Alana asintió y la mujer preguntó sonriendo—: ¿Qué haces aquí con unos vejestorios, teniendo a ese guapo chico esperándote?

Alana sonrió. Por suerte, su madre lo había encajado bien, como siempre, y tras darle un beso, regresó a su casa.

Renata, que ya se había encendido un cigarrillo, miró a Carmen y, señalando a Teresa, dijo:

—Lo de vejestorio lo dirás por ésta, ¿verdad?

Eso las hizo reír a las cuatro a carcajadas.

El ciclo de la vida continuaba y Alana tenía que seguir el suyo.

Cuando entró en su casa, se echó a los brazos de Joel y de nuevo lo besó. Lo devoró. Sin hablar, se fueron desnudando, dejando la ropa desperdigada por todos lados. Y, sin llegar al dormitorio, Joel, impaciente, le hizo el amor sobre la mesa del comedor.

Tras ese primer asalto, llegó otro y ambos disfrutaron con más calma de sus cuerpos, de su sexualidad y de la dicha del reencuentro.

Acabado ese segundo asalto, tumbados los dos en la cama, Joel la miró y susurró:

—Te dije que en cuanto me llamaras, aquí me tendrías.

Alana sonrió y ocultándole que fue Isa quien escribió el mail, se puso sobre él, lo besó con sensualidad y murmuró:

—Te he echado de menos.

—Y yo a ti, Speedy... y yo a ti. Pero de momento quiero disfrutar al cien por cien de estas setenta y dos horas.

Una vez saciados de sexo y de cariño, se levantaron y se encaminaron hacia la cocina para comer algo.

Cuando *Pollo* apareció ante ellos, Joel comentó:

—Hombre, el rubio que ocupa el lado derecho de tu cama.

Alana tomó al gato y dijo divertida:

—*Pollo*, te presento a Joel. Joel, *Pollo*.

Él tocó la cabeza del animal y, encantado de estar allí con ella, la besó de nuevo.

—Prepararé unas tortillas francesas con papas fritas, ¿te parece?

—Me parece fenomenal.

Juntos prepararon la cena, conversando y riendo. Verlo llevando sólo los calzoncillos y sus *dog-tags* identificativas, y con su tatuaje en el bíceps, era como poco excitante. Joel, al ver cómo lo miraba, clavó los ojos en ella y preguntó divertido:

—¿Qué te ocurre, Speedy?

Ella echó los huevos batidos en la sartén, le guiñó un ojo y murmuró:

—Ni te imaginas las ganas que tengo de pasar al postre.

—Okey, nena, pero primero deja que coma y recupere fuerzas o quizá tu capitán pecado te defraude.

Una vez estuvo preparada, llevaron los platos al comedor y luego Alana encendió el equipo de música.

—¿Desde cuándo escuchas tú a Phil Collins? —preguntó Joel.

—Desde que sé que a ti te gusta. Además, *A Groovy Kind Of Love** me hace pensar en nosotros.

Joel la besó con tal intensidad que casi se les olvidó la comida.

Cuando acabaron, se sentaron en el sofá y Alana dijo:

—Siento mucho el mail que te mandé y siento haber sido tan egoísta y haber pensado sólo en mí. Pero me asusté mucho cuando ocurrió lo de Karen y si a ti te hubiera...

No pudo decir más, porque él la hizo callar y, mostrándole un dedo preguntó:

—¿Ves mi dedo? Pues todo lo que toca es mío y sólo mío y todo lo que tú tocas es tuyo y sólo tuyo y no voy a permitir que nadie te lo arrebate. —Al ver que ella sonreía, prosiguió—: Entiendo que te asustaras tanto como lo hice yo. Algunos de mis hombres estaban allí y, bueno... no se percataron de que los insurgentes habían colocado un cable de ángel...

—¿Cable de ángel?

—Lo llamamos así. Es un cable de cobre enterrado en el suelo. Lo pisas y... —Tras un segundo en que se le oscurecieron los ojos, se recuperó y continuó—: Soy un marine, lo que hago allí es mi trabajo, cariño, y necesito que lo entiendas. Me gusta mi profesión, pero también me gustas tú, y por eso quiero proponerte una cosa:

—¿Otra vez? Miedo me dan tus proposiciones —dijo ella, sonriendo. Y al ver cómo la miraba, susurró—: Vale. Te escucho.

—Está claro que tú me has echado de menos tanto como yo a ti, ¿no es verdad? —Alana asintió—. Y aunque no me digas abiertamente que me quieres, como yo te lo digo a ti, y lo camufles con lo de que me quieres como a un amigo, yo sé la verdad, Speedy. Y como no me apetece que vuelvas a huir de mí por el miedo que te da a lo que me dedico, he pensado que quizá podría aceptar un proyecto que me propusieron mis superiores hace un tiempo. Si lo hiciera, eso supondría sólo dos viajes al año de

* Véase nota p. 304.

apenas un mes cada uno y el resto del tiempo estaría en Fort Irwin. Pero la condición para que yo acepte es que te vengas a vivir conmigo. De la manera que tú quieras, con boda o sin boda.

—¡¿Cómo dices?! —exclamó ella.

—No te alteres y piénsalo, ¿okey, nena? En Los Ángeles podrías trabajar como periodista. Yo te ayudaré a encontrar trabajo, o quizá tu propia revista te pueda enviar allí. —Al ver el desconcierto en su rostro, insistió—: Sólo aceptaré participar en ese proyecto si te vienes conmigo. De nada sirve que estemos tú en España y yo en Estados Unidos o donde sea. Ya sabes que cuando quiero algo, lo quiero todo. Porque yo lo doy todo.

—¿Estás hablando de dejar el ejército por mí? —murmuró Alana, atónita y sorprendida.

—No dejaría el ejército, cielo —le aclaró él—. Sería instructor en Fort Irwin y, aunque tuviera que ausentarme un par de meses al año, no sería lo mismo que estar casi todo el año fuera. Hay un programa de Artes Marciales en Quantico, algo que yo he practicado desde pequeño, y mis superiores me propusieron crear un programa parecido en Fort Irwin, pero yo no acepté. Sin embargo, ahora, tras conocerte y ver lo mucho que te echo de menos, lo he pensado y creo que podría hacerlo, pero sólo contigo a mi lado.

Alana lo miró en silencio, sin saber qué decir.

—Ya te he dicho que no hace falta que me respondas ahora. Puedes pensarlo durante unos meses. Aunque yo hable ahora con mis mandos, no voy a poder dejar de estar en activo de la noche a la mañana. Hay demasiadas cosas de por medio. Pero piénsalo, medítalo. Lo que sí te pido es que, mientras lo haces, no vuelvas a enviarme otro mail rompiendo conmigo, porque no sé si mi corazón lo volvería a resistir.

—Pero qué bonito eres —murmuró embobada.

Joel la abrazó y durante un rato permanecieron así en silencio, hasta que *Pollo* se subió a las piernas de Alana, metiéndose entre los dos.

—Cuidado, *Pollo*, que aquí el marine es una máquina de matar.

Ambos rieron y ella añadió ya en serio:

—Prometo pensarlo. Y gracias por no darte por vencido y venir para recordarme lo mucho que me gustas.

—Tú me llamaste, ¿o no recuerdas tu mail?

Ella asintió y, sentándose a horcajadas sobre él, rozó la nariz con la suya y murmuró mimosa:

—Capitán pecado... te quiero.

Él levantó las cejas y al ver que no había coletilla tras aquel «te quiero», sonrió y la besó, mientras en el equipo de música empezaba a sonar *I Never Loved A Man,*[*] de Aretha Franklin. Y con la misma fogosidad y sensualidad con que Aretha cantaba aquella canción, Joel le hizo el amor a la mujer que amaba.

A la mañana siguiente, cuando Joel se despertó, vio a Alana mirándolo y sonriendo feliz. Se acercó a ella, la besó y dijo:

—Buenos días, nena. Estaba preparado para oírte gruñir, pero tu sonrisa me gusta más.

—Buenos días, Capitán América —contestó Alana, incapaz de tener un mal despertar con él a su lado.

Se bañaron juntos y, al salir del cuarto de baño, vio el teléfono celular de él sobre la mesita y preguntó, sorprendiéndolo:

—¿Todavía tienes el mensaje sobre lo de mi padre? —Cuando él asintió, Alana tomó aire y dijo—: Me gustaría saber qué dice.

Joel buscó el mensaje y se lo enseñó. Recordó que él le había escrito unas siglas en un papel, pero en aquel momento los nervios no la dejaron prestar atención.

—¿Qué significa WIA? —quiso saber ahora.

—Herido en combate —respondió Joel.

Alana asintió y, caminando hacia la ventana, la abrió y respiró hondo. Necesitaba aire. Todo lo relacionado con su padre le ocasionaba un sinfín de sentimientos. Joel se acercó y le rodeó la cintura por detrás.

Durante unos minutos permanecieron callados, hasta que ella murmuró con voz temblorosa:

—¿Cómo le voy a decir esto a mi madre?

Joel le dio la vuelta para mirarla a los ojos. Él sabía más de lo que Alana se podía imaginar y, tomándola de la mano, la llevó hasta la cama, donde ambos se sentaron.

* *I Never Loved A Man*, Atlantic Recording Corp., manufactured and marketed by Rhino Entertainment Company, a Warner Music Group Company, interpretada por Aretha Franklin. *(N. de la E.)*

—¿Quieres saber algo más de él? —preguntó.

Ella lo miró y, con un hilo de voz, susurró:

—¿Sabes más cosas? —Joel asintió y Alana cerró los ojos y murmuró—: Primero necesito un café. ¿Quieres tú uno?

Joel negó con la cabeza, pero se levantó y fue tras ella. Mientras Alana trasteaba por la cocina, él se sentó en una silla y la observó. Estaba nerviosa. Sus movimientos rápidos y su cejo fruncido se lo indicaban, pero de repente, parándose, se volvió hacia él.

—El día que estábamos en Nueva York y me presentaste a Norman Jackson y a Daryl Larruga, Daryl dijo una cosa que me dio que pensar. Pero me asusté y salí a toda prisa de allí, ¿te acuerdas?

Joel asintió. Claro que lo recordaba y esa huida fue lo que propició que él llamara a su contacto y preguntara sobre el padre de Larruga. Al saber dónde había estado destinado y cuándo, ató cabos.

—El padre de Daryl era amigo de tu padre y sigue siéndolo. Cuando preguntaste dónde vivía Daryl y automáticamente saliste corriendo, empecé a sospechar. Así que investigué y averigüé que tu padre y el suyo estuvieron destinados en la base militar alemana de Merrell Barracks.

Alana se tapó la boca con la mano y, temblorosa, se sentó en una de las sillas de la cocina.

—Dime. Quiero saber —pidió con voz queda, tomando aire.

Y así fue como él sacó de su saco de avío una carpeta y se la entregó. Tras leer los escuetos datos que allí ponía, Alana suspiró.

Los dos días siguientes fueron de ensueño. Decidió no decirle nada a su madre de lo que había descubierto y se dedicó a enseñarle a Joel la ciudad. Pero el tiempo que iban a estar juntos era escaso y también fue egoísta. Y sólo una tarde dejó que pasara a casa de su madre cinco minutos para que ésta y sus tías lo pudieran saludar.

Joel se las ganó a todas con su simpatía, incluida a Renata, y Alana vio en los ojos de su madre la conformidad. El capitán Joel Parker le gustaba.

Las setenta y dos horas pasaron demasiado rápido y cuando Alana se vio en el aeropuerto para despedirlo, se desesperó. Agarrada a él mientras Joel hacía cola, aspiraba su olor. Necesitaba poder recordarlo. Odiaba que tuvieran que separarse y más odiaba a donde Joel tenía que ir, pero no dijo nada. Bastante duro era para él tener que marcharse.

Cuando todos los trámites estuvieron hechos, caminaron de la mano y en silencio hasta que ella, al ver la tensión con que Joel apretaba la mandíbula, dijo para distraerlo:

—Me he quedado con una de tus camisetas. ¿Tendrás problemas?

—Claro que no, cielo —contestó divertido—. Ninguno.

Se besaron con mimo y, cuando el beso acabó, Joel la miró a los ojos y le dijo:

—Me encantaría que fueras la señora Parker.

—Joel —replicó ella, sonriendo desconcertada—, ¿quieres dejar de ponerme nerviosa?

Él soltó una carcajada y, acercándola más, susurró:

—Me encanta ponerte nerviosa.

—Tengo que confesarte una cosa o no voy a poder dormir tranquila.

—Tú dirás.

—No fui yo quien te escribió ese mail para que vinieras. Fue Isa. Siento mucho confesarte esto, pero...

—Ya lo sabía.

—¿Lo sabías? —preguntó boquiabierta.

Joel sonrió.

—Ese «Muaskis, mylove» al final me hizo saber rápidamente quién había escrito el mail. Tú nunca pondrías eso y, además, sé por Karen que Isa siempre se despide así de ella en sus mails. —Al ver su desconcierto, añadió divertido—: Pero como me moría por verte, abrazarte y besarte, decidí hacerme el tonto y venir. No tenía nada que perder y sí mucho que ganar.

Joel era increíble. Él la besó de nuevo y luego dijo sin soltarla:

—Piensa en mi propuesta, ¿okey, nena?

Alana asintió. Claro que lo iba a pensar.

Pero la mera idea de separarse de su madre le partía el alma. ¿Cómo le iba a hacer eso? De pronto, su corazón estaba dividido entre su madre y el hombre al que adoraba. ¿Qué podía y qué debía hacer?

Los minutos transcurrían cada vez más rápidos y cuando llegó el momento en que Joel tuvo que pasar por el arco de seguridad, los dos se miraron con intensidad.

—Cuídate, por favor —susurró Alana.

—Te lo prometo, mi amor —aseguró él sonriendo.

Alana no se movió de donde estaba mientras él se alejaba. Necesitaba mirarlo todo el tiempo que pudiera y cuando él se volvió y la vio, ella sonrió y, guiñándole un ojo, gritó:

—¡Te quiero!

Joel esbozó una enorme sonrisa y segundos después, desapareció.

20

Al cabo de unos días, cuando Joel le escribió un mail para decirle que había llegado a la base de Kandahar, el alma se le cayó a los pies, pero suspiró resignada. Su madre y sus tías le hicieron un tercer grado en el primer momento en que la pescaron libre y ella les respondió encantada. Hablar de Joel y de lo feliz que se sentía a su lado era una de las cosas que más le gustaban.

Una tarde, al terminar un artículo que estaba escribiendo, Alana levantó la vista de su computadora y miró a su alrededor. Apenas quedaba gente en la redacción, por lo que decidió hacer a un lado su trabajo y abrir la carpeta que Joel le había entregado. Sacó un documento y lo leyó por enésima vez. Era algo terrible.

No se lo había enseñado a su madre. No podía.

Su padre, el cabo Teddy Díaz, había sido herido en Vietnam. Según leyó en el informe, él y varios de su pelotón perseguían a guerrilleros del Vietcong cuando entraron en una tupida arboleda. En su carrera pisaron unas minas que explotaron en cadena, haciéndolos saltar por los aires. Los compañeros que resultaron ilesos recogieron a los heridos y un helicóptero de evacuación aérea se los llevó. Su padre era uno de ellos.

La explosión de la bomba y su posterior caída le había afectado a la médula espinal, dejándolo sin movilidad en las piernas. Por suerte, al ser trasladado al hospital de Alemania, los médicos se las salvaron, pero ya nunca más pudo volver a caminar, y quedó condenado a una silla de ruedas.

Leía con los ojos anegados en lágrimas, cuando Isa dijo:

—Te cuento. Claudia ha llamado; al parecer, Susana ha conocido a un tipo de esos vulgares que le gustan y la ha invitado esta noche a un local, pero resulta que el tipo es el hermano de un primo del cuñado del ex de Lola y ésta dice que si él va, le parte la cara, porque me habló muy mal cuando... —De pronto, Alana levantó la vista e Isa, al ver sus ojos a punto de desbordarse, se alarmó—. ¡Ay, madre, que tienes cara de síncope! ¿Qué ha pasado? No me asustes. ¿Qué ocurre?

Alana necesitaba hablar con alguien de lo que había descubierto, así que tomó la hoja que tenía en las manos y se la tendió a su amiga.

—Joel me lo dio cuando estuvo aquí —explicó.

Isa la agarró rápidamente, se sentó en la silla de enfrente de la mesa y empezó a leer.

—Ostras, Alana... tu padre está vivo.

La cara de su amiga lo decía todo. Alana le quitó el documento y lo volvió a guardar en la carpeta.

—¿Se lo has dicho a tu madre? —preguntó Isa.

Ella negó con la cabeza.

—No. No sé ni cómo hacerlo.

Isa suspiró. Aquello era todo un embrollo.

Alana apagó la computadora, guardó la carpeta en su maletín y dijo:

—Vámonos. Necesito tomar algo.

Bajaron al bar más cercano, donde pidieron una copa y, una vez hubieron dado el primer trago, Alana dijo:

—Quiero mucho a las chicas, a Zack Mayo y a Paula, pero hoy no estoy de humor para terminar viendo *Oficial y Caballero*.

—Tranquila —dijo Isa—. Las llamaré y les diré que tenemos trabajo. Es más, no creo ni que salgan, con la que Lola ha armado.

Durante unos momentos ambas se quedaron calladas, hasta que Isa, para intentar distraerla, preguntó:

—¿Has pensado ya en el artículo de la Quinta Avenida?

Alana asintió, pero su mente estaba en otra parte.

—Ahora que sé que está vivo y lo tengo localizado, ¡no sé qué hacer!

—¿Qué hacer de qué?

—Pues de todo. Mi madre... él...

—Si yo fuera tú, iría a conocerlo.

—Sí, claro —se mofó Alana—. Me presento ante él y le digo «Hola, papuchi, ¿sabes quién soy?».

—No... no digo eso —contestó Isa, negando con la cabeza—. Pero ¿de verdad no te gustaría ver cómo es hoy en día? Tú misma dijiste, el día que me enseñaste su foto, que para ti era un chaval de veinticuatro años. ¿Acaso no quieres verlo, aunque sea de lejos?

Alana suspiró.

—No te voy a negar que tengo curiosidad. Pero por otra parte, si lo hago sin decirle nada a mi madre, me sentiría desleal.

—¿Desleal por qué?

—Porque ha sido ella quien me ha criado, quien ha trabajado para sacarme adelante, quien ha sufrido mi varicela, mis catarros y...

—Y por eso precisamente, antes de decirle nada creo que deberías ver cómo es él. ¿Acaso crees que ella no querrá saber cómo está cuando sepa que sigue vivo?

Alana lo pensó. Conociendo a su madre, se lo exigiría.

—Escucha, Alana, antes de decirle nada a tu madre, debes verlo tú, aunque sea de lejos. Imagínate que es una mala persona. ¿De verdad querrías que tu madre cambiara el bonito recuerdo que tiene por el que puede tener?

—Tienes razón. Pero conocerlo... me parece mucho.

—Piénsalo. Por suerte, tenemos que volver a Nueva York para lo del artículo de la Quinta Avenida.

—Cada vez me apetece menos escribir ese artículo. ¡No me centro!

—Pues yo quiero ir a Nueva York, y no precisamente por el artículo. He tanteado por mail un par de galerías y quisiera visitarlas para saber las posibilidades que tengo de exponer allí. ¿Qué te parece?

—Me parece bien y ten por seguro que, cuando vayamos, lo primero que haremos será visitar esas galerías.

Durante un rato hablaron de eso, pero Alana seguía con la cabeza en otro sitio.

Ella siempre había sido una mujer muy responsable con su trabajo y ante aquel reto que había planteado el jefazo, en otro tiempo se habría esforzado al mil por mil para ganarlo. ¿Qué le estaba pasando que ahora conseguirlo era lo que menos le importaba?

—A ver —prosiguió Isa, mirándola—, podemos ir a Nashville, acercarnos a donde vive tu padre y ver. No creo que se pierda nada por ello, ¿no crees?

—No sé, Isa... no sé.

—Bueno, tú piénsalo y te digo lo mismo de siempre: decidas lo que decidas, bien decidido estará, ¿vale?

Alana asintió.

Esa noche, cuando llegó a su casa, la puerta de su madre se abrió y su tía Loli la llamó:

—Tu madre ha hecho tortilla de papa para cenar y te estábamos esperando.

Con una sonrisa, Alana entró y, tras besar a cada una de las mujeres que allí estaban, se sentó con ellas y, durante un rato, rio y comió mientras todas bromeaban.

—Por cierto —dijo su madre, entregándole una cajita que tomó de encima del mueble—. Te he comprado una cadena de plata nueva para que te pongas la plaquita donde dice que eres alérgica a la penicilina. Hija, por Dios... que no puedes ir sin eso.

—Ay, gracias, mami. Estoy tan complicada que se me había olvidado —dijo, abriendo la cajita.

—Otra como mi Nico; ¡cualquier día pierde la cabeza! —cuchicheó Teresa.

Como siempre, su madre estaba en todo y le guiñó un ojo para hacerla sonreír, aunque se le encogió el corazón al pensar en todo lo que sabía y que le estaba ocultando.

Cuando acabaron de cenar y madre e hija estaban llenando el lavavajillas, Carmen le preguntó:

—¿Todo bien?

—Sí.

Pero la mujer insistió:

—¿Te pasa algo? Estás muy callada.

¡Si ella supiera! Pero sonrió y respondió:

—Hoy he tenido un día de locos en la revista. Sólo es eso.

Carmen asintió pero no le creyó y, cerrando la puerta de la cocina para que pudieran tener una conversación íntima, dijo:

—Vamos a ver, Alana: desde que se ha marchado Joel siento que me miras de esa manera que me hace presuponer que ocultas algo. Te conozco y cuando me miras así es porque tienes algo que contarme, ¿verdad?

Alana la miró. ¿Cómo podía conocerla tan bien? Pero no, no podía explicarle lo que había descubierto de su padre y, apoyándose en la cubierta de la cocina, iba a decir algo cuando su madre continuó:

—Intuyo que lo haces porque tus tías están aquí, pero sé que escondes algo y necesito saberlo. ¿Qué es?

Alana cerró los ojos y dijo:

—Joel me ha pedido que me vaya a vivir con él a Fort Irwin.

—¿Te ha pedido matrimonio?

—No... bueno, sí. Bueno, no lo sé.

—Pero hija, ¿cómo no lo vas a saber?

Al ver reírse a su madre, Alana sonrió.

—Mira, mamá, ya sabes que lo de las bodas no es algo que me quite el sueño.

—Lo sé... lo sé... —suspiró la mujer, recordando el mal trago que había pasado su hija tiempo atrás.

—El caso es que me ha pedido que me vaya a vivir con él, pero... pero eso supondría dejar mi trabajo en España y dejarte a ti para irme a vivir a California. —Carmen asintió—. Si yo acepto, les pedirá a sus mandos que le dejen ocuparse de un programa en la base de Fort Irwin y abandonar el servicio activo... ¿Qué piensas, mamá?

Carmen se sentó en una silla. Llevaba años esperando aquello. Algún día Alana se tendría que separar de ella, era ley de vida, y ahora ese momento había llegado.

—Creo que si eso te hace feliz y quieres a ese muchacho, deberías aceptar.

Alana tomó otra silla, se sentó frente a ella y, apretándole las manos, susurró:

—Claro que me hace feliz, mamá, y lo quiero, pero lo que no me hace feliz es tener que separarme de ti. Yo vivo muy bien aquí, tengo mi trabajo, la familia, te tengo a ti...

—Pero no tienes a Joel, y si él es el amor de tu vida, no lo dudes y vete con él.

—Pero, mamá...

—Escucha, Alana, yo también he tenido tu edad y por tu padre habría cruzado medio mundo, a pesar de lo mucho que quería a tus abuelos y a tus tíos. Uno tiene que estar donde está su corazón. De nada sirve tener el cuerpo en España y el corazón en California. Eso sólo te hará sufrir, hija mía, y la vida es para vivirla y disfrutarla, no para sufrirla. Además, soy tu madre y lo seré toda tu vida y, con lo que me gusta viajar, te aseguro que me vas a ver, estés donde estés, más de lo que piensas, y a tus tías también.

Alana sonrió. Su madre era increíble. La mejor.

—Todavía no le he contestado. Me ha dicho que lo piense, pero antes quería hablarlo contigo.

—Te agradezco el detalle, cariño, pero recuerda, es tu vida y quiero que la vivas feliz.

—Ya sé que no todos los días te digo que te quiero, pero creo que lo sabes, ¿verdad? —preguntó Alana emocionada.

—Lo sé, cariño. Claro que lo sé —respondió su madre, sonriendo.

Contenta al ver que no hacía de aquello un drama, Alana preguntó:

—Mami, ¿por qué me lo haces todo tan fácil?

Carmen pensó en su padre, en aquel hombre que tanto la había querido sin importarle la opinión de los demás, y contestó:

—Porque soy tu madre, te quiero y quiero que seas feliz. Y si tu felicidad está con ese hombre, ¡adelante! Además, para mí eres la persona más importante del mundo y tu felicidad es mi felicidad. Y tras conocer a Joel, a ese imponente capitán americano —ambas rieron—, sé que te va a cuidar tanto como yo.

Se abrazaron emocionadas. Estaba claro que su madre era una mujer diez.

La puerta de la cocina se abrió de golpe y Renata, al verlas abrazadas, preguntó:

—¿Qué ocurre?

Madre e hija se separaron y Alana la miró divertida.

—Simplemente, que mi madre es mi madre y yo soy su hija.

Después de quitar la mesa, las cuatro amigas se sentaron ante el televisor.

—¿Qué van a ver? —preguntó Alana.

Con gesto pícaro, su madre le enseñó la película *Más allá del amor* y Alana dijo sonriendo, mientras se sentaba junto a ella:

—Yo no me pierdo sus comentarios cuando salga el rubio de Troy. ¡Me quedo!

Su madre le había contado mil veces que había visto esa película con su padre y sus tíos Loli y Darío en Alemania, en la base americana. Las cuatro mujeres estaban como abducidas con la película y cuchicheaban lo atractivo que había sido Troy Donahue. Y Loli y Carmen bromearon sobre los celos de Teddy y Darío cuando ellas habían dicho lo mucho que les gustaba, el día que la vieron.

Pero cuando la canción de *Al di là* comenzó a sonar, todas se callaron y Alana, mirando a su madre, casi se emocionó al ver en sus ojos la añoranza, la dicha y el dolor. Y, tomándole la mano instintivamente, le volvió a guiñar un ojo y su madre sonrió.

Tan pronto como terminó la canción, Renata, Loli y Teresa miraron a Carmen. Todas sabían lo que esas palabras significaban para ella, la cual, limpiándose el rabillo del ojo con el pico de un pañuelo, murmuró:

—Tranquilas. Dramas los justos.

Una vez en su casa, Alana se puso el pijama, se sentó en el sofá y abrió el correo esperando encontrar un mail de Joel, pero no fue así. Eso la jorobó. Llevaba varios días sin saber de él, pero no se quiso alarmar. Ya le había dicho que eso podía pasar.

No tenía sueño y se puso la televisión. No había nada interesante y al final se enganchó a un programa de deporte que hablaba del Atlético de Madrid. Un equipo al que había aprendido a querer y a respetar pasara lo que pasase gracias a su tío Fernando, el mayor colchonero que había conocido nunca y que disfrutaba tanto como sufría con su amado equipo rojiblanco.

Cuando el programa acabó, Alana se recostó en el sofá y sonrió al recordar la conversación con su madre. Sin duda Joel se había hecho un huequecito en sus corazones y eso le gustó.

Instantes después, se levantó y fue hasta su dormitorio y, al ver a *Pollo* durmiendo tranquilamente sobre la cama, le dijo:

—Déjame un sitio, abusón.

Pero el gato ni se movió. Y Alana, encogiéndose, se durmió.

21

Los días pasaron y el tres de agosto se iba Teresa. Su hijo Nico fue a buscarla en coche y se marcharon tras comer todos juntos. Al día siguiente lo hicieron Loli y Renata.

Alana las acompañó al aeropuerto junto con su madre y, una vez se quedaron ellas dos solas, se tomaron de la mano y se dirigieron hacia el coche. La vida, como siempre, continuaba.

Una de las noches en las que Alana salió de copas con sus amigas, al entrar en un local se encontró de frente con el Borrascas. Tras su último encontronazo en la calle, él no se le había vuelto a acercar y cuando la vio, simplemente la saludó y siguió hablando con la chica que lo acompañaba. Sin duda, había encontrado otro bombón.

El ocho de agosto, Alana decidió posponer sus vacaciones para más adelante. En la redacción salió una noticia que había que cubrir en Alemania, concretamente en Núremberg, y, sin dudarlo, aceptó.

En esta ocasión fue sola. Isa estaba de vacaciones con su familia y a su madre no le quiso decir que iba a Núremberg. Si lo hubiera sabido, habría querido ir con ella y Alana necesitaba ir sola y caminar por las calles de la ciudad donde había nacido.

Cuando llegó al aeropuerto, tomó un taxi hasta el hotel. No entendía alemán, pero por suerte con el inglés se pudo comunicar y, tras dejar la maleta en la habitación, pidió un mapa. Tenía claro adónde quería ir una vez hubiera cubierto la noticia.

Tan pronto como acabó se lanzó a la aventura en aquel bonito y soleado día. Con el mapa en la mano y el diario de su madre en la bolsa, se dirigió hacia la que había sido la base americana de Merrell Barracks.

Al llegar ante aquella enorme mole, Alana se paró. Miró sus muros, sus piedras, el imponente arco de la entrada y suspiró al imaginar la cantidad de veces que sus padres lo habrían traspasado, años atrás, sonrientes para ir al cine, al bar o simplemente a bailar. Pero el corazón se le encogió al recordar que también fue allí donde los dos se vieron por última vez y su madre le gritó *al di là*.

Deseosa de saber más sobre lo que tanto había escuchado y leído en su diario, buscó en el mapa la iglesia de Santa Martha y vio que estaba en la calle Königstrasse 74-78.

Al llegar allí, miró aquel bonito y antiguo edificio y, sin dudarlo, entró. Con el corazón desbocado ante el silencio del lugar, se sentó en uno de los bancos de madera e imaginó a sus padres, unos jóvenes casándose allí solos y ante Dios. Recreó la escena en su imaginación tal como su madre se la había contado y sonrió emocionada. Sus padres habían sido unos románticos.

Media hora después, salió de la iglesia y se dirigió al parque Dutzend-teich. Quería caminar por el mismo sitio por el que ellos habían paseado cientos de veces tomados de la mano.

Cuando llegó, miró a su alrededor. El sitio era relajante. La gente andaba con tranquilidad, los niños jugaban, algunas personas tomaban el sol sentadas en una terracita, mientras bebían una cerveza, y otros estaban tirados en el césped junto al lago, leyendo o escuchando música.

Encantada por estar allí, Alana caminó hasta uno de los bancos de madera y se sentó. Sacó de su bolsa el diario de su madre, miró la foto de sus padres allí mismo y leyó.

> Sólo espero que mis padres algún día me lleguen a perdonar. Y le pido a Dios que el día de mañana mi hija tenga la confianza de poder contarme lo que sea y sepa que, a pesar de los errores que cometa, yo siempre voy a estar a su lado, porque nadie en el mundo la va a querer tanto como yo.

¿Estaría haciendo mal ocultándole a su madre lo que sabía de su padre?

Carmen la había criado en la libertad y la confianza y entre ellas nunca había habido secretos, más allá de algún beso en la adolescencia. Ahora, leer su deseo de que su hija nunca le ocultara nada la entristeció.

Pero sin querer pensar más en ello, siguió leyendo.

Me siento mal. Muy mal. No sé nada de Teddy, la maldita guerra se recrudece y no tener noticias a veces es peor que tenerlas, por muy malas que éstas sean.

Cuando leyó eso, volvió a darle la razón. De pronto, pensó en su relación con Joel. A diferente escala, su situación era parecida a la de sus padres. Él era también un militar americano en activo y el peligro de que le ocurriera algo terrible estaba asimismo presente en sus vidas.

Alana cerró los ojos y, al hacerlo, se sintió como si estuviera dándole el sol a través de las ventanas del departamento donde había pasado unos días con Joel. Pudo ver Nueva York al fondo e incluso sentirlo a él moverse detrás de ella.

Así permaneció unos minutos, hasta que abrió los ojos y volvió a la realidad. Miró a su alrededor. La gente continuaba paseando tranquilamente, mientras su cabeza era un hervidero de preocupaciones. Por un lado estaba su madre, por otro lado su padre. ¿Debía hacer caso a su corazón y no a su cabeza e ir a verlo? Y por otro lado estaba Joel y la preocupación que sentía a causa del lugar donde él estaba.

Y como remate, el trabajo y la oportunidad que le había dado el señor Bridges de hacer un artículo que la ayudara a ascender en su carrera, oportunidad que, con todas sus preocupaciones, no estaba aprovechando.

Su vida siempre había sido algo complicada, pero en aquellos momentos más embrollada no podía estar.

Al día siguiente regresó a Madrid. En cierto modo, ese viaje le había aclarado, y mucho, las ideas.

El diecisiete de agosto, los redactores comenzaban a reincorporarse a la revista. Una mañana Alana estaba en el despacho de su jefa, comentando con ella ciertos trabajos, cuando de pronto la puerta se abrió y entró el señor Bridges, quien, al verla, la saludó y preguntó:

—¿Cómo lleva su artículo, señorita Rodríguez?

Intentando que su cara no la delatara, ella asintió y respondió con seguridad:

—Bien... bien, muy bien.

El señor Bridges sonrió. No creyó nada de lo que le decía y contestó:

—Mi padre está deseoso de que se los entregue, pero tranquila, hasta que usted no me dé el suyo, seguiré guardando los dos que sus compañeros ya han entregado.

La estaba avisando de que el tiempo se acababa.

—La fecha tope era hasta el uno de octubre, ¿verdad? —preguntó.

—Sí, señorita. El uno de octubre a las nueve de la mañana.

Se le había echado el tiempo encima. Faltaba sólo poco más de un mes.

—Alana, te puedes marchar —dijo su jefa.

Se levantó rauda de la silla, se despidió de los dos y, cuando llegó a la redacción, se acercó a la mesa de Isa y cuchicheó:

—¡Oblígame a que comience el maldito artículo de la Quinta Avenida ya! El tiempo se nos acaba y no hemos hecho nada.

Pero Isa sonrió y dijo feliz:

—He recibido un mensaje de Karen. Dice que dentro de unos diez días regresarán a Estados Unidos y me quiere ver. ¿Te ha escrito Joel?

—¿Eso es obligarme o distraerme?

Pero contenta por la noticia, olvidó el artículo, corrió hacia su mesa y vio que tenía un mensaje de él.

De: JSM123123@hotmail.com
Para: alanaexception@hotmail.com
Asunto: Busco a Speedy Gonzalez

Hola, preciosa:
Estoy en Kuwait, pero en unos diez días regreso a casa hasta el 12 de septiembre. ¿Qué te parece si nos vemos? ¿Voy? ¿Vienes?
Respóndeme en cuanto lo sepas.
Te quiero y no veo el momento de verte

Tu Capitán América

Emocionada y feliz, abrazó a Isa, que estaba a su lado.

—¿Qué te parece si nos vamos el lunes a Nueva York a hacer ese reportaje?

—¿A hacer el reportaje o a ver a Joel y a Karen?

Alana negó con la cabeza. Isa tenía razón, pero insistió.

—Si nos organizamos, podremos hacerlo todo.

—Lo dudo —dijo su amiga riendo, pero al verle la cara, asintió—: Sí... sí ¡lo que tú digas!

Esa noche, cuando llegó a su casa, Alana pasó a ver a su madre y le contó que el lunes se iba a Nueva York para lo del reportaje. Como siempre, Carmen se alegró por ella y más cuando supo que allí se encontraría con Joel. Pero por primera vez no le pidió que buscara información sobre su padre y eso a Alana le extrañó.

Cinco días después, las dos amigas caminaban del brazo por Times Square.

—Veamos —dijo Isa—, Times Square es un icono mundial y símbolo de la ciudad de Nueva York como lo son Piccadilly Circus en Londres o la plaza Roja de Moscú. Está situado en la esquina de la Avenida de Broadway y la Séptima y...

—Joderrrrr, Isa, ¿has visto qué buena pinta tiene esta película? —la cortó Alana.

Durante unos minutos, miraron la pantalla extragigante que tenían delante y cuando las imágenes desaparecieron, Isa afirmó:

—*Timeline*. Tomo nota. Se estrena a finales de año.

—Madre mía, ¡que me da un ataque! —exclamó Alana—. Mis dos actores favoritos, Gerard Butler y Paul Walke, juntos en una película. ¡No me lo puedo perder!

Isa soltó una carcajada.

—Deja de babear por esos machomen y vamos a tomarnos una coca, que estoy sedienta.

En la cafetería, hablaron sobre el artículo. Ambas sabían lo que querían. Unirían el pasado con el presente mediante entrevistas a personas que hubieran vivido o vivieran aún en esa calle, así como a los dueños de sus famosas y exclusivas tiendas. También utilizarían fotografías que recuperarían de la hemeroteca y las actuales que Isa tomara. Era una excelente fotógrafa y seguro que el material que escogiera sería impactante y de lo mejor. Todo parecía cuadrar y, felices y contentas, regresaron al hotel. Tenían mucho trabajo por delante.

Al día siguiente visitaron la hemeroteca de la ciudad y allí Isa apuntó los nombres de fotógrafos que habían inmortalizado la Quinta Avenida durante años. Alana y ella se reunieron con algunos de ellos para intentar conseguir alguna foto especial y lo lograron. Aunque no todos estaban por la labor, hubo dos que sin pedirles nada a cambio les regalaron dos instantáneas impresionantes de ciertos puntos de aquella mítica calle. Cuando Isa localizó el lugar exacto desde el que habían sido tomadas, durante horas se dedicó a hacer nuevas fotografías con la misma perspectiva. Quería que las imágenes hablaran por sí solas, que explicaran el paso del tiempo con sólo verlas. Alana sonrió. Si alguien era capaz de conseguirlo, ésa era Isa.

Aquella noche, en cuanto llegaron al hotel, Alana encendió su *laptop* y aplaudió contenta al leer un mensaje de Joel en el que le decía que llegarían a Fort Irwin dentro de tres días. Antes de lo que esperaban. Eso las hizo a las dos inmensamente felices y se fueron a celebrarlo ellas solas al Manamoa.

Cuando regresaron, ya de madrugada, Alana se tumbó en la cama y murmuró:

—Isa, la cabeza me va a estallar. ¡Me va a dar un ataque!

—¿Por qué?

—¿Qué hago con lo de mi padre?

—Tú decides, mi reina.

Alana suspiró.

—La razón me dice que lo olvide y mi corazón que lo busque. Tengo su dirección, sé que está vivito y coleando, pero tengo tanto miedo de encontrarme lo que no busco que...

—Ya te dije que deberías intentar conocerlo. ¿De verdad no tienes ganas de ver cómo es?

—Como diría mi tía Teresa, *¡muchismas!*

Ambas rieron e Isa, metiéndose en la cama con ella, propuso:

—Si quieres, mañana tomamos un vuelo a Nashville. El trabajo lo llevamos bien y así el tiempo de espera de Karen y Joel se nos hará menos largo. Una vez allí, podemos alquilar un coche y acercarnos hasta su casa. Con un poco de suerte, lo podrás ver y dejarás de pensar por fin que tu padre es un chico de veinticuatro años.

Alana lo pensó y cuando su corazón ganó la batalla, dijo levantándose:

—Voy a buscar vuelo y a escribir a Joel para que, en vez de venir hasta aquí, Karen y él vayan a Nashville; ¿qué te parece?

—Me parece una idea excelente.

22

Cuando llegaron al aeropuerto internacional de Nashville, tras casi dos horas de viaje, Alana e Isa tomaron un autobús hasta el centro de la ciudad. Una vez allí, siguiendo las indicaciones de la gente, llegaron a su hotel.

La música en directo, country, jazz, soul, estaba presente en cada esquina por la que pasaban.

—Por algo la llaman la ciudad de la música —comentó Alana.

Subieron a la habitación para dejar sus cosas y Alana murmuró como para sí misma:

—Todavía no sé qué hago aquí.

Isa sonrió. Sabía lo difícil que estaba siendo aquello para su amiga y dijo:

—No empieces con tu negatividad, que te conozco, ¿vale?

Alana suspiró. Tenía razón. Ya estaban allí y debía ser positiva.

Bajaron a un restaurante que los del hotel les habían recomendado, el Birdy, donde se pidieron unas riquísimas hamburguesas con papas y aros de cebolla frita.

—Esto está de muerte —exclamó Isa.

Alana le dio la razón. ¡Estaba exquisito!

—Bueno, ¿cuál es el siguiente paso?

Alana sacó un papel que llevaba en el bolsillo de los *jeans* y dijo:

—Aquí dice que vive en un sitio llamado Nolensville.

—Pues venga, vamos a alquilar un coche.

Se encaminaron hacia una tienda de alquiler de coches y se decantaron por un utilitario que no llamara la atención. Tras preguntar y saber que Nolensville estaba a una escasa media hora, se pusieron en camino.

Durante el viaje, Alana pasó por todos los estados emocionales habidos y por haber, mientras Isa conducía y hablaba con ella intentando distraerla. Una vez en Nolensville, preguntaron por la dirección y una mujer les indicó cómo llegar.

El lugar estaba rodeado de árboles e Isa paró el coche en la carretera. Alana lo miraba todo con los ojos muy abiertos.

—Bueno —dijo su amiga—, comienza la operación Pantera Rosa. Paso uno, apagar celulares. No sea que vayan a sonar y nos descubran.

—¡No pienso apagar el celular! —exclamó Alana—. ¿Y qué es eso de operación Pantera Rosa?

—Un poco de sentido del humor, mujer —dijo Isa riendo e insistió—: Les bajaremos el volumen y los dejaremos en la guantera del coche. Si estamos camufladas, no sería muy bueno que sonara una musiquita.

Alana hizo lo que aquélla pedía y después ambas bajaron del vehículo. Se encaminaron hacia la casa intentando ocultarse entre los árboles.

—Me están consumiendo los nervios —cuchicheó Alana—. Si mi madre se entera de lo que estoy haciendo, me mata. ¡Vámonos de aquí!

—¿Ya quieres abortar la operación?

Enfrascadas en su conversación, no se dieron cuenta de que un hombre montado a caballo se acercaba a ellas por detrás, hasta que de pronto oyeron:

—Buenas tardes, señoritas.

Ellas se dieron un buen susto y, volviéndose, se encontraron con un desconocido que se quitaba el sombrero de cowboy y las miraba. Alana no supo qué decir, pero Isa, recuperándose rápidamente, explicó:

—Somos periodistas y... y... nuestro coche es el vehículo rojo que está estacionado a un lado de la carretera.

El hombre, de unos treinta y pocos años, moreno y bien parecido, asintió e Isa prosiguió de carrerilla:

—Estamos... estamos haciendo un artículo sobre los veteranos de Vietnam y nos hemos enterado de que aquí vive uno. Y, bueno, estábamos barajando la posibilidad de acercarnos a la casa y pedirle unos minutos de su tiempo para hacerle unas preguntitas.

Alana al escucharla se quiso morir. Pero ¿qué estaba haciendo aquella loca?

Sin quitarles la vista de encima, el hombre asintió, miró hacia la casa y dijo:

—Sí, aquí vive un veterano con mi madre y conmigo, pero no creo que quiera recibirlas.

Oír eso para Alana fue impactante.

¿Era hijo de su padre? ¿Su hermano?

Maldijo para sus adentros y, mirando a Isa, murmuró en español:

—¡Vámonos!

Pero a diferencia de ella, con aparente tranquilidad su amiga insistió:

—¿Podría preguntárselo? Por favor. Quizá se equivoque y acepte.

—No creo equivocarme. Hablar sobre Vietnam no es algo que le guste.

—Por favor... por favor... —rogó Isa, poniendo cara de perrillo perdido.

Al ver ese gesto, él sonrió y, sin soltar las riendas, les guiñó un ojo con complicidad y dijo:

—De acuerdo. Denme cinco minutos, que voy a dejar el caballo. Después lo intentaremos, ¿de acuerdo, señoritas?

Ellas asintieron y, cuando se alejó, Alana murmuró desconcertada:

—Dios mío... creo... creo que es mi hermano.

—¿Tu hermano? ¿Y por qué va a ser tu hermano?

—Nos ha guiñado un ojo.

—¿Y qué? —se mofó Isa al escucharla.

—Mi madre dice que yo guiño el ojo como lo hacía mi padre y... y ahora... él lo ha hecho también. ¿Es que no lo has visto?

—Alana, no empieces con tus chaquetas mentales, ¡que te conozco!

—¡Tengo un hermano! —insistió ella.

—Vale... eso parece... pero sólo lo parece.

—Madre mía. Mi padre está felizmente casado. Joderrrrrrrr... ¡Menudo disgusto se va a llevar mi madre!

—¿Quieres dejar de ser tan negativa?

—¿Cómo se te ha ocurrido decir eso del artículo para veteranos?

—Es lo primero que se me ha ocurrido.

Alana suspiró y cerró los ojos.

—Recuérdame que te mate cuando nos vayamos de aquí.

Isa sonrió y, tomándola del brazo, le dio un beso en la mejilla. Dos minutos después, el hombre regresó y, acercándose, dijo con su acentazo:

—Soy Daniel. Discúlpenme por no haberme presentado antes. ¿Y ustedes son...?

—Isabel y Alana —contestó Isa.

Daniel miró a la descarada morena de pelo corto que hablaba y, sonriendo, añadió:

—Síganme. Iremos a casa. —Ellas así lo hicieron y él, mirándolas, preguntó—. ¿De dónde son?

Isa iba a contestar, pero Alana dijo rápidamente:

—Somos de Nueva York y trabajamos para la revista *Exception*.

—Mi madre la compra a veces.

—¡Oh, qué bien! —se mofó Alana.

Pensar en la madre de ese hombre le revolvía las tripas. Ella debía pensar en la suya y lo que estaba descubriendo no le gustaba nada.

—¿Se alojan en el pueblo?

—En Nashville. En el hotel Dulport, cercano a un restaurante increíble llamado Birdy; ¿lo conoces? —preguntó Isa.

—Por supuesto —sonrió él—. El Birdy es famoso por su estupenda carne y una noche a la semana mi familia y yo vamos a cenar allí.

Isa y el vaquero empezaron a hablar sobre la fantástica hamburguesa que ellas se habían comido, y luego él preguntó sorprendido:

—¿Y han venido desde Nueva York hasta Nashville para entrevistarlo?

Las jóvenes se miraron sin saber qué decir, hasta que Alana salió del paso:

—No. Estamos visitando a varios veteranos y él nos quedaba de camino.

Subieron los tres escalones del porche y el hombre abrió la puerta para que entraran.

—Será mejor que esperemos aquí —dijo Alana—. No queremos molestar.

Él asintió con una encantadora sonrisa y desapareció en el interior de la casa. Una vez solas, ellas dos se miraron y Alana murmuró:

—Maldita operación Pantera Rosa. Pero ¿por qué te habré hecho caso?

—Calla, tonta...

—Joder, Isa... —Y bajando la voz, cuchicheó—: Que esta es la casa de mi padre, su mujercita y su hijo. ¿Quién me mandaría a mí venir? —Y, dándose aire con la mano, añadió—: Me están entrando ganas de vomitar.

—¡Ni se te ocurra! —saltó Isa.

—Me va a dar un ataque.

Segundos después, la puerta se abrió y apareció una mujer morena de grandes ojos oscuros, que las miró y dijo:

—Hola, soy Audrey. ¿De verdad son de la revista *Exception*? —Ellas asintieron y la mujer continuó alegre—: Por el amor de Dios, cómo las ha podido dejar mi hijo aquí. ¡Pasen y tómense una limonada!

Alana, consciente de que aquella mujer era la que le había robado el amor a su madre, quiso arrastrarla por los pelos sin piedad, pero se contuvo. Ella no tenía culpa. La culpa era de su padre, que aun sabiendo de la existencia de su madre y de ella había decidido olvidarlas y formar una nueva familia.

Eso la atenazó. Isa, al ver su entrecejo fruncido, la tomó del brazo y la metió en la casa, donde siguieron a la mujer hasta un bonito salón.

Cuando se sentaron, ésta dijo:

—Daniel ha salido al jardín para hablar con mi hermano sobre lo que le han dicho. Traeré enseguida las limonadas.

—Qué fuerte... ¡No es tu hermano! —musitó Isa, cuando se fue.

Alana, más temblorosa aún que antes, asintió. Menos mal que no la había arrastrado por los pelos.

—Son tu tía y tu primo.

—¡Joderrrrr! —murmuró ella.

—Madre mía, la operación Pantera Rosa nos está proporcionando sus frutos —aplaudió Isa.

Alana asintió boqueando como un pez, pero entonces su vista recayó en unas fotos que había sobre la repisa de una rústica chimenea. Se fijó en una de su padre cuando era joven, vestido de militar, riendo junto a un avión con los que debieron de ser sus compañeros.

Estaba mirándolo cuando Audrey, la mujer que acababa de descubrir que era su tía, volvió a entrar con una jarra de limonada y unos vasos y, sentándose con ellas, les empezó a hablar de lo mucho que le gustaba y la entretenía aquella revista.

Alana la observó como en una nube.

¿Cómo no se había dado cuenta antes del parecido de ella con su padre? Tenía los mismos ojos y los mismos pómulos.

En ese momento, oyeron abrirse una puerta y una voz ronca que decía:

—Daniel, he dicho que no.

Alana volvió rápidamente la vista, pero sólo vio durante un segundo a un hombre pasar a toda prisa sentado en una silla de ruedas, con un perro negro a su lado.

¡Era su padre y había oído su voz!

Instantes después, Daniel se unió a ellas con gesto contrariado y, abriendo los brazos, dijo:

—Lo siento. Pero como había supuesto, ha dicho que no.

Isa miró a su amiga, que, levantándose a toda prisa, dejó el vaso de limonada y con una sonrisa forzada, dijo:

—Les agradecemos mucho su atención, nos vamos.

Isa también se levantó y, aunque tanto la madre como el hijo intentaron que se quedaran un rato más, al final desistieron y las dejaron marchar.

Cuando llegaron al coche, Alana dijo entre dientes:

—Arranca ahora mismo y vámonos de aquí.

Hicieron el camino de regreso en silencio, mientras por el radio sonaba música country. Cuando llegaron al hotel, Alana se metió en su cama, dispuesta a dormir. No tenía ganas de hablar.

Isa recordó que se habían dejado los teléfonos celulares en la guantera del coche, pero estaba tan cansada que lo dejó estar. Ya los recogerían al día siguiente.

A la mañana siguiente, al abrir la computadora, Alana vio que tenía un mensaje de Joel.

De: JSM123123@hotmail.com
Para: alanaexception@hotmail.com
Asunto: ¿Dónde estás?

Hola, mi amor:
Ya estoy en Fort Irwin. Karen y yo les hemos llamado al teléfono mil veces, pero no contestan. ¿Dónde están?
Llámame cuando leas este mensaje sea la hora que sea.
Te quiero

JOEL

—Isa, ¡¡joderrrrrrrrrrr!

—¿Qué pasa?

—Karen y Joel llevan llamándonos desde ayer. Y los teléfonos están...

—En la guantera del coche. ¡Voy a buscarlos!

Cuando subió con ellos y le entregó el suyo a Alana, ésta vio que tenía quince llamadas perdidas de Joel y varios mensajes de voz. Sonriendo, subió el sonido y lo llamó.

—¿Dónde te has metido? —preguntó él nada más contestar.

—Eh... eh... Capitán América, si me hablas así te cuelgo ahora mismo. —Y al oírlo resoplar, explicó—: Se nos olvidaron los celulares en la guantera del coche. ¿Cariño, has llegado bien?

Joel, más tranquilo al saber que tanto ella como Isa estaban bien, cambió su tono de voz y, encantado, quedó en ir al hotel de Nashville al cabo de dos días.

De mejor humor por haber hablado con Joel y Karen, tras desayunar, las dos amigas dieron una vuelta por Nashville para conocerlo. Visitaron el Museo de la Fama y desde allí tomaron un autobús que las llevó hasta el RCA Studio B, un pequeño estudio de grabación donde en una visita guiada les explicaron que artistas de la talla de Dolly Parton, Roy Orbison o Elvis Presley, entre otros, habían grabado allí. También escucharon alguna canción del Rey registrada allí mismo y, como colofón, se pudieron hacer fotografías junto al piano que el mismísimo Elvis había tocado.

Ya había anochecido cuando regresaron a la zona donde estaba su hotel; tenían hambre y decidieron entrar en el Birdy. Hicieron su pedido y estaban hablando pero de pronto oyeron:

—Hola, señoritas de *Exception*. —Al volverse, se encontraron con Daniel, que, sonriendo, preguntó—: ¿Han pedido otra hamburguesa?

—¿Lo dudas? —respondió Isa sonriendo.

Alana lo miró boquiabierta, sin decir nada, mientras se tocaba la cadenita que llevaba al cuello. Él, les guiñó un ojo y explicó:

—Estoy cenando aquí con mi madre y mi tío. Los jueves por la noche siempre venimos. Es una tradición.

—¡Qué bien! —se mofó Alana rompiendo la cadenita por los nervios.

Con disimulo, se guardó la cadena y la medalla en el bolsillo del pantalón. Ahora tendría que comprarse otra. Pero lo que a ella realmente le preocupó fue saber que su padre estaba en aquel local, bajo el mismo techo que ella; y cuando iba a decir algo, Isa se le adelantó:

—Si repiten tanto, no cabe duda de que aquí hay calidad.

—Muy buena calidad —afirmó Daniel, sonriéndole seductoramente a Isa.

¿Daniel estaba ligando con ella?

—Si quieren, pueden unirse a nosotros —propuso él entonces—. Estamos en la terraza. Le diremos a mi tío que son unas amigas y no las periodistas; ¿les apetece?

—No —soltó Alana rápidamente—. Tenemos prisa. Gracias, Daniel, pero en cuanto comamos las hamburguesas, nos tenemos que ir.

Él no quiso insistir y, mirando a Isa, preguntó:

—¿Hasta cuándo van a estar por aquí?

—Un par de días más —afirmó ella, sorprendiéndola—. Entrevistaremos a otros veteranos que viven por aquí y luego regresaremos a Nueva York.

Daniel asintió, pero antes de marcharse sugirió:

—¿Qué les parece si mañana por la noche las paso a recoger a su hotel a eso de las ocho y las llevo a cenar a un sitio donde dan buena comida, bebida y música country? No se pueden ir de Nashville sin haber vivido su esencia.

—¡Excelente! Me encanta la idea —afirmó Isa y, apuntándole su teléfono en un papel, dijo—: Toma, mi teléfono por si ocurre algo. Así nos podrás avisar.

El hombre, feliz por haber conseguido su propósito, se despidió diciendo:

—Muy bien, señoritas. Las recogeré mañana y, a ser posible, cómprense unos buenos sombreros de cowboy.

—Pero ¿te has vuelto loca? —cuchicheó Alana cuando se marchó.

—¿Por qué? ¿Por dejar que me ligue y no decirle que me gusta más la mesera que él o por quedar mañana? —Alana resopló—. Joder, Alana, que este tipo vive aquí y nos puede llevar a un local de los buenos. Además, Karen y Joel no llegan hasta pasado mañana. ¿Qué más da?

Ella cerró los ojos y, cuando los abrió dispuesta a protestar, la mesera pechugona, que debía de haber oído a Isa, tras dedicarle a ésta una intensa mirada, les dejó delante una hamburguesa tremenda y se marchó.

—Madre mía...

—Eso digo yo, ¡madre mía! —repitió Alana al ver cómo la mesera le había hecho gestos a Isa.

—En Nashville me siento terriblemente sexual, divina y maravillosa. ¡Qué exitazo! —exclamó Isa riendo—. Menudo mordisco en la yugular que me acaba de acomodar la pelirroja. Comamos y huyamos de aquí, antes de que me coma entera.

Sin poder olvidarse de que su padre se encontraba en la terraza de aquel lugar, Alana miró varias veces hacia fuera, pero desde donde estaba no podía ver nada. Cuando se acabó la hamburguesa, fue al baño, mientras la pelirroja se acercaba de nuevo a Isa para tomarle pedido del postre.

Mientras tanto, Alana se acercó con disimulo a las cristaleras de la terraza y entonces lo vio. Vio a su padre por primera vez en su vida y, sin saber por qué, sonrió. Llevaba una camisa vaquera y reía con su sobrino por algo que Audrey decía. El tiempo lo había tratado bien.

De pronto, el chico de veinticuatro que había visto durante toda su vida sólo en imágenes, se materializó en un adulto canoso, de mediana edad, pero con la misma sonrisa que en las fotos. Con el corazón a cien por hora, lo observó durante un buen rato, hasta que fue consciente de lo mucho que estaba tardando y regresó a la mesa.

Al llegar Isa la miró y, mientras se tomaba un enorme helado de vainilla, comentó:

—Ya iba a enviar al ejército a buscarte. Por cierto, ayúdame a comerme esto y vámonos de aquí, que la mesera me ha apuntado su número de celular en el mantel —dijo, señalando unos números.

Alana se rio y tomó una cuchara para atacar el postre.

—Ha sido irte y la pelirroja atacar.

—Algo quiere la coneja cuando mueve las orejas —se mofó Alana.

—¿Coneja? —replicó Isa—. Ésta es más bien una loba. Y ¿qué tal? ¿Has visto a tu padre?

Sin ganas de mentir Alana asintió.

—¡¿Y?!

Alana se tragó el frío helado y, cuando iba a contestar, oyó detrás de ellas:

—Pero qué agradable coincidencia. —Era Audrey, que se acercaba a ellas con su padre y Daniel detrás—. Mira, Teddy, terco, ellas son esas periodistas tan simpáticas que vinieron ayer a casa y a las que no quisiste recibir.

El hombre clavó sus ojos oscuros en las dos jóvenes. Primero en una y luego en la otra, observándolas con curiosidad. Luego, cambiando su gesto risueño por otro más serio, dijo:

—Lo siento, señoritas, pero Vietnam es una parte de mi vida sobre la que no me gusta hablar.

Alana asintió bloqueada. Tenía ante ella a su padre, ¡su padre! Y, contemplando a aquel hombre que la miraba directamente a los ojos, intentó sonreír y con un hilo de voz consiguió decir:

—No se preocupe, señor... lo entendemos.

Él, tras asentir, tocó las ruedas de su silla y, con un movimiento seco de cabeza, se alejó. Su hermana puso los ojos en blanco y cuchicheó:

—Lo quiero porque es mi hermano y es muy bueno, pero no hay nadie más testarudo que él en el mundo. Adiós, chicas. Ha sido un placer volver a verlas.

Daniel, después de guiñarles un ojo con complicidad, se alejó detrás de su madre y su tío e Isa murmuró:

—Guauuuuu... ¡qué momentazo!

Alana miró a su amiga y asintió. Se había quedado sin palabras.

23

Al día siguiente, después de una noche en la que Alana casi no dejó dormir a Isa hablando sobre todo lo ocurrido el día anterior, se metió en la regadera. Al salir, oyó que sonaba el teléfono de Isa; ésta lo contestó y, tras hablar con alguien, miró a su amiga y dijo:

—No te lo vas a creer, pero la operación Pantera Rosa cada vez va mejor. Era tu primo Daniel. Dice que su tío ha accedido a la entrevista.

—¿Qué entrevista?

—La que le vas a hacer sobre Vietnam.

Al oírla, Alana se sentó en la cama y siseó:

—Te tendría que haber matado hace años.

Tres horas después, tras preparar una ficticia entrevista a toda velocidad en el hotel, tomaron el coche alquilado y regresaron a Nolensville. Alana estaba histérica e Isa emocionada.

Cuando llegaron a la casa, se estacionaron en un lateral de la misma y Audrey salió rápidamente a recibirlas. Como si las conociera de toda la vida, las abrazó y besó encantada y las hizo entrar en la casa.

—¡Qué bien huele!

La mujer sonrió y cuchicheó:

—Estoy horneando un pastel. Una receta de mi abuela. Está para chuparse los dedos. Y estoy preparando también Hot chicken.

—¿Qué es eso? —preguntó Isa.

Ella, mirándola con una encantadora sonrisa, respondió orgullosa:

—Es un plato típico de aquí que consiste en pollo marinado con mantequilla, luego empanado y untado con una salsa picante de pimienta roja, aunque la mía no pica en exceso. Luego se fríe en el sartén y se sirve sobre rebanadas de pan blanco con pepinillos. Está muy rico. Por cierto, se quedarán a comer, ¿verdad?

Alana rápidamente iba a decir que no, pero Isa, adelantándose, contestó:

—Será un placer probar todo lo que dice.

Alana la miró boquiabierta y acercándose a ella, Isa cuchicheó:

—Lo sé, me tendrías que haber matado.

—Mi hermano está en el jardín —dijo entonces Audrey y, señalando la puerta de la cocina, añadió—. Pueden salir por ahí. Seguramente lo encontrarán leyendo bajo el cenador.

Las jóvenes salieron y rápidamente lo vieron. A Alana el corazón le comenzó a latir con fuerza y más cuando él las miró. ¡Aquel hombre era su padre!

De pronto, el perro negro, que se había sentado junto a él, se levantó e iba a dirigirse hacia ellas, pero Teddy, con voz de mando, ordenó:

—*Al di là,* ¡no!

El animal volvió a sentarse y Alana resopló. ¿Había oído *Al di là*?

Cuando se acercaron, él cerró el libro y dijo:

—Mi hermana y mi sobrino me han convencido. Sólo espero que la entrevista no sea muy larga.

Ellas dos se miraron. Aquél iba a ser un hueso duro de roer, pero Alana afirmó:

—Tranquilo, señor. Nos daremos prisa.

Isa dejó en el suelo la bolsa que llevaba y sacó su cámara de fotos. Luego preguntó enseñándosela:

—¿Le importa si le tomo alguna foto?

Él la miró y arrugó el entrecejo, pero finalmente dijo:

—Siempre y cuando luego me mandes alguna copia.

Con una sonrisa, Isa contestó:

—No se preocupe, señor, le aseguro que le enviaré todas las que quiera.

Alana, a la que le temblaban las manos, se sentó junto a él. ¿Qué pensaría su madre si supiera que en esos momentos estaba con su padre?

Quería mirarlo abiertamente, tocarle las manos, hacerle mil preguntas personales, pero no podía. Si lo hacía, corría el riesgo de que él sospechara algo, por lo que, con profesionalidad, sacó su libreta mientras Isa comenzaba a medir la luz.

—¿Por qué tiembla, señorita? —le preguntó él, sorprendiéndola.

Alana no supo qué decir. No hacía frío, así que miró al perro y mintió:

—Me dan miedo los perros.

Eso hizo que Teddy sonriera y, tocando la cabeza del negro animal, dijo:

—Tranquila, señorita. Todo lo que *Al di là* tiene de imponente lo tiene también de noble.

Al oír de nuevo esas palabras que para su madre significaban tanto, sin poder remediarlo comentó, mientras encendía la grabadora:

—Es un nombre extraño para un perro.

—*Al di là* son unas palabras muy especiales para mí —explicó él, sonriendo—. Éste es el tercer *Al di là* que tengo. Por desgracia, ellos viven menos tiempo que nosotros y cuando vuelvo a tener un nuevo cachorrillo, se vuelve a llamar *Al di là*.

Alana asintió. Si su madre supiera que había usado esas significativas palabras para llamar a un perro, ¿qué pensaría? Pero cuando iba a empezar la entrevista, él preguntó:

—¿Cómo se llamaba usted, joven?

—Alana.

Él asintió con una sonrisa y, guiñándole un ojo, como ella solía hacer, comentó:

—Mi abuela se llamaba así. Por lo que deduzco que, con ese nombre, no puede ser mala persona, ¿verdad?

Ella sonrió y respondió:

—Si le preguntara a mi madre, le diría que soy la mejor persona del mundo. Pero claro, es mi madre; ¿qué le iba a decir ella?

Él cabeceó sonriente, mientras ella tomaba de nuevo la libreta y empezaba a pasar hojas hasta dar con lo que buscaba, la hoja donde había apuntado aquella mañana las improvisadas preguntas. Después, encendió la grabadora.

Por cómo su padre arrugaba el entrecejo, algunas sobre Vietnam no le estaban siendo fáciles, pero las respondió. Le habló de sus días allí. De lugares como Saigón, Phu Vinh, Phan Thiet, donde murieron amigos muy queridos sin que él ni nadie pudiera hacer nada por ellos.

Alana lo escuchó en silencio, mientras miraba la medalla que él enseñaba. Era el Corazón Púrpura, una condecoración que le entregaron tras resultar herido en combate.

Le contó infinidad de cosas y muchos de los nombres que mencionaba, como Larruga, Thompson, Panamá, ella los había leído en el diario de su madre. El final de muchos de ellos había sido muy triste y la apenó imaginar la impotencia, la rabia, la soledad y el dolor que todos tuvieron que sentir en aquellos duros momentos.

La imagen de Joel en Irak pasó por su mente, pero rápidamente la apartó. No quería pensar que él estaba viviendo lo mismo. No podía pensarlo o se hundiría.

Teddy le contó que tras las misiones de búsqueda y destrucción, que solían durar de treinta a cuarenta días durante las veinticuatro horas del día, los mandos los trasladaban y les daban dos días de descanso. Les quitaban las armas y las granadas y les proporcionaban alcohol y comida hasta hartarse, para después, tras esos dos días de desfase total para evitar que pensaran, les devolvían las armas y los metían en los helicópteros que los llevaban de nuevo directos al horror.

Le habló de emboscadas, de bombas trampa, de cómo las balas y el fuego de mortero llegaban por todas partes, mientras los charlies, como llamaban al Vietcong, parecían revivir de las cenizas con sus piyamas negros. Relató cómo muchachos de dieciocho y diecinueve años lloraban sin saber dónde se habían metido, mientras luchaban como verdaderos soldados. La voz se le rompió al recordar de qué forma a uno de esos chicos, al levantar un saco de arroz, le había estallado una bomba trampa, acribillando su cuerpo con metralla.

—Todo lo que le cuento lo vi, lo viví y, por desgracia, esa experiencia me acompañará el resto de mi vida —finalizó.

Isa, con el corazón encogido por lo que había oído, guardó la cámara de fotos y dijo:

—Mientras terminan la entrevista, voy adentro con Audrey por si necesita ayuda.

Alana, al ver que se marchaba y la dejaba sola, intentó aparentar tranquilidad y siguió con la entrevista con profesionalidad, mientras toda ella temblaba por dentro. Pero su alma de periodista afloró y, sin mirar la libreta, preguntó:

—¿En qué cambió Vietnam su vida?

Al oír eso, él cerró los ojos y, cuando los abrió, susurró:

—Vietnam me lo quitó todo.

—¿Por qué dice eso?

—Vietnam me dejó aquí —dijo, dando un golpe seco a la rueda de su silla—. Se llevó mi seguridad, mi sueño, mi paz. Me privó de mi familia, de mi dignidad, de mi futuro; en definitiva, aun regresando vivo, me quitó la vida.

Intentando no pensar como hija, sino como una periodista, Alana indicó:

—Su vida sigue siendo suya, señor. Su familia lo quiere. Yo lo veo respirar, lo oigo hablar, lo veo...

—Mi paso por Vietnam lo cambió todo —la cortó él con dureza. Y, tras un tenso silencio, suspiró y prosiguió—: Y sí. Tengo suerte de que mi hermana y su marido me acogieran en su casa y, tras soportar mi mal humor durante años no me sacaran de sus vidas. Otros no tuvieron la misma suerte que yo y, después de luchar por su país y dejar allí media vida, se han visto desahuciados, en la calle y muriendo en la indigencia.

Alana suspiró. Había leído noticias sobre aquello.

—Vietnam reforzó mi idea de que es el presente lo que hay que vivir con intensidad, porque el futuro es incierto y siempre está por llegar. Puedes tener muy claro lo que quieres, lo que deseas, lo que vas a conseguir si luchas por ello, pero todo eso puede cambiar de la noche a la mañana y lo que creías que llegaría y sería posible puede desaparecer. Por ello, Alana, te animo a que vivas el presente y lo disfrutes. —Y, clavando la mirada en ella, prosiguió—: Yo era un joven de veintiocho años, con planes, como todos a esa edad, y cuando un día desperté tras saltar por los aires por culpa de una mina, el futuro ya no existía para mí.

Oír eso la angustió. Su padre hablaba del presente como lo hacía su madre y el propio Joel. Estaba claro que los tres sabían de lo que hablaban.

Quiso preguntarle por qué ese futuro dejó de existir para él. Su madre siempre lo había esperado, pero en cambio preguntó:

—¿Y cuál era ese futuro soñado, señor?

Teddy se rascó la cabeza y lo pensó, pero desviando la respuesta, dijo:

—Gracias a mi cuñado, que en paz descanse, mi hermana Audrey y mi sobrino, se puede decir que he conseguido salir adelante, a pesar de sentirme muerto en vida.

La crudeza de sus declaraciones le puso la carne de gallina.

—¿Nunca se ha planteado casarse y formar una familia?

—No. Mi familia es lo que ves. No hay más.

Oír eso le estaba atenazando el corazón, pero ahondar más en sus sentimientos podría ser cruel. Alana tenía mil preguntas que hacerle. Le quiso preguntar por su madre, por ella misma, por el motivo de su silencio aun tras haber regresado vivo de Vietnam, pero al ver dolor en su mirada supo que debía parar. Había encontrado a su padre y estaba vivo. Apagó la grabadora y dijo sin tocarlo:

—Muchas gracias por esta entrevista, señor.

En ese momento Daniel salió de la casa y, acercándose a ellos, preguntó, acariciando la cabeza de *Al di là:*

—¿Todo bien por aquí?

Teddy asintió, miró a Alana y, dando la vuelta a la silla de ruedas, le dijo al perro:

—Vamos, *Al di là*. Vamos a pasear.

—Tío, pronto estará la comida —le recordó Daniel.

Él no lo miró; levantó una mano y se alejó. Daniel se sentó junto a Alana y volviéndose hacia ella mientras sonreía, preguntó:

—¿Qué tal tu entrevista?

Ella, aún conmovida por lo que había escuchado, se guardó la grabadora y la libreta en la bolsa y respondió:

—Bien. Tu tío me lo ha puesto fácil.

Él sonrió con cariño.

—Es un fenómeno. A veces algo gruñón, pero es una buena persona.

—¿Siempre ha vivido con ustedes?

—Sí. Cuando regresó de Vietnam, mis padres se preocuparon de traerlo a casa. Él solo no podía valerse por sí mismo y, aunque al principio no fue fácil, pues regresó siendo un ser desconfiado y enfadado con el mundo, con el tiempo todo se suavizó. Mi padre era un hombre muy paciente y un gran conversador y terminaron llevándose muy bien. Y cuando papá le ofreció trabajo —se emocionó al decir eso—, recuerdo cómo el tío lloró. Fue un día de Acción de Gracias, todos estábamos sentados a la mesa, y le prometió que no lo iba a defraudar.

—¿Por qué lloró? —preguntó Alana conmovida.

—Cuando se recuperó, a pesar de estar en silla de ruedas, intentó buscar trabajo. Pero nadie lo quería contratar. Así estuvo cerca de tres años. Por eso lloró el día que mi padre le ofreció llevar las cuentas de la granja.

—¿Y tu padre?

—Murió hace diez años.

—Lo siento, Daniel.

—Cuando papá murió, te aseguro que si no hubiera sido por mi tío, mi madre habría perdido la cabeza. Pero él se ocupó de ella todos los días. La animaba, la animaba a salir e incluso comenzó a cocinar para hacerle ver que o se reponía o él quemaba la casa. —Ambos sonrieron y Daniel añadió—: Luego yo me dediqué a la granja y él continuó con las cuentas, hasta el día de hoy.

—¿Y nunca se ha casado ni ha tenido novias?

—No. Nunca. Y te aseguro que más de una vecina le hacía ojitos, pero mi tío ni las miraba. Según ha contado él, en el pasado tuvo un amor tan grande que ninguna mujer lo ha podido superar.

Oír eso a Alana la emocionó.

—Y si ese amor de tu tío fue tan especial, ¿por qué no está con él?

Daniel suspiró.

—No lo sé —contestó, encogiéndose de hombros—. Nunca ha querido hablar de ello.

—¡Chicos! —llamó Isa—. Audrey dice que a comer.

Ellos se levantaron y Alana, mirando en la dirección por donde había desaparecido su padre, preguntó:

—¿Tu tío no viene?

—No te preocupes. Ya regresará cuando tenga hambre.

La comida fue divertida y amena. Alana observaba a su tía y a su primo y la sorprendió sentirse tan bien entre ellos. Para nada era lo que siempre había imaginado. Aquella familia eran tan normal como la suya y, lo mejor, su padre vivía con ellos.

No apareció en toda la comida, algo que no extrañó a Audrey ni a Daniel. Cuando llegó el momento de marcharse, éste dijo, acompañándolas hacia el coche:

—Recuerden que pasaré a recogerlas sobre las ocho a su hotel, ¿de acuerdo?

Ellas asintieron y entraron en el coche. Al ponerse en marcha, Alana miró hacia atrás para ver si podía ver a su padre por última vez, pero no fue así y eso la entristeció.

Cuando llegaron al hotel, sacó de su bolsa la grabadora y la miró. Allí tenía la voz de su padre contando cosas terribles, pero no había dicho nada sobre ella ni su madre. No había podido sacarle ni una sola palabra en referencia a esa parte de sus sentimientos.

Isa, al verla, le quitó la grabadora de las manos y dijo:

—Vamos, ponte un vestidito mono y bajemos al vestíbulo del hotel. He visto que allí venden unos sombreros muy chulos de vaquero.

Sin querer pensar más, Alana hizo lo que su amiga le decía y luego bajó con ella a buscar un sombrero. A las ocho en punto, Daniel pasó a buscarlas y, tal como había dicho, las llevó a cenar a un local con música en directo. Era un sitio curioso y acogedor, parecido al cobertizo de una granja. Durante la cena, Daniel miró con ojitos a Isa y, cuando se fue un momento para saludar a unos amigos, Alana cuchicheó divertida:

—Pobrecillo, ¿has visto cómo te mira?

Isa asintió y, calándose el gorro vaquero, dijo mientras se levantaba:

—Sí. Y ahora mismo voy a hablar con él, antes de que el río se desborde.

Sin que le diera tiempo a detenerla, Alana la vio dirigirse hacia donde estaba Daniel, lo apartó un poco de sus amigos y, acercándose a su oído, le dijo algo.

Instantes después, la cara de él era todo un poema, pero tras reponerse de lo que había oído, agarró a Isa del brazo y dijo:

—Pero eso no te impedirá bailar conmigo, ¿verdad?

Encantada por lo bien que se había tomado la noticia de su homosexualidad, Isa lo besó en la mejilla y afirmó:

—Claro que no, guaperas. Prepárate.

Pero bailar, lo que se dice bailar, bailaron poco.

No se sabían los pasos de los bailes que allí se estilaban y vieron cómo los asistentes ejecutaban con facilidad todos aquellos bailes vaqueros, mientras ellas aplaudían y gritaban encantadas.

La noche se alargó más de la cuenta y Daniel también bebió más de la cuenta. No se caía por las esquinas, pero estaba claro que no podía manejar así, de modo que Alana le quitó las llaves de su coche y se lo llevó hasta la puerta del hotel.

Una vez allí, las amigas, que también estaban algo alegres, se miraron e Isa preguntó, al ver que eran las seis de la mañana:

—¿Qué hacemos? ¿Lo subimos a la habitación?

Pero Alana negó con la cabeza.

—No podemos. Joel y Karen van a llegar hoy y si lo ven con nosotras pensarán cosas raras.

—Es verdad. —Y, sonriendo, añadió—: Bueno, más bien las pensará Joel. Karen sabe que a mí los hombres na de naaaaaaaaaaaa.

—Tranquilas, chicas, ¡estoy bien! —dijo Daniel, mirándolas y sonriendo alelado.

Durante un rato, pensaron qué hacer. Lo que no admitía discusión era que él no podía regresar manejando. Finalmente, Alana tomó el celular, buscó el teléfono de su casa y, al ver un número en el que decía «tío Teddy», llamó.

Tras dos timbrazos, rápidamente oyó su voz ronca.

—Señor, soy Alana. La periodista que estuvo con usted ayer.

—¿Qué ocurre, Alana? —preguntó él sorprendido.

—Sé que no son horas de llamar, pero Daniel no está en condiciones de manejar hasta Nolensville y me preguntaba si podría mandar a alguien a recogerlo.

—¿Qué le pasa?

A Alana se le escapó una carcajada y respondió:

—Creo que ha bebido más de la cuenta.

—¿Sólo él?

—Está bien, lo confieso. Todos hemos bebido más de la cuenta. Y aunque él dice que está bien para llevar el coche, yo no lo creo y...

Teddy, que estaba desayunando en la cocina de la casa, miró a su hermana, que en ese instante aparecía recogiéndose el pelo, y dijo:

—Dime dónde están. Iremos a recogerlo.

Tras darle la dirección del hotel, Alana colgó y, mirando a Isa, cuchicheó:

—Ahora vienen a recogerlo.

Se sentaron en un banco que había en el vestíbulo del hotel, cuando de pronto la puerta se abrió y entraron Joel y Karen, vestidos aún los dos de militares.

Alana, al verlo allí, se levantó y se tiró a sus brazos para empezar a besarlo. Isa por suerte no lo hizo y Karen se lo agradeció. No podía permitirse algo así yendo de uniforme.

Tras explicarles que habían salido de juerga con Daniel y después de que Alana le cuchicheara a Joel al oído que había visto a su padre y que aquel hombre era su primo, él la miró sorprendido.

¿Alana había visto a su padre?

Escuchó con gran interés todo lo que ella le contaba. Sin duda su chica había decidido saber más del tema y al parecer lo había conseguido. Estaban enfrascados en la conversación cuando una camioneta paró junto al coche de Daniel y, segundos después, se bajó Audrey. Ellos salieron a su encuentro en la calle y, al ver a su hijo, le soltó:

—Daniel Anthony Moore Díaz, ¡estoy muy enfadada contigo!

—Hombre, mamáaaaa...

Todos miraron a la mujer que los observaba con los brazos en jarras, pero Alana sólo tenía ojos para su padre, sentado en la camioneta. Estaba muy serio. Abrió la puerta, bajó una trampilla metálica y salió con su silla de ruedas.

—¿Les parece bonito beber sin control? —les espetó, plantándose ante ellos.

Joel, al ver que lo miraba a él, iba a contestar cuando Alana aclaró:

—Señor, ni él ni Karen han bebido. Ellos acaban de llegar, pero...

—Daniel —dijo su padre, sin dejarla terminar—. ¡Sube ahora mismo a la camioneta y vámonos!

—Tranquilo, tío, estoy bien —contestó él—. Sólo han sido un par de cervezas de más.

—Sólo un par dice... —se mofó Isa.

Alana sonrió divertida y se acercó a Daniel para ayudarlo pero, de pronto, un ciclista que iba por la acera la arrolló. Ella cayó al suelo y el ciclista en la calzada y un vehículo lo golpeó.

Todos gritaron y Joel, asustado, fue rápidamente a ayudarla, mientras Daniel y Karen se acercaban al ciclista, que por sus gritos parecía haberse roto algo.

—Tranquilos... tranquilos... yo estoy bien —murmuró Alana.

Audrey, angustiada, le dijo a su hermano:

—Teddy, llama a urgencias.

En ese instante, a Daniel se le pasó la borrachera de golpe, y ver al ciclista y a Alana lo hizo sentirse culpable de haber bebido de más. Se acercó a ella y se agachó, pero cuando iba a tocarla Joel se lo impidió diciendo:

—Es mi novia. Yo la cuidaré.

Daniel se levantó sorprendido e Isa, al ver el agobio que tenían, dijo:

—Si quieren, pueden irse. Nosotros esperaremos a los de urgencias.

—Nos iremos cuando veamos que todos están bien —replicó Teddy.

En pocos minutos llegaron dos ambulancias y la policía. Se formó un corrillo en la calle y, como pudieron, explicaron lo ocurrido. Una de las ambulancias se llevó rápidamente al ciclista y Alana subió a la parte trasera de la otra, donde se ocuparon de su mano. Concretamente de uno de los dedos. Por suerte, no se lo había roto, aunque le dijeron que lo mejor sería acercarse al hospital para que le hicieran una radiografía.

—¿Sólo eres alérgica a la penicilina? —le preguntó uno de los enfermeros.

Ella no recordaba haber dado ese dato y no llevaba puesto el colgante donde lo decía.

—Sí. Sólo a eso. Pero ¿cómo sabes que soy alérgica? —preguntó curiosa.

Él, mientras terminaba de vendarle la mano, respondió:

—Nada más llegar, el hombre de la silla de ruedas me ha dicho que si íbamos a medicarte tuviéramos en cuenta tu alergia a la penicilina.

Alana se quedó sin habla.

¿Tan observador era su padre que se había fijado en su chapita?

Pero rápidamente recordó que cuando se encontraron en el Birdy, rompió la cadena y que al día siguiente, durante la entrevista, no la llevaba.

Sorprendida, lo miró a través de la rendija de la puerta de la ambulancia.

¿Cómo podía saber que era alérgica?

Y, de pronto, a Alana se le erizó el vello del cuerpo e intuyó la verdad. Aquel hombre sabía quién era ella, como ella sabía quién era él.

El pulso se le aceleró. ¿Cómo podía ser?

De pronto le entró un calor terrible y, ansiosa por bajarse de la ambulancia, miró al enfermero y preguntó:

—¿Falta mucho?

Él le puso un trozo de esparadrapo para sujetar el vendaje y, con una sonrisa, respondió:

—Listo.

Alana bajó de un salto. Joel fue hacia ella, pero ella pasó por su lado como si no lo viera, caminó directa hacia el hombre que la miraba desde su silla de ruedas y, parándose ante él, preguntó:

—¿Cómo lo sabía? —Él, suponiendo lo que le preguntaba, no contestó, pero ella insistió con gesto de enfado—: ¿No tiene nada que decirme, señor?

Joel la tomó de la mano y murmuró:

—Nena... deberías descansar.

Alana asintió, pero sin moverse, se quedó esperando una respuesta, hasta que su padre finalmente dijo:

—No, no tengo nada que decirle, señorita.

Alterada, Alana quiso tirarse a su yugular y arrancársela.

¿Cómo podía saber quién era ella y no mostrarse al menos alegre? ¿Tan frío era?

Daniel y su madre se miraban sin entender nada. ¿Qué ocurría allí?

Pero Isa, que conocía muy bien el lenguaje corporal de su amiga, al intuir que la iba a armar gorda, murmuró, yendo hacia ella:

—Joderrrrr.

—¿Qué pasa? —preguntó Karen.

Isa se acercó a Alana y la tomó del codo. Si no se la llevaba de allí, armaría un espectáculo. Así que, mientras lo hacía, miró a Audrey y a Daniel despidiéndose de ellos y entró con su amiga en el hotel, seguida por Karen y Joel.

—Tranquila, Alana, que te conozco y sé que te está dando un ataque —murmuró Isa.

—Qué cabrón... ¡qué cabrón! —repetía ella una y otra vez.

—Pero ¿qué te ha pasado? —preguntó Isa con un hilo de voz. Alana rápidamente le cuchicheó lo que había descubierto e Isa, boquiabierta, exclamó—: ¡Qué cabrón!

Cuando ellos desaparecieron en el interior del hotel, Audrey, su hijo y su hermano subieron a la camioneta y regresaron a Nolensville, sin saber que el corazón del excabo Teddy se acababa de resquebrajar.

Mientras, en el elevador del hotel, con los ojos anegados en lágrimas, Alana murmuraba:

—Todo este tiempo ha sabido quién soy yo y no ha sido capaz de...

—Tranquila, Alana. Él se lo pierde.

—Pero ¿qué clase de hombre es? ¿Acaso no tiene sentimientos? ¿Acaso no puede pensar que he venido aquí para saber?

Karen, que no se enteraba de lo que ocurría, preguntó e Isa le dijo que luego le explicaría. Joel, que hasta el momento había permanecido en un segundo plano, tomó entre las manos el rostro de Alana y dijo:

—Respira. Nena, me prometiste que esto no te iba a afectar y no está siendo así.

Ella asintió, tenía razón. Y, una vez llegaron a su respectiva planta y cada cual se marchó a su habitación, al quedarse solos, Joel la abrazó con fuerza.

—Vamos, amor, relájate.

—No puedo, Joel.

—Sí puedes —afirmó él con cariño.

—Ese... ese hombre, al que nunca más volveré a referirme como mi padre, les ha advertido a los de la ambulancia que yo soy alérgica a la penicilina. ¿Cómo podía saber eso si esa alergia me la diagnosticaron de niña y él desapareció cuando yo era un bebé? —Joel no supo qué responder y ella prosiguió—: Esta mañana lo he entrevistado. He pasado horas con él y no ha sido capaz de decirme que sabía quién soy. Él lo sabía y no me ha dicho nada. ¿Por qué?

—Tranquila, cariño. Quizá él también se haya sorprendido al verte...

—Desgraciadamente, no hice caso a mi cabeza y me dejé guiar por el corazón. Y no sólo he conocido personalmente a ese hombre, sino que también he conocido su frialdad. ¿Cómo le voy a contar esto a mi madre? ¿Cómo?

Joel se sentó en la cama y la sentó a ella sobre sus piernas.

—Estás dolida, decepcionada, cansada y enfadada. Acabas de saber algo que no esperabas, pero creo que no debes prejuzgarlo sin hablar antes con él.

—Pero si ya he estado hablando con él un buen rato. ¿Cómo no lo voy a prejuzgar?

—Quizá él también esperaba que tú fueras sincera. ¿Acaso no lo has pensado? Tú has jugado al mismo juego que él. ¿No tendrás tu parte de culpa?

Furiosa, se levantó del regazo de Joel y se alejó de él. Tras retirarse el pelo de la cara, siseó:

—Maldita sea, ¿por qué me tuviste que dar sus datos? ¿Por qué?

Él la miró incrédulo.

—Porque me los pediste, ¿acaso lo has olvidado? —Alana no contestó y él añadió—: Que yo recuerde, fuiste tú quien quiso ver el mensaje sobre si estaba vivo o muerto y posteriormente...

—Posteriormente te pusiste a investigar más. ¿Quién te lo pidió? ¿Quién?

Confuso por ese recibimiento, que no era el que había esperado tras regresar de Irak, replicó:

—Nadie me lo pidió, lo hice por mi cuenta.

—¿Lo ves? Tú también tienes parte de culpa. Yo, por no haber hecho caso a mi razón y haberme dejado llevar por los sentimientos, y tú por entrometido. Si no hubieras tenido esos datos, yo no estaría aquí y... y... ¡Joder!

Joel se levantó y se acercó a ella, pero Alana se retiró. Ese brusco movimiento a él le dolió. Llevaba meses deseando abrazarla, estar con ella y, de pronto, un malentendido lo estaba estropeando todo.

—De acuerdo, Alana —dijo con voz tensa—. Asumo mi parte de culpa. Nunca debí entregarte los documentos con los datos de... de tu padre. Y ahora, una vez he asumido mi error como otras veces ante ti, ¿qué quieres que haga? ¿Desaparezco de aquí o me quedo?

Oírle decir eso la hizo volver a la realidad. Joel pocas veces se enfadaba y mucho menos le hablaba así.

Pero ¿cómo podía ser tan desagradecida con él?

Y, dándose la vuelta, corrió a sus brazos, lo abrazó y murmuró:

—Lo siento... lo siento... lo siento... Soy lo peor, cariño. Soy una imbécil que está pagando contigo algo que no debería. Lo siento... lo siento...

Consciente de la tensión que ella sentía, la abrazó, le besó el pelo con mimo y, al sentir que el huracán Alana se comenzaba a calmar, dijo:

—No pasa nada, cariño... tranquilízate.

Alana levantó la cara para besarlo.

—No sabes cuánto me alegra que estés aquí —murmuró luego—. Te he echado tantísimo de menos...

Joel por fin sonrió y, rozando sus labios con los suyos, respondió:

—Seguro que no tanto como yo a ti.

Sin querer pensar en nada más, Alana lo empezó a besar con ansiedad, con urgencia y pasión. Necesitaba olvidarse de lo ocurrido. Necesitaba olvidarse de su padre.

Su cuerpo se despertaba y ansiaba ser poseído por Joel.

Joel la calmaba, la serenaba, la hacía olvidar todo lo malo. En silencio se desnudaron. Pantalones por aquí, camisetas por allá, y cuando se arrancaron la ropa interior y desnudos cayeron sobre la cama, Joel murmuró:

—Añoraba ver tu mirada cuando te toco o te hago el amor, cuando te hago mía... —susurró Joel—. Te añoraba tanto que ahora que estoy contigo tengo miedo de despertarme y que no sea verdad.

Esas palabras, dichas por él a escasos centímetros de su boca, a Alana le parecieron las más eróticas y románticas que nadie le había dicho nunca y, excitada, se entregó a él en cuerpo y alma, dispuesta a disfrutar del deleite del amor y del placer que Joel le iba a proporcionar.

Un tsunami de locura, pasión y sentimientos la hizo arquearse entre sus brazos, y entonces él musitó:

—Sí... hazme saber cuánto me deseas.

—A la mierda los preliminares... —murmuró lentamente extasiada y él sonrió.

Alana jadeaba. Joel jadeaba. Ambos disfrutaban, y él, enloquecido por la situación, bajó por su cuerpo hasta llegar con la boca al húmedo centro de su deseo. Sacó los dedos con los que la masturbaba, acercó los labios y la besó.

Incapaz de negarse a aquellos tórridos besos y caricias, Alana se agarró a las sábanas de la cama con fuerza, y mientras se arqueaba por puro placer, Joel, con su húmeda boca y su juguetona lengua, le chupaba el clítoris una y otra vez.

El fuego la consumía. El calor la derretía, y en esos momentos el militar, con una posesión embriagadora, jugaba con ella y succionaba hambriento el jugo de su pasión.

Ambos perdieron la noción del tiempo y cuando éste se levantó de la cama, ella clavó la mirada en su miembro, que se alzaba con un orgulloso descaro hacia ella.

—Prometo que en los siguientes preliminares haré todo lo que deseas, pero ahora hazme tuya. Te necesito dentro de mí con urgencia —susurró.

Joel sonrió y la levantó de la cama. La sentó sobre una mesa mientras trataba de ponerse un preservativo, pero Alana lo paró, negó con la cabeza y susurró:

—No.

Joel tiró el preservativo y con la respiración acelerada por lo que le hacía sentir, guio su miembro y de una sola estocada la empaló. Ambos gritaron, jadearon, se arañaron mientras él la miraba con admiración, sentimientos y ferocidad.

Alana era perfecta. Perfecta para él.

—Cuidado con tu mano —susurró al ver que aquélla la apoyaba.

—Olvídate de ella y no pares.

Eso lo hizo sonreír, y gustoso de estar dentro de ella, acercó la boca para fundirse en un beso abrasador, mientras se movía y se encajaba una y otra vez en el interior de la mujer a la que amaba.

Hambrientos se mordieron los labios, se besaron y se abrazaron mientras sus cuerpos se acoplaban a un ritmo infernal de placer, sus jadeos se unificaban y se hacían el amor sin controlar sus cuerpos, ni frenar deseos.

Ambos perdieron la noción del tiempo y durante horas, los jadeos llenaron la habitación.

Después, mientras estaban tumbados en la cama, Alana lo miró con ternura. Nadie la había hecho nunca tan feliz. Pero de repente se acordó de lo ocurrido con su padre y suspiró.

El sentimiento de frustración aún habitaba en ella, pero no con la misma furia de esa mañana. Joel tenía razón, ella había jugado al mismo juego. Se había presentado ante su padre sin decirle la verdad. Pero ¿eso le daba derecho a él a hacer lo mismo?

24

Cuando Alana se despertó, se levantó con cuidado de la cama para no despertar a Joel, que estaba durmiendo. Después tomó la grabadora, se encerró en el baño, se sentó en el suelo y escuchó el testimonio grabado.

Cuando acabó, con lágrimas en los ojos, se quitó la venda de la mano y se metió en la regadera. Al salir del cuarto de baño, se encontró a Joel despierto, sentado en la cama.

—Hola, Speedy.

Ella se le acercó con una sonrisa y, sentándose a su lado, lo besó.

—Hola, Capitán América.

—Vaya... veo que tu humor no es de los peores.

Alana suspiró y, levantándose de la cama, caminó hacia la ventana, pero antes de llegar se dio la vuelta y, enseñándole la grabadora, dijo:

—Quiero que escuches esto.

Durante un buen rato, ambos escucharon en silencio el desgarrador relato de lo que había sido la guerra para un veterano de Vietnam.

Cuando Alana lo apagó, Joel movió la cabeza con gesto serio.

—Es terrible.

—¿Tú en Irak o a donde sea que te envíen, la pasas igual?

Joel la miró. Decirle que no sería mentirle, pero decirle que sí también. Y, midiendo sus palabras, tomándole las manos para vendárselas, respondió:

—Alana, son situaciones diferentes. Ambas tienen sus peligros pero éstos son distintos. Ni de lejos he vivido algo como lo que tu padre relata en su testimonio.

Ella lo miró con intensidad.

—Creo que deberías ir a su casa y hablar con él —sugirió Joel.

—No.

—Deberías intentarlo. Esta vez como su hija, no como una periodista.

—Él ya sabía que era su hija y no dijo nada.

—Y tú sabías que era tu padre y tampoco dijiste nada. ¿Dónde está la diferencia?

Alana resopló y Joel, consciente de la importancia de aquello, insistió:

—Creo que hablar como padre e hija lo cambiaría todo.

Ella negó con la cabeza. Aquello era una locura. ¿Cómo iba a ir allí para hablar con él?

Pero finalmente, tomó aire y dijo:

—De acuerdo. Vístete y vamos. Pero si no quiere hablar conmigo, daremos la vuelta y nos olvidaremos del asunto.

Joel asintió y, contento por su decisión, contestó, mientras acababa de vendarle la mano:

—Estoy de acuerdo.

Tras avisar a Karen y a Isa y decirles que regresarían dentro de unas horas, salieron de la habitación en dirección al elevador.

Cuando salieron del mismo, al fondo del vestíbulo vieron a su padre, esperándola en su silla de ruedas.

—Veo que él también quiere hablar contigo —dijo Joel; le dio un beso en la cabeza y la animó—. Vamos, ve y habla con él.

—Ven conmigo.

—Escucha, cielo, estoy a tu lado para todo lo que necesites, pero esto es algo que tienes que hacer tú sola. Debes hacerlo por ti y por tu madre.

Alana cerró los ojos y finalmente asintió con la cabeza.

Él la besó de nuevo para despedirse y, tras intercambiar una más que significativa mirada con el hombre que los observaba, dijo:

—Estaré esperándote en la habitación. Tómate tu tiempo.

Cuando las puertas del elevador se cerraron y Joel desapareció, Alana tomó aire y se acercó hasta aquel hombre que no le había quitado ojo.

—¿Te apetece tomar algo conmigo? —preguntó, señalando la cafetería del hotel.

Teddy al verla en buena predisposición para hablar, a pesar de su aparente frialdad, asintió.

—Nada me apetecería más.

Pidieron él un café y ella una Coca-Cola y, al recordar que llevaba su grabadora en el bolsillo, Alana accionó el botón de grabación.

—¿Qué tal tu mano? —preguntó su padre.

Ella, enseñándole el vendaje, respondió:

—Bien. No fue nada.

El silencio se instaló de nuevo entre los dos, hasta que él dijo:

—Cuando te vi el otro día en el Birdy no lo podía creer. Muchas veces había imaginado ese momento, pero nunca lo imaginé así. —Ella no habló, no podía, y él preguntó—: ¿Cómo está tu madre?

Que le preguntara abiertamente por ella a Alana la hizo volver en sí.

—Bien. Está bien.

—¿Sabe que estás aquí?

Ella negó con la cabeza.

—No. Cree que estoy en Nueva York, preparando un artículo sobre la Quinta Avenida.

Teddy asintió.

—¿Por qué estás aquí?

—¿Le molesta? —Teddy, al ver la frialdad con que se dirigía a él, negó con la cabeza y ella prosiguió—: Mamá siempre quiso saber qué había sido de usted.

Aquel «usted» marcando la distancia le dolió, pero continuó sin demostrarlo.

—¿Y tú no?

Alana negó y respondió con dureza:

—No, yo no. Si estoy aquí es por mi madre, con la esperanza de obtener alguna respuesta a sus preguntas, nada más. Ella intentó localizarlo de mil maneras y durante años, pero la respuesta por parte del ejército siempre fue la misma. Al no estar casada con usted ni yo llevar sus apellidos, le cerraron todas las puertas. ¿Y sabe qué? Si le soy sincera, ella no lo ha necesitado para nada, porque ha sabido manejarse muy bien sola para sacarme adelante. Pero es tan obstinada que...

—Lo sé. Sé lo obstinada que es —dijo él sonriendo.

Alana no sonrió y, con semblante crispado, espetó:

—Yo nunca he querido que una vieja herida se le reabra y usted es su vieja herida. Es la herida incurable que no le ha permitido rehacer su vida.

—Ustedes siempre lo han sido todo para mí.

—Pero ¿qué tontería es ésa? Mire, señor, no se lo tome a mal, pero no le creo y...

—Alana —la cortó él—. Si no me quieres llamar «papá» porque no me lo merezco, no lo hagas, pero, por favor... por favor, no me llames «señor» y tutéame. ¿Podría ser?

Alana lo miró. Para ella tampoco estaba siendo fácil mantener aquella distancia e, intentando relajarse, contestó:

—De acuerdo. Pero ahora que estamos aquí, quiero respuestas. —Y tras un tenso silencio, preguntó—: ¿Cómo es que sabías lo de mi alergia a la penicilina? Que yo sepa, eso me lo encontraron los médicos cuando...

Sin dejarla terminar, Teddy tomó una bolsa que colgaba de su silla de ruedas y sacó una carpeta.

—Dos veces al año desde que tú tenías seis, recibo noticias de ustedes desde España.

—¡¿Cómo?!

—Cuando conseguí salir del pozo donde estaba y tomé conciencia de que ustedes eran algo real, hablé con un amigo veterano. Su hermano tiene una agencia de detectives en España y todos los años, en diciembre y julio, recibo fotos e informes de cómo están.

Ella lo miró boquiabierta y, tomando la carpeta que él le tendía, la abrió y se llevó la mano a la boca. Allí había un montón de fotos de ella y de su madre en diferentes momentos y fases de sus vidas.

Con el corazón latiéndole a mil, llegó a las últimas páginas, donde había unas imágenes actuales de ella con Isa, saliendo de *Exception* en Madrid.

—¿Por qué? —murmuró, cerrando la carpeta.

—Te lo expliqué ayer en la entrevista. Vietnam me quitó mi futuro.

Sin entender su respuesta, le espetó indignada:

—¿Crees que mi madre habría sido tan insensible de abandonarte por el simple hecho de que estés en una silla de ruedas? Porque si crees eso es que nunca la llegaste a conocer. —Y devolviéndole la carpeta, añadió—: Ella es la persona más buena, paciente y tolerante que hay en el mundo, cosa que, por lo poco que te conozco, no puedo decir de ti.

Sin dejar de mirarla, él asintió y dijo:

—Cuando mi hermana y mi cuñado me llevaron a su casa de Nolensville, tras cinco meses en el hospital, yo no era la mejor compañía. Durante años, mi humor fue muy negro, terrible, y me comportaba como un monstruo. Estaba enfadado con el mundo por la pérdida de mi movilidad, por mi desgracia, y sólo resultaba una carga para quien me quisiera tener a su lado. Una horrible carga que soportar y a quien ayudar todos los días...

—Pero mi madre ha sufrido por ti, maldita sea —lo cortó ella furiosa—. Durante años la he visto emocionarse cuando pensaba en ti. En casa aún tiene tus fotos, tus cartas, incluso tus discos. Ha mirado tus fotos mil veces, ha leído tus cartas hasta sabérselas de memoria y escuchado sus discos millones de veces. Y aunque a mí nunca me ha dicho nada, sé que cada canción que escucha le rompe el corazón. ¿Acaso nunca has pensado en eso? ¿De verdad que nunca has pensado en su sufrimiento?

—Sí...

—Pues si lo has pensado, ¿por qué no intentaste que dejara de sufrir?

—No podía, Alana... no podía —respondió desesperado.

Ella se mordió la lengua. Palabras hirientes y crueles se agolpaban en su mente y en su boca. Quiso insultarlo por el dolor que le había causado a su madre, pero finalmente dijo:

—En el barrio donde crecí, y en el pueblo de mi abuela, tuve que cargar, además de con las sonrisitas y las miradas curiosas, con el sambenito de la que no tenía padre. En mi adolescencia me rebelé contra todo, pero aun así me contuve por mi madre. Estaba harta de los cuchicheos y de tener que hacerme la tonta. Pero cuando crecí, eso se acabó. Me forjé un carácter que mucha gente no entendió e incluso consideró insolente. Pero ésa fue mi manera de dejarle claro a todo el mundo que se habían acabado los comentarios malintencionados, porque ya no los iba a soportar. Ya era adulta y podía responder con la misma malicia.

—Lo siento... —murmuró él.

—De pequeña, en el colegio —prosiguió ella como si no lo hubiera oído—, mis amigas preparaban el regalo del Día del Padre y yo lo odiaba. Todas hacían algo para alguien que yo no tenía y entonces inventé que ese día era el Día de la Supermadre. Porque eso es lo que he tenido y tengo, una supermadre. Una mujer que ha luchado por y para mí todos los días desde que nací. Y a ella es a la única persona a la que le tengo que agradecer ser quien soy. —Su padre la miró angustiado y Alana preguntó—: ¿Nunca has pensado lo que mi madre tuvo que pasar siendo madre soltera en aquellos tiempos?

El gesto de Teddy se descomponía por momentos.

—Gracias a Dios, tengo una familia de diez y un abuelo de veinte, que

nos aceptó a las dos sin importarle las mofas ni los comentarios malintencionados de nadie. Pero quiero que sepas que a mi madre le dolió ver el sufrimiento de su padre. Mi abuelo se sintió engañado por ti. Creyó que eras
un hombre honesto como él y siempre mantuvo la esperanza de que re-
gresarías para darme tu maldito apellido. Algo que, por supuesto, ahora
ni quiero ni exijo, porque el que llevo es el que me ha acompañado toda la
vida.

—Alana...

—Cállate y déjame terminar lo que necesito decirte —siseó ella—.
¿Jamás te has planteado lo que habría sido de nosotras si mi abuelo no
nos hubiera aceptado? ¿Si no hubiéramos tenido el respaldo que tuvimos?
Porque déjame decirte que mi abuelo, mi abuela, mis tías y mis tíos con su
cariño nos han demostrado lo importantes que éramos y somos para ellos,
y nunca, nunca, nunca nos han dejado de lado ni nos han abandonado
como nos abandonaste tú.

Teddy asintió. No era fácil escuchar aquellas duras palabras de su hija,
pero se las merecía. Y cuando vio que se callaba y bebía un trago de su refresco, dijo:

—Cuando estábamos en Alemania, tu madre tenía una amiga llamada
Teresa. Por lo que sé, el marido de esa joven sufrió un accidente laboral
que le supuso la amputación de un brazo, y su vida fue una desgracia.

—¿Y qué tiene que ver la tía Teresa en esto? —replicó Alana.

Teddy prosiguió:

—Recuerdo como si fuera ayer el último día que vi a Teresa. Estaba
hundida y lloraba. Tu madre y yo nos la llevamos a una cafetería, donde
intentamos tranquilizarla. Cuando Teresa se marchó, Carmen me dijo que
nunca en su vida querría encontrarse en una situación como aquélla. Teresa trabajaba veinte horas al día porque a su marido nadie le daba trabajo
por su minusvalía y, cuando llegaba a su casa, se encontraba con un hombre desagradable y amargado. Y yo... yo no quise hacerle pasar por eso.

Alana parpadeó. Había escuchado mil veces esa historia de su tía, y en
aquel momento su padre le preguntó:

—¿Cómo crees que me sentí al verme en una silla de ruedas, enfadado con el mundo y sin trabajo? —Alana no contestó—. Durante años estuve intentando conseguir un empleo para tratar de luchar por ustedes,
pero nadie veía en mí a un hombre. La gente me miraba y sólo veían a un

excombatiente minusválido. Por ello, y con todo el dolor de mi corazón, cuando fui consciente de que aquello nunca iba a cambiar, decidí no hacer de tu madre una persona infeliz con un hombre inútil con el que cargar.

»Si yo regresaba, si me ponía en contacto con ella, Carmen no sólo tendría que mantenerte a ti, sino a mí también. Y yo... yo... no quise hacerle eso. No pude, Alana. No pude. Y sí, las abandoné, pero lo hice pensando que era lo mejor para ustedes, no lo mejor para mí. Sólo espero que lo entiendas algún día.

—Mientes. Conseguiste un trabajo en la granja. Daniel me dijo que...

—Mi cuñado era un buen hombre que me ofreció ese trabajo para hacerme sentir útil —la cortó—. Pero pocas veces pudo pagarme. La granja tenía demasiados gastos y... con el poco dinero que ocasionalmente me daba, yo no las podría haber mantenido, y tu madre igualmente habría tenido que trabajar para mantenernos a ti y a mí. Créeme, Alana, sólo quise lo mejor para ustedes y, tras valorarlo y ver que en España estaban arropadas por su familia, pensé que lo mejor era desaparecer.

»Por ello me quedé en la granja y me conformé con tener un techo bajo el que dormir, un plato de comida y el cariño de mi hermana y su familia. Pero me creas o no, no ha habido un solo día en todos estos años en que no haya pensado en tu madre y en ti. Ni uno.

La crudeza de sus palabras y cómo la miraba le hizo saber que no mentía. Y Alana por fin entendió lo ocurrido.

—Si hablas con tu madre sobre lo que te he contado de Teresa y lo que ella me dijo, sabrás que todo es verdad...

—Lo haré —asintió ella—. Aunque te aseguro que saber que te tomaste al pie de la letra esas palabras no la va a hacer muy feliz. Pero al menos sabrá la verdad de una vez por todas.

—Sólo pensé en su felicidad —murmuró él con un hilo de voz—. Nunca en su desgracia. Alana, yo nunca quise ser como mi padre, que nos hizo infelices a todos. Y, por supuesto, tampoco quise ser una carga para tu madre. Y a lo largo de estos años, cada vez que he visto fotos de las dos sonriendo, he sabido que esa felicidad en cierto modo se las proporcioné al alejarme de ustedes. Para mí no fue fácil decidirme. Las quería demasiado, pero hice lo que creía conveniente y necesario para que fueran felices. Me alejé y me conformé con llamar *Al di là* a mis perros, cuando en realidad eran unas palabras que les habría querido decir a tu madre y a ti.

Teddy siguió hablando. Le explicó con detalle todo lo que ella quería saber y Alana lo escuchó. Una vez él hubo dado por concluido su alegato, se desmoronó.

Grandes lagrimones corrieron por su ajado rostro, mientras ella lo miraba impasible. Su mecanismo de autodefensa se activó como lo había hecho muchas veces durante su adolescencia y simplemente se limitó a mirarlo. Había visto llorar tantas veces a su madre por él, que necesitaba que ahora sus lágrimas no le afectaran.

Pero cuando su corazón volvió a mandar sobre su cabeza, se levantó, acercó su silla a la suya y, tomándole la mano con seguridad, murmuró con un hilo de voz:

—Siento haber sido tan dura contigo, pero siempre he estado llena de preguntas sin respuesta y ahora, aunque me las estás dando...

—Tranquila. Sé que todo lo que me digas es poco. Entiendo tu enfado conmigo, hija, de verdad que lo entiendo.

¡¿Hija?!

¿La había llamado «hija»?

Siempre había querido saber qué se sentía cuando el hombre que te había dado la vida te llamaba así y la sensación le gustó. Le gustó cómo aquella palabra sonó en su boca y, mirándolo, murmuró:

—No sé si te podré llamar «papá» algún día. Imagino que...

No pudo continuar. Al oír ese nombre que tanto había deseado escuchar de la boca de su hija, él se volvió a desmoronar y los dos terminaron llorando, tomados de la mano. Finalmente, Teddy abrió los brazos y Alana, deseosa de ese gesto, se levantó, se sentó en sus piernas y lo abrazó.

Por fin estaba abrazando a su padre. Tenía uno, como todo el mundo, y le gustara lo ocurrido o no, su padre era aquél.

Estuvieron así varios minutos, mientras una extraña conexión se creaba entre ellos, enterrando años de ausencia e incomunicación. Sin esperarlo, ni imaginarlo, estaban pasando de ser dos desconocidos a convertirse en un padre y una hija.

Cuando por fin Alana se levantó, para volver a sentarse en su silla, preguntó:

—¿Nosotras éramos ese futuro que Vietnam te quitó?

—Sí, hija. Eso nunca lo dudes.

A partir de ese instante, la comunicación entre ellos cambió.

Continuaron contándose y preguntándose infinidad de cosas el uno al otro, y Teddy lloró en muchas ocasiones. Alana, consciente de su sufrimiento, lo consoló. Si algo le había enseñado su madre era que no debía ser rencorosa y con él lo iba a intentar.

—¿Puedo preguntarte quién es ese capitán que te acompaña? —quiso saber él al cabo de un rato.

—Es mi presente —contestó ella sonriendo—. Se llama Joel Parker, es capitán de la primera división de marines y, al igual que tú le recalcabas a mamá, dice que tenemos que vivir el momento, porque el futuro ya llegará.

Teddy asintió con la cabeza.

—¿Dónde está destinado?

—Acaba de llegar de Irak.

Teddy se quedó pensativo. Sin duda, lo que ese joven debía de estar viviendo no sería muy bueno, pero no quería asustar a su hija.

—Tengo que contarle a mamá todo esto, pero no sé cómo —dijo Alana apoyando los codos en la mesa.

—Dile la verdad. Es el mejor camino y estoy seguro de que cuando se la cuentes, dirá eso de «¡Es un tonto redomado!». ¿Todavía lo dice?

—Sí. Claro que lo dice —respondió ella divertida. Y sin apartar los ojos de él, insistió—: No va a ser fácil contarle todo esto. No sé cómo se lo va a tomar.

Teddy suspiró y, tras meditarlo un momento, preguntó:

—¿Quieres que lo haga yo contigo?

Alana negó con la cabeza.

—No... no... es mejor que hable yo con ella y que decida lo que quiera. Y si no te quiere ver ni perdonar, sólo espero que respetes su decisión.

—Te lo prometo. Respetaré su decisión sea cual sea. Es lo mínimo que puedo hacer.

En ese momento ella se acordó de que llevaba la grabadora en el bolsillo de la cazadora. La sacó y se la enseñó.

—Tengo nuestra conversación aquí grabada. ¿Te importa si ella la escucha?

—Es el mejor documento que le puedes mostrar —respondió él, sonriendo.

Lo que le esperaba al llegar a España no iba a ser fácil y se quedó pensativa. Su padre le rellenó el vaso con la Coca-Cola que quedaba en la lata, y dijo:

—Después de un vaso llenar... queda otro por tomar.

—¿Sabes que mamá también dice eso?

Su padre sonrió, le tomó la mano de nuevo y dijo:

—Es que Larruga era muy pesado, y lo sigue siendo, cariño.

Esa tarde, Alana y Joel acompañaron a Teddy hasta su casa, donde Audrey y Daniel, al enterarse de que aquélla era su sobrina y su prima, lloraron emocionados, mientras Alana y Teddy sonreían, y Joel, en un segundo plano, los observaba sintiéndose muy feliz.

25

Dos días después, los cuatro regresaron a Nueva York.

Joel invitó a Karen y a Isa a alojarse con ellos en el departamento, pero ellas no aceptaron. Alana notó algo raro en Isa, sabía que no estaba bien.

Karen y ella se fueron a una casa que les dejó una amiga de Karen y, cómo no, con tantas emociones, en lo último que pensaron Alana o Isa fue en el artículo pendiente.

Haber conocido a su padre y conocer por fin la verdad de lo ocurrido, aunque no compensaba los años perdidos, la hacía muy feliz. Joel sonreía al verla así, pero sabía que su felicidad no sería completa hasta que se lo contara todo a su madre.

Una noche, mientras Joel preparaba la cena con la música del radio de fondo, Alana se quitó el vendaje de la mano. La movió y suspiró aliviada. Por suerte estaba bien.

Fue a la cocina y se sentó en un taburete frente a la cubierta y, mientras bebía una Coca-Cola, pensó en lo feliz que la hacía aquel hombre.

Desde que se habían encontrado y decidido que quería que fuera su pecado, no había dejado de hacerle saber lo especial que era para él y cuánto apostaba por su relación. Se conocían desde hacía poco más de cinco meses, pero cada segundo que pasaba con ella, Joel se encargaba de hacerlo especial y único. No paraba de mimarla, protegerla, hacerla reír, cuidarla, ayudarla y hacerle el amor con auténtica pasión. Sin duda alguna, como él decía, lo quería todo porque por su parte lo daba todo.

A su lado, habían quedado olvidados muchos miedos de Alana. Él la había ayudado a superarlos y a creer que el amor incondicional existía. Y de pronto lo supo. Era él. Él era el amor de su vida. Le había robado el corazón de tal forma que, como decía su madre, ante eso nada se podía hacer.

—¿Qué piensas, Speedy? —preguntó Joel al verla tan pensativa.

Al ver su gesto pícaro, Alana sonrió y, tras beber un sorbo de su bebida, dijo:

—Acepto.

Joel se la quedó mirando, dejó el cuchillo sobre la cubierta, se quitó el mandil y, acercándose lentamente, preguntó:

—¿Aceptas?

Ella asintió.

—Te quiero. Estoy total y completamente enamorada de ti y quiero vivir contigo en Fort Irwin, en la Cochinchina o donde tú quieras. Acepto tu proposición, capitán Parker, si tú quieres...

—Quiero... ¡claro que quiero! —respondió sobrecogido.

Desde hacía días le rondaba la idea de preguntarle si había pensado en su proposición, pero con lo ocurrido con su padre no lo creyó pertinente. En ese instante comenzó a sonar la canción *Crazy*,* de Patsy Cline, y al recordar cómo la habían bailado en aquel restaurante, sin importarles que la gente los mirara, Alana dijo:

—Diosss... qué canción más bonita. —Y divertida al ver lo turbado que se había quedado él tras aceptar ella su proposición, murmuró—: No te muevas.

Sorprendido, la vio bajarse del taburete, abrir una de las alacenas de la cocina y, después de trastear, clavó una rodilla en el suelo, delante de él, y dijo:

—Joel, eres el amor de mi vida, ¿quieres casarte conmigo? —Luego, enseñándole un *calamari* que llevaba en la mano, añadió, mientras le guiñaba un ojo—: Tengo hasta el anillo preparado si dices que sí.

Enamorado y loco por ella, Joel sonrió y contestó divertido:

—Sí, cariño, claro que quiero casarme contigo.

La levantó del suelo, la tomó en brazos y la besó, mientras aquella romántica canción seguía sonando de fondo.

Cuando sus bocas se separaron, Joel la dejó en el suelo y, abrazándola, comenzó a bailar con ella, pero todavía sorprendido, preguntó:

—Speedy, ¿qué te has tomado?

—Sólo la Coca-Cola que tú me has dado —respondió juguetona.

Ambos rieron y él murmuró:

—¿Sabes?

—¿Qué?

* Véase nota p. 146.

—Nuestros hijos no me van a perdonar que no fuera yo quien me arrodillara y te pidiera matrimonio.

¡¿Hijos?! Y sonrió encantada.

—No seas antiguo, Capitán América. Tú, a tu manera, ya me lo has pedido varias veces, y creo que esta vez me tocaba a mí. Y en cuanto al tema de los hijos... ¿cuántos quieres tener?

—Al menos uno. ¿Qué te parece?

Feliz porque no hubiera dicho media docena, ella asintió y susurró, mientras comenzaba la canción de Guns N' Roses, *Since I Don't Have You.**

—Me parece un buen número.

Estaba loco de amor, loco de deseo... loco por la mujer que adoraba.

La volvió a tomar en brazos y, olvidándose de la cena y del resto del mundo, la llevó a la habitación, donde con ternura, posesión y erotismo le hizo el amor.

A la mañana siguiente, tras una maravillosa noche de pasión, ambos se levantaron y fueron a la cocina a prepararse un café.

—Tengo que hablar con mi madre urgentemente —dijo Alana—. Creo que entre lo de mi padre y nuestra boda, la mujer no va a ganar para sobresaltos.

Joel sonrió. Todavía no podía creer que Alana hubiera accedido a casarse con él. Cuando se lo contara él también a su madre, se volvería loca. Pero sin querer pensar eso ahora, preguntó:

—¿Quieres que reserve dos boletos para España?

—¿Vendrías conmigo?

Joel se acercó a ella, la agarró por la cintura, la sentó sobre la cubierta y murmuró, besándola en el cuello:

—Por supuesto, cielo... Contigo al fin del mundo.

Al cabo de un rato, Alana tomó su teléfono celular y empezó a marcar un número.

—¿Sabes? —dijo—. Mi madre siempre ha querido conocer Nueva York. Lo que haremos será comprar un boleto para ella.

—¿Vas a darle la noticia de la boda y lo de tu padre por teléfono?

---

* *Since I Don't Have You*, Geffen Records, interpretada por Guns N' Roses. *(N. de la E.)*

—No. Sólo le diré que la necesito aquí, porque le tengo que dar una bonita noticia. —Y guiñándole un ojo para hacerlo sonreír, matizó—: Nuestra boda.

Esa tarde, los futuros señores Parker quedaron con Karen e Isa para tomar unas copas. A la cita sólo se presentó Isa, que se emocionó al enterarse de la buena noticia.

En un momento dado, cuando Joel fue a la barra a pedir otra ronda, Alana le preguntó a su amiga:

—Ocurre algo, ¿verdad?

—No...

Pero poco convencida, ella insistió:

—Como diría tu santa madre la Dolorosa: María Isabel, qué te pasa, y no me vuelvas a decir que nada porque me vas a cabrear.

Isa, al entender que no pararía hasta saberlo, finalmente dijo:

—Karen y yo hemos roto.

La noticia le cayó a Alana como un jarro de agua fría y, antes de que dijera nada, Isa añadió:

—Pero tranquila. De ésta no me muero.

—Pero ¿qué ha pasado?

Isa respondió con tristeza:

—Al parecer, cuando estuvo en Maryland tras el accidente se reencontró con su ex. Y bueno... eso.

—Pero...

—Mira, Alana, no me voy a martirizar más por ello. La historia se acabó y punto final.

—Pero tú estás muy clavada con ella; ¿de qué hablas?

—Hablo de que quiero estar con alguien que sólo me tenga a mí en su corazón —contestó su amiga, después de beber un sorbo de su bebida—, porque me niego a compartir esa instancia con otra persona. Quiero a alguien que me mire de la forma apasionada con que te mira a ti el capitán guaperas. Que cruce medio mundo sólo para verme durante cuarenta y ocho horas y que me quiera como yo estoy dispuesta a querer. Sólo quiero eso. Y anoche, tras hablarlo con Karen y ver que yo para ella no soy la única, decidí poner punto final, tomé mi maleta y me fui a un hotel.

—Ay, Dios, Isa... lo siento.

—Anoche lloré, me compadecí de mí misma, me cagué en el cabronazo que mueve los hilos del destino, pero hoy vuelvo a estar bien. Y estoy bien porque soy una tipa con un par de ovarios que me quiero a mí misma, que valgo un montón y que no voy a sufrir por quien no se lo merece. Y todo eso lo he aprendido de ti.

—¿Y por qué no me llamaste y te viniste con nosotros? ¿Acaso estás tonta?

Su amiga soltó una carcajada.

—Pues porque no quería estar con una parejita feliz a la que le podía cortar el rollito y además necesitaba estar sola para pensar.

—Joder, Isa... y yo aquí dándote la noticia de mi boda.

—Y bien feliz que me hace saberlo, ¡so tonta! —dijo ella riendo—. Además, lo creas o no, mi corazón sabía que lo de Karen iba a terminar. Ya sabes, ¡nuestro sexto sentido! Y sí, ella me gusta, o mejor dicho me gustaba mucho, pero no es la única mujer que hay en el mundo. Y ya me conoces, a mí no me hunde ni el iceberg que hundió el *Titanic*.

Alana iba a decir algo más cuando Joel, que regresaba, preguntó al verles la cara:

—¿Qué ocurre?

—¿Tú sabías que Karen estaba tonteando con su ex? —preguntó Alana.

Él levantó las manos y respondió:

—Les juro que no supe nada hasta que Karen me lo comentó cuando íbamos hacia Nashville. Me dijo que te lo iba a contar, Isa. —Y, mirándola, murmuró—: Lo siento, yo...

—Tranquilo, Capitán América. Como dice el tatuaje de mi amiga, lo que no te mata te hace más fuerte y esto es sólo una decepción más en la vida.

—Pero, Isa... —empezó Alana.

Sin embargo, Isa no la dejó hablar.

—No quiero hacer un drama de algo que no lo vale. Hoy es un día muy especial. Ustedes se han comprometido y estoy feliz... feliz... feliz y nada ni nadie me lo va a jorobar, ¿entendido? Y ahora —añadió, mirando a Joel—: ¿No le vas a regalar un bonito anillo a mi amiga?

Él sonrió y media hora después, los tres se dirigieron hacia una joyería.

Al pasar por Tiffany las chicas se pararon a mirar el escaparate. Las cosas que allí había eran preciosas, pero Alana, consciente de que ni él ni ella eran ricos, dijo:

—Seamos sinceros. Las cosas aquí son preciosas pero creo que se nos salen del presupuesto.

Joel iba a decir algo cuando Isa intervino:

—¿Por qué no vamos a esa joyería que descubrimos hace tiempo en la Octava?

—¿A cuál te refieres? —preguntó Alana.

—Justo antes de que me robaran la cámara y te pusieran un ojo a la funerala. ¿Recuerdas que vimos una joyería en la que estaban de liquidación y que cerraban el treinta y uno de diciembre?

—¡Es verdad! —exclamó Alana, al acordarse.

—Si mal no recuerdo —prosiguió Isa—, allí viste un anillo que te gustó mucho. Quizá todavía lo tengan.

—Es verdad. Sí... sí... vayamos allí. Tenían cosas preciosas.

Joel, que las había escuchado en silencio, cuando ellas echaron a andar, sujetó a Alana, la acercó a él y dijo:

—Si tú quieres un anillo de Tiffany, yo te lo compro, cariño.

Ella sonrió. Estaba claro que, aunque tuviera que empeñar el uniforme, Joel lo haría. Pero tras besarlo, contestó:

—Yo a quien quiero es a ti y ya te tengo. Lo material carece de importancia.

Media hora después, los tres entraban en la pequeña joyería y, por suerte, tenían el anillo que a Alana le había gustado. Joel se lo compró, mientras Alana le compraba otro a él, que también se lo merecía.

26
❧

Dos días después, Carmen aterrizaba en el aeropuerto JFK de Nueva York. Tras saludar a su hija y a Joel cariñosamente, éste tomó su equipaje y ella, fijándose en la señal que le quedaba a Alana en la frente de cuando la había arrollado el ciclista, preguntó:

—Pero ¿qué te ha pasado?

Ella respondió:

—Bah... un arañazo sin importancia. —Y rápidamente, para que no le preguntara más, le enseñó el dedo donde lucía el anillo y murmuró sonriendo—: Mamá, ¿qué te parece?

Carmen se paró en seco. Contempló el anillo de compromiso que Alana le mostraba y su cara de felicidad y luego, mirando a Joel, preguntó sorprendida:

—¿Cómo lo has conseguido?

Alana y él soltaron una carcajada.

—Todavía no lo sé —contestó él.

Encantada por la felicidad de su hija, Carmen los felicitó, los besó y los abrazó.

Ahora entendía aquel repentino viaje a Nueva York.

Una vez Carmen se hubo recuperado de la buena nueva, continuaron su camino hacia el coche, y Joel le contó cómo Alana se había puesto de rodillas y le había pedido matrimonio.

Carmen la miró incrédula.

—Te lo juro, mami, ¡lo hice!

Los tres se montaron en el coche riéndose a carcajadas.

Cuando llegaron al departamento del cuñado de Joel, Carmen se instaló en la acogedora habitación de invitados y empezó a deshacer la maleta. De pronto sonó el timbre de la puerta. Dos segundos después, Isa abría los brazos diciendo feliz:

—Pero, Carmela de mi vida, ¡qué alegría verte!

Carmen abrazó con cariño a aquella loca a la que conocía desde que era una adolescente y a la que quería como a una hija.

—¿Vienes sola? —le preguntó.

—Sí, Carmela. Yo no tengo tanta suerte en el amor como la lista de tu hija.

—Tú por eso no te angusties —respondió Carmen, abrazándola de nuevo—, tu media naranja llegará cuando menos te lo esperes. ¡Ya lo verás!

Luego, mientras Joel y la madre de Alana estaban hablando, Isa se acercó a su amiga y con mofa le preguntó:

—Y el artículo de la Quinta Avenida ¿cuándo lo hacemos?

—¿Estás bien? —quiso saber Alana.

Isa sonrió y, guiñándole un ojo, cuchicheó:

—Estoy perfecta. Anoche, cuando los dejé, me fui de copas con unas amigas y la pasé genial.

—Isa...

—Te lo juro, Alana, me la pasé genial. Ya me conoces y yo no sufro más de veintisiete horas seguidas por nadie que no se lo merezca. Karen ya es pasado. Sabes que cuando tomo una decisión, la llevo adelante...

—Pero el amor es muy traicionero, Isa.

—Lo sé. Pero por suerte, el cabroncete que mueve los hilos del destino me hizo conocer anoche a una chica increíble. ¡Oh, Dios, qué ojazos tiene!

Eso hizo reír a Alana. Sin duda, su amiga era fuerte como un roble y después de escuchar las maravillas que Isa le contó de aquella chica, dijo, para reconducir el tema:

—En cuanto al artículo, creo que me retiro de ese partido. Mi vida ahora tiene otras prioridades, que son mis padres y Joel. Espero que lo entiendas.

—Claro que lo entiendo, pero ¿y los jefazos? —preguntó con una sonrisa.

—Cuando regresemos a España hablaré con ellos y les explicaré el motivo por el que me retiro y no presento el artículo. Espero que lo comprendan.

—¿Se van a casar antes de Navidad?

Alana negó divertida.

—Que yo sepa no. Nos casaremos más adelante. Ya sabes que yo siempre lo hago todo al revés.

—¿Y vivirán en Fort Irwin?

—Sí. Joel me ha dicho que allí tenemos casa del ejército y luego contamos con su departamento en Long Beach para cuando nos podamos escapar.

—¿Y cómo le vas a hacer para trabajar? Por lo que vimos, Fort Irwin no está cerca de Los Ángeles.

—La verdad es que no lo sé —contestó Alana—. Estaré como a dos horas de Los Ángeles. Pero ya buscaré una solución.

Entonces Isa explicó con gesto guasón:

—Pues que sepas que, cuando lleguemos a España, yo también he decidido hablar con la diva divina, y voy a pedirle una excedencia. Tranquila —añadió, al ver la cara de su amiga—, no voy a estar sola en esta magnífica ciudad y lo sabes. Eso sí, le voy a dar un gran disgusto a mi querida Dolorosa cuando le diga que me voy a trasladar tan lejos, y a mi padre cuando vea que no tiene con quién discutir cuando jueguen el Madrid y el Barça, pero me he dado cuenta de que es ahora o nunca.

—Joder, Isa. Te habrían venido muy bien los diez mil euros si hubiéramos ganado con el artículo.

—Y a ti te habría venido muy bien que te hubieran asegurado un trabajo en la redacción de *Exception* de Los Ángeles y el dinerito. Pero vamos, no pensemos en ello. Las cosas son como son y simplemente debemos disfrutarlas e intentar cumplir nuestros sueños.

Encantada como siempre por su positividad, Alana asintió.

—Prometo ponerme el vestido plata en la inauguración de tu exposición fotográfica, si tú prometes ponerte el negro que te hace esos pechotes increíbles.

Ambas rieron.

—Cuando se enteren Claudia, Susana y Lola nos matarán —comentó Isa.

Al pensar en ellas, Alana sonrió.

—Las echaremos de menos tanto como ellas a nosotras, pero podemos hacer como hacen mi madre y mis tías. Una vez al año, juntarnos todas en alguna casa y...

—... ver *Oficial y Caballero*, como en los viejos tiempos —finalizó Isa.

Emocionadas por los cambios que iban a sufrir sus vidas en breve, las dos se miraron y Alana murmuró:

—Te quiero, boquifloja.

—Yo también te quiero, doña ataques —dijo Isa, abrazándola.

A mediodía, los cuatro se fueron a comer a un restaurante cercano a Central Park. Allí rieron y platicaron y, en un momento dado, Carmen se fijó en su hija y dijo:

—Pero bueno, Alana, ¿por qué no llevas tu chapita de la alergia?

Ella, tocándose el cuello, se excusó:

—Se me rompió la cadena hace unos días y...

—Pero ¿qué haces tú últimamente con las cadenas? —se mofó su madre.

—Es una destrozona, Carmela... ya la conoces.

Al pensar en el padre de Alana, Joel y ésta se miraron y Carmen supo que su hija le ocultaba algo. Desde pequeña, aquel rápido movimiento de ojos la delataba.

—Alana.

—¿Sí, mamá?

—Alana... mírame. Me ocultas algo. ¿Qué es?

—Mamáaa, pero ¿qué dices?

Sin darse por vencida, la mujer insistió:

—Alana, que te conozco. Vamos, dime qué ocurre.

Con disimulo, Alana intercambió una mirada con Isa, que miró hacia el techo. Pero ¿cómo podía su madre saber siempre cuándo le ocultaba algo?

Joel desvió la conversación como pudo y Carmen lo dejó estar. Pero sin duda algo ocurría y tarde o temprano se enteraría.

Luego llegaron al departamento y Carmen se dedicó a mirar junto a su hija las excelentes vistas de la ciudad de Nueva York desde los ventanales; entonces Joel dijo:

—Isa y yo nos vamos a resolver unos asuntos.

Alana asintió nerviosa. Habían quedado así para que ella pudiera hablar con su madre tranquilamente. Cuando ellos dos desaparecieron, Carmen miró a Alana y dijo:

—Estoy muy contenta por lo de tu boda y porque Joel esté en tu vida, cariño, pero sé que pasa algo más. Lo sé y quiero saber qué ocurre.

Sin demorar más el momento, Alana la tomó de la mano y, haciéndola sentar en el sofá, dijo:

—Lo que te voy a contar te va a alterar, pero tienes que prometerme que...

—¿Es sobre tu padre?

Incapaz de mentirle, Alana asintió y cuchicheó:

—Tú como bruja no tienes precio.

Carmen sonrió y, acomodándose en el sofá, a pesar de que el corazón se le aceleró, dijo:

—Tranquila, cariño, cuéntame lo que sea. Estoy preparada para todo.

Alana tomó aire y le explicó todo lo ocurrido paso a paso para no saltarse nada. La cara de Carmen reflejó todos los estados anímicos posibles y, finalmente, Alana terminó y le dio tiempo para asimilar lo que le había contado.

—Está vivo... —murmuró Carmen con un hilo de voz.

—Sí, mama, lo está. Y antes de que me preguntes más cosas, y yo te las explique a mi manera, tengo aquí una grabación donde él lo cuenta todo y creo que debes escucharlo.

Carmen asintió y, cuando su hija le dio al botón y reconoció la voz de su amor, se llevó las manos a la boca. Treinta y ocho años habían pasado desde la última vez que la escuchó y, sin poder evitarlo, se emocionó.

Angustiada al ver la reacción de su madre, Alana iba a parar la grabadora, pero ella le puso una mano encima y no se lo permitió. No quería dejar de oír su voz y quería escucharlo hasta el final.

Cuando la grabación terminó y Alana la detuvo, con los ojos vidriosos como los de su madre, iba a hablar pero ésta susurró:

—Nunca... nunca debí decir aquellas palabras. Él no era como el marido de Teresa, él nunca habría sido así. Nunca me habría tratado como Arturo.

—Mamá... mamá, escúchame —dijo ella, intentando calmarla—. Él me confesó que cuando se fue a vivir con su hermana y su cuñado, su humor era horrible y que su hermana no lo echó de su casa precisamente porque era su hermana, pero...

—Alana... —la cortó—. Si yo no hubiera dicho esas palabras, él se habría puesto en contacto conmigo y todo habría sido diferente. ¿Acaso no te das cuenta?

Consciente de lo que unas simples palabras podían cambiar una vida, Alana asintió.

—Sí, mamá, claro que me doy cuenta. Pero las cosas fueron así y nada se puede hacer salvo entenderlas y afrontarlas. Cuando dijiste eso, nunca pensaste que pudiera ocurrir nada y mucho menos algo así.

—Claro que no, hija. Yo estaba enfadada por la situación de Teresa, ella no se lo merecía. Pero... pero yo habría dado la vida por tu padre; ¿acaso él no lo sabía?

Alana suspiró e, intentando entender a ambas partes, respondió:

—Sí lo sabía y precisamente por eso se alejó de ti. Tomó la decisión que creyó más acertada sin pensar en las consecuencias. Creo que el miedo al mismo rechazo que veía hacia él en los demás fue lo que lo hizo esconderse de nosotras y agarrarse a tus palabras. Para un hombre de veintiocho años no tuvo que ser fácil verse condenado a una silla de ruedas, y mucho menos pensar que en adelante debería depender de ti.

—Pero... pero yo lo quería.

—Lo sé, mamá y te juro que tras escucharlo, sé que él también te quería a ti y su manera de demostrártelo fue no cargarte con más obligaciones de las que ya ibas a tener conmigo. Me habló de su padre y...

—Nunca quiso ser un mal padre —susurró Carmen emocionada—. Y ahora me doy cuenta de que intentó protegerte de sí mismo sin darse cuenta de que él nunca habría sido un mal padre para ti.

Cuando por la tarde, tras más de cuatro horas de plática, Joel apareció, vio los ojos enrojecidos de Carmen y, sin dudarlo, caminó hacia ella y la abrazó. La acunó como si se tratara de su propia madre y la consoló con mimo y dedicación. Alana al verle ese gesto tan tierno se emocionó.

Esa noche, Carmen se retiró pronto a la cama. Estaba agotada y todo lo descubierto la había hecho recordar y pensar.

En su habitación, Joel abrazó a Alana y, dándole un beso en la frente, dijo:

—Me muero por acostarme contigo, pero creo que esta noche deberías dormir con tu madre.

Ella sonrió. De nuevo Joel volvía a dejar sus deseos en un segundo plano para satisfacer los de su madre y los suyos.

—Gracias —murmuró.

—¿Por qué, cariño?

Mimosa, paseó la frente por la mejilla de él.

—Por todo. Por ser tan perfecto y por aparecer en mi vida.

Joel sonrió al escucharla y, besándole la punta de la nariz, contestó:

—Que sepas que todo eso tiene su precio y, cuando te lo cobre, no vas a poder decir que no. —Luego la acompañó hasta la puerta tras la que su madre descansaba, la besó suavemente en los labios y se marchó.

Cuando Alana se metió en la cama con Carmen, ésta estaba despierta y al ver a su hija sonrió y la abrazó. Nada en el mundo la reconfortaba más que tenerla a ella.

27

A las ocho de la mañana siguiente, cuando Joel se levantó, Carmen ya se estaba tomando un café. Los ojos de ambos se encontraron y se saludaron con una sonrisa.

—Gracias por todo, y en especial por querer a mi hija como la quieres —dijo Carmen.

—El placer es mío —contestó él, sonriendo— y más tratándose de tu hija.

En ese instante, se abrió la puerta de la habitación de invitados y Alana salió con el pelo revuelto. Carmen murmuró:

—Esperemos que no esté de muy mal humor.

—Sí —se mofó Joel—. Porque tu niña se las trae, con su humor mañanero.

—Los estoy oyendo —dijo Alana—, que lo sepan.

Ambos sonrieron y ella, al ver a su madre contenta, se acercó y le dio un beso.

—Buenos días, mami.

—Buenos días, cariño.

—¿Estás bien?

Conmovida por la preocupación que veía en sus ojos, Carmen respondió:

—Sí. Estoy tranquila y bien.

Después Alana se acercó a Joel y, tras darle un beso en los labios, también lo saludó:

—Buenos días, capitán.

—Buenos días, Speedy.

Carmen al oír ese nombre tan raro con el que se había dirigido a su hija, miró a Joel y preguntó:

—¿Por qué la llamas así?

Los dos rieron y él dijo:

—Porque el día que la conocí, cuando se enteró de que yo era marine, huyó de mí tan deprisa como el ratón Speedy Gonzalez.

—Imagínate qué horror cuando lo descubrí —explicó su hija, gesticulando.

Carmen volvió a reír mientras Joel tomaba otra taza y, tras llenarla de café, se la entregó a Alana. Ese gesto le gustó. Ver que se preocupaba por su hija le hizo saber que ésta había sabido elegir.

Poco después llegó Isa y los cuatro, sentados alrededor de la mesa, hablaron sobre cosas banales, hasta que Carmen miró a Alana y dijo:

—Me gustaría ir a verlo, ¿podemos ir hoy?

Joel y Alana se miraron sorprendidos e Isa exclamó:

—Qué huevazos los tuyos, Carmela. Me encantas. Eres mi heroína.

—Por supuesto que podemos ir —dijo Alana—. Los llamaré y...

—No lo llames —la cortó Carmen—. Quiero sorprenderlo.

—Voy con ustedes —se apuntó Isa—. ¿Les importa?

Alana miró a su madre y, cuando vio que ésta negaba con la cabeza, se dirigió a Joel:

—Cariño, ¿podrás informarte de cuándo es el siguiente vuelo a Nashville?

A las tres y media de la tarde, los cuatro aterrizaban en el aeropuerto de esa ciudad. Una vez allí, Joel alquiló un coche y se dirigieron por la carretera hacia Nolensville.

Con los nervios a flor de piel, Alana miró a su madre, que iba sentada en la parte de atrás con Isa, y preguntó:

—¿Estás bien?

—Sí. Algo nerviosa pero bien.

—Mamá, ¿estás segura de que quieres verlo? —insistió.

Carmen asintió y, dulcificando la mirada, dijo:

—Llevo treinta y ocho años esperando este momento, cariño. ¿Cómo no voy a querer verlo?

Al llegar, Alana, le indicó a Joel que se estacionara en la carretera. Si entraban con el coche los alertarían de su llegada y su madre había dicho que quería sorprenderlo. Una vez bajaron del vehículo, la periodista agarró a su madre del brazo y dijo:

—Cuando quieras que nos vayamos, sólo tienes que decírmelo, ¿de acuerdo, mami?

—Sí. Tranquila.

—¿Puedo tomarles fotos para inmortalizar el momento? —preguntó Isa.

—Claro que sí, tesoro. Todas las que quieras —asintió Carmen.

Una vez allí, subieron los tres escalones y Joel llamó a la puerta. Segundos después, Audrey abrió.

Ésta, al ver al grupo clavó su mirada en Carmen y murmuró emocionada:

—Has venido... Oh, Dios mío, Carmen. ¡Has venido!

Las dos mujeres se fundieron en un emotivo abrazo, mientras Audrey se justificaba:

—Yo no sabía nada, si no, te juro por mi hijo Daniel que me habría puesto en contacto contigo. Te lo juro.

—Lo sé, Audrey —respondió ella—. Lo sé.

Alana, al ver la emoción en sus miradas y a Isa ya llorando, sonrió y dijo:

—Escucha, tía, mi madre quiere sorprenderlo. ¿Dónde está?

—En el jardín.

Todos entraron en la casa y caminaron hacia la cocina. Allí, sin abrir la puerta del jardín trasero, Audrey susurró:

—Está ocupado con las cuentas de la granja.

Al asomarse para mirarlo, Alana vio al perro de aquél con él y dijo:

—Hay que llamar a *Al di là*.

—¿*Al di là?* —preguntó su madre con el corazón a mil.

Alana sonrió y afirmó.

—Sí mamá. Su perro se llama *Al di là*.

Saber aquello a Carmen la hizo sonreír, y Audrey emocionada aclaró:

—En estos años, ha tenido tres perros y a todos les ha puesto el mismo nombre —y limpiándose los ojos con un pañuelo cuchicheó—. Nunca supe lo especial que era ese nombre para él. Nunca.

—Tranquila, tía —sonrió Alana abrazando a aquella mujer.

Mientras aquellas hablaban, Carmen sólo podía mirar al hombre canoso que sentado estaba en la silla de ruedas al fondo del jardín, mientras el corazón le latía descontrolado.

Teddy. Aquél era Teddy.

El militar que había conocido en su juventud y del que se enamoró tan locamente. El joven con el que paseó de la mano por el parque Dutzendteich, el que le enseñó a bailar rock and roll y con el que se casó aquel lluvioso día en la iglesia de Santa Martha.

Tenía buen aspecto. Como se solía decir, «quien tuvo, retuvo», y, pese a su edad y a estar en silla de ruedas, se le veía tan guapo y gallardo como siempre.

Una vez se tranquilizó, Audrey los miró a todos y dijo:

—Denme un segundo, verán qué pronto viene *Al di là*.

Y sin perder tiempo, abrió el refrigerador, tomó un paquete de salchichas y lo empezó a mover. Instintivamente, el animal levantó la cabeza, después el cuerpo y luego corrió hacia la cocina.

—¡No falla! ¡Es un tragón! —exclamó la mujer sonriendo, mientras todos reían.

Carmen miró a su hija y, tocándose el pelo, preguntó:

—¿Estoy bien?

Alana sonrió. Adoraba a su madre y asintiendo afirmó:

—Tú no estarías fea ni aunque te lo propusieras.

—Oh, Dios... —lloriqueó Isa mientras las miraba—. Es tan bonito lo que se dicen que me hacen llorar como una idiota.

Joel la abrazó y sonrió.

—¿Quieres que vaya contigo? —le preguntó Alana a su madre, pero ésta negó con la cabeza—. ¿Qué le vas a decir?

Carmen le guiñó un ojo y murmuró:

—Lo que llevo media vida esperando decirle.

Y sin perder un segundo más, abrió la puerta y salió al jardín, mientras Isa se secaba las lágrimas y preparaba el objetivo para tomar fotos desde el interior de la cocina.

Con paso firme y seguro, aunque con el corazón desbocado, Carmen se dirigió hacia la mesa del fondo del jardín, donde Teddy escribía algo en unos libros de cuentas.

De pronto, se volvió a sentir como aquella jovencita alocada que en Alemania se derretía al ver a su amor.

El tiempo retrocedió y sólo vio en él al joven del que se había enamorado y que, entre muchas otras cosas, le había enseñado lo que era el verdadero amor.

Un amor que ni el tiempo ni las vicisitudes de la vida le habían permitido olvidar y que ahora estaba a escasos metros de ella.

Teddy, abstraído, no se percató de su presencia, hasta que de repente oyó:

—Hola, ¿te acuerdas de mí?

Aquella voz...

Aquella frase...

Aquel perfume...

Y, mirando hacia la derecha, de pronto la vio.

Vio a la mujer que había querido más que a su propia vida, soltó la pluma que tenía en la mano, abrió los brazos y consiguió murmurar:

—Claro... Claro que me acuerdo de ti.

Tan emocionada como él, Carmen corrió hacia donde estaba y lo abrazó. Llevaba esperando ese abrazo, esa frase, a aquel hombre treinta y ocho años y por fin el destino les había permitido reencontrarse.

Temblando, Teddy la abrazó con fuerza. Nunca, ni en el más bonito de sus sueños, había pensado que la vida le volvería a dar una segunda oportunidad con ella y con su hija y, sin poder contener las lágrimas, que le manaban de los ojos a borbotones, murmuró:

—Perdóname... nena... perdóname.

Carmen asintió. De momento sólo necesitaba abrazarlo y sentirlo vivo.

Vivo.

28

Joel regresaba a Irak el 12 de septiembre y Alana, junto a su madre e Isa, fueron a despedirlo a Fort Irwin, aunque primero pasaron por Los Ángeles para conocer a la familia de él, que, entre sorprendidos y encantados, aceptaron a Alana con cariño nada más verla.

En Fort Irwin Isa vio a Karen y la saludó desde lejos. Ambas sabían que lo que habían vivido había sido bonito, pero era algo que ya nunca más se volvería a repetir.

Mientras esperaban junto a los familiares de otros militares los autobuses que los llevarían hasta los aviones, Alana no se quiso separar de Joel. Necesitaba sentirlo cerca de ella.

—Te quiero —le dijo en el momento de despedirse, guiñándole un ojo para verlo sonreír.

—Recuerda, estaré fuera tres meses y después, cuando regrese, empezaremos una nueva vida juntos en Fort Irwin. ¿Entendido, Speedy?

Ella asintió y, tras darle otro dulce beso, Joel la soltó y se marchó con su unidad, mientras Alana lo miraba con el corazón encogido y rogaba a Dios que no le pasara nada.

Dos días después, Isa regresó a España, y Alana y Carmen, tras pasar unos días en Nashville con su padre y su familia, también volvieron.

El día que se despidió de Teddy, Carmen le prometió que iría a verlo de nuevo.

Su primer día de trabajo tras la vuelta, Alana entró en el despacho de su jefa, le dijo que iba a casarse y le planteó la posibilidad de que la trasladaran a la redacción de *Exception* en Los Ángeles.

—¿Cómo puedes dejar un trabajo por un hombre? —estalló Laura.

Consciente de que le iba a hacer esa pregunta, Alana sonrió y dijo:

—No dejo el trabajo. Sólo pido un traslado.

—Pero... pero si no te concedemos ese traslado, lo dejarás, ¿no?

—Dejaré esta revista, pero buscaré trabajo en otra —contestó ella con tranquilidad.

Su jefa se revolvió en la silla. Perderla era perder a un buen fichaje.

—Mira, Alana. Ahora mismo, que yo sepa, en Los Ángeles no hay ningún puesto vacante. La única posibilidad es que tu artículo enamore al padre del jefazo y puedas trasladarte ganando el reto. Pero si no es así, veo difícil la solución.

Iba a tener que irse de *Exception*, pensó Alana, y eso la apenó. Se despidió de su jeja y volvió a su mesa de trabajo.

Una semana después, a Isa le habían concedido la excedencia para el uno de enero y, cómo no, salió a celebrarlo con sus cuatro amigas. ¡La ocasión lo merecía!

El treinta de septiembre, Alana salía del despacho de su jefa cuando vio que el señor Bridge iba hacia los elevadores. Sin pensarlo dos veces, se dirigió a él.

—Quería decirle que no voy a presentar ningún artículo y deseaba pedirle disculpas porque fue usted quien me seleccionó. Pero... pero me retiro. Me ha sido imposible centrarme para hacerlo.

—¿Y eso por qué? —preguntó el hombre sorprendido.

—Asuntos familiares, señor.

—Espero que no sean graves.

—No, señor. No es nada de eso. Al contrario, son muy buenos.

El señor Bridges asintió. Su discreción le impedía preguntar por esos asuntos y, sin dejar de mirarla, dijo:

—Me ha comentado Laura que ha pedido un traslado a Los Ángeles.

—Sí. Me voy a casar y me voy a trasladar a vivir allí. Si hubiera una vacante, estaría muy contenta de poder continuar trabajando con ustedes.

—Enhorabuena por su próximo enlace, señorita.

—Gracias —respondió ella sonriendo.

Tras unos instantes en los que ambos se miraron, el hombre dijo:

—El plazo no termina hasta mañana.

—Lo sé, pero no tengo ninguna buena idea para presentar y...

—Una vez oí a alguien decir —la cortó él— que las buenas ideas son

aquellas que al pensar en ellas nos sorprende que no se nos hayan ocurrido antes.

Alana sonrió y, tendiéndole la mano, dijo:

—Ha sido un placer trabajar para usted, señor. Y muchas gracias por
haber confiado en mí, aunque al final no le presente nada.

El señor Bridges le estrechó la mano.

—Aún tiene hasta mañana a las nueve de la mañana para dejar su artículo sobre mi mesa —insistió.

Dicho esto, dio media vuelta y se marchó.

—¿Todo bien?—preguntó Isa, que la había visto hablando con él.

—Perfecto —respondió ella, mientras le guiñaba un ojo. Y al ver que
su amiga llevaba un sobre en la mano, dijo—: ¿Qué escondes ahí?

Rápidamente, Isa sacó las fotos de los padres de Alana, de Audrey, de
Joel, de ella y de su primo.

—Son estupendas, Isa. ¡Maravillosas! —exclamó Alana.

Isa estaba muy contenta con ellas.

—Me gustaría utilizar alguna para mi exposición. ¿Crees que les im-
portará?

—No creo. Pero se lo podemos preguntar.

Metiéndolas de nuevo en el sobre, Isa dijo:

—Quédatelas. Son para ti y el Capitán América. —Y después de entregarle otros dos sobres que tenía encima de la mesa, añadió—: Éstas
son para tu madre y éstas para tu padre. Se las iba a enviar yo, pero creo
que a él le gustará más si lo haces tú y le incluyes unas palabras.

—Vale... —Y al oír las tripas de su amiga, propuso—: ¿Qué te parece
si te invito a un rico y grasiento bocadillo de calamares con mayonesa?

Al oír aquello, Isa asintió y dijo:

—Alana de mi vida, ¿qué voy a hacer yo sin ti a partir del uno de
enero?

Aquella noche, en cuanto Alana llegó a su casa, saludó a *Pollo* y, cuando lo estaba dejando en el suelo, llamaron a la puerta.

—Hola, mami.

Carmen le entregó un platito.

—He hecho croquetas de bacalao.

—¡Qué ricas! Gracias, mamá. —Luego tomó los sobres y le entregó
uno—: Isa te manda estas fotos.

Carmen abrió el sobre rápidamente y las miró emocionada y con alguna que otra lagrimilla. Al terminar, se marchó a su casa y Alana pensó que seguramente volvería a mirarlas otras mil veces más.

Cuando se quedó sola, sonó el teléfono y, al contestar, oyó:

—Hola, mi amor.

—¡¿Joel?!

—Sí, soy yo, Speedy.

Sorprendida por aquella llamada, preguntó:

—¿Pasa algo? ¿Estás bien?

—Estoy bien, cariño. Es sólo que hemos pasado a Jordania, he tenido la oportunidad de llamarte para escuchar tu voz y no la he querido desaprovechar. Pero sólo podré hablar contigo un par de minutos más, ¿okey, nena?

—Claro, cariño —dijo emocionada.

—¿Todo bien por ahí?

—Sí, cielo. Como siempre, trabajando a tope.

—Escucha, el diez de noviembre llegaré a Fort Irwin. No podré ir a verte a España porque sólo será un permiso de cuarenta y ocho horas. Pero quiero que sepas que es un viaje para hablar con dos de mis superiores sobre nuestro futuro y seguramente conseguiré una fecha.

Alana sonrió contenta, pero cuando iba a decir algo, Joel tuvo que cortar.

—Tengo que dejarte ya, cariño. No te preocupes por nada. Te quiero, nena... te quiero y estoy deseando verte. Adiós.

—Adiós, mi vida. Te quiero.

En cuanto el teléfono se quedó mudo, el subidón que había sentido segundos antes al escuchar su voz desapareció. Deseaba ver a Joel, tenerlo a su lado. Desanimada, se levantó y cenó las croquetas de bacalao. Una hora después, se tiró en el sofá y, al ver el diario de su madre, lo tomó y le echó una ojeada. Lo había leído entero varias veces y, cada vez que lo hacía, el corazón se le volvía a desbordar de sentimientos.

Sacó la foto de sus padres que siempre había estado entre sus páginas y sonrió al mirarlos. Luego tomó una foto actual de sus padres del sobre que Isa le había dado, agarró una pluma y se puso a escribir en el diario.

Soy Alana, la hija que nació de la bonita historia de amor entre Teddy y Carmen. El motivo de que sea yo y no mi madre quien escriba hoy aquí es para decirte que la vida me concedió el deseo de poder ver a mis padres juntos y poder acabar con una buena noticia las páginas de este diario que un día mi madre comenzó.

Metió la foto en el diario y lo cerró. Pero al hacerlo, la foto antigua se le cayó al suelo. La recogió y al abrir de nuevo el diario para guardarla, de pronto murmuró:

—Pero ¿cómo no se me ha ocurrido antes?

Fue hasta su habitación y tomó la cajita metálica que hacía unos meses su madre le había dado. Dentro había más fotos de sus padres y recuerdos de sus vivencias en Alemania.

Con el corazón a punto de salírsele por la boca por lo que le rondaba la cabeza, fue a la casa de su madre, llamó y entró.

—Mamá, vengo a pedirte permiso para escribir un artículo para la revista con la historia de amor de papá y tuya.

—¡¿Qué?!

—Incluiría sus testimonios, fotografías viejas y actuales y algún trocito de tu diario. —Carmen estaba atónita y Alana prosiguió acelerada—: Será la historia de un precioso reencuentro. Si dices que sí, llamaré a papá por teléfono para pedirle su permiso. ¿Qué me dices?

—¿Tú quieres escribirlo? —preguntó Carmen, todavía sorprendida. Alana asintió y su madre dijo sonriendo—: Entonces, cariño, ¡hazlo! Escribe ese bonito artículo.

Alana le dio un beso y, mirando la hora que era en Nashville, iba a llamar desde su teléfono celular cuando su madre, enseñándole el fijo que tenía en las manos, comentó:

—Creo que tu padre también te ha oído.

Sorprendida al ver que estaban hablando por teléfono, tomó el auricular que su madre le entregaba y, tras hablar rápidamente con su padre y éste mostrarse de acuerdo y dar su consentimiento, se despidió y cuchicheó divertida:

—Pillinaaaaaa... qué callado te lo tenías.

Carmen sonrió. Desde su regreso de Nashville, cada dos noches Teddy y ella hablaban. Necesitaban decirse muchas cosas. Y una vez su hija se marchó, ella se sentó de nuevo en el sofá y dijo:

—Ya he vuelto, cielo.

Alana, excitada por la idea que se le había ocurrido, entró en su casa y llamó a su amiga Isa. Por suerte no estaba dormida.

—Soy yo —dijo Alana—. Tráete tu *laptop* y tu equipo fotográfico a mi casa.

—¡¿Qué?!

—Tenemos trabajo.

—¿A estas horas? —exclamó Isa.

Sin querer explicarle lo que se le había ocurrido, simplemente insistió:

—Te espero en media hora.

—Pero...

—Tengo croquetas de bacalao hechas por mi madre —la cortó Alana.

—Tardo diez minutos.

Una vez colgó, Alana preparó una cafetera. Les iba a hacer falta.

Cuando Isa llegó y dejó las dos bolsas con cámaras y demás, su amiga la hizo sentar y dijo:

—Creerás que es una locura lo que te voy a decir, pero hoy, cuando he hablado con el jefazo me ha dicho que, a veces, las grandes ideas son aquéllas de las que lo único que nos sorprende es que no se nos hayan ocurrido antes. Y... y... a mí se me acaba de ocurrir hace un rato un artículo increíble, lleno de sentimientos, que estoy segura que será la bomba.

—¿Ahora se te ha ocurrido un artículo?

—Sí.

—No me jodas, Alana. ¡Ya no hay tiempo! Son veinte para la una de la madrugada y...

—... Y a las nueve hay que entregarlo. Lo sé. Vamos un poco justas de tiempo.

—¿Sólo un poco? —se mofó su amiga.

—Mira, Isa, me he dado cuenta de que no deberíamos dejar pasar esta oportunidad. Si ganamos el reto del señor Bridges, tendremos diez mil euros extra que nos ayudarán mucho. A ti durante tu excedencia en Nueva York y a mí para comenzar una nueva vida, y del traslado ni te cuento. Y si perdemos nos quedamos como estamos. ¿No crees que vale la pena intentarlo?

Isa la miró. Se había vuelto loca.

—Vale... tú escribes ese gran artículo, pero ¿de dónde quieres que yo saque las fotos a estas horas? Vamos, lista... ¡dímelo!

Alana que todavía no le había contado cuál era su idea, suspiró y, enseñándole el sobre que ella misma le había dado en la oficina y la caja metálica donde tenía fotos antiguas de sus padres, contestó:

—Todo tu trabajo está aquí. Sólo necesito tu buen ojo a la hora de elegir las fotos apropiadas, que les hagas algunos retoques con tu magia si hace falta, y *voilà!* ¿Qué te parece la idea?

—¿Vas a escribir el artículo sobre la historia de tus padres? —Alana asintió e Isa exclamó sonriendo—: ¡Joder, qué articulazo!

—Tengo el permiso de los dos —explicó ella encantada—. Sé que es una locura de esas que son para matarme, pero me apetece hacerlo y quiero hacerlo contigo. Por lo tanto, ¿qué tal si nos ponemos manos a la obra?

Isa, se puso rápidamente con las fotos y Alana con la parte de redacción. Debían trabajar duro si querían tenerlo todo listo para las nueve de la mañana.

Durante horas, Alana escribió sin descanso, sacando de cada párrafo la mejor frase y de cada frase la mejor conclusión para que al lector le llegara al corazón. Habló de sus padres, de su vida en Alemania, de cómo se enamoraron y de cómo el destino los separó. Comentó la situación de su madre al regresar de Alemania soltera y con una hija, y la de su padre y sus terribles vivencias en Vietnam. Escogió algunas frases del diario de su madre y, por último, relató cómo ese mismo destino, treinta y ocho años después, los volvió a juntar.

A las siete y media de la mañana, con una taza de café en las manos, ambas miraban el artículo en la computadora, perfectamente maquetado y con las fotos incluidas y, chocando sus tazas, Alana dijo:

—Gracias, Isa. Sin ti no habría sido posible.

Llamaron a la puerta. Era Carmen. Alana la tomó de la mano y la llevó ante la computadora.

—Lee el artículo y dime qué te parece.

Carmen, encantada de que le pidiera su opinión, se puso las gafas y empezó a leer. Cuando acabó, la miró y, con lágrimas en los ojos, murmuró:

—No puede ser más bonito. —Luego, levantándose, las abrazó a las dos—. Vaya dos artistas que tengo en mi vida, ¡madre mía!

Isa y Alana sonrieron. Sin duda, ellas eran mucho más afortunadas por tener a Carmen en la suya.

Sin tiempo que perder, salieron de la casa de Alana y fueron a la oficina, donde iban a imprimir el artículo para dejarlo antes de las nueve sobre la mesa del señor Bridges.

Llovía y el tráfico era complicado, muy complicado.

—No llegamos... no llegamos —masculló Isa—. ¡Ya está el cabrito del destino poniéndonoslo difícil! ¡Cada día estoy más convencida de que es un tipo!

Alana miró el reloj; eran las ocho y cuarto.

—¡Tenemos que llegar! —gritó.

Tras sortear el tráfico como pudieron, llegaron al estacionamiento de la redacción. Al ver que aún no estaba el coche del jefazo se alegraron y, sin tiempo que perder, corrieron una hacia su mesa a encender su *laptop* y la otra hacia la fotocopiadora.

Una vez la *laptop* se encendió, Alana le dio a imprimir, mientras pasaba también el artículo a un pendrive. Miró el reloj; las nueve menos cuarto. De pronto, oyó a Isa gritar:

—Me cago en toda su familia. ¡No hay papel!

Alana miró a su alrededor y vio un paquete de hojas junto a su mesa, las tomó y corrió hacia la impresora. Isa las metió rápidamente y entonces se encendió una lucecita que decía «Calentando».

—¡Me cago en *to,* y ahora calentando! —volvió a gritar Isa.

—Joder... joder... con el cabrito del destino —murmuró Alana.

Pero instantes después, la impresora comenzó a funcionar y las dos suspiraron al ver salir las hojas.

Regresaron a la mesa corriendo, metieron las hojas en una carpeta y se dirigieron hacia el elevador. Quedaban nueve minutos para las nueve. El elevador no llegaba y decidieron subir los tres pisos por la escalera de emergencia.

Cuando entraron en el despacho del jefazo, se dieron de bruces con él y Alana, mirando el reloj digital que había sobre sus cabezas, le entregó en mano el artículo y el pendrive y dijo jadeando:

—Aquí lo tiene, señor. Faltan dos minutos para las nueve y tenía razón: a veces, las buenas ideas son las que, al pensar en ellas, nos sorprende no haberlas pensado antes.

Ocultando una sonrisa, el señor Bridges tomó la carpeta, las miró y contestó:

—No esperaba menos de ustedes.

Tan pronto como salieron del despacho Alana e Isa chocaron las manos y regresaron a sus mesas felices y contentas.

En cuanto el señor Bridges se sentó en su butaca de cuero café, abrió la carpeta y leyó el título del artículo, «Hola, ¿te acuerdas de mí?», sonrió.

29

El mes de octubre pasó y Alana lo sobrellevó lo mejor que pudo. Pero la ausencia de Joel cada día se le hacía más dura. Desde el día que la llamó por teléfono no había vuelto a saber de él, a excepción de algún mail de vez en cuando.

En aquel breve espacio de tiempo, su madre parecía haber rejuvenecido. Se le veía más sonriente, dinámica y activa que nunca. Si antes ya lo era, ahora no paraba. Entre risas, le comentó a Alana la reacción de Teresa, de Renata y de Loli cuando supieron que se había reencontrado con Teddy.

El hermano de Isa, Carlitos, se casó el sábado uno de noviembre con la pekinesa. La Dolorosa fue la madrina e Isa la encargada de tomar las fotos de la boda.

Alana bebía de su copa de champán mientras observaba a la gente reír y pasarla bien, y entonces la Dolorosa y su marido Emilio se acercaron a ella y él comentó divertido:

—Hay que joderse, Alana; que tu madre y yo seamos del Real Madrid y nuestras hijas sean una del Barça y la otra del Atleti. ¿Qué hicimos mal?

Alana soltó una carcajada. El padre de Isa siempre la había hecho rabiar con este tema.

—Por el amor de Dios, Emilio —protestó la Dolorosa—, ¿quieres dejar en paz a la muchacha con el futbol? Anda y vete a buscar a mi madre, que hace rato que no la veo.

Cuando Emilio se marchó, Dolores se sentó con ella y le preguntó:

—¿Has comido bien?

—Perfectamente.

La mujer asintió y, bajando la voz para que no la oyeran los invitados de la novia, cuchicheó:

—Yo quería otro tipo de menú, pero Carlitos dijo que había que hacer una comida mixta, mitad china, mitad española y, claro... ahora mi prima

Chelito me está lanzando indirectas con que en la boda de su hijo hubo cordero lechal y aquí pato laqueado.

—Tú por eso no te preocupes —contestó Alana, sonriendo—. Lo importante es que Carlos y la novia estén felices. Quédate con eso y lo que digan los demás que te entre por un oído y te salga por el otro.

—Tienes razón, hija. —Y mirando a su derecha, le gritó a su marido—: ¡Emilio, por el amor de Dios, quítale a mi madre la copa de vino, que ya lleva demasiadas!

El hombre ni se movió. Intentarlo suponía posiblemente llevarse un bastonazo y no estaba dispuesto a ello.

—¿Cómo lleva tu madre que te vayas a vivir tan lejos?

—Bien... Muy bien. Además, estoy segura de que nos vamos a ver muy a menudo.

Temblándole los labios, pues a dramática no la ganaba nadie, la Dolorosa se puso un pañuelo en la boca y preguntó con voz quebrada:

—¿Crees que mi María Isabel estará bien en Nueva York?

—Claro que sí.

—Pero allí estará sola y sin su familia —murmuró la mujer.

—Tranquila —dijo ella, pasándole un brazo por los hombros—. Ella allí tiene muchos amigos y yo siempre que pueda iré a visitarla, igual que ella vendrá a Fort Irwin para visitarme a mí. Además, estará muy ocupada intentando hacer sus sueños realidad.

Emocionada, la madre de Isa se secó las lágrimas y dijo:

—Le he prometido ir cuando exponga sus fotos.

—¿En serio? —preguntó Alana encantada.

Dolores asintió y, mirando a su marido, añadió:

—Sí. Aunque tenga que anestesiar a mi Emilio, le he prometido que su padre y yo tomaremos un avión e iremos allí para estar con ella.

Alana le dio un beso. Lo más lejos que el matrimonio se había desplazado había sido hasta su pueblo en Cuenca.

—Allí estaré yo también. No me perdería esa exposición por nada del mundo.

La Dolorosa la abrazó.

—Pero qué buena niña has sido siempre y cuánto me alegro de que sigan siendo amigas. —Y arrugando el hociquillo cuchicheó—: No voy a negar que me disgusté cuando mi niña me dijo que no le gustaban los hombres. Fíjate que la crie exactamente igual que a Carlitos, pero ella...

—Ella es la tipa más auténtica que hay sobre la faz de la tierra —acabó Alana, y añadió—: Dolores, Isa, además de ser una buena hija, hermana y nieta, es una buena amiga y una excelente mujer. No te empeñes en ver algo que...

—Pero ¡le gustan las mujeres!

—¿Y qué? ¿A quién hace daño por eso? ¿No sería peor que fuera una asesina en serie o una atracadora de bancos?

—Huy... Calla... calla, no digas eso.

—Siempre te lo he dicho cuando hemos hablado de ello —prosiguió Alana—. Isa no tiene un problema, quienes tienen ese problema son las personas que hablan de ella. Piénsalo y date cuenta de que tu hija sólo quiere ser feliz. La gente tiene y tendrá toda su vida prejuicios por mil cosas y, muchas veces, quien más habla es quien más tiene que callar. Y te lo digo yo, que mi vida siempre ha estado rodeada de habladurías. Pero ¿sabes?, lo mejor es ignorar lo que digan y ser feliz. Eso es lo mejor, Dolores.

—Como siempre que hablamos, te doy la razón —contestó la mujer—. Mi María Isabel es una buena niña y lo que digan los demás me lo voy a pasar por el arco del triunfo.

—Pero, Dolorosa de mis amores, ¿qué te pasa? —preguntó Isa, acercándose a ellas al ver a su madre emocionada.

Su madre se levantó, la abrazó y dijo, sorprendiéndola:

—Que te quiero mucho, hija mía, y estoy muy orgullosa de ti.

Boquiabierta y encantada por aquella demostración de afecto, cuando su madre se alejó para bailar un pasodoble con su amado esposo, Isa miró a Alana.

—¿Qué le has dicho?

—Nada que ella ya no supiera.

Ambas rieron y siguieron disfrutando de la fiesta.

El martes cuatro de noviembre, cuando llegaron a la oficina, la tensión podía cortarse con un cuchillo. La jefa estaba de mal humor y sus compañeros procuraban pasar desapercibidos.

Alana e Isa se miraron y suspiraron. Sin duda, su última temporada en *Exception* no iba a ser un mar en calma. Laura estaba histérica, enfadada y resentida porque se marchaban y cuando la diva perdía los papeles por algo, terminaba sacándolos a todos de sus casillas.

Pasaron la mayor parte de la mañana sin cruzarse con ella, hasta que salió a la redacción acompañada de su fiel Leonardo y gritó:

—¡Alana, Sonia y Ángel, vengan con nosotros! El señor Bridges nos espera en su despacho.

Isa y Alana se miraron. Seguramente les iban a comunicar el veredicto final.

—Ganemos o perdamos, ya hemos ganado —susurró Isa—. Tú a Joel y yo mi sueño, ¿entendido, Alana?

—Pues claro que sí —dijo ésta riendo y guiñándole un ojo.

Alana, sus dos compañeros, la jefa y Leonardo subieron hasta el despacho del jefazo. Éste, al verlos, los hizo entrar y sentarse frente a él. Alana se fijó en que sobre su mesa tenía tres carpetas. Sin duda eran los tres artículos.

—Ante todo —empezó el señor Bridges—, quiero darles las gracias a los tres por haber aceptado este reto y transmitirles la gratitud de mi padre, que ya ha leído sus trabajos. Me ha comentado que le han parecido grandes e interesantes artículos. —Y mirando a Sonia, dijo—: Su reportaje sobre la moda italiana le ha gustado mucho e incluso me comentó que ahora entiende mejor por qué mi madre, mi mujer y mi hija son tan aficionadas a esos diseñadores.

Al escuchar eso, la joven sonrió. Entonces, clavando la mirada en Alana, el hombre prosiguió:

—Cuando mi padre leyó su artículo sobre ese reencuentro, se emocionó, y en especial por cómo ha utilizado cada palabra para transmitir sentimientos, recuerdos y también para hacer sonreír.

Alana sonrió como antes lo había hecho Sonia y no dijo nada.

—Señor Sánchez —dijo el señor Bridges mirando ahora a Ángel—, en cuanto a su artículo sobre el cambio climático, quiero que sepa que mi padre me comentó que, desde luego, va a hacer todo lo posible para que ni él ni nuestra empresa siga fastidiando el planeta.

—Gracias, señor —asintió el periodista.

—Y una vez dicho esto —prosiguió—, el artículo que mi padre ha señalado como el ganador es el titulado «Hola, ¿te acuerdas de mí?». Enhorabuena, señorita Rodríguez.

Al oír eso, Alana dio un salto en la silla y gritó:

—¡Síiii... Síiii...! ¡Toma... toma... y toma!

Pero al ser consciente de cómo la miraban todos, se sentó de nuevo y susurró:

—Disculpen. Perdón. Ha sido la emoción.

Laura, Sonia y Ángel la miraron con desdén y sólo las sonrisas del señor Bridges y de Leonardo le dieron a entender que comprendían su arranque de felicidad.

Minutos más tarde, tras recibir la fría enhorabuena de sus compañeros y de su jefa, estos tres se marcharon junto con Leonardo y el señor Bridges se levantó de su butaca para sentarse al lado de Alana.

—Quiero que sepa que su artículo a mi padre le encogió el corazón, porque él estuvo en Vietnam y se vio reflejado en sus palabras —le dijo tomándole la mano—. Le ha hecho recordar cosas que tenía olvidadas, tristes y alegres, e incluso ha desempolvado los viejos discos de vinilo de la época para escucharlos. Le da su enhorabuena, Alana, y me ha dicho que quiere conocerla.

—Será un placer, señor.

El hombre sonrió y añadió:

—Una de las cosas que más lo ha sorprendido ha sido cómo ha sabido captar los sentimientos de las personas entrevistadas en relación con una historia tan dura y bonita a la vez. Porque una cosa es entrevistar al personaje y otra captar y plasmar ese sentimiento para hacérselo vivir al lector en el artículo y usted, señorita Rodríguez, lo ha conseguido. Ha hecho que mi padre ría, llore y se emocione, y espero que miles de lectores lo hagan también.

—La historia que cuento es la historia de mis padres —dijo ella y, guiñándole un ojo con complicidad, concluyó—: Como imaginará, ha sido fácil ponerle sentimiento a algo así.

Sorprendido por ese detalle que la joven no había mencionado hasta el momento, le tendió la mano sonriente y dijo:

—Señorita Rodríguez, enhorabuena por su ascenso más que merecido y por su traslado. Aunque aquí la vamos a echar mucho de menos. ¿Cuándo quiere ir a Los Ángeles?

—Señor, antes de eso hay dos cosas que quisiera comentarle.

—Soy todo oídos —asintió él.

Y, sin dudarlo, le habló de su situación una vez llegara a California. Viviría en Fort Irwin, por lo que ir todos los días a las oficinas de Los Ángeles le era prácticamente imposible debido a la excesiva distancia. El señor Bridges escuchó las dos alternativas que ella le proponía. La primera era dejar la revista y trabajar como freelance para ellos y otras revistas vendiéndoles artículos y la segunda, seguir en la plantilla fija de *Exception*, pero sólo acudir a la oficina una vez cada diez días para las reuniones importantes y luego realizar su trabajo desde su casa o la ciudad donde estuviera cubriendo el artículo.

Tras escucharla, el hombre dijo con rotundidad:

—Bajo ningún concepto quiero prescindir de usted en mi revista. Me gusta su empuje y sé que será buena en Los Ángeles, por lo que acepto la segunda opción. Hablaré con Steven y Victoria, que son quienes llevan la redacción allí para que lo acepten. ¿Y cuál era la segunda cosa que me quería comentar?

Contenta al saber que seguiría trabajando para él, tomó aire y dijo:

—Señor, necesito permiso para estar el día diez de noviembre en Fort Irwin. Una vez regrese, le podré decir cuándo voy a trasladarme.

—Permiso concedido —contestó el hombre, satisfecho de tener en su plantilla a jóvenes como aquélla.

Cuando salió del despacho, Alana se encontró a Isa esperándola. La noticia ya le había llegado y la abrazó con fuerza, mientras ella murmuraba emocionada:

—Te lo mereces... te lo mereces...

—Y tú también, ¡so boba! —Isa rio, encantada.

El lunes 10 de noviembre, Alana, tras conseguir una acreditación para entrar en la base de Fort Irwin, se disponía a darle una sorpresa al hombre que amaba. Se retorcía las manos, mientras esperaba junto a los familiares de otros militares.

Minutos antes habían visto llegar un enorme avión militar y, por los gritos de los familiares, Alana supuso que aquello quería decir que las personas a las que esperaban habían llegado.

Con curiosidad miró a quienes la rodeaban. Familias enteras de padres, madres, hermanos, mujeres y niños aguardaban nerviosos la llegada del ser querido. Ella sonrió al imaginar la cara de Joel cuando la viera allí.

Pocos minutos después, varios autobuses comenzaron a llegar. Desde donde estaba y con los nervios a mil, observó bajar a los militares con sus sacos de avío. Todos parecían iguales. Vestían igual y, de pronto, se agobió. ¿Y si no lo veía?

Cuando el segundo autobús abrió sus puertas, el corazón se le desbocó al verlo bajar de él. Emocionada, quiso gritarle, pero no tenía voz. Mientras lo veía saludar a personas que se le acercaban y despedirse de compañeros, parapetada tras la gente, lo observó caminar hacia ella.

Joel era sexy, varonil... Joel era su amor y su presente.

Y cuando no pudo más, echó a correr y, sin importarle a quién se llevara por delante, corrió y corrió hasta que él, al verla, se paró sorprendido, soltó el saco de avío y, abriendo los brazos, la acogió en ellos.

Sentir sus brazos alrededor de su cuerpo, percibir su respiración acelerada por la sorpresa y notarlo vibrar de emoción fue lo máximo para Alana.

—Pero ¿qué haces aquí? —consiguió preguntar él.

Ella, encantada al ver la alegría en su rostro, levantó un dedo y dijo:

—¿Ves mi dedo? —Joel soltó una carcajada y ella añadió—: Pues mi dedo y yo nos moríamos por verte, Capitán América.

Él la besó con ternura, pasión y anhelo, haciendo que otros militares y familiares que pasaban por su lado les silbaran divertidos.

Cuando el beso acabó y se miraron a los ojos, Joel preguntó:

—¿Estás bien, Speedy?

Alana asintió. Aquel instante era uno de los mejores de su vida y quedaría grabado en su recuerdo eternamente.

Por suerte, el cabroncete que movía los hilos del destino en aquel momento estaba de su parte, permitiéndole ser feliz con el hombre que amaba. Y la felicidad que sentía por ella, por su madre y por todo lo acontecido se la debía a él. A Joel. Al marine que un día apareció en su vida y del que huyó, pero que con su paciencia y su ternura se la había ganado, la había ayudado y enamorado.

Feliz y emocionada, sintiéndose protegida entre los brazos de su amor, lo miró y, al encontrarse con aquellos ojos que tanto adoraba, dijo, segura de sus palabras:

—Te quiero, Capitán América, y te voy a querer hasta el fin de nuestros días.

Epílogo

Nolensville, Nashville. Ocho meses después

—Y por el poder que me ha sido otorgado, yo os declaro marido y mujer.

Feliz y enamorada, Carmen se agachó para besar a Teddy. Su sueño por fin se había hecho realidad. En un precioso día en el que ella y su hija Alana se acababan de casar con los hombres de su vida.

Los invitados prorrumpieron en aplausos en el jardín trasero de la casa de Audrey, mientras tiraban arroz, lentejas y pétalos de rosas y gritaban «¡Vivan los novios!».

Aquél era el final de cuento que Carmen se merecía, y Alana, deseosa de proporcionárselo, así lo hizo. Su boda con Joel llevaba programada meses y, cuando su madre le comentó que su padre y ella habían decidido casarse, Alana no lo dudó y, tras hablarlo con Joel, los incluyeron en su día señalado. Nada los podía hacer más felices.

—¡Dios, qué fotaza más total les acabo de tomar! —exclamó Isa, la encargada de las fotos.

Claudia, Susana y Lola, que habían viajado hasta allí para el enlace de su amiga, al ver la foto que Isa les enseñaba sonrieron encantadas. En ese momento, Andrea, la nueva novia de Isa, se acercó a ésta y, dándole un beso en los labios, murmuró:

—Es preciosa, cariño.

—Ésta va derechita a mi exposición del mes que viene, me den su permiso o no.

Joel y Alana rieron.

—Toda tuya, loca... toda tuya —dijo Joel.

Alana se acercó a sus padres y los tres se fundieron en un abrazo lleno de amor y cariño.

—Enhorabuena —les susurró.

—Enhorabuena a ti también, cariño. Que seas muy... muy feliz —contestó Carmen.

Alana, señalándolos con el dedo, les advirtió:

—Ahora, cuidadito, no me vayan a dar un hermanito.

Eso los hizo reír a carcajadas, mientras *Al di là* corría como un loco por el jardín.

Renata y su marido se acercaron a Teddy para felicitarlo y ella, al ver a Larruga y a Panamá hablando con el cocinero encargado de la comida, murmuró:

—No me digas que hoy también comeremos hamburguesas...

Divertido porque recordara ese detalle de la pedida de mano de años atrás en Alemania, Teddy sonrió y dijo:

—Entre otras muchas cosas.

Alana, tras recibir la felicitación de sus tías, tíos y primos, que se habían desplazado desde España para no perderse aquel día tan especial, se vio rodeada luego por la encantadora familia de Joel. La gente se empezó a sentar a las mesas que habían colocado en el patio trasero del jardín de Audrey, que no cabía en sí de gozo. Desde que Carmen y Alana habían aparecido en sus vidas, Teddy no paraba de sonreír, y si antes había sido un buen hermano, ahora lo era aún mejor.

Al fondo del jardín, un cocinero del Birdy se encargaba de una gran parrillada que hizo las delicias de todo el mundo, mientras comían una exquisita carne y disfrutaban del grandioso día.

Finalizada la comida, los brindis, los besos y los discursos, un amigo de Daniel, el sobrino de Teddy, encendió unos bafles y empezó a sonar música de los sesenta y todos aplaudieron encantados.

La primera que sonó fue *Al di là** y todos los presentes se emocionaron, mientras Carmen se sentaba sobre las piernas de su marido y lo abrazaba.

El día soñado por ellos estaba siendo increíble, especial y sobraban las palabras. Como años atrás predijo Teddy, habían celebrado su boda rodeados de amigos y familia.

Acabada la primera canción, le siguió *Perfidia*,** de Nat King Cole,

* Véase nota p. 93.
** Véase nota p. 88.

que muchos se animaron a bailar. Y cuando terminó ésta y sonó *Crazy*,*
de Patsy Cline, tras un grito de aceptación general, Alana sacó a su marido
a la pista y bailaron enamorados.

Abrazada a él, cerró los ojos y disfrutó de aquel increíble momento y,
cuando los abrió, sonrió al ver a sus padres y a los amigos de unos y otros
bailando también aquella mítica canción.

—Fue la primera que bailamos, Speedy, ¿lo recuerdas? —Alana asintió y Joel añadió—: Recuerdo que te hizo gracia que fuera una canción
que tu madre había bailado con un militar americano y tú lo estuvieras haciendo con otro.

—Lo recuerdo y espero bailarla el resto de nuestras vidas.

—Okey, nena... te lo prometo.

Cuando después pusieron *The Twist*,* de Chubby Checker, el viejo Larruga sacó a bailar a Carmen y, ante los aplausos de todos y el orgullo de
Teddy, se marcaron un rock and roll como lo habían hecho tantas veces
en la base militar de Merrell Barracks.

En cuanto ese rock acabó, todos aplaudieron y comenzó otro. En esta
ocasión, Alana sacó al padre de su marido y Joel aplaudió loco de alegría.

Nadie se escapó de bailar. Y sobre las diez de la noche, en el momento
en que algunos comenzaban a agotarse, Renata, Loli, Teresa y Carmen se
sentaron, y miraron cómo bailaban los más jóvenes. Entre ellos Alana con
sus amigas y sus primas de España, quienes parecían pasarla muy bien.

—Reconozco que Teddy sigue tan guapo como siempre —dijo Renata.

—El que tuvo retuvo —replicó Loli sonriendo.

Carmen asintió, feliz de verlo platicar con sus viejos amigos. En ese
momento, Alana, acalorada por los bailes y preciosa con su traje de novia,
se acercó a ellas y preguntó:

—¿Todo bien, chicas?

—Divinamente, hermosa —asintió Teresa.

Pero Alana no pudo decir nada más, porque Joel vino hacia ella, la
tomó en brazos y, ante el gesto divertido y los aplausos de todos, se la llevó de allí.

*   Véase nota p. 146.
** Véase nota p. 31.

Una vez la hubo alejado unos metros del gentío, preguntó mirándola a los ojos:

—¿Feliz, Speedy?

—Estoy encantada de ser la señora del Capitán América —cuchicheó, mientras acercaba la boca a la de su marido.

Desde la mesa, Loli miraba a su sobrina besar al novio y murmuró emocionada:

—Qué guapa está nuestra niña.

—¡Y qué feliz! —añadió Carmen, mientras Teresa la abrazaba.

—¿Saben de lo que me acabo de acordar? —dijo Renata, soltando su inseparable cigarrillo, mientras llenaba las copas de champán. Todas la miraron—. Recuerdo que hace muchos años, no me pregunten dónde, dije que esperaba que algún día las cuatro brindáramos con champán y que nuestras lágrimas sólo fueran de felicidad. Y creo que hoy es ese día.

—Me acuerdo —afirmó Loli con ojos soñadores—. Lo dijiste la primera Navidad que pasábamos en Alemania, cuando llorábamos por nuestras familias. Lo recuerdo como si fuera ayer.

—Es cierto —asintió Carmen riendo—. Menuda *tajaílla* pescamos esa noche.

—Qué tiempos —exclamó Teresa nostálgica.

Carmen sonrió.

La vida estaba llena de recuerdos tristes, alegres, mejores y peores para todos y había que aceptarlos como parte del peaje que se pagaba por vivir. Y, levantando su copa, miró primero a su preciosa Alana y después a su recién estrenado marido y dijo:

—Pero, sin duda, el presente es muchísimo mejor. ¡Por nosotras!

Aquellas cuatro mujeres, que se habían conocido en una época difícil y siendo casi unas chiquillas, levantaron sus copas, se miraron con el cariño y la seguridad que los años y las vivencias les habían proporcionado y gritaron al presente:

—¡Por nosotras!

Megan Maxwell es una reconocida y prolífica escritora del género romántico. De madre española y padre americano, ha publicado novelas como *Te lo dije* (2009), *Deseo concedido* (2010), *Fue un beso tonto* (2010), *Te esperaré toda mi vida* (2011), *Niyomismalosé* (2011), *Las ranas también se enamoran* (2011), *¿Y a ti qué te importa?* (2012), *Olvidé olvidarte* (2012), *Las guerreras Maxwell. Desde donde se domine la llanura* (2012), *Los príncipes azules también destiñen* (2012), *Pídeme lo que quieras* (2012), *Casi una novela* (2013), *Llámame bombón* (2013), *Pídeme lo que quieras, ahora y siempre* (2013), *Pídeme lo que quieras o déjame* (2013), *¡Ni lo sueñes!* (2013), *Sorpréndeme* (2013), *Melocotón loco* (2014), *Adivina quién soy* (2014), *Un sueño real* (2014), *Adivina quién soy esta noche* (2014), *Las guerreras Maxwell. Siempre te encontraré* (2014) y *Ella es tu destino* (2015), además de cuentos y relatos en antologías colectivas. En 2010 fue ganadora del Premio Internacional Seseña de Novela Romántica, en 2010, 2011 y 2012 recibió el Premio Dama de Clubromantica.com y en 2013 recibió el AURA, galardón que otorga el Encuentro Yo Leo RA (Romántica Adulta).

Pídeme lo que quieras, su debut en el género erótico, fue premiada con las Tres plumas a la mejor novela erótica que otorga el Premio Pasión por la novela romántica.

Megan Maxwell vive en un precioso pueblecito de Madrid, en compañía de su marido, sus hijos, su perro *Drako* y sus gatas *Julieta* y *Peggy*.

Encontrarás más información sobre la autora y sobre su obra en:
<www.megan-maxwell.com>.